LE TRIANGLE SECRET

Né en 1950 à Paris, Didier Convard a suivi des études à l'École d'arts appliqués graphiques. Scénariste pour le cinéma et la télévision, il est également créateur et dessinateur de bandes dessinées. Il a inauguré en 2000 une série intitulée *Le Triangle secret*, en sept tomes, qui s'est vendue à plusieurs centaines de milliers d'exemplaires chez Glénat. Les éditions Fayard ont publié une version novellisée en deux volumes (*Les Larmes du pape*, 2006, *Les Cinq Templiers de Jésus*, 2007). Il est également l'auteur de *Vinci ou l'ange brisé* (2010) et *Michelangelo et le banquet des damnés* (2012).

Paru au Livre de Poche :

MICHELANGELO ET LE BANQUET DES DAMNÉS

LE TRIANGLE SECRET
1. Les Larmes du pape
2. Les Cinq Templiers de Jésus

VINCI ET L'ANGE BRISÉ

DIDIER CONVARD

Le Triangle secret

Les Larmes du pape

MAZARINE / GLÉNAT

ISBN : 978-2-253-12221-0 – 1re publication LGF

1.
Le cortège

Les flammes des torches crépitaient dans le vent. L'épaisse pluie froide annonçait déjà la neige. Deux hommes et deux femmes portaient un corps enveloppé dans un suaire blanc tandis que suivaient les silhouettes d'une procession, recueillies et silencieuses.

Le cortège avançait dans une forêt de chênes. Au geste d'un très vieil homme qui marchait en tête, tous s'immobilisèrent. Les quatre porteurs déposèrent le cadavre sur le sol glaiseux. Une terre de marne grasse qui collait aux semelles des sandales. Une terre riche et parfumée.

Le vieillard vint se placer à la tête du mort, les pieds d'équerre, touchant presque le suaire. Aussitôt, ses compagnons fichèrent leurs torches en terre et formèrent cercle autour du gisant en se donnant la main.

Tous étaient unis. Tous se tenaient fortement. Le vieil homme, soulevant de ses bras cette chaîne humaine, dit ces mots :

— Puisqu'il est l'heure et que nous avons l'âge, ouvrons les travaux de notre Loge.

Hommes et femmes levèrent et abaissèrent par trois fois la chaîne de leurs bras, puis la rompirent.

Et le vieillard parla.

La pluie venait de redoubler, rabattue par le vent

sur la clairière, trempant les manteaux de coton et les robes de lin.

La voix de l'orateur était faible et éraillée pour avoir trop servi, trop chanté l'amour et la fraternité à travers mille contrées et pays. Une voix lasse et désenchantée, triste. Infiniment triste.

Quand le vieillard eut achevé son oraison, trois hommes firent quelques pas et se baissèrent ensemble. Ils soulevèrent un anneau de bronze et, s'aidant de la voix, ils arrachèrent du sol une dalle de pierre qui ouvrait sur une tombe vide.

On reprit le corps du mort.

Le vieillard s'approcha de la fosse où reposait maintenant son ami. Son maître. Il plongea la main sous son manteau pour en sortir un objet qu'il tint un instant contre lui.

Il s'inclina lentement, s'agenouilla avec difficulté tout au bord du trou du noir tombeau, et pleura.

Il pleura longtemps avant de placer l'objet sur la poitrine du mort. Se redressant, il donna l'ordre de remettre la dalle en place et d'en défaire l'anneau de bronze. Puis il dit :

— Que ton Secret demeure avec toi, Maître... Maudits soient ceux qui tenteront de voler ta Parole pour la déformer ! Béni sois-tu, mon frère, pour l'enseignement que tu nous as laissé en héritage.

L'anneau lui fut donné. Malgré son poids, il souhaita le conserver dans ses mains, pareil à une relique.

Les hommes et les femmes reprirent leur chemin et s'enfoncèrent à nouveau dans l'épaisse forêt en s'éclairant de leurs torches aux flammes couchées.

Le vieillard marchait en tête. Il fut rejoint par un très jeune homme au visage brouillé de larmes et de pluie.

Il demanda à son aîné :

— Nous n'avons pas clos nos travaux, Jean... Pourquoi ?

Le vieil homme lui répondit :

— Ils ne le seront jamais plus, mon frère... Jamais ! Notre Loge s'est ouverte pour toujours, hors les murs de son temple, hors du temps. Notre travail ne fait que commencer. Pour l'éternité...

— Sans *Lui*, comment ferons-nous ?

Le vieil homme sourit et dit :

— Nous *Le* chercherons. Et ce sera notre travail. Dans les siècles des siècles, nous le chercherons, frère...

2.

Le cinquième message

Didier Mosèle regarde la pluie tomber sur le boulevard extérieur. Il colle son front contre la vitre fraîche, demeure ainsi quelques secondes, pensif. Puis il quitte la fenêtre, retourne à son bureau recouvert d'un désordre de livres et de documents, cherche son paquet de cigarettes, en prend une qu'il allume pour en aspirer une bouffée à s'en brûler les poumons.

Didier Mosèle aborde la quarantaine. Des cheveux blonds et longs rejetés en arrière, un menton prononcé piqué d'une fossette, des pommettes hautes et légèrement saillantes, des yeux d'un bleu clair grisé. Grand, les épaules solides, il est vêtu d'un jean et d'un polo noirs.

Cela fait plus d'une heure qu'il passe et repasse une cassette dans son magnétophone de travail. Plus d'une heure qu'il fume cigarette sur cigarette, s'assoit, se relève, retourne à la fenêtre, revient, dérange des dossiers, tape du pied dans les livres jonchant le sol.

Et, encore une fois, il presse le bouton de lecture de l'appareil. La voix s'impose de nouveau dans son bureau. Une voix pressée, nerveuse, hachée par une respiration douloureuse :

« Mon Très Cher Didier, quand vous écouterez cette cassette, je ne serai sans doute plus de ce monde. Ceux qui me traquent vont bientôt me débusquer et il me reste trop peu de temps pour relater les derniers événements qui m'ont conduit au seuil de la mort... Les tueurs sont sur ma piste depuis bien longtemps... Je présume que vous avez reçu ma dernière lettre. Celle-ci n'était-elle pas trop énigmatique ? Avez-vous réussi à la comprendre ? Souvenez-vous... Je vous ai dit, juste avant de vous quitter, que j'emporterais cinq enveloppes avec votre adresse. CINQ ! Pour nous rappeler l'époque où nous avons été élevés au grade de compagnon dans notre Loge mère Éliah... Cinq ! Le chiffre symbolique de ce degré au cours duquel le maçon doit *voyager*... C'est ce soir-là, après notre Tenue[1], que nous avons longuement parlé... Nous voulions nous lancer dans une invraisemblable quête... Cela avait l'air, alors, d'un pari d'intellectuels parisiens désireux de s'offrir un dernier brin de jeunesse. Nous ignorions que nous mettions les pieds dans les pas de géants ! Ce que nous pensions n'être qu'une hypothèse de rats de bibliothèque est devenu une enquête dangereuse. Le romanesque de cette soirée peut-être un peu trop arrosée de brouilly s'est transformé en cauchemar !

Et ce voyage va me coûter la vie...

Nous étions loin de penser qu'une preuve matérielle remonterait du passé pour nous troubler au point d'accréditer d'un coup l'hypothèse sulfureuse que je me plaisais à évoquer !

Vous voyez, mon vieil ami... mon frère... Je perds du temps, encore... Je ressasse l'origine de mon malheur et ne vous parle pas de ce que vous aimeriez tant connaître... Savoir si ma théorie était juste, n'est-ce pas ?

Mais le fait même de me retrouver si près de la mort, prochainement éliminé par ceux qui cachent ce Secret

1. Nom donné à une réunion maçonnique.

vieux de tant de siècles, n'est-il pas la preuve que j'ai trouvé ? »

Mosèle coupe l'enregistrement, écrase sa cigarette à demi consumée dans un cendrier empli de mégots. Il se redresse, abandonne son fauteuil, marche dans la pièce pendant quelques minutes et revient à son bureau pour reprendre l'écoute du message dont il connaît presque par cœur le contenu :

« Abandonnez notre quête ! Je vous en conjure : fermez tous vos livres, brûlez-les tous et soufflez leurs cendres au vent ! Oubliez tout ce que je vous ai dit. OUBLIEZ ! Je me doute que vous vous arrêterez au cachet du timbre oblitéré de ce dernier envoi. Ne vous y fiez pas trop ! Restez en dehors de cette farce macabre ! »

Nouvelle pause et énième cigarette de la soirée. Mosèle se jure d'arrêter de fumer. Plus tard... Il regarde l'enveloppe en papier kraft dans laquelle il a reçu la cassette. L'envoi a été posté à la gare de Reims quatre jours plus tôt. Son adresse a bien été écrite de la main de son ami Francis Marlane, avec cette incorrigible manie d'incliner les « I » majuscules vers la droite :

Monsieur D*I*D*I*ER MOSÈLE
33, avenue de la Porte-Brancion. 75015 PAR*I*S

Mosèle reprend l'écoute :

« Didier, vous ne vous êtes contenté que de recherches livresques et vous avez eu raison. J'aurais dû m'en satisfaire moi aussi et ne pas me jeter physiquement dans une aventure pour laquelle je n'étais pas taillé.

Nous ne sommes que des nains devant cette énigme,

Didier... que des enfants aveugles et impotents qui doivent être brisés pour que perdure le Mensonge...

Les hommes ne sont pas assez sages pour savoir... Le monde basculerait ; les valeurs, la morale, les lois, tout serait balayé par une tempête qui plongerait l'humanité dans l'abîme !

Je vous supplie de détruire cette cassette quand vous l'aurez écoutée. Je vous prie de ne parler de rien de tout cela à personne. Au nom de notre serment de maçons, obéissez-moi, mon frère !

Restez en dehors de cette farce macabre ! Brûlez l'enveloppe qui aura contenu cette bande. Par notre serment, par notre initiation, ne suivez pas mon exemple. Ne gardez de moi que les lettres que tout profane devenant maçon lit pour la première fois dans l'ombre du Temple... Ces lettres dont je comprends aujourd'hui le sens réel : V.I.T.R.I.O.L.... qui résume cette phrase : *"Visita Interiora Terrae, Rectificandoque, Invenies Occultum Lapidem*[1]*."* Ne corrigez rien, surtout, Didier ! Ne cherchez ni la pierre ni le frère ! Adieu, Mon Très Cher Frère.

Votre ami qui s'est perdu, Francis. »

Mosèle laisse la bande mourir d'elle-même en tournant à vide et en crachotant ses derniers parasites. La pluie rabattue par le vent frappe les carreaux. Bruit sourd du boulevard extérieur. Bruit de fond continuel sur lequel s'élèvent parfois une sirène de police, un crissement de pneus... C'est le soir. L'automne qui s'installe. Un soir banal.

Mosèle retire la bande du magnétophone pour la fourrer dans une poche de son jean et compose un

1. *Visite l'intérieur de la Terre et en rectifiant tu trouveras la pierre occulte.*

numéro de téléphone sur son portable. Un temps, puis :

— Martin ? C'est Didier. Excusez-moi de vous déranger à cette heure. Je souhaiterais vous parler... Oui, au plus tôt... C'est très grave. Je préfère ne rien dire au téléphone. Je vous en prie, acceptez-vous de me recevoir ? Je peux être chez vous dans vingt minutes.

Satisfait, Mosèle referme son portable et, cigarette aux lèvres, quitte son bureau. Dans le vestibule, il décroche au passage son imperméable d'une patère.

Dehors, il peste contre la pluie qui le frappe de plein fouet. Il remonte le col de son vêtement et traverse la cour de son immeuble en quelques foulées pour déboucher sur l'avenue de la Porte-Brancion reliant le boulevard extérieur au périphérique. Sa Golf est garée en épi le long du trottoir, de l'autre côté de la chaussée. Mosèle attend que deux voitures soient passées pour traverser hors du passage protégé. Une camionnette blanche qui stationnait à quelques dizaines de mètres démarre aussitôt en accélérant brutalement. Mosèle tourne la tête dans sa direction et s'étonne :

« Ce type est fou, c'est à croire qu'il veut me... »

Il a juste le temps de se jeter de côté pour ne pas être happé par la camionnette qui le chargeait manifestement. Choc des genoux sur le sol. Contact du pavé trempé.

Le véhicule tourne à l'angle de l'avenue, se jette dans le flot de la circulation du boulevard, disparaît. Mosèle se relève ; il n'a eu que le temps de voir deux hommes à bord de la camionnette. Vision fugitive. Le passager l'a dévisagé. Infime fraction de seconde où Mosèle a lu le dépit dans ses yeux. Dépit que le conducteur ait manqué sa cible.

Mosèle gagne sa voiture en boitillant légèrement. Il ouvre la portière, se laisse tomber sur le siège et demeure un instant accroché au volant, réfléchissant... Il met enfin le contact.

« Ces dingues ont délibérément cherché à me faucher ! »

Il réalise qu'il a conservé son mégot aux lèvres. Il entrouvre la vitre et le jette d'une pichenette. Goût du tabac mouillé dans sa gorge. Âcre et gras. Poisseux comme ses pensées. Car Mosèle sait maintenant que Francis Marlane est mort. Francis, son ami. Son frère ! Francis, trente-six ans, en instance de divorce, auteur au succès modeste – mais remarqué – de nombreux ouvrages historiques, aquarelliste délicat et franc-maçon. Il a forcément été assassiné...

3.

La Loge Éliah

Tout en conduisant, Mosèle se souvient.

Neuf ans plus tôt, au siège de la Grande Loge de France, rue de Puteaux... Il venait d'être initié dans la Loge Éliah en compagnie d'un jeune homme brun aux allures d'adolescent souriant, au regard perpétuellement curieux et pétillant derrière les loupes de ses lunettes qui lui donnaient un air lunaire, distrait et sympathique. Francis Marlane, tout comme Mosèle, portait un smoking. Mais il donnait l'impression de s'être déguisé ; il flottait un peu dans sa veste et son nœud papillon était fichu de guingois.

Sitôt après la cérémonie d'initiation qui avait duré plus de deux heures, le Vénérable qui officiait alors, Martin Hertz, avait invité tous les frères à descendre au Cercle écossais pour participer aux agapes.

Martin Hertz, un colosse aux allures de gros chat, avait d'emblée porté un toast :

— Mes félicitations, mes frères Didier et Francis, puisque c'est ainsi que l'on vous appellera désormais ! Bienvenue dans la Loge Éliah ! Je crois que vous vous plairez parmi nous.

Un deuxième frère avait ajouté en s'esclaffant :

— À nous de nous plaire avec vous, surtout ! Mais il paraît que les maçons sont tolérants, alors...

Mosèle se rappelle avoir alors murmuré à l'oreille de Marlane :

— La tolérance ? Une question de temps et d'habitude. Je présume que cela s'apprend !

Marlane avait souri. Timidement. Il était encore sous le coup de l'émotion éprouvée au cours de la cérémonie. Il ne cessait de regarder en tous sens, tendant son cou d'oiseau à gauche, à droite. Il s'imprégnait des lieux, du visage des frères, de l'atmosphère du Cercle, ce grand espace composé de deux vastes salles voûtées où déambulaient les serveurs en veste blanche, où la fumée des cigarettes et des cigares commençait à former un épais brouillard.

Marlane trempa ses lèvres dans la flûte de champagne. Puis il reposa son verre et demanda à Mosèle :

— Donc, si j'ai bien compris cette cérémonie, le fait d'avoir été initiés ensemble fait de nous des « jumeaux » ?

Mosèle répondit :

— Oui... Je vous avoue que je n'aurais jamais imaginé être aussi ému et captivé par un quelconque rituel !

Assis en face d'eux, Hertz s'imposa dans leur conversation en les pointant de sa fourchette :

— C'est aussi parce que ce n'est pas une cérémonie comme les autres. Celle-ci possède les indéfectibles vertus de la Tradition. Voilà le liant de la sauce !

Mosèle avait tout de suite remarqué la manière qu'avait Hertz de jouer avec ses interlocuteurs, de les prendre entre ses pattes, griffes à peine rentrées, voix suave qui miaulait. Il poursuivit :

— N'oubliez pas, surtout, que vous venez de prêter un serment ! Sous l'œil du Grand Architecte de l'Univers... Et sous le mien, surtout ! Je resterai votre Vénérable pendant un an encore. Ensuite, mon mandat achevé, je me placerai à la porte du Temple où je serai le modeste portier de la Loge qu'on appelle le frère Couvreur. Cela, durant trois ans... C'est ainsi ! La maçonnerie nous enseigne l'humilité en nous faisant descendre de charge.

Mosèle n'avait pas cru en la possibilité que Hertz devînt un jour ce frère humble qu'il évoquait. Dans le regard qu'il échangea avec le gros homme, Mosèle comprit que Hertz non plus n'était pas dupe. Il y avait trop d'orgueil dans cette bonhomie apparente. Trop d'appétit dans ses yeux, ses lèvres... Et une manière de se moquer en masquant ses véritables pensées sous un chapelet de banalités.

Le repas fut animé, chaleureux et bruyant. Le vin échauffait certains esprits. Les voix s'élevaient. Des rires fusaient parfois. Surtout ceux d'un frère rondouillard aux joues roses, un notaire qui ne cessait de porter des toasts.

Venant de se découvrir de nombreux points communs, Francis Marlane et Didier Mosèle s'étaient retranchés dans une conversation en tête à tête malgré le brouhaha de la salle.

Une vingtaine de minutes plus tard, Marlane s'exclamait :

— Les rouleaux de la mer Morte ? Vous bossez dessus ? Je pensais que vous étiez un spécialiste des manuscrits médiévaux et autres palimpsestes !

— Ce ne sont pas tous des rouleaux de cuivre. On a aussi trouvé des parchemins à Khirbet Qumrān... Certains rongés aux trois quarts par les rats qui se sont fait les dents dessus ! Des mètres et des mètres de manuscrits préfigurant les Évangiles, répondit Mosèle.

— Et votre travail, dans cette affaire ?

— La Fondation qui m'emploie, sous la tutelle de l'École biblique de Jérusalem, m'a confié la restauration de deux rouleaux numérotés 4Q456-458, précisa

Mosèle. Datés par le généticien Henri Squaller de l'université de Rockefeller, ces parchemins auraient été rédigés quelques dizaines d'années après la mort présumée du Christ ; nous ne pouvons être certains à cent pour cent de la date précise. Ils ont été découverts sur le site prestigieux de la mer Morte et présentent indéniablement un intérêt inédit. Ils s'inscrivent dans la longue séquence du déchiffrage de ce trésor énigmatique, commencé en 1947 alors que Qumrān était encore sous juridiction palestinienne.

— C'est comme si vous me parliez du Graal, Didier !

— Vous êtes trop rêveur, Francis... Il ne s'agit que de longues litanies religieuses ou de sévères codex rédigés par d'austères Esséniens dans ce fameux monastère de Qumrān. J'ai abandonné pour un temps les travaux que je consacrais à la restauration d'un superbe psautier du XIVe siècle pour me vouer à cette tâche. Je ne le regrette pas !

Hertz donnait le sentiment de s'intéresser à une discussion qui s'était ouverte sur sa droite entre quelques frères au sujet des dernières décisions du Convent. En réalité, il suivait l'échange entre Mosèle et Marlane, et en recueillait chaque mot.

— Si cela vous intéresse, proposa Mosèle, je vous convie à visiter mon service, cette semaine. J'ai lu vos livres ; vous pourriez peut-être me donner un coup de main ? La caution d'un spécialiste des Saintes Écritures tel que vous réjouira ma direction.

— C'est bien vrai, vous m'avez lu ?

— En effet. Je ne souscris pas forcément à toutes vos théories, mais j'ai pris un grand plaisir à les étudier. Certaines de vos interprétations ont même fait le tour de la Fondation où vous comptez d'ailleurs quelques admirateurs. En ce qui me concerne, je ne partage pas vos hypothèses... Elles exhalent une odeur de soufre qui vous aurait conduit droit sur le bûcher en des temps différents.

Marlane rougit et se redressa pour réagir en scandant ses mots :

— Ce ne sont pas des hypothèses ! Des certitudes... Vous m'entendez : des certitudes !

Puis, après un long temps de réflexion, il ajouta :

— Jésus n'était pas ce charpentier pauvre que l'on représente barbu, blond à la peau blanche ! Vous imaginez vraiment que le Fils de Dieu ressemblait à un vulgaire acteur californien de téléfilms ? Jésus avait la peau mate, les cheveux bruns et était né dans une famille relativement riche ! Ah, bien sûr, le symbole en prend un sacré coup dans l'aile, n'est-ce pas ?

Mosèle, qui s'étonnait qu'un homme de l'intelligence de Marlane, aussi croyant en un Dieu révélé, pût tenir de tels propos, le provoqua de bon cœur tout au long du souper. Il faisait son amusement quand il s'échauffait en tentant de lui démontrer le bien-fondé de ses théories au sujet de la famille du Christ, de ses enfants, de son frère...

Marlane avait été un chrétien fervent avant de venir à la franc-maçonnerie.

— De mon côté, dit Mosèle, je peux aussi me targuer de posséder une bonne connaissance des Évangiles, que je dois aux bons pères d'un lycée privé d'Amiens où j'ai passé mon adolescence. Jean, Luc, Matthieu et Marc m'ont souvent distrait et permis de m'évader par l'imagination. Je prenais alors les exploits de Jésus pour une grande et magnifique épopée. Six heures de catéchisme par semaine ! Vous pouvez dire mieux, Francis ?

— Je m'incline. Mais revenons à votre travail

actuel. Vous m'avez parlé de la Fondation ; c'est bien de la Fondation Meyer qu'il s'agit, n'est-ce pas ?

— En effet. Une énorme « usine » financée par une multitude de subventions : l'Unesco, le ministère de la Culture, deux ou trois groupes privés... J'avoue que je me soucie peu de savoir de quels tuyaux coule l'argent. En fin de compte, je dispose d'un budget conséquent qui m'a permis de m'offrir les meilleurs informaticiens du monde pour me concocter un superordinateur. Celui-ci m'aide, à partir de quelques fragments de vélin couverts de lettres à l'encre pâlie par les siècles, à emplir les espaces vacants du puzzle, choisissant la solution parmi des millions de possibilités. Mon équipe et moi avons baptisé cette bécane Largehead.

— Mais votre boulot, Didier...

— Un minutieux travail de patience, poursuivit Mosèle, appelé à trouver sa place dans la chaîne d'études amorcées par le père Benoît, le professeur John Strugnelle, le dominicain Roland de Vaux, le docteur Stafford et bien d'autres chercheurs célèbres ou anonymes qui ont consacré leur vie à reconstituer pièce par pièce des kilomètres de rouleaux déchirés, maculés ou « annotés » par de peu respectueux traducteurs ! Il y a de la place dans mon staff pour vous, si vous le souhaitez, Martin.

— Vous ne plaisantez pas, Didier ? Vous me proposeriez de rejoindre votre équipe ?

— Je suis le patron de l'unité de recherche, je peux engager qui je veux pour m'épauler dans mon job, du moment que la personne en question possède les compétences nécessaires.

— J'accepte immédiatement ! Je signe de mon sang tout contrat sur-le-champ !, s'écria presque Marlanc.

Hertz se retourna alors vivement vers ses deux nouveaux frères pour dire :

— Cela s'appelle un pacte ! Vous voyez, la franc-maçonnerie distille aussi ses petits miracles. Elle vous a réunis ce soir...

— Vous avez étudié nos dossiers, Martin, remarqua Mosèle. Ne jouez donc pas la surprise. Vous vous doutiez qu'un jour ou l'autre nous évoquerions ce sujet. Vous connaissiez nos métiers respectifs et nos centres d'intérêt. Je ne vois pas là de miracle.

— Naturellement, admit Martin Hertz. Néanmoins, vous auriez pu, l'un ou l'autre, ne pas être admis par cette Loge. Cette conversation n'aurait ainsi jamais eu lieu.

— J'en conviens, reconnut Mosèle. Il n'empêche que je n'apprécie pas trop le terme de « miracle ».

Hertz eut un sourire espiègle et hocha sa grosse tête en plissant les yeux. Il dit :

— Sans doute préférez-vous le mot *hasard* ?

— Le hasard, oui... En effet !, opina Mosèle.

Martin Hertz s'apprêtait à reprendre la parole avec une mine gourmande lorsque son regard s'assombrit soudainement, comme s'il était la proie d'une brutale tristesse. Il parut d'un coup très vieux aux yeux de Mosèle.

Hertz demeurant silencieux, Mosèle se tourna vers Marlane pour lui demander :

— Vendredi ? Cela vous convient-il ? Je vous attends vendredi sur le coup de 10 heures à la Fondation Meyer, place d'Alleray. Je vous ferai un topo sur mon boulot et vous présenterai mon équipe... et Largehead. Vous serez surpris, Francis. Sans lui, 4Q456-458 resterait d'énigmatiques bouts de vélin gribouillés et muets. Il est devenu pour nous un collègue à part entière...

— Dans ce cas, j'ai hâte de le connaître, dit Marlane avec flamme.

*
**

Tout s'était joué ce soir-là. Mosèle venait de condamner à mort Francis Marlane en lui proposant de partager ses travaux.

Vers minuit, les frères de la Loge Éliah avaient quitté le Cercle écossais par petits groupes. Mosèle avait garé sa voiture sur le boulevard des Batignolles ; il fit quelques pas en compagnie de Marlane et de Hertz. Ce dernier avait recouvré sa bonne humeur de façade et avait accaparé la parole, semblant ne pas se soucier de la pluie qui ruisselait sur son crâne chauve.

— Vous verrez, disait-il, avec le temps, l'initiation vous ouvrira de nombreuses voies d'introspection. Pour vous, cette soirée n'aura désormais plus de fin. Moi, j'ai été initié il y a trente-deux ans. C'était hier !

— Je crois comprendre..., fit Mosèle.

Hertz salua ses deux frères en les embrassant par trois fois.

— J'ai garé ma voiture au parking.

Il s'éloigna. Mosèle et Marlane le regardèrent un instant. Il marchait avec une étonnante souplesse malgré son poids.

— Il est avocat, me semble-t-il, dit Marlane. Vous le connaissiez auparavant ?

— J'ai dû le voir deux fois...

— C'est cela. Mon parrain m'a présenté à lui l'année dernière et nous avons déjeuné ensemble au mois de juin.

— Il vous a cuisiné comme il l'a fait avec moi ?, demanda Mosèle.

— Pendant plus de trois heures ! Tout y est passé :

ma vie, mes lectures, mes loisirs... Tout ! Cet homme possède un don pour vous tirer les vers du nez. Au fait, vous êtes marié, Didier ?

— Non. Disons que j'ai fait quelques tentatives infructueuses. Et vous ?

— Elle s'appelle Émylie.

Ils avaient parlé encore pendant quelques minutes puis s'étaient séparés en évoquant leur prochain rendez-vous. Ils s'étaient embrassés. Cela avait paru naturel. Trois fois... Trois baisers rituels de fraternité.

4.
La Fondation Meyer

Le vendredi suivant, Francis Marlane se présenta à la Fondation Meyer. Il était dix heures précises quand il déclina son identité à la réceptionniste, dans le hall. Un badge de visiteur lui fut remis. L'hôtesse appela le professeur Mosèle par le standard. Le temps que son ami vienne le chercher, Marlane, comme à son habitude, se lança dans une observation des lieux. Un hall moderne, sans véritable cachet. Les murs blancs et verts. D'énormes plantes grasses dans des pots en grès. Deux ascenseurs gardés par un vigile. Une porte donnant sur un escalier.

Mosèle déboucha de l'un des ascenseurs et traversa le hall à grandes enjambées pour accueillir son ami. Il désigna sa montre de son index droit avec une moue admirative.

— Bonjour, Francis. Quelle ponctualité ! Voilà au moins une différence essentielle dans nos caractères respectifs !

— Je vous l'ai dit, je suis un peu psychorigide. Ma femme s'en plaint beaucoup. Je vous raconterai...

Ils prirent l'ascenseur. Mosèle appuya sur le bouton du quatrième.

— Votre vigile, en bas, commença Marlane, est

une véritable armoire à glace. Cette fondation est aussi bien gardée que la Banque de France.

— Le syndrome paranoïaque de mes directeurs ! Tout cela parce que nous avons reçu quelques lettres anonymes de menace provenant sans doute d'intégristes cinglés. Souriez, vous êtes filmé !

Mosèle montra l'œil d'une caméra dans l'un des angles de l'ascenseur.

— La Fondation en est truffée, ajouta-t-il.

Ils atteignirent le quatrième étage et empruntèrent un large couloir desservant plusieurs salles vitrées baignées d'une lumière artificielle légèrement fluorescente, où travaillaient des hommes et des femmes portant des combinaisons blanches, des bonnets, des gants en plastique blanc.

— Des salles d'opérations ?, plaisanta Marlane.

— Presque. Ce sont les chambres de « dépouillage ». C'est là que les rouleaux 4Q456-458 sont déroulés, traités et identifiés par chiffres et codes avant d'être scannés. Des copies sont aussitôt envoyées à mon service chargé de reconstituer le puzzle.

Marlane s'approcha de la cloison vitrée. De l'autre côté, deux laborantins étaient penchés sur une bande de parchemin en très mauvais état qu'ils tentaient de disposer entre deux plaques de verre tout en s'évertuant à ne pas la briser. Gestes minutieux, lents... Gestes de chirurgiens.

Mosèle engagea Marlane à poursuivre leur chemin.

— Il m'a fallu, dans un premier temps, éplucher et classer les textes antérieurs à 4Q456-458. Un boulot de bénédictin... Avec l'équipe que je dirige, je me suis rendu compte que deux rouleaux numérotés Q238-239 avaient disparu, précisa-t-il.

— Disparu ? Vous voulez dire qu'ils ne figurent même pas à l'École biblique de Jérusalem ?

— C'est du moins ce que m'ont répondu les autorités de l'École biblique : Q238-239 se sont volatilisés ! Et aucun moyen de mettre la main sur le moindre fac-similé. Ils sont pourtant cités dans l'édition récente de la Nomenclature des manuscrits. Je dois me débrouiller sans eux.

— Troublant..., murmura Marlane.

— Pas autant que le professeur Moustier qui nous arrive avec son déhanchement chaloupé de femme fatale, dit Mosèle en faisant emprunter à son ami un nouveau bras du couloir.

Mosèle désigna discrètement une jeune femme blonde qui venait vers eux. Elle avançait en dansant, vêtue d'un tailleur taupe composé d'une veste croisée retenue par deux gros boutons blancs et d'une jupe droite coupée au ras des genoux.

— Je croyais que ce genre de créature n'existait qu'au cinéma. Ou dans le souvenir de mes rêves d'adolescent, dit Marlane.

Mosèle présenta son ami à la jeune femme. Celle-ci, avec un léger accent allemand, s'exclama :

— Francis Marlane... Le Marlane d'*Apologétique et théologie magique* ?

— Mince, vous avez lu ce bouquin ?, s'étonna l'historien.

— Je vous ai prévenu : vous comptez des admirateurs dans mon service, précisa Mosèle.

— Tout de même, poursuivit Marlane. L'*Apologétique* n'est pas vraiment d'une grande distraction. Une somme faisant partie de ma *période universitaire*... Un petit peu indigeste, non ?

Le professeur Moustier ne partageait pas cet avis. Au contraire, elle avait rarement lu quelque chose d'aussi captivant ! Avec un sourire tout rose et miel, elle exprima le souhait de discuter un prochain jour avec Francis Marlane et, quand Mosèle lui apprit que son ami se préparait à rejoindre son équipe, elle jura que c'était la plus merveilleuse des nouvelles. Puis elle fit un demi-tour sur ses talons hauts et, pareille à un mannequin défilant sur un podium, elle s'éloigna, laissant Marlane sous le choc.

— Hélène Moustier est un tantinet excessive, Francis. Vous l'aurez remarqué, n'est-ce pas ?

— Un brin, oui... C'est sans doute ce qui contribue à son charme.

Les deux hommes arrivèrent devant une porte rouge. La couleur étonna Marlane. Toutes les autres étaient vertes. Mosèle dit :

— J'aime à me singulariser. Et j'adore ce rouge... La direction accepte quelques-unes de mes originalités. Attention, vous êtes prêt ?

— À quoi faire ?, s'étonna Marlane.

— Mettez-vous en apnée, nous entrons dans mon bureau !

Et Mosèle ouvrit la porte rouge.

5.

Le bureau

Francis Marlane émit un long sifflement. Après avoir vu les chambres de « dépouillage » et constaté leur aspect clinique, il ne s'était pas attendu à trouver un tel capharnaüm. Il ne réalisa pas immédiatement : trop de détails à absorber et analyser. Le fauteuil en cuir, d'abord. Un Chesterfield fatigué, râpé, élimé. Présence surprenante que côtoyaient des ordinateurs issus de la dernière technologie ainsi que d'antiques bécanes. Fils électriques courant partout vers d'improbables blocs de prises, de broches, de modems. Bouquins en tas, en piles, en vrac... Ouverts, béants. Des tonnes de papiers, de chemises, de documents. Des pochettes... Des photographies, un téléviseur, deux raquettes de tennis, une bouilloire, des tasses. Le tout sur des tables de travail, ou dessous, grimpant dans des armoires ouvertes ou le long d'étagères surchargées.

Et là, émergeant de ce fouillis, un crâne dégarni, couronné de crins gris. Un petit bonhomme mal fagoté en laine et velours, qui se dressa pour présenter son visage de vieil ermite souriant, tout plissé, tout ridé, avec des yeux pochés derrière de gros verres.

— Bonjour, lança le vieil homme. Je m'appelle Souffir. Norbert Souffir. Et vous devez être monsieur Marlane.

— Exact.

Marlane se retourna sur Mosèle.

— Vous vous y retrouvez, dans cette caverne ?

— Bien sûr ! Grâce à mes deux Gardiens du Temple... Le premier : Norbert Souffir, qui vient de se présenter, répondit Mosèle. Et le second : LARGEHEAD !

Mosèle fit un ample geste théâtral de la main. Marlane comprit que Largehead, qu'il s'était imaginé en machine colossale et rutilante, n'était que cet écran devant lequel se tenait Norbert Souffir. Mosèle se rendit compte de sa déception. Il précisa aussitôt :

— En réalité, Largehead est une créature tentaculaire qui ronfle au frais dans les sous-sols de la Fondation et à laquelle nous sommes reliés par des terminaux. L'ordinateur le plus patient que j'aie jamais rencontré, le plus méticuleux et le plus instruit du monde ! Il connaît toutes les langues : l'araméen, le grec, le latin... Il en connaît presque autant que Norbert. C'est dire !

Souffir tapota sur son écran et dit :

— N'empêche que Largehead nous fait une petite crise de nerfs. Il achoppe sur un texte calendaire troué comme du gruyère. Infoutu de me sortir une combinaison cohérente.

Mosèle expliqua à l'adresse de Marlane :

— Nous tentons de reconstituer actuellement une « bande » d'admonitions qui s'égrènent en une séquence infernale... A516, 517... et ceci jusqu'à A698 ! La moitié des textes ont été mangés par les rats de la grotte IV de Qumrān. On avance en aveugles. On redonne forme à des écrits que nous sommes actuellement incapables d'interpréter. Un jeu de patience chinois, sans limites !

— C'est une œuvre prodigieuse, plutôt, dit Marlane. Vous rendez-vous compte que vous déchiffrez les témoignages des Esséniens dont certains ont pu être les contemporains du Christ ?

Un géant roux surgit de derrière la cloison qui coupait en partie la pièce.

— Une tâche de fourmis, harassante et difficile ! Vous êtes Marlane, c'est bien cela ?

— Et voici le troisième membre de mon équipe, notre pilier de rugby : Rughters !, annonça Mosèle.

Le Rughters en question mesurait près de deux mètres et affichait sa quarantaine avec aisance : le poil ras, une barbe courte de baroudeur, le menton volontaire, et surtout une poignée de main qui brisa les phalanges de Francis Marlane. L'historien fit la grimace tout en tentant d'esquisser un sourire de circonstance.

— Quant à mon quatrième partenaire, vous venez de le croiser dans le couloir, dit Mosèle. Votre admiratrice ! Il ne tient plus qu'à vous de rejoindre l'équipe, Francis.

— Considérez que j'ai accepté. Rien ne peut me faire plus plaisir ! J'aurais tout donné pour toucher d'aussi près les manuscrits de la mer Morte. Tout... jusqu'à mon âme !

— Allons, pas tant d'emphase, dit Mosèle. Parions seulement notre peau, mais pas notre âme !

— Faudrait-il encore que nous en ayons une, protesta Rughters en riant. La science n'a rien démontré à ce propos, professeur.

Ce mercredi, Francis Marlane, si soigneux, si ordonné, se dit qu'il lui faudrait faire bien des efforts pour partager le bureau de Mosèle et de ses collaborateurs. Il était néanmoins prêt aux plus grands sacrifices. Le rêve de sa vie se concrétisait.

6.

La camionnette blanche

Mosèle gare sa Golf le long du trottoir, à quelques mètres du pavillon de Martin Hertz. Il n'a pas cessé de pleuvoir durant tout le trajet. Une pluie fine, serrée, oblique.

Mosèle descend de son véhicule et claque la portière. Il se dirige vers la grille qui réclamerait une bonne couche de peinture. Il sonne. « C'est ouvert ! », miaule la voix de Hertz dans l'interphone. Mosèle entre. Il traverse un minuscule jardin pelé et grimpe les six marches d'un escalier de pierre qui le conduit sur une terrasse couverte de gravier.

Les volets du rez-de-chaussée sont clos. On devine néanmoins de la lumière par leurs interstices. « Il est dans son bureau, pense Mosèle. Le vieux bonze m'attendait. »

Plus bas, au bout de la rue, une camionnette blanche vient se garer non loin de la Golf de Mosèle. Un homme en descend, muni d'un fusil-micro. Il se rend à son tour vers la grille restée entrouverte.

Dans la camionnette, le conducteur, un écouteur dans l'oreille, s'exprime en italien dans un minuscule micro-cravate : « Lorenzo a suivi Mosèle qui va entrer chez Hertz... À Sèvres, 7, rue Jacquard... Oui, oui... Lorenzo enregistrera leur conversation... Aucun problème... Oui, désolé... On l'a manqué quand il est sorti de chez lui... On fait comme vous avez décidé... On attend maintenant d'apprendre ce que Mosèle sait... »

Puis le conducteur sort une cigarette d'un paquet de blondes. Il s'installe pour attendre, se cale sur son siège. La pluie brouille le pare-brise. L'homme tire sur sa cigarette et pense à Francis Marlane... et à Mosèle.

Il soupire en recrachant un nuage de fumée bleue. Quoi qu'il ait fait, quoi qu'il doive faire à nouveau de pire, de plus horrible, il le fera sans remords. Méthodiquement. Professionnellement. Pour que nul n'apprenne jamais...

« Jamais !, murmure-t-il. Car c'est l'avenir de l'Église qui est en jeu. »

7.

Le Testament du Fou

— Entrez ! Allons tout de suite à mon bureau, nous y serons plus à l'aise et ne risquerons pas de réveiller Léa.

— Je vous demande de m'excuser... Je sais que ce n'est pas une heure pour...

— Perdez l'habitude de toujours vous excuser à propos de tout ! Donnez-moi votre imperméable.

— Vous m'avez dit que je pourrais faire appel à vous en cas de nécessité. J'ai aussitôt pensé que je devais vous parler de Francis Marlane... de sa disparition.

— Sa disparition ? N'était-il pas parti pour Jérusalem ? Je croyais que vous l'aviez envoyé en mission auprès du recteur de l'École biblique !

Mosèle s'effondre dans le fauteuil que vient de lui désigner le gros homme qui, lui, préfère s'asseoir sur une chaise qui craque aussitôt sous son poids.

Martin Hertz a passé un peignoir de velours fané, froissé, aux couleurs criardes. Une vieille chose amie. Comme une seconde peau confortable dans laquelle on aime à se glisser pour y retrouver sa propre odeur, un contact familier.

— Voulez-vous boire quelque chose ?, propose

Hertz. Cognac, whisky ? J'en ai un pas trop mauvais, dans ce petit bar.

— Oui, whisky, merci. Merci, Martin.

— Vous vous excusez et vous remerciez à tout bout de champ ! Croyez-vous que vous dérangiez vos amis ?

Mosèle soupire et esquisse un fragile sourire. Peut-il dire à Martin Hertz combien celui-ci l'impressionne ? À chaque rencontre, il a le sentiment d'être en présence de la réincarnation de son père ! Il se retrouve tout petit devant lui, perdant une bonne partie de ses facultés intellectuelles à la simple pensée que Hertz possède un cerveau exceptionnel. Ou bien la timidité qu'il ressent est-elle le fait que c'est Martin Hertz, alors Vénérable de la Loge Éliah, qui l'a initié avec Marlane ?

— Cela ne vous dérange pas que je fume ce magnifique Partagas corona ? Mon degré d'attention est supérieur avec un cigare au bec..., feint de demander Hertz en sortant comme par magie un étui en cuir de l'une des poches de sa robe de chambre.

— Je vous en prie.

Rituel du cigare. Hertz ne peut jamais entamer une conversation d'importance sans consacrer un peu de temps à ce genre de préludes où il semble ne plus concentrer son attention que sur la cape colorado, le parfum mat, le toucher sensuel de son corona.

Silencieux, attentif à son propre plaisir, Hertz n'allume son cigare que lorsqu'il a achevé de lier connaissance avec lui.

Alors, écartant ses courtes jambes, fermant presque les yeux, laissant tomber son menton gras sur sa poitrine, pareil à un énorme crapaud sur le point de s'assoupir, il dit :

— Je vous écoute !

Et c'est bien en réalité ce qu'il fait. Il écoute. Il écoute de tout son corps, de toute sa chair, s'imprégnant non seulement des paroles qu'on lui confie, mais aussi et surtout des émotions qui peuvent transparaître chez son interlocuteur.

À l'affût du moindre souffle, d'un léger bégaiement significatif, d'une pause dans le discours inhabituel ou incongru, il écoute.

Mosèle commence son récit.

Tandis qu'il parle, qu'il reprend tout l'historique des événements qui ont conduit Marlane à une mort probable, Mosèle ne détache pas les yeux du visage adipeux et immobile de Hertz. Aucune expression, rien qui puisse trahir ses sentiments.

*
**

Il est près de deux heures.

Le bureau de Martin Hertz n'est éclairé que d'un simple halogène à l'éclat affaibli. Le cigare inachevé a été abandonné dans un cendrier. Mosèle, maintenant qu'il a conclu son récit, attend les réactions du vieux maître.

Hertz relève le menton. Ses petits yeux noirs fixent longtemps son ami et il y a beaucoup de douceur dans ce regard étroit.

Il dit :

— *Il* l'aurait donc fait tuer ? *Lui*... C'est *lui* qui aurait donné l'ordre d'éliminer Francis... ?

— Je le crois, Martin. Le SECRET lui appartient !

Hertz se redresse péniblement de sa chaise. Il se dirige vers la bibliothèque qui occupe l'un des murs et ressemble à l'une de ces magnifiques armoires anglaises. Là, il cherche durant quelques secondes, puis extrait bientôt un livre relié d'un cuir brun taché en maints endroits.

Tout en feuilletant l'ouvrage avec délicatesse et en revenant vers Mosèle, Hertz murmure :

— Le SECRET ! J'aurais préféré vous savoir en dehors de cette fable, mon ami !

— Ne jouez pas sur les mots. Vous savez pertinemment que ce n'est pas une fable.

Hertz se rassoit. La chaise craque de plus belle.

— Une légende demeure une légende tant qu'on n'a pas prouvé sa réalité. Vous venez de me donner la version d'une aventure que je prendrais pour un feuilleton populaire si je ne vous connaissais pas. Pourtant, de nombreux points de votre histoire sont corroborés par ce petit ouvrage. Tenez, prenez-le en main. Je vous sais suffisamment spécialiste pour savoir de quoi il retourne. Tournez les pages avec soin : il n'est plus de la prime jeunesse ! Je n'ai pas trouvé meilleur moyen de le cacher qu'en le plaçant en évidence parmi d'autres livres.

Mosèle accueille avec étonnement l'objet qui ne porte aucun titre. Il l'ouvre et reste quelques secondes à déchiffrer la phrase tracée parmi de magnifiques enluminures sur la première page.

— Ce n'est pas possible !, souffle-t-il. Non, ce livre n'existe plus... il a été brûlé par Philippe le Bel !

— La légende, Didier ! La légende veut qu'il ait été détruit ! En effet, la fable en usage affirme que Philippe le Bel, à la suite du procès inique contre Jacques de Molay, a imposé au bourreau de jeter ce livre dans les flammes du bûcher où devait périr le dernier grand maître des Templiers.

Mosèle passe la première page et se plonge dans sa lecture, déchiffrant immédiatement le texte en latin.

— Comment... ?, s'enquiert seulement Mosèle.

— Comment est-il parvenu jusqu'à moi, ou comment n'a-t-il pas été dévoré par les flammes tel que le désirait le roi Philippe ?

— Oui, comment et pourquoi cet évangéliaire de Nicolas et Agnan de Padoue – car c'est bien de lui qu'il s'agit, n'est-ce pas ? – existe-t-il encore de nos jours ? Je tiens entre mes mains un objet maudit, la pièce maîtresse d'une doctrine hérétique, *« In furorem versus »*, communément appelé le Testament du Fou !

— En effet, c'est ainsi qu'on nommait cet ouvrage. J'admire vos connaissances, Didier. Peu de gens peuvent citer le Testament du Fou rédigé par le moine Nicolas de Padoue et illustré par son frère Agnan.

— Son frère ? Vous vous moquez de moi, Martin. Vous jouez au chat qui se fait plus fourbe que matois !

— Ah ?, fit Hertz en reprenant son cigare froid pour le carrer entre ses dents.

Mosèle reprend :

— En vérité, Agnan était son amant. Les deux hommes dissimulèrent leur amour derrière la façade de la fraternité.

— J'applaudis !, s'exclame Hertz. Vous m'étonnez ! Pourtant, j'aurais dû m'attendre à vos réponses. Vous êtes un historien renommé et tout ce qui touche de près ou de loin aux manuscrits de cette époque ne vous laisse pas indifférent. Je dois avouer que mon orgueil en prend un coup.

— Excusez-moi...

— Ne vous excusez plus jamais en ma présence ! Ne soyez pas si modeste et effacé. Ce que vous m'avez raconté cette nuit, la théorie que vous avez échafaudée avec Marlane, vos découvertes quittent les ombres de la légende. Vous en avez conscience tout autant que moi. Rappelez-vous la phrase d'Aristote : « Pour être acceptable en tant que connaissance scientifique, une vérité doit être induite par d'autres vérités. » Cet évangéliaire, comme vous l'appelez, est l'une des vérités qui peuvent vous permettre de reconstruire la réalité du passé. Quant à la locution latine *« In furorem versus »* qui a donné son titre à cet ouvrage, nous la retrouvons dans la Vulgate de saint Jérôme qui s'est inspiré d'un verset de Marc : *« Ce que ses parents ayant appris, ils vinrent pour se saisir de lui, car, disaient-ils, il avait perdu l'esprit »* – un verset qui parle de Jésus.

— Tout ce que nous vivons serait faux ? Nous, les héritiers du judaïsme et du christianisme, nous serions les acteurs d'une chimère ? Me donnez-vous raison sur ce principe ?

— Je n'ai rien dit de tel, précise Hertz en mâchonnant son cigare éteint. Je me contente de vous aider comme vous êtes venu me le réclamer. Il se trouve que j'ai pu acquérir ce manuscrit.

— Par quel tour de magie avez-vous mis la main sur cette merveille ? Je pensais qu'il n'en restait qu'un seul et unique exemplaire au Vatican.

— La bibliothèque pontificale en conserve en effet une copie identique, précise Hertz. En tous points semblables. Réalisée par Nicolas et Agnan de Padoue. Il y eut toujours *deux* Testaments du Fou ! Je vous expliquerai plus tard de quelle manière je suis devenu propriétaire de ce joyau...

— Soit, j'attendrai donc. Vous êtes homme de mystères et d'énigmes, Martin. Francis Marlane a évoqué une fois ce manuscrit. C'est un certain Pontiglione qui lui en avait parlé, lors d'une rencontre entre francs-maçons à Venise.

— Le professeur Ernesto Pontiglione ? Je le connais un peu. J'ai échangé des courriers avec lui.

Je savais qu'il recherchait une copie du Testament du Fou pour un travail que lui avait confié le Vatican.

— Cette copie, vous la lui avez donnée ?

— Seulement quelques pages photocopiées. Dont celle que vous avez sous les yeux... Cette représentation de Dieu créateur mesurant la Terre à l'aide d'un compas. Agnan était un grand artiste, n'est-ce pas ? Que pensez-vous de cette image ?

— Nous sommes bien loin de celle du *Codex Vindobonensis* du XVIe siècle qui propose une image presque semblable, à l'exception de la Terre qui y est figurée par une patate informe... Près de trois siècles plus tôt, Agnan dessinait la Terre ronde, lui !

Après un temps de réflexion consacré à jauger le bout de son cigare, le vieil avocat décide de reposer celui-ci dans le cendrier, puis croise les mains sur son ventre.

— Vous êtes un historien talentueux, Didier ; pourtant, je pense que je peux vous apprendre la véritable origine du Testament du Fou.

— C'est à croire que vous avez voyagé dans le temps ! Nul n'est censé connaître le commanditaire de ce livre, Martin.

Les hommes ne vivent pas assez longtemps pour conserver certains secrets. Mais les sociétés, les ordres initiatiques, les confréries préservent les traditions et les vérités ! Suivez-moi dans le passé, Didier : je vais vous raconter la naissance de ce manuscrit...

8.
La mort d'Isabelle

Nous sommes en mil cent quatre-vingt-dix. Richard Cœur de Lion a convaincu le roi Philippe Auguste de l'accompagner en Terre sainte délivrer le Tombeau du Christ ; l'empereur Frédéric Barberousse et ses croisés les ont déjà devancés...

Mais cette même année, Isabelle, reine de France, doit accoucher. La malheureuse souveraine souffre le martyre, écartelée sur son lit de travail, essayant de pousser en vain un bébé mort hors de son ventre.

On s'affole auprès d'elle. Deux nonnes la maintiennent par les poignets et tentent de la réconforter.

La sage-femme, elle, s'évertue à dégager la tête du minuscule cadavre.

— Que Dieu nous vienne en aide !, implore-t-elle. Mettez plus d'ardeur dans vos prières, mes sœurs ! Ce petit mort s'accroche à sa mère...

On parvient enfin à extraire l'enfant inerte. La matrone réalise que la reine porte un deuxième bébé. La besogne reprend aux forceps. Hurlements, cris de douleur... Et c'est un second cadavre que l'on dégage de sa gangue glaireuse et ensanglantée.

— Vierge Marie !, s'exclame l'une des deux nonnes. La reine... Elle vient de rejoindre ses enfants ; elle ne respire plus !

On prévient aussitôt le roi qui patientait nerveusement auprès d'une haute cheminée en compagnie de deux de ses fidèles, les chevaliers Henri et Benoît.

— Sire... Roi Philippe ! Dieu n'a point voulu que la reine enfante de nouveau ! Elle portait des jumeaux... Ils sont morts, et l'âme de leur mère s'en est allée à leur côté, annonce une religieuse.

Le jeune roi pâlit et, pris d'un vertige, titube en balbutiant « Isabelle... ma tendre Isabelle ! ». Henri le prend par un bras, l'oblige à s'asseoir, et Benoît verse un peu de vin dans une coupe.

Philippe boit une gorgée. Il se retient de sangloter.

— Mon roi, c'est là une bien lourde épreuve infligée par le Ciel. Nous avons le cœur brisé et nul mot ne saurait vous réconforter, murmure Henri en posant sa main sur l'épaule du monarque.

— Je le sais, dit le roi avec des larmes plein les yeux. Je le sais, mes amis. Vous m'êtes fidèles dans les joies comme dans les peines. Me voici désormais prêt à me croiser et à m'en aller en Terre sainte, confiant le royaume à mon fils Louis qui n'a que trois ans. Jérusalem est aux mains de Saladin et il me faut le bouter hors de la ville.

— Votre mère Adèle de Champagne et son frère Guillaume aux Blanches Mains seront tuteurs de Louis, le réconforte Benoît.

— Je me méfie toujours du parti champenois, bien que ma mère s'en porte garant. Je ne serai fort aise de quitter le sol de France qu'après avoir imposé une saine régence.

— Cela peut sans doute attendre, hasarde Henri.

— Non, la mort a frappé ma maison et je puis être sa prochaine victime en ces pays étrangers où nous allons batailler !

Benoît précise :

— Il y a de solides dispositions et de savantes règles à instaurer, Sire. Un trône vaquant donne à certains fessiers de gourmandes démangeaisons !

Le visage chiffonné et mouillé, Philippe esquisse cependant un sourire et confirme :

— Certes, je prendrai bien soin de museler les prévôts. La douleur de mon chagrin est déjà un lourd fardeau, et je ne veux pas m'encombrer de ces inquiétudes politiques pour gagner la Terre sainte.

9.
Les Templiers

La salle est vaste et vibre de la foule de ses prévôts, bourgeois, baillis et notables. Philippe, très pâle, est assis droit sur son trône fait de bois, d'or ouvragé et de velours. À sa droite se tient sa mère Adèle, alors âgée d'une quarantaine d'années, hautaine, raide, le menton pointu. À sa gauche, son oncle Guillaume, archevêque de Reims, rond et mou, semble somnoler, mais son œil de lézard étincelle parfois sous une lourde paupière.

Le roi Philippe écoute son sénéchal lire le texte qu'il a écrit sur une feuille de vélin. Philippe pense à Isabelle qu'il a portée en terre avec les jumeaux la semaine précédente. Et des larmes lui viennent encore aux yeux, brûlantes et acides.

Le sénéchal ânonne :

— Au nom de la sainte et indivisible Trinité, Philippe, par la grâce de Dieu, roi des Français, ordonne...

Puis le lecteur toussote, hausse le col et rend sa voix un peu plus grave, comme il convient en une telle occasion. Il poursuit :

— Nos baillis donneront à chaque prévôté quatre hommes sages et loyaux à qui l'on soumettra toutes les affaires des villes. Ils formeront conseil de droit et de sagesse... Interdiction faite en second à quiconque de révoquer un bailli sauf en cas de meurtre, rapt ou évidente trahison. Trois rapports seront adressés en chaque année au roi Philippe.

Dans la foule, un prévôt gras et replet se retourne vers un autre aux allures de coq et souffle :

— Philippe est un renard ! Il nous rogne les ailes...

— Cela sent l'inspiration templière, répond le second. Regarde, un « croix-rouge » veille dans l'ombre.

D'un vif coup de menton dédaigneux, l'homme désigne une silhouette immobile près d'un pilier. Une forme se tient en effet légèrement à l'écart, dans un manteau blanc frappé d'une croix rouge sur chaque épaule ainsi que sur la poitrine, le capuchon abaissé sur le visage.

La conférence est terminée, Philippe l'a signifié en se levant et en bénissant l'assemblée.

— Ma volonté vous a été rendue. Qu'elle soit parole testamentaire, ainsi soit-il.

Le gros prévôt, rouge de colère, grogne :

— Nous voici devenus prévôts sans pouvoir !

À quoi l'autre ajoute :

— Et Philippe a cousu le bec de la reine mère par la même occasion. Le roi est un habile manœuvrier.

— En effet, nul ne sait combien de temps il demeurera en Palestine. N'empêche, le roué conservera son royaume dans sa paume !

La salle se vide lentement. Adèle quitte son fauteuil sans un regard pour son fils. L'archevêque Guillaume se lève avec difficulté. Passant devant son neveu, il dit :

— Je ne cesserai de prier pour vous, Sire. Je demanderai que Dieu vous apporte réconfort et courage tout au long de votre entreprise en Terre sainte.

Mais la voix onctueuse et grasse sonne faux. Philippe se contente d'incliner la tête pour que son oncle dessine le signe de la croix sur son front avec le pouce.

Les deux hommes se défient ensuite du regard. Aucune affection dans celui du prélat. Rien que de la froideur ou de l'indifférence.

Les chevaliers Henri et Benoît viennent alors encadrer le souverain et l'aident à passer son manteau. La salle est maintenant vide. Ils la traversent pour sortir dans une modeste cour carrée.

— Il vous attend, dit seulement Henri.

— Oui, répond le roi.

Et Philippe regarde la silhouette du templier traverser la cour mouillée par une pluie récente. L'homme s'arrête, se retourne. Étrange présence, calme et sereine. Le vent joue un moment avec sa pèlerine blanche. Philippe le rejoint. Henri et Benoît restent légèrement en retrait.

Les quatre hommes ont gagné les écuries. En silence, ils enfourchent leurs montures et quittent le palais à l'instar de simples voyageurs. Philippe a dissimulé son visage sous une capuche.

*
**

Les pèlerins ont traversé la cité sous la pluie revenue, froide et acérée. Une pluie grise et triste, hachée.

Benoît s'inquiète alors que le roi Philippe descend de selle :

— Vous êtes trempé, Sire... Voyez comme vous tremblez.

— Ce n'est rien, je t'assure. Tu sais bien que je tremble ainsi depuis la mort d'Isabelle. J'ignore si cela me quittera un jour...

— Ne parlez pas ainsi. La vie reprend ses droits,

avec le temps. Vous ferez votre deuil et la paix vous sera rendue.

Cinq marches de pierre à gravir avant d'atteindre un perron. Une haute porte en chêne, solide et massive, que le templier ouvre avec une longue clef sortie de sous son manteau. Une pièce sombre aux volets clos. Une odeur de moisi. Des relents doucereux de bois vermoulu.

— Attendez-moi ici, dit le roi à ses deux chevaliers.

Philippe disparaît dans l'obscurité au côté du templier qui lui a donné la main pour le conduire. Le templier dit :

— Sire, *puisqu'il est l'heure et que nous avons l'âge, ouvrons nos travaux.*

— Je vous suis, Renaud.

L'obscurité est l'un des éléments du rituel ; Philippe l'a compris dès la première fois, lors de son initiation. Il fait donc confiance au templier qui, leurs mains jointes, l'aide affectueusement à se diriger à pas lents.

Le roi est déjà venu là par quatre fois. Il se souvient de la distance à parcourir pour gagner une porte que le templier se contente de pousser pour l'ouvrir. Et de l'escalier en colimaçon à descendre avec prudence. Et de la cave au sol boueux... Et d'une nouvelle porte à laquelle le roi doit frapper trois coups avant qu'une voix, derrière, demande :

— Qui frappe à l'entrée du Temple ?

Et le chevalier de répondre :

— C'est le roi Philippe en ma garde et sous mon parrainage, qui espère être reçu par ses frères dans la Loge Première.

La voix ordonne :

— Qu'il entre !

La porte est ouverte, Philippe et le chevalier pénètrent dans une crypte où se tient une assemblée de dix templiers en manteaux blancs. Tous ont gardé leur capuchon sur la tête.

Trois colonnes supportent la voussure composée de gros moellons. Sur le sol aux larges dalles a été dessiné un damier fait de carreaux noirs et blancs. Trois chandeliers éclairent faiblement le lieu de leurs flammes courtes qu'un mince filet d'air couche parfois.

Dès que le roi est entré, les templiers ont formé de leurs mains une chaîne dans laquelle Philippe et le chevalier Renaud se sont aussitôt intégrés.

Un templier dit :

— Bienvenue dans notre chaîne, Philippe ! Demain, à Saint-Denis, le vicaire vous remettra la bannière aux croix d'or. Par le Saint Clou et la Sainte Épine, vous serez croisé.

Philippe précise :

— Et je deviendrai soldat de l'Église pour me rendre à Jérusalem.

— Abandonnez Jérusalem à Richard et à Barberousse. N'allez point si loin, lance un autre templier dans la chaîne.

Philippe réagit :

— Les laisser délivrer seuls le Saint-Sépulcre ? Où serait l'honneur de ma croisade ?

D'une voix douce, au phrasé lent et serein, un templier élève la voix :

— Il est temps de vous instruire d'un grand secret, Sire. Un secret que même le pape Clément doit ignorer. Nous accordez-vous toujours la grâce de nous croire ?

— J'ai régulièrement consenti à vous écouter. La prudence et l'intelligence de vos conseils m'ont épargné bien des infortunes, admet le roi.

— Il s'agit d'un certain Évangile écrit sur trois rouleaux de parchemin. La pièce centrale du mystère dont nous vous avons parlé à notre réunion précédente, précise la voix suave.

— Un cinquième Évangile ? Aucun texte n'en fait mention. N'est-ce pas là une hérésie que vous prenez pour franche parole ?, s'étonne le monarque.

— Non, Sire, précise la voix paisible. Il existe bel et bien. Du moins une copie faite de la main même de son rédacteur.

Renaud prend alors la parole :

— Les rouleaux sont à Saint-Jean-d'Acre. Dans un souterrain, sous un bâtiment appelé la Tour maudite. C'est au creux d'une grotte que l'auteur de ce cinquième Évangile a déposé son bien avant de prendre la mer... Je vous accompagnerai en Terre sainte et vous guiderai.

— Ma mission consistera donc seulement à remplir cet unique rôle ?, s'étonne Philippe. Je dois uniquement rapporter ces parchemins ?

Renaud poursuit :

— C'est de la plus haute importance, Sire. Nous vous l'avons dit, ces textes sont la clef de voûte de l'indicible Secret. Nous ne pouvons courir le risque qu'ils soient découverts par d'autres... Car nous ne sommes pas les seuls à les chercher !

La voix lente ajoute :

— Saint-Jean-d'Acre doit tomber. Vous serez l'artisan de sa chute et entrerez dans la ville pour être le premier à fouiller les soubassements de la Tour maudite. Nous savons par notre Tradition où explorer...

Après un temps, Philippe dit :

— Soit, j'agirai pour la cause de la Loge Première, bien qu'il m'arrive encore de douter de la véracité de son propos. Cela ne suffit-il pas à ce que vous me retiriez votre confiance ?

— Non, Sire, murmure Renaud. Notre confiance vous est absolument acquise et nous admettons vos doutes, qui sont bien naturels. L'enseignement religieux que vous avez reçu en est cause. Nous sommes si peu à connaître la vérité...

Le roi Philippe se tourne vers le chevalier Renaud dont le bas du visage apparaît sous l'ombre du capuchon. Une bouche fine, un mince collier de barbe noire. Un sourire amical, fraternel.

— Cette vérité, justement, articule le roi, cette vérité me brûle l'âme autant que la douleur d'avoir perdu mon épouse et mes jumeaux. Une vérité si encombrante !

La voix lente et douce conclut :

— Suspendons nos travaux, mes frères.

Les templiers lèvent et descendent par trois fois la chaîne de leurs bras avant de la rompre. Puis le chevalier Renaud pose une main sur l'épaule de Philippe.

— Venez, Sire. Remontons.

C'est ainsi que cela se passe à chaque fois. Le roi est raccompagné par son guide. L'escalier en colimaçon à gravir, la salle emplie de ténèbres à traverser en sens inverse... Et les retrouvailles avec Henri et Benoît. Aucun mot échangé entre les trois hommes. Un salut de la tête de Renaud avant de refermer derrière le roi la porte en chêne massif.

La pluie a cessé. Une clarté argentée s'accroche aux tuiles des toits. La lumière... Philippe lève les yeux vers le ciel laiteux et inspire une grande goulée d'air. Il pense au Secret. Il pense à ce que lui ont appris les templiers, le mois précédent. Il pense à la mort d'Isabelle, à celle de ses jumeaux, et craint d'être maudit.

— Cette lumière, souffle-t-il à la surprise de ses

deux amis. Comme elle est belle ! Elle me transporte, pareille à une fervente prière...

Mais Philippe se garde bien d'avouer qu'il ne prie plus depuis qu'il sait... Depuis que les templiers l'ont accueilli au sein de la Loge Première afin de lui apprendre que l'Église avait bâti son empire sur une supercherie. Sur le plus effroyable des mensonges !

10.
La tuerie

Le roi Philippe et son armée arrivent sous les remparts de Saint-Jean-d'Acre le vingt avril mil cent quatre-vingt-onze. Le souverain s'est fait accompagner par ses deux amis, les chevaliers Henri et Benoît, ainsi que par le templier Renaud.

Philippe est accueilli par l'évêque de Beauvais, Philippe de Dreux et les comtes de Flandres.

— Ah, mon cousin, s'exclame l'évêque, nous désespérions de vous avoir à nos côtés. Voyez, nous n'attendions plus que vous et le roi Richard pour ébranler cette forteresse.

— Et Frédéric ? Barberousse ne vous a donc point déjà rejoints ?, s'enquiert le roi.

— L'empereur s'est noyé dans les eaux du Cydnos et ses croisés n'ont plus guère de courage pour se battre. Ils ont presque tous pris le large depuis, répond Philippe de Dreux.

— C'est fâcheux, dit le roi. Il nous faudra donc compter sur les forces de l'orgueilleux Richard. Mais j'ai emmené avec moi d'ingénieux charpentiers qui construiront balistes et mangonneaux.

Philippe installe aussitôt son camp et ses architectes se mettent à l'œuvre pour fabriquer les engins de guerre. Des ouvriers charrient alors poutres, poulies, cordes. Des forgerons élèvent de grands fours en terre pour fabriquer les protections dont seront revêtues les tours d'assaut.

Le sept juin, le roi Philippe est prévenu du débarquement du roi Richard.

— À l'en croire, annonce le templier Renaud, il est impatient d'en découdre avec les défenseurs de Saint-Jean-d'Acre.

— Ce n'est pas étonnant, remarque Philippe, son désir de gloire est plus fort que sa foi.

C'est en effet un suzerain vaniteux, tout pétri de morgue et de fierté, qui soulève bientôt le jeune roi de France dans ses bras et le broie contre sa poitrine dans une naïve et virile accolade.

— Philippe ! L'auguste et sévère Philippe ! Embrassons-nous !

— Cœur de Lion, vous avez musardé en route. Assaillants et assiégés commencent à souffrir de disette.

Richard a pris le bras de Philippe et se fait inviter à visiter le camp sans attendre. L'Anglais découvre les engins de guerre qu'ont réalisés les Français et reconnaît de bonne grâce la qualité des ouvrages. Il s'émerveille surtout devant une catapulte, la « Malvoisine », ainsi qu'une tour aussi haute que les remparts de la cité. Une tour de quatre étages faite de bois, de plomb et de fer.

— Vos hommes ont accompli un fort beau travail. Nous allons pilonner la forteresse et livrerons l'assaut de concert.

— Certes, souligne Philippe. L'un à l'est et l'autre au sud. Nous avons étudié les murailles. Je crois aisé de prendre ces deux secteurs en priorité.

Philippe désigne les remparts de la cité d'Acre. Du doigt, il montre tour à tour des endroits de la forteresse qui semblent plus vulnérables et moins hauts que la plupart des murs.

— Regardez, Richard... Les remparts sont moins épais ici et là. Nous concentrerons nos forces sur ces deux points faibles. La « Malvoisine » nous ouvrira un passage en bombardant l'enceinte de grosses pierres.

— Voilà un plan qui me convient ; il a le mérite d'être simple. La guerre ne devrait jamais être compliquée. Qui est courageux et fort doit vaincre, c'est l'évidence.

— Un faible rusé peut tout aussi bien mettre à terre un rival de poids, Richard !

L'Anglais éclate de rire et donne une solide bourrade à son allié en disant :

— Ça, c'est de la politique, Philippe ! Chaque chose en son temps... Demain, nous massacrerons. Nous ferons la guerre. Une rude et belle besogne à la gloire de Dieu.

La semaine qui suit n'est que violences. Il faut plusieurs assauts pour prendre Saint-Jean-d'Acre, pour que les cadavres jonchent les ruelles où coulent des rigoles de sang, pour que le roi Philippe, après avoir envahi à la tête de ses troupes la citadelle éventrée, émerge d'un cauchemar et mesure, fiévreux, l'étendue de la boucherie. Pour que l'odeur écœurante de la mort prenne les vivants au cœur, à les faire vomir. Pour que l'on traîne des cohortes de prisonniers, mains sur la tête, hagards, fantômes idiots qui ne comprennent pas les injures et les quolibets des vainqueurs. Pour que des Français dressent l'étendard des croisés sur un monceau de corps enchevêtrés, enlacés dans une mort obscène, à demi nus, déchirés, brisés, salis...

— Tout ce sang..., murmure le roi Philippe.

— Pour le Christ, Sire !, le réconforte le chevalier Henri.

— Le Christ ?, reprend Philippe, s'apprêtant à poursuivre, mais se reprenant en voyant le templier Renaud venir à lui en enjambant les cadavres ensanglantés.

L'épée du chevalier est rougie jusqu'à la garde. L'homme paraît épuisé. Sa capuche est abaissée et l'on peut voir dans ses yeux brûler comme une fièvre.

Renaud s'assied aux pieds du roi et émet un long soupir avant de dire :

— Tuer est diantrement fatigant, Sire, bien qu'on en prenne vite l'habitude et qu'on se mette presque à en apprécier l'usage ; l'épée s'allège à chaque homme trucidé.

— J'ignorais que ce serait aussi vil, dit le roi. Aussi laid...

— Fort laid, en effet, souligne Renaud. Que la cause soit juste ou trompeuse, occire est une affreuse corvée, car cela remue d'épouvantables instincts qui nous habitent tous alors qu'on les croyait à tout jamais endormis.

— Une tâche bestiale, soupire le roi en se détournant du spectacle des corps inertes, figés parfois dans des poses grotesques, des blessés croisés que l'on étend sur des brancards au milieu des pleurs, des appels, des plaintes.

Philippe redescend vers le campement. Il traverse les ruines de la muraille que la « Malvoisine » a réduite en miettes. Il voit Richard Cœur de Lion en train de se désaltérer en compagnie de quelques-uns de ses chevaliers, et refuse l'invitation qui lui est offerte de se joindre à eux.

Philippe tremble. Toute sa chair, tous ses os tremblent, comme frappés d'un grand froid. Une main se pose sur son épaule. Une présence ferme qui le rassure autant qu'elle le réchauffe. Une voix grave lui dit :

— Nous irons dès que la nuit sera tombée, Sire. Lorsque les hommes ripailleront.

— Oui, chevalier Renaud. Nous irons chercher ces trois rouleaux de parchemin. Je connais leur prix, désormais... Celui de tout ce sang versé.

— Encore plus, Sire. Bien plus ! Ceci n'est rien et ne solderait pas même la première lettre de ce manuscrit.

Les deux hommes poursuivent de concert. Le templier a laissé sa main sur l'épaule du souverain qui peine à marcher sans vaciller.

11.
Les trois rouleaux

— Voici le donjon que l'on nomme la Tour maudite, Sire. La voie est libre.

— Faisons vite... Je me sens las et le sang me chauffe.

— C'est sans doute la suette. Il n'est pas rare d'attraper cette fièvre en ces contrées.

Philippe et le templier pénètrent par une poterne dans le sombre bâtiment. Renaud se tourne vers le roi. Il lui tend la main.

— C'est ma foi vrai, vous êtes brûlant !

La nuit résonne de plaintes et de pleurs lointains que recouvrent les rires de croisés avinés et les cris de femmes que l'on viole.

Le templier ouvre la voie à l'aide de sa torche et prend la main du roi dans la sienne pour l'aider à descendre un étroit escalier aux marches grossières, disjointes, qui s'enfonce dans l'humidité et l'odeur de moisi.

Au bas de l'escalier, un couloir se présente à eux, un boyau resserré au sol de terre battue qu'on ne peut emprunter qu'en se baissant.

— Faites attention, Sire, le plafond est de plus en plus bas. Nous allons marcher ainsi durant une bonne vingtaine de pas et nous choisirons un passage parmi trois autres.

— Comment saurez-vous lequel de ces chemins il nous faudra emprunter, chevalier ?

— Voyez, répond Renaud en souriant et en désignant à l'aide de sa torche un motif gravé sur le mur. Un poisson stylisé tracé à gros traits à l'aide d'une lame.

— C'était le signe de reconnaissance des premiers chrétiens, remarque le roi.

— En effet, Sire. Ces poissons nous guideront jusqu'à une crypte où nous trouverons ce que nous sommes venus chercher.

— Tout cela tient à mes yeux du prodige !

— Non, Majesté ! Non, il n'est point question de magie ; à travers le monde, les agents du Temple renseignent les commanderies. Vous savez que nous menons certaine enquête depuis fort longtemps. La Tradition a préservé les informations relatives à ces lieux au fil des siècles.

— C'est ce genre de secret que se transmettent les frères Premiers lors de leurs assemblées ?, demande Philippe.

— Oui, Sire. Une mémoire orale que nous prenons soin de léguer sans jamais la trahir.

Le roi et le templier parviennent à la bifurcation indiquée par ce dernier. Grâce au motif gravé dans la pierre, les deux visiteurs peuvent s'engager en confiance dans l'un des goulets.

Ils progressent durant de longues minutes, pliés en deux, leurs épaules frottant les murs resserrés, les bottes pataugeant dans la boue. Ils débouchent enfin dans une minuscule crypte creusée à grands coups de pioche dans une roche vulgairement consolidée à l'aide de moellons appareillés à la hâte.

— Nous y sommes, souffle le templier en se redressant et en lâchant la main du roi qu'il a tiré derrière lui, tel un enfant apeuré.

Philippe déplie à son tour sa grande carcasse en se plaignant du dos.

— Vous vous êtes donné comme un diable durant les batailles, remarque le templier. Vous mouliniez votre épée tel que vous l'auriez fait avec un fléau au-dessus des blés.

— Il est vrai que je fauchais, précise Philippe. En aurai-je brisé, des crânes ! Et tranché, des bras ! Et percé, des poitrines !

Renaud balaie les murs avec sa torche.

— C'est ici, lance-t-il soudainement en montrant un moellon portant l'image d'un poisson. L'animal est cette fois surmonté d'une croix.

— Qui a fait ces marques, Renaud ? Et quand ?

— Vous le savez fort bien, Philippe. Un homme sage, il y a douze siècles. Tenez, prenez la torche et maintenez-la sur moi.

Renaud sort sa dague de son fourreau et entreprend de desceller la pierre. Il griffe le ciment de grès pour le réduire en poussière. Le travail est long et le roi s'impatiente ; la fièvre lui brûle les chairs et lui glace les os.

— Patience, mon roi, dit Renaud d'une voix douce. Dès que nous serons revenus au campement, je ferai venir votre apothicaire et lui soufflerai quelques remèdes qui vous redonneront un meilleur sang.

— Vous versez aussi dans la médecine, chevalier ? Quelle connaissance ne sied pas à votre esprit ?

Tout en poursuivant son ouvrage, Renaud répond en souriant :

— Je pratique les mathématiques, la rhétorique, la philosophie et m'efforce de développer les vertus théologales : foi, espérance et charité... Je me pique de connaître les étoiles principales et leurs courses... En vérité, ce sont là quelques-unes de mes qualités, outre le maniement de l'épée et deux ou trois tours de magie que je réalise loin des gens d'Église. Ah, j'oubliais...

— Oui ?, fait le roi, amusé.

— Je lis et parle couramment une bonne dizaine de langues, ainsi que divers patois et dialectes.

Philippe soupire :

— Je me sens bien sot à vos côtés, et crains de n'avoir pas assez d'une vie pour atteindre le centième de vos connaissances.

— Je ne suis qu'un modeste pion, Majesté. Un pion sur l'échiquier où vous trônez. Vous n'avez guère besoin de vous encombrer l'esprit de ces lourdes charges, puisque nous sommes quelques-uns à les porter pour vous. Sur l'échiquier, le pion doit se sacrifier de manière à préserver son roi. C'est le soldat qui porte le bagage, Sire... Le soldat ! Pas son souverain.

La lame de Renaud a défait tout le ciment qui maintenait la pierre dans le mur. Le templier peut glisser ses doigts dans les interstices pratiqués et tirer le moellon hors de son logement.

— Écartez-vous, Sire...

La pierre tombe sur le sol boueux qui éclabousse les jambes du roi. Renaud plonge le bras dans le trou qui vient d'être pratiqué. Il en dégage un premier rouleau de cuir cousu à gros points.

— En voici un, murmure-t-il en enfonçant à nouveau le bras, puis en se penchant, fouillant dans ce coffre de ténèbres avec une soudaine agitation. Éclairez-moi, Philippe !

Le roi s'incline, allonge le bras qui brandit la torche, cherche à voir dans la gueule du mur.

— Eh bien ?, s'impatiente le souverain.

— Je les ai... Oui, voici les deux autres ! Dans leurs poches de cuir, ils n'ont sans doute pas souffert du temps.

— Vous ne voulez pas vous en assurer ?, propose Philippe.

— Ce n'est ni l'heure, ni le lieu, Majesté. Cela serait prendre un bien grand risque que de sortir ces parchemins de leurs étuis. Nous devrons le faire dans les règles, dès notre retour en France. Je connais des mains expertes qui sauront les traiter avec soin.

Le roi Philippe ne cache pas sa déception :

— Par mon âme, avoir fait tout ce chemin et tué tant de pauvres gens pour s'en retourner sans avoir vu ce que contenaient ces rouleaux ! Imaginons que je meure de cette suette...

— Vous ne mourrez pas, Sire. Je vous l'ai dit, nous vous soignerons. Allons, ressortons de ce tombeau. Pouvez-vous marcher le premier, cette fois ? J'ai les bras pris avec ce paquet plaqué contre ma poitrine.

— Naturellement, vous êtes le soldat qui portez la charge, c'est bien cela ?

— Et vous êtes mon roi qui tenez maintenant la lumière, Philippe.

— N'est-ce point là une parabole censée m'instruire ?

Renaud ne répond pas. Il se contente de sourire pour lui-même, pressant contre lui les trois rouleaux qu'il dissimule sous sa cape. Il pense à celui qui a recouvert les parchemins de son écriture. Il lui adresse une prière de gratitude, comme à un frère aîné.

12.

La maladie de Philippe

Durant toute la semaine qui suit, le roi Philippe demeure sous sa tente dont les rabats de toile ont été soigneusement baissés ; l'ombre y lutte contre une chaleur moite. Les deux chevaliers Benoît et Henri en gardent l'entrée comme de simples écuyers. Ils restent assis le jour à même le sol, se parlant peu, roulés la nuit dans d'épaisses couvertures, dormant à peine. Chiens fidèles, amis fervents, ils souffrent de savoir leur maître aussi malade, épiant le moindre de ses râles, questionnant sans cesse Renaud qui distribue sa médication matin, midi et soir, secondé par un apothicaire et un abbé.

Le roi Richard s'est inquiété de la santé du monarque français. Renaud en personne est venu jusqu'à son campement lui donner des informations en fin de semaine.

— Eh bien, m'apportez-vous d'heureuses nouvelles ?

— Non point, Sire ! Mon roi a maigri, a perdu cheveux et ongles ainsi que l'œil droit. De plus, sa peau part en lambeaux. C'est grande pitié de le voir dans cet état !

Richard semble sincèrement contrarié. Renaud ajoute :

— J'avoue être impuissant devant son mal et ne peux qu'adoucir ses souffrances à l'aide de drogues qui l'endorment plus qu'elles ne le soignent. Il s'affaiblit d'heure en heure et délire même parfois, parlant de sa défunte épouse et de ses jumeaux morts.

— Si je comprends bien, chevalier Renaud, vous êtes venu me préparer... Je devine ses intentions : il va me demander la permission de s'en retourner en France ?

Renaud hoche la tête et souligne :

— Ce serait en effet la meilleure décision à prendre, Sire.

Richard sort vivement de sa tente.

— Je désire me rendre compte par moi-même de son état.

Renaud et le roi Richard traversent le campement à grandes enjambées, passant par-dessus les corps allongés de croisés qui se reposent, abrutis par la chaleur, épuisés par la récente bataille et les ripailles qui ont suivi.

Parvenu au pavillon de Philippe, Richard en ouvre violemment les rabats malgré les injonctions des chevaliers Benoît et Henri, courroucés que l'on dérange le sommeil de leur maître.

Philippe gît sur sa couche, livide, le teint cireux, l'œil droit disparaissant sous un bandage, les cheveux clairsemés, suant à grosses gouttes, hors d'haleine, hagard. Le spectacle de sa décrépitude émeut Richard qui s'approche de lui sans même remarquer l'abbé, assis dans l'ombre, son livre de prières sur les genoux.

— Ma bénédiction, Philippe !, lance Richard. Je constate que vous êtes entre les mains de charlatans qui ne guériraient pas la gale d'un chien pouilleux !

La voix basse, éteinte et éraillée du malade peine

à parvenir jusqu'aux oreilles de Cœur de Lion qui doit se pencher pour en recueillir tous les mots.

— C'est que je n'ai pas la gale, Richard. Sans doute quelque vilain poison qui coule dans mes veines...

Le Plantagenêt se penche encore un peu plus et examine la peau desquamée du mourant.

— Vous avez l'esprit tortueux, mon cousin. Qui aurait intérêt à vous faire mourir ?

— Quand deux rois combattent ensemble, il y en a toujours un de trop. Le Destin est peut-être l'unique responsable de mon état, souhaitant que vous soyez le seul à poursuivre notre quête et à vous rendre au Saint-Sépulcre.

Renaud intervient :

— Vous voyez, Sire Richard, Sa Majesté préfère revenir en ses terres au plus tôt.

L'Anglais semble réfléchir un instant. Il regarde la pitoyable dépouille du malade au visage secoué de spasmes douloureux, aux mains tremblantes. Une carcasse amaigrie à l'âcre odeur de sueur, d'urine et d'autres humeurs, que la chaleur de la tente rend insupportable.

Philippe lève une main fébrile, pointe un index sur la poitrine du souverain géant et massif, puis lui souffle :

— Allez, Richard... portez votre cœur de Lion jusqu'à Jérusalem.

Refrénant sa répugnance, l'Anglais s'oblige à poser une main amicale sur le front brûlant du malade pour lui répondre :

— Soit, en embrassant son sol, j'aurai une affectueuse pensée pour vous. Je prierai pour votre rétablissement. Et je mettrai tant d'ardeur dans mes suppliques que je gage que vous serez vite remis sur pied.

— J'en suis certain, ânonne Philippe. Maintenant, ayez la bonté de me laisser seul avec le chevalier Renaud. Vous aussi, l'abbé, sortez un instant...

L'ecclésiastique abandonne son tabouret et, ne cessant de marmotter quelque litanie en latin, se retire, tout en s'effaçant pour laisser sortir le roi Richard. Ce dernier jette un œil distrait aux deux fidèles amis de Philippe, les chevaliers Benoît et Henri, lesquels le saluent à peine, trop préoccupés qu'ils sont par la maladie de leur maître.

Philippe essaie dans un effroyable effort de s'asseoir sur sa couche. Renaud se précipite pour l'aider et lui caler un coussin dans le dos.

— Mon mal n'est-il pas lié à ce que nous avons fait dans la Tour maudite ?, interroge le roi. N'avons-nous pas violé un sanctuaire ?

Le templier le rassure :

— C'est moi qui ai pris les rouleaux et je n'ai subi aucun sortilège ! Je vous le répète, Sire, vous êtes atteint d'une fort vilaine suette que votre organisme fragilisé par le chagrin n'a pu repousser. Il vous faudra certainement du temps pour recouvrer vos forces, mais le traitement que je vous administre saura vaincre cette fièvre.

— En attendant, Richard va cueillir les lauriers de la prise de Jérusalem.

— La Ville sainte n'est qu'une outre creuse. Je vous l'ai dit, Sire, abandonnons l'Anglais à ses rêves de conquête et d'hégémonie. Laissons-le s'enliser dans les sables. Tant qu'il demeurera ici, il ne lorgnera pas sur votre royaume.

— Qu'y a-t-il de si important sur les parchemins que nous sommes allés chercher ?

— Vous le saurez bientôt. Les Templiers confieront ces rouleaux à deux scribes, Agnan et Nicolas de

Padoue, de l'abbaye d'Orbigny, des clercs qui sauront en faire une traduction en latin. Ce sont des hommes de savoir, bien qu'ils soient invertis et sodomites. Ils se disent frères, mais ne sont que fols.

Philippe est pris d'une soudaine quinte de toux. Renaud lui sert immédiatement une coupe d'eau allongée de miel. Le monarque en a à peine avalé une gorgée qu'il se remet à tousser plus fort, la poitrine cisaillée de convulsions violentes. Une gerbe de sang âcre et noir jaillit de sa gorge et éclabousse la robe blanche du templier.

Le roi s'affaisse, une écume rougeâtre aux commissures des lèvres, les yeux révulsés.

— Henri ! Benoît ! À moi, vite !, s'écrie le templier.

Aussitôt, les deux chevaliers se ruent sous la tente. En découvrant l'état de Philippe, ils poussent ensemble cris et jurons. Renaud a recouché le malade et lui nettoie les lèvres à l'aide d'un linge humide.

— Si je dois mourir, articule avec peine le roi, que ce soit en France... auprès de mon fils. Hâtons notre départ !

— Vous ne mourrez pas, lui répond Renaud. Votre heure n'est pas venue. Vous ne mourrez pas, mon frère !

Les chevaliers Henri et Benoît s'interrogent du regard. Ils ont bien entendu : le templier a appelé le roi *frère* !

13.

Le double meurtre

De retour en France, la santé du roi Philippe se stabilise et, au bout de quelques semaines, une amélioration notable rassure quelque peu ses proches. Inlassablement, les chevaliers Henri et Benoît font les cent pas devant la porte de la chambre du malade en rongeant leur frein et en manifestant leur mauvaise humeur qui, en réalité, n'est qu'inquiétude.

— Cela fait maintenant plus d'un mois que Philippe n'est pas sorti de sa chambre, peste l'un.

— Le templier Renaud lui a imposé un docteur qui lui administre drogues inconnues et remèdes mystérieux, tout en promettant une panacée magique, souligne l'autre.

La porte s'ouvre. Le docteur sort de la chambre. Il tient une cuvette emplie des glaires royales. Il manque de la renverser tant les deux chevaliers mettent d'ardeur à le presser de questions.

— Comment Philippe se porte-t-il ce matin, maître Othon ?

— Gravelle du Diable, comment ?

Le médecin leur sourit et leur répond de sa voix réconfortante :

— Mieux ! Il reprend figure humaine et son fils Louis ne craindra bientôt plus de le visiter. La compagnie du chevalier Renaud semble contribuer à son rétablissement.

Maître Othon s'en retourne, laissant les deux chevaliers à leur contrariété. Ainsi, eux, les plus fidèles amis, ont interdiction de pénétrer dans la chambre alors que le « croix rouge » y passe le plus clair de son temps !

En effet, dans l'appartement de Philippe, Renaud joue humblement le rôle de valet, changeant les linges du roi, l'aidant à se laver et à manger, aérant la pièce, lui faisant la lecture, prenant soin de tisonner régulièrement le feu de la vaste cheminée à cause de l'humidité de l'hiver...

— Vos clercs progressent-ils dans leur traduction, Renaud ?

Le templier sourit ; il attendait que Philippe lui pose enfin la question.

— Ils dorment à peine tant ils se sont voués à leur tâche, répond-il en se disant que le roi n'éprouve plus de crainte superstitieuse à aborder ce sujet.

— Bien... Je suis impatient de lire ces textes. Si vous avez financé une partie de la croisade, c'est qu'ils sont de grand intérêt, n'est-ce pas, dit le monarque en se redressant sur son lit, cherchant à caler son dos contre les épais coussins.

— En effet. Il aurait été dangereux que le roi Richard mette la main dessus par hasard.

— Mais vous ne m'avez pas encore parlé d'argent, chevalier... La Couronne vous est redevable d'une grosse somme. Je suis votre débiteur, souffle Philippe après avoir trouvé la bonne position dans ses oreillers.

— Les Templiers ne sont pas des usuriers. Nous savons attendre avant de récupérer nos fonds.

— Cela signifie que vos investissements rapportent des fruits autres que pièces sonnantes. J'aimerais lire en vous, Renaud... deviner pour quelle raison vous agissez ainsi.

— Considérez que c'est pour le bien du royaume, Sire.

***

Le mois suivant, après deux longues semaines de neige, cinq cavaliers chevauchent à bonne allure sur une route en partie effacée que délimitent deux rangs de peupliers. Ils se dirigent vers une petite abbaye blottie dans une brume épaisse. La cloche de sa petite chapelle sonne dix-neuf heures.

Les cavaliers mettent pied à terre presque d'un même mouvement. Le vent a soulevé le capuchon de l'un des hommes, c'est le templier Renaud. Il frappe à l'huis selon un code convenu. Les quatre autres se tiennent en retrait et l'un d'eux attache les rênes des chevaux à deux anneaux scellés dans le mur.

La porte s'ouvre sur un vieil abbé qui a passé un châle autour de ses épaules. Bossu, tout de travers, le bonhomme élève une lanterne à huile pour discerner le visage de Renaud.

— Ah... j'ai reconnu votre code, Messires. Entrez vite ; ce froid est pinçant et vous glace la moelle des os.

Les cinq chevaliers entrent dans l'abbaye. Un déambulatoire se présente à eux et dessert trois modestes bâtiments : la cure, la bibliothèque, la chapelle. Renaud s'adresse au vieil homme en lui prenant la lanterne des mains :

— Vous pouvez nous laisser, l'abbé. Retournez à vos prières.

— Ma foi, il est plutôt l'heure de dormir dans un

bon lit bassiné. Je ne suis pas de la trempe des jeunes et dévoués Agnan et Nicolas, moi !

Le bossu se retire tandis que les cinq chevaliers empruntent en hâte le déambulatoire jusqu'à la bibliothèque. De la lumière filtre au travers des vantaux des étroites fenêtres.

— Je vais entrer seul, dit Renaud en confiant la lanterne à l'un de ses compagnons. Attendez-moi là et tenez-vous prêts.

Le templier pousse la porte de bois et pénètre dans une petite pièce qu'un brasero ne parvient pas à chauffer convenablement. Deux hommes, assis à leurs pupitres, tournent ensemble la tête : maigres oiseaux au cou décharné, aux yeux ronds et fiévreux, sans âge, tonsurés à la diable. Ce sont Nicolas et Agnan de Padoue. Ils portent des habits de grosse toile marron, cordon noué à la ceinture, châle sur les épaules, mitaines de laine aux mains.

Agnan quitte son tabouret et abandonne le manuscrit posé sur son pupitre encombré de rouleaux d'épais papier. On reconnaît, juste derrière lui, sur une table, les poches de cuir qui ont contenu les rouleaux trouvés à Saint-Jean-d'Acre.

— Chevalier Renaud, nous avons terminé à la date prévue le travail que vous nous avez confié, dit le premier traducteur d'une voix cristalline, traînante et étonnamment douce, au timbre d'enfant.

— Je n'ai jamais eu à me plaindre de vos services, lui répond Renaud en examinant le livre épais qu'Agnan, qui s'est rapproché, lui désigne d'un ample geste de la main.

Le livre repose sur un lutrin.

Le templier frissonne. Le froid ? Non, pas que le froid. Ce sont ces phrases qu'il lit en désordre, feuilletant nerveusement le manuscrit.

— Ce fut parfois difficile. Les langues employées étaient au nombre de trois, dont l'araméen... et... enfin..., balbutie Nicolas.

— Nous avons compris que ces textes avaient été écrits par... vous savez..., reprend Agnan en soufflant sur ses doigts et en dansant d'un pied sur l'autre.

Renaud referme le livre, passe ses doigts sur la reliure de peau, admirant le travail des deux clercs.

— Nous avons pris grand soin dans le pliage des feuilles, Messire, poursuit Agnan avec une pointe d'orgueil. Nous les avons collationnées avec grande précision avant de les battre par pincées et de les passer au laminoir pour leur donner de la souplesse, ce qui fait que les cahiers sont peu encombrants.

— Et nous avons cousu ces cahiers sur nerfs, ajoute Nicolas avec tout autant de fierté. De solides fils de lin, voyez-vous. Nous avons dissimulé leurs saillies dans l'endossure avec ce bon cuir de basane qui subira le temps sans souffrir.

— C'est du bel ouvrage, admet Renaud, le plat de la main posé sur le cuir de la couverture où les deux clercs ont gravé un poisson stylisé portant une courte croix sur son dos. Oui, un très bel ouvrage. Avez-vous réalisé un second exemplaire, comme je vous l'ai demandé ?

Agnan sort d'une étagère un second ouvrage.

— Voici l'identique copie, Messire. Semblable au premier coup d'œil à l'autre, au moindre mot près, ainsi que l'image établie à partir des textes : Dieu créant le Monde à l'aide d'un compas... La seule différence, celle que vous avez souhaitée, n'est absolument pas visible à l'œil nu.

Une ombre obscurcit le regard de Renaud. Il demeure un long moment silencieux en observant les deux manuscrits, puis se tourne vers Nicolas et Agnan de Padoue pour leur dire :

— J'aimerais rester seul pour consulter ces manuscrits.

— Naturellement. Nous vous laissons ; vous nous trouverez à la chapelle, dit Agnan de sa voix d'enfant.

Les deux clercs sortent de la bibliothèque et passent devant les quatre chevaliers qu'ils saluent d'un discret signe de la tête. Puis ils pressent le pas à cause du froid mordant qui s'est abattu sur l'abbaye, et pénètrent dans la chapelle.

Dans la bibliothèque, Renaud s'est approché du brasero, l'un des deux manuscrits dans les mains. Il l'ouvre, s'arrête à la deuxième page, admire le dessin exécuté par Agnan et Nicolas et prononce à voix haute la phrase placée juste sous l'image : *« In furorem versus »*.

— *In furorem versus*, répète-t-il.

Renaud entreprend ensuite la lecture du manuscrit, restant debout, tremblant des pieds à la tête, la gorge sèche, la respiration saccadée.

*
**

Le chevalier ne ressort de la bibliothèque qu'une heure plus tard, livide, tenant les deux livres sous sa cape, contre sa poitrine.

— Comme tu es pâle, Renaud ! On dirait un spectre, remarque un chevalier.

— Tu l'as lu ? Tu as lu *son* Évangile ?, demande un deuxième.

— Oui, répond Renaud, la voix cassée. Nul autre que le roi ne devra jamais apprendre ce que contient le Testament du Fou ! Jamais !

— Cependant... Agnan et Nicolas savent, eux !

— Que Dieu nous pardonne, murmure Renaud. Faites ce que vous avez à faire, mes amis. Et que ce ne soit pas travail de boucherie.

— Ce sera rapide, Renaud. Nous te le promettons.

Laissant Renaud près de la porte de la bibliothèque, ses quatre compagnons dégainent leurs épées, se rendent à la chapelle, y entrent.

Nicolas et Agnan de Padoue sont agenouillés au pied de l'autel. Un courant d'air glacial vient de leur mordre la chair. Les templiers ont laissé le portail ouvert. Les deux clercs se rapprochent l'un de l'autre, se prennent la main, se replient sur eux-mêmes comme de frêles oiseaux grelottant d'inquiétude. Les pas, derrière eux. Le bruit des bottes claquant sur les dalles de grès. La pointe d'une lame qui heurte un banc. Le son métallique du métal, le son mat du bois. Les pas.

— Voici venir notre mort, Nicolas.

— Il ne pouvait en être autrement... Serre-moi fort la main, j'ai un peu peur.

— Ta main est si froide.

— La tienne est douce et me rassure.

Sans passion. Juste une besogne à accomplir. Les templiers abattent ensemble leurs épées sur les deux moines. Ils sont touchés chacun à la nuque et au thorax. Leur sang gicle en abondance alors qu'ils s'affaissent lentement, sans un cri, sans un râle. Sans se lâcher la main.

L'un des chevaliers regarde la simple croix de bois pendue au mur derrière l'autel. Il s'apprête à se signer mais retient son geste et hausse les épaules. Il ne peut s'empêcher cependant de murmurer *« Amen »*.

Les quatre templiers rejoignent Renaud. Le premier du groupe tient la lanterne à huile. Deux d'entre eux rengainent leur épée. Le dernier marque un temps d'arrêt, se tourne vers la chapelle, comme regrettant amèrement son geste. Son épée pend au bout de son bras, rougie du sang des deux clercs.

Renaud s'adresse au porteur de la lampe :

— Le feu, Thierry... Tout doit disparaître. C'est ainsi !

— Affreuse nuit, en vérité ! Mais c'est le prix du Secret.

Le chevalier Thierry jette la lampe par la porte de la bibliothèque. Les cinq hommes attendent quelques minutes que s'embrase la pièce pour s'en retourner.

La neige s'est remise à tomber, fort, piquant la peau au travers des manteaux.

Les templiers remontent en selle. Renaud tient fermement les manuscrits sous son vêtement pour les protéger. Lorsqu'ils empruntent à nouveau la route bordée de peupliers, de hautes flammes s'élèvent déjà au-dessus de l'abbaye. Ils s'enfoncent dans la nuit sans un mot et disparaissent.

14.

Le légat du pape

Le quatorze août mil cent quatre-vingt-treize, Philippe épouse Ingeburge, sœur du roi Knut VI de Danemark. Cette dernière est vite répudiée. Le monarque veut maintenant se marier avec Agnès de Méranie, fille d'un duc bavarois, au mépris des injonctions du Vatican. En mil deux cent, le pape Innocent III jette un interdit sur la France.

Le légat du pape, Pierre de Capoue, tente une ultime médiation et se rend au palais de Philippe Auguste.

— Sire, toutes les églises sont fermées et nul n'y est plus admis. Le royaume de France est plongé dans les ténèbres du fait de votre bigamie.

— Où voyez-vous des ténèbres, Monseigneur ? Auriez-vous mauvaise vue ? La lumière entre à flots dans cette pièce et je trouve sa chaleur bien douce, ce matin.

— Je perçois néanmoins l'obscurité. Les morts ne peuvent plus reposer en terre consacrée, les pèlerins ne sont plus bénis, les âmes ne sont plus confessées, énumère le légat en bougeant sur son siège qui craque sous son énorme masse.

— La France est donc devenue l'asile du démon par la seule volonté du pape ?, interroge Philippe Auguste.

Le roi a vieilli ; il s'est amaigri. Sa maladie lui a éteint l'œil droit à tout jamais et marqué la peau du visage de tavelures brunâtres.

— Sire, je vous en conjure : ne vous entêtez pas ! Le Saint-Père m'a confié la mission de vous ramener à la raison. Ne rendez pas ma tâche impossible. Vous savez bien que vous ne pouvez priver votre royaume de la protection de Dieu et faire du pape votre ennemi. Je vous en supplie, trouvons ensemble une conciliation qui contentera l'un et l'autre partis.

Après un temps, Philippe avoue :

— Je souhaite en effet regagner les bonnes grâces de la sainte mère l'Église.

Le légat se lève avec peine de sa chaise. Tout son corps semble souffrir de son poids. Il fait quelques pas difficiles pour se rapprocher du roi, souffle, grince. Baissant la voix, il dit :

— Le pape est disposé à ouvrir un concile et à lever l'interdit qui frappe vos sujets. À condition que vous repreniez l'épouse que vous avez fait cloîtrer. Et...

— Et... ?

Pierre de Capoue prend sa respiration.

— Il se murmure à Rome que vous seriez en possession d'un testament hérétique. Peut-être que si vous le remettiez au souverain pontife, le ressentiment qu'il éprouve à votre endroit s'en trouverait d'un coup amoindri ?

— Vos espions ont de bonnes oreilles, Monseigneur, ricane le monarque tout en ajoutant pour lui-même : « Et tu es tombé dans le piège tendu par les Templiers qui vont vous lancer, toi et le pape, sur une mauvaise piste ! »

Le légat attend. De longues secondes passent avant

que Philippe se penche vers le gros homme en sueur pour lui dire :

— Il sera fait selon la volonté du Saint-Père. Vous lui porterez vous-même le manuscrit. Qu'il sache que je garderai le silence quant à son contenu.

Un sourire écarte les chairs adipeuses du visage cramoisi.

— Je n'en doute pas. Et puis, ce testament n'est sans doute qu'un tissu de mensonges...

Le légat est satisfait. Sa mission se solde par un succès, le Testament du Fou sera désormais propriété de l'Église et son contenu ne sera jamais divulgué. « Philippe a bien fait de s'embourber dans ses problèmes maritaux ! C'était là le meilleur levier pour l'obliger à fléchir. »

Quand il quitte le roi, Pierre de Capoue ne peut se douter qu'il emporte avec lui un exemplaire du manuscrit incomplet. Ni même qu'il en existe un second exemplaire.

15.

Orient-Origine

À l'horloge du bureau de Martin Hertz, quatre heures viennent de sonner dans le silence revenu. Le vieil avocat regarde le bout de son cigare éteint depuis longtemps, puis le verre tulipe vide qu'il a rempli de cognac à plusieurs reprises au fil de son récit. Il ferme les yeux un instant, telle une grosse tortue semblant s'assoupir, mais rouvre les paupières avec une lueur amusée dans le regard.

— C'est ainsi que le pape s'appropria l'une des pierres composant le socle du Secret, conclut-il enfin.

— Vous m'avez toujours émerveillé par vos talents oratoires en Loge, Martin. Mais, cette nuit, vous vous êtes surpassé ! Par quel prodige avez-vous eu connaissance de cet épisode historique qui n'existe dans aucun livre ?

Hertz entreprend de se lever. Difficile effort. Il doit trouver un appui savant sur les accoudoirs du fauteuil, hisser son énorme derrière et tenter de trouver l'équilibre adéquat que la trop grande absorption de cognac a fragilisé.

— Vous pensez que ce récit ne repose sur aucune base solide ? J'aurais bien pu l'imaginer à partir du manuscrit ! Agnan et Nicolas de Padoue ont existé, vous en convenez ?

Mosèle l'admet :

— Que cette aventure ait eu lieu, je suis tout prêt à le croire. Mais vous, vous, mon frère, comment l'avez-vous apprise ?

Hertz soupire, hausse les épaules.

— Vous êtes trop gourmand ! Contentez-vous pour le moment de cet os à ronger. Peut-être que toutes ces informations vous aideront dans votre quête... Peut-être que Francis n'est pas mort...

— Vous mentez mal ! Francis a été assassiné ; nous en sommes persuadés, vous et moi, martèle Mosèle en allumant une cigarette et en jaugeant d'un œil contrarié le cendrier débordant de mégots.

Le gros homme s'est rendu à pas comptés jusqu'à son bureau pour en ouvrir un tiroir.

— J'ai lu plus de mille fois ce manuscrit, dit-il. Il n'est pas LA preuve de ce que vous pensez. Il est *l'une* des preuves ! Tout comme Francis et vous, j'ai échafaudé des théories plus folles les unes que les autres. Je sais ce que Marlane a trouvé. Vous le savez aussi, naturellement... Désirez-vous conserver le Testament du Fou ?

Mosèle bondit.

— Vous me l'offririez ? Vous vous en débarrasseriez ?

Hertz sourit, fouille dans son tiroir, en sort une épaisse chemise.

— Non, pas l'original. J'ai pris soin d'en faire un fac-similé. Vous y dénicherez sans doute quelque énigme que je n'ai pu éclaircir. Votre tâche sera facilitée par les notes et traductions que j'ai inscrites dans les marges. Vous remarquerez que les Templiers y ont aussi parfois consigné quelques mots.

— Je vous remercie, Martin. Oui, merci de tout

cœur !, s'exclame le jeune homme en prenant le dossier que lui remet son aîné.

— Allons, je suis bien trop vieux et trop gras pour courir dans les pas de Francis, souffle Hertz. Vous pouvez le faire, vous ! Mais soyez prudent ; *Il* a souvent tué. *Il* tuera encore pour protéger le Secret !

— La vérité pourrait *le* confondre !

Hertz pose une main sur l'épaule de son ami tout en accentuant son sourire. Il pourrait être ridicule dans sa robe de chambre de bouddha excentrique ; il n'est que grave. Son sourire s'efface brutalement pour laisser place à une expression de tristesse mêlée d'une grande lassitude. Un voile semble passer sur son regard.

— La vérité..., reprend-il, parlant plutôt pour lui-même. Il faudrait trouver le Tombeau pour la faire éclater. Oui, le Tombeau... Combien de femmes et d'hommes sont-ils morts en tentant de le découvrir ? Francis Marlane, maintenant...

Doucement, comme le ferait un père congédiant son fils, Hertz pousse Mosèle hors de la pièce enfumée en lui tenant le cou. Sa main est chaude, moite. Une légère pression des doigts se veut rassurante.

Les deux hommes sont dans le vestibule. Une petite ombre toute maigre se tient au pied de l'escalier.

— Martin ?

Hertz et Mosèle se retournent vers la forme délicate, menue à s'en briser au moindre souffle. Elle fait deux pas, entre dans la lumière. Robe de chambre rose pâle, pieds chaussés de pantoufles grises, vieil oiseau fatigué au bec minuscule, toute ridée, craquelée, elle a conservé de sa jeunesse et de sa beauté des yeux très grands et profonds. La femme de Martin Hertz est la parfaite opposée de son encombrant et tonitruant mari.

— Léa ! Je t'ai dit que tu te romprais le cou à déambuler ainsi dans le noir !, tempête le vieil avocat en forçant la voix.

— Je me suis réveillée et ne t'ai pas trouvé... Mais c'est Didier ! Que complotez-vous tous les deux, en pleine nuit ?

Mosèle s'est avancé pour serrer la main que lui tend Léa en souriant dans le masque de ses rides.

— C'est ma faute, Léa, explique Mosèle. Je suis venu demander conseil à Martin pour une affaire qui me contrarie. Il a eu la bonté de me recevoir en qualité d'avocat... Un problème de droits d'auteur, une clause particulièrement délicate ; j'allais justement partir. Je suis désolé, si nous vous avons réveillée.

— Oui, oui, murmure Léa sur un ton prouvant qu'elle n'en croit pas un mot.

— Retourne te coucher et essaie de te rendormir. Prends une pilule, lui conseille Hertz.

— Les pilules ! On m'en gave pour m'endormir, pour me réveiller, pour me redonner de l'appétit... Y en a-t-il une pour rajeunir ?, raille Léa.

Hertz raccompagne Mosèle jusqu'à la grille du jardin.

— N'oubliez pas : tenez-vous sur vos gardes, Didier. Nous nous voyons à la prochaine Tenue, n'est-ce pas ?

— Oui, la semaine prochaine. Jeudi. Merci encore, Martin.

Puis Didier Mosèle, constatant avec plaisir qu'il ne pleut plus, regagne sa voiture et se laisse tomber sur le siège avant. Sa gorge le brûle et le goût persistant du tabac lui reste sur la langue, dans les narines. « Trop fumé ! Encore trop ! »

Il met le contact et démarre sans remarquer la

camionnette blanche, plus loin, qui en fait autant, tous feux éteints.

De son côté, Martin Hertz, à la surprise de sa femme, rentre à nouveau dans son bureau.

— Tu ne viens pas te coucher ? Tu seras encore d'une humeur exécrable, au matin, lui reproche-t-elle.

— Je te rejoins ; j'ai encore un peu à faire... bougonne-t-il. Je ne tarde pas, promis !

Hertz referme la porte du bureau, se dirige vers le poste téléphonique fixe, pianote un numéro et attend quelques secondes, le combiné collé à l'oreille... Une voix à l'autre bout du fil :

— Allô, fait Hertz à voix basse. Je m'identifie : Orient-Origine ! Désolé de vous réveiller à cette heure, mais je dois vous parler à nouveau de ce chercheur... Mosèle. Didier Mosèle... Oui, l'ami de Francis Marlane.

16.

Bethléem rayonne

Il est huit heures trente quand Didier Mosèle pénètre dans son bureau, y trouvant déjà Norbert Souffir devant l'imprimante de son ordinateur qui ne cesse de cracher ses copies. Mosèle a dormi à peine trois heures. Le café serré qu'il a avalé n'est pas parvenu à chasser le goût tenace des cigarettes qu'il a fumées sans désemparer en écoutant Martin Hertz lui conter les origines du Testament du Fou.

Souffir a étalé partout une importante quantité de bouquins, de dictionnaires, d'encyclopédies, ainsi que des photographies de rouleaux antérieurs au 4Q456-458.

— Sur le chantier de bon matin, Norbert ! Vous ne pouvez donc plus vous passer de Largehead ?, demande Mosèle.

— 'jour, Didier... Un truc me chiffonnait, hier soir. J'en suis venu à bout à l'instant.

Mosèle est intrigué par une des feuilles qu'il attrape au vol à la sortie de l'imprimante.

— C'est quoi, cela ? Ça vient d'où ?

— Largehead et moi avons réussi à traduire la séquence A530 jusqu'à A698, explique Souffir. J'avais bourré la bécane jusqu'à la gueule, hier ; elle me ressort tout son jus maintenant. Ce que vous tenez là, c'est une traduction de la séquence A538.

Mosèle la lit : *« Visite l'intérieur de la Terre, et en rectifiant, tu trouveras le frère occulte. »*

— Alors ?, interroge le vieux traducteur. Qu'en pensez-vous ?

Ce qu'il en pense... Mosèle ne répond pas. Il relit la phrase plusieurs fois. Il ne peut s'empêcher de la comparer à la maxime maçonnique : *« Visita Interiora Terrae, Rectificandoque, Invenies Occultum Lapidem »* : *« Visite l'intérieur de la Terre et en rectifiant tu trouveras la pierre occulte »*... La pierre, et non le frère ! C'est la seule et unique différence entre les deux phrases. Mais celle de la séquence A538 a été écrite par des Esséniens il y a deux mille ans !

Rughters entre à son tour en trombe dans le bureau. Il s'est à peine débarrassé de son imperméable trempé qu'il s'intéresse au tombereau de papiers que Largehead continue d'imprimer à une cadence infernale. Les mains humides, il s'empare de quelques feuilles qu'il parcourt rapidement des yeux.

— Foutu temps !, soupire-t-il. Dire que Francis est au soleil à Jérusalem ! Au fait, quand rentre-t-il de l'École biblique, Didier ?

— Bientôt... Oui, bientôt, sans doute, articule Mosèle en essayant de donner de l'assurance à sa voix.

— En tout cas, il est avare d'informations. Pas un coup de fil depuis une semaine, remarque Souffir qui vient de se servir une tasse de thé et ne voit pas que Mosèle s'est mis à pâlir soudainement.

— Bon... Norbert, de quoi s'agit-il ?, lance Rughters en désignant les centaines de feuillets.

— Regardez, commence Souffir. Ce ne sont pas vraiment des psaumes. Plutôt des prières adressées à

Dieu. Non, pas des prières : des questions, devrais-je dire.

— Psaumes ou prières..., reprend Rughters.

— Cela ressemble à l'Évangile de Jean, l'Apocalypse..., poursuit le vieux traducteur. Les textes diffèrent uniquement par le fait que leur auteur interpelle Dieu. Personnellement !

Hélène Moustier, qui vient de claquer la porte derrière elle, se joint immédiatement à l'équipe masculine. Elle a jeté son imperméable couleur mastic sur le dossier du Chesterfield, peu soucieuse de tremper les cinq ou six dictionnaires posés sur le coussin.

— Passionnant ?, demande-t-elle. On peut voir ?

— Si le cœur vous en dit, répond Mosèle. Moi, le matin, je digère mal l'austère règle des Esséniens.

— Mal dormi, n'est-ce pas ?, constate Hélène en notant la pâleur de son directeur, ses joues creuses, ses cernes sombres.

Souffir poursuit, passionné, élevant la voix crescendo :

— Tenez... Ce passage est étonnant. Il témoigne de reproches que l'on ferait à Dieu. Un sage initié à Qumrān admoneste le Très-Haut ! C'est inhabituel. Écoutez : *« Seigneur, pourquoi n'as-Tu pas voulu qu'il leur soit dit ? Seigneur, pourquoi a-t-on menti aux lévites et aux prêtres ? Dis-nous, Seigneur, pourquoi le frère n'était pas le Véritable frère ? Pourquoi n'était-il pas le Prophète ? Pourquoi notre frère qui "donnait les noms" n'était-il pas le Christ ? »*

Hélène a pris la feuille des mains de Souffir et s'apprête à dire quelque chose lorsque retentit la sonnerie d'un téléphone.

— C'est mon portable, s'excuse Mosèle, plongeant la main dans une poche de son blouson pour en sortir l'appareil qu'il colle à son oreille tout en s'éloignant de quelques pas de ses collaborateurs.

Une voix féminine dans le combiné. Émylie !

— *Didier... Didier, je dois te voir au plus vite. Je viens de rentrer du ski et, au courrier, il y avait une carte postale de Francis... Il a certainement de gros ennuis...*

— Tu es sûre que c'est une carte de lui ? C'est bien son écriture ? Je... J'arrive immédiatement.

— *Je t'attends... Je t'en prie, fais vite. J'ai si peur...*

— J'arrive, répète Mosèle qui referme son portable en tremblant.

— Eh bien, qu'est-ce qui vous prend, vieux ?, s'exclame Rughters. Si vous voyiez votre tête !

— Désolé, c'était la femme de Francis. Je dois aller la retrouver... Je vous expliquerai, bredouille Mosèle en se dirigeant vers la porte et en manquant de renverser une pyramide de bouquins sur son passage.

— Ils sont séparés... doivent divorcer, non ?, interroge Souffir.

Mais Mosèle est déjà dans le couloir et se précipite vers l'un des ascenseurs. « Une carte de Francis... Qu'a-t-il pu écrire pour effrayer à ce point Émylie ? Et pourquoi lui écrire à elle ? Quand ? Bon Dieu, quand a-t-il posté cette carte ? »

***

Mosèle a mis trois quarts d'heure pour traverser Paris après avoir dû s'extraire du boulevard périphérique trop encombré. Trois quarts d'heure à se repasser en boucle la phrase traduite par Souffir et Largehead : *« Visite l'intérieur de la Terre, et en rectifiant tu trouveras le frère occulte. »* À fumer cigarette sur cigarette en se maudissant de n'avoir aucune volonté. À se demander mille fois pour quelle raison Francis a écrit à sa femme. Francis, qui est certainement mort à l'heure qu'il est... Francis, son frère. L'ami qu'il a trahi un an plus tôt... Avec Émylie... Oui, Émylie, si belle... Si émouvante avec son petit air éternel de gamine égarée, ses cheveux bruns coupés court, ses yeux noisette. Vulnérable. Tellement vulnérable...

24, rue Rivay, Levallois-Perret. Il sonne à l'interphone. « Je t'ouvre. » La voix d'Émylie. Tendue. Il passe la première porte du vestibule qu'il traverse en deux enjambées, pousse la seconde porte, se jette dans l'escalier qu'il grimpe en avalant les marches. Premier étage. Émylie se tient sur le seuil de la porte de son appartement. Elle se jette dans ses bras. C'est exprès qu'il l'embrasse chastement, puis il referme la porte derrière lui.

Des valises, un sac de voyage et une paire de skis dans leur housse posés contre le mur dans l'entrée. Du courrier fraîchement décacheté sur un guéridon. Factures, cartes postales, dépliants publicitaires...

L'appartement comporte une grande pièce qui fait office de salon et de salle à manger avec sa cuisine américaine, une chambre, un bureau. Mosèle se souvient de la chambre !

— Tu sais que Francis et moi sommes séparés depuis un peu plus de quatre mois. Nous avons cependant gardé des rapports... heu... amicaux !

Mosèle chasse le souvenir qui lui pèse tant sur la conscience.

— Je n'ai jamais pris au sérieux cette idée de divorce, dit-il machinalement.

— Café ?, propose Émylie.

— Oui, merci. J'en ai vraiment besoin, j'ai à peine fermé l'œil de la nuit.

— Toujours sans sucre ?

Elle s'en souvient. Un détail insignifiant, comme tant d'autres.

— Sans sucre. Tu m'as parlé de cette carte postale...

Émylie la lui tend. Didier Mosèle ne s'attarde pas sur la vue convenue de Jérusalem, il la retourne, examine l'oblitération et constate qu'elle a été envoyée dix jours plus tôt. « Francis était encore à Jérusalem ce jour-là. » Puis il lit les trois phrases énigmatiques :

Bethléem rayonne ! Unanimes, les éblouissements tangibles ordonnent un tout dernier élan ! Mais on idéalise !

F. M.

Émylie dose le café derrière le petit comptoir de la cuisine américaine. Elle voit l'expression dubitative de Mosèle qui relit les trois phrases à voix haute.

— *Bethléem rayonne ! Unanimes, les éblouissements tangibles ordonnent un tout dernier élan ! Mais on idéalise !*

Après un temps, il s'exclame :

— Qu'est-ce qui lui a pris ? Il avait l'habitude de t'écrire des poèmes de ce genre ? Plutôt hermétique, non ?

La jeune femme allume le feu sous la cafetière. Elle précise :

— Lorsque nous étions gamins – j'ai connu Francis à quinze ans – et que nous commencions à nous fréquenter, nous avions l'habitude d'utiliser un code pour échanger des mots d'amour dissimulés dans des phrases anodines que nos parents pouvaient lire sans y trouver malice. Cela nous amusait beaucoup, alors. Nous rivalisions d'imagination sur nos cartes de vacances, nous permettant toutes les licences. Il suffisait de détacher la première lettre de chaque mot pour obtenir une phrase ayant un sens. Essaie, tu comprendras pourquoi j'ai été terrifiée en la déchiffrant.

Mosèle pointe l'index sur les premières lettres de chaque mot.

— Je prends le « B » de Bethléem, le « R » de rayonne, puis le « U »... BON DIEU ! Ça donne : « BRÛLE TOUT DE MOI ! »

Mosèle a crié. « BRÛLE TOUT DE MOI ! » Émylie le rejoint, s'assied à son côté sur le canapé crème. Tout proche de lui, à le toucher.

— Qu'est-ce que ça signifie ? De quoi a-t-il peur ? Pourquoi cet ordre ? Encore un de vos trucs de vieux scouts ? Un code de *« franc-mac »* ?, demande-t-elle. Tout brûler ! Détruire tout de lui... Il vit à l'hôtel, comme tu le sais. Chez l'un de vos frères, mais il a laissé la plupart de ses documents et son ordinateur dans son bureau, ici.

— Montre-moi ses affaires.

Émylie conduit Mosèle dans la petite pièce que Marlane avait aménagée en bureau au bout d'un couloir. Une pièce aveugle qui ressemble plutôt à un grand placard. Y flotte encore un parfum de tabac froid, une tenace odeur de cigarettes blondes qui a imprégné les livres et cahiers qui recouvrent les murs, empilés sur des étagères.

La jeune femme se baisse pour ramasser une feuille blanche qui traînait sur la moquette. Elle la remet en place sur le tas de papiers près de l'imprimante restée connectée à l'ordinateur. « Le bureau de Francis. Je n'y suis jamais entré, pense Mosèle. Émylie m'en avait juste montré la porte fermée : "C'est là qu'il travaille quand il n'est pas à la Fondation", lui avait-elle dit. » Et Mosèle avait imaginé son ami penché sur des bouquins et des cartes, imaginant comment donner corps à son hypothèse...

— Je vais chercher le café, dit Émylie. Tu n'as qu'à t'installer.

Mosèle s'assied dans le fauteuil de velours pelucheux, allume l'ordinateur. Après un court temps d'attente, l'écran s'éclaire. Une phrase le traverse aussitôt. L'un de ces gimmicks que les utilisateurs d'ordinateurs aiment à lancer avant tout programme. Un petit bonjour familier que l'on retrouve à chaque nouvelle séance de travail.

Mosèle reconnaît l'humour de son ami. Mais il n'éprouve aucune envie de sourire. Il laisse la phrase défiler de droite à gauche : *« Que la Lumière soit, et la Lumière fut »*.

Mosèle pianote sur le clavier, prend connaissance du mode de classement des fichiers, fait défiler les menus...

Émylie revient avec deux tasses qu'elle pose sur le bureau.

— Que se passe-t-il, Didier ? J'ai l'impression que tu me caches quelque chose. Tu as bien envoyé Francis en mission à Jérusalem ? et à Rome ? Il m'avait dit qu'il y ferait un tour.

— Je t'expliquerai... Je ne veux pas t'inquiéter inutilement. Patience...

Mosèle porte sa tasse à ses lèvres, avale une petite gorgée du café brûlant, âcre et amer comme il l'aime. « Ce genre de détail qu'on ne parvient pas à oublier. Nous avions passé la soirée à boire du café et à fumer avant de... » Il abandonne sa rêverie, se concentre sur l'écran.

— Avant de partir, il m'a passé un coup de téléphone bizarre. Il m'a dit qu'il était en train de remonter une piste et que ça allait faire du bruit ! De quoi parlait-il ?, interroge Émylie.

— Tu prendrais cela pour de la paranoïa... Une formidable histoire de complot à travers les siècles !

Émylie se penche au-dessus de Mosèle. Machinalement, elle pose une main sur son épaule. Elle regarde la liste des fichiers qui viennent d'être isolés : « Internet, Biblio, Historique, Compta, J.B., Éliah, M.M.M. »

— Pourquoi cliques-tu sur le dossier M.M.M. ? Ça signifie quoi ?

— Manuscrits de la mer Morte, répond Mosèle en faisant défiler des colonnes de mots.

— Tu t'y retrouves ?, s'enquiert Émylie.

— Hum... *Pannus 14... Suaire...* Et là : *Triangle de Payns. Le Chêne en son Temple... La Lionne en Lumière... Lac... Loge aux Chèvres... Bailly 2... Parfait élevé par T : 1247.* Je vais imprimer ce document. *Pannus* est un mot latin qui signifie drap ou linge... J'imagine que ces séquences de mots, de noms, de chiffres et de lettres font référence à des écrits tels que les Évangiles ou la Bible. Francis possédait une étrange mémoire ; il avait la capacité d'enregistrer des quantités invraisemblables d'informations et utilisait de petites astuces personnelles pour s'y retrouver dans ses souvenirs. Quant à Payns... Hugues de Payns ? Le fondateur de l'ordre des Templiers dont il m'a parlé dans sa dernière lettre, lorsqu'il était dans la région de Troyes.

Mosèle se détourne de l'écran pour fouiller du regard les étagères qui tapissent la petite pièce.

— Je ne vois pas ses fameux carnets rouges. Il y glissait toutes ses notes. Ils nous éclaireraient peut-être...

— Il les a emportés avec lui à l'hôtel. Le *Marly*, je crois.

Mosèle éteint l'ordinateur, plie la feuille de papier qu'il a sortie de l'imprimante, la fourre dans sa poche et prend Émylie par le poignet.

— Accompagne-moi. Sans ses carnets, nous risquons de tâtonner pendant des heures. Je connais bien Marc Leroux, qui tient le *Marly* ; il nous laissera entrer dans la chambre de Francis.

Émylie a enfilé un imperméable transparent par-dessus son pull et son jean, et s'est enfoncé un informe petit chapeau jaune sur la tête. Mosèle fulmine contre le temps, rentre le cou dans ses épaules et oblige la jeune femme à faire de longues enjambées pour atteindre sa voiture.

17.
Le *Marly*

Le *Marly* est tenu par un frère de la Loge Éliah. C'est un hôtel sans grande classe, mais Marc Leroux, son propriétaire, se fait un honneur d'en conserver le charme vieillot et démodé, convaincu que les touristes américains en apprécient le cachet.

Depuis qu'il s'est séparé de sa femme, Francis Marlane y a installé ses quartiers au deuxième étage, dans une chambre assez vaste.

Leroux accueille Émylie et Didier avec la chaleur qui le caractérise. Il ne fait aucune remarque sur le fait de les voir ensemble, mais son œil curieux frise légèrement.

— Salut, Marc. Je te présente Émylie, la femme de Francis. Vous ne vous connaissiez pas, je crois.

— Nous nous sommes vus une fois, à un banquet de la Saint-Jean. Francis n'est pas rentré, tu dois le savoir, Didier.

— Oui. Il m'a passé un coup de fil ; il souhaite que j'aille récupérer un dossier dans sa chambre. Et Émylie doit reprendre deux ou trois affaires. Donne-nous la clef.

— Ah ? Bon... Il a gardé la sienne, mais j'ai un double pour le ménage, quand il m'aura prévenu de son retour.

Leroux les regarde prendre l'ascenseur, intrigué et déçu de n'avoir pu prolonger la conversation. Il se promet d'y remédier lorsqu'ils redescendront. Il leur lance :

— Chambre 21 !

Tandis que l'ascenseur miaule en s'élevant, Émylie dit :

— Tu es un sacré menteur, Didier ! Pas beau, de rouler un *frère* dans la farine comme tu l'as fait !

— La gentillesse de Leroux n'a d'égale que sa curiosité. Le roi du commérage !

Deuxième étage. Mosèle et Émylie sortent de l'ascenseur, empruntent un étroit couloir tapissé de bleu piqué de minuscules fleurs blanches et décoré d'une galerie d'aquarelles insignifiantes représentant les principaux monuments de Paris.

Chambre 21. Mosèle engage la clef dans la serrure, donne un tour, ouvre la porte et s'efface pour laisser passer Émylie.

Le hurlement que pousse la jeune femme retentit à tous les étages. Un long cri pointu, horrifié, qui s'achève en une sourde plainte, aussitôt suivie de sanglots.

Mosèle se rue dans la chambre alors qu'Émylie se retient au chambranle de la porte, livide, tremblant de tous ses membres.

L'odeur. Il aurait dû remarquer l'odeur âcre et écœurante. Celle d'un corps qui a commencé à se décomposer.

Francis Marlane est étendu sur son lit. Son corps nu et maigre arbore cette hideuse rigidité de cadavre qui transforme un être de chair en statue de marbre.

Les joues creuses, les lèvres entrouvertes et tirées sur les dents, il sourit en une grimace grotesque.

Des mouches bourdonnent autour du mort.

— Non... Ce n'est pas possible... Pas ça !, s'exclame Mosèle en s'approchant du lit.

Tout lui apparaît alors comme une photographie qui se révèle brutalement. Le bras droit de Francis Marlane tombe hors du lit et pend lourdement. La main ouverte. Un verre renversé sur la moquette. Un tube de barbituriques vide sur la table de nuit. Une plaquette de somnifères. Il n'en reste qu'une tablette. Les vêtements de Marlane pliés sur un fauteuil, proprement. Méthodiquement. Trop. Tout est trop bien mis en scène. « Oui, c'est cela : mis en scène ! »

Émylie a fait deux pas dans la chambre, une main couvrant son nez et sa bouche. Cette odeur épouvantable, poisseuse...

— Il... Il s'est suicidé... C'est ma faute ! Il était dépressif, depuis notre rupture, et...

— Je t'en prie, Émylie, sors d'ici ! Ça ne sert à rien de le regarder dans cet état.

Émylie quitte la chambre et demeure sur le seuil, pleurant doucement, à petits hoquets. Marc Leroux surgit, en sueur. Il a grimpé les deux étages, le souffle court, les joues rouges.

— J'ai entendu crier. C'était vous, n'est-ce pas ? Qu'y a-t-il ?

— Là, dans la chambre...

Leroux se rue dans la pièce.

— Merde ! Merde ! Merde ! Francis ! Quand est-il revenu ? Je ne l'ai pas vu...

— Tu m'as bien dit qu'il avait sa clef ?, interroge Mosèle.

— Oui. Mais il devait m'appeler la veille de son retour... Il a avalé tous ces trucs ?

— C'est ce que dira l'autopsie. Préviens la police, Marc. Maintenant.

— Tu as raison. La police, bien sûr... Oh, merde de merde de merde !

Leroux quitte la chambre, passe devant Émylie, s'arrête quelques secondes, se demande quoi lui dire, ne trouve rien, poursuit son chemin en soufflant et en jurant.

Mosèle rejoint Émylie sur le pas de la porte. La jeune femme se jette dans ses bras. Elle grelotte. Il la tient bien au chaud contre sa poitrine.

— Comme il devait être malheureux ! C'est si bête... Il n'avait qu'à me téléphoner et...

— Chut ! Tu n'y es pour rien, Émylie. Pour rien, je te le jure !

18.
L'homme du Vatican

L'homme se tient bien droit, assis de l'autre côté du bureau de Monseigneur de Guillio. Il contemple les épaisses mains du cardinal. Des mains délicates, néanmoins. Soignées. Et qui s'envolent parfois, doucement, en un geste agréable, dessinant de subtiles arabesques dans l'espace. Puis se reposent pour de longs moments, à plat, comme mortes.

Là, l'homme attend. Le cardinal s'est tu et semble réfléchir.

— Je crois que le professeur Mosèle va nous poser des problèmes identiques à ceux occasionnés par Marlane.

— Nous suivons tous ses faits et gestes, Monseigneur. Il fait l'objet d'une filature constante.

— Mais vos agents en France se sont conduits fort grossièrement en tentant d'attenter à sa vie. Je pensais les Gardiens du Sang plus efficaces dans ce genre d'action. Plus subtils, aussi !

— C'est pourquoi je m'envole pour Paris dès demain matin, Monseigneur. Je superviserai personnellement toutes les opérations futures.

Les mains ne bougent plus. Aucun frémissement. D'ailleurs, le cardinal paraît lui-même figé dans la semi-obscurité de la pièce. Seule sa voix est vivante. Grave et chantante. Il poursuit :

— Nous n'avons pas trouvé ce que nous cherchions auprès de Francis Marlane. Ses carnets rouges ont disparu. Et nous savons maintenant par nos agents que s'il communiquait avec Mosèle, il n'a pas informé ce dernier de l'emplacement du Tombeau.

— Au contraire. Il a tenté de dissuader son ami de reprendre son enquête. Nous l'avons découvert en espionnant la villa de cet avocat à la retraite, Martin Hertz.

— Je sais.

Les mains se sont soudain animées. À l'évocation de Martin Hertz, pense l'homme.

— Nous savons désormais que Hertz détient le second exemplaire du Testament du Fou, précise le cardinal. Nous agirons aussi de ce côté-là. Bientôt... Il faut donner de la ligne pour mieux ramener le poisson sur la berge. Tous nos ennuis récents viennent des rouleaux de la mer Morte, ces maudits 4Q456-458 qui ont éveillé la curiosité de Marlane !

Le cardinal se lève, dressant sa stature de géant. L'homme a compris, l'entretien est clos. Il se lève à son tour.

— Je dois voir le pape Jean, annonce Guillio. Sa santé est très fragile, en ce moment.

— Que Dieu le préserve !

Guillio esquisse un rapide sourire.

— Oh, Dieu ?... Je parierais plus volontiers sur la médecine...

19.
Les larmes du pape

C'est le soir. Le vieillard est assis dans son lit, calé des deux côtés par des oreillers. On peut croire qu'il dort alors qu'il n'en est rien. Il n'est plus qu'une antique écorce humaine, sèche, craquelée, dont le moindre geste, la moindre respiration ne sont que souffrance. Il économise ses paroles, ses mouvements, gagnant chaque seconde sur la mort qui le ronge. Son combat dure depuis plus d'un an, aidé par son médecin particulier et une escouade de spécialistes, de sœurs infirmières et de jeunes abbés dévoués.

Le pape Jean XXIV se retient de mourir. Il a peur de faire ce voyage vers les limbes, le néant, mais surtout il lui reste un dernier travail à accomplir. Et c'est depuis ce lit moite, cette épave humide, qu'il agit encore.

Gardant les yeux clos, il devine qui entre dans la chambre. « C'est son heure », pense-t-il.

Il compte les pas, toujours le même nombre, sur les épais tapis. Il y a un temps. Le silence. Puis la lourde chaise que l'on tire un peu, la masse imposante de Monseigneur de Guillio qui se laisse tomber, le bois qui souffre et geint. Un silence encore. Plus long.

« Il va tousser, se dit le pape Jean. Il va tousser pour faire semblant de me réveiller, car il sait que je ne dors pas. Comme chaque soir ! »

Il y a la toux, brève. Le vieillard rouvre les yeux et, sans tourner la tête, prononce la phrase rituelle :

— C'est vous, Guillio.

Ce n'est pas une question ni une constatation. Juste le refrain de leur cantilène quotidienne.

— C'est moi, Votre Sainteté.

Le pape Jean émet un long soupir de fatigue. Cette fois, il se décide à incliner la tête pour regarder son interlocuteur. Pareil à son habitude, Guillio reste dans l'ombre, immobile, imposant par sa corpulence d'athlète. Il conserve les mains posées bien à plat sur ses cuisses.

— Il a été découvert, Votre Sainteté...

— C'est ce que vous souhaitiez, naturellement ?, demande le pape à voix basse.

— Oui. Il était en instance de divorce et vivait séparé de sa femme. C'est elle et un ami, ce Didier Mosèle dont je vous ai déjà parlé, qui l'ont trouvé dans sa chambre d'hôtel, nu. L'enquête de routine a déjà confirmé qu'il s'est donné la mort en avalant une trop forte dose de barbituriques.

— Ce Francis Marlane, pourquoi a-t-il voulu savoir ?

Guillio hausse les épaules et poursuit le cours de ses pensées :

— Nous l'avons perdu alors qu'il allait localiser le Tombeau. Les Gardiens ne l'ont retrouvé qu'à Reims, presque par hasard. Il rendait sa voiture de location à l'agence de la gare. C'est là qu'il a été enlevé et...

Le pape Jean referme les yeux et s'absorbe quelques secondes dans une profonde méditation. Monseigneur de Guillio remarque le menu tremblement des lèvres du souverain pontife.

— Parlez-moi de Mosèle, dit-il.

— Nous le gardons sous surveillance. Nous avons la certitude que Marlane a communiqué avec lui à plusieurs reprises. Par contre, nous ignorons jusqu'à quel point il est avancé.

— Fasse la destinée qu'il soit moins téméraire que son ami et qu'il abandonne en chemin... ! Cela éviterait aux Gardiens du Sang d'intervenir à nouveau. Je préférerais cette solution. Vous aussi, je suppose, Guillio ?

— Décider de la mort d'un homme n'est pas un exercice agréable, Votre Sainteté. Cependant, ne dissimulons pas que cette aventure n'est pas terminée. Mosèle s'est rendu chez Martin Hertz. Ils ont évoqué l'affaire...

— Ces francs-maçons !, souffle le vieillard en esquissant un geste lent de la main comme pour chasser quelque chose dans la pénombre.

Monseigneur de Guillio reprend :

— Ce n'est pas la Loge Éliah qui nous pose problème. Celle-ci est une Loge Bleue qui travaille au Rite Écossais Ancien et Accepté de manière traditionnelle. Elle réunit ses frères le premier et le troisième jeudi de chaque mois pour ouvrir symboliquement aux trois degrés de la franc-maçonnerie : les grades d'Apprenti, de Compagnon et de Maître. Nous savons tous les deux que Martin Hertz appartient en fait à une autre Loge. C'est cette dernière que nous devons craindre. Les douze frères qui la composent connaissent l'existence des Gardiens du Sang. Ce sont eux, nos ennemis !

— Depuis le temps !, articule le pape Jean.

— En effet. C'est une vieille guerre. Le temps n'a pas effacé cette lutte que nous nous livrons mutuellement.

— Comment se fait-il que nous ne soyons jamais parvenus à infiltrer la Loge de Martin Hertz ? Nos agents ont réussi à s'immiscer dans toutes les obédiences qui recouvrent la surface de la Terre, et seule cette poignée d'individus nous tient tête !

Le souverain pontife s'est animé. Il se redresse difficilement dans son nid d'oreillers. Monseigneur de Guillio vient à son secours pour l'aider à s'installer plus confortablement.

Une horloge lointaine égrène neuf coups assourdis.

Le pape Jean s'accroche au bras de son confident d'une main squelettique qui ressemble à une patte d'oiseau.

— Mon ami, commence-t-il, je vais bientôt mourir. Derrière moi, il y a ce cardinal dont parle toute la Curie, Montespa ! Il attend que je rende mon dernier souffle pour coiffer la tiare, c'est déjà écrit. Je ne me fais aucune illusion sur le résultat du scrutin, et vous non plus. La politique ! Cette gangrène qui charrie son poison dans les artères de notre institution ! La politique veut que Montespa devienne le maître de l'Église. Sa cour piaffe d'impatience, et je m'étonne de n'avoir pas déjà été *endormi* par un épais bouillon du soir ! Faut-il que le peu de vie qui me reste soit encore utile à tous ces intrigants !

— Ils manœuvrent, Votre Sainteté ! Ils sont entrés en campagne et rencontrent parfois quelques résistances. Tous les cardinaux ne sont pas acquis à leur cause !

— Il nous reste si peu d'amis, Guillio ! Si peu...

— Suffisamment pour sauvegarder le Secret et

l'enfouir définitivement là d'où nul ne pourra plus l'en ressortir.

Le pape Jean resserre son étreinte sur le bras de son interlocuteur, et dit :

— Non, non... Le cadavre remontera à la surface un jour ou l'autre. Car c'est ainsi que le Secret se présente : un vieux cadavre qui refuse de pourrir dans le sol où il a été allongé. Il y aura un nouveau Marlane, un autre Mosèle, un Hertz... Il y aura sans cesse quelqu'un de trop curieux qui reniflera l'Histoire comme un chien de chasse. Des centaines s'y sont essayé. Des milliers ! L'Église les a combattus à chaque fois. Nous avons manipulé la vérité, nous avons élevé des bûchers, rassemblé des armées, emprisonné et massacré des innocents. Toujours pour préserver le Secret ! Et c'est Montespa qui va en hériter. Devine-t-il quel tribut je vais lui abandonner ? L'Église est une effroyable charogne puante qui vomit un sang noir... Montespa devra épouser cette hideuse créature qui n'a pu survivre qu'en trahissant, en trichant et en tuant !

Le pape Jean relâche son étreinte sur le bras de Monseigneur de Guillio. Sa vieille chair tremble et ses dents claquent.

— Voulez-vous un peu d'eau, Votre Sainteté ?

— Oui. Donnez-moi de l'eau... De l'eau, alors que je mériterais du vinaigre...

Tout en le servant, Guillio dit :

— Vous devriez dormir. Si vous le désirez, je viendrai demain dans la matinée, juste après vos soins.

— Restez, mon ami. Nous avons encore à parler.

Il boit à petits traits, déglutissant avec peine, puis redonne le verre à Guillio qui le pose sur la table de nuit. Il reprend :

— Vous n'avez pas évoqué la Fondation Meyer.

— J'allais y venir. D'après mes sources, l'équipe de chercheurs se contente de recoller les pièces de 4Q456-458. Seul Marlane semble avoir débordé du cadre dans lequel il devait se maintenir. Le danger vient du fait que Marlane et Mosèle étaient liés par la franc-maçonnerie. Il n'y aurait eu que Marlane, l'affaire serait à ce jour réglée...

— Qu'envisagez-vous ?, demande le pontife.

— Ne pas quitter des yeux le professeur Mosèle et prendre en compte qu'il aura compris que son ami a été éliminé, que cela le retiendra de se lancer dans une entreprise où il risquerait de subir le même sort, qu'ainsi il se taira et ne bougera pas !

— Hypothèses !, lance le pape Jean. Trop d'hypothèses, Guillio ! D'après le portrait que vous m'avez brossé de Didier Mosèle, je ne crois pas qu'il se terrera dans un trou de souris. Je pense au contraire qu'il mettra tout en œuvre pour découvrir ce qui est arrivé à son frère. Et n'oubliez pas Hertz ! L'avocat n'entrera pas en scène ouvertement, ce n'est pas son genre, ni celui des frères de sa fameuse Loge, mais il guidera Mosèle sur le bon chemin. Il s'en servira comme d'un pion et le fera remonter jusqu'à nous... Jusqu'au Tombeau !

Le pape Jean vient de prononcer ce dernier mot dans un souffle. Après un temps, il poursuit, la voix fatiguée mais laissant percer à de certains moments des accents d'autorité :

— Hertz et les siens sont les héritiers de la Très Ancienne Confrérie, vous le savez bien. Appelons-les par leur nom, Guillio : LES FRÈRES PREMIERS ! C'est bien ainsi qu'ils se nomment, n'est-ce pas ? Une bande de renards ! Des manipulateurs ! Je peux même deviner la nature de ce que l'avocat a dit à Mosèle...

Ce ne sont pas des mensonges, bien sûr. Pas vraiment. Ce n'est pas non plus la vérité ! Toujours cette sempiternelle fable qui sort sa gueule de serpent à chaque siècle ! Nous ne parviendrons donc jamais à étouffer cette damnée hérésie ? Nous faudra-t-il encore tuer ?

— Nous ne tuons pas, Saint-Père. Ce n'est pas l'expression que nous devrions utiliser.

— Nous tuons ! Ce ne sont pas nos mains qui agissent, mais c'est notre volonté qui commande. Les Gardiens du Sang ne sont que nos instruments. Nous tuons depuis que l'Église est devenue un État pareil à tous les États du monde. Notre pouvoir est bâti sur des monceaux de cadavres...

Guillio soupire et hausse les épaules. Il esquisse un léger sourire et dit :

— Vous pensez aux Cathares, aux Templiers... Ne portez pas le poids des actes de vos prédécesseurs qui ont dû défendre l'Église contre tant d'ennemis...

— Je fais de mauvais rêves, Guillio. Oui, ces dernières nuits, mon sommeil est agité de cauchemars. La cause en est sans doute ces nombreuses drogues que m'administrent mes médecins, mais il n'empêche que ce que je vois dans ces moments de fièvre est terrible ! Je sais que vous ne croyez pas aux rêves... Je connais votre esprit cartésien, paysan. Sachez que lorsque l'on atteint mon âge, il semble qu'une mystérieuse alchimie se produise en soi. La mémoire fébrile joue ses tours et déforme à l'excès des souvenirs entassés, oubliés, pour les mettre en perspective. Mes songes sont devenus des marécages répugnants à la surface desquels apparaissent des corps en putréfaction. Tous ces morts qui tentent de revenir à la vie à travers moi, ce sont tous les papes qui m'ont précédé ! Tous, mon ami, ils jaillissent de la boue noire et, de leurs bouches devenues des trous obscènes, ils hurlent leur douleur d'avoir été maudits et rejetés par Dieu ! Ils ressemblent à des momies rongées par la vermine et sont ridicules dans leurs habits sacerdotaux mités, sous leurs tiares aux ors éteints. Moi, Jean le vingt-quatrième, je comprends leur détresse. Je les écoute me réciter tous les crimes qu'ils ont ordonnés, tous les mensonges qu'ils ont proférés, toutes les trahisons qu'ils ont commises. Chaque nuit, la longue litanie de ces papes maudits reprend... Chaque nuit monte à mes narines cette abjecte odeur de pourriture, et ces plaintes et ces pleurs assaillent mes oreilles. J'ai dans le cœur cette pointe de glace qui est la griffe de la mort et de la damnation éternelle...

Essoufflé, le pontife doit s'arrêter. Son front est en sueur. Monseigneur de Guillio fait le signe de la croix, presque par réflexe. Un geste pour conjurer le sort. Cela lui rappelle sa grand-mère, alors qu'il était petit garçon issu d'une famille pauvre de Naples. Cent fois par jour la vieille femme superstitieuse se signait et crachait sur celui qu'elle appelait son démon. Une ombre insolite sur un mur de chaux, un nuage trop bas et trop gris, un bossu qui passait, un vol de corbeaux, un volet qui battait dans le vent : elle traçait promptement sur sa maigre poitrine un signe de croix, puis crachait derrière son épaule.

— Saint-Père, murmure Guillio, vous rendez-vous compte de ce que vous dites ?

— Et ce n'est rien !... souffle le vieillard. Ce n'est rien à côté de ce que je vais vous confier maintenant...

— Ne préféreriez-vous pas que je fasse venir votre confesseur ? Ses oreilles seraient plus à même de recevoir de tels propos que celles d'un politique comme moi !

— Non, restez, Guillio. Vous êtes le seul à qui je peux parler de ce qui me tourmente. Ce qu'il me faut révéler avant de quitter cette terre ne peut être appris que par vous. Le venin qui m'empoisonne est celui qui coule dans vos veines...

Guillio pousse un nouveau soupir. Il pose ses mains bien à plat sur ses cuisses épaisses et attend. Le pape Jean, assis dans ce lit qui sent la sueur, ressemble à ces morts qu'il vient lui-même de décrire. Il les a déjà rejoints par sa décrépitude.

Il reprend de sa faible voix :

— Vous vous rappelez l'Évangile de Luc... Ce passage concernant le soir de l'arrestation du Christ... J'en connais les phrases par cœur : *« Après être sorti, il alla, selon sa coutume, à la montagne des Oliviers. Ses disciples le suivirent. Lorsqu'il fut arrivé en ce lieu, il leur dit : "Priez, afin que vous ne tombiez pas en tentation." Puis il s'éloigna d'eux à la distance d'environ un jet de pierre, et, s'étant mis à genoux, il pria, disant : "Père ! Si tu voulais éloigner de moi cette coupe... Toutefois, que ta volonté soit faite et non la mienne." Alors un ange apparut du ciel pour le fortifier. »*

Le pontife marque une pause. Il désigne du menton le verre d'eau posé sur la table de nuit, et Guillio lui donne aussitôt à boire. Après s'être désaltéré, il poursuit :

— Jésus était seul, car tous *« l'abandonnèrent et prirent la fuite »*, affirme l'Évangile de Marc. Dois-je continuer ou souhaitez-vous réciter vous-même la suite, Guillio ? Mais si vous choisissez de vous faire mon écho, donnez-moi les *véritables mots*. Pas ceux qui ont été traduits par les premiers copistes des Évangiles !

Monseigneur de Guillio hoche la tête en signe d'assentiment. Il articule lentement ce qu'attendait de lui le Saint-Père :

— *« Un jeune homme le suivait, n'ayant sur le corps qu'un suaire. On se saisit de lui, mais il abandonna son suaire, et se sauva nu dans la nuit. »*

— Merci, fit le pape, puis il ferme les yeux durant quelques secondes.

— Pourquoi me remercier, Votre Sainteté ?

— Je désirais que vous partagiez avec moi un instant cette vision... Celle du Christ que ses disciples ont abandonné au jardin des Oliviers, attendant que la cohorte vienne se saisir de lui. Le Christ qui est accompagné de ce jeune homme dont le corps maigre n'est recouvert que du suaire dans lequel il a été mis juste après sa mort...

— Mais nous savons tous deux qui est ce jeune homme, l'interrompt le cardinal.

— Là n'est pas le propos, Guillio. Ce jeune homme mort mais qui marche dans les pas du Christ, ce cadavre debout, eh bien, il m'est apparu cette nuit ! Je l'ai vu ! Je vous jure que j'ai vu son visage comme je vous vois actuellement.

— Ce n'était qu'un rêve, Saint-Père. Vous l'avez dit vous-même : les drogues que l'on vous force à prendre attisent votre imagination, et dans les rares heures où vous dormez votre esprit produit ces visions. Il n'y a rien de plus normal. Vous me donnez l'impression de croire soudainement à la tradition populaire alors que nous savons, nous, les initiés, depuis les origines de l'Église, que tout ceci n'est qu'un voile posé sur la réalité des événements.

— Vous ne me comprenez pas, Guillio ! J'essaie de vous traduire mes rêves. Je me trouve au soir de ma vie ; bientôt je partirai avec le Secret qui sera transmis à mon successeur par les Gardiens. Mon corps sera allongé auprès de ceux de mes prédécesseurs, ainsi que l'exige la Tradition. Par ma mort, le

Secret sera scellé une fois encore ! Cependant, j'aurai à répondre devant Mon Juge, en sus des crimes que j'aurai commis, des crimes de tous les autres, les Pierre, Pie, Clément, Urbain... tous les autres !

Monseigneur de Guillio se penche sur le lit du pontife. Très bas, il lui dit :

— L'Église a traversé les siècles pareille à un navire, Saint-Père... Cette image est d'ailleurs de vous.

— Un navire lancé sur un océan de sang ! Écoutez la fin de ce rêve morbide dans lequel ce jeune homme m'est apparu... J'avais le sentiment d'avoir pris l'identité du Christ. J'étais en Lui, dans Sa chair et Son esprit. Je me retournai lentement sur la silhouette qui me suivait en silence. Je fus pris d'un malaise à la vue de son visage blême aux yeux profonds et sévères. Plus rien ne bougeait autour de nous. Le vent s'était tu dans le feuillage des oliviers. Il n'y avait plus aucun signe de vie. Bien sûr, je reconnus d'emblée les traits de celui qui me faisait face, désormais immobile. « Tu as trahi mon Nom », me dit-il gravement. « Tu as usurpé mon identité, homme de peu de foi qui te dit Fils de l'Homme ! Homme tu ne peux être, puisque tu es parjure ! » Il fit trois pas pour s'approcher de moi. Il ajouta : « Regarde : je suis nu sous ce suaire, car tu m'as dépouillé. Je porte ce suaire, car tu m'as tué ! »

— Mon Dieu !, souffle Monseigneur de Guillio en se signant à nouveau nerveusement.

— Vous comprenez maintenant ma frayeur ? Dans ce songe, j'étais l'imposteur ! Et lui, le jeune homme au suaire, me condamnait comme il a condamné le premier d'entre nous... puis le second... et tous les autres ! Il me faisait réaliser qu'il n'avait jamais cessé de vivre en dehors de l'Église, dans son ombre, de manière occulte. Cela, grâce à ses apôtres dont on a faussé les écrits, grâce à ses missionnaires lancés à travers le monde et dont on a dénaturé les messages, grâce à Paul dont on a effacé la plupart des lettres... « Tu croyais m'avoir enseveli, reprit-il en s'avançant encore vers moi. Tu étais certain que je ne me relèverais jamais alors que j'ai le pouvoir de défier la Mort et le Temps pour me dresser devant tous ceux qui imposeront l'imposture comme règle ! » Il était si près de moi que je sentais son souffle... J'avais peur comme jamais je n'ai eu peur de ma vie... Cette angoisse que l'on ne peut contrôler et qui vous paralyse les membres... « Embrasse-moi !, me commanda-t-il. Embrasse-moi une dernière fois, mon frère. » Il posa alors ses lèvres froides sur les miennes. Son baiser avait le goût du tombeau. Sa poitrine dénudée s'était plaquée contre la mienne et quelque chose de chaud, de poisseux imprégna mon vêtement et entra en contact avec ma peau. C'était son sang ! Le sang des blessures que je lui avais infligées plus tôt. Le sang de mon frère ! « Tu voulais mes habits de roi, me dit-il quand notre baiser fut rompu. Prends-les ! Je te les donne bien volontiers ! Tu les porteras jusqu'à la fin des temps ! » Il se dévêtit de son suaire qu'il me passa sur les épaules à gestes calmes et fraternels. Mais il souriait. « Les entends-tu ? » Il avait prononcé ces mots en reculant. « Ils viennent te prendre pour te porter sur un trône d'où tu ne descendras jamais plus ! » J'écoutai... La nuit s'était d'un seul coup animée ; un vent chaud traversait les oliviers. J'écoutai... Je savais que c'était la cohorte qui venait m'arrêter, moi, le Christ... Moi, l'imposteur ! Le jeune homme avait disparu. Je crus l'entendre courir entre les arbres. Et rire aussi ! Je me mis à hurler de terreur. Je l'appelai à l'aide. Oui, j'appelai mon frère... Je ne parvenais pas à me réveiller, Guillio. J'avais beau savoir que je dormais, que tout cela n'était qu'un songe, je continuais de crier et d'implorer le pardon du frère trahi et blessé ! Les soldats romains me ceinturèrent et m'emportèrent sans ménagements, en me raillant et en m'injuriant.

Le menton du souverain pontife s'affaisse sur sa poitrine creuse. Le vieillard est épuisé. Il pleure à petits sanglots aigus, grotesques et pitoyables.

— Guillio, réussit-il encore à articuler, faites en sorte que nul ne sache jamais !

— J'y veillerai, Saint-Père.

— Le « jeune homme »...

— Oui ?

— Qu'il ne parvienne pas à sortir de son tombeau ! Pas après tous ces siècles ! Pas maintenant !

Alors le cardinal, comme on agit avec un enfant, se lève, pose sa main sur le front du pontife pour lui porter une caresse apaisante. Le vieil homme pleure maintenant en silence, ses grands yeux noyés regardant la croix d'or suspendue au mur qui lui fait face et qu'une lumière atteint de biais.

— Il ne sortira pas de terre, dit-il. Nous achèverons l'œuvre du pape Clément. Et puis, qui croirait la vérité ?

Il retire sa main du front brûlant et redonne un peu de forme aux oreillers qui maintiennent le corps en ruine.

Monseigneur de Guillio salue en s'inclinant et se dirige vers la grande porte ouvragée de la chambre.

Dans le vestibule où un prêtre demeure assis, il avale une grande goulée d'air et, se forçant à conserver sa traditionnelle silhouette droite et fière, il esquisse un sourire à l'intention des deux sœurs qui veillent le pape, puis traverse la pièce d'un pas ferme.

Dans sa chambre, Jean XXIV scrute les ombres que sa trop faible vue ne peut plus lui traduire. Il s'attend à chaque seconde qu'une de ces formes se mette à bouger. Qu'une silhouette blanche se dresse et l'appelle. Ou que celui que Marc nommait *le jeune homme* lui offre son suaire...

20.
Le jumeau

« Ne corrigez rien, surtout, Didier ! Ne cherchez ni la pierre ni le frère ! Adieu, Mon Très Cher Frère.
Votre ami qui s'est perdu, Francis. »

La bande magnétique tourne maintenant à vide. Émylie fixe le dictaphone de Didier Mosèle, posé sur la table du salon encombrée de reliefs de sandwichs, de canettes de Coca entamées, de verres à whisky et de glaçons à demi fondus. Enfin le jeune homme se décide à rompre le silence.

— Je t'ai tout dit, Émylie. Tout ce que je sais. Je suis désolé... J'ai laissé Francis jouer avec le feu et je me sens coupable de sa mort.

— Alors, il ne se serait pas suicidé ? Et, si je te suis bien, ce serait... Non ! C'est impensable !

— Le crime a été maquillé en suicide. Tu as vu : les inspecteurs n'ont trouvé aucun document dans sa chambre. Ses carnets rouges ont été subtilisés.

— Pourquoi l'avoir entièrement déshabillé ?, demande Émylie qui s'est recroquevillée sur le canapé.

— Déshabillé et probablement lavé ! Pour qu'il ne subsiste aucun indice qu'un labo de la police scientifique aurait pu analyser.

— Ce n'était qu'un historien... Il faisait simplement son boulot.

Tandis que Mosèle, debout, boit son troisième whisky, Émylie s'intéresse aux enveloppes envoyées par Francis. Elle les a prises dans une main et les regarde sans vraiment les voir.

— Justement ; il s'est approché trop près de la vérité, de ce Secret que l'Église défend depuis des siècles, précise Mosèle.

— Ses lettres ne livrent pas beaucoup d'informations. On sait seulement qu'il s'est rendu à Jérusalem, à Rome...

— ... à Troyes, puis enfin à Reims ! Le cachet de son dernier envoi nous l'indique. C'est certainement en Champagne qu'il a été pris, à en juger par la date, regarde !, expose Mosèle en revenant s'asseoir près de la jeune femme.

— Oui, le pli a été posté à la gare de Reims, il y a quatre jours.

Mosèle jette un coup d'œil à sa montre, note la pâleur et les traits tirés d'Émylie et lui propose :

— Tu es épuisée. Prends ma chambre et essaie de dormir.

— La situation est équivoque, tu ne trouves pas ? Francis à peine mort, tu voudrais que je dorme chez toi !

Le jeune homme hausse les épaules, la prend par la main pour l'aider à se lever du canapé et la conduit jusque dans sa chambre. Elle s'allonge aussitôt sur le lit et enlève ses chaussures. Elle se met ensuite en position fœtale pour tenter de trouver le sommeil.

Mosèle va refermer la porte. Sur le seuil, il dit :

— Ne te soucie pas des apparences. J'aimais Francis, Émylie. Je l'aimais vraiment beaucoup.

— Moi aussi, Didier. À ma manière...

Mosèle referme doucement la porte. Il regagne son bureau et s'y installe, avec cigarettes et whisky à portée de main, pour étudier le fac-similé du Testament du Fou. « Si ce vieux renard de Martin a annoté la copie, c'est qu'il a dû débusquer quelques lièvres... À moi de suivre sa piste. »

Il feuillette le document. « Gagné ! Il a même fait la traduction des vers en latin... »

Il allume son ordinateur et se met à taper les strophes qu'il lit à voix haute.

« Naîtra du désordre démesuré
l'Orientale Lumière
Saint-Esprit à la Matière mêlé. »

— En clair, ça donnerait : *« La Lumière d'Orient naîtra du chaos infini, le Saint-Esprit mêlé à la Matière »*... M'mm... Ça sent l'Apocalypse à plein nez ! Remettons la suite en forme.

« Moi Jean frère par les Douze
À Patmos exilé pour l'amour de Jésus
Le Secret j'ai conservé

« Le frère Premier
Fils de la Lumière et de l'Architecte
À moi se présenta

« Il était vivant et non mort
Tel que le peuple l'avait pensé
Trois baisers il me donna

« Blancs sa tête et ses cheveux
Comme de la laine blanche
Comme de la neige

« Celui qui a du frère pris la vie
A lui usurpé la mort
Occupé la place par lors
De sa croix pleure le frère vrai
Dans son suaire venu. »

— Le suaire ! Bon Dieu, *pannus* n'est pas employé pour désigner un drap, mais un suaire ! D'ailleurs, au verset suivant, Agnan et Nicolas de Padoue emploient le mot « sindon »...

Mosèle déchiffre les pattes de mouche tracées en marge par Hertz. Certains mots ont été soulignés : *« Vulgate saint Jérôme sindon pannus lama sabachtani aleph-lamed-hé Dydime jumeau »*.

Il avale une gorgée de whisky, allume une nouvelle cigarette et poursuit la lecture du Testament du Fou.

« Aux Oliviers le frère mort en son suaire
À son jumeau traître fait remontrances
Et le maudire aux Siècles des Siècles
Au peuple mensonge donné
Au Secret les Douze dresser le Temple. »

« *Sindon* est le terme qui convient à *suaire*... Francis avait raison, on nous dupe depuis deux mille ans ! »

Il remarque alors des strophes écrites par une autre main, sans doute celle d'un templier. Ce Renaud dont Hertz lui a conté l'histoire ? Ce Renaud ou tout autre scripteur désireux de compléter ce long poème. Pour quelle raison ?

« De la secte crucigère
Orient et Occident naîtront
Tandis qu'en forêt du Levant
Reposera le frère en son Temple
Dans la terre sera oublié. »

La voix d'Émylie. Puis Émylie, toute froissée, les yeux humides, la tignasse en épis.

— Je n'arrive pas à dormir, Didier. Je ne parviens pas à chasser l'image de Francis mort sur le lit de cette chambre d'hôtel... Et puis, cette odeur !

Mosèle n'a pas entendu.

— Émylie, Francis avait vu juste !, s'écrie-t-il, exalté. J'ignore comment il a pu le découvrir sans le Testament du Fou. Sa théorie était la bonne. Ce n'est pas Jésus que l'on a mis en croix ! Ce n'est pas lui que la cohorte a arrêté sur le mont des Oliviers...

Émylie s'est approchée du bureau, jette un regard brouillé sur le fatras de papiers, de notes, puis sur l'écran de l'ordinateur. Mosèle poursuit le déchiffrage des ajouts du second rédacteur :

— *« Dans leur litière mensongère Maîtres de Religion traîtres seront ! »* C'est son frère ! Le frère qui lui ressemble tant qu'il est parfois appelé Didyme par Agnan et Nicolas de Padoue ! Ces deux copistes ont gardé le mot grec... Or, en grec, Didyme signifie Thomas !

— Tu es fou ! Personne ne croira une chose semblable !

> *« Sur trône maudit*
> *Car celui à la mort embrassé*
> *Charogne sera... »*

— Les « Maîtres de Religion », ce sont les papes... C'est sur une imposture que l'Église a bâti son dogme. Une supercherie qu'elle tente de préserver depuis des siècles !, scande Mosèle en martelant le fac-similé du Testament du Fou.

— Francis est mort à cause de cela ? Pour avoir découvert le plus vieux mensonge du monde ?

— Non, pas vraiment... Pour autre chose : une Vérité bien plus terrible et que des hommes ont recherchée en vain durant des siècles.

— Tu le sais, Didier ?

— Francis a trouvé le Tombeau du Christ ! Il l'a trouvé, Émylie, tu comprends ? Il a découvert le Tombeau de Jésus qui n'est pas mort en croix ! Tout ce que racontent les textes officiels n'est qu'hypocrisie... Le Testament du Fou est celui du Juste ! Fou parce que nul n'a jamais osé le croire !

21.
L'enterrement

Dans la nuit de jeudi à vendredi.

Martin Hertz est dans son bureau. Il est une heure quinze. La pluie s'abat en rafales contre les volets. Une seule lampe est restée allumée et diffuse en cercle sa lumière jaune sur la table à laquelle est assis le vieil avocat. Il a sorti une petite boîte métallique de son coffre-fort. Il en regarde l'intérieur en tétant un Partagas corona avec un bruit de succion. Le Testament du Fou repose près du cendrier.

La porte demeurée entrouverte est poussée sans bruit et l'arrivée de Léa dans la pièce surprend Hertz qui referme la petite boîte métallique comme un gosse pris en défaut.

— Tu devrais venir te coucher, Martin. Cela fait des nuits que tu dors à peine. Depuis la visite de Didier Mosèle, je crois...

— J'arrive, Léa.

La voix du gros homme est sourde et triste. Il lève son énorme carcasse. « Plus voûtée qu'à l'ordinaire, remarque Léa. Il vieillit tant, en ce moment ! »

— Je remettais un peu d'ordre dans de vieilles affaires. Une manie de l'âge !, souffle-t-il en replaçant la petite boîte sur l'une des étagères de son coffre-fort.

Léa reste plantée sur place, petite bonne femme

falote et faible. En bout de course. Fatiguée de la vie, de tout. Mais pas dupe de ce que veut lui faire accroire son compagnon qu'elle ne connaît que trop bien. « Il m'a toujours menti. Pour me préserver de tout. Pour me protéger de la vie même. »

— Tu cherches toujours, n'est-ce pas ? Tu *le* cherches encore ?, interroge-t-elle.

Hertz semble étonné, marque un temps avant de refermer le coffre-fort, contrarié.

— Non, plus vraiment, soupire-t-il.

— Tu vas à l'enterrement de Marlane, ce matin ? Il y aura une cérémonie maçonnique ?

— Non, pas au cimetière. Nous en organiserons une la semaine prochaine, à notre Tenue, entre nous... Tout à l'heure, il sera juste inhumé civilement.

Il range maintenant le manuscrit dans sa bibliothèque. « Qui imaginerait qu'un tel trésor se dissimule au milieu de tous ces livres ? »

— Cette boîte... ce manuscrit... Tu me les caches comme si j'ignorais ce que c'est. C'est inutile, Martin !

— Ma chérie, je veux éviter de te noyer avec moi dans cette vase. Ces reliques n'ont apporté que souffrances et malheurs. Mais je n'ai pas le droit de les détruire ! Tu le sais bien...

Il la rejoint, l'enlace de son bras épais. « Elle a encore maigri. »

— Tu as raison, couchons-nous. Tu as pris tes cachets ?

Elle lui sourit. « La question habituelle. La même ritournelle ! »

— Oui, bien sûr. Même s'ils ne me font plus aucun effet. On ne guérit pas de ce que nous avons, Martin.

— Ah ? Et qu'avons-nous ?

— Nous sommes vieux.

*
**

La pluie a cessé de tomber vers les cinq heures. Hertz n'a pas fermé l'œil de la nuit. Il s'est levé à huit heures sans réveiller Léa, a pris une douche froide, a déjeuné d'un thé et de deux biscuits, le ventre noué, un goût de bile dans la gorge. Il s'est habillé de noir. « Lambert distribuera les roses à l'entrée du cimetière », pense-t-il.

Sorti du pavillon, il est monté dans sa voiture et a roulé pendant deux heures sur le boulevard périphérique, pour passer le temps. Paradoxalement, le bruit et les soubresauts de l'intense circulation l'ont calmé.

Maintenant, il se tient comme la plupart des femmes et des hommes en noir devant le cercueil de Francis Marlane posé sur deux tréteaux mal camouflés par un dais noir frangé d'or.

Lambert, le frère Hospitalier de la Loge Éliah, a acheté la veille une brassée de roses qu'il a été chargé de distribuer discrètement à ses frères venus assister à l'enterrement. Il est en effet de coutume que les maçons jettent une rose sur le cercueil de leur frère défunt quand celui-ci est descendu dans la tombe, geste symbolique qui ne peut heurter la sensibilité religieuse des membres de la famille du défunt ni celle de ses proches.

Le service étant civil, seul un officiant des pompes funèbres règle le protocole de la cérémonie.

*
**

Les gens se sont massés par petits groupes autour du cercueil. Émylie donne le bras à un homme âgé d'une soixantaine d'années qui ressemble à Marlane.

Se sont assemblés à leurs côtés tantes, oncles, cousins. Des inconnus aux visages baissés, reniflant dans des mouchoirs blancs. La famille.

« La famille ! », pense Mosèle, découvrant qu'il n'avait jamais imaginé que Francis eût des proches autres qu'Émylie, ses frères et les collaborateurs de la Fondation Meyer. Pourquoi n'en avait-il jamais parlé ? « Si discret. Oui, je crois qu'il a évoqué son père une fois ou deux. Ce doit être cet homme qui lui ressemble tant, à qui Émylie donne le bras. Sa mère est décédée d'un cancer alors qu'il avait une douzaine d'années. Le père ne s'est jamais remarié... »

— Je n'aurais jamais cru que Francis était homme à se suicider... Remarquez, on dit toujours cela après coup !

Mosèle se retourne vers Norbert Souffir. Le petit bonhomme parcheminé flotte dans un costume de velours noir trop fraîchement repassé. Il a noué une cravate bleu marine autour de son cou maigre, et l'une des pointes du col de sa chemise rebique. Mosèle ne peut s'empêcher de sourire.

— Vous avez raison, Norbert. Francis aimait la vie. Je n'ai jamais connu un type aussi curieux de tout.

Hélène Moustier, des sanglots dans la voix, ajoute :

— Il était si cultivé, si passionnant...

Puis, se reprenant après quelques secondes :

— Je ferais mieux de me taire ! Je ne suis pas très douée pour les éloges funèbres. On ne dit que des banalités, dans ces moments-là.

Rughters acquiesce d'un mouvement du menton. Il a les yeux rouges mais parvient à se retenir de pleurer comme un gamin. Et c'est à cela qu'il ressemble en cet instant : un énorme gosse aux yeux gonflés de chagrin, au cœur brisé.

Derrière eux, le directeur de la Fondation Meyer,

quelques membres du Directoire et d'anonymes représentants du ministère de la Culture, droits dans leurs imperméables sombres ou leurs manteaux noirs, s'efforcent de donner le sentiment d'être sincèrement peinés.

Hertz se dit que c'est une belle journée qui s'installe, claire, limpide avec son ciel transparent. Et que la mort de Marlane est un effroyable gâchis, qu'il en est responsable, à sa manière. Il se souvient... Mais tout s'est enclenché comme une machine infernale et le jeune chercheur s'est fait lacérer par son mécanisme. Hacher !

Hertz regarde ses frères, Émylie, cet homme digne qui ressemble à Francis – le père –, Didier Mosèle et ses collaborateurs, des amis, des voisins. La foule en deuil. Quel gâchis !

Le vieil avocat ne se pardonnera jamais. Et voici que Mosèle est venu le trouver et qu'il lui a remis un fac-similé du Testament du Fou... « Léa a raison. Je *le* cherche toujours. Je n'ai jamais cessé de *le* chercher tout au long de ma vie... »

Le cercueil a été descendu dans la tombe. Mosèle doit sacrifier au rituel des condoléances. Il marque un arrêt devant Émylie et son beau-père.

— Je vous présente Didier Mosèle, beau-papa.

Monsieur Marlane père a la même voix que son fils. Juste un peu plus grave. Et cela déchire Mosèle. Les larmes lui viennent aux yeux.

— Francis m'a très souvent parlé de vous. Vous partagiez les mêmes passions, je crois. C'est vous qui l'aviez fait entrer à la Fondation Meyer, n'est-ce pas ?

Incapable de répondre, Mosèle serre gauchement la main qui lui est tendue, et se détourne.

Il marche seul, le regard pensif, suivant par réflexe une file de personnes qui s'en vont comme lui après avoir présenté leurs civilités à la veuve et au père de Francis.

— La tristesse n'est pas bonne à ruminer en solitaire, Didier ! Partageons-la...

C'est Martin Hertz qui le rejoint pour marcher avec lui en direction de la sortie, passant entre les tombes que la clarté inhabituelle du ciel éclabousse de lumière.

— S'il n'y avait que la tristesse, Martin ! Vous savez bien à quoi je pense, et c'est ce qui m'étouffe. Dire que tous, ici, croient que Francis s'est donné la mort. Alors que...

— Plus un mot ! Tout comme lui, votre vie est en danger. Vous devez être prudent et sans cesse sur vos gardes.

— Je sais. Mais, dans ce cas, c'est tout mon service qui est menacé. Tous ceux qui travaillent sur les manuscrits de la mer Morte numérotés 4Q456-458 ! Car c'est forcément dans les quelques fragments que nous traduisons actuellement à la Fondation que se cache la clef du Secret.

— Ce n'est pas le lieu pour en parler. Nous en discuterons jeudi, après notre Tenue. Je vous laisse, j'ai abandonné Léa groggy de somnifères. Elle dit ne jamais dormir, mais traîne au lit toute la matinée. Ses cachets lui font de l'effet mais avec retard.

Après un petit salut de la main, Hertz s'engouffre dans sa voiture.

— Vous retournez au bureau, Didier ?

Souffir vient d'apparaître, tel un sombre lutin aux gros yeux de poisson perpétuellement étonnés.

— Oui ? Je vous emmène, Norbert ? Venez, ma voiture est garée pas très loin.

— Vous avez été quelques-uns à jeter une rose

rouge dans la tombe de Francis... Curieux ! Vous m'en parlerez un jour ?

— Sans doute. C'est une coutume de vieux amis très chers. Si proches qu'ils forment presque une famille.

Deux hommes, dissimulés derrière une petite chapelle, loin de l'endroit où s'est déroulée la cérémonie, ont pris au téléobjectif suffisamment de clichés de tous les participants. Ils peuvent maintenant s'en retourner satisfaits.

22.
La forêt d'Orient

La porte rouge que Francis Marlane ne franchira jamais plus. La porte rouge et son bureau, avec son désordre habituel. Vide, pourtant. Vide de la présence d'un ami.

Mosèle examine les lettres déposées au courrier de neuf heures. Il les classe par ordre d'intérêt, machinalement, selon le rituel matinal qu'il s'est imposé et qu'il s'efforce de respecter.

Onze heures trente. Souffir, la cafetière à la main :

— Café pour tout le monde ?

Mosèle :

— Paperasse, paperasse et... Tiens ! Une lettre de Rome... d'Ernesto Pontiglione !

Mosèle décachette la lettre, se souvenant que le professeur Pontiglione a été cité par Martin Hertz au cours de cette fameuse nuit du lundi au mardi. On dirait qu'il y a un siècle !

Souffir remplit la tasse que lui tend Rughters. Le géant remercie d'un signe de tête, les mâchoires serrées.

Mosèle s'est assis à sa table et lit pour lui-même :

Mon Cher Ami,

J'ai appris la tragique disparition de Francis Marlane par la presse. Je dois me forcer à y croire, tant son souvenir reste présent à mon esprit. Nous avons passé cinq jours ensemble à Rome. Il revenait de l'École biblique de Jérusalem. Nous avons longuement évoqué la nature de vos recherches actuelles. Francis paraissait très intéressé par mes propres études sur le sujet. Il m'a informé qu'il avait l'intention de retourner dans la région de Troyes et de faire un crochet par Reims où il s'était déjà rendu. Il est urgent que nous nous rencontrions. Je serai bientôt à Paris. Je crois savoir que Francis vous a fait part de sa « théorie ». Je vous invite à la plus grande discrétion.

À bientôt, très fraternellement,

Ernesto Pontiglione...

— Votre litre de café quotidien, Didier ?

— Vous connaissez le professeur Pontiglione, Norbert ?

— De réputation, oui. Pas personnellement. J'ai lu quelques-uns de ses ouvrages. Homme érudit qui soutient des thèses originales ! Peut-être trop originales pour les académies...

Puis la journée s'étire sans âme, dans un silence inaccoutumé. Hélène Moustier, Rughters et Souffir lèvent à peine les yeux de leurs écrans d'ordinateur. Le repas de treize heures est bâclé. À quatorze heures trente, la réunion du vendredi avec les membres du service de « dépouillage » est expédiée.

Mosèle quitte le bureau à dix-huit heures, descend au parking, monte dans sa Golf. Il souffre d'une migraine qui ne l'a pas quitté depuis l'enterrement et ne parvient pas à chasser de son esprit le corps nu et hâve de Marlane allongé sur son lit de mort.

De retour à son domicile, le jeune homme se sert un grand verre de Coca et avale deux aspirines, s'interdisant d'allumer une cigarette. Un sourd battement aux tempes. La douloureuse pulsation de sa peine. Et cette irrésistible envie de pleurer, de s'abandonner enfin au chagrin. Mais ses yeux, quoique brûlants, restent secs.

Il n'a pas faim. Il entre dans son bureau, ouvre le tiroir qui contient les lettres et la cassette magnétique envoyées par Marlane, ces dernières semaines, au cours de sa « mission secrète ». C'est ainsi que Francis avait nommé son expédition.

Mosèle déplie la quatrième et dernière lettre, celle qui a précédé la cassette :

Cher Didier,

J'ai quitté mont Payns hier. Je suis en plein cœur de la région des fondateurs de l'ordre du Temple : Hugues de Payns, Hugues de Champagne... Et vous savez bien que le Secret est lié aux Templiers ! Je crois avoir fait un grand pas vers la Lumière, mon ami.

En traversant Troyes, j'ai remarqué que j'étais de nouveau suivi. Déjà, lors de mon séjour à Jérusalem, j'avais noté que deux hommes me surveillaient.

J'ai abandonné la nationale pour me diriger sur Courterange. Mes cerbères ont laissé un peu de distance entre leur voiture et la mienne, mais ne m'ont pas lâché.

Je cherchais mon fameux Cathare ! Je vous en ai vaguement parlé, dans mon dernier courrier. Un Cathare en pleine région templière...

J'ai interrogé un libraire qui m'a indiqué qu'il y avait effectivement une statue de chevalier non loin de Géraudot, pas très facile à trouver par des chemins de traverse dans le bois de Larivour. Il m'a précisé que dans la région, cette statue était appelée l'Homme Vert.

Ma carte d'état-major m'a particulièrement aidé, bien que j'aie dû explorer bon nombre de sentiers, mais je suis enfin tombé sur mon Cathare ! Car je peux vous assurer, Didier, qu'il s'agit effectivement d'un Cathare. Oui, en Champagne-Ardenne ! Et je vous donnerai bientôt la raison de son énigmatique présence dans cette forêt.

Je pense que la statue a pris le nom d'Homme Vert avec le temps. À cause de la mousse... Je me suis demandé où étaient passés les espions à mes trousses.

J'ai pris quelques photographies et réalisé une aquarelle – dont je ne suis pas mécontent – que je collerai naturellement dans l'un de mes chers carnets rouges.

J'ai hâte de vous en dire plus.

Bien à vous, Mon Très Cher Frère,

Francis.

Mosèle se lève, fait quelques pas vers la fenêtre, y colle le front. « Francis m'avait souvent parlé de cette région. Les Templiers en avaient asséché les marais et assaini les forêts. Ils y avaient installé des fonderies et des tuileries. Avaient-ils un intérêt secret à investir cet endroit, à le maintenir en état ? Une évidence, si l'on en croit la foutue théorie de Francis ! »

Mosèle revient à sa table, prend l'atlas routier qu'il a déjà consulté à plusieurs reprises. Il l'ouvre à la page de la région Champagne, marquée par un Post-it. « Francis est passé à Courterange, au bois de Larivour, mais... » – il se rappelle les mots lus sur l'écran de l'ordinateur de Marlane, fouille dans le désordre de ses notes et de ses livres, retrouve le document qu'il avait imprimé, le parcourt nerveusement : *« Pannus 14...*

Suaire... » Et là : « *Triangle de Payns. Le Chêne en son Temple... La Lionne en Lumière... Lac... Loge aux Chèvres... Bailly 2...* » Il feuillette maintenant le fac-similé du Testament du Fou. Il s'intéresse essentiellement aux strophes ajoutées par le second rédacteur :

« De la secte crucigère
Orient et Occident naîtront
Tandis qu'en forêt du Levant
Reposera le frère en son Temple
Dans la terre sera oublié. »

Une cigarette. En fumer une, malgré son serment. Revenant à la carte routière, il pointe l'index sur une partie de la région de Troyes.

— *La forêt du Levant !* Bien sûr ! C'est presque trop évident. Ça crevait les yeux... *La forêt du Levant*, c'est la forêt d'Orient ! Et là, la Loge du Bailly, la Loge aux Chèvres... Et le lac du Temple !

Mosèle se saisit de son téléphone portable.

— Allô, Émylie ? C'est Didier. Je peux passer ? Je viens de faire une découverte extraordinaire à partir des notes de Francis et de celles des templiers complétant le Testament du Fou. C'est en rapport avec le séjour de Francis à Troyes...

Après avoir enfilé son blouson, un porte-documents sous le bras, Mosèle se rue hors de son appartement. « On approche... On approche du Tombeau. Si jamais nous le découvrons ? Si le monde l'apprend ? »

Il monte dans sa voiture garée en face de chez lui, de l'autre côté de l'avenue. Il repense à la camionnette qui a failli le renverser, le lundi soir. Qui a *voulu* le renverser.

Moins d'une demi-heure plus tard, Émylie lui ouvre

sa porte. La jeune femme a un petit visage triste, défait. Ses yeux noisette sont rougis de larmes.

— Je suis heureuse que tu sois venu, Didier. Mon beau-père vient de partir et je me sentais seule. Vidée.

— Je m'en doute ; ç'a été une journée affreuse.

Didier a traversé le salon. Il déballe ses documents sur la table, à gestes rapides et nerveux.

— Pour Francis et moi, le début de cette enquête fut un peu comme un jeu. Je l'ai laissé agir, faire cavalier seul.

— Tu ne croyais pas vraiment à ses fumeuses spéculations. Avoue-le !

Émylie verse le café sur un petit plateau : tasses, cafetière, sucre. Didier continue de vider sa sacoche, d'étaler ses papiers : feuilles manuscrites et imprimées, atlas, croquis, bribes de notes...

— Tu as raison, avoue Mosèle. Je trouvais tout cela un peu romanesque. Mais c'est ce côté rêveur que j'appréciais chez lui.

— Qu'as-tu trouvé de si important ?

Émylie sert le café. Pas de sucre pour Didier. Trois pour elle. Elle s'assoit et pose les coudes sur la table, le menton calé dans ses mains, et attend comme une écolière sage et fatiguée.

Mosèle a ouvert l'atlas routier à la page de la région Champagne-Ardenne et désigne à la jeune femme la zone de la forêt d'Orient en lui disant :

— Le Testament du Fou contient des commentaires dans certaines de ses marges, nettement postérieurs au texte tracé par Nicolas et Agnan de Padoue, et rédigés dans une écriture différente. Ce sont les Templiers qui ont annoté le manuscrit pour laisser les coordonnées localisant un endroit particulier. Regarde cette carte...

Mosèle a sorti une feuille de papier calque de son porte-documents, ainsi qu'un crayon.

— Je place un calque sur la carte et je pointe les noms que j'ai lus sur le manuscrit ainsi que dans les documents de Francis : Lionne, Bailly et Chèvres...

— Ces lieux-dits sont appelés des Loges. Un hasard ? C'est bien en loge que se réunissent les francs-maçons ?

— En effet ! Loge, Temple... Et je rassemble les trois noms pour former un triangle. Peut-être le triangle de Payns évoqué dans les notes de Francis ? Et il y a là une statue de Cathare ! Un Cathare perdu auquel Francis a rendu une petite visite. Il l'a même dessiné. Te souviens-tu qu'il en parle dans l'une de ses lettres ?

— Francis est mort pour cela : une statue, quelques pierres, des ossements et des morceaux de parchemin ? C'est absurde...

Émylie s'effondre, la tête dans ses bras, et se met à pleurer sans retenue. « Je l'aimais tout de même, articule-t-elle dans ses sanglots, la voix étouffée. Je l'aimais comme un grand frère, tu sais... Pas comme un mari. Ni même comme un amant. Nous nous étions connus trop jeunes... Je ne le reverrai plus jamais. Je ne l'entendrai plus me raconter ses interminables histoires... »

Mosèle ne peut rien dire. Sa gorge s'est resserrée, sa respiration s'est emballée et sa migraine est revenue, lui cisaillant la nuque. « Les mouches, repense-t-il. Les mouches qui bourdonnaient au-dessus de lui. Et ce sourire grimaçant qui lui déformait le visage ! »

23.
Dans la nuit du vendredi au samedi

— Trois appels de phares : c'est lui.

Une voiture s'est engagée dans la rue Jacquard. La camionnette blanche est garée non loin du pavillon de Martin Hertz ; ses deux occupants en sont descendus. Ils attendent depuis près de dix minutes sous une pluie cinglante. Il est minuit trente. L'homme qui leur donne des ordres depuis Rome est arrivé à Paris mercredi matin. Ils l'ont déjà rencontré par deux fois pour planifier leurs prochaines missions.

— Ce type me glace les sangs, derrière ses allures de fonctionnaire. Un véritable serpent, plutôt. Et voilà qu'il veut tout superviser en personne !

— C'est notre faute ; si nous n'avions pas manqué Mosèle...

La voiture se range à une vingtaine de mètres. L'homme en sort. Il vient vers les deux agents d'un pas lent, les mains dans les poches de son trench-coat au col relevé. Parvenu à leur hauteur, il se contente de poser une question muette d'un simple mouvement du menton.

— Bonsoir, Monsieur. Tout est éteint depuis une heure chez l'avocat, dit le premier Gardien en désignant la villa des Hertz.

— Parfait, je veux annoncer de bonnes nouvelles

au cours de la Loggia qui se tiendra la semaine prochaine. Le Collège des Gardiens du Sang sera presque au complet.

— La chambre de Hertz et de sa femme est située à l'étage. Voici la configuration du rez-de-chaussée, avec son bureau ici.

Le second Gardien a déplié sur le capot de la camionnette un plan succinct que la pluie trempe immédiatement. L'homme y jette un coup d'œil distrait.

— Je vous fais confiance. Ne perdons plus de temps ; allons-y !

*
**

— Un autre café ?

Mosèle acquiesce sans lever les yeux de la carte routière.

— Ce frère dont Francis et toi m'avez souvent parlé et qui possède l'un des deux exemplaires du Testament du Fou, tu as confiance en lui ?, demande Émylie en remplissant les tasses. Ce Martin Hertz...

— Je n'ai aucune raison de m'en méfier actuellement. J'ai seulement la vague impression qu'il en sait plus long qu'il ne m'en a dit.

— Au moment des condoléances, au cimetière, j'ai eu le sentiment qu'il souhaitait me parler. Je pourrais jurer qu'il s'est retenu en apercevant mon beau-père.

— Sans doute voulait-il te témoigner sa peine. C'est un gros ours, tu sais... qui éprouve des difficultés à laisser paraître ses sentiments. J'en ai pris l'habitude, comme tous les frères de la Loge.

Émylie tapote la carte du doigt.

— Tu vas y aller, n'est-ce pas ?

— Je demanderai lundi un congé à mon directeur,

et vendredi ou samedi prochains, je file en Champagne ! J'ai quelques jours de vacances en rab' à prendre. J'ai bien envie d'en profiter et de ne pas devoir rentrer forcément le lundi à la Fondation. Le Tombeau est là, dans le périmètre formé par ce triangle. Le tombeau de l'un des jumeaux du mont des Oliviers... L'homme qui portait un suaire !

— Tu es fou, Didier... On a cherché à te tuer une première fois ; il y en aura une deuxième !

*
**

Les deux agents ont passé la grille et atteint la porte du pavillon des Hertz. L'homme reste en retrait dans le jardin. Il a conservé les mains dans ses poches et assiste à l'action en spectateur. Après tout, l'affaire sera vite réglée ! Ensuite, il se chargera de Mosèle. Le problème Marlane a été résolu sans occasionner de remous. Un suicide. Là, cette nuit, un vieil avocat et sa femme se font simplement cambrioler.

L'homme sourit pour lui-même tandis que ses deux sbires se concentrent sur la serrure. Puis il sort la main gauche de sa poche pour consulter sa montre-bracelet. La porte devrait être ouverte dans moins d'une minute. Cela l'amuse de chronométrer le travail des deux Gardiens du Sang. Ces derniers sont vêtus d'une combinaison noire et portent des lunettes à infrarouge.

Moins d'une minute : la porte est ouverte. Satisfait, l'homme regarde les deux agents pénétrer à l'intérieur du pavillon.

*
**

Léa se redresse légèrement sur un coude. Un bruit imperceptible l'a tirée hors de son sommeil fragile. À moins que ce bruit ne vienne de son propre rêve ? C'était comme un frottement. Une semelle qui glisse sur le carrelage. Celui du vestibule ? De la cuisine ?

Martin Hertz dort sur le côté droit, pareil à un énorme phoque échoué. Un corps mort, sans respiration. Léa s'est toujours étonnée qu'un tel coffre ne produise pas de ronflements. Cela ne lui a jamais semblé naturel. Son mari glisse dans le sommeil comme on sombre dans le coma.

— Martin... Martin, murmure Léa à son oreille. Réveille-toi !

Hertz met quelques secondes avant de réagir, de bouger. Léa a perçu un second son en provenance du rez-de-chaussée. Identique au premier. Des pas. Des pas que tentent de camoufler des chaussons ou des semelles de caoutchouc... Oui, des pas.

— Réveille-toi. On marche en bas !

Elle chuchote, mais il y a de la peur dans sa voix.

Hertz ouvre les yeux sur la chambre emplie de masses d'ombres hachées par la lumière d'un lointain lampadaire filtrant par les persiennes.

— Je t'assure, Martin... Il y a quelqu'un au rez-de-chaussée.

Hertz tend l'oreille. Silence.

— Je n'entends rien.

Il se penche cependant sur sa table de nuit et, lentement, sans bruit, en ouvre le tiroir. Sa main droite saisit un revolver plat.

— Mais il est vrai que j'ai l'oreille un peu dure, ces derniers temps, articule-t-il en essayant de s'extraire du lit sans faire grincer le sommeier.

*
**

Les deux Gardiens du Sang ont progressé. Ils ont traversé le vestibule et se préparent à ouvrir la porte du bureau de Martin Hertz. Ils savent que le Testament du Fou y est caché. Ils vont pour entrer dans la pièce quand l'un d'eux fait un geste en désignant l'escalier. Un léger craquement. Une latte de parquet qui se plaint. Et là, sur le palier, une ombre épaisse, haute, lourde et massive, qui se meut au ralenti dans la lunette à infrarouge. L'avocat !

*
**

Léa s'est levée à son tour au moment où son mari a entrouvert la porte de la chambre pour se rendre sur le palier. Elle aurait aimé le retenir, l'empêcher de sortir de la pièce, et s'en veut de l'avoir réveillé. Elle est effrayée pour lui. Mais tout s'est déroulé dans un silence total. Les pieds nus de Martin Hertz se sont posés sans aucun bruit sur le tapis moelleux.

Elle se dirige vers la porte maintenant grande ouverte. La silhouette de Martin n'est plus dans son champ de vision et cette absence est une menace qui la fait trembler. Le craquement qu'elle entend alors ressemble à la brisure d'un os. Les cent vingt kilogrammes de son mari sur le parquet du palier !

Elle atteint le seuil de la chambre lorsqu'elle est surprise par un éclat de lumière et une détonation. Un coup de feu.

— Merde !, fait la voix de Hertz.

Puis un deuxième coup de feu. « Est-ce lui qui tire ? » Elle ignore le son que peut produire son revolver ; elle ne l'a jamais entendu. Pourquoi aurait-elle dû l'entendre ? « Martin ! », crie-t-elle mentalement. Car l'événement se déroule comme l'un de ses nombreux cauchemars. Elle voudrait parler, hurler, appeler ; rien ne sort de sa gorge de craie. Le temps paraît s'être dilué dans un marais d'impressions incohérentes qui se heurtent, se déchirent, atrophient la raison.

Une nouvelle lueur et sa détonation. Le bris d'un vase. Des voix qui s'élèvent. De l'italien... Des voix mécontentes.

Machinalement, loin de la réalité, Léa est sortie de la chambre pour retrouver Martin, constater qu'il est toujours debout et non allongé sur le palier, gisant dans son sang.

— Non, Léa ! Reste dans la chambre, bon Dieu, ne bouge pas !

C'est lui qui crie. Il est donc vivant. « Mon Dieu, soyez loué ! »

Le bras puissant de Hertz tente de la repousser. Elle se rejette en arrière. Elle reçoit la lueur et sa détonation en pleine poitrine. Elle jette un regard surpris à son mari, se casse en deux sous la douleur qui lui tranche la taille, tombe face contre le sol, le visage sur le parquet. Elle sent la bonne odeur de l'encaustique. Miel et châtaignier. Puis sombre dans un espace sans fin, empli de ténèbres.

***

Les deux Gardiens du Sang sont sortis du pavillon. L'homme se précipite à leur rencontre, impatient.

— L'avocat nous a surpris !

L'homme ne dit rien. Mâchoires serrées, yeux plissés, il attend la suite.

— Il nous a tiré dessus. Nous avons riposté... Un réflexe. C'est sa femme que nous avons touchée.

Ils se mettent tous trois à courir. Traversent le jardin.

— Imbéciles !, s'exclame l'homme. S'il fallait abattre quelqu'un, c'était Hertz et non sa femme ! *Un cambriolage tourne mal, le propriétaire est tué* – , et, au lieu de cela, vous tirez sur une innocente !

Les deux Gardiens du Sang regagnent leur camionnette. Avant de rejoindre sa voiture, l'homme leur lance :

— Déguerpissez, planquez-vous dans le squat ; je vous y retrouverai.

L'homme s'en retourne, les mains dans les poches. La pluie strie sa silhouette courtaude. Cette fois, il presse le pas.

*
**

— Ne bouge pas, ma petite chérie. J'appelle Jean-Claude ; il saura quoi faire... Ne bouge pas, ma Léa !

Mais Léa n'entend pas. Elle est immobile, une petite forme pliée en deux. Cependant, son pouls bat encore, très faiblement. Hertz place tout son espoir dans ces fragiles pulsations. Il s'est élancé dans l'escalier qu'il dévale malgré son poids. « Mon portable. Pourquoi faut-il que je le laisse en bas tous les soirs ? »

Il manque de tomber dans le vestibule, remarque que la porte d'entrée est restée ouverte sur le jardin. L'odeur de l'herbe sous la pluie... Il attrape son téléphone, appuie sur la touche d'un numéro mémorisé. « Les Gardiens du Sang ! Ça ne peut être qu'eux... »

Jean-Claude Dorest dirige une clinique à Antony. C'est un frère de la Loge Éliah. L'un de ses plus vieux amis.

Trois, quatre sonneries. « Pourvu qu'il ne se soit pas mis sur répondeur ! » Hertz regarde l'heure à l'horloge.

À la cinquième sonnerie, un *Allô* endormi en forme de question se fait entendre.

— Jean-Claude, c'est Martin... Je sais que je te

réveille ! Aide-moi... Envoie une ambulance à la maison, Léa a été agressée. Elle est blessée... Aide-moi, vieux ! Une tentative de cambriolage, oui !

« Je ne peux tout de même pas lui expliquer. Lui dire que ce sont des tueurs du Vatican qui viennent de tirer sur Léa ! »

Il a raccroché. « Maintenant, appeler la police. » En composant le numéro, il pense que sa femme peut mourir d'une seconde à l'autre. Il est pris d'un vertige et d'une nausée qui lui retourne l'estomac. Sa Léa... Sa vieille amie.

— Allô, vous avez demandé la police... ?

L'odeur acidulée de l'herbe dans le jardin. Elle vient d'entrer à nouveau dans le vestibule, portée par un coup de vent. Un parfum d'herbe fauchée et de terre humide. Pareil à celui d'une tombe.

24.
Révélation

Samedi, neuf heures.

Mosèle attend, assis sur une banquette de moleskine, feuilletant distraitement un magazine défraîchi. Une irrésistible envie de fumer lui tenaille la gorge. Il a compensé le manque de tabac en se servant trois cafés au distributeur automatique.

Martin Hertz ressort d'une pièce. Un médecin l'accompagne, fait trois pas avec lui, le quitte en lui tapotant chaleureusement l'épaule. Mosèle, qui voit ce geste, est légèrement rassuré. Il se lève et vient à la rencontre de son ami qu'il n'a jamais vu dans un état aussi pitoyable. Le géant paraît s'être affaissé, perdant une dizaine de centimètres. Ses épaules voûtées, ses traits tirés qui creusent son visage traditionnellement jovial, marquent cruellement son âge. Des cernes violets s'étalent sous ses yeux tristes et rougis.

Mosèle l'aide à enfiler l'imperméable qu'il tenait gauchement en boule contre lui.

— Comment va-t-elle ?, demande le jeune homme.

— L'opération semble s'être bien déroulée. Du moins c'est ce que l'on m'a dit. Dorest me l'a confirmé, tout à l'heure. À l'instant, un interne m'a expliqué qu'ils la maintenaient dans le coma. Vous la verriez...

avec toutes ces transfusions... Et son petit visage bleui, à cause de la chute.

— C'est toujours spectaculaire, Martin. Vous le savez bien.

Les deux hommes ont atteint l'ascenseur. Hertz regarde fixement devant lui mais ne semble rien voir, Mosèle en est certain, et il lui prend le bras pour l'aider à monter dans la cabine.

— Pourquoi s'en est-on pris à vous, Martin ? Le Vatican a appris que vous déteniez le second exemplaire du Testament du Fou ? Car c'est bien du Vatican qu'il s'agit ?

Hertz paraît revenir à la réalité ; ses yeux se remettent à briller de leur flamme habituelle. Il dit :

— Il est temps que je vous parle des Gardiens du Sang, Didier. Ce sont eux qui traquent le manuscrit depuis des siècles.

— Les Gardiens du Sang ?, s'exclame Mosèle. Une fable sur laquelle on a écrit beaucoup d'âneries !

Hertz hoche la tête, faisant remuer ses lourdes bajoues de bouledogue.

— Ils existent pourtant, assène-t-il. Le tissu de mensonges romanesques qui les entoure leur a permis de rester dans l'ombre, dissimulés derrière un écran de fumée.

Parvenus au rez-de-chaussée, les deux hommes sortent de l'ascenseur. Mosèle remarque le pas lourd de Hertz.

— Une confrérie occulte rattachée au Vatican !, lance Mosèle.

— En effet. Cette société est chargée d'empêcher que l'on découvre le Secret. Elle tente de retrouver le Tombeau pour le faire disparaître de la surface du globe. C'est son seul but. Son unique combat ! Depuis des siècles...

Ils traversent un petit hall en silence, sortent de la clinique, débouchent dans la rue de la Providence où l'un et l'autre ont garé leur voiture.

— Cet automne est indécis, remarque le vieil avocat en levant les yeux vers un ciel clair, presque blanc.

Puis, se retournant vers Mosèle, il ajoute :

— Je suis fatigué, Didier. Si fatigué... Je vais aller dormir un peu avant de passer au commissariat où l'on m'attend en fin de matinée.

— Je voudrais au préalable vous montrer quelque chose et avoir votre avis. Ce ne sera pas long, dit Mosèle en le retenant par le bras.

— Ah ?

Mosèle fouille dans la poche de son portefeuille et en sort une lettre pliée en quatre qu'il tend aussitôt à Hertz.

— Regardez cette lettre.

— De Francis, n'est-ce pas ?

Hertz déplie la missive, la parcourt lentement, attentivement.

— Francis avait l'air de porter beaucoup d'intérêt à la statue d'un Cathare dans la forêt d'Orient, entre Courterange et Lusigny, tout près de Troyes, précise Mosèle. Cela ne vous dit rien ?

Hertz soupire et souffle avec lassitude :

— Vous seriez déçu si je vous répondais non. Pouvons-nous en discuter plus tard ?

— Bien sûr. Mais, dès lundi, je demande un congé à mon directeur et je file à Troyes... J'aimerais voir ce Cathare de plus près.

Hertz lui rend la lettre qu'il a repliée avec soin.

— Ne commettez pas la même erreur que Francis, je vous en conjure !, implore l'avocat.

— Je ne peux plus reculer. Le Testament du Fou

m'a brûlé les doigts ! Mais peut-être savez-vous certaines choses qui pourraient m'aider, Martin ?

— Soyez prudent, mon garçon. Ce manuscrit ne brûle pas que les doigts. Francis en a fait l'épouvantable expérience.

— Je crois que vous ne m'en avez pas donné en vain copie. J'ai lu vos annotations et j'ai compris que vous avez cherché le Tombeau, vous aussi. Quel est votre véritable rôle, Martin ?

Un temps. Hertz regarde Mosèle droit dans les yeux et répond :

— Celui d'un ami. D'un frère...

Tandis que Martin Hertz remonte dans sa voiture, Mosèle, qui revient vers la sienne, ne peut s'empêcher de penser : « Il y a autre chose, *vieux frère* ; tu tires des ficelles et je voudrais bien connaître la marionnette qui est au bout. Est-ce moi ? »

Hertz a démarré. Tout en conduisant d'une main, il pianote de l'autre sur son téléphone. Lorsqu'il obtient la ligne, il dit :

— Je m'identifie : Orient-Origine... Ah, vous savez déjà, pour Léa ? Oui... C'est au sujet de Didier Mosèle... Il approche... Il trouvera bientôt la chapelle... grâce au Cathare !

*
**

Mosèle passe la journée du samedi plongé dans la lecture du Testament du Fou. Ou plutôt dans des dizaines de relectures, recopiant la plupart des phrases ajoutées en marge par les Templiers : « Dans l'ombre marcheras par l'arrière », ou « Le Cathare en sa Forêt, à reculons couperas le Triangle vers l'Ombre... »

Ce Cathare... Toujours la présence du Cathare !

Il appelle à deux reprises Émylie et s'attarde chaque

fois au téléphone, évoquant Francis, sa personnalité, son talent d'aquarelliste – un don un peu désuet –, son enthousiasme...

Puis Mosèle s'impose vers le soir une bonne heure de culture physique dans son salon, prend une douche froide et se confectionne un repas qu'il engloutit devant la télévision.

Il se couche vers onze heures, se félicitant de n'avoir fumé que sept cigarettes.

Sa nuit est entrecoupée de cauchemars courts, séquences de douleur incompréhensible, de terreur, de chagrin, d'une insurmontable culpabilité qui gonfle dans sa poitrine comme une tumeur, en lui broyant le cœur.

Il se revoit dans la chambre d'Émylie. La pièce est sombre, pareille à un tombeau. Il est couché à côté de la jeune femme nue, sa peau d'une pâleur irréelle.

Il aimerait la prendre dans ses bras, l'enlacer à s'en étouffer, mais ne peut faire aucun geste à cause des énormes clous enfoncés dans ses pieds et ses mains. Du seuil de la porte Francis le regarde, envahi d'une infinie tristesse. Il ressemble à un gisant vertical. On croirait qu'il plaint son ami crucifié et pitoyable dans sa souffrance muette...

Le dimanche matin, très tôt, Mosèle se réveille avec un goût de boue dans la gorge et des lambeaux d'images terrifiantes flottant dans son esprit.

Il absorbe un café noir très fort, mange deux fruits et décide d'aller courir au stade Brancion.

En sortant, par réflexe, il s'assure qu'aucune camionnette blanche n'est visible. En chemin, il appelle Émylie sur son portable, désolé d'apprendre qu'il la réveille. Ils parlent quelques minutes. Échangent leurs cauchemars. Il ne peut s'empêcher d'évoquer celui dans lequel il est crucifié...

Émylie ne fait aucune allusion à l'évocation de cette scène et se garde bien de raviver des souvenirs.

Une fois arrivé au stade, Mosèle se lance dans d'interminables tours de piste, cherchant l'épuisement. Il sait que la fatigue physique chassera un temps cette nuit morbide qui lui colle au cœur.

De retour dans son appartement, il se douche, déjeune et s'enferme dans son bureau avec le fac-similé du Testament du Fou, les courriers et la bande magnétique de Marlane.

Il téléphone à Martin Hertz qui lui dit s'être rendu au chevet de Léa ; Dorest l'a rassuré à nouveau. Néanmoins, Hertz ne se montre pas convaincu et manifeste son inquiétude. Mosèle tente de le réconforter comme il peut, conscient qu'il manque de persuasion.

Lorsque Mosèle se couche à minuit trente, il redoute de nouveaux cauchemars.

Au matin, il ne se souvient pas de ses rêves, ce qui le satisfait, et il se lève avec le sentiment de s'être reposé et d'avoir recouvré suffisamment d'énergie pour attaquer la semaine qui se présente à lui. « Jeudi soir, la Loge Éliah rendra un hommage à Francis. En fin de semaine, je file en Champagne, direction la forêt d'Orient ! »

Il réalise seulement qu'il a laissé passer l'heure de son réveil habituel. Il n'a pas entendu la sonnerie. « La première fois que je vais être en retard à la Fondation ! » Il ne se presse pas pour autant, prenant soin de se préparer un grand bol de café noir.

Lorsque Mosèle passe la porte rouge de son bureau avec près d'une heure trente de retard, il découvre sa petite équipe qui se débat avec des brassées de papier sortant des imprimantes. Rughters agrafe des feuillets qu'il tend à Hélène Moustier, laquelle les classe dans des chemises tandis que Souffir frappe fièvreusement sur le clavier de son ordinateur.

Mosèle marque un temps d'arrêt. Il embrasse la scène d'un rapide coup d'œil. Le spectacle paraît le pétrifier. Il distingue des gobelets à café partout, des sachets de thé en vrac sur des dossiers, des poubelles débordant de feuilles froissées...

— Nom de Dieu ! Il y a eu un bombardement ?, s'exclame Mosèle en enjambant des dictionnaires qui jonchent le sol.

— Salut, vieux !, lui lance le géant sans s'arrêter de rassembler ses feuillets. On se débat depuis une heure avec des kilomètres de papier.

— C'est encore vous qui êtes à l'origine de ce fléau, Norbert ?, interroge Mosèle.

— Lui et Largehead ! Cet ordinateur est une calamité. Jamais vu une machine aussi bavarde, explique Hélène Moustier qui a revêtu un tailleur beige avec une jupe très courte.

— Norbert a découvert une perle dans le 4Q456-458..., reprend Rughters. Nous devons en être à la millième version possible de sa traduction. Je me demande si notre ami n'est pas un dangereux maniaque !

— J'ai déniché un passage qui n'a rien à voir avec une prière ni même avec un principe moral de la règle essénienne, précise le vieux traducteur en levant à regret les yeux de son écran.

— Ce n'est pas la première fois, Norbert, remarque Mosèle.

Souffir ouvre une chemise, en extrait un feuillet et commence :

— Écoutez, Didier : *« Les Fils de la Lumière se réunirent autour du frère dans l'Unité. Le frère qui n'avait ni plaies aux poignets ni plaies aux chevilles leur dit qu'un jour glorieux viendra où les nations ne se haïront plus...* » Le reste est du même tonneau. Vous rendez-vous compte, Didier ? *« Ni plaies aux poignets ni plaies aux chevilles...* » L'auteur précise qu'il s'agit d'un *frère* qui n'a pas été crucifié !

Mosèle suspend son blouson à une patère, dissimulant volontairement l'intérêt que suscite en lui cette découverte. Il répond :

— Du calme, Norbert. Ne nous emportons pas pour quelques mots...

Souffir, d'un rapide coup de pouce, fait glisser ses énormes lunettes sur le bout de son nez, regarde Mosèle par-dessus leur monture, lui jette un coup d'œil furieux et s'exclame en se dressant hors de sa chaise :

— *Quelques mots ?* On se tue à la tâche sur ces foutus parchemins dont certains sont sans doute contemporains du Christ, et vous balayez ce passage d'un revers de main ! Ah, si Francis vivait encore !

— Je vois à quoi vous faites allusion, Norbert. Mais Jésus n'était pas le seul condamné à s'être fait crucifier à cette époque.

Souffir soupire, hausse les épaules et fouille dans la pile de chemises multicolores numérotées par Hélène Moustier.

— Ça n'est pas tout, lance-t-il en attrapant un nouveau feuillet qu'il brandit comme un trophée. Vous avez remarqué vous-même, Didier, que tous les derniers textes dont Largehead nous abreuve sont d'inspiration johannique. Je parle naturellement ici de Jean l'Évangéliste. Nombreux sont ceux qui confondent les deux Jean. Il y a d'abord Jean le Baptiste, dont on est à peu près certain qu'il fut l'un des disciples des Esséniens, et Jean l'Évangéliste, aussi dénommé l'Aigle de Patmos et que l'on représente habituellement avec un aigle et une sphère terrestre à ses pieds.

— En effet, souligne Mosèle, il porte aussi une croix, symbole de son apostolat chrétien. Où voulez-vous en venir, Norbert ?

— Écoutez le texte que j'ai traduit : *« Seigneur, pourquoi n'as-Tu pas voulu qu'il leur soit dit ? Seigneur, pourquoi a-t-on menti aux lévites et aux prêtres ? Dis-nous, Seigneur, pourquoi Jean n'était pas le Christ ? Pourquoi n'était-il pas le Prophète ? Pourquoi baptisait-il, s'il n'était pas Élie ? Pourquoi, Seigneur, notre frère qui "donnait les noms" n'était-il pas le Christ ?... »* Et ainsi de suite durant toute une longue litanie ! Ceci dans le 4Q456-458, rouleau de manuscrits découvert à Qumrān, place forte des Esséniens !

— Je ne vois là rien de bien surprenant, Norbert ! Nous savons que l'Évangile johannique possède de nombreux accents esséniens, et ce n'est pas la première fois que les manuscrits de la mer Morte rappellent l'œuvre de cet évangéliste qui a d'ailleurs été formé aux pensées provenant de Qumrān.

— Foutaises, Didier !

Rughters et Hélène Moustier se sont arrêtés d'un coup de classer les feuillets, surpris par la passe d'armes entre les deux hommes.

— Vous n'allez tout de même pas remettre en cause le fait que l'Évangile selon saint Jean se balance dans un éternel mouvement entre l'ombre et la lumière, entre la vérité et le mensonge, l'ange de lumière, l'ange des ténèbres !, martèle Mosèle. La pensée essénienne était à cette époque extrêmement répandue et jouait de ces antinomies.

Souffir soupire pour la seconde fois, donnant l'air de regretter l'interlocuteur privilégié qu'était Francis

Marlane. À moins que Mosèle ne s'amuse à jouer au candide... ?

— Soit, dit Norbert, mais les points de comparaison étaient jusqu'ici d'ordre général, si je peux m'exprimer ainsi. Justement, vous venez de le rappeler : ombre-lumière, bien-mal, etc., etc. Ça, mon ami, c'est du bla-bla ! Moi, ce que j'essaie de vous prouver, c'est cette étonnante similitude entre ce que je viens de vous lire et le début du texte de saint Jean au chapitre de la Première Pâque.

— Je ne vous suis toujours pas !, ment Mosèle, se passionnant intérieurement pour ce que lui révèle Souffir avec tant de flamme.

Norbert repose le feuillet sur son bureau et empoigne la grosse Bible qui ne le quitte jamais. Il n'a aucune peine à l'ouvrir à la Première Pâque, un signet marquant la page. Il dit :

— Ce qui m'a choqué, c'est l'esprit de ce morceau de 4Q456-458. On a l'impression que son auteur adresse un reproche à Dieu. Rappelez-vous, nous en avions déjà fait la remarque dans la séquence A530-A538. L'auteur reprend ici exactement les phrases de Jean l'Évangéliste, mais les tourne de manière à exprimer le doute. Le doute, Didier ! Un sage, initié à Qumrān, admoneste Dieu et doute de ce qu'il est convenu de penser ! Jusqu'à présent, tous les manuscrits de la mer Morte, du moins ceux que nous avons eu le droit de consulter, tous prenaient la même direction ! Je vous accorde que l'Évangile de Jean se situe dans la palette. Il en possède les couleurs ! Rien à redire là-dessus... Cette bande extraite du 4Q456-458 ne vous dérange pas, Didier ? Vous la trouvez normale, banale, de la même eau que tout, je dis bien *tout* ce que nous connaissons des écrits de Qumrān ?

Mosèle déblaie le Chesterfield et se laisse tomber dessus.

— Je devine..., lâche-t-il seulement, étonnant Souffir par la fatigue que trahit soudain sa physionomie.

Le vieil homme s'assoit à son tour. Silence, puis lecture d'un passage de sa Bible :

— *« Voici quel fut le témoignage de Jean quand les Juifs envoyèrent à Jérusalem des prêtres et des lévites pour lui demander : "Qui es-tu ?" Il confessa : "Je ne suis pas le Christ." "Quoi donc ?, lui demandèrent-ils. Es-tu le prophète ?" Il répondit : "Non." »*

Souffir s'arrête, regarde Mosèle et reprend un peu plus loin dans le texte :

— *« Ils lui posèrent encore cette question : "Pourquoi donc baptises-tu, si tu n'es ni le Christ, ni Élie, ni le Prophète ?" »*

Souffir referme le volume et croise ses mains tachetées de brun sur son cuir usé. Par ce geste familier, il paraît vouloir retenir tous les mots du Livre sacré. Les retenir pour éviter que lui aussi se mette à douter. Les maintenir dans leur coffre, enchaînés les uns aux autres, comme l'ont imposé des générations humaines.

Mais le 4Q456-458 vient d'en changer l'ordre !

Les mots ne disent plus ce qu'ils ont proclamé depuis deux mille ans.

Ils semblent se contredire.

Le vieil homme se lève et se sert une nouvelle tasse de café. Ses mains tremblent.

Mosèle repense à Francis Marlane. La voix aux accents de terreur de son ami ne quitte plus sa mémoire. Elle ne cesse de le conjurer de ne pas reprendre sa quête ! De ne pas épouser sa folie !

Comment empêcher ce renard de Souffir de s'interroger sur le mystère que le 4Q456-458 livre à la lumière un peu plus précisément chaque jour à la Fondation ?

Et les Gardiens du Sang – s'ils existent réellement, ainsi que le certifie Hertz –, de quelle manière s'y prendront-ils pour éviter qu'un curieux ne soulève la pierre du Tombeau ?

« Le Tombeau du Frère... Du Premier Frère ! »

— L'orage est passé ?, demande Hélène Moustier de sa voix chaude et maniérée, sensuelle, aux intonations germaniques un peu trop accentuées.

Norbert Souffir rajuste ses lunettes aux loupes épaisses et se met à sourire. Hochant sa grosse tête fripée, il s'excuse :

— La mort de Francis m'a retourné. J'avoue avoir perdu mon calme. Pardonnez-moi, patron.

— Vous êtes tout pardonné, Norbert, le rassure Mosèle en se servant à son tour une tasse de café.

Mais il ajoute pour lui-même : « Tout arrêter, tout brûler, détruire ce que nous savons déjà : voilà ce que nous devrions faire, comme Francis me l'a recommandé, ainsi qu'à Émylie. Comme il nous en a suppliés pour nous protéger ! Mais trop tard. »

25.

La Tenue funèbre

Jeudi, dix-neuf heures quarante-cinq, rue de Puteaux, au siège parisien de la Grande Loge de France. Mosèle, vêtu d'un imperméable gris, d'un costume anthracite et d'un nœud papillon noir, un porte-documents sous le bras, pénètre dans le petit vestibule. À voix basse, comme tous les frères qui entrent dans l'immeuble, il doit murmurer les deux *mots de semestre* à l'oreille du frère Couvreur chargé de refouler des visiteurs qui ne seraient pas francs-maçons.

Après avoir déposé son imperméable au vestiaire, il s'engage dans l'atrium, vaste hall carré, blanc, baigné d'une lumière tamisée, qui accueille des expositions symboliques mensuelles, délimité par quatre colonnes et meublé de bancs métalliques sur lesquels quelques frères attendent l'heure de leur Tenue.

Tous les hommes sont habillés de sombre. Que des hommes, la Grande Loge de France n'étant pas mixte.

Mosèle aperçoit Martin Hertz qui se dirige vers l'escalier descendant au Cercle écossais, le bar-restaurant où sont organisées les agapes traditionnelles d'après la Tenue. Hertz est accompagné d'un grand homme maigre d'une soixantaine d'années à la longue chevelure blanche. Il porte un costume impeccable taillé dans un alpaga soyeux et tient une mince serviette en cuir à la main droite.

Mosèle s'approche des deux hommes. Il peut alors mieux discerner les traits de l'inconnu. Un profil volontaire au menton empâté malgré la minceur de la silhouette. Un nez fin, légèrement busqué. Des lèvres étroites et pâles. Des yeux très bleus derrière des verres de lunettes à monture métallique. Un visage qui rappelle quelqu'un à Mosèle. Une photographie ? Oui, il a certainement déjà croisé le portrait de cet homme dans une revue ou à la télévision.

— Ah, Didier !, s'exclame chaleureusement Hertz. Nous descendions boire un verre au Cercle ; nous sommes en avance. Les frères Apprentis préparent le Temple pour la Tenue funèbre.

— Bonsoir, Martin.

Hertz pose une main sur l'épaule de l'homme maigre et présente celui-ci à Mosèle :

— Voici notre frère Ernesto Pontiglione. Je vous en ai parlé, vous vous souvenez ? Il est arrivé de Rome hier.

Le professeur Pontiglione sourit à Mosèle en le prenant dans ses bras pour échanger avec lui les trois baisers fraternels. Puis, dans un français parfait, un peu chantant, il précise :

— Je me suis permis de téléphoner à Martin qui m'a dit que la Tenue funèbre en la mémoire de Francis avait lieu ce soir et que vous y seriez naturellement présent.

— Je suis très heureux de vous rencontrer, Ernesto. J'ai bien reçu le courrier que vous m'avez envoyé à la Fondation.

Les trois hommes ont emprunté l'escalier et débouchent dans le Cercle écossais enfumé où de nombreux frères boivent et parlent, par petits groupes. Ils choisissent une table libre sans avoir oublié de saluer à la cantonade les frères de connaissance.

Un serveur vient prendre leur commande : whisky pour Hertz, café pour Mosèle et Pontiglione.

— Je crois savoir que Léa vous ferait une remontrance si elle savait que vous buvez du whisky à cette heure, se moque Mosèle. Au fait, vous l'avez vue, aujourd'hui ?

Hertz hoche la tête. Sa bonne humeur de façade s'estompe.

— Oui, répond-il.

Et, après un temps, lançant un regard appuyé à Mosèle, il ajoute :

— J'ai raconté à Ernesto le drame qui nous est arrivé. Ce cambrioleur que j'ai surpris dans la nuit de vendredi... le coup de feu qui a blessé Léa à l'abdomen...

— Cette terrible nouvelle m'a beaucoup peiné, dit Pontiglione. Je me suis permis de demander à Martin si son pavillon était équipé d'un système de sécurité, et il m'a répondu par la négative.

Le hasard veut qu'à ce moment, Jean-Claude Dorest traverse l'immense salle du Cercle. Il s'arrête un instant devant leur table et échange quelques mots avec Hertz après lui avoir présenté le professeur Pontiglione sans lui donner la véritable raison de sa visite à la Loge Éliah.

— Je vous retrouve au Temple, dit Dorest en se dirigeant d'abord vers le bar.

Le serveur vient servir les boissons, se fait payer et s'en retourne. Pontiglione vérifie qu'il est assez loin pour reprendre en toute sécurité :

— Martin m'a appris qu'il vous avait remis une copie du Testament du Fou. J'en ai longuement étudié certains passages, grâce à lui d'ailleurs...

— Vous avez sans doute informé Francis du résultat de vos études ?

— En effet. Et je le regrette. Je crois lui avoir permis d'étayer sa théorie. Vous savez à quoi je fais allusion, n'est-ce pas ?

— Bien sûr, acquiesce Mosèle.

Pontiglione poursuit :

— Je lui ai aussi fait part des travaux que j'ai réalisés pour le compte du Vatican en mille neuf cent quatre-vingt-neuf. Une série d'études effectuées à partir de celles de Wright Baker, de l'université de Manchester. J'avais en effet repris les traductions de Baker, lequel avait déchiffré un rouleau de cuivre en provenance de Qumrān et daté du Ier siècle après Jésus-Christ. L'interprétation de ce rouleau ne fut pas chose aisée, à cause de la langue employée pour sa rédaction. C'était une sorte de dialecte qui s'éloignait de l'hébreu classique.

Mosèle remarque le silence de Hertz. Le vieil avocat sirote son whisky, les yeux gonflés de fatigue, apparemment distant. Mais Mosèle se doute qu'avec son esprit de chat, il ne perd pas une miette de la conversation. Cela lui rappelle d'ailleurs un moment similaire... Neuf ans plus tôt, alors que Marlane et lui venaient d'être initiés et qu'ils s'étaient mis à parler des manuscrits de la mer Morte...

Pontiglione a posé une main sur l'avant-bras de Mosèle, s'est penché par-dessus la table pour murmurer avec une impressionnante conviction :

— Quelqu'un a usurpé l'identité du Christ et a été pris à son propre jeu ! Quelqu'un qui devait lui *ressembler* au point de donner le change ! Vous l'avez compris, Didier.

Hertz se racle la gorge, élève à hauteur de ses yeux son verre de whisky pour en contempler l'ambre, semble méditer un instant, puis avale ce qui reste d'un trait. Mais il ne prononce pas la moindre parole alors que Mosèle et Pontiglione s'attendaient à l'entendre réagir.

Pontiglione sort un objet plat de sa serviette, le tend à Mosèle : une enveloppe de papier kraft.

— Tenez, Francis m'avait laissé cela. J'estime naturel que cela vous revienne.

Le jeune homme ouvre l'enveloppe et en sort un petit calepin rouge.

— L'un de ses carnets !

— Il me l'a confié à Rome pour que je réfléchisse sur certains points. Ce ne sont que quelques notes et croquis... Des aquarelles, essentiellement. Il les a faites lors de son premier passage en forêt d'Orient où il recherchait la statue d'un Cathare. Voyez, là, il a dessiné la ruine d'une petite chapelle avec ces lettres en marge : V.I.T.R.I.O.L., ainsi que les coordonnées de son emplacement.

Mosèle s'attarde à admirer les dessins de son ami. De magnifiques croquis jetés vivement sur les pages, précis et nerveux. Des plans, quelques phrases dans les marges. Des dates. Un langage ésotérique réservé à l'usage de son détenteur.

— Merci, Ernesto, dit Mosèle d'une voix étranglée.

Hertz consulte sa montre et désigne des frères de la Loge Éliah qui se dirigent vers l'escalier.

— Il est l'heure de remonter.

Puis, sans attendre, il se hisse hors de son siège. Mosèle glisse le carnet rouge de Marlane dans son porte-documents.

Les trois hommes reprennent l'escalier qui conduit à l'atrium desservant les temples du rez-de-chaussée.

***

Les veilleuses diffusent sur les passagers des faisceaux de lumière orange et pâle. Certains regardent un film sur leur petit écran personnel, beaucoup somnolent dans d'inconfortables positions.

La pluie frappe les hublots et y dépose de longues marques blanches qui brouillent les ténèbres du ciel. Parfois, des turbulences secouent l'appareil. L'avion sursaute, sa carlingue grince, les fauteuils tremblent. Un enfant s'inquiète, sa mère le rassure en chuchotant.

Deux hommes murmurent.

— Vous ne dormez pas, Monseigneur ?

— Je ne dors plus beaucoup, en ce moment. Vous savez pourquoi.

— Oui, je sais. L'affaire Mosèle vous contrarie. Mais pensez-vous qu'il trouvera ce que personne n'est parvenu à découvrir depuis si longtemps ? Nous-mêmes nous cherchons, nous fouillons le site mais demeurons dans l'obscurité.

Le secrétaire de Son Éminence s'est voulu rassurant.

— Quel étrange paradoxe : l'Église s'évertue à rendre ce monde plus spirituel et meilleur qu'il n'est, mais elle doit se battre pour préserver le Secret !

Son Éminence a levé la main droite pour ponctuer ses propos. On remarque à l'annulaire une grosse chevalière ornée d'un rubis brillant comme une braise.

— Ne prenez-vous pas trop de risques, Monseigneur ? Notre vieux pape pourrait apprendre que...

— Apprendre quoi ? Que je me rends avec mon secrétaire particulier à la nonciature de Paris ? Cette visite est naturelle et coutumière. Comment pourrait-il savoir que je m'oppose à lui ?

— Il peut s'en douter, dit le secrétaire. C'est un

homme malade, mais remarquablement intelligent. Et Guillio lui rend visite tous les jours.

Son Éminence repose à plat ses mains sur les accoudoirs. Il regarde un instant par le hublot la pluie qui lacère la nuit hâtivement venue. Se retournant de nouveau vers son secrétaire, il dit :

— Oui, le pape... En dépit de tout, je l'aime. Il s'acharne à préserver l'unité de l'Église et à effacer la faute de ses lointains prédécesseurs. Il n'est que l'héritier d'un trop vieux combat. Je l'aime et je le plains.

Puis il sourit. Il pense à Martin Hertz. Martin qui l'attend. Il pense à ses cigares, à son cognac.

Et à Léa entre la vie et la mort. « Un vieux combat, se dit-il. Qui sacrifie des innocents depuis vingt siècles ! »

*
**

Le Temple n° 7 est tendu de noir pour la circonstance. En son milieu, deux tréteaux supportent une planche de bois figurant un cercueil, sur laquelle on a jeté un drap noir qui tombe jusqu'au sol. Au centre, on a soigneusement placé une rose rouge.

Noir. Tout est noir. Peu de lumière. Seulement celle des bougies.

— Ce cercueil..., articule Mosèle. Décidément, je ne me ferai jamais à ces Tenues funèbres !

— Ce n'est qu'un symbole, Didier. Le « frère mort » au centre du Temple. C'est Francis, vous, moi... et Hiram[1].

Noir. Et le silence lorsque les portes se referment.

---

1. Architecte qui a construit le Temple de Salomon, figure essentielle dans la légende maçonnique.

Puis la voix du Vénérable Maître qui a pris place en chaire :

— *Mes frères, puisqu'il est l'heure et que nous avons l'âge, nous allons ouvrir nos travaux au premier degré du Rite Écossais Ancien et Accepté...*

Le frère Maître des Cérémonies ouvre alors la Bible à la première page de l'Évangile de Jean, puis dispose dessus une équerre et un compas de manière à représenter le symbole du premier degré du rite.

Le Vénérable Maître proclame ensuite que les frères peuvent se consacrer à leur travail en toute sécurité, laissant le monde profane à la porte du Temple en *entrant dans les voies qui leur sont offertes...*

Évoquant le drame qui vient de les frapper, il préfère, ému, passer la parole au *jumeau* de leur regretté ami Francis Marlane.

Mosèle se lève de son banc et, ganté de blanc, sort d'une poche une feuille de papier qu'il déplie, puis se met à lire :

> *« Vénérable Maître et vous tous, mes frères, en effet, ayant été initié le même soir que Francis, je suis devenu son jumeau par la franc-maçonnerie. Nous avons tous deux suivi de conserve le même chemin, élevés au grade de Compagnon puis exaltés à celui de la Maîtrise en même temps. De plus, nous étions proches par l'intérêt que nous portions à certains sujets. Une véritable amitié était née entre nous. J'emploie à dessein le mot amitié plutôt que celui de fraternité que nous avons tendance, nous, maçons, à utiliser. La fraternité, nous la construisons à chaque Tenue par le rituel, la symbolique et le travail. L'amitié en découle souvent, certes... Mais Francis et moi serions devenus amis même si la franc-maçonnerie ne nous avait pas réunis. Je ne vous ferai pas ce soir son panégyrique. Je voudrais simplement vous dire, mes frères, combien la perte de cet ami m'est*

douloureuse... Francis était un peu de moi-même, comme j'étais un peu de lui. À cette différence près qu'il était plus cultivé, plus courageux et plus subtil que moi. Par sa mort, il me rend égoïste. Égoïste au point de lui en vouloir de m'avoir volé une partie de moi en choisissant de gagner l'Orient éternel... »

Martin Hertz réagit à ces mots et redresse la tête. Mosèle le remarque. D'un regard, il tente de lui faire comprendre qu'il restera dans le cadre de ce qui peut être dit. Il poursuit :

— Je l'ai trouvé sur le lit de sa chambre, à l'hôtel de notre frère Marc. J'étais accompagné de son épouse ; vous savez tous qu'ils étaient en instance de divorce... Nous étions passés récupérer, à sa demande, certains documents relatifs aux travaux que nous avons entrepris à la Fondation Meyer. Nous ignorerons sans doute toujours pour quelle raison Francis a souhaité mettre fin à ses jours.

La voix de Mosèle se casse. Le jeune homme replie sa feuille de papier qu'il remet dans sa poche avant de se rasseoir.

Il cherche à nouveau le regard de Hertz, car il n'a pas menti en résumant la découverte de Francis. Pas vraiment. L'avocat cligne imperceptiblement des yeux. L'expression de son visage se veut réconfortante, tout en dissimulant mal un réel soulagement.

Pontiglione observe les signes discrets échangés entre les deux hommes. Ils n'ont pas évoqué avec lui la possibilité que les Gardiens du Sang ont certainement assassiné Marlane en maquillant le meurtre en suicide. Il n'a pas non plus cherché à en parler, comme se satisfaisant lui-même de la version officielle.

La cérémonie se poursuit. Mosèle ne parvient pas à se concentrer. L'image de son ami étendu sur le lit, mort, glacé, le harcèle. Sa mémoire ne cesse de lui rappeler le sinistre bourdonnement des mouches... Ces trois ou quatre grosses mouches noires qui tournaient autour du cadavre... Il sait qu'il gardera leur sinistre musique à l'esprit pour le restant de ses jours. Que jamais il ne parviendra à en effacer le son.

26.
La visite de Son Éminence

Vendredi matin.

Martin Hertz consulte sa montre. « Il ne tardera plus. Toujours ponctuel ! Et nous boirons un café noir en fumant un cigare... Encore un rituel ! »

Le vieil avocat sort deux tasses et leurs soucoupes d'un placard, les dépose sur la table de la cuisine avec cuillers et sucre. Hertz apprécie cette pièce qui lui rappelle la maison de son enfance. Batterie de casseroles en cuivre, cocottes en fonte, couteaux soigneusement rangés dans leur râtelier, nappe vichy à carreaux rouges et blancs. Un vase et son bouquet de courtes roses jaunes. Et l'indéfinissable odeur d'épices, de miel, d'aromates que Léa conserve dans des pots en grès.

Léa lui manque déjà. Sa silencieuse présence lui manque. L'absence de ce petit animal douillet lui picote les yeux, lui serre le cœur. Il n'aurait jamais imaginé, dans son égoïsme, que sa vieille amie lui était aussi indispensable. Et c'est d'ailleurs l'égoïsme qui lui fait souhaiter qu'elle revienne au plus vite partager son existence. Mais n'est-ce pas cela, le véritable amour ? Ce sentiment de vide laissé par l'autre, qui vous afflige, tel que l'a évoqué Mosèle, la veille, en Tenue.

Il ne pleut plus depuis peu. Un vent humide s'engouffre dans la rue Jacquard, emportant les premières feuilles mortes des platanes. Une voiture noire vient se garer devant le pavillon des Hertz. Un homme en descend, portant un long manteau et un chapeau noirs. De haute taille, il gravit en quelques enjambées les marches de pierre qui mènent au jardin que l'automne embrume. Il remarque un arrosoir rouillé couché au pied d'un maigre pommier. Le minuscule potager est à l'abandon ; des plants de tomate s'y étiolent.

Parvenu devant la porte d'entrée, il note que la serrure a été récemment changée. Il sonne. Le rubis de sa chevalière accroche un éclat de lumière.

Martin Hertz ouvre. Son visage s'éclaire à la vue du visiteur. « Orient-Origine », articule celui-ci avec un fort accent italien.

— Les mots de reconnaissance sont-ils bien nécessaires entre nous, Monseigneur ?, s'étonne aussitôt Hertz en fronçant les sourcils et en souriant.

— Ils nous rattachent à nos vieilles traditions et nous permettent de nous saluer avec respect, n'est-ce pas ?, dit Son Éminence.

— Entrez, mon ami. J'ai préparé le café et nous ai choisi de superbes Partagas.

Son Éminence pénètre dans le vestibule, Hertz le débarrasse de son manteau et de son chapeau.

— Quand êtes-vous arrivé ?

— Mon avion a atterri hier soir à vingt et une heures. Ce fut un vol exécrable, avec orage et turbulences. Je loge à la nonciature.

Les deux hommes entrent dans la cuisine. C'est là qu'ils aiment à se retrouver, les très rares fois où Son Éminence rend visite à Hertz. Un lieu modeste et chaleureux.

— Je suis désolé pour votre femme, déclare l'ecclésiastique en s'asseyant à la table. Sincèrement navré ! Les Gardiens ne devraient pas agir comme s'ils étaient encore au Moyen Âge ! Ils seront bientôt incontrôlables.

— Ils le sont déjà et vous ne l'ignorez pas, reproche Hertz en versant le café dans les tasses.

Son Éminence hoche la tête.

— Oui. Ils sont en train de paniquer. L'enquête menée par Francis Marlane a réveillé leurs inquiétudes.

Hertz a pris la boîte à cigares qu'il avait préparée et mise en attente sur le buffet. Il l'ouvre et la tend à son ami qui choisit un Partagas avec un geste lent, empreint de solennité. Il le porte à ses narines, le juge avec l'expression d'un connaisseur et pratique une incision à son extrémité avec un coupe-cigares.

Le vieil avocat se comporte de manière identique. Bientôt, de lourdes volutes de fumée emplissent l'atmosphère de la cuisine, effaçant pour un temps ses odeurs coutumières.

— Le manuscrit ?, interroge Son Éminence.

— Je l'ai placé en lieu sûr cette nuit même. Il n'y a plus rien à craindre de ce côté-là.

— C'est ce Didier Mosèle qui me pose problème, reprend Son Éminence. Êtes-vous certain de le maîtriser totalement, Martin ? Ne pourrait-il pas remonter jusqu'à moi ou... ?

— Il ignore tout de vous, Monseigneur. En revanche, il a décidé de se rendre demain matin à Troyes en compagnie de la veuve Marlane. Il m'a fait part de son projet hier soir, après la Tenue funèbre donnée à la mémoire de Francis Marlane.

— Tiens ! Le petit professeur a bien progressé dans ses recherches. Vous avez prévenu le Premier ?

— Naturellement, je l'ai appelé hier. Je lui ai dit que Didier Mosèle ferait des pas de géant lorsqu'il découvrirait le Cathare et la chapelle. D'autant plus qu'il détient maintenant l'un des fameux carnets de Francis qu'Ernesto Pontiglione lui a remis.

— Pontiglione... soupire Son Éminence. Sans le savoir, il a été le déclencheur de cette affaire. Déjà, lorsqu'il était chargé d'études au Vatican, il a émis des hypothèses embarrassantes qui ont alerté et inquiété les Gardiens du Sang. Cela n'a pas porté à conséquence, car ses suppositions n'ont pas dépassé le cercle restreint d'une poignée de fanatiques des théories occultes. Une de plus, se sont dit les historiens *sérieux*. Le Vatican s'est vite privé des travaux de cet homme que beaucoup prirent pour un charlatan.

— Ses conclusions recélaient en effet une grosse part d'affabulation, ce qui a noyé les quelques vérités qui auraient pu susciter l'intérêt de la communauté scientifique, précise Hertz.

— C'était mieux ainsi, Martin. Mais Marlane était d'une autre trempe. Bien plus dangereux par la qualité de ses connaissances et la pertinence de ses observations. Nous-mêmes avons cru en lui... Et voici que Didier Mosèle se glisse dans les pas de son ami. Il ne faut pas lâcher ce garçon.

— Je pense que nous devrions demander au Premier d'ouvrir le Plan, dit Hertz en faisant tomber un peu de cendre de son cigare dans une soucoupe.

— C'est prématuré. Nous disposons encore d'une courte marge de manœuvre que nous pouvons mettre à profit dans notre intérêt. Vous êtes en contact permanent avec Mosèle qui vous tient au courant de tous ses agissements : c'est une sécurité précieuse. N'est-il pas à même de se douter que vous le contrôlez ?

— Je ne pense pas. Il s'imagine évidemment que j'en sais plus long que je ne lui en dis ; cependant, je ne le crois pas particulièrement suspicieux. C'est de l'aide qu'il est venu chercher auprès de moi en toute confiance.

Son Éminence prend un temps avant de lâcher :

— Je me demande si Mosèle n'est pas déjà condamné. Il cherche la Lumière et c'est l'Ombre qui l'attend. Nous avons perdu Marlane, allons-nous le perdre, lui aussi ?

Hertz ne répond pas. Il s'abstrait dans l'observation de son cigare, son visage exprimant une profonde mélancolie, ses yeux plissés laissant filtrer un filet de regard à la fois obscur et lointain.

27.

La petite chapelle

Samedi matin.

Au cours du trajet, Émylie n'a pas cessé de parcourir le carnet rouge de Francis, s'émerveillant de son talent d'aquarelliste, de ses capacités à restituer les tons du feuillage, la couleur des pierres, la transparence du ciel dans des teintes mouillées, libres et cependant maîtrisées. Les ruines de la chapelle, avec les indications précises pour la trouver dans le bois de Larivour. La masse de lierre grimpant sur les murs éventrés. Les ronciers denses et vert sombre... Les sept lettres V.I.T.R.I.O.L. tracées à l'encre noire. Un bas-relief représentant deux cavaliers sur un cheval.

La Golf de Mosèle s'engage sur la bretelle de sortie pour Troyes.

— J'ai réservé deux chambres, dit rapidement le jeune homme.

— Deux, cette fois ?

— Je t'en prie, Émylie, ce n'est pas le moment de se remémorer ce genre de choses...

— J'y repense souvent, tu sais ! Il y a eu la première fois, dans mon appartement, puis...

Lui aussi. Lui aussi, il y repense. Néanmoins, il se refuse à en parler, ce matin. Sa mémoire est un piège encombré de regrets, de reproches.

La Golf trouve place sur le parking du *Manoir des Eaux*. Mosèle et Émylie en descendent, retirent du coffre leurs sacs de voyage et se dirigent vers le bâtiment, une ancienne ferme à colombages soigneusement restaurée.

— On se donne une demi-heure, puis on file saluer notre « Homme Vert » avant de trouver la chapelle. Tous deux ne sont espacés que de cinq à six cents mètres, ce que Francis ignorait avant de découvrir son Cathare. Le programme te convient ?

— Une petite promenade bucolique ? Ça me va.

Après s'être présentés à la réception et avoir pris leurs clefs, ils gagnent leurs chambres. Elles sont mitoyennes. Émylie en plaisante.

Dans la sienne, Mosèle déballe immédiatement le contenu de son porte-documents qu'il étale sur le lit : les notes prises à partir des fichiers de l'ordinateur de Marlane, les quatre lettres et la bande magnétique avec le dictaphone, une carte d'état-major de la région.

Il s'est à peine écoulé un quart d'heure que l'on cogne à sa porte.

— Oui, lance-t-il sans lever les yeux de ses documents.

— Didier...

Émylie entre, le visage mouillé de larmes, les lèvres chiffonnées. Didier saute à bas du lit, se précipite, la prend dans ses bras.

— Qu'est-ce que tu as ?

— Comment fais-tu ? Moi, je ne cesse de repenser à Francis, à toi et moi...

Il se sent maladroit avec ce corps mince et gracile, tout tiède, abandonné contre sa poitrine. Avec ce regard trempé qui appelle le sien, l'implore.

— Francis ne serait pas mort, nous aurions divorcé et..., bredouille-t-elle en reniflant.

— Vous n'auriez pas divorcé et nous aurions conservé notre petit secret, dit Mosèle. Oui, toi et moi, nous serions restés amis. Rien que cela.

— Nous lui avons menti. S'il avait su...

— Il n'aurait pas compris que son frère le trahisse en couchant avec sa femme. J'en aurais crevé de honte. J'en crève, maintenant qu'il est mort.

— Est-ce pour cela que tu désires achever ce qu'il a commencé ?

— Je ne sais pas, Émylie. Je te jure que je l'ignore.

Puis, après quelques secondes :

— Peut-être... après tout ?

*
**

Il n'est pas difficile de dénicher la voie forestière qui donne sur une clairière où Mosèle gare sa Golf, ni de découvrir le sentier couvert de hautes herbes qui les mène à la statue du Cathare.

Le chevalier ne mesure qu'un mètre trente. Il a été grossièrement sculpté dans une pierre grise que recouvre en partie une couche de mousse et de plantes grimpantes qui effacent la plupart des traits.

Mosèle en fait le tour avec une moue de déception. Il s'était attendu à quelque chose de plus important, de plus spectaculaire. Ce n'est qu'un fantôme minéral et végétal au regard vide.

— Une borne, murmure-t-il, pris d'une soudaine inspiration. Oui, une borne ! Et je crois que...

Il ouvre le porte-documents qu'il a pris avec lui, y plonge la main pour en sortir un feuillet.

— Francis cherchait cette borne depuis longtemps !, s'exclame-t-il. Dans le fichier que j'ai recopié de son ordinateur, il y a un élément qui s'y réfère et que j'ai laissé passer à la trappe. Regarde !

Émylie se rapproche pour lire par-dessus son épaule :

— *La Lionne en Lumière... Lac... Loge aux Chèvres... Bailly 2... Parfait élevé par T : 1247...* Eh bien ?, demande-t-elle.

— *« Parfait élevé par T : 1247 »* ! Les Parfaits ! C'est ainsi que les Cathares s'appelaient, explique Mosèle. Ce Parfait a été élevé par les Templiers en 1247.

— On n'est pas un peu loin du Languedoc ?

Mosèle sourit et ajoute :

— Bien loin, en effet. Mais 1247, si mes souvenirs sont bons, c'est peu après la chute de Montségur, le dernier bastion cathare tombé entre les mains des croisés du pape. Je donnerais cher pour connaître l'histoire de ce Parfait perdu en pleine Champagne, bouffé par la mousse ! Et surtout pourquoi les Templiers lui ont accordé cette importance.

— Et maintenant ? On s'offre la chapelle ?, propose Émylie en regardant de sinistres nuages peser sur la cime des arbres. On va bientôt se faire tremper.

— Je crois, oui. On devrait la dégoter en prenant cette direction, plein est. Mais je crains que le chemin ne soit pas aussi aisé que celui qu'on vient d'emprunter. Tu as bien fait de ne pas mettre de jupe.

Il lui donne la main et l'entraîne dans le bois tout en consultant sa carte d'état-major, manifestement excité par ce jeu de piste.

*
**

L'homme est le premier à descendre de la voiture. Il fait quelques pas dans la clairière, s'approche de la Golf, jette un coup d'œil à l'intérieur et se retourne vers ses deux agents qui le rejoignent. Suivre Mosèle et la veuve Marlane ne leur a posé aucune difficulté.

Les éliminer lorsqu'ils auront atteint la chapelle ne leur causera pas davantage de problème. La chapelle. Les Gardiens du Sang l'ont visitée d'innombrables fois et en connaissent la moindre pierre, ainsi que l'inscription qu'elle recèle. Ces sept lettres que les francs-maçons se sont appropriées. Mais Mosèle possède sans aucun doute maintenant des informations qui pourraient lui permettre de remonter plus haut. Jusqu'au Tombeau.

L'homme désigne le sillon d'herbes couchées qui s'engage dans la forêt. Il se dit avec satisfaction que sa mission sera terminée avant midi. Il éprouve déjà le plaisir qu'il ressentira à annoncer au cardinal de Guillio que Didier Mosèle et la veuve Marlane n'interféreront plus dans leurs affaires. Le pape Jean XXIV pourra s'endormir en paix.

***

Les nuages se sont déchirés et une pluie drue s'est abattue sur la forêt. Mosèle et Émylie ont pressé le pas, craignant un instant de s'être égarés. Mais, au terme d'une progression malaisée au travers d'arbres couchés par une ancienne tempête, ils ont découvert les ruines de la petite chapelle s'élevant sur un talus boueux et peu haut.

Marlane l'avait dessinée dans la clarté d'un jour de plein soleil ; elle se dresse ce matin dans l'ombre, misérable, éventrée, ruisselante. Sa toiture a presque entièrement disparu, quelques solives se maintiennent néanmoins, chevêtres pourris rongés par le temps.

Des blocs de pierre se sont entassés, l'herbe les a enveloppés. Mousse ou lichen, une écume verdâtre a gangrené ce qui reste de murs.

Trois fenêtres ont gardé les lointaines traces de

leurs plombs, mais il ne subsiste plus rien de leurs vitraux, si ce n'est leurs meneaux recouverts de moisissure.

S'approchant du mur occidental, après s'être référé aux aquarelles de Marlane, Mosèle découvre un bas-relief que l'on devine plus qu'on ne le voit sous la rocelle vert-de-gris. L'image représente le blason templier. Deux cavaliers chevauchant une même monture, surmontant les lettres V.I.T.R.I.O.L.

— Il doit exister d'autres ruines telles que celle-ci dans la forêt d'Orient, remarque Émylie.

— Oui, mais regarde... Voilà ce qui a intrigué Francis. Le sceau des Templiers symbolisant leur disposition à la pauvreté : deux cavaliers sur une unique monture. Leurs détracteurs l'interprétèrent aussi comme le signe manifeste de leur homosexualité ! Et là... V.I.T.R.I.O.L. au-dessus de cette manille. À en juger par l'empreinte laissée dans la pierre, il devait y avoir un anneau...

— Qui aurait commandé un passage secret ? Tu me fais penser à un gosse, Didier.

— Une porte... donnant sur l'extérieur ? Non. Un coffre dans le mur, pourquoi pas ? En tout cas, avoue qu'il est surprenant de rencontrer l'abréviation de la maxime maçonnique près de ce blason et de ce crochet.

— Je l'admets. N'empêche : nous ne progressons pas pour autant.

Mosèle examine le sol que détrempe la pluie, et montre du doigt des empreintes de pas.

— Je jurerais que cette chapelle a été visitée il y a peu, dit-il.

— Rien de plus naturel : c'est un abri idéal pour les amoureux. Justement, j'ai l'impression que nous avons de la visite. Ta chapelle semble être un lieu de rendez-vous très fréquenté.

Elle lui indique une silhouette hachée par la pluie verticale. Une forme qui s'avance lentement, méthodiquement, dans leur direction. Puis une deuxième qui apparaît juste derrière.

Un bruit mat. Un claquement. Un morceau de pierre éclate près du visage de la jeune femme.

— Recule-toi, Émylie ! À l'abri, vite... !

Sans ménagement, Mosèle a tiré Émylie à lui. Ils se sont plaqués contre un mur. L'eau coule dans leur dos. Froide.

— C'était bien un coup de feu, n'est-ce pas ? On nous tire dessus ?, demande-t-elle avec effroi.

Mosèle se glisse prudemment contre le mur, atteignant l'une des trois fenêtres par laquelle il peut jeter un coup d'œil à l'extérieur.

— J'en vois au moins deux. Hertz avait raison : maintenant que les Gardiens du Sang nous ont mordu aux mollets, ils ne nous lâcheront plus.

— Ces types sont les tueurs du Vatican dont tu m'as parlé ?

Mosèle se détache de la fenêtre et avise la brèche dans le mur oriental. Il pousse doucement Émylie par l'épaule, prenant soin de la maintenir hors de visée des tueurs.

— On peut le voir comme ça..., se borne-t-il à répondre.

Se baissant, l'un derrière l'autre, ils grimpent sur un monticule de moellons glissants.

— On va tenter une sortie par là, indique Mosèle.

Ils enjambent la butte, sautent dans l'herbe, quand un deuxième coup de feu les frôle.

— Erreur, ils sont plus de deux. Fonçons !

Ils se mettent à courir. Une autre détonation claque dans le froissement de la pluie.

— Ces salopards sont gênés par la pluie, mais ils

vont nous tirer comme des lapins, et à la longue... Cours, Émylie ! Cours, bon Dieu !

Ils s'enfoncent dans le bois, se jetant à corps perdu dans les fourrés. Des voix s'interpellent derrière eux. Des ordres sont criés. Et eux courent sans savoir où aller, terrifiés, s'attendant à chaque pas à être fauchés.

Mosèle tire Émylie, la relève quand elle tombe, ne cesse de lui parler, de l'exhorter à courir. Uniquement courir !

Ils pataugent maintenant à la lisière d'un marécage qui gagne sur la forêt, progressent dans la vase, la peau fouettée par des ajoncs tranchants.

Ils abordent un tertre d'herbe moussue planté de gros arbres noirs aux branches basses tordues. Tout en poussant Émylie pour qu'elle grimpe plus vite, Mosèle tourne la tête en arrière afin d'évaluer la distance qui les sépare de leurs poursuivants.

Mosèle a conservé son porte-documents. Il se dit que c'est idiot. Idiot de mourir avec une allure d'instituteur, sur un promontoire boueux, en compagnie de la veuve de son meilleur ami. La mort est toujours idiote, pense-t-il en voyant les trois silhouettes se reformer au travers du rideau de pluie.

Il réalise qu'Émylie s'est accrochée à son bras et le serre à lui en faire mal. Elle grelotte et cherche à parler, mais sa voix tremble tant que ses propos sont incompréhensibles.

Les Gardiens du Sang prennent maintenant leur temps. Mosèle et Émylie sont à découvert et représentent une cible parfaite.

— Ils vont nous abattre à bout portant, articule Mosèle. Un travail de professionnels. Pardonne-moi, Émylie. Pardonne-moi pour tout. Ferme les yeux et viens contre moi.

Elle est devenue une petite fille affolée qui se blottit

contre l'homme qu'elle a aimé. Qu'elle n'aimera plus. Elle pense pourtant à Francis, son ami.

— Que font-ils ?, parvient-elle à demander.

— Ils approchent. Ils traversent le marécage.

Émylie attend. Elle prie pour que cela ne soit pas trop long.

***

L'homme ne sourit pas par sadisme. S'il manifeste du contentement, c'est plutôt par esprit de rigueur. La satisfaction du travail convenablement exécuté, de la mission honorée.

— Vous voyez, annonce-t-il à ses deux agents qui se déploient pour prendre le monticule par la gauche et la droite. Ils ont compris que toute fuite était désormais vaine. Cela semble trop facile.

L'homme regrette seulement d'avoir dû sacrifier une paire de chaussures en chevreau et s'en veut de n'avoir pas été plus prévoyant. Ses deux agents, eux, se sont chaussés en conséquence. Il se donne cependant une excuse en se disant qu'il n'est pas vraiment un homme de terrain. Il retournera bientôt à ses fonctions de cadre dans l'appareil des Gardiens du Sang et s'efforcera d'oublier cette malheureuse journée. Cette sale besogne.

Ni l'homme ni ses deux agents n'entendent celui qui les suit dans la vase. La pluie tombe si fort que le bruit de ses bottes se mêle au clapotis.

Il ressemble à un chasseur. Corpulent, il porte une longue veste en gabardine ocre, un pantalon très large, des bottes en caoutchouc marron et un chapeau de feutre verdâtre qui donne à sa silhouette une touche un tantinet ridicule. Incongrue.

Le chasseur a armé son fusil depuis longtemps. Il

le tient la crosse contre son ventre, canon pointé en avant. Il se demande naïvement quel Gardien du Sang il va abattre en premier.

Sa lourde masse écarte d'elle-même la barrière d'ajoncs.

*
**

L'homme n'a pas entendu le coup de feu. À cause de la pluie... ? L'un des agents, celui qui marchait sur sa gauche, est projeté en avant et s'effondre dans la boue qu'il rougit de son sang.

Il réalise alors que l'on vient de leur tirer dans le dos. Il se retourne, son revolver cherchant la cible.

Le deuxième agent regarde, étonné, son compagnon que la tourbe avale déjà.

— Dans les ajoncs !, aboie l'homme.

— Avec un fusil.

Un nouveau coup de feu les oblige à se baisser. Les prédateurs sont devenus des proies. Ils tirent au jugé pour couvrir leur retraite, faisant de grandes et lourdes enjambées dans la vase, fuyant pour atteindre la forêt où ils pourront disparaître.

L'homme peine à calquer sa vitesse sur celle de son agent. Mais la peur lui fait oublier sa piètre condition physique.

*
**

— Qu'est-ce qui se passe, Didier ? On dirait que...

— Nous avons un renfort providentiel. Tu peux regarder, Émylie. L'un des tueurs a été abattu et les deux autres se sont enfuis. Sans doute dans la forêt. Je ne les vois plus.

Émylie se détache du jeune homme. La pluie lui

brouille le regard. La pluie et les larmes. Elle distingue vaguement une silhouette qui se précise lentement en venant vers eux.

Un chasseur ? Oui, sans doute. Elle devine le chapeau, le fusil.

Le chasseur s'oblige à de redoutables efforts pour conserver son équilibre en pataugeant dans le marais comme un ours maladroit.

Mosèle plisse les yeux, affûte son regard et se dit que l'instant est dramatiquement cocasse. En effet, il a reconnu le chasseur qui lève son chapeau dans un salut théâtral, son fusil en bandoulière.

— Martin ! Vous avez une drôle d'allure, pour un ange gardien. Mais rudement efficace dans votre nouveau job...

Hertz est cramoisi.

— Je n'ai plus de souffle, moi ! Trop de cigares dans les poumons !

Mosèle et Émylie quittent le tertre qu'ils dévalent en glissant, tombant presque dans les bras du vieil avocat qui les reçoit avec une fierté non dissimulée.

Puis, se retournant sur le cadavre du Gardien du Sang qu'il a abattu, il dit :

— J'espère que ce fumier est celui qui a tiré sur Léa. C'est bizarre, j'ai eu moins de peine à l'abattre qu'un sanglier.

— Vous nous avez suivis depuis Paris ?, demande Mosèle sans attendre.

— Je vous ai devancés, précise Hertz. Je savais que vous vous rendriez à la chapelle dès que vous seriez dans la région. Je me doutais aussi que les Gardiens interviendraient. Mais je me suis perdu à l'approche de la chapelle ; Léa se moque souvent de mon médiocre sens de l'orientation ! J'ai déboulé quand les trois types se sont mis à courir à vos trousses.

— Qu'allons-nous faire du cadavre ?, s'inquiète Mosèle. La police risque de se poser pas mal de questions, non ? Elle découvrira rapidement l'existence d'un couple de promeneurs et d'un chasseur !

— Cela m'étonnerait. Fouillez-le, et vous comprendrez.

Mosèle se penche sur le corps qui baigne dans la boue, le retourne, l'examine.

— Il n'y a rien sur lui qui puisse permettre de l'identifier, constate-t-il enfin. Pas le moindre papier ! Pas une marque de vêtement. Rien !

— D'ici quelques heures, ce fantôme aura disparu. Les Gardiens du Sang ne laissent jamais le corps d'un des leurs derrière eux. La police ne saura rien. Retournons à votre hôtel ; il est inutile de rester à veiller ce salaud. Ses collègues peuvent avoir l'idée de terminer leur besogne. J'ignore combien ils étaient dans le coin. Ces loups chassent parfois en meute.

Mosèle passe un bras autour du cou d'Émylie.

— Ça va ?

— Non, pas vraiment. Ça t'étonne ?, répond-elle en réprimant un sanglot.

— Où vous êtes vous garés ?, interroge Hertz.

— Je ne sais plus trop, avoue Mosèle. Dans une clairière. Pas loin du Cathare.

— Ah, le Cathare !, reprend Hertz. Nous allons retrouver votre voiture et vous m'emmènerez ensuite à la mienne que j'ai laissée sur un chemin forestier balisé. J'ai pris soin de le noter sur ma carte... Vous savez que vous avez l'air marrant, avec votre porte-documents ? Je parie que vous avez là-dedans les clefs du Graal, non ?

— Je croyais, en effet.

Ils sortent du marécage, posent pied avec soulagement sur le sol ferme de la forêt.

— Je n'ai pas eu l'impression que nous avions été suivis, et pourtant les Gardiens du Sang connaissaient exactement l'endroit où nous nous rendions, dit Mosèle. Qui savait que nous venions ici ce matin ?

Hertz ébauche une moue incrédule.

— Vous l'avez annoncé à Pontiglione et à moi-même, jeudi soir. En avez-vous aussi parlé à un membre de votre équipe, à la Fondation ? Et vous, Émylie ?

— Je ne l'ai dit à personne, affirme la jeune femme.

— Alors c'est une évidence, Didier, constate gravement Hertz. Les Gardiens du Sang sont au courant de tous vos faits et gestes.

Au bout de quelques minutes, ils parviennent à l'endroit gardé par la statue du Cathare devant laquelle Mosèle s'arrête.

— Je suis impatient d'apprendre ce que représente cet « Homme Vert ». Je parie que vous serez intarissable à son sujet, Martin. Quel lien de cousinage l'unit-il aux Templiers de la forêt d'Orient ?

*
**

De retour au *Manoir des Eaux*, après avoir pris une douche et, pour ce qui est d'Émylie et de Mosèle, changé de vêtements, ils se retrouvent tous trois dans la chambre de Didier qui a fait monter des plateaux-repas.

Hertz a endossé un peignoir de bain, le temps que sèchent ses habits trempés. Il est vautré dans un fauteuil, pieds nus, le cheveu en désordre, dévorant avec un appétit d'ogre un sandwich au poulet, qu'il arrose abondamment d'un vin rouge dont il apprécie manifestement le bouquet.

Le repas pris presque en silence et achevé, Mosèle et Émylie allument une cigarette.

— Je ne parviens pas à comprendre, commence Hertz, pourquoi vous préférez vous encrasser les poumons avec des cigarettes ! Le cigare est tellement plus délicat, plus sensuel... si suave !

— Question d'âge, peut-être, rétorque Mosèle.

— Bonne réponse, admet le vieil avocat. Parlons de notre Cathare. Cela vous aidera à reconstituer le trajet du Testament du Fou. Ou plutôt d'un morceau du manuscrit original.

Émylie et Mosèle se sont assis chacun sur un bord du lit.

— Le manuscrit a été brûlé dans l'abbaye d'Orbigny par les Templiers. Lesquels n'ont d'ailleurs pas craint de tuer les deux copistes, Agnan et Nicolas de Padoue, comme je vous l'ai déjà raconté, Didier. Oui, l'abbaye a bien été incendiée, avec sa bibliothèque, mais la suite de l'histoire révèle un rebondissement qui ne trouvera son épilogue que bien plus tard...

Puis, désignant les cigarettes de ses amis, Hertz ne peut s'empêcher de regretter que le cigare qu'il avait emporté et mis dans une poche de sa veste ait été bousillé par la boue du marécage.

— Tout de même... Un Partagas – série n° 4. Du pur miel !

— L'histoire, Martin !, s'impatiente Mosèle. Vous en savez long sur les péripéties du manuscrit maudit et vous vous plaisez à les distiller par épisodes !

— N'est-ce pas une quête, Didier ? Ne vous ai-je pas enseigné que nous ne pouvions atteindre à la Lumière d'un seul coup ? Vous avez approché le Cathare, il est donc temps aujourd'hui d'en parler.

— Me dites-vous la vérité, Martin ?, interroge Mosèle avec lassitude. Ne transfigurez-vous pas l'histoire à votre guise, pour servir vos intérêts ? M'apporterez-vous un jour des preuves ?

— La vérité !, s'exclame Hertz. La vérité est ce qu'il reste des événements tels qu'on les transmet et les conserve. Écoutez le récit d'un jeune oblat... Une des clefs du Secret se trouve dans cette chronique.

28.

L'oblat

Une nuit de mil cent quatre-vingt-douze.

Tandis que la petite abbaye d'Orbigny s'abîmait dans les flammes d'un brasier qui devait la ravager entièrement, un adolescent en robe de bure fuyait l'incendie, tenant serré contre sa poitrine un objet empaqueté en hâte dans un morceau de linge. Ce garçon, dénommé Benoît Chantravelle, était l'unique survivant du drame.

Il marchait contre le vent gorgé de neige, le visage gercé par le froid, les bras enlaçant son torse pour protéger son bien. Il trébuchait souvent, tombait parfois, mais ne cessait d'avancer, hurlant *Pater* et *Credo* pour se donner courage, entendre sa voix qui le rassurait. Et il pleurait aussi, pensant aux moines qu'il ne reverrait jamais plus. À Nicolas et Agnan de Padoue, si doux et prévenants, toujours à le consoler lorsqu'il regrettait l'absence de ses parents ou qu'il doutait de sa foi.

Au petit matin, Benoît parvint à gagner le monastère de Saint-Paul, non loin de Sens. Sa robe était maculée de neige boueuse, il avait les pieds gelés et tous ses os le faisaient souffrir.

Il frappa à la porte de l'austère bâtisse et le moine

qui lui ouvrit s'apitoya aussitôt sur lui en constatant son état de fatigue et ses habits souillés.

— Ce n'est guère un temps pour battre la campagne, mon garçon. De plus, c'est la saison des loups.

— Je demande votre hospitalité, mon frère. Je suis un neveu de votre prieur, Arnaud de Puhilez, et suis transi de froid.

— Entre vite. Frère Arnaud nous a souvent parlé de toi. N'es-tu pas oblat à Orbigny ? Te voici tout croûteux, couvert d'engelures.

— Pardi !, se plaignit Benoît. J'ai marché toute la nuit avec de bien vilaines chausses.

On envoya chercher Arnaud tandis qu'on lavait et soignait l'adolescent qui ne quittait pas des yeux le paquet sauvé des flammes d'Orbigny, posé près de lui sur un banc.

Arnaud de Puhilez entra dans la pièce, vit le garçon, mit un certain temps à le reconnaître tant celui-ci avait l'air épuisé, les yeux enfoncés dans leurs orbites, les lèvres blanches. Il grelottait, donnant l'impression de ne plus pouvoir s'arrêter.

— C'est toi... Benoît ?, demanda Arnaud, incrédule. Tu ressembles à un spectre ! Ton supérieur est inconscient de t'avoir laissé filer sans m'en faire avertir !

— L'abbé est mort, mon oncle. Tout comme le curé, les sacristains, les copistes, le prieur et deux oblats. Tous morts !

Arnaud vint s'asseoir sur le banc près du jeune homme. Puhilez avait une cinquantaine d'années. C'était un homme robuste, solidement charpenté, au visage ingrat, avec un long nez, des pommettes hautes et saillantes. Mais ses yeux étaient perpétuellement emplis de mansuétude et de bonté.

— Nicolas et Agnan de Padoue ?, interrogea-t-il. Tu as bien dit que les copistes aussi... ?

— Massacrés par cinq inconnus qui ont ensuite mis le feu à la bibliothèque ! L'incendie s'est rapidement propagé à toute l'abbaye.

Arnaud fit un signe de croix et s'inclina pour murmurer une prière. On avait terminé de panser les engelures de Benoît. Son oncle le conduisit dans une cellule, une chambre sans grand confort, envahie par une affreuse odeur de moisi. Une fenêtre aux volets de bois fermés. Une table avec un bol, une chandelle dans un bougeoir, une bible. Deux tabourets, une lampe à huile accrochée à une chaîne pendant du plafond, un crucifix avec une branche de buis séché coincée entre la croix et le mur, une paillasse sur un sommier de bois, une cuvette, un broc, une modeste armoire encastrée dans l'un des murs, un petit brasero où mouraient les braises de la nuit.

Benoît posa son paquet sur la paillasse.

— J'ai assisté au drame, dit-il. Je ne dormais pas et j'ai entendu les visiteurs... Je savais que Nicolas et Agnan travaillaient sur un certain manuscrit dont la traduction avait été réclamée par les cinq hommes.

— Seigneur... Quelle perte !, se lamenta Arnaud. Ces deux frères possédaient un savant esprit et parlaient plus de langues que Babel n'en a jamais entendu !

— J'admirais Nicolas et Agnan ; je leur rendais de menus services. J'avais deviné l'importance du manuscrit ; aussi, dès que les cinq tueurs ont quitté l'abbaye, je me suis précipité pour en sauver ces quelques morceaux.

Benoît déplie soigneusement le linge pour en dégager un feuillet de parchemin aux trois quarts calciné. Arnaud élève la chandelle, se penche sur le document, l'examine en le touchant à peine.

— Quel effroyable secret se cache dans ce document pour que l'on tue ainsi pour lui d'aussi braves gens, mon oncle ?

— Je ne suis pas assez docte pour déchiffrer ces mots. Lorsque tu te seras restauré, nous irons en ville où je connais un vieux scribe qui saura peut-être traduire ces textes.

Benoît mourait de faim ; il se contenta d'une grosse soupe aux fèves, d'un morceau de pain noir et de trois figues séchées. Le ventre encore douloureux, il suivit son oncle chez maître Resnais qui habitait Sens.

Maître Resnais, cassé en deux par des rhumatismes, portant mitaines et bonnet de laine, les fit entrer dans une pièce carrée encombrée de lutrins, de tables, d'étagères couvertes de grimoires, de manuscrits ou de rouleaux, d'écritoires, de plumes d'oie et de calames. Un bon feu ronflait dans la vaste cheminée. Le jeune oblat y alla se réchauffer les mains.

À l'aide de fines pincettes, maître Resnais détacha les pages calcinées qu'Arnaud lui présenta.

— Ce manuscrit a bigrement souffert, dit-il. C'est à croire qu'il a été arraché des flammes de l'enfer !

— C'est un peu cela, maître Resnais, admit Arnaud. Il est cause de nombreuses morts. Prenez votre temps. Des mois, des années s'il le faut... Mais donnez à ce parchemin une bonne figure de latin ou de français.

— Frère Arnaud, vous venez d'aiguiser ma curiosité, fit le traducteur avec intérêt. Nous avons là un manuscrit écrit dans un idiome mort depuis des siècles !

Maître Resnais passait une langue gourmande sur ses lèvres, le nez collé aux feuilles noircies. Il émettait des petits « bien, bien, bien... » suraigus.

— Le temps qu'il faudra, souligna Arnaud.

— C'est ce que demande un tel travail, insista maître Resnais. Je devrai faire *remonter* les lettres que le feu a effacées en partie, recopier l'ensemble sur un vélin de manière à étudier le tout plus confortablement. Mais, ma foi, l'entreprise me plaît. J'espère ne pas vous décevoir, Arnaud.

— Vous serez payé en conséquence, mon ami, précisa le prieur. J'ai imposé à mon existence une pauvreté qui sous-tend ma foi ; je conserve cependant une belle fortune familiale et saurai honorer votre ouvrage.

29.

Le prêcheur

Trois pèlerins pénétraient dans un faubourg d'Albi. L'un était vêtu en abbé et portait un chapeau au large bord. Une besace en bandoulière, il marchait en s'aidant d'un long bâton. Les deux autres, père et fils, s'étaient couverts d'épais manteaux car, bien que nous fussions en terre occitane, l'hiver avait imposé son règne et un vent cinglant hurlait dans les rues.

Sur leur passage, les gens qui les dévisageaient parlaient d'eux en ces termes :

— Voici le vieux comte Rodolphe Poitevin et son fils avec leur protégé, leur « bonhomme » ! Allons les écouter prêcher.

— Pas moi ! Ces trois-là sentent le fagot. N'ont dans la gorge que paroles souillées d'hérétiques. J'leur crache à la fente, à ces souriceaux du diable !

— Paroles de vérité, plutôt. Le Cathare pense juste.

On les saluait avec amitié et respect, ou on crachait dans leur direction en les injuriant. On les accompagnait fraternellement ou on les fuyait en se signant.

Bientôt, l'abbé que l'on appelait le Prêcheur s'arrêta avec ses deux compagnons sur le parvis d'une église. Une petite foule se réunit autour d'eux. Des visages connus. Des adeptes en devenir.

Le Prêcheur éleva son bâton au-dessus des badauds

comme une crosse d'évêque et, d'une voix forte, empreinte d'un accent rocailleux, s'écria :

— Frères, vous êtes des moutons que le pape et ses évêques tondent sans vergogne ! Eux, les fils de l'Église prostituée, les seigneurs de la Babylone maudite, les dépravés, ils vivent tous dans la corruption et le mensonge ! L'Église est pire que le plus vil des seigneurs ! Elle encaisse la dîme pour fondre de l'or, remplir son estomac de truie, acheter comtés et palais. Obéir au pape, c'est condamner son âme à la damnation éternelle, car Dieu n'est point du côté des riches et des usuriers. Le pape est frère du démon.

Une femme rougeaude lui lança :

— Tu as mille fois raison, « triste figure » ! Les évêques ont le cul cousu d'argent !

Elle fut reprise par un homme au teint blafard qui hurla :

— Et nous avalons d'immondes brouets alors qu'ils s'engraissent de pigeons et de rôts !

Le curé de l'église apparut, voulut chasser les trois pèlerins et disperser la foule qui commençait à gronder.

— Partez tous ! Vous êtes au seuil de la demeure de Dieu !

Le comte Rodolphe Poitevin se tourna vers lui, désigna la porte de l'église d'un doigt accusateur et tonna :

— Il y a longtemps que Dieu a déserté cette bauge, curé ! Satan est ton maître et tu l'ignores. Ouvre donc les yeux : ne vois-tu pas que tu sers la fausse Église ?

Le Prêcheur s'en prit à son tour au curé en le menaçant de moulinets de son bâton, prêt à l'abattre pour frapper. Le curé reculait, tremblant et inquiet de la tournure que prenaient les événements. Avec un murmure de colère qui enflait et se chargeait de violence, la foule avait fait un pas en avant. Elle donnait l'impression de vouloir faire irruption dans l'église. Quelque chose la retenait encore. Un peu de sens du sacré, peut-être ? Quelque chose de trop fragile, cependant, pour la contenir longtemps.

Le Prêcheur reprit :

— La Bête est dans Rome comme le ver dans le fruit ! Nous ne reconnaissons pas ses sacrements. La putain chrétienne n'est qu'une vulgaire magicienne. Suivez-moi, frères...

La foule n'attendait que cet ordre. Elle s'engouffra en une vague criarde dans l'église à la suite du Prêcheur, du comte Rodolphe et de son fils Pierre. Le curé fut bousculé et raillé. Impuissant, il assista au saccage de l'autel. Le Prêcheur renversa les calices et le tabernacle en tirant violemment le linge blanc orné de dentelles sur lequel ils étaient posés.

— Ciboires et calices !, dit-il en gesticulant. Hosties et vin ! Menteries... Voici donc le « corps » du Christ ! Que du métal et de la superstition !

Un grand homme brun aux joues bleues d'une barbe rase et une jeune fille blonde aux longues tresses riaient plus fort que tous les autres. La voix de la fille grinçait, crécelle aigre. Le grand gars était en train de dénouer les cordons de sa braguette. Il gueula :

— Regarde, Brunelle... Moi, j'ai un bien meilleur vin à mettre dans ces vases !

Et, alliant le geste à la parole, sortant fièrement son sexe, il se mit à uriner dans un calice. Ce fut avec orgueil qu'il tendit à la jeune fille le vase empli à ras bord.

— Par ma foi, c'est vrai !, s'extasia la fille. Et ton outil pourrait labourer mon jardin sans peine.

— Tu n'as qu'un signe à faire et je te baptiserai de foutre chaud !

Ils furent applaudis. La foule trépignait et dansait maintenant en brandissant les tibias de quelques saints dont elle avait brisé les châsses. On se jetait les reliques, on mimait de grossières et obscènes figures avec ces os gris et froids. Les femmes se les glissaient entre les cuisses, les hommes les brandissaient comme des membres en érection.

Le curé accourut, en larmes, implorant en vain la foule impie de cesser cet ignoble sacrilège.

Deux hommes, répondant à un signe du Prêcheur, décrochèrent la grande croix de bois suspendue au-dessus de l'autel.

— Non ! Pas le crucifix !, pria le curé. Pas le crucifix...

— Pourquoi vénérer la croix ?, demanda le Prêcheur. Jésus y est mort nu et humilié. Ce sont ses paroles que nous devons honorer, non l'instrument de son supplice.

— Qu'on apporte du petit bois !, commanda le fils du comte.

— L'Église vous oblige à adorer des icônes, des reliques répugnantes, des squelettes de saints..., dit le Prêcheur. Où est l'esprit, dans l'échoppe de Rome ? Où est l'âme ?

Une femme lui répondit :

— L'âme ? Dans les bourses sèches de l'évêque qui apprécie le commerce des catins, à ce qu'il paraît !

Un bûcher fut élevé sur le parvis de l'église. La grande croix de bois y fut plantée et l'on y mit le feu.

La foule, prenant conscience de son geste, fit soudain silence. Il ne resta de ce sabbat que le crépitement des flammes, qu'une noire fumée s'élevant en volutes que le vent happait.

À ce bûcher, au catharisme naissant, l'Église répondit par d'autres bûchers bien plus terribles. Elle lança en terre hérétique ses inquisiteurs, les dominicains, puis leva une armée de croisés avec l'aide du roi de France.

Ce drame devait se conclure plus tard au sommet du pog de Montségur... Les Cathares prièrent le seigneur du château, Raymond de Perella, de renforcer les murs d'enceinte. De par sa situation géographique, Montségur allait devenir la pièce maîtresse de l'opposition occitane au roi de France et au pape.

30.
La traduction

Le quinze janvier mil deux cent huit, le légat du pape, Pierre de Castelnau, fut assassiné par des Cathares fanatiques. Le même jour, en France, au monastère de Saint-Paul, Benoît Chantravelle entrait dans la cellule de son oncle qui souffrait d'une forte fièvre.

— Maître Resnais est en chemin, Benoît, annonça Renaud. Je ne rendrai mon dernier souffle que lorsque j'aurai appris ce que contiennent les parchemins que tu m'as jadis apportés.

— Je les avais presque oubliés ! Cela fait maintenant seize ans...

Arnaud s'était considérablement amaigri, il avait le teint crayeux et peinait à trouver sa respiration. Son visage habituellement laid avait trouvé dans la maladie une insolite beauté. On aurait dit celui d'un saint posant déjà les yeux sur les clartés du Paradis.

Benoît bassina le front de son oncle et lui passa un onguent sur la poitrine, remède indiqué par le moine le plus savant de leur communauté que l'on interrogeait en confiance lorsqu'on était atteint d'une vilaine fièvre.

Maître Resnais pénétra en boitant dans la modeste chambre qui empestait le camphre et le thym. Le vieillard était tout tremblant, ému, apeuré comme un chien sénile. Il tenait contre sa poitrine une sacoche de cuir à laquelle ses mains maigres s'accrochaient telles les serres d'un rapace.

Arnaud tenta de se redresser dans son lit. Benoît l'aida en lui plaçant un coussin bourré de paille sous les reins.

— Approchez, maître Resnais, souffla Arnaud. Vous avez émoussé ma patience. Suis-je récompensé de cette longue attente ?

— Renaud..., balbutia le vieillard dont les genoux claquaient. Je... Je n'aurais jamais dû me pencher sur ce manuscrit ! Jamais !

Benoît s'impatientait :

— Eh bien, saurons-nous enfin pourquoi mes frères furent tués à Corbigny ?

— J'ai usé mes yeux, brisé mes forces sur ce texte, dit maître Resnais. Et j'y ai perdu mon âme !

Maître Resnais se décida enfin. À gestes maladroits et fébriles il sortit une liasse de parchemins de la sacoche qu'il venait de poser sur la table.

Dans son lit, Arnaud se redressa sur un coude en faisant un grand effort.

— Ces feuillets évoquent un passage des Saintes Écritures. Celui du *jeune homme au suaire*, sur le mont des Oliviers. Mais le plus terrible, le plus effroyable est que ce récit a été écrit par... par...

Arnaud encouragea le vieillard à poursuivre :

— Allons, mon ami, dénouez votre langue !

— ... par un proche de Jésus qui se nomme *Jean frère par les Douze* ! Une légende parlait de cet Évangile, mais nul n'y a jamais vraiment cru.

— Le second Évangile de Jean, reprend Arnaud en se laissant retomber sur son oreiller.

— Mais il y a pire, Arnaud, poursuit maître Resnais. Détenir ce texte, c'est posséder l'ineffable Secret, car

Jésus n'est pas mort crucifié. C'est son jumeau, Thomas, qui a pris sa place. D'après ce que j'ai compris, Jésus s'est rendu jusqu'à Saint-Jean-d'Acre en compagnie de quelques disciples, dont *Jean frère par les Douze*. Et cela, bien après que Thomas fut mis en croix. Là, le Christ s'est embarqué sur un navire... Ce sont les dernières pages que j'ai pu reconstituer et traduire. Où s'est rendu Jésus ?, je l'ignore.

Benoît intervint brusquement :

— Êtes-vous sûr de vous, maître Resnais ?

— Que je sois damné si ce n'est pas la vérité ! Du moins celle que contiennent ces pages. Le feu en a pris de nombreux passages et j'avoue qu'il y a de grands manques, bien gênants. Par exemple, je ne suis pas parvenu à définir ce qui s'est réellement déroulé au mont des Oliviers. J'ai seulement saisi que Thomas a cru avoir tué Jésus, son jumeau, et que Jésus, recouvert d'un suaire, est alors apparu à son frère. On y parle de haine, de sang, de trahison... Mon esprit en est encore tout bouleversé.

— Saurez-vous garder ce secret, maître Resnais ?, demanda Arnaud. Si les cinq incendiaires de Corbigny apprenaient qu'une partie de cet Évangile a été épargnée par les flammes...

— J'implore la mort de venir me prendre au plus vite afin de me soulager de ce fardeau, bredouilla maître Resnais. Je vous dis adieu, Arnaud ; je ne vous reverrai plus.

— Oui, nous sommes vieux et notre heure est venue. Mais vers quel Dieu adresser nos prières ? J'ai l'âme comme une outre vide, soudainement...

Une fois maître Resnais reparti, Arnaud s'allongea, tenant les documents sur sa poitrine qui se soulevait avec difficulté, dans des râles.

— Je ne serai bientôt plus de ce monde, mon

neveu, et ne peux te laisser sans protection, dit-il en levant vers Benoît un regard brûlant. Tu iras trouver refuge parmi les Parfaits, les « bons hommes » d'Occitanie.

— Mais les croisés chassent les Cathares, jugés hérétiques par les dominicains !, s'exclama le jeune homme.

— J'ai un cousin, Raymond de Perella, le rassura Arnaud. Il participe à la défense de Montségur où s'abritent de nombreuses familles ayant épousé la nouvelle foi.

— Un si long voyage...

— Tu y seras en sécurité. On dit la place inviolable, plantée sur un piton rocheux. Là, tu pourras cacher ce terrible Secret. Les « bons hommes » défendront ce qui reste de cet Évangile contre le pape et le roi de France.

Arnaud tendit les feuillets à son neveu.

— Pars sans plus tarder, Benoît. Ce que tu as sauvé du feu cette nuit-là est un trésor maudit. Pars et deviens une ombre ! Disparais...

31.
La trahison de maître Resnais

La salle d'audience de l'évêque de Sens.

L'évêque était confortablement assis sur un siège à haut dossier, les pieds posés sur une épaisse fourrure, près d'une cheminée où brûlait un feu généreux.

Maître Resnais se tenait debout à certaine distance de lui, intimidé, tenant à la main sa sacoche, dont il triturait nerveusement la courroie.

La salle était relativement vaste et décorée de lourdes tentures qui calfeutraient les murs de pierre. Une fenêtre aménagée dans la profondeur du mur était fermée par de gros volets de bois cloutés de bronze. Le vent venait y mourir en longues plaintes.

Le vieux scribe jetait des coups d'œil en tous sens, son regard accrochant ici un objet religieux, une icône, de l'or, de l'ivoire, là des manuscrits magnifiques...

Maître Resnais se demandait s'il avait bien fait de demander à voir l'évêque de toute urgence. Sa requête avait été acceptée rapidement et il était avéré que cette réponse favorable était due à la réputation dont il jouissait dans toute la région.

— Je vous écoute, maître Resnais. Vous m'avez demandé une audience privée pour une affaire d'importance, n'est-ce pas ?

— Certes, Monseigneur... Oui, oui... Important est-il bien le mot ! Non, effroyable, plutôt !

La voix de maître Resnais entrechoquait les mots, les écaillait. Ils sortaient de sa bouche en le brûlant, lui déchiraient la langue.

Hautain, conscient de son ascendant sur ce vieillard malingre, l'évêque goûtait en cet instant un plaisir bien peu chrétien. Mais si excitant.

— Plus de quinze ans de ma vie... Quinze lourdes années pour traduire des parchemins à la demande de frère Arnaud. Mais je ne veux pas mourir avec ce Secret... Tenez, Monseigneur. Une copie... Quinze ans de travail... Une copie que j'ai faite sans rien en dire à frère Arnaud, naturellement. Prenez, Monseigneur. Si cela pouvait me valoir quelque indulgence... Prenez donc... Jugez par vous-même en toute connaissance de cause et avec la sagesse qui vous est coutumière.

Puis, déposant avec crainte les documents entre les mains fines du prélat, maître Resnais poursuivit :

— Je... Je ne suis pas responsable... C'était une commande ! Et d'un homme d'Église. Mes respects, Éminence...

Voilà. Se retirer, maintenant. Quitter ce lieu assailli par le vent hurlant et frappant aux volets.

Maître Resnais s'en retourna, plié en deux, pareil à une volaille effrayée. Il boitillait et craquait de toute part.

Lorsqu'il fut seul, l'évêque se pencha sur les parchemins. « Ce vieillard a l'esprit aussi confus que celui d'un simple d'esprit. Qu'a-t-il diable écrit là ? »

32.
Montségur

Au pied de Montségur, Benoît pensait avoir marché avec sa mule depuis tout un siècle. L'animal l'avait certes parfois porté, mais, la plupart du temps, il l'avait accompagné, trottant à son pas, préférant amarrer ses bagages sur son échine.

Il lui avait parlé tous les jours et s'en était fait une amie dont il avait apprécié le silence et le regard curieux.

S'étant restauré dans une auberge de village, il demanda si quelqu'un pouvait le conduire au château de Montségur. Un homme lui répondit qu'il acceptait de l'emmener, mais qu'il ne pouvait répondre de l'accueil qui lui serait réservé.

— Je suis porteur d'une lettre d'Arnaud de Puhilez, cousin du seigneur Raymond de Perella, annonça Benoît. Je vous laisserai ma mule en paiement.

Car sa bourse s'était définitivement vidée avec le repas qu'il venait de prendre.

Benoît suivit l'homme. Ils allèrent tous deux à pied. Le moine regrettait déjà sa mule, trouvant que ses deux baluchons pesaient bien lourdement sur ses épaules. La voie était étroite et difficile. Elle requérait une grande prudence pour ne pas glisser dans un à-pic profond et caillouteux.

Montségur découpait sa massive silhouette sur un ciel limpide. Des huttes et des cabanes s'accrochaient à l'extérieur de la place forte, collées aux murailles. Des cénobites y vivaient dans le dénuement le plus total, expliqua le guide qui progressait avec beaucoup d'aisance, tandis que Benoît assurait précautionneusement chacun de ses pas.

Une heure plus tard, le villageois désigna à Benoît un autre chemin de crête, plus haut. Une saillie dans la roche menait droit à la forteresse.

— Voyez comme il serait malaisé d'assiéger le château, dit-il. Il faut emprunter ce sentier qui mène au col du Tremblement.

— Effectivement, Montségur est un véritable nid d'aigle !, admit Benoît qui suait toute l'eau de son corps.

Lorsque le jeune moine eut remercié son guide et se trouva enfin devant Raymond de Perella, celui-ci lui offrit à boire une belle eau claire et fraîche. Il crut avoir atteint le jardin d'Éden et pensa avec joie qu'il y passerait désormais l'éternité.

La lumière entrait à flots dans la grande salle voûtée pour en éclabousser généreusement le sol.

Raymond lut la lettre que lui avait écrite Arnaud.

— Je suis triste de savoir mon vieux cousin souffrant. Cependant, la pureté de son âme est telle qu'il reposera sereinement dans les bras du Créateur si ce Dernier le réclame auprès de Lui. Il me parle d'un manuscrit...

— Le voici, ainsi que la traduction qui en a été faite, dit Benoît en lui tendant les parchemins.

Raymond prit avec soin les feuilles brûlées et consulta la traduction de maître Resnais cependant que Benoît lui racontait l'incendie d'Orbigny, sa fuite, son arrivée au monastère de Saint-Paul.

Raymond lut à voix haute :

« Aux Oliviers le frère mort en son suaire. À son jumeau traître fait remontrances. Et le maudire aux Siècles des Siècles. Au peuple mensonge donné. Au Secret les Douze dresser le Temple. Lui Jésus né du ventre de Marie par Joseph enfanté a abandonné son frère damné à son supplice. De ses disciples accompagné, s'en est allé fonder le Vrai Temple en un autre lieu. »

Raymond laissa retomber son bras. Une feuille se détacha de sa liasse et, après avoir flotté comme une plume, quelques secondes, dans la blancheur de la lumière, se posa sur le dallage. Benoît la ramassa, la remit en place. Raymond ne bougeait plus. Il regardait droit devant lui, les yeux vides, sans expression.

Puis une rougeur lui monta au front, il se mit à arpenter la pièce à grandes enjambées. L'homme était grand et maigre, noueux et cagneux, portant ses cheveux blancs très longs et une barbe poivre et sel taillée en pointe.

Il frappa l'espace de ses poings et s'exclama avec rage :

— Rome nous ment depuis douze siècles ! La vile putain torture et brûle les Parfaits au nom d'une croyance qui n'est que tromperie !

— Dieu veuille que le pape n'apprenne jamais l'existence de cette copie, dit Benoît en regardant une tourterelle se poser sur le rebord d'une des fenêtres.

Le jeune moine ne comprit pas pour quelle raison la vue de cet oiseau le terrifia subitement, comme un signe néfaste.

La tourterelle se mit à roucouler.

33.
Les dominicains

Juin mil deux cent neuf.

Une troupe armée composée d'une quinzaine de cavaliers se présenta au monastère de Saint-Paul. En tête de la colonne chevauchaient deux dominicains dans leurs robes bleues. Légèrement en retrait, se tenant droit sur sa selle, un homme habillé de brun demeurait le visage dissimulé dans l'ombre d'un capuchon.

Seuls les deux dominicains entrèrent dans l'enceinte du monastère. Le Père supérieur, qui les accueillit, trahissait une légère inquiétude. Par l'une des fenêtres de son bureau, il venait de voir la cohorte de soldats.

— Il est urgent que nous entendions le frère Arnaud de Puhilez et son neveu, commanda le premier dominicain d'un ton sans appel.

— Frère Arnaud a rendu son âme à Dieu il y a trois mois, répondit le Père supérieur. Quant à Benoît, il a quitté le monastère en janvier de l'année dernière.

Le second dominicain avait une voix plus suave et cauteleuse que celle de son compagnon.

— Pourriez-vous avoir l'obligeance de nous dire où il s'est rendu, mon frère ?

Le frère supérieur détesta cette voix. Et sa question. Mais il avait peur et cela ne se voyait que trop. Il transpirait dans l'affreuse robe de bure rêche qui lui martyrisait la chair.

Le premier dominicain reprit :

— Il est suspecté d'hérésie et de commerce avec le démon. Nous cacher des informations à son sujet vous rendrait aussi coupable que lui.

— Au nom de la Vierge Marie, je vous certifie que j'ignore quel chemin Benoît a pris... Peut-être que le frère économe saurait vous renseigner ?

— Conduisez-nous à lui, fit la voix doucereuse.

Le frère supérieur devança les deux visiteurs et les entraîna vers les communs où il savait trouver le frère économe. On croisa quelques moines qui s'effacèrent avec respect et crainte devant les inquisiteurs.

Ils entrèrent dans une pièce parfaitement rangée où étaient entreposés les vivres du monastère, rigoureusement disposés sur des étagères : farine et grains dans des coffres et des paniers, flacons, bouteilles, pots, sacs, huches...

La salle était claire et sentait bon. Mille arômes en composaient l'atmosphère. Le frère économe était un agréable vieillard aux joues roses. Aux questions des dominicains, il répondit sans malice :

— Je lui ai donné vivres et baluchons. Frère Arnaud lui a payé une mule. J'ai cru comprendre que Benoît se rendait en terre occitane. Je lui ai souhaité bon voyage et j'ai prié qu'il ne lui arrive pas malheur en route. À ce qu'il m'a semblé, Arnaud avait un cousin occitan... Je n'ai guère prêté attention à ce que Benoît me disait. J'étais alors occupé à rédiger mon inventaire ; l'hiver était rude et je craignais de manquer de provende pour en atteindre la fin sans pleurer famine.

En ressortant du monastère, le premier dominicain lança :

— La vermine se terre dans la pourriture.

Les deux inquisiteurs vinrent rendre compte de ce qu'ils avaient appris à l'homme en brun qui prenait toujours soin de ne pas montrer son visage.

— Arnaud est mort et son neveu doit déjà se cacher en pays cathare, Messire.

— L'idée est moins folle qu'elle y paraît, constata l'homme. Ce Benoît est hors de la juridiction du roi, mais risque de périr sur un bûcher s'il se fait indiscret. C'est à nous, Gardiens du Sang, de déloger cette vipère.

34.
L'initiation

Avril mil deux cent dix.

On fit entrer Benoît dans une très grande salle où se tenait en silence une importante assemblée de femmes et d'hommes de tous âges. Blancs les murs, blanche la table recouverte d'un drap, blanche la lumière de la forêt de cierges. Mais noires les robes des diacres et des officiants campés derrière la table sur laquelle furent déposées une bible, une cruche et une vasque remplie d'eau.

Benoît portait encore sa bure de moine. Une jeune fille le suivait, tenant dans ses bras la robe noire qu'on lui passerait plus tard.

Dans l'assistance, Raymond de Perella et son fils Jordan s'étaient placés aux côtés du comte Rodolphe Poitevin et de son fils Pierre.

En s'approchant de la table, Benoît remarqua qu'on avait posé sur la bible ouverte les feuilles calcinées du parchemin qu'il avait offertes à son cousin.

Ils étaient trois derrière la table. Ils attendirent que Benoît se fût approché assez près pour que l'un d'eux, un Parfait d'une quarantaine d'années, le visage tavelé, les yeux sombres, annonçât :

— Benoît, les « bons hommes » te reçoivent en ce temple pour t'accueillir dans leur foi et t'initier à leurs mystères. Nous allons te transmettre le *consolamentum. Benedicite parcite nobis*.

Après avoir marqué un temps, il demanda à l'impétrant :

— Acceptes-tu d'abjurer la foi catholique, ses sacrements et ses dogmes, et ne plus recevoir d'oraison que de Dieu et non de l'Église ?

— Je m'y engage, articula Benoît sans chercher à dissimuler son émotion.

Pater noster... L'assistance avait scandé ces deux mots d'une seule voix. Ils résonnèrent dans l'immense salle et firent vibrer la flamme des cierges.

— Promets-tu de ne plus manger aucune nourriture animale, de ne jamais avoir de rapport charnel, de conserver ta foi nouvelle, quoi que l'on fasse subir à ton corps ?

— Je le promets.

Pater noster.

Le Parfait s'empara du Livre saint qu'il referma, enserrant entre ses pages les feuilles écrites par *Jean frère par les Douze*. Il posa le livre sur le front de Benoît tandis que les deux diacres se placèrent de chaque côté du moine, lui prirent les mains de leur main gauche et appliquèrent leur main droite sur sa poitrine.

— Je dépose sur ton front le Livre qui contient désormais la Juste Parole ; par ce sacrement, qu'Elle entre en toi ! Tu es désormais une créature nouvelle, née de l'Esprit.

Recueilli, Benoît ferma les yeux. Il s'imprégna du contact du cuir de la bible contre son front. Il imagina de soigneux et méticuleux copistes en train d'en tracer les milliers de mots. Et le parchemin dont il avait sauvé quelques morceaux dans l'abbaye d'Orbigny en flammes.

— Au commencement était le Verbe et le Verbe était avec Dieu et le Verbe était Dieu, dit le Parfait.

Pater noster.

Le Parfait retira le livre du front de Benoît et embrassa chaleureusement celui-ci sur la joue droite.

— Reçois le baiser de paix, frère.

La jeune fille qui tenait l'aube noire s'approcha et la remit à l'un des deux diacres qui la présenta au nouvel initié en lui disant :

— Tu porteras toujours cet habit noir, car désormais tu es un « revêtu », et cette vêture est le symbole de ton appartenance à l'humble famille des Parfaits.

Le Parfait désigna ensuite le fils du comte Rodolphe qui s'avança de quelques pas en souriant. Benoît, tenant la robe noire contre sa poitrine, se tourna vers le jeune homme.

— Nous te confions à Pierre, qui sera ton *socius*, dit le Parfait. Il t'accompagnera sur le chemin de notre religion. Considère-le désormais comme un frère jumeau.

— Je suis honoré de devenir ton apprenti, Pierre, avoua sincèrement Benoît, les larmes aux yeux.

35.

Le pape Honorius

Rome, douze août mil deux cent vingt-trois.

Le pape Honorius profitait d'une belle journée ensoleillée. Installé dans l'un des jardins de son palais, il déjeunait sous une tonnelle, assis dans un confortable fauteuil. Habillé d'une robe blanche parée d'or, il dégustait de petits pigeons dont il détachait méticuleusement les pattes à l'aide d'un couteau. Dans une aiguière finement ouvragée brillait un vin rosé qui avait déjà apporté quelques couleurs aux joues du souverain pontife.

Tout en s'appliquant à détacher délicatement les membres de l'oiseau, il s'adressait au Gardien du Sang qui se tenait debout de l'autre côté de la table, vêtu de brun des pieds à la tête, et qui venait de rabattre son capuchon :

— Seigneur Gauthier, cela fait maintenant quinze ans que vos hommes fouillent en vain le moindre village occitan, et vous n'avez pas encore retrouvé le moinillon... ce Benoît Chantravelle !

— J'en suis désolé, Saint-Père. La Loggia vous demande encore de la patience. Toute la région, du comté de Toulouse au marquisat de Provence, a été gangrenée par les Cathares. L'hérétique se cache dans cette ratière et bénéficie de la protection des seigneurs languedociens. Nous avons la preuve que les Cathares ont pris connaissance du Testament du Fou.

— Ah ?, fit le pape avec dédain en essuyant un peu de gras aux commissures de ses lèvres.

— Nos quelques espions infiltrés dans leur secte ont noté de sensibles transformations dans leur rituel d'initiation. Jean l'Évangéliste paraît maintenant avoir autant d'importance pour eux que Jésus-Christ.

— C'est tout ?

Le pape claqua du plat de la main sur la table. Le vin rosé dansa dans sa carafe.

— Non, Saint-Père, poursuivit Gauthier. Chaque *senhor*[1] qui officie prononce des phrases telles que celles-ci : *Aux Oliviers le frère mort en son suaire. À son jumeau traître fait remontrances. Et le maudire aux Siècles des Siècles. Au peuple mensonge donné.*

— Le venin est dans la chair ! Dieu m'est témoin que nous avons tout mis en œuvre pour extirper l'hérésie de ces terres renégates. Combien devrons-nous brûler de Parfaits pour que cesse de se répandre ce poison ? Je suis las d'attendre, seigneur Gauthier. Et cela m'ennuie !

Il faisait chaud. Gauthier suait à grosses gouttes dans ses vêtements, son dos était trempé. Lui aussi était fatigué. Sans doute bien plus que le pape qui mangeait à l'ombre tandis que lui restait planté en plein soleil, crevant de soif. Mais boire, boire ne parvenait pas à chasser l'épouvantable odeur de chairs brûlées qui avait pris possession de ses narines, de sa gorge, de son estomac. Boire et boire encore n'effaçait jamais, n'effacerait jamais plus l'infecte pestilence des bûchers.

Honorius III le considérait en silence d'un œil

1. [Senhor] Nom donné au ministre qui reçoit le néophyte. Signifie « l'Ancien ».

curieux. Pouvait-il imaginer les corps se tordant d'une effroyable douleur dans les flammes, femmes, hommes et enfants qui hurlaient, hurlaient, hurlaient ? Et ces bébés à peine sevrés qu'on jetait dans les brasiers, tels de vulgaires chiffons ? Et ces prières folles que clamaient les suppliciés dont les chairs se gonflaient, se déchiraient, éclataient ? Et cette fumée que le vent rabattait parfois sur vous, imprégnant tous les pores de votre peau, s'insinuant jusqu'à votre âme ?

Honorius se servit un peu de vin. Il porta la coupe à ses lèvres et ferma les yeux le temps de la dégustation. Puis, lorsqu'il eut dégluti, rouvrant à peine les yeux, il ordonna :

— Retournez en terre hérétique, seigneur Gauthier... Faites-vous reconnaître par Louis et poursuivez votre chasse. Mais, je vous en conjure, trouvez ce qu'il reste du Testament du Fou. *Dominus vobiscum*[1].

— *Et cum spiritu tuo*[2], repartit Gauthier.

Le Gardien du Sang prit congé du pape et rejoignit hors du jardin un groupe de six hommes vêtus de brun comme lui, qui l'avaient attendu sur leurs chevaux.

— Eh bien, Gauthier, le souverain pontife semble t'avoir contrarié, remarqua l'un d'eux.

— Honorius est encore plus impatient que ne l'était son prédécesseur Innocent III, souligna Gauthier. Rome possède une copie du Testament du Fou, les Templiers en ont une seconde... Et...

— Besogne mal faite !, s'exclama un autre. Un vulgaire moine a arraché quelques feuillets au feu il y a plus de trente ans et mis le Secret en péril. Le pape et les Templiers n'en sont plus les seuls dépositaires.

Gauthier remit son capuchon. L'ombre le soulagea

1. Le Seigneur soit avec vous.
2. Et avec votre esprit.

un instant. Un réconfort de courte durée. Lorsqu'il remonta en selle, les cris qui l'accompagnaient désormais en permanence se remirent à lui taillader les tympans. Les cris de toutes les femmes, tous les hommes et tous les enfants tourmentés qu'il avait fait conduire aux bûchers.

Gauthier mourrait avec les plaintes de ces damnés, de tous ces fantômes aux squelettes carbonisés.

36.

Les derniers Cathares

Décembre mil deux cent quarante-trois.

La plupart des places fortes cathares étaient tombées sous la poussée des croisés. Seul Montségur résistait encore. Mais dix mille hommes assiégeaient maintenant le château. Cette imposante armée était commandée par Hugues des Arcis qui avait déployé son camp au pied de la forteresse, à même les rochers.

On avait dressé une multitude de tentes sur ce terrain escarpé. Les bivouacs fumaient. Les hommes tuaient le temps dans l'attente du combat. Malgré ce siège impressionnant, Montségur, qui dominait le cantonnement de sa masse grise, semblait encore imprenable. Pourtant, la seule arme de défense importante dont disposaient les assiégés était une barbacane de bois montée sur la tour est.

Face à elle, les croisés, sous l'impulsion de l'évêque d'Albi, habile ingénieur, avaient eux aussi dressé une catapulte. Plus grande, certainement plus efficace, elle s'érigeait sur une petite plate-forme où peu d'hommes pouvaient prendre pied.

Sous sa tente, Hugues des Arcis avait réuni dix de ses lieutenants et consultait avec eux des plans récemment établis.

— Nous fermons le col du Tremblement, dit-il. De

la sorte, les occupants de Montségur ne peuvent plus atteindre la vallée. Nous leur interdisons toute possibilité de ravitaillement.

— Oui, Hugues, reprit l'un des chevaliers. Mais le siège dure déjà plus longtemps que prévu !

Hugues ne le savait que trop. Homme du Nord, il avait laissé femme et enfants sur ses terres humides qu'il appréciait tant. Les brumes lui manquaient. Ces belles brumes plates qui glissaient sur l'herbe et les gras labours...

— Certes, soupira-t-il. Les récents renforts de l'archevêque de Narbonne et de l'évêque d'Albi, ainsi que l'aide des Basques vont nous permettre de les étrangler.

— Ces hérétiques sont de véritables scorpions et peuvent rester des mois à jeûner !

Hugues fit un geste de la main comme pour chasser une mouche importune.

— Nous les écraserons tous ! Ils ne sont qu'une poignée, alors que nous comptons près de dix mille hommes. Nous tenons la montagne. Toutes les gorges et les routes sont coupées. Le plus étroit des sentiers est sous notre surveillance. J'ai envoyé une petite troupe de Basques au pied de la muraille est. Ils profiteront de la nuit pour grimper jusqu'à la tour et s'emparer de la barbacane.

En effet, la nuit suivante, une bande d'une dizaine de soldats, armés légèrement d'épées et de couteaux, mirent à profit les anfractuosités des rochers pour s'approcher de la tour. Véritables acrobates, ils faisaient corps avec la pierre. Ils atteignirent bientôt la muraille qu'ils escaladèrent.

Dès qu'ils mirent le pied sur la plate-forme, surprenant les quelques gardes cathares qui se réchauffaient autour d'un brasero, les Basques passèrent à l'attaque. Ils égorgèrent et éventrèrent la poignée de « bons hommes » en moins de trois minutes. Juste quelques cris que deux sentinelles cathares en poste perçurent cependant de la tour opposée. Elles donnèrent aussitôt l'alerte en soufflant à s'époumoner dans des cornes.

Les Basques mirent le feu à la barbacane et redescendirent sans plus tarder vers leur campement.

Tandis que des Cathares formaient une chaîne pour se passer des seaux d'eau et tenter de maîtriser l'incendie, l'évêque Bertrand Marty, Pierre-Roger de Mirepoix et Jordan de Perella improvisaient une conférence.

— Ces damnés fils de Satan viennent de nous prouver que Montségur n'est pas imprenable !, tempêta Pierre-Roger de Mirepoix.

— Répondons-leur en prenant leur barbacane comme ils ont fait pour la nôtre, proposa Jordan de Perella.

— Une aventure bien périlleuse, remarqua l'évêque.

— Qu'avons-nous à perdre, Monseigneur ?, demanda Jordan. Allons-nous attendre qu'ils nous bombardent sans relâche et qu'ils envahissent le château ? Je commanderai l'expédition.

On ne réfléchit pas plus longuement à l'opération que Jordan dirigea dans l'heure qui suivit. Une quinzaine d'hommes et de femmes rampèrent jusqu'à la plate-forme où se dressait la barbacane de l'évêque d'Albi, défendue par une petite escouade de croisés.

Les insurgés progressaient sur les roches recouvertes d'une herbe rase. La nuit s'était éclaircie, une pleine lune brillait bien trop vivement. Des croisés les aperçurent. Le bivouac s'éveilla aussitôt.

— Par saint Georges, les rats sortent de leur trou ! Regardez... Là !

— Aux armes ! Aux armes ! Tue ! Tue !

Les Cathares de Jordan se redressèrent pour livrer combat. Ils durent achever l'escalade sous une volée de flèches.

— Au nom de mon défunt père Raymond de Perella, pour notre foi, à l'assaut, compagnons !, lança Jordan, le ventre noué d'une peur soudaine.

Se doutait-il que son expédition était déjà vouée à l'échec ? Il voyait tomber ses sœurs et frères. Mais il poursuivait néanmoins en hurlant pour se donner courage, car la mort sifflait à ses oreilles. Les flèches des archers croisés transperçaient de traits aigus cette nuit si belle.

Parvenus sur le promontoire de la barbacane, ils furent fauchés, écharpés. Les corps ensanglantés roulaient sur les pierres, tombaient dans le précipice, se brisaient sur la falaise.

Jordan entendit un camarade lui crier :

— Fuyons, Jordan ! C'est cause perdue... Vois comme ils nous étripent !

Les survivants lancés dans la mêlée parvinrent à renverser ou assommer deux ou trois soldats ; cela ne suffisait pas pour prétendre prendre l'avantage. Il était vain de poursuivre et Jordan se replia avec les quatre compagnons que les flèches et les épées n'avaient pas atteints.

— Montségur est perdu... Perdu, n'est-ce pas, Jordan ?

— Nous tiendrons encore un peu, mon ami... Puis nous mourrons dans la paix de Dieu. Les flammes du bûcher nous délivreront de nos corps !

*
**

Dans la nuit du seize mars précédant la reddition de Montségur, Pierre-Roger de Mirepoix confia à

Amiel Aicart et à ses amis Hugo Dominiac, Pierre Poitevin et Benoît Chantravelle la mission de sauver le trésor des Cathares. Ce trésor qui intrigua tant les historiens au cours des siècles suivants n'était constitué que de quelques morceaux d'un manuscrit secret.

Les quatre Parfaits profitèrent de la nuit pour entreprendre leur évasion. Benoît était déjà bien âgé pour se jeter dans une telle aventure. Son *frère* Pierre n'était guère plus vaillant. Ils s'encordèrent pourtant et, aidés d'Amiel et de Hugo, plus jeunes, ils descendirent le long de la muraille nord de Montségur. Plus haut, sur les remparts, des compagnons retenaient fermement les cordes et les observèrent glisser dans l'ombre.

Peinant sous l'effort, Benoît craignait que son cœur ne le lâchât. Celui-ci cognait violemment dans sa poitrine en feu et ses battements lui remontaient dans la gorge avec un goût de bile.

En bandoulière il portait une sacoche de cuir soigneusement fermée de cordons, contenant des pages sauvées d'un incendie, cinquante ans plus tôt : les fragments du Testament du Fou.

Les quatre hommes posèrent enfin le pied sur la caillasse encore tiède d'une journée de soleil. Amiel aida Benoît à se défaire de sa corde. Le vieux moine était essoufflé, tous ses membres étaient douloureux. Tandis qu'il reprenait sa respiration, Hugo surveillait la montagne. Rien ne bougeait. Les croisés ne les avaient pas vus.

Puis les quatre évadés s'enfoncèrent dans la forêt qui léchait les flancs du mont, Pierre donnant le bras à son *frère*.

*
**

Les Cathares se rendirent cette nuit-là.

Le matin, au sud-ouest de Montségur, les croisés délimitèrent un champ clos par des palissades. Dans la nuit, les soldats avaient dû travailler dur : monter une enceinte de pieux dans un endroit praticable, entasser des falourdes, des branches en quantité, y verser de la poix. C'est qu'on ne brûle pas deux cents personnes aussi facilement !

Hugues des Arcis et ses chevaliers assistèrent au trépas de leurs victimes. Au travers des flammes et de la fumée qui s'élevaient haut dans le ciel, les corps se tordaient, se repliaient, craquaient.

Dans les cris et les prières, l'odeur de la chair calcinée, les Cathares moururent avec la consolation d'avoir pu sauver quelques-unes des paroles du Christ recueillies par Jean...

*
**

Benoît se retourna sur l'énorme colonne de fumée qu'on apercevait malgré la distance. Elle paraissait figée. Si loin, le mouvement s'abolissait.

Une fumée noire, épaisse et lourde, retenue au-dessus de la cime des arbres. Dans le silence des bois, le vieux moine imagina les appels et les clameurs des torturés. Il les connaissait tous par leurs noms. Il les aimait tant.

— Allons, dit Pierre en lui posant une main sur l'épaule. Viens, Benoît ! Viens, mon frère.

— Comment des hommes peuvent-ils faire cela à d'autres hommes ? Au nom de quel Dieu ? Faut-il que ce Dieu soit bien cruel pour accepter un tel tribut de chair et de sang ! Désormais, je sais qui sont les hérétiques. Je sais qui sont les enfants du Mal !

Benoît se détourna du lugubre spectacle et reprit le bras de Pierre. Les quatre compagnons, les derniers Cathares se remirent en chemin, tête basse, psalmodiant de monotones litanies.

Ils marchèrent longtemps et entrèrent dans la légende.

37.
La cynique réalité

Amiel Aicart, Hugo Dominiac, Pierre Poitevin et Benoît Chantravelle, les derniers Cathares survivants de Montségur, décidèrent de se séparer pour brouiller leurs pistes et gêner l'enquête lancée contre eux par les hommes du pape. Benoît trouva naturellement refuge auprès des seules personnes qui pouvaient le protéger : les Templiers. Il entra en contact avec le Grand Maître Guillaume de Sonnac qui le dirigea vers une commanderie près de Troyes. Le Cathare rapportait aux Templiers un fragment de l'original du manuscrit prouvant que Jésus n'était pas mort sur la croix. Étrange boucle de l'histoire, n'est-ce pas ? Car les Templiers regrettaient le geste de leurs prédécesseurs qui avaient incendié l'abbaye d'Orbigny et, à la mort de Benoît, ils élevèrent une statue de chevalier cathare dans leur forêt en mémoire des « bons hommes » persécutés.

— La chapelle ?, demande vivement Mosèle. La maxime V.I.T.R.I.O.L.... Et cet anneau qui manque ? Vous connaissiez l'existence de cette ruine depuis longtemps, Martin ?

— Bien sûr, admet Hertz. Quelques traqueurs de légendes en ont fait mille fois l'inventaire. Quant à l'anneau, oui, je vous en parlerai plus tard, car je...

Mais il est interrompu par la sonnerie de son portable, laissé dans sa veste pendue à un cintre où elle achève de s'égoutter. Il se précipite et colle l'appareil à son oreille, le front soudain sillonné de rides profondes.

— Nom de Dieu !, s'écrie-t-il. Le nécessaire a été fait, n'est-ce pas ? Et maintenant ? J'arrive. Je veux la voir.

Émylie et Mosèle se sont levés. Ils comprennent. Attendent.

— C'est l'hôpital, commence Hertz. Léa fait des complications. Son cœur s'est arrêté un court instant et... Il faut que je rentre à Paris.

— Vos vêtements sont encore trempés, objecte Émylie.

— Vous allez attraper la crève, ajoute Mosèle.

— Je m'en contrefous !, tonne le vieil avocat en attrapant ses affaires et en allant s'enfermer dans la salle de bains pour s'habiller.

Émylie ouvre la fenêtre pour aérer la chambre emplie de fumée de cigarettes. La pluie tombe, fine, grise et droite, donnant le sentiment de ne plus jamais vouloir s'arrêter.

Mosèle rejoint la jeune femme. Leurs épaules se touchent, ils ne bougent pas pour autant. Ils écoutent sans rien dire la pluie crépiter sur le gravier du parking du *Manoir des Eaux*. Ils repensent l'un et l'autre à l'histoire de ce jeune oblat parvenu à s'évader de l'incendie de l'abbaye d'Orbigny, devenu ce même moine vieilli, initié aux mystères du catharisme, fuyant de nouveau. Fuyant le bûcher de Montségur. Fuyant encore les flammes. Le feu, toujours, dans son dos.

Hertz ressort de la salle de bains en finissant d'enfiler sa veste. Les deux jeunes gens se tournent vers lui. Mosèle ne peut réprimer un sentiment de tristesse en le voyant si pâle, mal fagoté dans ses vêtements mouillés et crottés. Le gros homme a perdu de sa superbe. Les épaules lourdes, le dos voûté, la tête en avant, il traverse la pièce, vient se planter devant Émylie et Mosèle pour leur conseiller :

— Ne jouez pas trop aux aventuriers, tous les deux. Les Gardiens du Sang ne resteront pas sur un échec. L'enjeu est trop important. Je vous conseille de quitter la région.

— Bientôt, oui, promet Mosèle.

Hertz ouvre la porte, leur lance un dernier coup d'œil et disparaît. La pièce semble soudain vide.

— J'ai vraiment peur, Didier, avoue Émylie au bout d'un moment. Nous avons mis les pieds dans un véritable cauchemar. Nous nous battons contre des ombres.

— Hertz nous aide. J'aimerais savoir ce qu'il cherche vraiment, de son côté. Quel jeu joue ce vieux chat.

— N'avons-nous pas de preuves pour faire intervenir la police ?, demande Émylie. Ou même la presse ?

— Du vent... Des morceaux de papier, des fables, des fantômes de l'histoire ! Rien ! Francis s'est *suicidé,* et tu verras, Martin a raison : on ne retrouvera pas le corps du Gardien dans la forêt.

— Et si nous arrêtions tout ? Francis avait raison de nous interdire de suivre son exemple. Jamais nous n'aurions dû...

— Trop tard. Sans le vouloir, Francis nous a entraînés dans ce piège. Parce qu'un frère a voulu en tuer un autre il y a deux mille ans. Parce que le Christ n'est pas celui que l'on imagine.

— Cela, tu pourras le démontrer par tes travaux ?, interroge Émylie, cherchant à se rassurer. Par le Testament du Fou ainsi que par les rouleaux de la mer

Morte que tu traduis actuellement à la Fondation Meyer ?

— *Un jeune homme avec un suaire qui gravit le mont des Oliviers pour maudire son frère...* Non, je n'ai aucun moyen de démontrer la véracité de ce conte. Mais les Gardiens du Sang vont tout mettre en œuvre pour m'empêcher de poursuivre.

— Et si c'était Francis qui avait eu tort ? Si toi et Hertz vous vous trompiez, Didier ?

— Hertz sait, lui ! Il lui manque seulement quelques pièces du puzzle pour trouver le Tombeau. Tous les éléments du Secret sont disjoints, mais il suffit de les réunir pour reconstituer la pièce maîtresse.

Émylie retourne s'asseoir sur le lit. Elle s'y met en boule, frileuse. Mosèle reste près de la fenêtre. La fraîcheur humide lui fait du bien, le ramène à la réalité. Il doit quitter les images de batailles, de bûchers. Il doit se contenter de la vérité, de ce qui est incontestable, de ce qui peut être prouvé. C'est un historien pragmatique. Il l'était du moins jusqu'à ce que Marlane lui envoie la cassette contenant son ultime témoignage.

— À quoi penses-tu, Didier ?

Il est bien en peine de le lui expliquer.

— Je pensais que je gobe ce que me chante Hertz tout en me demandant comment il l'a appris. Je me dis tantôt que je me dois de le croire, tantôt que c'est du bidon.

— Tu as sans doute envie d'y croire.

— Oui. J'en ai envie. Pour supporter la mort de Francis. Pour lui donner un sens. Pourquoi chercherait-on à nous éliminer s'il n'y avait pas une part de vérité dans cette affaire ? Nous gênons l'institution de l'Église. Nous remuons la boue de son histoire...

— Nous ouvrons la porte du placard dans lequel l'Église a planqué un cadavre, c'est cela ?

Mosèle vient s'asseoir près d'Émylie.

— En l'occurrence, remarque-t-il, ce sont les Templiers qui ont caché un cadavre. Celui de Jésus. Ils l'ont déposé près d'ici. Pas loin de la statue du Cathare et de la chapelle en ruine, au centre d'un triangle que Francis était parvenu à délimiter. Là, dans la forêt d'Orient.

— Et si tu le trouvais, Didier, qu'en ferais-tu ?

— Si je le trouve, il nous sauvera la vie. Les Gardiens du Sang auraient alors perdu la bataille et ne pourraient plus s'attaquer à nous en toute impunité. Je révélerai cette fabuleuse découverte au monde, Émylie. Elle éclatera comme une bombe.

Il la regarde droit dans les yeux. Il est si grave.

— Si nous voulons vivre, dit-il, nous devons à tout prix le trouver ! En découvrant le Tombeau de Jésus, nous nous protégeons.

Elle vient se lover contre lui, toute frissonnante.

— Nous sommes condamnés ?, demande-t-elle dans un murmure plaintif. Sans espoir ?

Il lui répond par un rapide baiser sur le front. Comment parviendrait-il à la rassurer ? L'angoisse qui s'est répandue en lui est alors si froide, si prégnante que sa voix le trahirait.

Mosèle confie au silence le soin de les apaiser tous deux.

*
**

Hertz s'est retourné vers la façade du *Manoir des Eaux* avant de monter dans sa voiture. La fenêtre de la chambre de Mosèle est restée ouverte. Il aperçoit le jeune homme de dos parlant sans doute à Émylie.

Martin Hertz a mis le contact.

Il roule maintenant en direction de l'autoroute. Il devrait penser à Léa, mais ne peut chasser de son esprit l'image des deux jeunes gens. Au bonheur qui a illuminé leur visage lorsqu'ils ont réalisé qu'ils ne mourraient pas sur le promontoire aux arbres noirs, au milieu du marécage...

« Ils ne sont pas morts aujourd'hui, se dit-il. Pas aujourd'hui parce que j'étais là. Mais il s'en est fallu d'un cheveu. Je me suis égaré dans cette foutue forêt. Depuis combien de temps n'étais-je pas venu ? Douze ans ? Plus ? La dernière fois, c'était avec le Premier. Nous étions persuadés d'avoir atteint notre but. Nous nous trompions encore. Comme les fois précédentes. Et Marlane est apparu... Je lui ai raconté ce que je savais. »

Hertz passe une main sur son front en sueur.

« Ça n'aura donc jamais de fin ! Défendre cette vieille cause... »

Son cœur se serre en s'avouant cette effroyable évidence : « Il ne fallait pas que Mosèle meure aujourd'hui. C'était trop tôt. »

Il regrette sincèrement d'avoir eu cette pensée, sachant au plus profond de lui-même qu'elle est néanmoins l'expression d'une implacable et cynique réalité.

Triste et désabusé, son esprit vole alors vers Léa.

38.
Macchi

Samedi, dix-huit heures.

Le pape Jean XXIV est assis près de la fenêtre. Il ne parvient pas à contrôler le tremblement de ses mains qu'il a posées sur ses cuisses. La canule du goutte-à-goutte plantée dans son bras droit le brûle. Mais c'est encore un peu de vie qui coule dans ses veines. Pour combien de temps ? Son corps usé et décrépit est attaqué de toutes parts par le cancer. Les dernières séances de chimiothérapie l'ont laissé harassé.

— Que s'est-il passé en France ?, demande-t-il. Ce matin... dans la forêt d'Orient, Monseigneur de Guillio ?

Le cardinal lui fait face, assis dans un second fauteuil. Entre eux, sur une petite table basse, sont posés deux verres d'eau, des calmants et un livre de prières que le pape consulte régulièrement.

Guillio sait pertinemment que le souverain pontife a été informé précisément des récents événements par l'un de ses agents. Le rituel instauré entre les deux hommes impose que le cardinal fasse lui-même le résumé de l'opération désastreuse. Il lui raconte... Les trois Gardiens du Sang qui se sont rendus à la chapelle et ont tenté d'abattre Émylie Marlane et Didier

Mosèle... L'intervention d'un chasseur – probablement Martin Hertz – qui a tué l'un des trois sbires...

Le pape soupire avec lassitude.

— Le nécessaire a-t-il été fait en ce qui concerne le Gardien tué ?

— Oui, Saint-Père. La police française ne saura jamais rien et ce ne sont ni Hertz ni Mosèle et la veuve Marlane qui en parleront. Le cadavre a été récupéré vers les quinze heures. Nous avons aussitôt organisé un scénario de manière à rendre son décès plausible pour sa famille.

— Suicide ?, raille le pape.

— Une agression. *Notre homme a été tué sur une aire d'autoroute par un agresseur qui voulait lui voler sa voiture.* Il avait été préalablement lavé et habillé de nouveaux vêtements. Ses papiers d'identité avaient été remis dans ses poches ainsi que quelques affaires personnelles : briquet, cigarettes...

— Quelle était sa couverture ?, interroge le pape.

— Représentant commercial de la société « In Fine ». Aucun problème de ce côté-là. Il en existe une succursale en France et il avait rendez-vous lundi avec l'un de ses responsables pour traiter d'un contrat. Le calendrier de son ordinateur de poche le confirmera.

Le pape tente de chasser la fatigue de ses yeux en les frottant d'une main agitée.

— Avez-vous avancé au sujet de la Loge Première ? Car c'est elle qui règle le jeu dans l'ombre, n'est-ce pas ?

Guillio se doutait qu'il lui poserait cette question. Il répond :

— Nous n'avons aucune certitude quant à son existence actuelle. Hertz agit peut-être seul en manipulant ce jeune professeur, Didier Mosèle.

— Non, non..., dit le pape en s'emportant. La Loge

Première est bien vivante ! J'en ai l'intime conviction... C'est contre elle que nous livrons cet antique combat. Contre ses membres qui se disent les héritiers du *jeune homme au suaire...*

— Une secte d'illuminés !

— Mais ils détiennent le second Testament du Fou. À ce propos, nos chercheurs – les dominicains – ont-ils progressé dans leurs travaux ?

La voix est impatiente. Malgré sa faiblesse, Jean XXIV trouve encore des accents d'autorité qui rappellent l'époque récente où il était un homme respecté, craint et admiré. Où tout ce qu'il prononçait alors était paroles gravées dans le marbre.

— Je m'apprêtais à descendre au laboratoire, dit Guillio. Je souhaitais d'abord voir comment vous vous portiez.

— Vous pouvez le constater : comme un mort assis qui ne ressent même plus la chaleur du soleil sur sa peau racornie.

— Je pense que vous vous rétablirez, Saint-Père. Le traitement semble avoir des effets très positifs. Depuis combien de temps n'aviez-vous pas quitté votre lit ?

Le pape sourit dans une pitoyable grimace qui lui déchire le visage.

— Il faudra vous corriger de votre principal péché, mon ami : le goût du mensonge !

C'est à regret que le cardinal de Guillio abandonne le pape à la solitude de sa chambre. Le souverain pontife se rassure en se disant qu'il sera bientôt l'heure de ses soins et qu'il prendra un certain plaisir à houspiller infirmières et médecins. Il se plaindra de ses brûlures d'estomac ; on le réconfortera passagèrement. Puis ce sera l'heure de souper et de se coucher. Ce sera la nuit, avec ses cauchemars morbides, ses spectres hideux se relevant de leurs charniers et cherchant à l'entraîner dans les béances d'un enfer de ténèbres.

***

Guillio s'attarde dans les jardins. La soirée s'annonce douce et lumineuse. Le soleil qui a tapé toute la journée sur les lauriers et les pins a répandu dans l'atmosphère une petite note suave, sucrée.

Le cardinal marche lentement, s'arrêtant même parfois sous le coup d'une réflexion. Il se dirige vers la « Casina de Pie IV » que l'on appelle plus volontiers l'Académie pontificale des sciences.

Il entre dans le bâtiment ; le garde qui le reconnaît appuie aussitôt sur le bouton d'un commutateur dissimulé dans les ornements d'une moulure murale. Un pan de mur s'escamote pour découvrir un ascenseur que Guillio emprunte.

La descente dure à peine trente secondes ; le prélat sort de l'ascenseur, s'engage dans un couloir qu'éclairent des barres de néon à la lumière crue.

Une vaste salle vitrée. Il y règne une activité feutrée, studieuse. Six dominicains y travaillent, penchés sur l'écran de leurs ordinateurs ou sur les fac-similés de vieux manuscrits.

Sur l'un des murs opaques, une grande carte de la région Champagne-Ardenne a été tendue. Au centre d'une table, dans un coffre en verre, repose le Testament du Fou que le roi Philippe Auguste offrit au légat Pierre de Capoue au XIIe siècle.

Le plus âgé des dominicains, un petit homme maigre au front dégarni, portant de larges lunettes, une cigarette aux lèvres, accueille Guillio avec un sourire légèrement moqueur.

— Vos visites sont de plus en plus fréquentes, Monseigneur. Sa Sainteté s'impatienterait-elle ? Croit-elle que nous allons percer demain un secret qui dort depuis des siècles ?

— Le temps nous manque, Macchi, marmonne Guillio. Vous le savez bien.

Macchi ôte ses lunettes pour les essuyer à l'aide de son mouchoir, les replace sur son nez en prenant soin de bien les y caler et dévisage son interlocuteur de ses yeux globuleux.

— Bien d'autres choses nous manquent !, s'exclame-t-il. Les notes du professeur Marlane, celles de Hertz et, surtout, l'exemplaire du Testament du Fou que celui-ci possède. Les Templiers ont laissé en marge de ses pages des informations qui nous font défaut.

Guillio fait trois pas vers la carte murale et désigne un point dans la forêt d'Orient.

— Pourtant, nous avons progressé à pas de géant, ces derniers mois, grâce à nos agents, remarque-t-il.

— Nous connaissions déjà le périmètre dans lequel nous devons chercher. Mais il est vaste ! Malgré ce que vous en pensez, Monseigneur, nos espions ne nous ont pas beaucoup plus éclairés !

Guillio réagit :

— Que faites-vous des événements qui se sont produits ce matin ? C'est là, non loin de la petite chapelle des Templiers, que Mosèle et la femme de Francis Marlane ont été repérés.

— Nos enquêteurs ont fouillé mille fois cette chapelle, Monseigneur. En vain...

Se retournant vers les cinq autres dominicains à leurs pupitres, Macchi reprend :

— Regardez... Nous ne cessons pas de lire et relire toutes les minutes de l'Inquisition traitant du Secret et rouvrons le Testament jour après jour ; il n'y a rien dans toute cette paperasse qui puisse nous conduire au Tombeau. C'est un puzzle. Nous détenons certaines pièces et nos ennemis en possèdent d'autres.

— Francis Marlane avait trouvé, lui !, s'étonne Guillio.

Macchi écrase dans un cendrier le mégot jauni qui pendait à ses lèvres, puis rallume sans plus tarder une nouvelle cigarette, malgré le regard réprobateur du cardinal.

— Peut-être devrions-nous fureter plus près, du côté des francs-maçons ?, se demande le dominicain.

— Pourquoi me dites-vous cela ?

— Leurs mythes, leurs légendes... Après tout, ils pourraient être proches de la Vérité, de par leur Tradition, si *celui* que nous cherchons est bien le Premier frère ! Marlane a réuni toutes les pointes du triangle : celles des manuscrits de la mer Morte, du Testament du Fou et de l'ésotérisme maçonnique. Il ne peut en être autrement.

— Je comprends, dit Guillio en revenant à la carte murale. Ce qui signifie que le prochain qui saura à nouveau tracer ce triangle sera en mesure de découvrir l'emplacement du Tombeau ?

— Et vous pensez comme moi à quelqu'un de précis, naturellement ?

— En effet, admet le cardinal. Didier Mosèle !

39.
Réflexions

De sa lampe-torche, Mosèle balaie la nuit noire et profonde. Le faisceau de lumière jaune repousse les longues ombres des arbres loin devant, parmi les hautes herbes tranchantes.

Le jeune homme pense qu'il n'aurait pas dû revenir seul à la chapelle des Templiers. Cette expédition nocturne réveille en lui des peurs enfantines. L'endroit ne ressemble plus à ce qu'il en avait vu dans la journée. Tout est sinistre, menaçant. Tout bruisse d'une invisible pluie qui le perce jusqu'aux os.

La ruine s'élève enfin, comme surgie soudainement, dessinée à grands traits noirs inachevés.

Il avance. Ses pas s'enfoncent dans le sol détrempé avec de furtifs bruits de ventouse. Il avance. Puis se fige sur place. Son cœur manque un temps. Violente et rapide douleur dans la poitrine. « Didier... Didier ! », appelle une voix qu'il reconnaît. « Didier ! », répète la voix sourde.

Lentement, suant d'angoisse, Mosèle se retourne et braque sa lampe sur les troncs moussus, cherche, fouille la nuit.

« Didier ! »

Il s'oblige à faire quelques pas dans le sous-bois. La voix le guide. Elle n'est qu'un murmure soutenu.

Il en perçoit cependant toutes les intonations, l'accent mis sur la dernière syllabe qui se meurt en plainte :

« Didier, par ici... ! »

Plus il avance, plus le son de la voix s'échappe, l'attirant dans les bois, dans ses profondeurs humides, son odeur de feuillage, de glaise et de lichen.

Il parvient à une clairière circulaire défendue par de gros chênes aux denses frondaisons gorgées de pluie.

« Didier... Didier, je suis ici ! »

Mosèle fait tourner sa lampe-torche autour de lui. L'angoisse lui noue le ventre et lui donne la nausée. Il devrait *le* voir, maintenant. La voix est si proche.

« Didier... Viens... Didier... »

Mosèle recule d'un bond, affolé. Ses jambes se dérobent, il manque de tomber. La voix provient du sol que le cône de lumière de sa lampe-torche sonde en vain.

Puis quelque chose de glacé le saisit aux chevilles, s'y agrippe. La terre devient meuble. Mosèle s'enfonce. Il bat des bras, va se noyer. Il hurle de terreur. Il est aspiré. Enlisé jusqu'à la taille, il tente de se retenir désespérément en griffant la terre de ses doigts. Ses ongles se brisent. Sa lampe a roulé et l'éclaire en pleine face. Il ne cesse d'être attiré.

Il étouffe. Il s'est totalement envasé. Un goût infect lui pénètre dans la gorge. Et il sent contre lui la présence d'un corps. Un cadavre nu, maigre et limoneux.

C'est une tombe ! Le mort qui y loge cherche à enlacer Mosèle et celui-ci lutte, le repousse, s'emmêle dans ses membres décharnés. Mais le mort l'épouse de manière abjecte, obscène. Il cherche à l'embrasser sur les lèvres.

Un souffle fétide exhalé en son rauque.

Une lueur... Mosèle voit le visage tout contre lui et découvre ce qu'il savait déjà. Ce qu'il redoutait tant.

« Francis ! »

Marlane le regarde intensément de ses prunelles noires. Mosèle déploie tout ce qu'il lui reste d'énergie pour se libérer du cadavre de son ami, le repoussant avec répugnance, gêné cependant dans ses mouvements par la terre molle qui contrarie ses gestes.

« Tu n'as pas suivi mon conseil, Didier... Je t'avais prévenu... C'est ta mort que tu traques ! Tu ne dois pas connaître la vérité ! »

Mosèle se hisse hors de la fosse et s'extrait du sol dans un ultime coup de reins. Il ouvre grand la bouche pour happer l'air de la nuit. Il est au bord de l'asphyxie, de la folie.

Il est là, aspirant l'air à grosses goulées, étonné mais rassuré de se retrouver dans sa chambre d'hôtel. Le *Manoir des Eaux*...

Un coup d'œil à sa montre. Cinq heures. Il se lève, se rend à la fenêtre, en écarte les rideaux. Il éprouve une irrésistible envie de lumière. De réalité. Il ouvre la fenêtre, reçoit sur sa peau la réconfortante fraîcheur du jour qui point vaguement sur les cimes des arbres du parc.

« Stupide cauchemar. Et si limpide, pourtant ! De quoi faire le bonheur d'un psy débutant... Tellement évident ! Le Tombeau secret dans la forêt... Francis prend la place du Christ et me rappelle qu'il m'a mis en garde... Et puis il y a ma foutue culpabilité... J'ai couché avec sa femme et j'ai lu dans ses yeux qu'il le savait. Je déteste ce genre de rêves ! Ils me rappellent mes frousses de môme. »

Mosèle éprouve le besoin de marcher dans le petit matin, marcher pour se vider l'esprit, marcher et assister au lever du jour. Bouger, vivre !

Il s'habille en hâte, quitte sa chambre sans bruit et descend l'escalier. À la réception, une jeune fille lui adresse un petit signe auquel il répond d'un mouvement du menton, et sort de l'hôtel.

Dehors, le parfum tourbé des bois proches le saisit de plein fouet ; il s'en remplit les poumons avec satisfaction. La prégnance du cauchemar est si forte qu'elle lui a laissé en bouche l'ignoble goût du tombeau de Marlane.

Mosèle traverse le parking et se plaît à entendre ses pas sur le gravier. Vivre ! Vivre le lever du jour et réfléchir calmement, imposant de la cohérence à sa raison. Reprendre tous les points de l'enquête, retrouver leur chronologie, les comparer, les soupeser...

Un chemin. Il décide de l'emprunter. Un sentier parsemé d'ornières et de flaques d'eau avec une bande d'herbe en son milieu. Le plaisir de la solitude : se sentir seul au monde dans la fraîcheur d'une fin de nuit.

Ainsi, lentement, graduellement, les images malsaines de son cauchemar s'estompent, se diluent, bannies par la réflexion qu'il tisse méthodiquement.

« Premier point : Francis a découvert l'emplacement du Tombeau du Christ. Jésus, après avoir quitté la Palestine en compagnie de quelques disciples – ou de sa famille – est venu en France, y est mort, a été enterré en forêt d'Orient. Ses restes y sont toujours.

Deuxième point : Les Gardiens du Sang ont appris que Francis avait remonté la piste des Templiers. Comment ?

Troisième point : Les Gardiens du Sang ont assassiné Francis, ont ramené son corps au *Marly* et camouflé le meurtre en suicide.

Quatrième point : Les mêmes Gardiens ont su que je reprenais les investigations de Francis.

Cinquième point : J'ai essuyé deux tentatives de meurtre.

Sixième point : Les Gardiens du Sang se sont introduits chez Martin Hertz. Que cherchaient-ils ? Le Testament du Fou ? Là aussi, comment ont-ils su que Hertz le possédait ?

Septième point : Hertz dévoile l'histoire du Testament du Fou, les avatars qu'il a subis, le chemin qu'il a emprunté au cours de l'Histoire : Templiers, Cathares, puis Templiers à nouveau... Et maintenant, c'est lui qui le détient. De quelle manière se l'est-il approprié ?

Huitième point : Ernesto Pontiglione a rencontré Francis. Le professeur avait étudié un passage du Testament du Fou ; il a fait part à Francis de ses réflexions.

Neuvième point : Francis a évidemment rassemblé un grand nombre de déductions chaotiques issues de plusieurs sources, puis il leur a donné une architecture, un ordre. Et la Vérité lui est apparue. *"Ordo ab Chao."*

Dixième point : Quel véritable rôle Hertz joue-t-il ? Avait-il eu connaissance de l'enquête menée par Francis ? »

Ce dernier point contrarie Mosèle. Il lui apparaît en effet que la place de Hertz dans ce jeu sinistre est prépondérante. Le vieil avocat était présent, neuf ans plus tôt, à la soirée au Cercle écossais où Mosèle avait proposé à Marlane de rejoindre son équipe à la Fondation Meyer. Il savait quel genre de travail on y réalisait. Il avait suivi toute leur conversation. Puis Mosèle avait évoqué plus tard avec lui, à plusieurs reprises, la progression des traductions du 4Q456-458... Hertz écoutait le jeune homme d'un air distrait. Il ne posait que de rares questions, donnant l'impression que le sujet ne l'intéressait que superficiellement.

Mosèle, qui se remémore ces brefs entretiens dispersés dans le temps, réalise alors qu'à sa manière, avec une innocence habilement affichée, Hertz lui soutirait des informations capitales.

Le jeune homme en a maintenant la certitude : Hertz, l'ancien Vénérable Maître de la Loge Éliah, celui qui les a initiés, Marlane et lui, a toujours suivi attentivement les études menées à la Fondation Meyer.

Parce qu'il était le détenteur du Testament du Fou ?

Ce soir-là, il y a neuf ans, juste après la cérémonie d'initiation, Mosèle et Hertz avaient croisé le fer pour la première fois sur le thème du hasard. Un hasard qui avait fait se rencontrer trois des acteurs du drame actuel : Hertz, Marlane et Mosèle.

Ce n'était peut-être pas le hasard, songe à présent Mosèle avec angoisse.

« Onzième point, donc : Hertz est-il un manipulateur ? Dans l'affirmative, pour le compte de qui agit-il ? Le sien ?... »

40.
Le sixième message

Demain lundi il livrera la lettre.

Il est en robe de chambre. La nuit a été très courte, agitée dans ses rares moments de torpeur par des rêves charriant des flots de souvenirs déformés.

À son réveil, il s'est préparé une tasse de café et s'est rendu dans son bureau. Il avait hâte d'ouvrir le petit coffre de bois pour en sortir la sixième enveloppe.

Maintenant il la tient entre ses mains, la regarde pensivement. Sur le papier bistre, un prénom et un nom ont été tracés en lettres capitales :

D*I*D*I*ER MOSÈLE

C'est l'écriture de Francis Marlane.

*
**

Mosèle a marché pendant près de deux heures d'un pas rapide. Il est retourné au *Manoir des Eaux*, les chaussures crottées de boue, est monté dans sa chambre, a pris une douche et a allumé sa première cigarette de la journée.

Vers huit heures, Émylie lui a passé un coup de fil

pour lui demander s'il souhaitait prendre son petit déjeuner.

— Je meurs de faim, a-t-il répondu. J'ai fait une grande balade dans les bois. Un cauchemar – encore un – à chasser !

Ils se sont rendus dans la salle à manger. La jeune fille de la réception est venue prendre leur commande avec un petit sourire fatigué.

— Tu me racontes ?, demande Émylie.

Mosèle lève le nez, sort de ses pensées.

— Quoi ?

— Ton cauchemar.

À regret, obligé de replonger dans les images gluantes de la nuit, il lui en fait un résumé rapide. Lorsqu'il a terminé, la jeune femme siffle entre ses lèvres :

— Francis te hante. Comme il me hante. J'ai aussi rêvé de lui, mais c'était plutôt sympa, au début. Nous étions gosses... Tu vois, j'ai l'impression qu'il prend plus de place dans mon esprit mort que vivant.

— J'ai éprouvé ce sentiment-là quand j'ai perdu mes parents.

— Est-ce parce que tes parents et Francis sont morts brutalement ? Tu crois que c'est pour cette raison ?

— On pense épisodiquement aux vivants. On les appelle au téléphone de temps à autre, on les invite à dîner, à partager un court moment de notre existence. C'est à peu près tout. Par contre, les morts nous envahissent, s'emparent de notre mémoire. Peu après l'accident de voiture de mes parents, j'ai réalisé qu'ils ne quittaient plus mon esprit. Je ne cessais de me remémorer d'infimes détails, des choses de peu d'importance, d'infimes événements. Ils étaient là, en moi. Il m'arrivait même parfois de leur parler, de les interroger, et je m'imaginais leurs réponses. Je réinventais leurs voix. Car c'est cela que nous perdons en premier : leurs voix.

— Tu as raison, admet Émylie. J'ai oublié celle de ma mère. Quant à mon père, ce ne sont pas les trois coups de fil qu'il me passe dans l'année qui me le rendent très présent. Je redécouvre chaque fois sa voix.

— Tu l'as prévenu, pour Francis ?

— Il m'a appelée. Il avait vu l'avis de faire-part dans *Le Monde* et lu l'article dans *Libération*. Mais il ne s'est même pas déplacé pour assister à l'enterrement. C'est peut-être mieux : je n'avais pas très envie de le revoir.

La jeune fille de la réception dépose deux plateaux sur leur table : café, thé, coupes de fruits, croissants, petits pains ronds au sésame, pots de confiture, de miel et de beurre.

— Ton cauchemar était vraiment affreux, reprend Émylie en se versant une tasse de thé.

— Le plus épouvantable, le plus répugnant, c'était le contact avec les membres glacés de Francis. On aurait dit qu'il m'attirait à lui. EN lui ! Comme si nous ne devions plus être qu'une seule et même personne dans la mort.

— La Fraternité, Didier...

— Je pense plutôt que je ne suis pas en paix avec Francis, et tu devines pourquoi, n'est-ce pas ?

— Oui, Didier. Bien sûr.

Émylie pose sa main sur celle de Didier. Douce et rassurante, toute chaude sur les doigts glacés du jeune homme.

— Quand souhaites-tu que nous retournions à Paris ?

— Passons au moins ce dimanche à jouer aux touristes dans Troyes. On rentrera demain matin. Je ne sais trop si je repasserai à la Fondation. Mardi ou mercredi, peut-être... J'appellerai Martin tout à l'heure pour prendre des nouvelles de sa femme.

Émylie retire sa main de celle de Mosèle.

— Didier...

— Oui ?

— Je ne t'ai pas tout dit au sujet de mon rêve, avoue-t-elle.

— Je t'écoute.

— Au début, nous étions adolescents. On faisait du vélo... D'un seul coup, nous nous sommes retrouvés adultes dans un décor inconnu. Francis me tournait le dos et je lui en ai fait la réflexion, vexée qu'il ne s'intéresse pas plus à moi. Je me disais que c'était stupide, qu'il était vivant et qu'il refusait de me regarder. Il s'est enfin décidé à se retourner. Il avait ton visage ! Mais j'étais certaine que c'était bien lui. Enfin, je crois...

Le goût de terre dans la gorge. Mosèle rééprouve fugitivement cette impression d'étouffement qui l'a fait suffoquer, cette nuit.

41.
Les « I » inclinés

Deuxième semaine, lundi matin.

Mosèle est parvenu à garer sa Golf non loin du 33, avenue de la Porte-Brancion.

— Juste un café et après je te reconduis chez toi, dit-il.

— J'ai une tonne de papiers à remplir. Les assurances de Francis...

Ils passent devant la loge de la gardienne alors que celle-ci sort distribuer le courrier.

— Une lettre pour vous, Monsieur Mosèle, dit la femme. On l'a mise dans ma boîte, comme ça... Pas d'adresse, voyez.

Mosèle prend distraitement l'enveloppe.

— On a dû la déposer tôt ce matin, précise la gardienne.

— Merci, Madame Lournel.

Puis Mosèle et Émylie traversent la cour pour se diriger vers le bâtiment 2 où Didier habite, au cinquième étage.

La lettre. Le papier bistre de son enveloppe. Mosèle sent son cœur battre brutalement à lui faire mal. Comme s'il s'apprêtait à lui déchirer la poitrine.

— Nom de Dieu !, s'exclame-t-il en regardant son prénom et son nom écrits sur l'enveloppe.

— Qu'est-ce que tu as ?, s'étonne Émylie. C'est cette lettre ?

— Regarde, Émylie. Regarde qui a inscrit mon nom sur cette enveloppe !

Les lettres capitales : les « I » légèrement penchés alors que tous les autres caractères sont droits. Émylie ne veut pas y croire. Ne veut rien savoir.

— C'est lui, souffle cependant Mosèle sur le ton du constat.

— Francis ?, demande-t-elle en cherchant le doute alors qu'il ne peut en subsister aucun.

Aucun : Francis avait l'habitude d'user de capitales dans son écriture. Et l'inclinaison des *« I »* était sa marque.

*
**

Ils ont pris l'ascenseur sans un mot. Mosèle a examiné l'enveloppe en la faisant tourner entre ses doigts. Émylie a compris qu'il avait peur de l'ouvrir.

Ils sont entrés dans l'appartement méticuleusement rangé et soigné, Mosèle n'appréciant le désordre que dans ses bureaux.

— Qu'est-ce que ça signifie ?, se décide à demander Émylie. Francis nous aurait fait une farce macabre ? Ou est-ce encore l'un de vos trucs de *« franc-macs »* ?

— Non, je ne m'attendais pas à recevoir ce sixième message.

Enfin il décachette l'enveloppe. Émylie se penche par-dessus son épaule.

— C'est bien une lettre de lui, dit Mosèle.

À haute voix, il la lit :

Mon Très Cher Didier, si l'on vous remet cette lettre, c'est que je suis mort et que vous n'avez pas obéi aux recommandations que je vous ai faites. Mais l'espace et le temps n'ont pas d'importance entre nous ; je demeure fidèlement à vos côtés. Je devine que vous vous êtes rapproché du Tombeau.

N'avancez plus, Didier ! Je vous aurai mis en garde. Vous ignorez qui sont nos véritables ennemis. Je vous le répète : ne vous perdez pas. V.I.T.R.I.O.L. est un piège !

Votre ami fraternel, Francis.

— C'est complètement fou !, s'écrie Émylie. Il aura rédigé cette lettre en imaginant que tu suivrais sa piste. Mais qui l'a déposée chez ta gardienne ?

— Quelqu'un qu'il a mis dans la confidence, suggère Mosèle. Il y a donc un inconnu qui nous épie, qui sait que nous poursuivons les recherches de Francis et qui a été chargé par lui d'être son messager !

La jeune femme frissonne.

— Même mort, il ne lâche pas cette affaire..., articule-t-elle faiblement.

*
**

Cela fait plus d'une heure trente qu'il est rentré chez lui. Il a quitté son imperméable et a enfilé sa robe de chambre. Il s'est effondré dans un fauteuil, y a somnolé quelques minutes, s'est dirigé ensuite vers son bureau. La bouche pâteuse, nauséeux, il s'est assis à sa table, a regardé le petit coffre de bois duquel il a sorti hier la sixième lettre. Celle du dessus, couvrant la petite liasse des autres enveloppes.

Puis il a attendu. Sans savoir au juste ce qu'il devait attendre. Il a attendu comme la veille, l'avant-veille...

Il a écouté les bruits de la rue, s'attardant à les répertorier, à les identifier tous. C'est ainsi, quand on attend en vain, condamné à suspendre le temps, on laisse errer son esprit comme un animal égaré. On tente de retrouver quelques repères.

Et son esprit a cherché son chemin.

*
**

Émylie s'est assise sur le canapé. Mosèle ne peut plus rester en place. Il arpente la pièce en frappant du talon et en fumant nerveusement.

— Tu ne trouves pas étrange que le professeur Pontiglione t'ait remis le carnet de Francis qui nous a conduits, comme par hasard, à la chapelle des Templiers ?, s'étonne la jeune femme.

— Et qu'aujourd'hui nous recevions cette lettre ?

— Pontiglione est tombé du ciel au moment opportun, non ? Tu m'as bien dit que Francis et lui avaient souvent correspondu et s'étaient ensuite longuement rencontrés à Rome ?

— C'est exact.

— Comme Hertz, ce Pontiglione, tout franc-maçon qu'il est, te cache certainement pas mal de choses !

— Tu as sans doute raison. Martin Hertz lui avait envoyé des fac-similés de certains feuillets du Testament du Fou pour lui permettre d'affiner ses recherches.

— Francis lui aura livré le résultat de son enquête, suggère Émylie. Il lui a même peut-être laissé la totalité de ses précieux carnets. Ceux-ci n'auraient pas été volés par les Gardiens du Sang.

— Une possibilité, en effet. D'après toi, Pontiglione pourrait être mon ange gardien ? Avant de mourir, Francis lui aurait confié la mission de me protéger...

— En tout cas, le bonhomme requiert qu'on fouine un peu de son côté, non ?, propose Émylie.

— Il est descendu dans un hôtel non loin de la Loge, près du boulevard Pereire, indique Mosèle. Je crois qu'une visite *fraternelle* s'impose avant qu'il ne s'en retourne en Italie. Mais je veux voir au préalable Martin Hertz.

— Je t'accompagne. Je resterai dans la voiture, tandis que tu lui parleras.

Émylie abandonne le canapé et s'étire.

— J'ai mal partout, se plaint-elle. J'ai dû attraper froid dans le bain de boue que nous avons pris en forêt d'Orient.

Avant de quitter son appartement, Mosèle se rend dans son bureau pour ranger le sixième message de Francis Marlane avec les précédents.

« Qui me l'a remis : Pontiglione ? Hertz ? »

42.

La présence inconnue

— Tu es certaine de ne pas vouloir venir ?

Mosèle a ouvert la portière et reste penché sur Émylie.

— Oui, répond-elle. Tu seras plus à l'aise pour lui parler. Vous autres francs-maçons, vous aimez bien être entre hommes, non ? Votre goût pour le secret ! J'écouterai de la musique, en t'attendant.

Mosèle traverse la rue Jacquard et parcourt une dizaine de mètres avant d'atteindre la grille du pavillon des Hertz. La porte est entrouverte. Il la pousse sans prévenir le vieil avocat par l'interphone.

Il grimpe les six marches de l'escalier de pierre, parvient au jardin en friche, se dirige vers la porte à la serrure récemment changée, et sonne.

N'obtenant pas de réponse, il se dit que Hertz est peut-être déjà parti pour l'hôpital. Il sonne à nouveau. Des bruits de pas, enfin. Lourds et lents.

— Didier... Je ne m'attendais pas à...

— Puis-je entrer, Martin ?

Hertz s'écarte pour laisser le passage au jeune homme.

— Bien sûr ! Vous auriez dû me prévenir... me passer un coup de fil !

« Il a un sourire forcé ! », constate Mosèle en pénétrant dans le vestibule.

— Désolé. Je sortais et j'ai fait un crochet par chez vous, dit-il.

— C'est sympathique de votre part. Entrez donc.

Hertz referme la porte derrière lui, donne une tape amicale, un peu trop appuyée à Mosèle. Un geste paternaliste qu'il affectionne et qui se veut chaleureux. Mais il y a quelque chose en lui de différent. De peu naturel.

— Je ne parviens pas à chasser de mon esprit la mort de cet homme... de ce Gardien du Sang !, dit Mosèle.

— Je comprends. Mais c'est moi qui l'ai tué, Didier. Après tout, ce n'était qu'un fantôme ! Son cadavre a déjà disparu.

Une fois dans le bureau, Hertz allume la lumière. « Il n'était pas dans cette pièce », pense Mosèle. « Il devait être dans sa chambre lorsque j'ai sonné et c'est pourquoi il a mis tant de temps à venir m'ouvrir. »

Ils s'assoient dans les profonds fauteuils.

— Je me demande parfois si nous ne sommes pas paranoïaques, dit Mosèle ; si nous n'inventons pas des événements imaginaires rien que pour satisfaire nos fantasmes.

— J'ai bel et bien tué cet homme, et Francis est mort empoisonné. N'est-ce pas concret, cela ?

— Oui, et une camionnette a bien cherché à me renverser. Et on a tiré sur votre femme. Au fait, comment va-t-elle ?

— Elle a repris connaissance et m'a même dit quelques mots, hier soir. Les médecins ont bon espoir...

— J'en suis heureux pour vous, Martin. J'espère sincèrement qu'elle ne gardera aucune séquelle de cette agression.

Hertz sourit et fait un geste de la main pour accompagner une pensée qu'il garde pour lui. Pensée ou prière ?

Mosèle se décide :

— J'ai reçu une nouvelle lettre de Francis, ce matin. En réalité, quelqu'un l'a remise dans la boîte aux lettres de ma gardienne.

— C'est singulier, fait le vieil homme. Votre gardienne a-t-elle vu qui l'a déposée ?

— Non, malheureusement.

— Vous me l'avez apportée ?

— J'ai préféré la laisser dans mon bureau. En substance, elle m'intimait l'ordre de ne pas poursuivre sur la voie de Francis et s'achevait par cette mise en garde : *« V.I.T.R.I.O.L. est un piège ! »*

— Je devine à qui vous pensez, Didier. Je suis sur votre liste de *suspects*. C'est bien cela ?

— Ce qui m'étonne surtout, c'est la méthode employée par Francis. Cette mise en scène... Cela ne correspond pas à sa personnalité. Et puis, je croyais avoir été son seul confident dans cette aventure.

— On ne connaît jamais vraiment son *frère*. Même son *jumeau* ! C'est cela qui vous contrarie, n'est-ce pas ?

Mosèle doit l'avouer :

— En effet. Je suis venu chercher conseil auprès de vous, Martin. Vous étiez notre Vénérable lorsque nous avons été initiés à la Loge Éliah, Francis et moi. Vous m'avez toujours guidé et...

— Et je suis votre *vieux maître*, bien sûr.

Hertz remue dans son fauteuil son énorme postérieur ne pouvant y trouver ses aises. « Il est nerveux. Il a regardé par deux fois sa montre et donnerait cher pour que je parte. Il ne m'a pas proposé à boire et lui-même s'interdit son café comme il aurait dû s'en servir à cette heure, selon sa manie. »

— Je sais que la fraternité n'est pas un vain mot entre nous, reprend Hertz. Bientôt, je vous dirai...

— Vous me direz quoi ?

— C'est prématuré. Mais il faudra bien que je vous parle prochainement d'une certaine autre Loge.

— Je ne suis plus sûr d'apprécier vos petits secrets, Martin.

Le ton de Mosèle s'est fait coupant, Hertz l'a noté et une expression de tristesse a envahi son visage bouffi. Il se lève, prenant appui sur les accoudoirs, dressant sa masse de géant au-dessus du jeune homme.

— Ah, Didier ! Si j'étais libre... Réellement libre ! Laissez-moi, maintenant. J'ai à faire. Le seul conseil à vous donner est de vous montrer prudent. De ne point trop parler.

« Il me congédie comme un instituteur le ferait d'un élève. »

Mosèle quitte son fauteuil et se dirige vers la porte du bureau. Il entend Hertz soupirer dans son dos, puis articuler :

— Ne m'en veuillez pas. Je devine ce que vous me reprochez.

Dans le vestibule, le vieil avocat poursuit :

— Vous me reprochez de garder certains silences. Vous vous méfiez de moi et je ne peux vous donner tort. Mais je vous ai sauvé la vie, Didier. Ainsi qu'à Émylie !

— Je vous en remercie. Mais, justement, vous êtes présent au moment précis où vous devez l'être. Vous jaillissez comme un diable de sa boîte ! Vous jouez au magicien qui sort la bonne carte à l'instant crucial. Jc déboule chez vous un soir, vous parle de la disparition de Francis, de la tentative d'assassinat fomentée contre moi, et vous me fichez le Testament du Fou sous les yeux. Vous me mettez dans les mains le livre le plus secret de l'Histoire de France, la plus improbable des preuves templières relative à l'énigme de la mort du Christ ! Et, pour donner du poids au paquet-cadeau, vous me débitez l'histoire secrète de Philippe Auguste, son appartenance à une Loge antique, le tour qu'il a joué au pape... Puis vous ajoutez une bonne pincée de Cathares pour faire bon poids !

Nouveau soupir de Hertz qui se passe rapidement une main sur les yeux, puis prend une longue inspiration avant de lâcher :

— Je vous promets de donner bientôt toutes les réponses à vos questions, Didier. Laissez-moi encore un peu de temps. Juste un peu. En attendant, n'oubliez surtout pas que je suis votre ami. Je vous adjure de me croire, mon garçon.

La voix miaulée émeut Mosèle. Il a envie de le croire, en effet. Une impérieuse envie de lui conserver sa confiance. Il attendra donc.

— Je vais cependant rendre visite à Ernesto Pontiglione à son hôtel avant qu'il reparte pour Rome, annonce-t-il. Peut-être aura-t-il des renseignements à me communiquer sur Francis ?

— Faites-lui mes amitiés, lui dit seulement Hertz.

Lorsque Mosèle le quitte, le vieil avocat demeure un instant sur le seuil pour le regarder traverser le jardin. Soucieux, il referme la porte, traverse le vestibule, entre dans la cuisine, tête basse, assommé de lassitude et de contrariété.

— C'était Didier Mosèle, annonce-t-il à Son Éminence attablée devant deux tasses de café et un cendrier dans lequel achève de se consumer un cigare.

— Oui ?

Hertz a repris sa place face à Son Éminence,

observe le cigare qu'il a abandonné pour aller ouvrir à Mosèle, fait un geste pour le reprendre mais se ravise. Il n'a plus le cœur à fumer. Son foie le fait souffrir, de la bile lui remonte dans la gorge.

— Oui ?, répète Son Éminence.

— Mosèle a reçu une lettre *post mortem* de Marlane.

— Vous avez lu ce message ? Que contenait-il ?

— Je ne l'ai pas lu. Habituellement, Mosèle m'aurait permis de le faire ; il m'a seulement fait part d'une nouvelle mise en garde de Marlane : *« V.I.T.R.I.O.L. est un piège ! »*

Son Éminence a conservé son cigare allumé, prenant soin d'attiser la légère braise à son extrémité par des succions rapprochées. En soufflant un mince filet de fumée, il précise :

— *V.I.T.R.I.O.L. !* La formule alchimique et maçonnique. Celle de la chapelle templière de la forêt d'Orient...

— Je vous en prie ; intercédez auprès du Premier pour que l'on ouvre le Plan, implore Hertz, penché sur la table. Ne croyez-vous pas qu'il est temps que la Loge redevienne opérationnelle ? Mosèle risque sa vie à tout moment.

— Si je vous suis, vous proposez que la Loge reçoive Didier Mosèle en Tenue obscure afin qu'il apprenne son existence et son rôle ? Est-ce bien prudent ?

Son Éminence examine son cigare qu'il tient délicatement entre ses doigts. À son annulaire brille le rubis.

Hertz ajoute :

— Nous ne pouvons indéfiniment utiliser Mosèle comme appât sans l'éclairer au sujet de notre quête. Il a décidé de rencontrer à nouveau Pontiglione, ce matin. Vous voyez, cela recommence ! Il va faire exactement le chemin qu'a emprunté Marlane. Allons-nous répéter notre erreur, Monseigneur ?

*
**

Mosèle a rejoint Émylie. Celle-ci baisse le son de l'autoradio.

— Tu ne démarres pas ?, s'étonne-t-elle après un temps, voyant Mosèle les yeux rivés sur le rétroviseur.

— On attend, lui répond-il. On attend... Ce vieux roublard de Martin Hertz avait de la visite. Lorsque j'étais dans le vestibule et que j'allais le quitter, j'ai entendu une chaise remuer dans la cuisine.

— Et alors ?

— C'est peut-être idiot, mais je veux m'en assurer. Il avait l'air tellement gêné ! Tu l'aurais vu se tortiller sur son fauteuil ! Si cela n'avait pas d'importance, pourquoi ne m'a-t-il pas dit qu'il était avec quelqu'un et que je le dérangeais ?

— Effectivement. Tu as des sandwichs, des Donuts, des gobelets de café ? C'est ce dont disposent les flics en planque, non ?

*
**

Sur le pas de la porte du pavillon, Son Éminence dit à Hertz :

— Je parlerai au Premier. À bientôt, Martin. Je prierai pour Léa.

— Merci. J'attends de vos nouvelles.

Le vieil avocat semble soulagé. Les deux hommes se donnent l'accolade et Son Éminence s'en retourne dans son manteau gris anthracite, coiffé de son chapeau noir.

Hertz referme la porte. La maison est vide. Il ne parvient pas à l'emplir de son énorme carcasse. Vide de Léa, des bruits matinaux, des paroles banales échangées entre vieux époux.

Il remarque un éclat brillant sur le tapis, se baisse difficilement pour s'en saisir et constate que c'est un morceau du vase brisé par l'une des balles échangées lors de l'attaque. Une petite esquille blanche que la balayette et la pelle ont oubliée.

Hertz retourne à la cuisine pour jeter l'éclat du vase à la poubelle et se laisse tomber sur une chaise au risque de la démantibuler.

« Le danger ne cesse de se rapprocher de Didier... De nous tous ! Les Gardiens du Sang nous tiennent aux mollets ! Le moment n'est plus éloigné où je devrai me rendre au cimetière... Oui, je crois que ce serait plus prudent ! Comme le firent mes aînés qui veillèrent sur le Testament du Fou ! »

*
**

Son Éminence regagne sa voiture, une Peugeot noire aux vitres teintées, garée dans la rue Jaquard à une trentaine de mètres derrière celle de Mosèle. Il ne s'écoule que quelques secondes avant que le prélat ne passe devant la Golf.

Mosèle met le contact, se dégage lentement de sa place de stationnement et n'accélère que lorsque la Peugeot amorce son virage au bout de la rue Jacquard.

La Peugeot noire prend la direction de la porte de Saint-Cloud. Mosèle la suit discrètement en laissant une bonne distance entre les deux véhicules, aidé par la circulation qui se densifie à l'approche de Paris.

— Tu as vu ?, demande Émylie. Voiture de ministre, vitres fumées... Et le type : manteau gris, chapeau noir...

— Cheveux blancs, poursuit Mosèle. Un mètre quatre-vingts à peu près, belle gueule d'aigle, de soixante-cinq à soixante-dix ans. Je pencherai plutôt pour les soixante-dix bien conservés et entretenus. Gymnastique, fitness, golf et régime alimentaire... Tout le contraire de Hertz.

— Un frère ?

— Jamais vu.

La filature de la Peugeot noire dure près de quarante minutes ; de nombreux bouchons encombrent Paris. Elle s'arrête enfin au 10, avenue du Président-Wilson, dans le 16e arrondissement, devant la grille d'un bâtiment gardé par deux policiers. Un drapeau aux armes du Vatican flotte sur l'élégante façade.

— La nonciature apostolique !, s'exclame Mosèle. Notre homme est donc une huile de l'Église !

— Tu penses ! La nonciature est une ambassade du Vatican, précise Émylie. C'était la raison pour laquelle Hertz ne voulait pas te présenter à son mystérieux visiteur.

— Qu'est-ce que cela prouve ? Martin a le droit d'avoir les amis qu'il veut. Je me vois mal lui dire que j'ai suivi l'un d'eux alors qu'il sortait de chez lui. N'empêche...

La large grille s'ouvre pour donner accès à la Peugeot noire et se referme immédiatement derrière elle.

— N'empêche, reprend Mosèle, le vieux chat reçoit en secret un ponte de l'Église alors que le Vatican cherche à éliminer ceux qui s'intéressent de trop près à un évangile capable de balayer l'apologétique chrétienne.

— Une visite qui n'a certainement rien d'innocent.

Et tu m'as dit que c'est dans la cuisine que l'inconnu se trouvait ?

— Oui. J'en suis à peu près certain.

— Pas mal, le degré d'intimité entre Hertz et ce type ! Tu recevrais un cardinal ou un évêque dans ta cuisine, toi ?

— Hertz m'a dit, parlant de Francis, qu'on ne connaît jamais vraiment son frère. Il avait raison : je sais maintenant que je ne connais pas Martin Hertz.

43.
Le « T »

Le Gardien du Sang ne quitte pas des yeux l'homme mince assis sur un banc du square Paul-Paray.

En se levant ce matin, Ernesto Pontiglione a loué le Ciel qu'il ne pleuve pas. Il déteste Paris sous la pluie alors qu'il l'apprécie tant quand le moindre rayon de soleil permet de longues flâneries au hasard.

Là, dans le petit square Paul-Paray, le professeur Pontiglione a choisi de faire une halte avant de regagner son hôtel. Il a sorti de la poche de sa gabardine le *Cagliostro* de V. Bellachi, s'est assis sur un banc et s'est mis à lire.

Bien sûr, ce n'est pas Rome. La clarté, le bruit des moteurs, les appels de sirènes, l'atmosphère gorgée de gaz d'échappement, rien n'est semblable. Pourtant, l'instant est agréable avec son air presque tiède qui rappelle un été effacé depuis peu, cherchant à s'attarder encore dans cet automne mal affirmé.

Le Gardien du Sang s'est assis sur un banc et a étendu ses jambes comme le ferait un promeneur fatigué. Il a déplié un journal français avec les gestes les plus naturels et a commencé à parcourir les titres. Son regard ne lâche cependant pas Ernesto Pontiglione. Ce dernier n'a pas fait attention à lui. De sa place, il ne peut voir l'écouteur logé dans son oreille droite et le minuscule micro accroché au revers de son col roulé.

Le téléphone portable du professeur vibre contre sa cuisse. Il l'extrait de sa poche et le plaque contre son oreille, un tantinet contrarié d'être dérangé dans sa lecture.

— Allô.

— Ernesto ? C'est Didier Mosèle. Je me propose de passer vous voir à votre hôtel. Je suis avec Émylie Marlane et nous aimerions vous parler.

Sa mauvaise humeur s'efface immédiatement et Pontiglione répond avec sincérité :

— Excellente idée ! Je suis actuellement dans un petit square en train de bouquiner. Je rentre et serai à l'hôtel dans cinq minutes à peine.

Il referme son livre et se lève de son banc. Il a gardé son portable à l'oreille.

— J'ai certaines choses importantes à vous dire, Didier. À Rome, Francis m'a beaucoup parlé de ses recherches. Il était très avancé, vous savez... À tout de suite, donc !

Il referme son portable, le remet dans la poche de son pantalon et quitte le square. Il passe devant un homme qui lit son journal, jambes allongées, pieds croisés.

Le Gardien du Sang attend quelques secondes, replie son journal et se lève à son tour. Après avoir marché quelques mètres assez loin derrière Pontiglione, baissant légèrement le menton, il prononce tout bas dans son col :

— Il vient de sortir du square Paul-Paray. Il prend la rue de Saussure et se dirige vers le boulevard Pereire. Je pense qu'il retourne à son hôtel. Je répète son signalement : gabardine ocre, pantalon bleu foncé, chaussures en daim beiges, lunettes à monture de métal. Tenez-vous prêts !

Le message est reçu à plus de cinq cents mètres de là, à bord d'une camionnette blanche. Son conducteur dit en s'esclaffant :

— Les Gardiens ont bien fait de ne pas lâcher le professeur d'un cheveu depuis Rome. Nous avons toujours su sa position. Une souris dans son piège ! Je me demande cependant pourquoi nous devons d'un coup brusquer les événements. Le savez-vous, monsieur ?

Le passager répond :

— La politique, Lorenzo ! Le pape mourra bientôt et Guillio devra passer la main. La politique ! Les temps sont en train de changer, au Vatican.

Cette fois, l'homme est confiant. Aujourd'hui, il n'y aura pas de providentiel Martin Hertz pour sauver le professeur Pontiglione. Car il est avéré que c'est bien le vieil avocat qui a abattu l'un de ses agents dans la forêt d'Orient.

*
**

Mosèle gare sa Golf à une vingtaine de mètres de l'hôtel Tocqueville, rue Cardinet, une place venant tout juste d'être libérée par un camion de livraison.

— Tu n'as pas vraiment le droit de stationner là, remarque Émylie en lui désignant les zébras sur la chaussée.

— Je prends le risque, dit Mosèle avec un haussement d'épaules. Je n'ai pas envie de tourner une heure dans le quartier.

— Tu as l'air rudement pressé !

— J'ai hâte de soumettre ce cher Pontiglione à la question.

*
**

Le Gardien du Sang suit le professeur Pontiglione à une distance de quatre à cinq mètres. Le grand homme maigre s'apprête à traverser la place Cardinet à hauteur de la fourche constituée par les rues Jouffroy et Cardinet quand elles viennent se jeter dans le boulevard Pereire.

Pontiglione attend que le feu passe au rouge.

« Vous devriez bientôt voir l'objectif, murmure le Gardien du Sang dans son col. Il va traverser.

— Cible repérée, lui est-il répondu dans son oreillette. Nous sommes à quinze mètres au plus. »

*
**

Mosèle et Émylie remontent la rue Cardinet. Ils ne sont plus qu'à quelques pas de l'entrée de l'hôtel Tocqueville lorsque le jeune homme aperçoit le professeur Pontiglione traversant la place.

— Tiens, c'est lui ! Là, le grand type en gabardine.

— Belle allure, note Émylie.

Pontiglione vient de reconnaître Mosèle et lui fait un signe en pressant soudainement le pas. Il est souriant. Il va parler de Francis Marlane, évoquer la mémoire de ce jeune chercheur intelligent et perspicace...

« C'est réellement une belle journée. Ce n'est pas Rome, évidemment, mais tout de même ! »

Mosèle est paralysé, livide.

— Nom de Dieu, Ernesto !, s'écrie-t-il à la surprise d'Émylie.

— Quoi ?, demande la jeune femme.

Mosèle s'est mis à hurler en direction du professeur. Ce dernier se fige, cherche à comprendre. Une seconde. Une à deux secondes... La camionnette blanche que Mosèle a vu déboîter de la file des véhicules attendant au feu rouge fait crisser ses pneus sur la place. Des passants qui traversaient se retournent, s'écartent. La camionnette ne les vise pas, eux. Son objectif est cet homme grand et mince qui semble alors se mouvoir au ralenti, regardant fondre sur lui ce bolide en s'en étonnant à peine.

Le choc est d'une effroyable violence. Des cris de panique et d'horreur accompagnent la sinistre chorégraphie par laquelle le grand homme est soulevé du sol, bras et jambes désarticulés. Les clameurs le portent un instant, puis il retombe sur le dos, sa tête heurte le pavé, du sang coule de son nez.

Le *Cagliostro* a jailli de la poche de sa gabardine et s'est ouvert. Quelques feuilles en sont tournées comme si la mort se plaisait à achever vivement le livre en lieu et place de sa victime.

La camionnette a poursuivi sa course, manquant de heurter un cyclomoteur avant de disparaître dans la circulation du boulevard Pereire.

Coups de klaxon, cris, appels et rumeur. Et pitié. Pitié pour le malheureux gisant qui suffoque, le visage bleuissant déjà.

Quelqu'un appelle police secours sur son portable.

Mosèle, indifférent à l'activité fébrile alentour, s'est rué sur Pontiglione et s'est agenouillé près de lui malgré l'interdiction qui lui en est faite par une femme. Il sent même une main le retenir, tenter de l'arracher du sol.

— Vous êtes médecin ?

— Oui, s'entend-il répondre. Oui, je suis médecin !

On le lâche. Il peut prendre le visage du mourant

entre ses mains, lui offrir cette ultime caresse fraternelle.

Hébété, Pontiglione reconnaît Didier Mosèle au travers d'un épais voile rouge. Il s'accroche à lui par son regard qui se noie, l'appelle muettement. Il doit lui dire... Mais parler est si difficile, la respiration lui fait défaut, ses poumons sont en cendre. Et il y a cette douleur glacée au bas de sa colonne vertébrale. Ce manque, aussi : ses jambes qu'il ne sent plus, qui n'existent plus.

Alors il ne lui reste plus que cette ultime solution. Sa main droite... L'élever. Elle est en sang. L'élever à hauteur de la poitrine du jeune homme.

Pontiglione pose l'index sur le pull clair de Mosèle que le blouson ouvert laisse apparaître.

Dans un dernier sursaut, il marque le pull de Mosèle d'un « T » sanglant en soufflant un unique mot et en fermant les yeux : « Payns. » À peine un râle.

La main est retombée. Mosèle tente de trouver le pouls du professeur à la gorge. En vain. Il se redresse, cherche Émylie du regard, la voit dans la foule sur le trottoir.

— Alors, docteur ?

Mosèle met quelques secondes avant de comprendre que c'est à lui qu'on s'adresse. Il se retourne vers la femme.

— Il est mort, dit-il.

— Vous avez vu votre pull ?

La sirène d'une voiture de police puis celle d'une ambulance accaparent providentiellement l'attention de la femme et de tous les badauds. Mosèle rejoint Émylie qu'il entraîne rapidement en direction de sa Golf : « Inutile qu'on nous remarque sur les lieux de l'accident. »

Assis dans la voiture, Mosèle tarde à mettre le

contact. Il va lui falloir se dégager de la rue Cardinet, de l'engorgement de la place. Risquer de se faire reconnaître par la femme à qui il a laissé croire qu'il était médecin.

Émylie écarte le blouson de son ami.

— Dans quel but a-t-il tracé ce « T » sur ta poitrine ?

— Je l'ignore. En même temps, il a prononcé le mot « Payns »... Hugues de Payns, le fondateur de l'ordre des Templiers. À moins qu'il ne s'agisse du village près de Troyes ? Il aura voulu me délivrer un ultime message. Il avait conscience qu'il mourait et il a dû puiser en lui ce qui lui restait d'énergie pour dessiner ce « T » et me mettre sur une piste. Mais laquelle ? Est-ce le même « T » que nous avons trouvé dans les notes de Francis : « T » pour templier ?

44.

La conférence

Lundi matin, deuxième semaine.

Mosèle ne pensait pas retourner si tôt à la Fondation Meyer, mais il a ressenti l'impérieuse envie d'informer lui-même son équipe de l'enquête menée par Marlane et du décès du professeur Pontiglione. La presse allait bientôt entrer en scène et risquer de souligner certaines coïncidences. Mosèle trouve plus honnête de s'entretenir avec ses collaborateurs, regrettant maintenant de les avoir laissés dans l'ignorance alors qu'ils risquent certainement leur vie tout autant que lui.

La porte rouge du bureau est violemment ouverte et Mosèle passe la tête par l'entrebâillement pour lancer :

— Tout le monde dans la salle de réunion ! Immédiatement ! Je vous attends.

Puis il disparaît comme il est apparu. Souffir abandonne son ordinateur, Rughters déplie ses deux mètres de muscles et de graisse, Hélène Moustier rajuste la jupe de son tailleur bleu électrique en quittant sa chaise.

— Qu'est-ce qui lui prend ?, s'inquiète-t-elle. Je ne l'ai jamais vu dans cet état. Une crise d'autorité ?

— 'sais pas, souffle Souffir. Front barré et voix blanche : mauvais signe.

Traînant les pieds, le vieux traducteur abandonne un segment de texte calendaire qui allait enfin s'éclairer grâce à la sagacité de Largehead, et se dirige vers la porte restée entrouverte.

Il s'efface pour laisser passer Hélène dont les talons aiguilles claquent sur le dallage. La jeune femme le gratifie d'un sourire dont elle seule a le secret.

Les trois collaborateurs rejoignent Mosèle dans la salle de réunion, une grande pièce moderne avec, en son milieu, une table vitrée ovale autour de laquelle sont disposés dix fauteuils beiges. Un écran blanc au mur, ainsi qu'une carte de la Palestine. L'emplacement de la mer Morte, de Qumrān. Des rayonnages supportant d'innombrables dossiers parfaitement classés. Un petit meuble avec une cafetière, des tasses, du sucre.

Mosèle est en train de servir le café.

— Installez-vous. Café pour tout le monde ?

— On ne se permettrait pas de déroger au rituel, dit Hélène avec un faux air sérieux. Sans sucre, pour moi.

La jeune femme s'installe et croise les jambes, n'ignorant pas que la jupe de son tailleur remonte ainsi insidieusement sur ses cuisses. Elle se plaira à observer les regards furtifs mais admirateurs de Rughters tout le long de la conférence. Elle s'amusera de le voir rougir parfois, trouvant touchante cette gêne de vieil adolescent.

Souffir pose les coudes sur la table et cale son menton dans ses mains. Il donne l'impression de supporter sa grosse tête toute chiffonnée. Derrière ses loupes, ses énormes yeux de lézard clignent plusieurs fois comme s'il allait s'endormir.

Rughters, qui vient d'entrevoir de l'autre côté de la table un magnifique genou rond et une superbe cuisse dorée, se maudit de sentir les joues lui chauffer. « Damné rouquin ! », se jette-t-il à lui-même avec colère. Mais il a beau se concentrer, chercher à s'apaiser, le feu lui dévore le visage. Hélène lui sourit à la dérobée.

Mosèle repose la cafetière sur la desserte et s'assoit à son tour.

— Ce matin, j'avais rendez-vous avec le professeur Pontiglione qui avait été en relation avec Francis, commence-t-il. Vous vous souvenez, Norbert : j'ai reçu une lettre de lui, le jour de l'enterrement de Francis. Il m'apprenait qu'il venait à Paris et souhaitait me rencontrer.

Mosèle ne peut leur parler de la Tenue funèbre. Il doit faire l'impasse sur cette cérémonie. Travestir la vérité.

Il poursuit :

— Nous nous sommes vus une première fois dans un restaurant. Nous devions nous retrouver ce matin à son hôtel. Mais Ernesto Pontiglione est mort sous mes yeux, renversé par une camionnette folle, place Cardinet.

Les rougeurs de Rughters disparaissent de ses joues. Il frappe du plat de la main sur la table.

— Mince !, lance-t-il. Désolé, Didier. C'est moche...

Mosèle reprend aussitôt :

— Je crois qu'il est de mon devoir de vous faire part d'événements qui touchent de près notre travail actuel sur le 4Q456-458 et d'une certaine enquête que suivait notre ami Francis... Disons qu'il s'agissait d'une enquête discrète. Je ne vous en avais pas informés, pensant que vous nous auriez pris pour des cinglés ou des charlatans.

Souffir dresse un sourcil broussailleux.

— Une enquête ?, s'étonne-t-il. Un travail privé ?

Mosèle est manifestement mal à l'aise pour répondre :

— Pas vraiment... Francis développait une théorie que l'on aurait pu qualifier d'*hérétique* il y a quelques siècles. Une théorie partagée néanmoins par certains historiens, dont le professeur Pontiglione. Il avait cru trouver la preuve de ses spéculations dans les manuscrits que nous traduisons depuis près de dix ans.

— Je commence à deviner, articule lentement Souffir en sortant sa pipe.

— Vous n'avez pas l'intention de fumer, Norbert ?

La voix d'Hélène arrête net le geste du vieil homme qui se contente de soupirer en remettant sa pipe dans sa poche. Mosèle aurait volontiers allumé une cigarette. Il est au supplice et avale d'un trait son café pour compenser le manque de tabac. Hélène leur livre une lutte implacable, au bureau : Souffir et lui doivent sortir pour fumer près des toilettes lorsqu'ils ne sont plus capables de supporter ce sevrage obligatoire.

Souffir répète tout aussi lentement que la première fois :

— Je commence à deviner.

— J'en suis certain, souligne Mosèle. Francis pensait que le Christ n'était pas mort sur la croix mais que c'était un imposteur qui avait pris sa place. Quelqu'un qui lui ressemblait au point de passer aisément pour lui.

— Puis Jésus aurait séjourné à Qumrān, c'est cela ?, propose Hélène Moustier, devenue soudain professionnelle.

Souffir s'adresse plus particulièrement à elle pour dire :

— Rappelez-vous la phrase que j'ai dénichée la semaine dernière : *Le frère qui n'avait ni plaies aux poignets ni plaies aux chevilles leur dit qu'un jour glorieux viendra où les nations ne se haïront plus...*

— Entre autres petits détails, observe Rughters. Le mot *maskil* qui revient sans cesse...

— En effet, souligne Souffir. En hébreu, *maskil* désigne un instructeur. Mais, dans nos rouleaux, ce maître est aussi appelé le Premier ou le Frère.

— Le premier de deux frères ? Jésus ?

Rughters ne s'intéresse plus aux genoux d'Hélène, si ronds soient-ils, non plus qu'à ses cuisses, si dorées soient-elles. Il se lève brutalement et apostrophe Mosèle :

— Vous tournez autour du pot, Didier. Quel lien doit-on établir entre le suicide de Francis, la mort de Pontiglione et nos découvertes ? Car là est le nœud du problème, non ?

— J'apprécie votre sens pratique, Rughters.

Le géant s'est déplacé près de la carte murale : Jérusalem, Hérodium, Bethléem, Qumrān... Il frappe la carte de son gros index à la hauteur de Qumrān et s'exclame :

— Sans le savoir, nous aurions réveillé des forces obscures endormies depuis des siècles ! Nous subirions une malédiction comme celle qui frappa les profanateurs de sépultures égyptiennes ? Parce que vous croyez encore à ce genre de fables, Didier !

— Je n'ai pas le cœur à plaisanter, Rughters, rétorque sèchement Mosèle.

— L'équipe n'a jamais été dupe, confie Hélène. Aucun d'entre nous n'est passé à côté des révélations contenues dans le 4Q456-458. Celles-ci sentent le soufre. Et après, qui serait gêné par la divulgation de ces mystères ?

Souffir se penche vers la jeune femme.

— Vous ne voyez pas ? Moi, je crois savoir !

Rughters revient s'asseoir, penaud d'avoir contrarié son supérieur.

— Vous ne voyez pas ?, demande à nouveau le vieux traducteur en roulant des yeux.

C'est Rughters qui répond tout bas en regardant ses énormes mains aux phalanges couvertes de poils roux :

— L'Église ! Comment l'Église pourrait-elle admettre que le dogme sur lequel elle a bâti ses assises s'effondre sous le coup d'une telle vérité ? Voyez-vous des millions de fidèles découvrir que Jésus n'a jamais ressuscité et que c'est un imposteur qui est mort sur la croix à sa place ?

Hélène s'indigne :

— Didier, assurez-moi que je n'ai pas bien compris : on ne cherche pas à dire dans cette pièce que l'Église est en train de tuer d'innocents chercheurs ? Nous ne sommes plus au XIIIe siècle ! Nous savons tous que la Terre est ronde, qu'elle tourne autour du Soleil, que notre Univers a été accouché dans le big-bang il y a quinze milliards d'années, que l'on a le droit de penser que Dieu est blanc, noir, rouge ou jaune, ou qu'il n'existe pas, et que l'on n'a plus élevé de bûchers sur la place de Grève depuis un bail !

— Mais que les protestants se foutent encore sur la figure des catholiques pas très loin de chez nous, et vice versa !, scande Rughters. Voulez-vous que je vous parle aussi des Arabes, des Juifs ?

— Les Juifs, je peux en parler, le coupe Souffir. Mon père a porté l'étoile jaune pendant la guerre, son frère est mort de faim au camp du Struthof, sa sœur a été pendue à Dachau. Ce ne sont pas les Arabes qui les ont torturés !

— C'était la guerre, dit Hélène. C'était épouvantable, Norbert, mais c'était la guerre. Il y a plus de soixante ans !

— C'est toujours la guerre pour les orthodoxes, les intégristes, les fondamentalistes et les extrémistes à tout crin... N'est-ce pas, Didier ?

— Je pense que Francis ne s'est pas suicidé et que le professeur Pontiglione a été assassiné, prononce-t-il froidement. Je ne dispose d'aucune preuve, mais j'en suis convaincu. Je vous demande de ne rien dire à la direction : je passerais pour un fou et je crois bien qu'on nous retirerait l'étude du 4Q456-458.

Il se garde de leur apprendre qu'il a fait lui aussi l'objet de deux tentatives de meurtre.

De grosses mouches noires ne cessent de bourdonner dans sa mémoire.

45.
Quelques carnets rouges

Il n'a pas quitté sa robe de chambre de la journée. Il a un peu dormi après avoir pris un rapide déjeuner constitué d'une assiette de pâtes, d'un morceau de fromage et d'une compote de pommes, le tout arrosé d'un verre de vin blanc.

En se levant de sa sieste, il s'est senti la tête lourde, encore nauséeux, souffrant d'une légère douleur dans la poitrine, du côté gauche. Il a avalé deux aspirines et est retourné dans son bureau.

Il a attendu. Il attend.

Il allume la radio. Dix-sept heures viennent de sonner à l'horloge du salon. La vieille comtoise qu'aimait tant sa femme.

La voix du speaker :

« ... Le professeur Ernesto Pontiglione avait défrayé la chronique en mil neuf cent quatre-vingt-cinq avec son livre *Jésus ou la seconde hypothèse*. Cet historien romain s'était alors attiré des reproches de la part des autorités ecclésiastiques... »

Il monte le son d'une main tremblante. Le speaker poursuit :

« ... Une enquête est donc en cours sur les circonstances de sa mort à Paris. La camionnette qui l'a renversé a été volée huit jours plus tôt dans une petite entreprise d'électricité. Elle a été retrouvée abandonnée dans Courbevoie peu de temps après le drame. De nombreux témoins affirment que le véhicule a intentionnellement percuté le professeur, ne lui laissant aucune chance d'éviter l'impact... »

Il éteint le poste, se met à arpenter son bureau de long en large. Une boule de colère lui bloque la respiration. La haine, aussi. Une haine qu'il ne pourra bientôt plus maîtriser. Une haine qui lui enserre le cœur, le broie dans un étau, l'empêche de battre régulièrement.

Épuisé, haletant, il se laisse lourdement tomber dans l'unique fauteuil de la pièce, une grosse chose en cuir usé, craquelé, dans laquelle il s'enfonce et s'abandonne.

« Ils vont s'en prendre à tous ceux qui savent, pense-t-il. Tous ! Les Gardiens du Sang vont les éliminer les uns après les autres. »

Ses yeux se posent sur une série de photographies encadrées au mur qui lui fait face. Il apprécie particulièrement l'une d'elles, représentant Émylie en robe légère et fleurie, ses longues jambes bronzées au soleil, ses cheveux courts en épis, souriant au photographe. La jeune femme ne pose pas, elle avance avec naturel dans la ruelle d'une ville marocaine. Il ne se souvient plus du nom de la ville. Il l'a su, pourtant. Peu lui importe aujourd'hui. Émylie est rayonnante en cet instant d'éternité et mérite d'être protégée, d'être sauvée. Afin que revienne sur son visage ce sourire d'insouciante jeunesse.

Il sait qu'il devra certainement tuer pour que se réalise ce vœu. Il le fera avec toute la colère et la haine accumulées dans sa poitrine douloureuse.

Il abandonne son fauteuil crapaud, se traîne jusqu'à

son bureau, ouvre un tiroir et en sort trois carnets rouges. De petits calepins au dos toilé.

Il les feuillette distraitement, regardant leur écriture serrée, parfois constituée de mots en lettres majuscules aux « I » inclinés : « L*I*ONNE, CHÈVRES et BA*I*LLY. TR*I*ANGLE DE PAYNS. CHAPELLE... », assortis de dessins à l'aquarelle rehaussés aux crayons de couleurs.

Quelques notes jetées en désordre : « Rappeler PONT*I*GL*I*ONE pour infos sur TESTAMENT DU FOU... HERTZ et PREM*I*ER, lundi... TENUE OBSCURE... »

Après de longues minutes, il remise les carnets rouges dans leur tiroir. « Avec ces carnets, Didier Mosèle trouverait le Tombeau plus facilement, lui..., pense-t-il. Mais j'ai promis ! J'ai promis de les conserver. Et pourtant... »

Il se demande s'il aura la force de tenir son engagement, s'il ne préférera pas plutôt forcer le Destin. Pour atteindre plus rapidement les Gardiens du Sang.

*
**

Ce lundi à vingt heures, Mosèle sonne à la porte de Martin Hertz. Il vient de l'appeler sur son portable pour lui proposer de passer la soirée ensemble. Il apporte une bouteille de gevrey-chambertin, une bonne portion de saint-nectaire et un pain de campagne.

Le vieil avocat a appris la mort de Pontiglione tôt dans l'après-midi. Un frère de la Loge Éliah qui avait regardé le journal télévisé sur France 2 l'avait aussitôt prévenu.

— Vous savez, pour Ernesto Pontiglione, Didier ? Vous deviez le rencontrer ce matin, n'est-ce pas ?

Mosèle dépose ses victuailles sur la table de la cuisine. Il y est entré d'office, sans y avoir été convié.

— J'ai vu l'accident, Martin. En fait, j'ai assisté à un crime. C'est la même camionnette blanche qui a foncé sur moi, l'autre soir, qui a renversé le professeur.

Le jeune homme lui raconte la scène en détail. Tout en l'écoutant, Hertz sort un tire-bouchon du tiroir d'un buffet et se charge de la bouteille de gevrey-chambertin, le front creusé de longues rides. Son regard sombre ne s'éclaire vivement que lorsque le bouchon, dégagé du goulot, émet un petit « pet ».

— Les Gardiens du Sang..., commence le vieil avocat. On dirait qu'ils se hâtent. Ils nous ont pris dans leur nasse et nous étoufferont bientôt tous.

— Qui, « nous » ?

— Vous, Émylie Marlane, moi. Et même vos collaborateurs à la Fondation Meyer.

— Un complot contre la Vérité !

Hertz hausse les épaules et hoche sa grosse tête de chat fatigué. Il attrape deux verres qu'il remplit de vin.

— Belle couleur !, juge-t-il en portant le verre à hauteur de ses yeux. Si nous portions un toast, Didier ?

Mosèle allait s'asseoir et se ravise. Il prend son verre qu'il lève à son tour.

Hertz poursuit :

— Je souhaiterais que nous ayons une pensée pour notre frère Ernesto Pontiglione. Nous avons coutume de dire qu'un frère qui nous quitte rejoint l'Orient éternel, formule commode pour combler évasivement le vide laissé par la perte d'un proche. Une phrase de notre rituel... que nous répétons sans trop de conviction.

— Où voulez-vous en venir, Martin ?

— Excusez-moi. Je voulais seulement dire qu'au-delà des messes de toutes sortes que nous pouvons célébrer en souvenir de nos défunts ceux-ci ne vivent leur éternité que dans notre mémoire. Il n'y a que là – il pointe l'index sur sa tempe – qu'ils demeurent !

Ils dressent tous deux leur bras droit, montant très haut leur verre, selon les usages en vigueur lors des agapes données à la fin de chaque Tenue, et lancent ensemble d'une même voix :

— Buvons !

Puis ils boivent en effet à longs traits, recueillis, pensant l'un et l'autre sincèrement à Ernesto Pontiglione auquel ils consacrent cette eucharistie païenne.

Ils s'assoient. En tirant sa chaise, Mosèle a fait le même bruit que celui entendu le matin même alors qu'il traversait le vestibule.

Hertz se racle la gorge ; Mosèle comprend qu'il a l'intention de lui communiquer quelque chose d'important, et remarque son trouble. Enfin il se décide :

— Nous en sommes au point où je ne peux plus faire autrement que de vous parler plus précisément de la Loge Première.

— Ce mythique atelier maçonnique ?

— Attendez... Hugues de Payns ne s'est pas contenté de fonder en mil cent dix-huit les « Pauvres Chevaliers du Christ », qui devinrent les Templiers, reconnus dix ans plus tard par le concile de Troyes et dont saint Bernard édicta les règles.

— Cela, tout le monde le sait !, s'impatiente Mosèle.

Léger sourire de Hertz qui reprend aussitôt :

— Ce que vous ignorez, c'est que Hugues de Payns présidait aussi une antique Loge dont certains secrets s'étaient perdus avec le temps. Constituée de frères appelés les Premiers, la Loge tentait de réunir les mystères épars de sa Tradition.

— Cette Loge a été fondée par Jésus, ajoute Mosèle, se souvenant de la lecture des strophes du Testament du Fou : *« Le frère Premier, Fils de la Lumière et de l'Architecte... »*

— En effet. Et lorsque Jésus mourut, il fut enterré dans ce que l'on nomme aujourd'hui la forêt d'Orient. On pense à ce propos que Hugues de Payns mit les restes de Jésus en lieu sûr avec ce que contenait la tombe. Le prophète avait été enterré avec un certain objet.

— Je crois deviner...

— Payns fit construire un sépulcre inviolable sur ses propres terres, poursuit Hertz. Seuls les membres de la Loge Première partageaient son secret. Je vous ai conté comment, ensuite, les Templiers récupérèrent le Testament du Fou. Puis l'épisode des Cathares, avec la fuite de Benoît Chantravelle qui trouva refuge dans la commanderie de Bonlieu. Là, il fut initié dans la Loge Première en raison du présent qu'il apportait aux Templiers : un vestige de l'un des trois rouleaux composant le Testament du Fou. Un morceau du rouleau qui nous intéresse ; celui écrit par *Jean frère par les Douze*, dans lequel se trouve la preuve que le Christ n'est pas mort sur la croix. Cette relique fut vénérée par la Loge Première sous le nom de Fragment Sacré !

Hertz s'arrête, reprend un peu de vin et propose :

— Ne voulez-vous pas que nous dînions un peu, pendant que je vous raconterai une histoire ? Préparons-nous quelques sandwichs, cela risque d'être long.

— Vous ne m'ennuyez jamais, Martin, quand vous m'entraînez dans le passé. Vous êtes doué pour donner corps à vos récits. Je vous l'ai déjà dit : c'est à croire que vous possédez la faculté de voyager dans le temps, ou que vous êtes pourvu d'une incomparable imagination !

— Allons, Didier... Ne me faites pas l'affront de penser que je vous raconte des fables !

Le vieil avocat brise le pain en deux morceaux égaux. Il tend l'un à Mosèle avec un sourire affectueux. Le jeune homme comprend la portée symbolique du geste.

— Merci, Martin.

C'est ainsi qu'il est pratiqué aux Tenues de saint Jean l'Évangéliste et de saint Jean-Baptiste, les deux saints que les maçons honorent aux solstices d'hiver et d'été. Le pain y est rompu par le Vénérable Maître et distribué aux participants en une fraternelle chaîne eucharistique.

— Je vous écoute, dit Mosèle.

— Oui, oui, fait Hertz en se préparant une généreuse tartine de fromage. Eh bien, retournons ensemble jusqu'à une certaine nuit. Celle qui marqua la dissolution temporaire de la Loge Première, la perte du Secret ainsi que l'oubli de l'emplacement du Tombeau du Christ. Imaginez la forêt d'Orient avec quatre cavaliers portant de longs manteaux blancs... Pardonnez mon côté légèrement emphatique et théâtral, Didier : je connais mes défauts ! Donc, cette nuit-là...

46.
Une nuit de trahison

Jacques de Molay, le Grand Maître de l'ordre des Templiers, souffrait de rhumatismes. Monter à cheval constituait pour lui un épouvantable supplice. Il était âgé de soixante-quatre ans, avait une longue chevelure, portait une barbe et une moustache blanches qui lui conféraient la physionomie d'un vieux sage. Ou d'un druide. On le disait peu cultivé, mais pétri de bon sens. Simple et généreux, il exerçait sur l'Ordre une sereine et respectable autorité.

Jusqu'à cette nuit tiède de fin d'été...

Il était accompagné de trois cavaliers, son ami intime Geoffroy de Charnay et deux compagnons, Odon Lanvoisier et Gilbert Neuillette. Tous trottaient du même pas sur un chemin bordé d'épais ronciers. La terre sèche craquait sous le sabot des chevaux. L'ombre avait envahi la forêt.

— Avons-nous pris la bonne décision, Jacques ?, demanda Charnay. Apaiserons-nous le pape Clément et le roi Philippe ?

— Je le crois, Geoffroy, répondit Molay. Certes, nous leur restituerons le Testament et le Fragment Sacré, mais nous ne leur livrerons jamais l'emplacement du Temple et du Tombeau. Jamais !

L'allure prise par la petite troupe était devenue trop

rapide, mais Molay ne voulait pas se plaindre, bien qu'il maîtrisât difficilement sa monture. Odon et Gilbert étaient de jeunes hommes qui ne pouvaient comprendre la vieillesse ni envisager un seul instant que l'âge n'est rien d'autre qu'une malédiction divine.

Le vieil homme avait hâte que s'achève cette nuit-là. Il n'en aimait ni l'odeur ni les sons. Trop parfumée. Trop bruyante du cri rauque des oiseaux nocturnes.

*
**

— C'est une bien belle nuit, Bernard... Que Dieu nous pardonne ce que nous allons faire !

— Il nous pardonnera, Armand ! C'est pour Lui que nous œuvrons en sauvant le Testament et le parchemin.

Bernard de Josse et Armand de Griet attendaient devant la petite chapelle. En retrait, autour d'une torchère fichée en terre, six chevaliers parlaient à voix basse. Leurs longues ombres dessinaient une étoile sur le sol.

Les chevaux, attachés plus loin aux branches basses des arbres, restaient silencieux.

Josse huma l'air, son petit nez rond levé vers le ciel. En temps ordinaire, il se révélait un compagnon enjoué et bavard. Ce soir, il devait se forcer à animer la conversation en émettant des banalités qui sonnaient faux. Armand ne l'aidait guère, piétinant sur place, la main droite sur le pommeau de son épée, frappant le sol de ses bottes et marmottant d'indistinctes litanies pour lui-même.

Il y eut un bruit de galop. Enfin.

— Les voici !, s'exclama Armand, s'étonnant que sa voix fût aussi anormalement aiguë.

« J'ai si peur ! », pensa-t-il.

Tous regardèrent en direction du chemin qui débouchait de la forêt. Quatre silhouettes apparurent.

— Approchez la torche, commanda Josse.

Le flambeau fut arraché du sol et apporté à hauteur d'Armand de Griet et de Bernard de Josse qui venaient de faire quelques pas pour accueillir les voyageurs.

Josse aida le Grand Maître à descendre de cheval aussi affectueusement qu'un fils l'aurait fait pour son père. Le vieil homme ne le remercia pas. Il demeurait grave, les traits tirés, de la douleur dans le regard.

— Nous étions inquiets, frère..., dit Josse. Tu vois, nous t'attendions tous avec impatience.

— Tu craignais donc que je ne vienne pas ?, répliqua le vieillard. À moins que tu ne l'aies plutôt espéré ? Nous avons clos le débat à notre dernière Tenue, tu le sais. On nous accuse d'apostasie... On nous prend pour des idolâtres et des sodomites ! Nous sommes voués aux fagots si nous ne plions pas l'échine.

— Mais notre Loge n'est-elle pas plus importante que l'Ordre ?

— Nous sommes aussi des Templiers ! Et j'en suis le Grand Maître. Je connais le roi Philippe et peux me fier à sa parole. Il épargnera la Loge et le Temple.

— Ce n'est pas parce que tu es le parrain de son fils que le Bel ne te trahira pas. L'ange a une double face, frère.

Molay soupira. De fatigue et de contrariété. Soit, ils reprendraient le débat cette nuit et tenteraient enfin de le conclure. Pour toujours.

Les douze templiers se mirent en route pour emprunter une sente à peine marquée entre épineux d'un côté, ajoncs de l'autre.

Ils longèrent des marécages où venaient mourir des étangs noirâtres dans un clapot lugubre, régulier et monotone. Molay pensait aux travaux colossaux qu'avait réalisés autrefois dans cette forêt le premier Grand Maître de l'Ordre, Hugues de Payns. De nombreux lacs avaient été asséchés grâce à une ingénieuse organisation de digues, d'estacades et de canaux. D'immenses surfaces avaient été ainsi transformées en terres cultivables.

Mais cette partie-là des bois avait volontairement été laissée en friche : lieu sauvage et malsain qui n'était jamais fréquenté, hormis par ces quelques templiers qui venaient parfois se réunir dans le Temple secret de la Loge Première.

Le cortège parvint à un gros mur de pierres qui retenait les eaux d'un étang. L'édifice s'accrochait à une pile faite d'énormes moellons et disparaissait presque totalement dans la masse dense des roseaux.

Leurs manteaux maculés de boue, les templiers progressèrent le long du môle jusqu'à un renfoncement où s'opacifiait l'ombre de la nuit. L'homme portant la torche éclaira Jacques de Molay qui pénétra dans l'encoignure. La lumière mouvante de la flamme permit au vieillard de trouver l'interstice dans lequel il glissa la main droite.

Ses doigts découvrirent le levier métallique et l'enserrèrent. Il tira fortement. Le mur grinça, sembla se déchirer, bougea. S'ouvrit alors lentement une porte étroite et basse constituée de pierres plates plaquées sur une armature de bronze.

L'homme à la torche précéda ses compagnons dans le puits ainsi libéré. Il prit grand soin de tâter de la pointe du pied les premières marches où suintait l'humidité.

— C'est bon, lança-t-il. Je vais allumer les torchères aux murs. Faites attention à ne point glisser.

Geoffroy de Charnay donna le bras à Jacques de

Molay pour le soutenir. Odon et Gilbert les suivaient. Josse et Griet fermaient la marche.

Leur descente achevée, les templiers s'engagèrent dans une étroite galerie au plafond si bas qu'ils devaient avancer voûtés. Le guide avait allumé sur son passage des torchères accrochées aux murs ; une odeur de poix avait envahi le couloir et prenait à la gorge.

Puis ils arrivèrent devant une porte de bois cloutée de fer encadrée par deux grands volants de bronze sortant du mur. Josse les regarda rapidement avant d'échanger un imperceptible coup d'œil avec Griet.

La porte fut ouverte, les douze hommes pénétrèrent dans le Temple. C'était une large crypte. Trois solides piliers en supportaient la voûte. Son sol était composé de dalles noires et blanches, ses murs couverts de salpêtre étaient ouverts par endroits de hautes et étroites meurtrières ; une bouche d'aération permettait à l'air de la surface de s'introduire dans la salle.

Le Temple avait été ordonné comme une église. On y entrait par l'occident. À l'orient se trouvait naturellement l'autel. Ce dernier n'était constitué que de deux grosses pierres cubiques supportant un tablier de marbre sur lequel reposaient deux châsses, l'une contenant le morceau de parchemin écrit de la main de *Jean frère par les Douze,* sauvé par Benoît Chantravelle des flammes de l'abbaye d'Orbigny et restitué aux Templiers, la seconde abritant le Testament du Fou. Une croix de bois achevait de décorer ce modeste autel.

Sur le mur oriental, en son milieu, les sept lettres V.I.T.R.I.O.L. avaient été gravées dans la pierre à grands coups de ciseau, sans souci artistique.

Cinq chandelles furent allumées par l'homme à la

torche. Jacques de Molay vint prendre place devant l'autel, et, les bras en croix, prononça la phrase rituelle :

— *Puisqu'il est l'heure et que nous avons l'âge, ouvrons nos travaux, mes frères.*

Charnay remarqua avec tristesse que ses frères avaient formé deux groupes distincts. Au nord, lui-même, Odon et Gilbert. Au sud, Bernard de Josse et ses proches.

Le Grand Maître se pencha sur l'autel, ouvrit la châsse contenant le Testament du Fou, se pencha sur le cuir de sa couverture et dit :

— Au nom de tous tes frères, je baise tes lèvres, Toi qui fus le Premier. Tu vis en nous par ton enseignement.

Puis, d'un geste vif, il cracha sur la croix de bois.

— Et je crache sur toi, l'usurpateur... Je te renie et te maudis !

Il se tourna vers l'assistance pour observer ses frères l'un après l'autre, triste de les voir séparés. Bernard de Josse et Armand de Griet baissèrent les yeux. « La honte, pensa le vieillard. C'est cela : ils ont honte de s'opposer à moi. Ils s'entêtent, cependant. »

Molay souffrait. L'humidité de la salle réveillait ses rhumatismes et une douleur tranchante saillait de tous ses os comme autant de clous. Il prit une longue inspiration avant de dire :

— Guillaume de Nogaret, l'âme damnée de Philippe, a déjà instruit les baillis et les sénéchaux des griefs dont on nous accuse... Si nous rendons le Testament et le Fragment Sacré, nous pouvons encore protéger l'Ordre.

Il vit deux des compagnons de Bernard de Josse se diriger vers la porte du Temple. « Que font Grégoire et Fos ? », se demanda-t-il. Et, revenant à Armand de

Griet : « Est-ce une attitude pour un frère que de garder la main sur le pommeau de son épée lors d'une Tenue ? »

Josse prit la parole en pointant Molay de l'index :

— Nogaret ne retiendra jamais son venin contre nous, mon Maître ! Ce petit-fils de Cathare a administré le comté de Champagne et enquêté sur notre Loge depuis longtemps. C'est lui qui nous a livrés au roi. Il était au fait de nos secrets. C'est grande faiblesse que de nous démunir de nos reliques. Philippe a décidé de sacrifier les Templiers pour renforcer son pouvoir ; de plus, il ne nous rendra jamais l'or que nous lui avons avancé. Le souverain convoite toutes nos richesses et le pape guigne le Testament !

Josse s'était échauffé tout en parlant. Ses compagnons s'ébrouèrent derrière lui, hochèrent la tête et approuvèrent.

— Philippe m'écoute encore, répondit Molay en se voulant rassurant. Il se contentera d'entériner la volonté du Saint-Siège qui souhaite fondre notre Ordre dans celui des Hospitaliers.

— Un leurre, Jacques !, s'exclama Josse. Tu nous livres nus à nos bourreaux !

À la porte, les deux templiers tirèrent leur épée de leur fourreau. Cela fit un bruit métallique qui éveilla l'attention de Geoffroy de Charnay. Se retournant, il vit en effet Grégoire et Fos défendre la porte, le visage buté.

— Nous sommes tombés dans un piège, souffla-t-il à Odon, tout proche de lui. Bernard de Josse a conquis la plupart des frères à sa cause.

— Ils ne vont tout de même pas tenter un coup de force !, s'étonna Odon. Nous sommes liés par notre initiation, par notre serment.

— La Fraternité me semble bien fragile, cette nuit !, constata Charnay.

Le Grand Maître comprit. Il voyait tous ses frères, malgré l'ombre. Leurs regards. Leurs échanges muets. Quelque chose allait éclater. Quelque chose d'effroyable qu'une Loge n'aurait jamais dû accueillir. Pas en un tel lieu sacré. Pas ici !

À entendre la voix de Geoffroy de Charnay, forte, brutale, Molay sursauta et la douleur de ses os se fit brûlure.

— Fermons nos travaux sur-le-champ, Maître ! Et quittons le Temple avec les reliques, l'épée en main !

Molay implora plaintivement :

— Seigneur ! Tu m'as trahi, Bernard ? Tu m'as trahi ?

Tous dégainèrent leur épée. Tous sauf Molay, paralysé devant l'autel, statue de tourment et de chagrin, des larmes dans les yeux.

— Tu te méprends, dit Josse. C'est moi qui suis resté fidèle au Premier. Tu as donc oublié que nous étions ses héritiers ?

— Nous connaissons la Vérité, articula laborieusement le vieillard. Peu importent ces quelques parchemins !

Josse s'avança. Molay ne bougeait toujours pas. Il défendait l'autel de sa maigre carcasse malade, pensant que sa seule personne arrêterait le félon. Mais l'épée de Bernard de Josse venait de se lever, pointe en avant. Et Armand de Griet s'approchait lui aussi.

— Je t'en conjure, frère, laisse-moi passer..., pria Josse. Tout serait aisé si tu acceptais de t'écarter. J'emporte le Testament et le Fragment Sacré, puis nous...

— Nous ne valons donc guère mieux que nos ennemis ?, s'insurgea Molay.

Les chevaliers Grégoire et Fos sortirent vivement de la crypte et se postèrent devant les deux volants de bronze.

— Soyons prêts à ouvrir les vannes quand Bernard nous en donnera l'ordre, car l'affaire tourne mal, dit Grégoire.

— J'ai pourtant prié pour que Jacques recouvre la raison, soupira Fos avec regret.

Charnay désigna la porte en s'exclamant avec fureur :

— Ils veulent inonder le Temple !

— Les judas !, s'écria Odon. Ils avaient préparé leur affaire et sont en nombre !

Il voulut s'élancer ; trois chevaliers de la partie adverse lui coupèrent le chemin. Tout se passa alors très vite. Ce semblait être le résultat d'un plan longuement mûri et répété. Bernard de Josse se jeta sur le Grand Maître qu'il bouscula afin de s'emparer du Testament du Fou tout en menaçant de son épée Gilbert, venu s'interposer.

— Ne te mets pas sur mon chemin, frère Gilbert ; tu n'es pas de taille !, lui conseilla sèchement Josse.

— Le mot *frère* pue l'urine dans ta bouche !

— Mon pauvre petit Gilbert !, dit simplement Josse en lui passant son épée au travers du corps.

Le jeune homme s'écroula sur lui-même, ouvrant de grands yeux enfantins, comme surpris de ne ressentir aucune douleur. Rien qu'un peu de froid dans la poitrine, là où aurait dû battre encore son cœur. C'est ainsi qu'il mourut : un grand silence en lui, autour de lui, accompagné dans son trépas par le regard effaré de son Grand Maître.

Charnay intervint et obligea Josse à battre en retraite. Les épées tranchaient l'espace en sifflant et se heurtaient avec violence dans des éclats d'éclairs.

— Le Fragment, Geoffroy..., balbutia Molay. C'est notre dernière chance !

Josse parvint à s'enfuir, soutenu par ses hommes qui le couvraient. Ils se dirigèrent tous vers la porte qu'ils franchirent en hâte pour la refermer aussitôt derrière eux, interdisant à Geoffroy de Charnay de les suivre.

— La porte !, cria celui-ci. Ils mettent les verrous...

Odon se releva. Il lui semblait avoir perdu connaissance l'espace de quelques secondes. Son épaule gauche était ensanglantée... Il se souvenait. Il avait livré un âpre combat contre trois des frères du parti de Bernard de Josse. Il découvrit alors seulement que Gilbert gisait dans une mare de sang au pied de l'autel. Que le Grand Maître se tenait debout, pareil à un mort dressé hors de son tombeau. Que Charnay frappait du pommeau de son épée contre le bois épais de la porte en lançant des jurons et des anathèmes aux renégats.

À l'extérieur, Armand de Griet demanda à Bernard de Josse :

— Tu n'as pu prendre que le Testament ? Cela signifie donc que...

— Oui, l'eau achèvera notre besogne. Allons, qu'on en finisse au plus vite ! C'est le genre d'ouvrage qu'il faut expédier sans trop réfléchir...

— Ma foi, cela n'allégera pas mon âme, qui me pèse comme une chape de plomb, se plaignit Griet.

Bernard de Josse s'adressa aux deux chevaliers préposés à l'ouverture des vannes, mains sur les volants de bronze :

— Ouvrez les vannes, compagnons. Il ne doit plus rien rester de cette nuit. Rien !

Tout en s'exécutant, Fos ne put s'empêcher de remarquer :

— Dire que c'est Jacques en personne qui a inventé

ce mécanisme pour le jour où nous aurions dû *démolir* la Loge en cas de danger ! Et nous retournons le gluau contre lui !

— Je crains fort que nous soyons damnés pour cela, remarqua Grégoire.

Les volants tournés, les templiers entendirent un mécanisme complexe se mettre en branle sous leurs pieds : des roues dentées, des chaînes, des engrenages... Un bruit implacable qui faisait vibrer le sol et les murs du souterrain.

— Allons, fit Josse. Retournons à la chapelle.

Derrière la porte cadenassée, Charnay avait cessé d'invectiver les traîtres.

47.
L'anneau

L'homme à la torche ouvrait le chemin. Les sept templiers longèrent à nouveau les marais, déchirèrent le bas de leurs capes aux épines des ronciers, s'engouffrèrent dans la forêt et retrouvèrent la petite chapelle.

Josse tendit le Testament du Fou à Armand de Griet en lui disant :

— Mets le Testament dans les fontes de mon cheval. Il me reste encore une chose à accomplir à l'intérieur de la chapelle.

— Hâte-toi, Bernard. J'aimerais être loin d'ici. J'ai l'impression d'entendre nos frères hurler sous terre.

La nuit était claire, encore tiède, son ciel clouté d'étoiles nombreuses. Josse poussa la porte de la chapelle ; il dut laisser ses yeux s'accoutumer à l'obscurité avant de la traverser et de se rendre jusqu'au mur sur lequel étaient gravées les lettres V.I.T.R.I.O.L., près du blason représentant les deux chevaliers chevauchant une unique monture.

Il y avait aussi un anneau de bronze accroché à une manille, juste au-dessous des sept lettres. Josse le défit de son attache. Il ne put réprimer un frisson en le prenant entre ses mains. Un reste de superstition... ? Mais combien d'hommes l'avaient-ils touché ? Très peu, en vérité, pensa le chevalier. Jésus lui-même qui, très âgé, l'avait fait confectionner pour ouvrir et refermer un jour sa propre tombe, *Jean frère par les Douze*, puis quelques disciples... Jusqu'à ce que Hugues de Payns le place dans la chapelle après avoir parachevé les travaux dans la forêt et avoir déplacé le corps du Christ pour le déposer dans son nouveau tombeau, à l'abri des Gardiens du Sang.

Josse savait que l'anneau était la pièce indispensable à l'accomplissement du plan des frères Premiers. Sans cet objet, il était impossible de pénétrer dans le sépulcre de Jésus.

Bernard de Josse ressortit de la chapelle. Ses six compagnons étaient déjà en selle. Armand de Griet avait donné l'ordre d'emmener les chevaux de Jacques de Molay et de ses amis : il ne devait subsister aucune trace de leur passage en ces lieux.

Josse enfourcha sa monture et, sans un mot, l'obligea à avancer de deux coups de talon dans le flanc. Les six chevaliers le suivirent, le visage sombre, les yeux baissés.

Ils s'enfoncèrent dans la forêt où s'épaississait la nuit. La torche avait été éteinte et l'on allait de mémoire, se fiant à l'adresse des chevaux qui faisaient claquer leurs sabots sur la terre durcie.

Ils traversèrent une clairière que la lueur de la lune animait de longues ombres. Ils passèrent devant la statue du Cathare, se retournèrent vers lui, gardien immobile d'un passé de feu et de cendre.

Josse fit marquer un temps d'arrêt à son cheval et, fixant la statue, il pensa : « *Non nobis, domine, non nobis, sed domini tuo da gloriam*[1]. »

---

1. Non pour nous, Seigneur, non pour nous, mais pour la gloire de Ton nom.

Puis la troupe retrouva la noirceur des bois avec leur odeur lourde, leurs cris d'oiseaux.

Armand de Griet rompit le silence pesant qui s'était emparé des hommes.

— Tu ne nous as pas encore dit où l'on cachera désormais le Testament du Fou, Bernard, dit-il.

— Là où le pape ne pourra jamais le trouver. Là où ses chiens de chasse, les Gardiens du Sang, ne viendront pas le chercher.

Ce fut tout ce qu'ils se dirent en chemin.

48.
L'évasion

Une eau boueuse jaillissait à grands flots bruyants des meurtrières pratiquées dans les murs de la crypte ; elle avait déjà atteint les genoux de Jacques de Molay, Geoffroy de Charnay et Odon Lanvoisier.

— Nous voici coincés dans la souricière, mon Maître, dit Charnay. Nous allons y périr noyés en moins d'une heure, n'est-ce pas ?

— En effet, admit Molay. Tout l'étang du Buy est en train de se déverser dans le Temple. Je suis malheureusement le mieux placé pour savoir qu'il n'y a aucun espoir à envisager, ayant moi-même conçu ce mécanisme.

Odon intervint, le visage rouge d'excitation :

— Il nous reste peut-être une chance à tenter. Essayons de nous hisser vers la surface par cette bouche d'aération.

Il leur désigna l'étroit orifice dans le mur nord et ajouta :

— Sa taille est suffisamment grande pour qu'un homme puisse s'y glisser.

— Ce n'est qu'un étroit goulet, Odon !, s'exclama Molay. Un cul-de-sac dans lequel nous péririons étouffés.

Charnay posa une main sur le bras de son ami et dit :

— Mais nous l'avons renforcé autrefois de quelques solides moellons. Essayons et sauvons le Fragment Sacré que tu remettras au pape.

Le Grand Maître mit la relique dans sa chemise. Odon se dirigeait déjà vers la gueule noire du conduit d'aération. Il lui fallut écarter le corps de Gilbert qui flottait devant le mur.

— Ton épaule tiendra-t-elle ?, demanda Charnay.

— Il le faudra bien, répondit Odon. Je me doute que ça monte sec, non ?

— Par mon âme, dit Molay qui se mit à trembler, ce puits monte à pic. Je me demande si...

Charnay comprit aussitôt.

— Tu ne te demandes rien, Jacques, coupa-t-il sèchement. Je te devancerai et te donnerai la main. Odon te suivra et te poussera aux fesses s'il le faut, mais je puis t'assurer que tu monteras et que dans moins de temps qu'il n'en faut à un abbé pour réciter un *confiteor*, tu respireras le bon air de la nuit !

— Je suis un vieil homme, Geoffroy !

— Tu fus un rude gaillard et tu dois t'en souvenir, mon ami.

Charnay s'engagea dans l'orifice en se plaignant :

— J'ignorais avoir tant grossi. Je jeûne pourtant tous les vendredis et suis bien discipliné lors du carême, comme le veut l'usage des bonnes gens !

Molay sourit.

— Tu es à l'âge de la maturité, mon cher Geoffroy. C'est une époque où le gras s'empare des muscles. Il te manque sans doute de faire un peu de sévères exercices. Dois-je te faire remarquer que si tu restes coincé, nous allons mourir noyés, Odon et moi, alors que tu demeureras le cul dans l'eau à respirer sottement par cette gaine ?

— J'avoue que la posture ne serait pas digne d'un chevalier, dit Charnay en déployant de violents efforts pour se glisser dans la chatière.

Il y parvint cependant au terme d'une patiente reptation, après avoir tortillé des fesses comme un damné. L'eau arrivait maintenant aux cuisses des hommes et n'allait pas tarder à envahir le puits.

— À ton tour, dit Odon à Jacques en l'aidant à se plier et à passer la tête et les épaules par l'orifice.

Les os et les chairs du vieillard n'étaient plus qu'une sourde douleur. Le mal se répandait dans tous ses membres, dans chaque articulation, rayonnait dans les artères, la poitrine, les tempes. Et il battait, battait dans la nuque où il avait élu son siège. C'était une torture.

Charnay se hissa contre la paroi en s'agrippant à une pierre saillant à peine du mur de terre. Il tendit sa main valide au Grand Maître qui l'empoigna tout en ne pouvant réprimer une plainte. Les os de son poignet craquèrent.

Puis vinrent des réflexes. Un pied trouva un fragile support, les doigts s'accrochèrent à une aspérité, les hanches s'élevèrent. Molay gagna un mètre, un autre. Certes, l'ascension était périlleuse, on manquait de glisser à chaque instant, on s'arrêtait pour reprendre haleine, la poitrine collée contre la pierre et la glaise mouillée, on repartait en se donnant courage de la voix, on commençait à croire en la Providence.

Ils avaient presque atteint leur but quand Charnay s'écria :

— Ne sentez-vous pas la douceur de la nuit ?

Molay reçut en effet sur le visage la légère caresse d'un air chargé du suc des bois.

— Une bénédiction, reconnut-il. Aurais-je pu penser que ma vieille ossature me porterait jusque-là ? Eh bien, Odon, n'es-tu pas heureux ?

— Frères...

Odon les appelait. Une plaintive prière : « Frères... Je glisse ! »

Son épaule blessée, trop longuement sollicitée, l'empêchait maintenant de se retenir aux arêtes des pierres enchâssées dans le mur de glaise. Le poids de son corps ne pouvait être supporté par une seule main. Son bras gauche d'où suintait le sang pendait désormais le long de sa cuisse, inutile.

— Je vais te donner la main, lui dit Molay.

Odon leva la tête vers le Grand Maître qui tentait de le sauver. Ses doigts s'engourdissaient, ripaient sur l'arête d'un moellon. Ils finirent par lâcher prise et le jeune homme chuta, se fracassant contre les parois resserrées.

— Ne regarde plus en arrière, conseilla Charnay à son ami. Dégageons-nous de ce goulet, nous prendrons plus tard le temps de prier pour Odon et Gilbert.

Les deux rescapés parvinrent à s'extraire du puits et débouchèrent dans une grotte basse et terreuse où ils durent ramper quelque temps avant de gagner l'air libre de la forêt.

Épuisé, Molay s'affala dans l'herbe, face au ciel étoilé, les bras en croix, la respiration difficile.

— Voici donc tout ce qu'il reste de la Loge Première ?, remarqua-t-il amèrement. Un vieillard et son fidèle ami...

— Pense à l'Ordre et à tous ses chevaliers que tu sauveras en remettant le Fragment Sacré à l'Église.

— Des milliers de vies en échange d'un morceau de vélin ! Mais cela suffira-t-il ? L'épiscopat n'admettra jamais que subsiste un exemplaire du manuscrit maudit. Il craindra sans cesse que la Vérité éclate un jour et ruine son influence. Peut-on imaginer qu'il arrête et condamne ceux qui l'ont tant servi ?

— Notre Ordre est trop puissant, Jacques. Nous sommes devenus d'encombrants banquiers.

Molay se redressa sur un coude. Sa respiration s'était enfin calmée.

— Alors, peut-être que notre frère Bernard de Josse ne nous aura pas trahis en vain ?, dit-il d'une voix plus claire. Qui sait si ce n'est pas lui qui a eu raison, cette nuit ?

— Nous l'apprendrons bientôt. Viens... Viens, mon Maître.

Et Charnay lui tendit la main. Molay se releva. La douleur ne l'avait pas quitté, mais s'était cependant légèrement estompée, comme neutralisée par la peine d'avoir été trahi et d'avoir perdu deux de ses plus fidèles compagnons, Gilbert et Odon. Elle se réveilla lorsqu'il se remit en marche, grimaçant sous les assauts du mal qui le rongeait et l'assaillait à chaque pas.

— Appuie-toi sur mon bras, Jacques.

— Il m'est doux de conserver un ami tel que toi, Geoffroy.

— Quant à moi, je suis fier de t'avoir pour Maître.

— Ton amour est aveugle, soupira de Molay. Qu'ai-je apporté à notre sainte Loge, sinon sa destruction ? Vois ce que j'ai fait de l'héritage de Jésus !

— Tu n'es pas responsable et il est inutile de te mortifier. Josse a raison sur un point : le roi Philippe est un renégat. Tu joues un jeu dangereux avec lui et avec l'Église. Je persiste néanmoins à penser que tu pourras apaiser leur ressentiment contre l'Ordre en leur remettant le Fragment Sacré. Ce geste devrait prouver ta bonne foi et leur montrer que nous nous soumettons. Il n'y a point d'humiliation dans la volonté de sauver ses frères.

⁂

Respectant son engagement, Jacques de Molay remit le Fragment Sacré au roi Philippe le Bel, à charge pour lui de le transmettre au pape afin de récolter les lauriers de cette délicate affaire. Mais le pape n'en voulut pas. Il avait un tout autre projet pour ce qui concernait cette relique. Il en fit part au monarque...

Un mois après leur évasion de la crypte immergée, le 13 octobre 1307, Jacques de Molay, Geoffroy de Charnay et tous les templiers de France étaient arrêtés, et leurs biens placés sous séquestre.

49.
Le bûcher

Sept ans plus tard, au soir du dix-huit mars mil trois cent quatorze, un bel homme de quarante-six ans se tenait assis près d'une fenêtre donnant sur l'île des Javiaux où venait de naître la rumeur d'une foule qui ne cessait plus de grossir. Les points de feu des torches dansaient au-dessus d'une marée de têtes, des bras se levaient, des chants montaient dans la brise flottant sur la Seine, des clameurs grondaient.

La pièce était plongée dans l'ombre. Seul un candélabre diffusait une faible clarté ; ses bougies fondaient en pleurs brûlants, leur cire gouttant sur le sol de grès.

Le bel homme au profil délicat, au grand front légèrement bombé, était assis sur une chaise à haut dossier, le menton posé dans une main. Sobrement vêtu, une cape passée sur les épaules, il attendait.

Le roi Philippe respira longuement l'air du soir que colorait un soleil rouge parti se noyer dans une forêt de toits. Il entendit un frottement derrière lui et se retourna à peine, devinant de qui il s'agissait. Car la présence qui était silencieusement entrée dans la salle lui était familière. Il en connaissait les coutumes.

— Ah, c'est vous, Nogaret... Vous et votre manie de sortir de l'ombre comme un chat !

Guillaume de Nogaret s'approcha du roi à pas feutrés, glissant plus qu'il ne marchait, exécutant de ridicules petits pas de danse maniérés sur ses maigres mollets.

— Je suis venu vous dire, Sire...

Il ménageait ses effets. Il se comportait toujours de la sorte. Commençait une phrase. S'arrêtait net. La reprenait un ton plus bas, comme délivrant chaque fois un secret.

— Tout a été exécuté selon les ordres du pape Clément, conclut-il dans un murmure.

— Le Saint-Père est ainsi comblé ! Nous avons fait arrêter jadis Jacques de Molay alors qu'il nous avait remis le Fragment Sacré. Fallait-il agir ainsi pour préserver la monarchie et la papauté ?

La voix du roi Philippe était envahie d'une indicible tristesse. Nogaret feignit de ne pas le remarquer et reprit :

— Le Fragment n'aura jamais existé ! On l'a accroché au cou du Grand Maître. Le feuillet brûlera avec lui et Geoffroy de Charnay. Mais ni l'un ni l'autre, malgré la torture, n'ont avoué l'emplacement du Temple de leur Loge. Quant au manuscrit, mes espions pensent que c'est Bernard de Josse qui l'a placé en lieu sûr il y a quelques années...

Guillaume de Nogaret était un étrange personnage. Il s'était acharné sur les Templiers après avoir humilié le prédécesseur du pape Clément, qu'il détestait. C'était un légiste retors, implacable. Son âme avait déteint sur sa peau qu'il avait grise et fripée. Ses petits yeux ronds n'exprimaient jamais aucun sentiment. On eût dit deux agates mortes que la lumière était incapable de traverser.

Il poursuivit :

— Bernard de Josse est introuvable. Il est à craindre qu'il ait réveillé sa secte.

Le roi Philippe eut un faible sourire.

— Je vous fais confiance, Guillaume : vous chercherez... Puis d'autres après vous. Sans cesse ! Je vous en prie, laissez-moi maintenant. J'entends les tambours, le supplice ne saurait tarder.

Nogaret disparut dans l'ombre de la pièce, ses pas fuyant sur le dallage en lents sifflements. Le roi Philippe reprit l'observation de l'île des Javiaux. Les tambours s'étaient tus et leurs roulements monotones et funèbres avaient laissé place au glas. La foule exhala un long souffle qui se transforma bientôt en grognement.

« J'avais un vieil ami sincère et dévoué... Ce malheureux Jacques ! Dire qu'il a cru en ma parole... »

La voix hystérique de la foule lui disait que Jacques de Molay et Geoffroy de Charnay venaient d'être amenés sur le lieu de leur supplice. De sa fenêtre, il ne pouvait voir les détails de la scène, mais se les imaginait aisément.

Il eut soudain froid.

*
**

Une foule imposante s'était réunie pour assister au martyre des deux derniers templiers. Des hommes en armes conduisaient les condamnés, malmenés, tiraillés et insultés par une populace excitée et avinée.

Jacques de Molay et Geoffroy de Charnay n'avaient pas les mains entravées. Ils se défendaient piteusement en se protégeant le visage des crachats ou des projectiles divers qu'on leur lançait pour les humilier : des légumes, des cailloux, des morceaux de pain imbibés d'urine.

Railleries, quolibets, injures. La foule se libérait de cette animalité que tout homme garde chevillée à l'âme et qui ne demande qu'à s'exprimer lors de cérémonies honteuses.

En tête du convoi, un dominicain portant une grande croix marchait cérémonieusement, pénétré de son rôle.

Des enfants assistaient à la scène. Ils étaient sans doute les seuls à ne pas exulter, impressionnés et terrifiés par un tel déversement de haine. Horrifiés de voir leurs parents s'abandonner à des sentiments aussi bestiaux. Mais ces gosses deviendraient à leur tour des adultes...

La foule.

Molay parlait à Charnay tandis qu'on les faisait monter sur l'estrade où avaient été entassés des fagots bien serrés qu'un bourreau et ses deux officiants enduisaient de poix. Les torches qui allumeraient le brasier étaient prêtes et attendaient, fichées dans leurs portiques en fonte.

— Déchire ta chemise avant qu'on ne te lie au poteau, Geoffroy. Offrons notre cœur aux flammes, et partons sans regret.

— Certes, j'abandonne bien volontiers ce monde de traîtres et de tueurs.

Un des officiants prépara les cordes. Molay déchira sa chemise avant qu'on ne l'attache au pieu de bois rêche.

— Je veux que tous voient le Fragment Sacré pour lequel nous nous sommes perdus, prononça le vieil homme.

La foule massée aux pieds des deux hommes ne l'entendait pas.

Une femme demanda :

— Qu'a-t-il au cou, le vieux ?

Un homme répondit :

— Sans doute la liste de ses péchés, qu'il va emporter en enfer.

Un autre reprit :

— Ils doivent être écrits bien petits, car on dit que les fautes des templiers sont nombreuses.

— Sûr, ils ont le cul large, à ce qu'il paraît !

— Ils crachent sur la sainte Croix et se prosternent devant des idoles hideuses.

On achevait de lier les deux hommes. L'un et l'autre se laissaient faire avec dignité ; ils savaient depuis longtemps que leur sort avait été scellé par le roi et le pape, et ils s'étaient habitués, tout au long de leur captivité, à l'idée de mourir. Mais Molay, tournant son visage maigre et pâle vers l'officiant qui lui prenait les mains pour les ligoter, lui demanda :

— Qu'on me laisse joindre les mains et adresser au Vrai Dieu ma prière. Je ne meurs pas... Je m'en retourne visiter la terre pour m'allonger auprès de mon frère Premier.

Sa requête fut acceptée par le dominicain, convaincu de prouver par là sa magnanime indulgence et sa pieuse pitié.

Ainsi Molay put joindre les mains sur sa poitrine. Ce geste ébranla les premiers rangs de la foule, qui se turent. Comme une vague, le silence roula sur l'assemblée et s'en empara, laissant d'un coup apparaître toute l'horreur de l'événement. On allait brûler deux hommes dont l'un était un vieillard noueux, hâve, qui semblait dormir debout, figé dans une intense prière.

Le bourreau et ses aides saisirent les torches et commencèrent d'enflammer les premiers fagots. Le feu gagna assez rapidement les grosses bûches soigneusement empilées et suffisamment aérées pour que le brasier prenne bien.

Le dominicain éleva sa grande croix en direction des deux templiers.

Les flammes grimpèrent sur le monticule de bois dans une spirale d'épaisse fumée qui obligea la foule à effectuer un mouvement de recul. Une femme attira son gamin dans ses jambes. Les faces hilares s'assombrirent, marquant une expression de dégoût. Le drame était devenu tangible. Il contribua à chasser ce qui restait de bestialité dans le cœur des curieux.

La foule avait honte. Dégrisée, c'est sans joie qu'elle s'obligea à demeurer au spectacle des deux malheureux hérétiques qui toussaient et reniflaient piteusement dans l'âcre fumée.

*
**

À la fenêtre du Palais-Royal, Philippe le Bel vit la lueur du bûcher s'intensifier dans le soir bleuté. Une lueur d'un jaune presque blanc, pareille à une lumière surnaturelle. Sans doute était-ce le silence anormal qui rendait cette clarté aussi mystérieuse.

Il ferma les yeux un instant. Quelques longues secondes, comme une éternité noire et glacée. Il les rouvrit, humides et piquants.

« J'avais un vieil ami sincère et dévoué... », répéta-t-il à voix haute.

*
**

Jacques de Molay et Geoffroy de Charnay étaient à présent noyés dans les flammes qui attaquaient leurs jambes, léchaient leur poitrine, leur voilaient les yeux d'une eau rouge sang.

La cordelette de chanvre passée au cou du vieillard, à laquelle avait été accroché le Fragment Sacré, était en train de se rompre en émettant de fines flammèches.

Molay serait bientôt libéré des douleurs de son corps sénile, ravagé de rhumatismes. Libéré aussi de son chagrin.

Ce fut alors qu'une vision le saisit. Une succession de brèves images qui l'éblouirent. La révélation d'un futur proche. Tout son être en fut dulcifié. Sa peau, qui cloquait en d'épouvantables plaies, ne fut plus qu'une insignifiante meurtrissure.

La cordelette de chanvre allait bientôt lâcher. Le feuillet de parchemin était attaqué à son tour par le feu.

Jacques de Molay, dernier Grand Maître de l'ordre des Templiers, leva sa tête auréolée par l'éclat du brasier vers le ciel assombri et lança d'une voix forte et rauque :

— Pape Clément ! Et toi, roi Philippe ! L'année ne sera pas achevée que vous comparaîtrez devant le tribunal de Dieu !

L'écho de sa malédiction résonna dans l'esprit de la foule tremblante et effrayée.

Le Fragment Sacré quitta la poitrine du vieillard et s'envola telle une flamme follette, passant au-dessus du dominicain épouvanté. Le parchemin donnait le sentiment de posséder une vie propre, de vouloir s'enfuir de ces lieux et de cette époque...

Il survola la foule et celle-ci regarda passer ce petit

oiseau de feu avec une inquiétude mêlée de superstition. Il se désagrégea dans la nuit, éclatant en minuscules points de lumière.

— Seigneur !, s'exclama une femme avec terreur. On dirait l'âme des Templiers qui s'envole !

50.
Le Tau

« Clément V et Philippe le Bel moururent effectivement dans l'année ! », précise Mosèle.

Hertz sourit en plissant les yeux à cause de la fumée du cigare qu'il a allumé au cours de son récit. Pain et fromage ont été mangés. La bouteille de vin a été vidée. Le vieil avocat a le feu aux joues et un peu de sueur perle à son front.

— Vous avez raison, Didier. Le pape ne survécut pas aux atteintes d'une dysenterie mal soignée. Le roi Philippe fut victime d'un accident de chasse. De crédules paysans virent dans le sanglier qui déchira la royale couenne la réincarnation de Jacques de Molay, revenu d'entre les morts sous cette apparence pour exécuter sa sentence. Une légende veut aussi que des templiers qui avaient évité l'emprisonnement aient organisé un traquenard pour piéger le Bel.

— On dit parfois que le pape Clément aurait été empoisonné, renchérit Mosèle. Encore un coup des Templiers, d'après vous ?

Le sourire de Hertz s'accentue.

— Nul ne saurait le jurer. C'est possible, après tout. À moins que la mort de l'un et de l'autre ne soit que pure coïncidence ? Pourquoi glisser de la magie là où il n'y a que du hasard ?

Le vieil avocat tire longuement sur son cigare, y éprouvant un plaisir sensuel qu'il ne cherche pas à dissimuler mais que rompt Mosèle en demandant :

— Nogaret ne put donc apprendre où se situait le Tombeau du Christ ?

À regret, émergeant de la fumée, Hertz répond :

— Vous avez compris que les Templiers qui annotèrent le Testament du Fou avaient laissé en marge quelques repères pour des successeurs initiés... Mais le conflit entre les Premiers, puis la mort de Jacques de Molay effacèrent le Secret de Hugues de Payns.

— Pourtant, le manuscrit a été retrouvé ! Et cette Loge Première, qu'est-elle devenue ? A-t-elle été reformée plus tard ? Et quand ?

Hertz regarde la pointe incandescente de son cigare qu'il fait rouler entre pouce et index.

— Vous ne boiriez pas un petit marc ?, propose-t-il. Ou un cognac ?

— Vous ne voulez pas me répondre, *mon frère* ? Si vous connaissez tous ces événements que l'Histoire officielle n'a pas retenus, c'est que...

Mosèle n'a pu s'empêcher de marquer son impatience. Il n'est pas dupe du jeu de ce gros chat madré.

— Plus tard, vous ai-je déjà dit...

Cependant, Mosèle insiste :

— La Loge Première existe toujours, n'est-ce pas ? Et vous... QUI ÊTES-VOUS, MARTIN ? Pourquoi détenez-vous le Testament du Fou ?

— Ah, le Testament ! Je l'ai mis en sécurité. Il n'est plus ici depuis que les Gardiens du Sang ont tenté de me le dérober. Quant à vous, avez-vous progressé sur la copie que je vous ai donnée ?

— Je n'en ai pas eu beaucoup le temps. Il m'est néanmoins apparu comme une évidence que le narrateur qui se nomme *Jean frère par les Douze* n'est autre que l'Évangéliste. Mais je ne vous apprends rien.

— Naturellement.

— Il aurait d'ailleurs vécu bien vieux, puisque l'on situe sa mort à Éphèse aux alentours de l'an 101. Il aurait eu quatre-vingt-dix-huit ans.

— Je ne suis pas certain qu'il soit mort à Éphèse, rectifie Hertz. Je pense plutôt qu'il est resté avec le Christ en forêt d'Orient et qu'il y est demeuré après le décès de celui-ci.

Mosèle reprend :

— Il aurait écrit deux Évangiles, le Testament du Fou éclairant le premier et précisant son Apocalypse ?

— C'est évident, Didier. Rappelez-vous justement un passage de l'Apocalypse où Jean, exilé par l'empereur Domitien à Patmos, reçoit la vision du Christ, tout de blanc vêtu, qui lui impose « d'écrire ce qu'il a vu, le présent et ce qui doit arriver plus tard ». Dans l'Apocalypse, il ne s'agit que d'une apparition, alors que dans le Testament il est question de la visite réelle de Jésus, qu'il relate ainsi :

« Il était vivant et non mort
Tel que le peuple l'avait pensé
Trois baisers il me donna.

Blancs sa tête et ses cheveux
Comme de la laine blanche
Comme de la neige... »

— Vous connaissez donc le Testament du Fou par cœur, Martin ?

— Je l'ai tant lu ! Je le connais en effet comme si je l'avais écrit de ma propre main.

— Mais il a fallu attendre la mort de Néron pour que l'on permît à Jean de quitter son exil.

— L'histoire officielle, Didier ! Je suis enclin à croire la parole même de Jean dans le Testament plutôt que celle de divers chroniqueurs. Il est possible que l'Évangéliste ait effectivement abandonné l'île de Patmos alors qu'il y serait volontiers resté, adopté par la population qu'il avait convertie à ses idées et qui l'appréciait. Il aurait suivi cet homme, « la tête et les cheveux comme de la laine blanche, comme de la neige... ».

— Jésus... Un Jésus âgé revenu chercher son plus fidèle apôtre. Ainsi, il n'y a plus à en douter, le Testament est la preuve irréfutable que Jésus n'a pas été crucifié !

— En doutiez-vous ?, demande Hertz en se levant de table et en ajoutant : J'ai un excellent marc. Je vais nous en servir une goutte.

Mosèle allume une cigarette, aspire une goulée de tabac blond et regarde pensivement son vieil ami ouvrir la porte d'un placard, en sortir une bouteille sans étiquette, déjà grandement entamée. « Un gros chat, oui ! Et je suis la souris avec laquelle il s'amuse. Dans quel but ? »

Hertz a pris deux petits verres qu'il remplit, se rassoit et consacre quelques longues secondes à humer l'alcool avant de le laper.

— Goûtez-moi cela, Didier. C'est un ami qui produit dans l'Yonne ce délice. Il y a des gens décidément très utiles sur terre ! Des bienfaiteurs...

Mosèle trempe ses lèvres.

— Mince, dit-il. C'est une *boisson d'homme* !

— Léa n'apprécie pas trop que j'en boive ; elle est persuadée que je mourrai d'une cirrhose. Je crois bien que je m'en moque. Cirrhose, cancer du poumon, diabète...

Mosèle repose son verre. Sa gorge le brûle, les muqueuses enflammées d'un puissant goût de fruit poivré, cuit et recuit.

— Qui est mort sur la Croix, Martin ?

— Cela aussi, vous le savez, Didier. Thomas et Jésus se détestaient. Thomas, le frère jumeau du Christ, a tenté d'assassiner ce dernier et l'a laissé pour mort.

— Bon Dieu !, s'exclame Mosèle. Les proches mêmes de Jésus pensèrent qu'il était mort. Il fut déposé dans un suaire, n'est-ce pas ? Et...

— Et ?

Hertz est penché par-dessus la table. Sa grosse tête aux joues flasques et rouges, ses yeux quasiment clos, un sourire en biais, il attend.

Quelques phrases d'une strophe du Testament du Fou s'imposent à l'esprit de Mosèle. Nettes, semblables à une vision :

> *« Aux Oliviers le frère mort en son suaire*
> *À son jumeau traître fait remontrances*
> *Et le maudire aux Siècles des Siècles... »*

La satisfaction se peint sur le visage de Hertz qui reprend sa place, puis lâche un long soupir pareil à celui d'un sportif après l'effort. Il se passe une main sur le front pour en chasser les gouttes de sueur.

Mosèle poursuit :

— La cohorte n'a pas arrêté Jésus sur le mont des Oliviers. Elle a arrêté son jumeau. Le Christ a laissé condamner son frère !

— Cela a toujours été la théorie de Pontiglione.

— Je me demande encore...

— Oui, Didier ?

— Je m'interroge : est-ce une croix ou un « T » que le professeur a dessiné de son sang sur ma poitrine ? Lorsque j'ai quitté mon pull, j'ai noté que la barre verticale de la croix dépassait à peine du bras transversal.

Pourquoi Mosèle s'imagine-t-il soudain que Hertz lui joue la comédie ? Le vieil avocat roule les yeux et, faisant mine de réfléchir intensément, prononce :

— Mais... oui ! Bien sûr : le T... Le T grec ! Le TAU ! Je crois en effet que c'est « TAU » qu'il voulait vous faire comprendre.

— La potence des crucifiés était en forme de Tau, précise Mosèle, contrarié, certain que le vieil avocat n'attendait que cet instant pour lui confirmer cette découverte.

— Naturellement. Un Tau et non une croix. Vous m'avez bien dit que Francis s'était rendu à Reims alors qu'il enquêtait en solitaire ?, interroge Hertz de sa voix mielleuse.

— En effet. Mais il ne m'a pas précisé où exactement.

— J'ai pensé à la lettre grecque en raison du palais du Tau, accolé à la cathédrale de Reims. Si mes souvenirs sont exacts, il me semble que l'on y conserve pieusement quelques rares écrits de Hugues de Payns.

— J'ai parfois l'impression d'être un chien au bout d'une longue laisse que vous tenez en main, Martin.

— Non. Vous êtes un ami à qui je donne la main... Vous êtes ma jeunesse. Reprenez de ce marc, il est excellent, ne trouvez-vous pas ? Il aide à la réflexion et stimule l'esprit !

51.

La lettre de Hugues de Payns

Reims. Mardi, quatorze heures vingt.

Didier Mosèle a garé sa Golf place du Cardinal-Luçon et entre dans la cour de l'ancien palais de l'archevêque de Reims, le palais du Tau, dont les bâtiments dessinaient autrefois un « T », jusqu'à ce que le monument, au XVIIe siècle, soit fortement modifié par l'architecte Robert de Cotte. L'édifice subit encore de graves dommages en 1914-1918, puis sa restauration ne s'acheva qu'après la Seconde Guerre mondiale. Il abrite aujourd'hui un musée où l'on peut admirer le Talisman de Charlemagne, le « calice » avec lequel était célébrée la communion des rois de France durant la cérémonie de leur sacre, ainsi que les dix-sept tapisseries illustrant la vie de la Vierge, jadis propriété de la cathédrale. Le palais du Tau fait partie du Patrimoine mondial établi par l'Unesco.

Dans la matinée, Mosèle a pris rendez-vous par téléphone avec le conservateur Georges Lamblin, un homme d'une cinquantaine d'années, petit et sec, mais d'allure d'emblée sympathique. Crâne dégarni, lunettes, costume bleu sombre et cravate nouée à la hâte, il est manifestement enchanté de rencontrer Didier Mosèle et en témoigne par une poignée de main aussi vigoureuse que chaleureuse.

— Je vous remercie, monsieur le conservateur, d'avoir accepté aussi rapidement de me recevoir.

— Mais c'est un honneur, professeur... J'ai lu et apprécié tous vos articles, tous vos ouvrages ! J'ai même assisté à l'une de vos conférences... Vous l'aviez donnée en Sorbonne il y a une petite dizaine d'années. Si je me souviens bien, le titre en était : *« Courant naturaliste dans l'enluminure parisienne. »* C'est bien cela, n'est-ce pas ?

— N'avais-je pas été trop barbant ?, sourit Mosèle.

— Passionnant, plutôt !, répond avec enthousiasme le conservateur, entraînant Mosèle dans la salle du Goliath qu'il l'oblige à traverser au pas de charge pour le conduire dans un couloir privé desservant bureaux et salles d'archives.

Mosèle aurait aimé s'attarder un peu et admirer les trésors du musée tout en se faisant la réflexion qu'il ne lui était jamais venu à l'esprit de le visiter.

Poussant une porte donnant sur un nouveau couloir, le conservateur reprend :

— Comme je vous l'ai dit au téléphone, c'est aussi avec plaisir que j'ai reçu à plusieurs reprises le professeur Marlane. Je... Enfin, j'avoue que je partageais l'originalité de ses thèses !

— Francis est venu souvent au palais du Tau ?

— En effet. Trois ou quatre fois. Quelle étrange et macabre coïncidence : son suicide... Puis la mort du professeur Pontiglione, avec qui je correspondais parfois.

— Vous connaissiez aussi Ernesto ?, s'étonne Mosèle.

— Lui et Francis Marlane s'intéressaient de près à une lettre de Hugues de Payns envoyée à Bernard de Clairvaux qui, comme vous le savez, devint saint Bernard. Une missive surprenante de la part d'un homme simple comme ce chevalier !

— Me permettriez-vous de jeter un coup d'œil à ce parchemin ?

— Naturellement ! J'ignorais cependant que le vieux démon médiéviste vous avait repris. Je pensais que vous ne vous consacriez plus qu'aux rouleaux de la mer Morte.

Mosèle hausse les épaules, esquisse une mimique coupable :

— Quand la passion vous tient...

Le conservateur sort une carte magnétique de sa poche, la fait glisser dans la fente d'un petit boîtier mural pour commander l'ouverture d'une épaisse porte métallique.

— Nous sommes ici dans la salle des Annales, annonce-t-il avec une évidente fierté en donnant de la lumière. Une hygrométrie parfaite, idéale pour la conservation des parchemins ; je ne vous apprends rien, professeur.

— Avez-vous beaucoup de pièces rares que vous ne présentez pas au public ?

— En fait, nous référençons un peu plus de deux mille cotes dont la plupart ne présentent pas de véritable valeur. Ce sont essentiellement des codex, des livres d'heures, des courriers seigneuriaux ou des fragments de manuscrits qui n'intéressent que les universitaires ou les chercheurs tels que le regretté Francis Marlane. Tous ces morceaux de *veau poli* ne peuvent prétendre rivaliser avec les richesses du musée !

La pièce est haute et étroite. Une sorte de couloir étranglé par deux murs de casiers métalliques numérotés. Le conservateur et Mosèle s'engagent dans cette faille baignée d'une lumière crue après avoir enfilé chacun une paire de gants blancs en caoutchouc.

Un tiroir marqué H-P 2. Le conservateur l'ouvre pour en sortir délicatement une feuille de parchemin couverte d'une écriture fine et irrégulière qu'il vient déposer sur le plateau en verre d'une table lumineuse.

— Voici la lettre. Elle aurait été écrite en 1128, peu après le concile de Troyes.

Mosèle ne peut s'empêcher de l'effleurer, même avec ses gants. Toucher cet écrit du fondateur de l'ordre des Templiers, ce vélin épais et grossier sur lequel le bec de la plume a accroché à maintes reprises, comme en témoignent l'empâtement de certains caractères et quelques éclaboussures d'encre.

Mosèle lit le document à voix haute :

> *« Par votre sainteté et amitié sincère, Bernard, vous devez savoir qu'en terre d'ombre repose dès lors notre frère Premier. Par mes soins en grande sécurité a été mis, pour les siècles, étendu entre Orient et Occident. Pour l'éternité Il sera la Lumière dans l'Ombre. Les deux Jean sur Lui veilleront du Midi au Minuit. »*

— Avouez qu'il y a moins hermétique, n'est-ce pas ?, remarque le conservateur. Ce frère Premier correspond-il à l'un des premiers templiers fondateurs de l'Ordre ? Le professeur Marlane ne m'a guère éclairé à ce sujet.

— Un propos bien obscur, en effet, admet faussement Mosèle. Puis-je avoir une copie de cette lettre ?

— Évidemment. Il y a une photocopieuse au fond de cette salle. Je vais d'abord placer le document entre deux plaques de verre pour le transporter. Comme vous l'avez remarqué, cette pièce est cassante et je ne veux pas prendre le risque de l'endommager.

« Il sera la Lumière dans l'Ombre. Les deux Jean sur Lui veilleront du Midi au Minuit. » Les deux Jean,

pense Mosèle : Jean l'Évangéliste et Jean le Baptiste, patrons des francs-maçons célébrés au solstice d'hiver, le vingt-sept décembre, et au solstice d'été, le vingt-quatre juin. « Se peut-il que la parenté entre les Templiers et la maçonnerie soit aussi forte ? »

— Voici, professeur, dit le conservateur en tendant la photocopie à son visiteur. C'est étrange, j'ai l'impression de revivre la même scène qu'avec Francis Marlane. Nous étions là, l'un et l'autre, devant cette photocopieuse... Il me parlait de ses recherches. J'ai le sentiment qu'il enquêtait sur – comment dire ? – un secret historique ! Oui, un secret lié aux Templiers, enraciné aux alentours de Troyes. Il est surprenant qu'il se soit suicidé avant d'avoir achevé son étude. Mais, la dernière fois que je l'ai vu, je l'ai trouvé nerveux, anxieux... Comme aux abois !

— Dépressif !, le reprend Mosèle. La dépression est en effet probablement la cause de son geste.

Le conservateur hoche la tête en signe de dénégation.

— Non, pas dépressif... Effrayé, plutôt !

*
**

Une fois revenu à sa Golf, Mosèle, avant de mettre le contact, téléphone à Martin Hertz.

— Vous aviez raison, Martin. C'était bien du palais du Tau que Pontiglione voulait me parler. Surtout d'un document écrit par Hugues de Payns. Terriblement maçonnique ! Il y est aussi question du frère Premier dont le corps a été mis en sécurité.

Un blanc au bout du fil. Mosèle poursuit :

— D'autant plus que le Premier apparaît dans le 4Q456-458, ainsi que dans le Testament du Fou. Ce qui confirme que si Jésus n'a pas été supplicié, ce

Premier ne serait autre que lui ! Mais je parie que vous savez tout cela depuis belle lurette ! Je ne fais que tourner autour d'un piquet comme une chèvre !

La voix de Hertz, lasse, mais se voulant chaleureuse :

— Nous en discuterons bientôt, Didier. Je suis à l'hôpital...

52.
Le réveil de Léa

Le visiteur referme son portable et pénètre dans la chambre de Léa au moment où une infirmière en sort.

— Bonjour, Monsieur Hertz. Vous voyez, votre épouse s'assoit presque ; nous sommes en progrès !

— C'est donc une belle journée.

Le vieil avocat tire une chaise pour prendre place tout près du lit. Léa le regarde avec un sourire craquelé. Les yeux éteints, embués, elle lui parle muettement.

Il prend sa main froide et tachetée de brun qu'il place entre ses deux grosses pattes. Depuis combien de temps n'a-t-il pas eu un geste d'une telle tendresse pour sa compagne ?

Il se penche. Elle s'étonne en arquant un sourcil. Il lui dépose un baiser long et appuyé sur les lèvres.

— Ma chérie... Ma vieille amie !

Léa a perçu le rapide sanglot dans la voix. Une fêlure.

Bon, il doit lui dire... Il se secoue, se redresse contre le dossier de sa chaise et se lance :

— Tu devines que j'ai repris mon bâton de pèlerin et mon épée de chevalier, hein ?

Elle abaisse les paupières en signe de confirmation.

Puis elle lui adresse une réprimande affectueuse et complice :

— J'ai toujours su que tu n'abandonnerais jamais, Martin. Tu poursuis un vieux rêve...

— Je suis désolé. Tu as failli en être la victime, alors que j'ai toujours tout fait pour t'éloigner du danger. Tu ne peux pas imaginer comme je le regrette. J'ai cru que je te perdais.

— Tu es persuadé qu'*Il* n'est pas mort sur la croix ? La belle affaire ! Cela ne change rien. Lui ou un autre...

— Mais la Vérité, Léa ! Tous ces crimes commis pour empêcher qu'on apprenne la Vérité ! Toutes ces persécutions, ces bûchers, ces tortures !

— La Vérité..., soupire-t-elle. Est-ce elle qui sauvera Didier Mosèle ?

— Pourquoi dis-tu cela ?, s'insurge Hertz.

— L'autre soir... Il est venu te voir et vous avez passé une bonne partie de la nuit à parler. Il m'a débité un mensonge que je n'ai pas cru. Comme le faisait Francis Marlane avant lui, lorsqu'il te rendait visite.

— Léa !

— Laisse-moi parler, Martin ; j'en ai la force. Tu m'as dit que Francis s'était empoisonné comme cela a été annoncé aux infos et dans la presse. J'ai fait semblant de le croire, mais je sais que c'est faux... Je t'ai entendu téléphoner à quelqu'un ; tu pensais que je dormais. Tu parlais à cette personne du meurtre de Francis. Tu semblais effondré... Coupable !

— Léa !, répète Hertz, mal à l'aise, pris d'une soudaine sudation qui lui colle la chemise à la peau.

— Dans quelle mesure es-tu responsable de la mort de Francis ? Dis-le-moi, Martin. J'ai besoin de savoir...

Les petites mains fragiles de la vieille femme tremblent dans celles, énormes, de son mari.

Il ne sait que répondre. Il laisse passer un long silence avant de se décider à lui dire :

— Je l'ai tué ! Oui, à ma manière, je l'ai tué.

Le menton de Léa s'affaisse sur sa poitrine et elle émet un râle plaintif en murmurant :

— Je m'en doutais. Comment ? Tu ne l'as pas forcé à prendre des médicaments. Comment ?

— En lui révélant certaines choses. En le soutenant dans sa quête...

— Et tu recommences avec Didier Mosèle ?

— C'est différent, cette fois. Je ne reproduirai pas la même erreur. Je ne lâche plus Didier d'une semelle.

— Tu n'es pas seul, n'est-ce pas ? Tu n'agis pas que pour ton compte. Qui sont les *autres* ?

— Allons, tu te doutes bien que je ne peux pas t'en parler.

— Même à moi, ta femme ?

— Justement à toi, Léa. Moins tu en apprendras, mieux cela vaudra.

— Soit, fait-elle, surprenant Hertz en ne cherchant pas à poursuivre plus avant cet interrogatoire.

— Comment te sens-tu ?, s'enquiert le vieil avocat.

— J'ai mal dans la poitrine. Mais je suis vivante et je te vois... Je te vois en train de te tortiller sur ta chaise, suant comme un bœuf, une tonne de pensées te traversant le regard. Nous sommes vivants l'un et l'autre. Je m'en contente ! Pour combien de temps ? Quelle sera la prochaine fois ? Quand m'annoncera-t-on que tu t'es *suicidé,* ou que tu as été renversé par une voiture, ou que tu as péri dans l'incendie de notre maison ? À moins que nous ne soyons tués ensemble lorsque je serai sortie de l'hôpital ?

— Il ne se passera rien de tout cela, chérie.

— Menteur !

Hertz baisse le regard comme un gosse pris en faute. Menteur... C'est ce qu'il est en effet. Un menteur qui progresse dans un jeu d'apparences et de masques, lançant au feu des premières lignes de la bataille des innocents tels que Marlane, sa femme, Pontiglione ou Mosèle.

53.

Un jeune homme dans l'ombre

Le pape s'est légèrement redressé. Son attention vient d'être attirée par l'ombre qui semble s'animer dans le fond de sa chambre.

Une silhouette s'est formée dans les ténèbres. Celle d'un homme maigre, ombre sur ombre. Ineffable manifestation onirique que la raison du malade ne parvient cependant pas à repousser.

« La voici venue, l'heure du Fils de l'Homme... »

La silhouette est presque nue, enveloppée dans un suaire souillé de sang. Elle se meut lentement, se dégageant de sa gangue de nuit. Ce n'est qu'un rêve, mais plus réel que s'il était fait de chair et d'os. Ce n'est qu'un songe répété, inlassablement redouté.

— Tu viens me reprendre ce que je n'ai pas..., dit le pape en ânonnant. Non, Seigneur... Ton secret repose avec tes os dans la terre. Poussière... Tu es poussière dans un tombeau oublié. Cesse de me hanter !

La silhouette campée au pied du lit contemple le Saint-Père. Dans le visage sombre et indécis, seuls les yeux, fiévreux et d'une noirceur intense, témoignent de la vie. Jésus n'éprouve pas de haine. Seulement de la pitié et du dégoût pour ce vieillard sénile qui tremble de tout son corps en claquant des dents et en pleurnichant.

Le pape hurle pour briser le cauchemar, chasser ce fantôme.

La porte de la chambre s'ouvre sur la lumière du vestibule. Deux sœurs apparaissent. L'une se précipite vers le Saint-Père qui rejette encore de la main une forme imaginaire qu'il discerne toujours au pied de son lit.

— Oh, Saint-Père, je vous en prie... Vous nous reconnaissez, n'est-ce pas ?

— Je l'ai vu... Encore ! Toutes les nuits *Il* apparaît ! Je... Je ne peux plus supporter ce supplice !

La première sœur a atteint le lit et s'est penchée sur le vieillard qui s'accroche à son épaule. La seconde avance à pas plus lents, effrayée.

— Ce ne sont que des cauchemars. Ils ne devraient pas vous mettre dans cet état.

— Pire que des cauchemars ! Je sens l'odeur putride du tombeau dont *Il* sort...

— Je vais appeler votre médecin, Saint-Père, cela me semble plus prudent, propose la seconde sœur, restée non loin de la porte.

— Pour qu'il m'assomme de nouvelles drogues ? Non... Allez réveiller le cardinal de Guillio ; il comprendra. Je ne veux voir que lui. Lui seul !

— Je vais faire mander Monseigneur sans attendre.

— Oui... Allez ! Sortez toutes deux, je vous prie. Je suis un si effroyable spectacle !

Froufrou des robes des religieuses. Parfum d'eau de Cologne. Le pape est à nouveau seul, mais la porte de sa chambre est restée entrouverte sur le monde extérieur dont témoigne la lumière orangée du vestibule.

— Vous voyez, je suis accouru au plus vite, mon Père.

A-t-il dormi ? Le cardinal de Guillio est là, assis

dans le fauteuil, tout près du lit. Oui, le sommeil a dû le surprendre l'espace de quelques secondes.

— Mon ami, souffle le pape. Dans mes bras, j'ai besoin de votre chaleur... De votre vie ! La Mort était là, dans cette chambre. Elle l'avait envoyé... LUI... Vous savez ?

Le cardinal s'incline sur le corps décharné.

— Votre imagination. Uniquement cela !

— Non, Guillio ! C'est bien la Mort qui me visite sous les traits du frère trahi. Celui dont nous recherchons les restes depuis des siècles, et pour lequel nous avons tant tué. Parlez-moi des Gardiens du Sang.

— Les Gardiens ? Ils agissent plus vite que je ne l'aurais souhaité.

L'une des mains du cardinal s'est envolée, a dessiné un geste vague dans l'espace.

— C'est qu'ils sont tirés par d'autres ficelles que les vôtres !, s'exclame le pape. On prépare déjà le prochain conclave, car je suis presque réduit à l'état de cadavre.

— Nous devons compter avec les intrigues de Montespa qui se voit déjà porter la tiare.

Guillio remplit un verre d'eau et aide le malade à en boire quelques gorgées.

— Je vous le répète, mon ami, reprend le pape. Réglons l'affaire avant mon trépas. Il faut que l'Église de demain soit irréprochable et qu'elle en ait fini avec toutes ces guerres occultes.

— Ne pensez pas tant à votre fin, mon Père, lui reproche Guillio avec affection.

— Au contraire, ne pensons qu'à cela ! Je veux être le pape qui enterrera définitivement le Secret de Jésus. Qui libérera enfin l'Église ! Dussé-je me salir les mains jusqu'à mon ultime souffle...

— Tout sera bientôt réglé, le rassure le cardinal.

Le pape secoue sa tête d'oiseau écorché :

— J'ai deviné que les Gardiens du Sang agissaient désormais hors de votre juridiction. Ils représenteront bientôt une entité autonome, totalement incontrôlable !

— Je veillerai à ce qu'il n'en soit pas ainsi, affirme Guillio. À présent, vous allez dormir. Il faut vous reposer, Saint-Père.

— J'ai si peur de la solitude, Guillio.

— Dans ce cas, je vais attendre auprès de vous que vous vous soyiez assoupi et je quitterai alors votre chambre.

— Vous m'aimez donc tant ?

Le cardinal ne répond pas. Il pose juste sa main avec délicatesse sur le front du malade et l'y laisse en une caresse immobile, qui se voudrait rassurante.

⁂

Mercredi, huit heures quarante.

Macchi reçoit Guillio sans chercher à dissimuler son impatience.

— Monseigneur, nous n'attendions plus que vous.

— Je suis retourné auprès du Saint-Père tôt ce matin, avant ses soins ; il a passé une très mauvaise nuit. Je l'avais laissé la veille en proie à ses cauchemars.

Les deux hommes traversent le laboratoire souterrain de l'Académie pontificale des sciences, ne prêtant nulle attention aux dominicains absorbés dans leur travail devant leurs ordinateurs. Ils empruntent ensuite un austère couloir aux murs blancs chichement éclairés de quelques lampes.

— Dans quel état d'esprit se trouvent leurs *Éminences* ?, demande Guillio d'un ton moqueur.

— Ne vous attendez pas à un accueil chaleureux de leur part, Monseigneur.

Ils s'arrêtent devant une porte métallique ; Macchi pianote sur les touches d'un boîtier mural pour en commander l'ouverture.

— L'ambiance de fin de règne, dit Guillio avant de franchir la porte. Et notre opération en France qui nous pose problème !

« Visages fermés ! Un cénacle de crapauds ! », pense Guillio en regardant tour à tour les cinq cardinaux qui l'attendaient dans leurs fauteuils de cuir. Cinq vieillards dont un obèse avachi, les traits disparaissant dans un amas de graisse rosée dégoulinante de sueur.

Le style de la pièce rompt avec celui, dépouillé, du laboratoire et du couloir. Les murs de ciment sont tapissés de tentures de velours, le sol est recouvert d'un large tapis, l'éclairage est doux et chaud. Sur la table basse autour de laquelle sont disposés les fauteuils ont été déposés des verres ciselés, des tasses, une cafetière, une bouteille d'eau minérale, un cendrier.

Une odeur de tabac et de café mêlés à laquelle s'ajoute celle de la sueur. « Le gros Monetti ! Il transpire dès le lever du jour ! »

Tandis que la lourde porte blindée se referme derrière Macchi, Guillio s'assied dans l'un des fauteuils restés libres. Il est immédiatement pris à partie par le cardinal obèse :

— Ah, Guillio, enfin ! Nous avons appris le décès du professeur Pontiglione à Paris. Je croyais que nous devions seulement le garder sous surveillance...

Un autre poursuit, comme dans une comptine enfantine, de sa voix fluette :

— Les Gardiens du Sang l'ont éliminé, c'est cela ?

— De leur propre initiative ?, fait mine de s'étonner un troisième en se redressant comme un coq dans son fauteuil, cou tendu, bec en avant.

— En effet, dit Guillio, légèrement excédé. Les Gardiens ont toujours été émancipés, mais, jusqu'à présent, ils avaient respecté nos consignes. L'agent que j'ai dépêché à Paris a pris la situation en mains.

— Parce que le pape mourra bientôt !, souffle douloureusement l'obèse que le moindre effort épuise. Le malheureux est dans l'incapacité de gouverner la Curie. Cette carence ne peut s'éterniser sans causer d'irréparables dommages à l'Église.

Macchi intervient tout en allumant une cigarette :

— Mais aucun pape n'a jamais démissionné depuis Célestin V !

— Chaque jour, les rangs de Montespa se renforcent, précise l'obèse. Beaucoup voient en lui le pontife providentiel qui apportera les réformes dont a besoin le Saint-Siège.

— Je me demande si vous aussi, mes amis, vous ne commencez pas à succomber au charme de Monseigneur Montespa ?, interroge Guillio avec un sourire.

— L'Église est devenue un navire sans capitaine, Guillio, s'insurge l'un des prélats. Tout s'arrangerait si Dieu se décidait enfin à accueillir près de lui notre Saint-Père !

— La mort abrégerait ses souffrances et ce ne serait que clémence, renchérit un autre.

Les doigts épais du cardinal de Guillio se crispent sur les accoudoirs de son fauteuil. Leurs jointures en deviennent blanches.

— Vos intentions sont si peu nuancées que je ne les comprends que trop nettement, articule-t-il en marquant chacune de ses syllabes. Vous voudriez hâter le trépas du pape !

L'obèse prend un air offusqué, ses joues et ses oreilles s'empourprent.

— Non, non !, s'exclame-t-il. Nous n'avons rien dit de semblable !

— Je préfère ne pas en entendre davantage, lance Guillio en se levant soudain. Au revoir !

« Des vieillards pressés, apeurés, manœuvriers ! », pense Guillio s'en retournant vers la porte pour quitter le salon. Macchi l'a devancé et pianote déjà sur le boîtier électronique.

L'obèse tend un bras court en direction du cardinal qui prend congé. Le geste ressemble à un avertissement.

— Au revoir, Guillio... Mais n'oubliez pas que le professeur Mosèle risque de précipiter l'Église dans le chaos ! Mosèle vivant constitue une menace pour nous tous !

Reparcourant le couloir, Guillio ne parvient pas à éteindre sa colère.

— Quand en aurons-nous fini avec ces intrigues ? Même mes proches m'abandonnent.

— La cause de tous nos maux vient de la découverte faite par le professeur Marlane, lui répond Macchi.

— Marlane n'est pas entré dans le Tombeau. Il s'est contenté de le localiser. Du moins est-ce à cette certitude que je veux m'en tenir. Il n'a pas vu...

— Sans doute, mais son ami Didier Mosèle ne s'arrêtera pas en chemin. Les Gardiens devront l'exécuter à son tour...

— Je crains surtout que les Gardiens du Sang ne veuillent détruire l'exemplaire du Testament du Fou que détient Martin Hertz. Ce manuscrit corrigé par les Templiers nous aurait aidé dans nos recherches.

— Nous savons que le second exemplaire de ce texte a toujours été la propriété des frères de la Loge Première, et que son fondateur était...

Guillio s'emporte :

— Une légende, Macchi !

— Allons, Monseigneur... Une légende qui a la peau dure, celle de la Vérité ! La preuve que le Christ n'est pas mort sur la croix se tient sous nos yeux. Là, dans ce Testament...

— Et si cet Évangile était une imposture ? Nous aurions combattu pour rien !

— Il nous manque en effet une ultime preuve, admet Macchi. Ce qui a été déposé dans la tombe de ce *frère Premier* serait la preuve irréfutable !

— Les Templiers ont pu retirer ce... cette *chose* de la forêt d'Orient, suggère Guillio sans conviction.

— Cette *chose* y est toujours, scande Macchi. Toutes mes études me poussent à l'affirmer. Celui qui la découvrira possédera alors la clef de la plus étonnante énigme de tous les temps !

— Mon Dieu, je dois avouer que la mort de Francis Marlane nous a donné un peu de répit, soupire Guillio.

— Mais il y a son ami Mosèle... Et la Loge Première !

— Oui. Martin Hertz, surtout. Ce vieux renard s'y entend comme pas un au jeu de la manipulation. Un ennemi aussi habile qu'intelligent !

54.
La septième lettre

Il se regarde dans le miroir de la salle de bains. Il a ajusté ses fausses moustaches brunes, dissimulé ses yeux derrière une paire de lunettes aux verres teintés à grosse monture d'écaille, et s'est coiffé d'un chapeau. Il porte un imperméable gris serré à la taille par une ceinture.

Il est méconnaissable.

Pâle. Livide, plutôt. Les lèvres agitées de tics qu'il ne parvient pas à contrôler. Prendre un cachet de Bromazépam... Encore un, le troisième de la matinée. C'est ce qui lui donne souvent cette irrésistible envie de dormir. Mais le calme tant.

Un verre d'eau. Avaler le cachet. Déglutir.

Son corps, tout son organisme lui est étranger, il se contente de transporter son esprit brouillé, déchiré de chagrin. Son corps n'est plus qu'un véhicule douloureux.

Sortir de la salle de bains, se rendre dans le bureau, prendre l'enveloppe qu'il a préparée la veille en la posant bien en évidence sur la table.

L'écriture de Francis :

« D*I*D*I*ER MOSÈLE »

Mettre l'enveloppe dans l'une des larges poches de l'imperméable, sortir de l'appartement, descendre les escaliers.

Trouver dehors la pluie fine qui picote le feutre de son chapeau, se diriger vers sa voiture, s'installer au volant, mettre le contact. Démarrer. Conduire dans la dense circulation de Paris. Conserver son calme.

Mais tout l'effraie. Tout est menace, danger. « Je fais une dépression nerveuse. C'est ainsi... Chaque geste, chaque geste simple est devenu souffrance. »

Freiner en débrayant. Attendre à un feu rouge. « Je remplirai ma mission. J'en ai fait le serment, je le respecterai. »

Feu vert. Redémarrer. Éviter de pleurer. Se contenir.

Atteindre enfin l'avenue de la Porte-Brancion. Chercher une place de stationnement. Descendre de son véhicule, retrouver le cliquetis des gouttes de pluie sur son chapeau, gagner le n° 33 de l'avenue, déposer la lettre dans la boîte de la gardienne.

Mais la gardienne est dans la cour. Elle rentre les poubelles dans leur réduit et l'aperçoit. Ne pas se trahir. Paraître naturel. Se diriger vers elle, lui tendre l'enveloppe, lui dire quelques mots. « Merci... Excusez-moi. » Puis repartir.

Mais voici Didier Mosèle qui débouche de son hall ! La gardienne l'apostrophe. Partir. S'enfuir. Oui, s'enfuir sans hâter le pas. Disparaître, le cœur martelé de palpitations étouffantes.

L'avenue. Regagner sa voiture. Plonger dedans comme dans une coquille d'œuf. S'y enfermer, les doigts étreignant le volant pour ne pas sombrer, ne pas se noyer. Rester encore un peu dans la réalité. Le temps d'accomplir sa mission.

Car c'est bien d'une mission qu'il s'agit.

*
**

— Monsieur Mosèle, tenez ! On vient de me remettre cette lettre pour vous. Bien pressé, le type !

Mosèle arrache littéralement l'enveloppe des mains de la gardienne.

— Quand ?, demande Mosèle.

— À l'instant. Un moustachu avec de grosses lunettes. Un ami à vous ?

Le jeune homme regarde l'écriture en capitales :

« D*I*D*I*ER MOSÈLE »

— À l'instant, dites-vous ?

— Il y a moins d'une minute. Il avait l'intention de la mettre dans ma boîte et s'est ravisé quand il m'a vue.

— Comment était-il habillé ?

— Un imperméable gris noué avec une ceinture, un chapeau noir. Et, je vous l'ai dit, il portait d'énormes lunettes...

Mosèle laisse la gardienne en plan. Il se rue hors de la cour. Il a peut-être une chance de le retrouver. Pour savoir, enfin. Il examine attentivement les quelques passants et ne voit à l'horizon ni imperméable gris ni chapeau noir. Déçu, il traverse l'avenue entre les voitures qui le klaxonnent. Il monte dans sa Golf.

Il s'installe au volant et se force à attendre avant de déchirer l'enveloppe. Légère appréhension. « Mon vieux Francis, tu continues de jouer les mystérieux ! Si je ne t'avais pas enterré, je jurerais que tu es encore vivant. » Il se décide à décacheter le pli pour en sortir un feuillet. Celui-ci ne comporte que quelques phrases. Une nouvelle mise en garde de son ami :

Très Cher Didier,

Je suis mort et ce sera bientôt votre tour si vous persistez dans cette quête effroyable. Ceci est ma septième lettre. J'en ai écrit neuf. Je souhaite que vous abandonniez maintenant et ne receviez jamais les deux suivantes. Je vous le répète, ne cherchez plus !

Votre frère Francis qui vous aime
et tente de vous protéger.

Mosèle téléphone aussitôt à Émylie :

— Je viens de recevoir une septième lettre de Francis. Ma gardienne a aperçu son messager.

Il lui en donne la description en lui demandant si ce signalement lui rappelle quelqu'un.

— Tu ne vois pas ?

— Non, pas du tout. Désolé, Didier. Le seul moustachu que je connaisse est un cousin breton qui a une vue excellente et ne porte donc pas de lunettes. Au surplus, s'il avait un chapeau, ce serait plutôt un capuchon de ciré jaune !

— Tant pis... Je me rends au boulot. Je te rappelle bientôt. Au fait, pas trop courbaturée ?

— Cette virée en forêt d'Orient m'a transformée en petite octogénaire. Je suis encore au lit, gavée d'aspirine, des douleurs dans tous les os. Mais ça tombe bien, je n'ai pas vraiment envie de me lever. Le cafard...

— C'est mauvais, le cafard, Émylie. J'aurais dû te forcer à venir avec moi à Reims, hier ; je n'aime pas te savoir seule à te morfondre.

— J'ai commencé à m'y habituer du jour où Francis a pris cette chambre à l'hôtel. Je devrais chercher un travail, tu ne crois pas ? J'attendrai ton coup de fil. Bises.

— Bises, Émylie.

Mosèle referme son portable.

*
**

Se redresser. Jeter un coup d'œil par la portière. Vérifier que la Golf démarre, s'insère dans le trafic, tourne à droite au carrefour en direction de la Porte d'Orléans.

Se rassurer. Mosèle ne l'a pas vu, il en est persuadé. Il est monté dans son véhicule au moment précis où le jeune homme tournait la tête dans sa direction. Mais il ne l'a pas vu, à cause du platane qui coupait son champ de vision.

Rentrer chez lui. Se jeter dans son fauteuil, se laisser aller. S'enfoncer dans le cuir et dormir. Surtout, ne pas rêver.

Ne pas penser.

*
**

La porte rouge.

Mosèle n'a pas fait deux pas dans le bureau que Norbert Souffir, ses cheveux de crin blanc dressés sur le haut du crâne, ses gros yeux de poisson roulant derrière leurs loupes, le tire par la manche pour le conduire devant l'écran de son ordinateur.

— Venez voir, patron...

Rughters et Hélène Moustier les rejoignent. La jeune femme porte ce matin-là un pantalon de velours côtelé marron et une chemise canadienne aux couleurs criardes. Mosèle y prête à peine attention.

— Notre cher ordinateur Largehead est au bord de l'indigestion, annonce-t-elle. Il faut dire que Norbert l'a sérieusement gavé, hier après-midi, pendant votre absence ! Je vous croyais d'ailleurs en vacances, Didier ?

— Pas vraiment. Je prends quelques demi-journées par-ci, par-là. Je me suis entendu avec le directeur.

— Nous avons enfin reconstitué la séquence A699 du 4Q456-458, indique Rughters.

— Et d'après le peu que j'en ai traduit, c'est explosif !, s'exclame Souffir. On n'y coupera pas ; nous devrons bientôt communiquer nos petites trouvailles.

— Patience..., conseille Mosèle. Voyons d'abord de quoi il s'agit. Allez-y, Norbert, montrez-moi.

Souffir fait apparaître un texte à l'écran. Mosèle se penche et lit :

« Le Maître revenu était vivant. Il dit être le Premier et le Dernier. Il nous dit de le croire, car il était le frère de Vie. Celui qu'on avait dit mort en croix. »

— Le Maître..., commence Souffir. Le Premier... Vivant ! C'est de Jésus qu'il s'agit. Jésus qui est passé à Qumrān. Ou qui y est retourné ! Francis avait mille fois raison.

— Je le crains, dit Mosèle en quittant son imperméable.

— Alors ?, demande Hélène Moustier à Mosèle.

— Alors quoi ?

— N'est-il pas temps d'établir un rapport sur cette découverte ? Nous devrions au moins en faire part au Directoire.

— Trop tôt, Hélène. Je vous demande à tous de me faire confiance et de retenir ces informations. Mais je vous assure que nous prendrons une décision collégiale ; je ne déciderai pas tout seul.

Souffir quitte l'écran de son ordinateur et vient se planter devant Mosèle. Le petit bonhomme mal accoutré, qui paraît encore plus tassé devant son supérieur, dit :

— Je vais faire une copie de cette dernière traduction sur une clef USB et nettoyer le disque dur. Je connais bien Largehead, il ne me résistera pas.

— Merci, Norbert.

*
**

Décoller la fausse moustache, ôter la paire de lunettes à monture d'écaille, reprendre un cachet de Bromazépam et avaler un verre d'alcool. Puis attendre le soir.

Ce soir, il ira à la Fondation Meyer. Il s'y introduira par le parking dans lequel il pénétrera grâce à un passe magnétique officiel : celui de Francis Marlane.

55.

Le visiteur

L'homme compulse distraitement des documents : photographies prises au cimetière lors de l'enterrement de Francis Marlane. Cartes routières... Il ne parvient pas à s'accoutumer à l'odeur de moisi de la planque des Gardiens du Sang. À ses murs humides et pelés. À ses volets métalliques rouillés, sans cesse fermés. À la lumière sinistre diffusée par la lampe à pétrole. « Une base arrière minable ! »

Mais il doit s'avouer que l'endroit constitue un refuge parfait. Un petit immeuble dévasté qui n'attend plus que le bulldozer, dans un quartier misérable d'Ivry.

Ils sont trois dans ce réduit à tuer le temps en buvant du café, à attendre les ordres de leur supérieur, à garder l'oreille collée au poste récepteur installé sur une table.

— Écoutez !, fait l'un d'eux. Écoutez...

L'homme se penche sur le récepteur. Le troisième avance sa chaise.

— Hertz est dans son bureau... Il téléphone.

— Montez le son, commande l'homme.

La voix étouffée du vieil avocat s'insinue dans la pièce :

— L'abbé ? C'est Martin. Comment te portes-tu,

frangin ? Oui, oui... Léa va de mieux en mieux et les toubibs m'ont assuré qu'elle sortira prochainement de l'hôpital. Dans un mois ou deux... Je t'appelle juste pour te dire que je passe à Villery, vendredi en début d'après-midi, récupérer le Testament et l'anneau... J'espère que Didier Mosèle et Émylie Marlane accepteront de m'accompagner. Je suis impatient de te les présenter, je t'ai tellement parlé d'eux... Je t'embrasse, l'abbé... À vendredi !

Hertz raccroche. Aux bruits, on devine qu'il fait quelques pas dans son bureau, puis rouvre la porte et sort.

L'homme se renverse en arrière, croise les mains derrière sa nuque et sourit.

— Notre toile est parfaitement tissée, dit-il avec satisfaction. Nous les tenons tous. Tous sans exception sont sous notre contrôle.

— Hertz, Mosèle et son équipe..., énumère l'un des deux autres.

— Ce serait plus facile si nous ne devions pas craindre la Loge Première, précise l'homme. Qu'attendent donc ses frères pour réagir ? Je n'aime pas trop savoir des ennemis confinés dans l'ombre.

— Ils n'ont peut-être plus de griffes ?

— J'en doute, Lorenzo. Mais ils ont conservé les manies des Templiers. Ils progressent sous leurs capuchons. Ce sont des spectres de l'Histoire. Des masques de nuit !

Lorenzo déploie une carte routière, cherche du bout de l'index.

— Villery... Dans l'Yonne. Nous savons que Hertz y possède une maison de campagne. Ainsi, c'est là qu'il aurait caché le Testament !

— Sous la garde d'un abbé, raille l'homme. Si je ne manquais pas d'humour, j'en rirais volontiers !

Qu'en pensez-vous, Carlo ? Ne trouvez-vous pas que la situation vaut son pesant de cocasserie ?

Carlo hoche la tête en signe de dénégation. Le front buté, il n'éprouve aucune envie de rire. Il repense à son ami tué dans la forêt d'Orient. La détonation crevant le mur de pluie, la chute du corps dans la vase.

— Nous avons un sérieux compte à régler avec ce salopard de Hertz, lance-t-il.

— Je vous comprends, dit l'homme. Jusqu'à présent, ce n'était pas une affaire personnelle, on faisait son job, c'est tout. Hertz sera mort à la fin de la semaine. Il ne peut se douter qu'il est pris dans un tel maillage de surveillance. Imaginerait-il qui a posé les micros chez lui ?

— Impossible, précise Lorenzo.

— En effet, impossible, répète l'homme.

« N'empêche, pense-t-il, je donnerais cher pour savoir ce que sont devenus les frères Premiers. À un moment ou à un autre, ils vont réagir. Obligatoirement. Mais quand ? Et si c'était Hertz qui nous attirait dans un piège ? »

L'homme en a oublié quelques minutes l'odeur de moisi. Elle lui remonte aux narines, à l'en écœurer, mêlée aux relents gras du pétrole qui se consume.

Il ne peut même pas aller à la fenêtre prendre l'air, respirer autre chose que ces remugles de crasse. Il doit rester cloîtré dans ce gourbi jusqu'à la fin de l'opération. Il jette un coup d'œil maussade vers son sac de couchage et l'idée de passer deux nouvelles nuits dans ce taudis le désespère.

Il ferme un instant les yeux et se transporte en esprit dans son bureau confortable de Rome, dont il goûte les gravures aux murs, l'éclairage délicat et chaud, les fauteuils moelleux, l'opéra *Lucia di Lammermoor* de Gaetano Donizetti diffusé en permanence par sa chaîne hi-fi... La magnifique scène de l'acte III. Les prouesses de la soprano colorature.

Mais il est en France dans une ratière puante. Car il n'existe pas. Il ne possède aucune identité.

*
**

Mercredi, vingt heures, au siège de la Grande Loge de France.

Mosèle pénètre dans l'atrium. Hertz qui l'attendait, assis sur l'un des bancs, lève le nez de son journal qu'il replie aussitôt en apercevant son ami.

— Merci d'avoir accepté mon invitation à dîner au Cercle, Didier. Nous avions perdu l'habitude de nos soupers en tête à tête. Dommage !

— Votre femme, le boulot, la fatigue..., énumère Mosèle. Et l'aventure que nous sommes en train de vivre !

— Bien sûr.

Ils empruntent l'escalier conduisant au restaurant. Ce dernier est quasiment vide. Il ne s'emplira que vers vingt-deux ou vingt-trois heures, lorsque les frères quitteront leurs ateliers après leurs Tenues.

Ils choisissent néanmoins une table à l'écart du bar, s'y installent et étudient la carte du jour. Ils ont toujours procédé de la sorte. Ce n'est qu'après avoir choisi ce dont ils souperont qu'ils entameront leur conversation.

— Ce sera une andouillette marchand de vin et une salade pour moi, annonce Hertz d'un air gourmand. Salade ou frites ? Oui, des frites plutôt. Nous boirons bien un peu de vin, n'est-ce pas ?

Mosèle ne peut s'empêcher de sourire.

— Vous me faites le même coup à chaque fois, Martin ! Bien sûr, nous prendrons du vin, et je parie ma chemise que vous allez porter votre préférence sur un morgon.

— Vous pouvez garder votre chemise, ce sera effectivement un morgon. Et un peu d'eau, si nous avons soif !

— Va pour l'andouillette, approuve Mosèle.

Le garçon vient prendre la commande. Quand il s'en est retourné, Hertz déplie sa serviette d'un ample geste et dit :

— J'aime beaucoup ces moments-là. Me trouver face à face avec vous, ici... Oui, j'apprécie ces instants. En aurons-nous énoncé, des vérités, dans ce club ? Combien de fois avons-nous refait le monde ?

— Depuis neuf ans, Martin. Des milliers de fois.

— C'est vrai, fait l'avocat, pensif. Neuf ans... Je vous recevais alors dans la Loge Éliah. Vous et Francis. C'est étrange...

— Oui ?

— Nous avons peu dîné à trois, vous, Francis et moi, au cours de ces neuf ans. Je le regrette maintenant.

— Francis était plus introverti que moi. Plus secret, aussi, je pense.

— Et si sérieux !, ajoute Hertz. Nous aurions dû l'obliger à se joindre à nos soupers.

Mosèle sort d'une poche la photocopie de la lettre de Hugues de Payns et la fait glisser sur la nappe jusqu'à Hertz en disant :

— Dans son message à saint Bernard, Hugues de Payns nous livre certainement une piste. Regardez...

Hertz prend le document qu'il déchiffre rapidement à voix haute :

« ... En terre d'ombre repose dès lors notre frère Premier. Par mes soins en grande sécurité a été mis,

pour les siècles, étendu entre Orient et Occident. Pour l'éternité Il sera la Lumière dans l'Ombre. Les deux Jean sur Lui veilleront du Midi au Minuit. »

— Jean-Baptiste et Jean l'Évangéliste, nos deux patrons en franc-maçonnerie, dit Mosèle. Quelle coïncidence ! Le fondateur des Templiers a placé la dépouille du Christ sous la surveillance de ces deux Jean.

— Je connaissais l'existence de cette lettre, avoue le vieil avocat. L'Évangéliste fut un adepte du Baptiste avant de suivre Jésus dont il fut le *disciple bien-aimé*. Nous en avons déjà parlé, Didier. L'enseignement des deux Jean a toujours inspiré et éclairé la franc-maçonnerie.

— Je sais, mais les deux Jean ne définiraient-ils pas plutôt un lieu géographique ? Un emplacement situé dans la forêt d'Orient, au cœur du triangle de Payns découvert par Francis... ? La Lionne, le Bailly et les Chèvres ! Les trois lieux-dits que les Templiers ont notés en marge du Testament du Fou...

Le serveur dépose les plats sur leur table. Hertz contemple l'andouillette généreuse et la magnifique portion de frites qui l'accompagne. Puis il relève le menton, regarde fixement Mosèle et déclare :

— C'est peut-être bien une piste. Mais si vaste ! Un champ d'investigation si large que des siècles n'en sont pas venus à bout...

— Francis a élucidé l'énigme, Martin. Ce qu'il a fait, je dois pouvoir le répéter.

La petite voix sourde et fluette de Léa résonne dans l'esprit de Hertz pour lui reprocher de mettre Didier Mosèle en danger comme il l'a fait avec Francis Marlane.

***

Souffir, dans une gabardine informe, un porte-documents sous le bras, pénètre dans le hall de la Fondation Meyer. Il passe devant le comptoir de la réception où un gardien feuillette un magazine.

— Vous avez l'intention de faire des heures supplémentaires, professeur ?, demande le gardien.

— Une séquence reconstituée ce matin me tracasse, répond Souffir en lui lançant un rapide salut de la main. Je suis revenu consulter Largehead.

— Belle conscience professionnelle. Bon courage !

— Merci, André.

Le vieux traducteur emprunte l'un des deux ascenseurs en sifflotant, parvient au troisième étage, s'engage dans le couloir faiblement éclairé par les veilleuses, se rend à la porte rouge, qu'il ouvre.

Deux pas dans le bureau sombre. Une silhouette courbée sur l'ordinateur allumé de Mosèle se retourne à l'entrée de Souffir.

— Merde !, s'exclame Souffir en reculant d'un pas. Qu'est-ce que vous foutez là ?

Imperméable, chapeau, moustaches et grosses lunettes, la silhouette se redresse, une clef USB à la main.

— Vous copiez des fichiers ! ? !

Fuir. Il ne doit pas être arrêté. Pas maintenant. Il enfourne la clef USB dans une poche de son imperméable, s'élance en direction de la porte. « Ce vieil homme a autant peur que moi... »

La silhouette bouscule violemment Souffir qui perd l'équilibre, manque de tomber, se retient au chambranle de la porte, se ressaisit.

Le couloir. Courir. Courir ! Mais il a les jambes si lourdes ! Regagner le parking.

Souffir a laissé son porte-documents dans le bureau et s'est lancé à la poursuite du visiteur. Ce dernier est en train de disparaître à l'angle du couloir.

Ouvrir la porte marquée ESC-P, dévaler l'escalier métallique. Atteindre le parking, bon Dieu !

À son tour, se tenant à la rampe, Souffir dégringole l'escalier au risque de se rompre le cou à chaque marche. Le visiteur a pris beaucoup d'avance, on l'entend dévaler les marches, bien plus bas. « Ce type connaît la maison ! Il descend au parking... »

Le parking. La voiture. Grimper dedans, mettre le contact, accélérer. Vite. Sortir de ce piège. Freiner devant le guichet électronique, glisser la carte magnétique dans sa fente. Attendre que la lourde porte se relève, accélérer de nouveau, s'arracher...

Souffir débouche dans le garage, le souffle court, la poitrine en feu. « Fichues jambes et mauvais poumons ! Je l'ai laissé filer, évidemment ! »

*
**

Ils en sont au dessert quand le portable de Mosèle sonne.

— Excusez-moi, Martin, dit le jeune homme en portant l'appareil à son oreille. Norbert ? Oui... ? Dans notre bureau ? J'arrive...

Mosèle referme son portable, contrarié. Il repousse son assiette.

— Un problème ?, demande le vieil avocat.

— Souffir est repassé à la Fondation faire mouliner Largehead... Il s'est trouvé nez à nez avec un cambrioleur !

— Je croyais que la Fondation était une véritable place forte !

— Justement ! Désolé, mais je dois m'y rendre sur-le-champ. La police est déjà sur les lieux.

— Je comprends. Je vous appelle plus tard, Didier. Je voulais vous inviter chez moi ce week-end à la campagne. Vous n'êtes jamais venu, n'est-ce pas ?

— On verra... On verra. Bonsoir !

Mosèle va pour quitter la table. Hertz le retient quelques secondes par le bras pour lui dire :

— Vous ne gobez pas cette histoire de cambriolage, Didier, n'est-ce pas ?

— Vous pensez aux Gardiens du Sang ? S'il s'agissait d'eux, Souffir serait mort à l'heure qu'il est...

56.
Monseigneur

Le lieutenant Janvert est un homme tout en rondeurs, court sur jambes, le crâne recouvert d'un duvet blond, aux yeux minuscules sans cesse en mouvement. Lorsque Mosèle pénètre dans le hall de la Fondation, il le trouve en pleine discussion avec le directeur et Souffir.

Une équipe de la police scientifique, composée de deux hommes et d'une femme en tenues blanches, portant des mallettes métalliques, s'engouffre dans les ascenseurs.

— Ah, lieutenant, voici le professeur Mosèle, dont je vous parlais. Il est le responsable du service qui a été cambriolé, annonce le directeur.

Souffir se précipite sur Mosèle.

— Didier ! Le type est passé par le parking pour entrer et ressortir... Un habitué de la Fondation !

— D'autant plus qu'il devait obligatoirement disposer d'une carte magnétique, remarque Mosèle en serrant la main du directeur et du lieutenant de police.

Ce dernier demande aussitôt :

— Vous affirmez que seuls les membres de ce centre possèdent un passe ?

— Naturellement, répond le directeur. En règle générale, dans la journée, les visiteurs se présentent à l'accueil. Il n'y a aucun autre moyen de pénétrer dans la Fondation.

— De toute manière, le bâtiment est truffé de caméras, précise Mosèle. Vous n'aurez aucune peine à voir à quoi ressemblait ce visiteur, il suffira de visionner les bandes vidéo. Au fait, Norbert, avez-vous vu distinctement ce type ? Le reconnaîtriez-vous ?

— Facile ! Un véritable espion de cinéma. Pas très grand... Imperméable, chapeau, moustache brune et lunettes.

Mosèle encaisse le coup sans que rien n'en paraisse : « Le messager de Francis ! »

— Montons jusqu'à votre bureau, professeur, propose le lieutenant à Mosèle. Sans doute constaterez-vous que quelque chose a disparu ?

L'équipe scientifique a déjà investi la pièce dont le désordre naturel saute immédiatement aux yeux du lieutenant : les livres, les dossiers, les cartons débordants, le fauteuil Chesterfield encombré, les tasses à café en équilibre instable sur des piles de documents, une raquette de tennis, un pneu de bicyclette dans l'attente d'une réparation.

— C'est vraiment un bureau, ça ?, raille Janvert. Félicitations si vous trouvez ce qu'on vous a volé !

— Un coup d'œil suffira.

Un technicien tend une paire de chaussons blancs en plastique à Mosèle et lui recommande de ne toucher à rien : « À cause des empreintes. »

Ses pantoufles aux pieds, le jeune homme pénètre dans le bureau, se rend à son plan de travail et désigne son ordinateur allumé.

— Regardez, c'est ce que contient mon ordinateur qui intéressait l'inconnu, dit-il.

Sur le pas de la porte, Souffir remarque :

— Mais il lui a été impossible d'accéder au terminal de Largehead sans votre code.

— Mes fichiers personnels lui suffisaient. Le bonhomme a la curiosité sélective.

Norbert ajoute :

— Il avait une clef USB à la main, quand je l'ai surpris. Je jurerais qu'il venait de la dégager de sa prise. Il a eu le temps de réaliser une copie de ce qui l'intéressait.

— C'est donc vous et vous seul qui étiez visé, professeur, remarque le lieutenant. Des choses importantes, dans votre bécane ?

— Des notes personnelles concernant les derniers travaux en cours à la Fondation... Et des bricoles.

— Bref, ça pourrait être un proche. Un maniaque qui aimerait partager votre intimité ! En clair, quelqu'un qui circule à son aise dans les bureaux, possède un passe et visite votre ordinateur quand ça lui chante.

— Résumé succinct mais précis, lieutenant.

Mosèle ressort du bureau, ôte ses chaussons qu'un technicien lui reprend afin de les glisser dans une pochette transparente qu'il scelle aussitôt.

Janvert se passe une main sur le crâne pour y caresser son duvet blond. Ses yeux roulent du bureau à Mosèle, de Mosèle à Souffir, puis reviennent à Mosèle, s'y fixent dans un regard hypnotique.

— C'est étrange, professeur, commence-t-il, j'ai le vague sentiment que vous êtes naturellement plus bavard et que je m'y prends mal pour vous pousser à la confidence. Avec le temps, peut-être ?

— Oui, peut-être.

*
**

Il a ouvert son ordinateur portable, a glissé la clef USB dans l'une de ses prises. Les lunettes à monture d'écaille reposent sur la table, le chapeau a été jeté sur le fauteuil, l'imperméable gît à même le sol.

Ses mains tremblent, sa bouche est agitée de tics qui déforment ses lèvres. Depuis qu'il est rentré, il lui est impossible de se calmer. Il a avalé deux cachets et bu un verre de whisky, sans résultat. La peur. Une panique rétrospective qui lui donne la nausée, se transforme en angoisse, l'envahit comme un mal glacé.

« Le temps presse... Pas de vengeance sans prise de risques ! Et puis, apprendre ce que sait Mosèle... Les rapports existant entre les manuscrits de la mer Morte et le Testament du Fou ! »

Il fait défiler sur l'écran les dossiers prélevés dans l'ordinateur de Mosèle. Les ouvrir tous. Fouiller. Ne dormir qu'après.

Mourir plus tard, quand tout sera fini.

*
**

Les bandes vidéo de surveillance de la Fondation Meyer ont été visionnées rapidement avant que le lieutenant Janvert et son équipe ne les placent sous scellés pour les emporter.

On y voit distinctement l'homme à l'imperméable et au chapeau dans le parking. Lunettes à monture d'écaille et moustaches. Pour Janvert, il paraît probable que l'intrus s'est attifé d'une manière aussi caricaturale, dans le but de ne pas être reconnu.

L'équipe scientifique a aussi interrogé la borne commandant l'accès du garage. Sa mémoire a conservé l'empreinte de la carte magnétique ayant permis au visiteur d'entrer et ressortir de la place. L'inconnu a utilisé le passe possédant le matricule

M-27 : celui qui était attribué au professeur Francis Marlane !

Vers vingt-trois heures, Mosèle et Souffir se sont rendus dans une brasserie d'où ils ont téléphoné à Rughters et à Hélène Moustier pour leur faire part de l'incident. « Quelqu'un utilise le laissez-passer de Francis pour vadrouiller à sa guise dans la Fondation et consulter les ordinateurs. Ce qu'il recherche ne peut être que de peu d'importance, à moins qu'il ne détienne aussi le code donnant accès à la mémoire de Largehead ! Mais nous avons vérifié au central : Largehead n'a pas été interrogé... »

À onze heures quarante, Mosèle est remonté dans sa voiture. Son téléphone a sonné.

— Ah, c'est vous, Martin ! Excusez-moi encore de vous avoir laissé en plan, tout à l'heure. Je vous raconterai.

La voix lente du vieil avocat :

— J'aimerais que vous convainquiez Émylie de vous accompagner vendredi jusqu'à Villery... Je souhaiterais lui montrer le véritable Testament du Fou ; je crois qu'elle a mérité de le voir. Un week-end à la campagne nous ferait du bien à tous.

— Je passe chez elle ; je le lui proposerai.

Mosèle s'en est voulu d'avoir dit qu'il se rendait chez la jeune femme. Mais Hertz n'a pas relevé et a repris :

— Je vous parlerai de la Loge Première. Je prends sur moi de vous dévoiler certains secrets. Vous êtes trop engagé dans cette affaire pour que vous n'en appreniez pas un peu plus long.

« Le vieux chat me tend un appât de luxe, s'est dit Mosèle. Il sait bien que je ne refuserai pas ce genre de proposition. Il attise ma curiosité et n'a pas son pareil pour souffler sur les braises. »

— Je vous passe un coup de fil demain matin, a conclu Mosèle avant de refermer son portable.

***

Émylie ouvre la porte et remarque d'emblée les traits tirés de son ami.

— Oh, ta tête ! Je ne l'aime pas du tout, constate-t-elle. Mine triste et fatiguée de chien battu.

— Chien crevé, plutôt.

Le jeune homme entre, son imperméable trempé sur le bras. Émylie le lui prend, l'accroche à une patère en disant :

— Si les frères apprenaient que tu me rends visite à une heure pareille...

— Il y en a certains qui comprendraient. D'autres qui se feraient un malin plaisir de bâtir un roman-feuilleton ! Le canapé est libre ?

— Il t'attend...

— Une tonne de trucs à te dire.

Mosèle se laisse tomber parmi les coussins bariolés, étend les jambes, émet un long soupir.

— Tu veux boire quelque chose ?, demande Émylie.

— Pas de café, surtout. Je suis bon pour le tilleul-menthe, ce soir. J'ai le palpitant qui me fait un mal fou. J'ai trop fumé. Et un peu picolé, tout à l'heure, avec Hertz.

Émylie passe derrière le comptoir de la cuisine américaine. Bruit de l'eau coulant dans une casserole.

— Je n'ai que de la verveine.

— Très bien. Un grand bol.

En attendant que l'eau frémisse, elle prépare un plateau avec deux bols, une coupelle de sucre en poudre, deux cuillers. À peine deux minutes plus tard, elle revient au salon, dépose le plateau sur une table basse, s'assied sur le canapé puis s'y love en chien de fusil.

Mosèle meurt d'envie de la prendre par la taille, mais se retient.

— Nous sommes invités à passer le week-end dans la maison de campagne de Martin. Il aurait des révélations à nous faire.

— Le Maître des Énigmes ! Il me fait un peu peur. Je n'arrive pas à savoir de quel côté il est vraiment. J'ai l'impression qu'il porte parfois un masque. Et s'il se servait de toi pour atteindre le Tombeau du Christ ?

Didier se veut rassurant :

— Non, je crois surtout qu'il met tout en œuvre pour nous protéger.

Émylie laisse tomber sa tête sur l'épaule de Mosèle. Il se tourne légèrement vers elle. Il la regarde, les cheveux ébouriffés, les paupières encore gonflées de pleurs, les lèvres entrouvertes.

— Je t'ai promis de te résumer ma journée...

Elle lui pose un index sur les lèvres pour le faire taire.

— Chut ! Nous avons tout le temps. On est bien comme ça, non ?

Le poids de sa tête se fait plus insistant sur l'épaule de son ami. « On est bien à ne rien se dire. À oublier un peu... »

*
**

L'homme a sorti la clef de l'une de ses poches, l'a glissée dans la serrure de la petite porte en bois et s'est introduit dans l'église.

L'ombre. La fraîcheur de la pierre. L'odeur d'encens.

Il consulte sa montre. Une heure moins sept. Trois

minutes à attendre ; il sait que Monseigneur est ponctuel. Il s'assoit sur l'un des bancs. Ses yeux s'habituent à l'obscurité ; il regarde le crucifix au-dessus de l'autel. Une médiocre représentation du Christ dans un plâtre grisâtre. Un corps décharné se tordant de douleur sur les deux montants de sa potence. « Une imposture ! »

Puis un bruit sur sa droite. La petite porte de bois que l'on pousse et que l'on referme rapidement. Des pas. La silhouette de Monseigneur qui approche.

L'homme se lève.

— *Dominus vobiscum*, dit Monseigneur.

— *Et cum spiritu tuo*, répond l'homme.

— Vous faites actuellement un excellent travail. Vous vous rachetez du fiasco de la forêt d'Orient.

— Je vous remercie, Éminence. Le pape tarde encore à mourir... Nous devons précipiter les événements. Le Testament du Fou est à Villery.

— Oui. Et Mosèle ainsi que la veuve Marlane y ont été invités par Martin Hertz. Rien de ce qui concerne l'avocat ne m'est inconnu. Vous êtes venu prendre vos ordres...

— De vos lèvres et de vos lèvres seulement, Monseigneur.

— Les Templiers incendièrent autrefois l'abbaye d'Orbigny pour effacer toutes traces de leur passage après avoir assassiné Nicolas et Agnan de Padoue... par le feu ! Les héritiers des Templiers périront eux aussi par le feu !

— Je comprends, fait l'homme. Le jeu est néanmoins dangereux. Les pièces à abattre sur l'échiquier sont bien lourdes. Vous ne pensez pas que Guillio risque de réagir ? C'est lui qui a dirigé l'opération jusqu'à présent.

— Les Gardiens du Sang n'ont toujours eu qu'un

but : reprendre l'exemplaire du Testament du Fou de la Loge Première et empêcher que l'on trouve le Tombeau du Christ. Je m'y emploie. C'est moi, désormais, qui dirige la Loggia et qui lui donne les ordres de vive voix.

— Pour le bien de notre confrérie... et de la sainte Église, Monseigneur, je le sais. Cependant, j'ai peur que nous ne puissions continuer de nous attaquer à Martin Hertz sans nous attirer des réactions des Premiers.

— Attendons qu'ils se réveillent ! Pour l'heure, ces mystérieux frères restent terrés dans leur tanière.

L'homme aimerait dire à son interlocuteur ce qu'il pense réellement du silence des frères Premiers, lui faire part de son inquiétude, de ses intuitions... Mais l'entretien est manifestement clos. Monseigneur semble s'impatienter.

— Je sors le premier, Éminence.

— Allez...

L'homme regagne la petite porte latérale de l'église.

Monseigneur apprécie la solitude qui lui est alors offerte. Il regarde le Christ en croix qui tente de s'extraire de l'ombre, arquant son corps amaigri et torturé. « Le Testament du Fou doit disparaître ! Tout sera effacé... Cette histoire n'aura jamais été écrite ! »

Il demeure un long moment immobile face à l'autel, ses pensées allant d'un condamné cloué sur une croix à un homme à demi nu dans un suaire. Une forme fantomatique, trébuchante, livide. Un jeune homme gravissant le mont des Oliviers...

Il se décide enfin à ressortir de l'église. Dehors, la pluie le saisit brutalement, lui giflant le visage, le forçant à presser le pas pour regagner la voiture noire, garée le long du trottoir, quelques mètres plus loin, à bord de laquelle attend son secrétaire.

Ce dernier se précipite pour lui ouvrir la porte arrière. Monseigneur s'engouffre dans le véhicule. « Je devrai vivre désormais avec ce poids supplémentaire sur la conscience, marmonne-t-il. De nouveaux meurtres ! »

— Pardon ?, demande son secrétaire.

— Non, rien... Je me parlais à moi-même.

57.
La seconde maison de Hertz

Vendredi, treize heures quarante-cinq.

Le cimetière de Villery est adossé à une église romane lourde et ventrue. Il est fermé de hauts murs recouverts d'une épaisse vigne vierge que l'automne roussit. Ses tombes s'y alignent, modestes, dans une herbe rase. Seule une petite chapelle élève une flèche grêle, faussement gothique.

Martin Hertz se tient devant une pierre tombale encore récente. Une simple dalle de quartz, sans croix. Juste une plaque portant ces noms :

LÉA ET MARTIN HERTZ

La pluie a cessé, dégageant un ciel blanc profond. Un vent coulis glisse au ras du sol et mord les mollets.

Dans son épaisse canadienne de cuir, Hertz, énorme monolithe immobile, regarde la tombe qu'il partagera avec Léa et se demande qui des deux quittera la vie en premier. Qui abandonnera l'autre.

« Je ne me ferai jamais à tes goûts un peu morbides, Martin. »

Hertz a reconnu la voix. Il se retourne en souriant.

— Tu m'as donc vu arriver, l'abbé ?

Le prêtre est à peine plus jeune que l'avocat. C'est

un homme long et noueux, au visage osseux strié de rides profondes, aux yeux charbonneux, aux cheveux blancs. Il porte un costume gris, un pull noir passé sur une chemise bleue dont le col rebique. Il tient à la main droite une sacoche de cuir brun.

— J'étais certain que tu viendrais directement ici, dit-il. J'ai aperçu ta voiture depuis le presbytère. Rien de tel pour le moral, n'est-ce pas ? Toujours content de ton petit lopin de terre pour votre éternité à Léa et à toi ?

— Léa a bien failli me devancer... À cause des Gardiens du Sang.

— Ils deviennent de plus en plus dangereux et tu les crains beaucoup, vieux frère ?

— Oui, Jacques. Je les redoute. Ils me cernent comme des loups. M'acquitterai-je de ma tâche ? Saurai-je préserver le Testament du Fou contre leurs attaques ?

L'abbé tend la sacoche de cuir à son ami en disant :

— Le voici. Avec l'anneau. J'ai veillé sur eux depuis que tu es venu me les confier. Je dormais même avec. Sous mon oreiller ! Je t'aiderai à faire comme tu dois, Martin. Tu sais que tu pourras toujours compter sur moi.

— Naturellement ! Allons, rendons-nous à la maison pour y attendre Émylie et Didier. Je leur ai donné rendez-vous vers quinze heures. Tu n'as pas d'obligations, cet après-midi ?

— Aucune, répond l'abbé Jacques. Ni mariage ni enterrement. Je t'aiderai à faire les pluches. Tu as besoin de quelque chose ?

— J'ai fait des courses avant de partir.

Les deux amis sortent du cimetière. Le géant et le fluet marchent cependant du même pas. De ce pas que l'âge entrave.

Le ciel blanc arrache des éclats au quartz lisse de la tombe des Hertz.

*
**

La maison de campagne des Hertz se situe en dehors du village. Il faut emprunter un étroit chemin de terre et de caillasse pour y accéder. On la découvre alors, s'imposant au milieu d'un grand pré bordé de saules. Ancienne ferme, elle est composée de deux bâtiments d'un étage et, malgré ses diverses réfections, ressemble à ce qu'elle a toujours été : une demeure paisible qui absorbe les époques en faisant mousser un peu plus les tuiles plates de ses toits, en flétrissant ses crépis de torchis, en s'alourdissant sous l'ombre d'un chêne plus que centenaire.

L'automne l'a endormie. Hertz et Jacques ouvrent les volets. La semaine précédente, le vieil avocat est venu remettre le Testament du Fou et l'anneau à son ami sans même se rendre dans sa maison fermée depuis août.

L'air entre par les fenêtres et chasse rapidement l'odeur de renfermé.

Hertz pense à Léa. Il lui téléphonera lorsqu'il aura fini d'aérer les pièces, de préparer les lits à l'étage... Il pense à Léa. Il n'a jamais tant pensé à elle, si ce n'est lorsqu'ils étaient jeunes et amoureux. Tellement amoureux !

Le temps transforme l'amour en habitudes, en rituels. En une amitié pareille à celle qui lie des voyageurs lors d'une croisière. Car c'est ainsi que passe la vie : un long voyage où l'un s'accommode des manies de l'autre. Une entente polie, respectueuse, distante.

Prononce-t-on encore des mots d'amour lorsque l'on approche des soixante-dix ans ? Hertz se pose la question pour la première fois. Et s'en veut de ne pas se l'être posée plus tôt.

Léa aurait pu mourir...

Il aurait pleuré sa vieille amante tel un chien perdu, un enfant que sa mère abandonne. Cet égoïsme, toujours. Cette angoisse de rester seul, mutilé. Amputé de l'autre.

Il regarde la rangée de saules inclinés sur un fossé au creux duquel coule un maigre ru, tout au bout de son pré. N'était leur caveau conjugal, au cimetière, il aurait aimé qu'on y disperse ses cendres, plus tard.

*
**

Dans ses jumelles, l'homme a vu Hertz et l'abbé ouvrir les volets de la maison. Au rez-de-chaussée, puis à l'étage. Il a zoomé sur l'avocat qui s'est attardé à regarder dans sa direction. Il s'est instinctivement baissé ; Hertz semblait le fixer.

Il s'en est voulu d'avoir été victime de cette illusion qui a emballé son rythme cardiaque un court instant. Le temps de se maudire de n'avoir su se contrôler.

Cette fois, il a troqué son imperméable et ses élégantes chaussures contre un blouson et des bottes. Il ressemble un peu à Carlo et Lorenzo, et se dit qu'il est en train de se transformer à son tour en homme de terrain. Ce qui ne lui interdit pas de regretter son bureau romain. Le regretter au point de désirer ardemment que cette opération soit enfin terminée.

C'est avec une intense satisfaction qu'il découvre la Golf de Mosèle pénétrant dans le champ de ses jumelles.

— Mosèle et la veuve Marlane !, murmure-t-il.

L'homme voit les deux jeunes gens descendre de

voiture, sortir leurs bagages du coffre, Hertz ouvrir la porte de la maison, l'abbé apparaître à son tour...

« Ils seront tous morts bientôt. Effacés, plutôt. »

***

Jacques plaît aussitôt à Émylie et Mosèle par son regard direct et franc, malgré le noir charbonneux de ses yeux, par son sourire généreux qui plisse ses joues maigres, par toute la bonté qui émane de lui.

Il a pris les mains d'Émylie dans les siennes pour lui dire :

— Madame Marlane, j'ai appris le deuil qui vous a frappé. Les mots sont bien inutiles en pareilles circonstances. Mais les témoignages d'amitié suffisent parfois à vous aider...

— Je vous remercie, répond Émylie. Oui, l'amitié est toujours un réconfort.

Puis, se tournant vers Mosèle :

— Professeur Mosèle, je vous connais de réputation et suis enchanté de vous rencontrer enfin. J'ai lu votre dernier ouvrage, *Le Psautier de Canterbury*.

— Je soupçonne Martin de vous l'avoir conseillé ! C'est mon meilleur agent commercial.

— En effet, ajoute l'abbé. Il me l'a prêté et je n'ai pas regretté sa lecture. Ce serait mentir que vous avouer que j'en ai tout retenu.

— Vous me rassurez, dit Mosèle en souriant.

Hertz invite ses amis à entrer et propose à Émylie et Mosèle de porter leurs bagages dans les chambres qu'il leur a réservées à l'étage tout en s'excusant : « Je me suis occupé de tout. Sans ma Léa, je suis un peu manchot. »

Mosèle s'était demandé à quoi pouvait ressembler la maison de campagne du vieil avocat. Une copie de son pavillon ? Un décor un peu suranné composé de tapisseries, de doubles rideaux en velours, de massifs fauteuils en cuir, de meubles en acajou, le tout baigné d'odeurs de cire et de cigare froid ?

Mais ce n'est pas le cas. Immédiatement et non sans surprise, il apprécie le musée qui s'offre à lui et le charme. Une bibliothèque anglaise en bois blond emplie de centaines de livres. Une énorme table avec ses bancs pour accueillir les ripailles d'une douzaine de chevaliers affamés. Des fauteuils aux bras usés par d'innombrables siestes accomplies les pieds posés sur la pierre d'une vaste cheminée. De fines et délicates aquarelles aux murs, la statue d'une Vierge à l'Enfant taillée à grands coups de ciseaux dans une pierre noire, des vases géants vomissant des brassées d'ajoncs séchés, des tapis crème jetés sur des tomettes rouge brique. Un escalier en chêne clair qui monte à l'étage. Au fond de la pièce, une volée de quelques marches descendant en contrebas vers une porte de bois cintrée. Et la lumière : une belle lumière blanche qui se brise en éclats sur les arêtes des meubles, s'enfourne dans les recoins, s'épand sur le sol en longues effilochures. Et le parfum doucereux des prés à l'entour, que l'automne jaunit et chiffonne en foin.

Une maison où l'on se sent bien. Où l'on doit laisser s'écouler le temps, sans télévision ni poste de radio apparents.

Les chambres sont à l'identique, regorgeant de livres, de statuettes, de gros lits hauts sur pattes. Bois, pierre et paille. Des fantômes d'odeurs. De celles que la ferme de jadis déversait à chaque saison et qui en a imprégné les murs.

— Cela vous convient-il ?, demande Hertz tandis que Mosèle dépose son sac de voyage sur le sol.

— Magnifique, reconnaît le jeune homme qui vient

de découvrir sa chambre. Une maison hors du temps, Martin !

— Et vous n'avez encore rien vu.

Émylie apparaît sur le seuil de sa chambre.

— Que devons-nous voir ?

— Mon temple !, annonce Hertz avec l'emphase qui lui est si particulière.

— Un temple ?, fait Émylie.

— Au sous-sol, poursuit le vieil avocat. Je vous propose d'y boire le café. Ou du thé... Ou de l'alcool, si le cœur vous en dit. Finissez de vous installer et rejoignez-moi en bas. Je vous y attends avec l'abbé.

— L'abbé ?, s'étonne Mosèle.

— Ah, j'ai oublié de vous préciser que Jacques est prêtre. Oui, il possède deux singularités : être mon meilleur et plus vieil ami, et exercer son saint ministère ! L'une et l'autre en font un personnage extrêmement tolérant et prouvent que je ne suis pas forcément un mauvais homme.

Hertz adresse à Mosèle un clin d'œil pareil à un furtif coup de griffes. Et le vieux chat redescend l'escalier de son pas pesant.

Du palier, Émylie et le jeune homme entendent l'abbé dire à Hertz :

— Il faut être sacrément intime avec toi pour avoir le droit de pénétrer dans ton univers secret !

— Toi, tu en es un fidèle, lui répond Hertz. Combien d'heures y avons-nous passées en vieux bavards gâteux ?

58.

La bibliothèque

Hertz devance ses amis. Porteur de la sacoche de cuir contenant le Testament du Fou et l'anneau, il descend les quatre marches qui mènent à la porte de bois cintrée.

— Attention à la tête, conseille-t-il en s'inclinant lui-même de manière théâtrale.

Il engage une clef dans le solide verrou.

— Attendez...

La porte grince. Mosèle se dit qu'il ne pouvait en être autrement, et sourit.

— Je vous donne de la lumière et vous pourrez entrer.

Petit clic d'interrupteur. Lumière trop jaune. Déception d'Émylie et de Mosèle qui se retrouvent dans une sorte de vestibule cimenté aux murs couverts de gaines électriques. Mais Hertz se dirige déjà vers une deuxième porte qui leur fait face. Celle-ci est blindée et ne se commande que par un boîtier électronique sur lequel le vieil avocat compose un code, le nez sur les touches.

Tandis que la porte blindée s'ouvre lentement, Hertz recommande à ses amis de veiller à ne pas glisser dans le nouvel escalier qui s'offre à eux. Un étroit colimaçon aux parois râpeuses.

Jacques dit :

— J'ai bien failli me briser la colonne, une fois, tu t'en souviens, Martin ?

— Bien sûr. C'était l'hiver dernier ; nous avions un peu trop arrosé notre dîner et Léa nous en avait fait reproche. N'était-ce pas un morgon que nous avions avalé ?

— Comme d'habitude, précise l'abbé.

Une troisième porte. Sans clef, sans code. Il suffit de la pousser.

Hertz fait un pas dans l'ombre, presse un interrupteur et lance :

— Soyez les bienvenus dans mon temple, Émylie et Didier !

Mosèle émet un bref sifflement d'admiration. L'avocat a aménagé une gigantesque bibliothèque dans une vaste cave au plafond constitué de trois voûtes en plein cintre prenant assise sur les solides abaques de gros trumeaux. Les murs, très hauts, sont couverts de longues étagères en bois ; un rail sur lequel coulisse une échelle permet d'accéder aux niveaux supérieurs.

Les ouvrages contenus dans cet espace extraordinaire sont de superbes in-folio, des manuscrits originaux, des parchemins roulés. Parfois, de petites plaques de cuivre, sur les montants de bois, précisent la provenance d'une pièce.

Pour parfaire la décoration, entre certains livres Hertz a placé un objet rare : statuettes de bois, figurines en os, masques, fétiches, coffrets précieux qu'il dit avoir arrachés de haute lutte à de pugnaces antiquaires.

C'est une véritable chapelle. Un temple, effectivement, dédié aux livres, au savoir, à la connaissance.

Le sol est fait d'un bon gros plancher recouvert

d'un tapis circulaire griffonné d'abscons motifs noirs et blancs.

L'éclairage discret, diffusé par d'invisibles lampes halogènes, a été savamment étudié. La salle baigne dans une lumière chaude et douce qui abandonne à l'imagination quelques recoins d'ombre où s'élance un pilier, où se tapit un gros meuble vitré empli d'autres livres, où luit une armure.

L'avocat se tient en maître des lieux sur le seuil de son sanctuaire, la poitrine gonflée d'un orgueil qui lui rosit les joues, lui fait briller les yeux. Jacques connaît bien cette attitude ; il n'en tient plus compte. Les péchés mignons de son ami participent aussi du bonheur partagé et de leur vieille affection. Après tout, comment ne pas ressentir de la fierté devant un pareil trésor, admet l'abbé.

Mosèle est redevenu le chercheur, le spécialiste, l'historien. Il arpente à pas lents ce péristyle en connaisseur, en savant et en amateur gourmand.

Hertz s'en amuse, s'en rengorge de plus belle, regardant du coin de l'œil le jeune homme passer d'un codex du comte Gaston Phébus daté du XIVe siècle à une Vie de saint Denis tracée et dessinée en mil trois cent dix-sept, d'un calice d'Ardagh à la mitre brodée d'or d'un évêque mort depuis une éternité, d'un apologétique anonyme à un *Muldenfaltensil* offert autrefois à Alphonse X de Castille...

— C'est magnifique !, s'étonne Mosèle. Stupéfiant ! C'est la bibliothèque du Vatican ! Les lectionnaires de Cologne, la *Synopsis evangelica* de Lagrange, le Codex de Missant ! Quelles splendeurs, Martin !

— Une vie entière de collectionneur, fait Hertz en miaulant. Ma matrice... Ma mémoire...

Émylie n'écoute pas. Elle suit Mosèle en silence, se contentant d'effleurer des doigts la tranche des ouvrages, le cuir, l'ivoire ou l'or d'un objet. Le chaud du papier cartonné, cuit par le temps, le froid de l'os ou du métal. Elle passe ainsi de la sensualité à la frigidité de ces trésors accumulés, rangés soigneusement, classés par un maniaque, inlassable artisan d'une folie, d'un amour invétéré pour ce que les hommes ont laissé s'endormir entre des peaux tannées, des feuilles de papier tendre. Dans l'encre, le sang noir de leur mémoire. Dans l'étain martelé, la corne gravée, le cuir buriné.

— Martin, je ne peux pas croire que vous ayez déniché tout cela chez des antiquaires !, dit Mosèle.

— Cela fait près de cinquante ans que j'achète, Didier. Un demi-siècle à traquer mes proies et à me ruiner pour les obtenir. À corrompre certains, je le confesse. L'argent ouvre les portes de tous les coffres. De toutes les âmes ! J'ai été un avocat puissant et riche, comme vous le savez. J'avais alors à mon service quelques agents qui sillonnaient le monde pour mon compte. Je les avais lancés sur les pistes de ces fabuleux objets que vous admirez avec tant de respect.

Hertz s'avance alors dans la salle, vient déposer sa sacoche sur la table et reprend :

— Jacques, Léa et un autre ami dont je vous parlerai bientôt ont été les seuls à pénétrer dans cette bibliothèque. L'État et le fisc ignorent cette fortune amassée. Quand je parle de fortune, j'entends : la richesse artistique et intellectuelle que représente cette collection.

Émylie intervient :

— Dans ce cas, pourquoi nous avoir permis de partager votre secret ?

Hertz se tourne vers l'abbé.

— Dis-leur, Jacques...

Le prêtre s'approche d'Émylie et de Didier. Son

visage creusé de rides s'éclairant d'un beau sourire, il dit :

— Je crois que Martin cherchait comment vous prouver à tous deux que vous pouviez avoir confiance en lui. Il n'a pas trouvé meilleure preuve que celle-ci... Vous ouvrir les portes de sa bibliothèque. Ou, si vous préférez : vous ouvrir son cœur !

*
**

L'homme abaisse ses jumelles.

— Je ne comprends pas, annonce-t-il. Je les ai vus s'éloigner au fond de la pièce d'où ils n'ont pas reparu.

— Ils sont sans doute passés dans une autre pièce, avance Carlo. Un salon, une cuisine...

L'homme réfléchit durant quelques secondes en se mâchonnant la langue.

— Allons-y !, décide-t-il soudain en se redressant. Allons pointer notre canon-micro sur l'une des fenêtres.

Les trois Gardiens du Sang quittent le fossé dans lequel ils avaient établi leur planque depuis plus de trois heures. Les membres rouillés, ankylosés, ils écartent les branches basses d'un buisson et s'aventurent à découvert dans le pré. Lorenzo a posé la main sur la poche intérieure de son blouson où il garde son Ruger GP100. Carlo tient serrée contre sa hanche la lourde sacoche qu'il porte en bandoulière.

Le cœur de l'homme s'est mis à battre plus fort. Il éprouve pour la seconde fois ce sentiment nouveau, fait d'excitation et de peur. Il a découvert cette étrange impression dans la forêt d'Orient, ce misérable jour de pluie où il a perdu l'un de ses agents. L'ivresse de l'action. L'angoisse. L'une et l'autre sensations s'épousant au creux de sa poitrine, dans le battement de ses tempes, la fébrilité de ses gestes.

Une haine froide, aussi. Entièrement dirigée vers Hertz, l'ennemi à abattre. « Par le feu, se répète-t-il. Par le feu ! Il périra ainsi avec ses amis. »

La maison de Hertz tangue au rythme de ses pas saccadés. Elle se rapproche. « C'est une guerre, tente-t-il de se convaincre. On y sacrifie des innocents. »

Il pense à Émylie Marlane, à ce prêtre...

« Je ne fais qu'exécuter les ordres de Monseigneur. Je suis son bras armé. »

Le souffle court et brûlant, il a atteint la maison. Imité par Carlo et Lorenzo, il se plaque contre le mur. Son cœur lui fait mal, lui poignardant les côtes à grands coups secs, puis lui remontant dans la gorge. Mais il en retire un plaisir particulier, malsain. Il en a oublié son confortable bureau romain.

***

— Vous aurez tout le temps de vous émerveiller devant ces joyaux, dit Hertz à Mosèle qui doit abandonner à regret l'examen des rayonnages de la bibliothèque.

Le jeune homme vient s'asseoir à la table où se sont déjà installés Jacques et Émylie. Le vieil avocat a ouvert un bar ingénieusement dissimulé dans un buffet ; il en sort une cafetière électrique, des tasses, des verres, une bouteille de Cardhu et une boîte à cigares.

— Café pour qui ?, demande-t-il.

Émylie et Mosèle répondent d'une même voix qu'ils acceptent bien volontiers un café, tandis que Jacques opte pour le whisky partagé avec Hertz.

Quelques minutes plus tard, les boissons sont

servies et Hertz ouvre la sacoche pour en dégager avec soin le Testament du Fou et l'anneau. Il présente le manuscrit à Émylie, lui permettant de le feuilleter sans omettre de lui recommander d'en prendre grand soin. Mosèle regarde attentivement l'anneau et revoit aussitôt en pensée la manille accrochée à l'un des murs de la petite chapelle de la forêt d'Orient. Il devine qu'une explication lui sera bientôt fournie par le vieil avocat. En temps utile. Il sait maintenant que ce dernier distille ses informations avec parcimonie, selon sa propre mesure, en chef d'orchestre accompli.

Alors qu'Émylie tourne lentement les pages du précieux évangile, Hertz dit :

— L'abbé m'a aidé à parfaire la traduction du Testament du Fou. J'avoue que son secours m'a été précieux.

— Depuis les Templiers, personne n'avait fait un bon coup de ménage dans l'œuvre de Nicolas et Agnan de Padoue, précise Jacques avec modestie.

Un temps. Mosèle boit son café à petites gorgées, Jacques déguste son whisky tandis que Hertz le lape avidement.

Émylie referme le livre, pose ses mains sur le cuir moucheté de la couverture et les y laisse posées religieusement.

— Vous savez donc !, dit-elle, s'adressant au prêtre. Jésus a laissé crucifier son frère à sa place. Il n'y a pas eu de résurrection !

— C'est ce que l'on peut déduire de ce manuscrit, en effet, admet Jacques.

— Si l'Église apprenait que vous cautionnez cette thèse..., avance Mosèle.

— Je lui serais redevable de quelques comptes, articule l'abbé en souriant. Mais, vous savez, je suis un prêtre de terrain. Un vieux curé de campagne, de ceux dont le moule est brisé. Je n'intéresse pas les instances supérieures !

Émylie repousse le Testament du Fou sur la table, le redonnant à Hertz en murmurant tristement :

— Francis aurait tant aimé avoir cet exemplaire entre les mains ! Ne serait-ce qu'une fois.

— Je regrette qu'il ne se soit pas confié à moi, se plaint Hertz ; j'aurais peut-être pu éviter le pire.

Sa voix sonne faux. Mosèle en a conscience. Cette impression décale la réalité du moment, la transforme en acte de théâtre pourtant mise en scène avec une évidente précision. De fait, il y a quelque chose de factice dans l'atmosphère. « Tu joues encore, Martin, pense-t-il. Tu joues ton rôle dans un décor choisi pour la circonstance. Et tu mens ! Tu mens encore lorsque tu évoques Francis ! »

***

À l'extérieur, Carlo a braqué le canon-micro sur l'une des fenêtres de la façade principale. Un doigt sur le minuscule récepteur logé dans son oreille, il fronce les sourcils, tendu et attentif.

— J'entends leurs voix, mais elles sont lointaines, dit-il.

— Une pièce à l'écart... Fais le point, s'impatiente l'homme.

— Ce n'est pas si facile. C'est excessivement sourd. Quasiment imperceptible. J'ai vraiment de la peine à distinguer ce qu'ils disent ; il doit y avoir plusieurs murs entre eux et nous.

— Dans ce cas, il va nous falloir entrer dans la maison. À toi d'intervenir, Lorenzo. Pratique une ouverture dans la vitre et tourne la crémone de la fenêtre.

Lorenzo fouille dans le sac que Carlo a déposé à leurs pieds.

— Ce ne sera pas long, assure-t-il.

— Lorsque nous serons dans la place, précise l'homme, nous n'interviendrons pas tout de suite. Je veux apprendre ce qu'ils se racontent afin de le rapporter à Monseigneur.

***

Hertz a fini son whisky et s'en sert un nouveau. « Juste une larme ! » Mais sa grosse patte se fait lourde et généreuse.

— Jusqu'à leur scission, commence-t-il, les Templiers qui détenaient le Testament se donnaient rendez-vous dans la chapelle de la forêt d'Orient, avant de se rendre ensemble à leur sanctuaire secret, non loin des marécages.

— Le lieu n'a jamais été révélé, dit Mosèle. Et comme il était souterrain, je gage qu'il n'en reste plus grand-chose aujourd'hui.

— Ce temple nous importe peu car il n'abritait pas le Tombeau du Christ, expose le vieil avocat en dépliant une carte d'état-major de la région Champagne-Ardenne qu'il vient d'extraire de la sacoche.

Puisant un cigare dans son coffret, il s'en sert pour dessiner la base d'un triangle imaginaire reliant les trois points des lieux-dits précisés par les Templiers et plus récemment par Francis Marlane.

— C'est dans ce triangle que Hugues de Payns aurait caché les restes du Messie, poursuit-il. Nous en avons désormais la certitude, grâce aux indications figurant en marge du Testament.

— Dans les profondeurs de la Terre !, fait Émylie.

— C'est ce dont nous informe V.I.T.R.I.O.L., la formule hermétique de la chapelle, précise Jacques.

— *Visite l'intérieur de la Terre et en rectifiant tu trouveras la pierre occulte.* Ou le **FRÈRE** occulte ! Le Christ..., dit Mosèle.

*
**

Carlo pratique une ouverture dans la vitre à hauteur de la poignée de la fenêtre. Il a placé un disque ventouse sur le carreau, autour duquel il fait glisser la pointe d'un diamant.

Ses deux acolytes le regardent faire en épiant le moindre de ses gestes, appréciant sa dextérité et sa rapidité d'exécution.

*
**

— Lorsque vous nous avez raconté la fin dramatique des Templiers, reprend Mosèle, vous nous avez dit qu'une poignée d'entre eux avaient formé la légendaire Loge Première.

Hertz émet un soupir et hoche sa grosse tête aux bajoues flasques.

— Vous demeurez sceptique, Didier. Pourtant, c'est la vérité ! Cette Loge traverse le temps, préservant le Testament du Fou et cet anneau.

— L'anneau qui se trouvait autrefois dans la chapelle, sous V.I.T.R.I.O.L., n'est-ce pas ?, remarque Mosèle. J'en ai relevé l'empreinte dans la pierre. Cela aussi, vous l'avez ! À quoi servait-il ?

Hertz retrouve son sourire et se redresse :

— C'est l'anneau qui ferma le Tombeau du Christ. Il fut remis au plus fidèle des amis de Jésus... À l'un de ses frères...

— Vous voulez dire que...

Mosèle s'arrête net. Ce qu'il avait imaginé ces derniers jours, l'hypothèse improbable, éclate alors dans toute sa vérité.

Hertz achève :

— ... que le fondateur de la Loge Première n'était autre que Jésus ! Et que cette Loge vit encore. Existe toujours !

Le vague soupçon qui assaillait l'esprit de Mosèle se confirme. Ce doute qui l'irritait tant en mettant à mal les supputations qu'il échafaudait trouve sa résolution dans cette cave, cette sublime caverne, ce temple !

Mosèle croise le regard félin de son vieux maître et en soutient l'intense éclat doré. Hertz semble se métamorphoser... Un effet de son imagination ? La peau de son visage paraît s'affermir, ses lèvres habituellement molles précisent soudain leur trait volontaire, un sourire bon et sévère à la fois. Une transformation à peine perceptible, à coups de petits riens, qui bouscule néanmoins l'image traditionnellement débonnaire et désuète. Là, maintenant, le vieillard qui s'est redressé sur sa chaise s'impose en géant rajeuni.

— Et vous... ?, souffle le jeune homme, connaissant d'avance la réponse.

— Oui, j'appartiens à cette Loge mythique. L'abbé le sait déjà et si je me confie à vous deux, c'est parce que votre mari, Émylie, a été tué par ceux qui veulent maintenant ma mort. Ma mort, la vôtre, celle de Didier et de tous ceux qui ont approché le Secret.

*
**

Les trois Gardiens du Sang ont pénétré dans la maison. Carlo balaie la pièce de son canon-micro et parvient à localiser les voix : elles proviennent de la porte basse à laquelle mènent les quatre marches de pierre.

L'homme fait un signe. Lorenzo, son Ruger en main, se dirige vers la porte restée entrouverte. Il s'avance prudemment dans le vestibule encore éclairé. Face à lui, la porte blindée. Refermée.

L'homme et Carlo rejoignent Lorenzo. Nouveau geste de l'homme. Carlo pointe son canon-micro sur la porte métallique.

*
**

Hertz s'interdit à contrecœur de se resservir un troisième verre de whisky. Mais il doit garder les idées claires pour poursuivre :

— À la suite de l'agression que j'ai subie de la part des Gardiens du Sang, je suis venu remettre ces objets à l'abbé Jacques pour qu'il les garde, en attendant que je les place définitivement en sécurité. Jacques connaît et partage beaucoup de mes petits mystères. C'est aussi un frère !

— J'ignorais que l'on pouvait être prêtre et franc-maçon, s'étonne Émylie.

L'abbé lui répond avec son sourire coutumier, tout brouillé de rides :

— Il y eut bien des *abbés philosophes* dont l'un, d'ailleurs, fut le parrain en maçonnerie de Voltaire.

Se désintéressant manifestement d'un débat qu'il ne souhaite pas voir s'instaurer, Mosèle revient à Hertz pour lui demander :

— Vous venez de nous dire que le Testament et l'anneau seront placés par vos soins dans un lieu sécurisé, Martin. Un tel lieu existe-t-il ? Vous avez habilement donné le change en plaçant le manuscrit parmi de vulgaires bouquins dans votre bibliothèque, à Sèvres, mais maintenant, qu'allez-vous faire ?

— Dans la Loge Première, répond Hertz, un frère est chargé de veiller sur le Testament et l'anneau. On l'appelle le Dépositaire. Lorsque ces deux reliques sont en danger, le Dépositaire les cache dans sa tombe. La mienne les attend.

— Judicieux, admet Mosèle. Un abri en principe inviolable.

— Les Gardiens du Sang ont cependant profané la tombe de l'un des nôtres... Cela remonte au XVe siècle. Ils en furent néanmoins pour leurs frais ! Un vieux Juif du nom de Jérôme leur tendit un piège ingénieux. Une histoire éloquente dans laquelle le sinistre Torquemada joue un rôle important !

Mosèle allume une cigarette.

— Je pense que vous avez l'intention de nous la raconter, dit-il en regardant Hertz dont les yeux viennent de se mettre à briller comme ceux d'un chat rusé.

Hertz se tourne vers Jacques pour s'excuser :

— Tu vas devoir m'entendre radoter encore, l'abbé ! Combien de fois t'aurai-je parlé de Jérôme le Juif ?

— De lui, des Cathares, des Templiers... Tu as d'avance toute ma clémence, Martin.

— Soit, reprend Hertz. Plongeons-nous alors dans l'Espagne de mil quatre cent dix-huit. À Burgos, plus précisément...

59.
Le supplicié

Une chambre de torture empestant la sueur et l'urine.

On livrait à la question un homme d'une cinquantaine d'années, nu, les bras liés dans le dos, assis sur un petit tabouret, ses chevilles ensanglantées coincées dans des brodequins.

Deux dominicains se tenaient de part et d'autre du prisonnier épuisé. Derrière une table, sous un grand crucifix en bois accroché au mur de pierre, un clerc transcrivait les dépositions du supplicié. Près de lui, une silhouette massive, silencieuse et immobile, se tenait volontairement hors de la lumière de l'unique lampe à huile. On aurait cru une statue que rien ne pouvait émouvoir. Ni les cris, les râles et les pleurs du témoin, ni le bruit sec des os que l'on martyrisait.

Le sixième homme présent dans cette pièce basse était le bourreau. Il n'avait pas trente ans et possédait un visage angélique aux traits féminins, aux yeux verts, à la chevelure brune et épaisse qui lui coulait jusque dans le cou.

Sur une tablette, il avait soigneusement classé les coins de bois de différentes épaisseurs qu'il devait engager dans les brodequins à l'aide d'un maillet pour comprimer la chair et briser les os.

Au sol, une cuvette pleine d'eau, une éponge et un flacon de vinaigre pour ranimer la victime.

Les deux dominicains s'adressaient à leur prisonnier :

— Oui... Nous t'écoutons. Libère enfin ton âme et tu soulageras ton corps !

— Les plaies de l'esprit sont bien plus laides que celles de la chair !

Hagard, le blessé vacillait, aux limites du coma. Il s'était évanoui par trois fois déjà et gardait dans la gorge l'infect goût du vinaigre qu'on lui avait fait ingurgiter pour le ramener à la conscience.

— Je vous l'ai dit, bredouilla-t-il. Le templier Bernard de Josse s'empara du Testament du Fou et se mit sous la protection d'amis juifs qui fuyaient la répression de Philippe le Bel...

— Cela, c'est de la vieille histoire !, réagit le premier dominicain. Il y a près de deux siècles que les Templiers ont été brûlés.

Le regard de l'homme était noyé de larmes ; il voyait les dominicains derrière une brume sombre et leurs silhouettes dansaient, à l'en écœurer. Il grelottait. Il avait tellement froid. De honte et d'humiliation. Car il avait pissé sous lui.

— La famille Casmaran qui recueillit Josse s'installa en Castille, poursuivit-il. Où elle le fit passer pour l'un des siens.

— Mais après ? Le templier et ces marranes reformèrent la Loge Première, n'est-ce pas ? Cette secte existe toujours, et tu t'es lié à elle ?

Le premier dominicain avait aboyé. Sa voix criarde lui déchirait les tympans depuis des heures.

— Je l'avoue !, fit le supplicié. Par saint Jean, je l'admets... Pitié ! Pitié ! De l'eau... Donnez-moi un peu d'eau.

La silhouette massive qui demeurait dans l'ombre ouvrit la bouche pour la première fois et commanda :

— Que notre charité apaise ses tourments. Faites-le boire.

Le bourreau abreuva le prisonnier en pressant l'éponge trempée au-dessus de ses lèvres craquelées. L'homme accueillit l'eau en fermant les yeux, ne prêtant plus attention qu'à cet infime réconfort. Désaltéré, il mit tout son honneur à se redresser. Le cou décharné, les joues amaigries, les pommettes saillantes, il esquissa même un misérable rictus à l'adresse de l'inquisiteur inconnu assis à côté du clerc.

— Tu nous as fait de piètres aveux, reprit la silhouette. Ce que tu nous as dit a été consigné mille fois dans les minutes de la Suprême. Tu sais qui nous cherchons : Jérôme le Juif !

— Trop tard !, lança le supplicié dans un cri de victoire.

— Tu veux dire qu'il a fui la Castille ?, scanda la silhouette. Nous ne l'ignorons pas. Faut-il enfoncer un nouveau coin pour te demander où il s'est réfugié ?

— Grâce... Je ne peux le révéler !

Et l'homme s'effondra à nouveau, tassé sur lui-même. La douleur de ses os brisés se réveilla et tout son corps se remit à craindre de prochaines tortures. Pitoyable, anéanti, apeuré, il se mit à sangloter.

— Épargne-toi un martyre inutile, lui souffla le second dominicain. Nous désirons connaître la tanière de ce *converso*. Où est Jérôme Casmaran ?

La silhouette dans l'ombre fit un geste. Le clerc, resté le nez dans ses registres qu'il emplissait d'une écriture fine et serrée, ne put s'empêcher de grimacer, comprenant ce que cet ordre silencieux signifiait.

Le bourreau enfonça un coin épais dans l'un des brodequins d'un coup de maillet sec et précis.

L'homme hurla. Une douloureuse décharge le souleva de son tabouret. Un mal né dans la cheville, grimpant dans la jambe, brûlant la vessie, crevant l'estomac, enflant dans la gorge et explosant entre les tempes comme une boule de feu.

Une bête blessée : c'est tout ce qu'il était désormais. Un animal méprisable, nu, souillé. Une loque avilie dégoûtée par sa propre odeur. Et qui urina encore.

Son menton retomba sur sa poitrine. Suffocant, il abdiqua :

— Mon Maître Jérôme... Il est en France... apothicaire... dans la ville de Troyes... Les dernières nouvelles que j'ai de lui sont mauvaises... On le disait mourant cet hiver... Le printemps l'a peut-être emporté...

Puis une voix lointaine dans le tunnel de la souffrance... Celle de l'un des dominicains :

— Si cet hérésiarque est mort, qui a hérité des reliques maudites ?

— La Tradition..., balbutia le supplicié. Jérôme fera placer le Testament et l'anneau dans un coffret de bronze que l'on mettra dans sa tombe... Un refuge inviolable... Le temps que la Loge élise un nouveau Dépositaire. Peut-être tout cela a-t-il été déjà accompli...

— Sacrilège !, jeta le second dominicain.

Derrière la table, la silhouette massive se pencha sur le clerc pour lui demander :

— Avez-vous bien transcrit toutes ses paroles, Maître Viana ?

— Fidèlement, frère Tomás. Il vous appartient dès lors de prononcer l'*ordenamiento*.

La silhouette se leva et apparut dans la lumière de la lampe à huile.

Tomás de Torquemada.

Un vieillard superbe, solidement charpenté, chauve,

le visage large, avec un nez d'aigle et des yeux profonds où se dissimulait une intelligence aiguë, sa voix grave et douce à la fois détachant chaque mot comme pour les peser tous.

Il prononça :

— Qu'il soit écrit qu'en vertu de l'article 15 du Code, le prisonnier devra renouveler sa confession dans trois jours. S'il s'y refuse, il sera soumis de nouveau à la torture et remis au bras séculier.

Torquemada quitta la table où le clerc achevait de rédiger l'acte de justice, s'appliquant à sacraliser l'instant par l'attention extrême qu'il portait à cette tâche.

Le bourreau ouvrit la porte au Grand Inquisiteur qui allait quitter la pièce. Ce dernier invita les deux dominicains à le suivre :

— Frères Tendilla et Pacheco, accompagnez-moi.

Les trois hommes sortirent, ne s'intéressant déjà plus au prisonnier effondré qui pleurait misérablement en émettant des hoquets saccadés.

Dans le couloir, deux officiants attendaient avec une civière ; ils entrèrent dans la chambre de torture pour se charger du supplicié.

— Verra-t-on enfin un jour la fin de ces *aljamas*[1] qui colportent l'infâme mensonge souillant Notre-Seigneur Jésus-Christ !, murmura Torquemada comme se parlant à lui-même.

— Du pus !, ponctua frère Tendilla. De la pourriture née dans l'esprit d'illuminés.

— Il convient d'agir sans tarder si nous ne voulons pas que cette damnée suppuration gangrène la sainte Église catholique, reprit Torquemada. Troyes est sous la juridiction de l'archevêque de Reims. Je vais faire

1. Communautés juives.

remettre à celui-ci une condamnation contre Jérôme le Juif. Une lettre portant la mention *in memoria*[1], dans le cas où ce porc serait déjà mort.

— *In memoria !*, s'exclama frère Pacheco.

— Je vous charge de conduire cette affaire, mes frères, ordonna Torquemada. Rapportez-moi le coffret de bronze, mais jurez de ne pas l'ouvrir. Préservez votre âme ! Je serai celui qui détruira ces reliques.

— Nous le promettons. Cependant, devons-nous prendre pour or comptant les fables de ce Juif relaps ?

— Je sais, fit gravement Torquemada, accompagnant sa pensée d'un geste de la main. *Quaestiones sunt fallaces et inefficaces*[2]. Néanmoins, nos enquêtes se recoupent toutes. Nous sommes les Gardiens du Sang et nous œuvrons en tant que tels. Allez, maintenant. *Dominus vobiscum.*

— *Et cum spiritu tuo*, répondirent d'une même voix les deux frères.

Les dominicains, accompagnés d'un clerc et de deux *críados*[3], quittèrent Burgos le soir même. Dans la nuit, le supplicié fit une syncope dont il mourut.

1. Condamnation posthume.
2. Les tortures sont trompeuses et inefficaces.
3. Domestiques.

60.

Jérôme le Juif

Troyes.

Le laboratoire de Jérôme le Juif était un pittoresque capharnaüm dans lequel s'opposaient d'innombrables parfums, suaves ou épicés, onctueux ou acérés. Aigres parfois. Acides et rouillés, prenant à la gorge, faisant tousser, suscitant des vertiges. Veloutés, aussi. Huiles délicates engourdissant l'esprit, délivrant des rêves calmes.

C'était une vaste pièce encombrée d'armoires vitrées contenant des fioles, des pots étiquetés, des vases fermés par d'épais bouchons de liège. Dans la gueule d'une large cheminée de pierre, un athanor pendait à une crémaillère ; des braises rougeoyantes en chauffaient le culot, aidant une décoction à achever sa réduction. Des étagères ployaient sous le poids de gros livres et de rouleaux de parchemins.

Tout était en désordre. Tout avait cependant sa place assignée et Jérôme, le vieil homme malade, conservait en mémoire la forme et l'usage du moindre objet.

Il était alors courbé sur une table de travail éclairée par l'aube qui filtrait au travers des volets de bois ajouré de l'unique fenêtre, ainsi que par quelques grasses bougies.

Jérôme le Juif s'était confectionné un masque chargé de le préserver des émanations toxiques de certaines de ses mixtures : une cagoule en toile cirée, munie de deux gros verres ronds pour y voir aisément, et d'un long nez pointu au bout en fer grillagé aux mailles serrées. L'apothicaire ressemblait ainsi, avec son tablier et ses gros gants de cuir noir, à un hanneton géant occupé à quelque savante besogne qui accaparait toute sa vigilance.

Il achevait d'emplir méticuleusement une ampoule d'une poudre jaune dont l'élaboration lui avait pris la nuit.

Après avoir bouchonné l'ampoule qu'il posa avec soin sur un linge, il ôta son masque. Il regarda les sept pochons qu'il avait alignés sur la table, la veille, et dans lesquels il avait puisé la matière nécessaire à sa chimie. Son visage blême et hâve, ravagé par la fièvre, manifestait néanmoins une intense satisfaction. L'homme avait dû être corpulent, autrefois, mais l'âge et la maladie lui avaient pris toute sa graisse, ne lui laissant sur les os que de la peau en trop grande quantité, flasque et tombante. Rides et bajoues lui donnaient la gueule d'un vieux chien fatigué. Des cheveux blancs en couronne lui tombaient sur la nuque. Mais il avait un regard magnifique, enfantin et tendre.

Ses lèvres bleuies souriaient.

— Ne suis-je pas récompensé d'une nuit de labeur ?, demanda-t-il au crâne qui l'avait regardé agir durant des heures de ses orbites d'ombre.

Jérôme sourit de plus belle ; il avait tracé jadis à l'encre rouge les sept lettres V.I.T.R.I.O.L. sur le front blanc de ce mort anonyme.

Des pas légers descendaient l'escalier de bois qui desservait les pièces à l'étage.

— C'est toi ?, dit Jérôme. Je devine que tu vas me

sermonner ! Tu peux entrer sans inquiétude ; j'en ai terminé. Il n'y a plus rien à craindre.

Rita, l'épouse du potard, avait seulement passé un grand châle sur sa chemise de nuit. Nettement moins âgée que son mari, elle avait su conserver sa beauté mate, ses formes amples, ses cheveux bruns et souples, à peine effilochés de blanc.

Elle vint se planter devant le vieil homme et hocha la tête en examinant sa mine chiffonnée.

— Tu as travaillé toute la nuit dans ces infectes vapeurs, le sermonna-t-elle. N'as-tu donc pas plus de raison qu'un enfant ?

— Le temps presse, Rita. Il m'en reste si peu !

Elle posa une main à plat sur sa joue, délicatement, amoureusement, et lui dit :

— Ta science est grande, mon chéri, et tu trouveras bien quelque remède pour te guérir.

— C'est sans espoir, nous le savons tous deux. Et puis, il y a ces deux dominicains venus de Castille pour m'arrêter. Notre ami le bailli m'a dit qu'ils ne tarderont plus maintenant.

Rita eut une expression de colère.

— Cela signifie que nous avons été trahis !, cria-t-elle presque.

— L'un de nos frères aura parlé sous la torture, dit Jérôme. La langue se délie lorsqu'on vous broie les os ou qu'on vous déchire les chairs sur un chevalet.

— Dans ce cas, le Saint-Office sait désormais que tu détiens le Testament du Fou et l'anneau du Tombeau.

Le vieil homme haussa les épaules et soupira :

— Sans aucun doute ! Tomás de Torquemada préside la Suprême et appartient aux Gardiens du Sang. Il traquera les reliques jusqu'à la fin de ses jours.

Jérôme entreprit de ranger sa table de travail. Rita

remarqua alors les sept pochons et fut prise de terreur en lisant les noms inscrits sur leur toile.

— Mon Dieu, qu'as-tu fait cette nuit, Jérôme ?

Elle se pencha et énuméra :

— *Veratrum album, If, Thymus, Ricinus communis, Iris, Opinella rustica, Linuae tuttiverda...* Ce ne sont là que poisons !

Elle se jeta dans ses bras au risque de le faire tomber et lui souffla avec effroi :

— C'est la Mort ! Tu as fabriqué de la poussière de mort... C'est bien cela ? Est-ce pour toi ?

Il lui passa une main dans les cheveux. Et lui souriait toujours de ses lèvres sèches, crevassées par l'herpès.

— Non, amour, dit-il. Le mal qui me dévore n'a pas besoin d'aide.

Puis il la poussa gentiment vers l'escalier en lui demandant :

— Va t'habiller et réveille notre commis ; je souhaite aller en forêt d'Orient une dernière fois.

— Pourquoi dis-tu une dernière fois ?, s'inquiéta-t-elle.

Elle se tenait sur la première marche de l'escalier, tournée vers lui, attendant qu'il lui répondît avant de monter. Elle le regarda se rendre à la fenêtre pour en ouvrir les volets. Le jour se répandit dans le laboratoire et illumina le vieillard qui aspira l'air avec gourmandise.

— C'est une belle journée, claire et paisible, fit-il. Une belle journée pour régler ses affaires !

61.

Les reliques

Reims.

Dans son bureau au palais du Tau, demeure épiscopale mitoyenne de la cathédrale, l'archevêque Guillaume Briçonnet, duc et premier pair ecclésiastique régnant sur de nombreux diocèses, recevait en audience les deux dominicains venus de Castille. Ces derniers s'impatientaient.

Assis à sa table, Guillaume n'avait pas daigné faire asseoir ses hôtes, lesquels demeuraient debout avec un respect de circonstance et une aigreur mal dissimulée.

Le prélat faisait mine de fouiller dans les documents qui encombraient sa table. Yeux plissés, babines retroussées, il s'amusait au détriment des inquisiteurs.

— Monseigneur, dit frère Tendilla, cela fait plus d'une semaine que nous attendons la permission signée de votre main ; permettez-nous d'insister !

— Je sais, je sais, marmonna l'archevêque. Votre ordonnance... comment dites-vous ? L'*ordenamiento*... Mes clercs l'ont enfin rédigée.

Il poursuivait sa comédie, soulevant un feuillet, en déplaçant un autre. Lors de leur première entrevue, il avait pris plaisir à faire croire aux dominicains qu'il comprenait mal leur français et les avait exhortés à s'exprimer en latin. À leur deuxième rencontre, il leur avait dit, après réflexion, préférer le français, malgré leur épouvantable accent.

Cette fois, il jouait au distrait, savourant l'agacement des deux visiteurs dont il n'appréciait pas le commerce. Il dut pourtant mettre un terme à cette parodie en trouvant enfin, pliée et scellée, la lettre tant convoitée qu'il tendit au frère Pacheco, se gardant bien de se lever, obligeant ainsi le dominicain à se baisser et à allonger le bras pour s'en saisir.

— Voici le pli, dit-il. Ce petit apothicaire de Troyes relèvera désormais de votre justice. Faut-il qu'il soit bien dangereux pour vous avoir obligés à faire ce long voyage !

Les dominicains ignorèrent la raillerie. Frère Pacheco répliqua :

— Il l'est, Monseigneur. Un faux chrétien qui pratique le rite judaïque.

— Ah... Naturellement !

Frères Tendilla et Pacheco prirent congé de l'archevêque. Les vexations dont ils avaient fait l'objet ne les contrariaient déjà plus. Ils avaient en leur possession l'acte qui conduirait Jérôme le Juif au bûcher.

*
**

Rita et Alain, le commis, cheminaient au rythme du pas de l'âne qui portait Jérôme.

L'employé des époux Casmaran était un grand adolescent sans cesse gêné par ses trop longs membres. Il tenait fermement la bride de l'animal, soucieux de le conduire hors des ornières afin d'éviter au vieillard de douloureux soubresauts.

Alain aimait ses maîtres. Orphelin, il avait trouvé

auprès d'eux la compassion et la tendresse que son cœur exigeant réclamait.

Il regardait à la dérobée Rita qui marchait au côté de la bête, tenant la main de son mari. Il pensa avec chagrin qu'elle serait bientôt veuve ; Jérôme s'étiolait un peu plus chaque jour, donnant le sentiment de s'effacer inéluctablement. Se chassant lui-même de la vie, discrètement.

Il avait remarqué que son maître avait passé une dague dans sa ceinture, sous son manteau, et que l'on avait accroché un panier d'osier au flanc de l'âne. Pour quelle raison ?

Mais il ne posa aucune question. D'ailleurs, il retenait trop de sanglots dans sa gorge serrée pour parler. La vision de ce vieillard mourant, courbé sur l'échine de son âne, de cette femme aimante qui retenait ses larmes, cette scène-là le faisait souffrir à lui déchirer l'âme.

La forêt était verte, ensoleillée. Verte de son feuillage gorgé de la sève du printemps récent. Déjà chaude de l'été qui s'annonçait clément et nourricier. Le blé et la vigne donneraient. On ferait du pain en quantité et du vin pour l'accompagner. Ce vin blanc un peu rêche qui picotait la langue en y déposant son sucre.

Alain, tout à ses pensées, ne vit pas Jérôme chanceler, tanguer. Pris d'un malaise, le vieil homme serait tombé de son âne si Rita ne l'avait retenu. L'adolescent s'en voulut d'avoir été si peu attentif et aida du mieux qu'il put l'apothicaire à reprendre une meilleure assise.

— Ce n'est rien, murmura Jérôme. Un léger vertige. Rien qui vaille que vous tiriez une figure pareille.

Rita et Alain tentèrent de lui sourire. Il feignit d'apprécier le masque de leur assurance bienveillante.

Ils arrivèrent enfin à la clairière où s'élevait la petite

chapelle templière abandonnée ; elle était en partie recouverte de lierre torsadé. De hautes herbes folles se lançaient à son assaut par brassées désordonnées et se jetaient à l'intérieur par la porte vermoulue restée entrouverte.

Alain porta Jérôme pour le faire descendre de l'âne.

— Ma foi, dit l'apothicaire avec contentement, il est bon de retrouver la terre ferme. Cette carne me jouait un branle d'enfer qui me retournait l'estomac !

Il fit quelques pas, la main de sa femme dans la sienne. Puis, avec malice, il se tourna vers Alain pour lui dire :

— Attends-nous, Alain. Profite de ce bon air empli des subtils parfums d'*Athyrium filix-femina* et de *Platycerium* !

— Heu... Oui, Maître, certainement !

Sur le seuil, il marqua un temps d'arrêt pour annoncer :

— L'heure est venue, Rita.

— Vraiment ? Voilà que mon Juif d'époux me conduit à l'église comme une jeune mariée !

En entrant, ils dérangèrent quelques colombes qui prirent leur envol pour s'enfuir par les fenêtres aux vitraux brisés.

— Toute cette herbe, remarqua Jérôme avec regret en désignant les dalles disjointes par une verdure conquérante.

Il retira sa dague de sa ceinture. Rita voulut le retenir.

— Est-il nécessaire de sortir ces objets-là aujourd'hui ?, demanda-t-elle. Cela ne peut-il attendre ?

— C'est ainsi. Aide-moi...

Ils s'agenouillèrent sur le sol. Jérôme engagea la pointe de la lame entre deux dalles.

— Bernard de Josse a confié ce trésor à mes

ancêtres, commença-t-il. Il n'y avait pas meilleure place pour les cacher ! Grâce à eux, la Loge Première a survécu. Elle doit vivre éternellement.

— Presque tous nos frères sont restés en Castille.

— Quand je ne serai plus de ce monde, tu en initieras de nouveaux. Et la chaîne ne sera jamais rompue.

— Tu parles comme un vieux rabbin gâteux, le gronda-t-elle en soulevant la pierre que Jérôme venait de desceller.

Les mains maigres et noueuses du vieillard plongèrent dans la cache pour en dégager un grossier sac de cuir contenant les reliques de la Loge Première, le Testament du Fou et l'anneau du Tombeau de Jésus.

Cette simple besogne avait épuisé l'apothicaire qui s'assit, le dos contre le mur tout proche du blason des Templiers. Toujours agenouillée, Rita le réprimanda en lui passant une main sur le front pour vérifier sa température.

— Tu es brûlant. Tu vois, tu n'aurais pas dû sortir. Tu irais mieux si tu t'étais couché après avoir pris un bon bouillon maigre...

Jérôme tenait le sac de cuir contre sa poitrine.

— Il est juste que je me sente las... si fatigué, ma tendre.

Elle s'assit à son tour, dos collé au mur, l'épaule contre celle de son mari. Comme des enfants que de longs jeux ont épuisés. De vieux enfants surpris par l'âge.

— Tu es une bonne épouse, Rita ! Mais une mauvaise comédienne. Tu sais pertinemment que je suis au terme du chemin.

— Une bique comme toi ne tombe pas à la première ornière !

Il déplia le sac de cuir sur ses genoux. Le Testament

du Fou était protégé par une seconde enveloppe de peau tannée qu'il ouvrit, constatant que le manuscrit n'avait pas souffert du temps.

Il referma le sac, croisa dessus ses mains tachetées de brun, et dit à l'oreille de Rita :

— Allons, tu vas m'écouter attentivement. Tu devras suivre à la lettre mes recommandations, car je devine ce que feront les inquisiteurs quand ils m'auront trouvé.

— Soit. Je suis prête à t'entendre.

Elle avait envie de pleurer. Cela lui brûlait les yeux comme du mauvais poivre. La Mort qui pointait sa face au-dessus d'eux était en train de les divorcer.

***

Alain attendait en tressant des herbes. Il jetait parfois un coup d'œil en direction de la chapelle et tendait l'oreille, ne percevant que des murmures. C'était la voix sourde de Jérôme, monocorde.

L'adolescent aurait pu s'approcher doucement de la porte. Il aurait su... Mais son maître lui avait ordonné de rester là. Il obéissait malgré la curiosité qui le taraudait.

Une des colombes qui s'étaient échappées par l'un des vitraux s'était perchée sur la branche d'un arbre proche et roulait son chant de gorge, couvrant parfois la voix de Jérôme que rien ne semblait plus pouvoir faire taire.

***

Rita se releva. D'une main, Jérôme lui confia le sac de cuir ; de l'autre, il désigna l'inscription gravée dans le mur : V.I.T.R.I.O.L.

Il regarda sa femme avec une grande tendresse et non moins de tristesse.

— Tu as tout compris ?, s'assura-t-il. Tu feras comme je t'ai dit ? Alors, laisse-moi seul un moment, que je médite encore sur cette formule.

— Ne tarde pas, tu es si pâle.

Rita ressortit de la chapelle. La voyant seule, Alain s'en étonna :

— Que fait mon Maître, dame Casmaran ?

— Il se recueille un instant.

Elle vint déposer le sac contenant les reliques dans le panier d'osier que portait l'âne. Et elle attendit à son tour.

Le temps passant, le ciel se teintant de blanc, les bruits de la forêt se multipliant, elle ne put patienter plus longtemps. Midi devait approcher.

Elle appela :

— Jérôme ! Jérôme !

Comme son époux ne répondait pas, elle entra de nouveau dans la chapelle, Alain sur ses talons.

Elle se rassura en le voyant tel qu'elle l'avait laissé, assis dos au mur, les yeux clos, le torse légèrement affaissé.

— Ah, tu t'es endormi, mon pauvre ami !

Mais Alain fut pris d'appréhension devant le corps immobile, il s'agenouilla pour prendre le poignet de son maître afin de chercher si le cœur battait encore dans les veines bleu-noir qui maillaient sa peau transparente. Au bout de quelques secondes, il se retourna vers Rita. Il avait le visage ruisselant de larmes.

— Heu... Il ne dort pas ! Il n'a plus de pouls, Madame.

Rita, très calme, esquissa de la main un large geste pour envelopper les lieux et dit :

— C'est donc ici qu'il souhaitait mourir. Dans la chapelle des Templiers.

Et, s'inclinant sur son mari apaisé par la mort, elle pensa : « A-t-il découvert ce qu'il cherchait ? V.I.T.R.I.O.L. *Visita Interiora Terrae, Rectificando-que, Invenies Occultum Lapidem.* »

Alain chargea le corps de Jérôme sur son épaule. Le vieillard ne pesait pas plus qu'un gros lièvre. Il fut mis en travers de l'âne, et l'adolescent trouva que c'était là grand dommage que d'offrir à son maître un pareil cortège funèbre.

62.
L'exhumation

Jérôme le Juif reposait déjà depuis cinq jours au cimetière Saint-André, dans le Carré des Juifs situé au cœur du faubourg sud de Troyes, lorsque les dominicains Tendilla et Pacheco, escortés de leur clerc, d'un notaire, de six hommes armés et de deux fossoyeurs munis de pelles, écartèrent une population grondante pour se diriger vers sa tombe toute fraîche.

Tendilla, l'ordonnance à la main, s'adressa à la foule :

— Jérôme Casmaran, *converso* relaps, ne peut reposer en terre consacrée et doit être condamné *in memoria* après avoir été reconnu coupable de dépravation hérétique et d'apostasie, ainsi que pour avoir exercé secrètement en Castille la profession d'apothicaire, en dépit de l'interdiction qui en est faite aux Juifs.

Pendant que les fossoyeurs creusaient la terre encore meuble, un bourreau et deux aides entassaient des fagots au pied d'un pieu dressé juste à la sortie du cimetière. Ils confectionnaient à la hâte un modeste bûcher. Après tout, il ne s'agissait que de brûler un mort !

Dans la foule maintenue à l'écart par les hommes armés, Alain implorait Rita de ne point regarder un tel spectacle. « Au contraire, Alain... Ces juges ignorent que Jérôme peut encore les combattre ! » Et la veuve, au grand étonnement d'Alain, souriait.

— Charognards qui déterrent nos morts !, lança Alain qui bouillait sur place, poings serrés, ses grandes jambes maigres toutes tremblantes.

— Ne bouge pas, lui conseilla la femme. C'est inutile...

La tombe fut rapidement éventrée. Les dominicains s'étant approchés, les deux fossoyeurs exhumèrent le cercueil qu'ils déposèrent sans ménagement sur le sol. Ils en fendirent le bois pour en dégager le cadavre.

La mort avait commencé de travailler les chairs de Jérôme en lui tirant la peau sur les os, en lui creusant les joues, en lui marbrant de stries vertes le cou et les mains.

Le Juif tenait un coffret de bronze sur sa poitrine. À sa vue, l'un des fossoyeurs s'exclama :

— Le vilain a emporté ses économies avec lui !

— Tais-toi et donne-nous vite cette boîte, lui ordonna le frère Pacheco avec dégoût.

« Dieu, que cette chose est froide ! » Pacheco emballa l'objet dans un sac de toile.

Puis les deux fossoyeurs transportèrent la dépouille de Jérôme jusqu'au poteau où il fut lié de six bons tours de corde pour le maintenir à la verticale.

« C'est peine à voir ! Et forte honte... », souffla Alain qui voyait son maître transformé en un mannequin hideux et grotesque.

Les citadins assemblés en demi-cercle devant le misérable bûcher assistaient à la scène en maugréant. Mais nul n'avançait d'un pas, les soldats ayant pointé leurs lances en avant.

La corde passée autour du front du mort lui maintenait la tête droite. Il semblait regarder la foule, hébété, comme au sortir d'un cauchemar. Les trous noirs et profonds de ses yeux étaient fixés sur un point précis.

Du moins Rita se l'imagina-t-elle ainsi.

Tandis que le bourreau et ses deux assistants enflammaient leurs torches, le notaire, un petit homme courtaud et ventru, s'avança en déroulant un document, se planta devant le cadavre attaché et lui lut sa sentence :

— Jérôme Casmaran, en vertu des pouvoirs que les Sacrés Canons nous ont conférés, nous te condamnons à être brûlé publiquement, tes cendres jetées au vent, ton nom effacé de la mémoire des hommes !

Un peu de soleil éclaira la face cireuse de Jérôme et dessina un sourire sur ses lèvres tendues, ses dents gâtées. Mais n'était-ce pas là encore une vision de Rita ?

Le bûcher fut allumé, les brassées de javelles sèches craquèrent aussitôt, de hautes flammes s'emparèrent des habits et des rares cheveux du condamné.

Une très vieille femme dit :

— C'est bien la première fois qu'un malheureux ne hurle ni ne danse sur le bûcher !

Le spectacle était atroce. Le corps muet ne se tordait pas, ne se défendait pas. Il se laissait dévorer par le feu qui le prenait comme un vulgaire sarment.

Certains firent un signe de croix. D'autres baissèrent les yeux. On entourait Rita, on lui prenait le bras pour lui témoigner affection et compréhension. On la crut folle ; elle souriait toujours et répétait sans cesse ce mot étrange : « V.I.T.R.I.O.L. ».

63.
Le piège

Le seize septembre mil quatre cent quatre-vingt-dix-huit, au couvent Saint-Thomas-d'Aquin, à Avila, où Torquemada était en retraite, il reçut dans sa cellule les deux dominicains, les frères Tendilla et Pacheco, qui lui rapportaient le coffret de bronze extrait de la tombe de Jérôme le Juif.

En déposant l'objet sur une petite table, Tendilla dit :

— Nous avons fait selon vos ordres, frère Tomás, et nous vous remettons ce coffret afin que vous l'ouvriez vous-même comme vous nous l'avez demandé.

— Vous avez œuvré pour le salut de notre sainte mère l'Église, les remercia le Grand Inquisiteur, manifestement satisfait.

Il examina la boîte durant quelques secondes, son imposante carcasse penchée en avant. « J'ai enfin déjoué les plans de la Loge Première, pensa-t-il. Je lui ai arraché ses reliques. Je l'ai vaincue ! »

L'orgueil lui chauffait agréablement les sangs et colorait ses pommettes. Ce que les Gardiens du Sang qui l'avaient précédé n'étaient pas parvenus à obtenir en tant de siècles, il l'avait acquis en l'espace d'un éclair. En brisant seulement quelques os...

Il s'empara d'un couteau et s'employa à faire sauter la fragile serrure qui maintenait le coffret fermé.

Le cadenas lâcha sans effort. Torquemada ouvrit la boîte. Il parut d'abord surpris. Le rose de ses joues s'effaça et une pâleur soudaine envahit tout son visage. Il lui sembla qu'il se vidait de son sang. « Seigneur ! », s'écria-t-il.

Les deux dominicains reculèrent en même temps. Du coffret béant s'élevait une très fine poussière jaune. Des millions de grains minuscules que la lumière d'une chandelle faisait briller dans l'enclos sombre de la cellule.

Tendilla et Pacheco portèrent les mains à leur nez, à leur bouche. La pièce était envahie d'une odeur infecte. Une exhalaison putride, écœurante, un brouillard immonde que le Grand Inquisiteur venait de respirer.

Les deux dominicains s'échappèrent de la pièce, fuyant l'infection.

« La Mort ! », se dit Torquemada, les yeux révulsés, la bave lui venant aux lèvres, le souffle lui manquant.

Il se tenait la poitrine, les doigts tétanisés sur sa robe de bure. Il chancela, perdit l'équilibre, s'effondra.

Écumant, un feu glacé lui fouissant les poumons, il mourut du poison confectionné par sa victime, Jérôme le Juif.

Dans le couloir, Tendilla et Pacheco tremblaient de tous leurs membres, n'osant revenir vers la cellule de Tomás de Torquemada. La tête leur tournait un peu et ils ressentaient quelque peine à respirer. Mais ils étaient sortis à temps, le poison les épargnerait.

*
**

Il fut dit que Tomás de Torquemada était mort d'un mal inconnu. En réalité, c'est un poison volatile qui le foudroya, une toxine composée des plantes ***V****era-trum album*, **I***f*, **T***hymus*, **R***icinus communis*, **I***ris*, **O***pi-nella rustica* et **L***inuae tuttiverda*. En détachant l'initiale du nom de chacune, on obtenait la formule : V.I.T.R.I.O.L.

64.

Par les flammes

Hertz n'y tient plus, il se sert un troisième verre de whisky, alourdissant même la main pour que la dose soit à la hauteur de sa soif.

— Torquemada était donc un Gardien du Sang !, s'exclama Mosèle, incrédule.

— Comme de nombreux dominicains, précise Hertz en portant son verre à ses lèvres.

— Cela ne vous arrange-t-il pas ?, demande Émylie. Cette idée d'un vaste complot courant à travers les siècles ne sert-elle pas vos intérêts ?

L'avocat paraît contrarié. Il avale une nouvelle gorgée d'alcool.

— C'est pourtant l'exacte vérité, assure-t-il avec une conviction irritée. Le complot est né en même temps que la Loge Première. Le jour même où le Christ fut enterré en forêt d'Orient. L'Histoire n'a retenu que la surface des événements, lissée, polie, lustrée. Les milliers de petits faits buissonniers qui l'ont nourrie ont été conservés par des poignées de femmes et d'hommes, par-ci, par-là. La Loge Première et les Gardiens du Sang, qui se sont toujours opposés, ont cependant contribué à réunir tous les fragments de ce gigantesque puzzle.

Jacques n'a pas bronché. Il s'est contenté d'afficher sur son visage parcheminé un sourire patient.

— Vous n'apportez aucune preuve, Martin, objecte Mosèle. Vous évoquez la Tradition avec un grand « T », dans laquelle on peut fourrer toutes les balivernes historiques qui nous passent par la tête.

— Des preuves !, s'emporte Hertz. Le Testament du Fou, d'après vous, ce n'est pas une preuve ? Les rouleaux de la mer Morte que vous décryptez à la Fondation Meyer, ce ne sont pas des preuves ?

— J'admets que Jésus n'est pas mort sur la croix, reprend le jeune homme. Je sais aussi que des types essaient de nous faire taire et ne reculent pas à tuer pour cela, mais Torquemada, Philippe le Bel et autres Cathares ou Templiers que vous nous servez en bonne grosse soupe jouent des rôles totalement ignorés de l'Histoire. Vous en faites les acteurs d'un drame occulte que seuls de rares initiés sauraient déchiffrer. Je n'y peux rien, Martin : je demeure sceptique... Perplexe, si vous préférez.

Hertz émet un long soupir, reprend son verre pour en avaler d'un trait le contenu.

— Soit, fait-il. Je mérite votre jugement, après tout ! Je n'ai pas dû être suffisamment convaincant.

— Au contraire, le reprend Émylie. Sans doute même trop !

— Je comprends, poursuit le vieil avocat. J'aurais dû vous dire que les frères de la Loge Première reçoivent oralement une Tradition ancestrale lors de leur initiation, et que vous, Didier, seriez à même de comprendre ce mode de transmission d'une connaissance. La franc-maçonnerie n'a-t-elle pas toujours fonctionné de la sorte ? Qu'il s'agisse de l'équerre, de la perpendiculaire, du compas ou du niveau, ces outils primitifs nous relient encore une fois à la Tradition.

Ils évoquent les bâtisseurs égyptiens de Deir el-Medineh ou les constructeurs de cathédrales. Ils viennent d'une mythologie riche en allégories. N'est-ce pas le dieu Thot, détenteur de la Connaissance, qui enseigna aux constructeurs l'utilisation du compas et de l'équerre, de la perpendiculaire et du niveau, afin que soient dressés des temples selon les divines proportions ? Et dans le Testament du Fou, n'est-ce pas le Grand Architecte qui est représenté en train de créer l'Univers à l'aide d'un compas ? Les questions que nous posons aujourd'hui seront reprises par d'autres qui, enrichis d'un nouveau savoir, d'une science plus précise, trouveront peut-être l'esquisse d'une réponse.

— J'en conviens, dit Mosèle. Cependant, ce que délivre la maçonnerie lors des initiations n'est qu'un enseignement symbolique. Il n'y a rien d'historiquement avéré dans son rituel. Elle véhicule un mythe dont l'objet consiste uniquement à éclairer l'impétrant dans ses recherches spirituelles et personnelles.

Hertz semble réfléchir un instant. Il se prépare à poursuivre quand Jacques le devance :

— Et si la franc-maçonnerie se contentait de répéter inconsciemment un rituel originel ? Une messe désincarnée, privée de sa véritable essence... Si ses gestes, ses paroles, sa pensée n'étaient rien d'autre que les vestiges d'une tradition sans grand « T » ? La rémanence d'une vérité profondément enfouie dans la mémoire humaine ?

— Je vois où vous voulez me conduire, remarque Mosèle. Le véritable fondateur de la franc-maçonnerie ne serait autre que le Christ lui-même ! Et il ne subsisterait de son œuvre que la Loge Première... Tout le reste, toute la franc-maçonnerie, hors cette Loge, ne serait qu'une coque vide !

Jacques accentue son sourire en regardant Mosèle droit dans les yeux et ajoute :

— Oui, ce serait épouvantable, n'est-ce pas ? Tout serait faux : l'Église, la maçonnerie... L'une et l'autre élevées sur de la vase, se maintenant à la surface de l'Histoire grâce à des coutumes sans âme. Ce serait sans espoir, n'est-ce pas ? À moins que...

Le sourire de Jacques disparaît brutalement. Sa physionomie se fait grave ; le moindre de ses traits se transforme, ses rides se creusent. Il se penche sur la table et pointe un index sur le Testament du Fou.

— À moins que la seule, l'unique Vérité soit contenue dans ce manuscrit ! Je prie tous les jours pour que cette Vérité m'illumine. Je prie Dieu ou le Grand Architecte de l'Univers. Je crois bien d'ailleurs qu'ils se ressemblent comme des jumeaux !

*
**

— C'est bon, souffle l'homme en ôtant l'écouteur de son oreille. Ne perdons plus notre temps avec leurs fumeuses théories pseudo-philosophiques ! Placez les explosifs.

— Un pain de plastic au pied de cette porte, un second en haut de l'escalier, précise Carlo en se mettant immédiatement à l'ouvrage, aidé de Lorenzo.

Un détonateur est incrusté dans chacun des deux blocs d'explosifs. La mise à feu se fera de l'extérieur à partir d'un émetteur réglé sur la fréquence des déclencheurs.

Les Gardiens du Sang remontent l'escalier pour revenir dans la pièce principale du rez-de-chaussée. Là, Carlo, qui a sorti de son sac un tube, en répand délicatement le contenu – une sorte de gel transparent, un produit hautement inflammable – sur les meubles, le chambranle de portes, les premières marches de l'escalier conduisant à l'étage.

Puis les trois hommes sortent de la maison en repassant par la fenêtre pour regagner leur cache dans le fossé.

— Ces salopards !, dit l'homme. Nous avons au moins appris où ils cachaient autrefois le Testament et l'anneau. Cette fois, nous ne leur laisserons pas le temps de les planquer.

— Une tombe !, dit Lorenzo. Ça ne m'étonne pas de ces francs-maçons. Eux et leur culte de la mort...

— Passez-moi la télécommande, demande l'homme à Carlo.

Ce dernier la lui tend. L'homme regarde l'objet pendant de longues secondes, souriant de contentement ; il ne lui reste plus qu'à presser une touche, et le Testament du Fou, la Loge Première, le Secret de Jésus ne seront plus qu'une légende.

— Adieu, très chers frères !, dit-il en appuyant sur le bouton de la télécommande.

*
**

Deux déflagrations, le bruit de l'une couvrant l'autre.

La lourde porte blindée est arrachée de son cadre et projetée dans la bibliothèque. Une vague brûlante, assourdissante, s'engouffre dans la cave, son souffle arrachant livres, calices et masques de leurs étagères, déséquilibrant Hertz et ses amis.

Deux secondes à peine, et une boule de feu envahit la cave, cherchant aussitôt son combustible dans le papier et le bois.

— Nom de Dieu !, hurle Mosèle.

— Les Gardiens du Sang !, lance haineusement

Hertz qui réalise avec effroi que tous les trésors qu'il a mis une vie à collecter vont disparaître dans les flammes. Qu'il ne peut l'empêcher. Que toute son existence se désagrège en cet instant précis, dans l'écho de l'explosion.

Mosèle a pris Émylie dans ses bras pour l'attirer le plus loin possible du brasier. Mais tous les murs sont couverts de livres et de manuscrits. La pièce ne sera bientôt plus qu'une fournaise.

— Reculez-vous tous !, ordonne-t-il à l'intention de Hertz et de l'abbé qui demeurent paralysés sur place. En arrière, vite !

— Tous tes livres, Martin ! TES LIVRES !, hurle Jacques.

D'épaisses volutes de fumée tournoient en rampant au ras du sol.

Les livres flambent par dizaines, par centaines. Leurs pages s'envolent en papillons de feu. Ce que d'anonymes copistes ont tracé soigneusement à la lueur des chandelles, s'usant les yeux sur de méticuleuses rédactions, ce que les premières presses ont imprimé, leur encre grasse empâtant de riches vélins, toutes ces richesses du savoir et de l'art, tout disparaît dans un autodafé géant. Magnifique et épouvantable, ce bûcher où meurt une partie de la connaissance humaine appelle sans cesse de nouvelles proies pour s'en repaître. Ogre infernal, sa gueule avale les siècles que Hertz a retenus si minutieusement, amoureusement. C'est son âme qu'on est en train de brûler.

Le vieil avocat entend Mosèle. Que dit-il ? Que demande-t-il ? Car il l'entend au travers du crépitement de ses livres... Oui, que veut-il ?

— Impossible de sortir !

Si, pense Hertz, revenant à la réalité, des larmes plein les yeux.

— Il existe une autre issue, mais il va falloir la dégager ! Venez !, dit-il en recouvrant la raison.

Il leur désigne le fond de la salle.

— Une porte, derrière ces étagères. Je l'avais condamnée pour gagner de la place. Elle donne sur une remise...

En hâte, Émylie, Mosèle et Hertz déblaient les rayonnages alors que Jacques reste en retrait, incapable de participer à l'action, ne cessant de répéter : « Tes livres, Martin ! Tes livres... »

L'incendie gagne du terrain, la chaleur devient suffocante, elle prend à la gorge. Le brasier s'étend, son souffle envahit la pièce. Un long râle de bête insatiable.

Hertz et Mosèle piétinent les livres jetés au sol pour défoncer les étagères à grands coups d'épaule, les faisant voler en éclats afin de libérer une porte en bois munie d'un gros verrou que le temps a grippé. Hertz doit tirer dessus de toutes ses forces.

— Merde !, lance-t-il avec hargne. Cette foutue porte n'a pas été ouverte depuis un demi-siècle !

Le feu attaque les chaises, s'enroule autour des pieds de la table. « Le Testament du Fou ! », s'exclame l'abbé en découvrant que celui-ci y est resté avec l'anneau.

Le verrou saute enfin ; Hertz et Mosèle tirent ensemble sur la poignée de la porte qu'ils parviennent à ouvrir malgré le bois gauchi par le temps.

Hertz pousse Émylie en avant et lui dit :

— La remise à traverser, un escalier au fond et une porte en haut, qu'il vous suffira de pousser. Allez, allez... Vite !

Mosèle s'élance à son tour, passe devant Hertz qu'il interroge du regard.

— J'arrive, dit le vieil avocat. Puis, se retournant sur l'abbé : Que fais-tu, Jacques ? Dépêche-toi !

— Mais, Martin... Le Testament !

— Tout est perdu ! Tout... Viens !

— Avance, je te suis.

Hertz traverse la remise. Un établi, des outils sur leur râtelier, des caisses, une tondeuse... La lueur des flammes danse sur les murs en ciment.

Il gravit l'escalier, le souffle court. Chaque marche réclame un effort. Il débouche enfin à l'air libre, retrouve Émylie et Mosèle.

— Votre ami ?, demande le jeune homme, inquiet.

— Il est sur mes talons, articule Hertz en suffoquant, ployé en deux à chercher sa respiration.

Il est soudain pris d'un doute : « Jacques ! » Il se redresse, se retourne vers la porte, attend, refusant la pensée qui enfle dans son esprit.

Mais Jacques réapparaît en hurlant, brandissant le Testament du Fou de ses deux bras tendus : « Martin ! Le manuscrit, il brûle ! »

Il brûle. Comme le prêtre, devenu une torche humaine. Les flammes lui dévorent le dos, les jambes, les bras.

— Didier, fais quelque chose !, crie Émylie, hystérique.

Jacques n'est plus qu'un brandon. Il titube, s'effondre à deux genoux dans l'herbe, tenant toujours le manuscrit qu'il semble vouloir offrir à Hertz. Le tenant toujours plus haut pour le protéger, dans un geste dérisoire et sacré.

Mosèle s'est dépouillé de son pull qu'il utilise pour tenter d'étouffer les flammes. Un vain combat, pitoyable et navrant.

Jacques s'affaisse lentement en avant, pareil à un

arbre qui se couche. Il lâche le Testament du Fou dans sa chute.

Mosèle s'acharne :

— Je n'arrive pas à étouffer les flammes ! Je n'y arrive pas !

Hertz tire à lui Mosèle dont le pull commence à brûler. Il l'oblige à reculer et à abandonner le corps du prêtre allongé sur le gazon vert tendre. Les chairs ont explosé, ce sont les os que les flammes rongent à présent. Jacques ne bouge plus.

Émylie piétine ce qui reste du Testament du Fou. Elle le fait avec rage. Pour éteindre les flammes. Pour le fouler tout en le maudissant.

De la ferme, c'est le bâtiment principal tout entier qui s'embrase dans un énorme craquement. L'air s'assèche brutalement.

— Les Gardiens du Sang m'ont tout pris, dit Hertz. Tout ! Mon vieil ami, mes livres... Et le Testament du Fou... Regardez, il n'en reste plus que quelques pages calcinées !

Il se met à sangloter. Ses larges épaules sont secouées, son menton tombe sur sa poitrine, ses jambes fléchissent. Mosèle le retient.

— Pardon, fait le vieil homme.

Vieux. Comme s'il avait traversé les siècles avec son fardeau, marchant inlassablement. Comme s'il avait été ce templier venu chercher le roi Philippe pour le conduire à Saint-Jean-d'Acre, ou ce jeune oblat témoin du meurtre de Nicolas et Agnan de Padoue, ou encore Jérôme le Juif...

Aujourd'hui, il a deux mille ans. Dépositaire de la Loge Première, il a perdu la guerre contre les Gardiens du Sang.

65.
Le crime

Les sapeurs-pompiers sont intervenus rapidement, parvenant à sauver le second bâtiment de l'ancienne ferme. Le corps central, lui, a été totalement ravagé. Les poutres et les lambourdes soutenant le premier étage se sont effondrées, entraînant avec elles la majeure partie de la toiture.

Aussitôt prévenus, les gendarmes ont constaté l'origine criminelle de l'incendie en découvrant les restes des deux détonateurs.

Le corps de l'abbé Jacques a été transporté à la morgue de Sens. Sa famille a été prévenue de son décès par Hertz. Les obsèques auront lieu le lundi.

Un sapeur-pompier a retrouvé l'anneau dans les décombres de la cave. C'est tout ce qui a pu être repris aux cendres. Ainsi que deux épées et une armure.

*
**

Le soir de ce vendredi, Monseigneur Monetti, vieillard obèse au pas lent et appuyé, passe devant la petite fontaine qu'il apprécie tant, près de la station de radiodiffusion du Vatican. Il s'arrête même un instant pour tremper une main dans l'eau fraîche du bassin. Puis il s'en retourne en promeneur las que chaque pas épuise.

Au croisement de deux allées l'attend la silhouette menue d'une sœur en imperméable qui ne cesse de regarder par-dessus ses épaules, tantôt à gauche, tantôt à droite, pareille à une poule désorientée.

Le cardinal s'approche d'elle et lui tend vivement un petit objet qu'elle enfourne aussitôt sous son surplis.

— Quatre gouttes, chuchote Monetti. Quatre gouttes suffiront.

Puis il repart de son allure traînante tandis que la sœur s'en retourne dans la direction opposée.

Le ciel gris est à l'orage, électrique, tendu à en craquer d'est en ouest, grondant dans le lointain au-dessus de Rome.

La pluie se met à tomber quand Monetti pénètre dans le bureau où patientent quatre cardinaux. On entend le vent claquer en violentes bourrasques contre les hautes fenêtres, malgré leurs épais doubles rideaux.

— J'ai bien failli me faire surprendre par ce grain, dit Monetti en prenant place sur une chaise avec d'infinies précautions.

Il considère les quatre prélats. Physionomies fermées, yeux fuyants. Cette fois, Monseigneur de Guillio n'a pas été convié à leur assemblée. Sans doute se trouve-t-il actuellement au chevet du pape... La sœur devra attendre pour apporter la boisson au Saint-Père.

— C'est fait, lance Monetti dans un soupir.

— Que Dieu nous pardonne, murmure le plus âgé.

Un grand homme maigre se lève pour se rendre à l'une des fenêtres ; il en écarte le double rideau et demeure un instant à observer la pluie avant de prononcer :

— *Non nobis, domine, non nobis, sed nomini tuo da gloriam.*

— L'opération ne peut plus être arrêtée, désormais, dit Monetti. Nous avons enfin réussi à détruire l'exemplaire du Testament du Fou que détenait Hertz... Certes, nos agents de France auraient préféré effacer les derniers acteurs encombrants de cette lamentable affaire.

— Nous, Gardiens du Sang, qui avons fait le serment de préserver le Secret, n'avons que trop tardé, précise un cardinal.

— Parce que nous étions jusqu'à présent soumis à Guillio, ajoute un autre. La Loggia a été bien avisée de se soustraire à sa tutelle.

— Nous sommes entrés dans un siècle qui nous interdit de renouveler les erreurs du passé, poursuit le grand homme maigre de l'endroit où il se tient, tout en ne cessant de regarder au-dehors.

La nuit est venue avec l'averse.

D'autorité, Monetti se verse un verre de la liqueur ambrée que les quatre autres cardinaux ont déjà entamée.

— Quelque chose m'intrigue, avance un cardinal. Je me demande comment réagira la Loge Première, notre si vieille ennemie ! Nous lui avons porté un rude coup en brûlant le Testament.

— Patience, mon ami, dit Monetti. Laissons ces frères sortir de terre pour les attraper un à un ! *Monseigneur* se chargera bientôt d'eux en France.

Puis le silence s'installe dans la pièce. Le temps semble s'être figé. Pour une longue attente.

Le gros cardinal Monetti suçote son verre de ses lèvres charnues à petits baisers obscènes.

Tous pensent au souverain pontife qu'ils ont condamné.

*
**

— Bonsoir, sœur Antonietta. Un temps épouvantable, n'est-ce pas ?

— Exécrable... Bonsoir, sœur Carla.

Sœur Antonietta vient d'entrer dans une petite pièce attenante aux appartements du pape, un vestibule transformé en vestiaire depuis la maladie de ce dernier. Les sœurs infirmières s'y changent, revêtant une blouse blanche et des chaussons.

Antonietta a ouvert son armoire personnelle pour y pendre son imperméable. Cachée par la porte métallique, elle fait rapidement glisser dans la poche de sa blouse le flacon que lui a remis Monseigneur Monetti.

— Je redoute toujours le moment de prendre mon service, dit sœur Carla. Je me dis que ce sera peut-être cette nuit que Dieu rappellera à Lui notre Saint-Père.

— Cette nuit... le matin prochain ? Qui sait ?

La voix de sœur Antonietta a légèrement tremblé. Sœur Carla n'a cependant rien remarqué.

Une fois prêtes, les deux femmes quittent la penderie, empruntent un bref couloir et parviennent à une antichambre meublée d'un bureau très sobre, de trois fauteuils et d'une comtoise qui égrène ses secondes métalliques.

D'une porte sortent deux autres religieuses, celles que sœurs Carla et Antonietta viennent relever.

— Monseigneur de Guillio est dans la chambre, annonce l'une. Il a demandé qu'on le laisse seul avec le Saint-Père pendant un quart d'heure. Au fait, vous n'oublierez pas de parapher le registre avant de partir, demain matin.

— Ce sera fait, promet sœur Carla en souriant. Ce

n'est pas parce que nous avons oublié de le signer une fois que nous répéterons cette étourderie.

— J'y compte bien, la sermonne la plus âgée d'entre elles. Bon courage à toutes deux. La feuille de soins est dans la chambre, sur le meuble à médicaments. Ne craignez pas de le faire boire, surtout. Même s'il refuse !

— Oui, oui, dit sœur Carla. Nous savons tout cela.

*
**

Jean XXIV est assis dans son lit, le dos calé entre deux gros oreillers. Il achève de signer les documents que lui tend un à un Monseigneur de Guillio.

— Je mourrai donc en signant des monceaux de papier !

— Vous en signerez bien d'autres avant de mourir, mon Père. Avouez que vous vous portez mieux.

— Allons ! Vous savez bien que les sœurs me maquillent, Guillio. Sur votre ordre ! Je me présenterai bientôt à mon Créateur fardé comme une momie égyptienne !

Guillio reprend les documents qu'il glisse dans une chemise, ne remarquant pas qu'il en oublie un sur la table de nuit.

— Je vous laisse dormir, dit-il doucement au malade. Je vous ai assez ennuyé avec ces bricoles administratives.

Le pape le retient par la manche.

— Au contraire, vous m'avez distrait un peu, Guillio. C'est étrange... votre présence m'apporte toujours du réconfort. C'est un peu de vie qui entre avec vous dans cette pièce. Je vous remercie pour cela.

Guillio quitte à regret la chambre, laissant le vieil homme à ses douleurs, à ses terreurs nocturnes, à sa solitude. Passant devant les sœurs Carla et Antonietta, il leur lance :

— J'ai appris que son médecin avait augmenté sa dose de somnifère ; cependant, s'il lui arrivait de faire un cauchemar, je vous demande de bien vouloir m'appeler aussitôt.

— Nous n'y manquerons pas, Monseigneur, lui promet sœur Carla.

— Je vais d'ailleurs m'assurer qu'il les prend bien, annonce sœur Antonietta en entrant aussitôt dans la chambre.

Rassuré, le cardinal se retire, ses dossiers sous le bras.

*
**

— Ah, c'est vous, sœur Antonietta... Toujours ce parfum de violette !

— Oui, c'est bien moi.

Le pape a les yeux fermés. Il n'a pas bougé depuis le départ du cardinal de Guillio. Il se sent même presque bien, sa souffrance s'apprivoisant avec l'habitude, la peur de la mort se dissipant avec les prières.

Immobile, goûtant pleinement cet engourdissement léthargique, en apesanteur entre la vie et la mort, il écoute sœur Antonietta entrechoquer un verre et un flacon. « Mes médicaments du soir ! »

En quelques gestes vifs et précis, elle a sorti la fiole de la poche de sa blouse et versé quatre gouttes dans le sirop journalier.

Elle s'est approchée du lit et, de sa voix aiguë, elle dit :

— Vous devez prendre ce médicament, Saint-Père. Vous allez sans doute me répéter qu'il est amer. Et je vous répondrai que vous me l'avez déjà fait remarquer hier et avant-hier.

— Je crois que je n'aurai bientôt plus que des produits chimiques dans les veines !

Sœur Antonietta se penche, le verre à la main. Le verre proposé aux lèvres du vieillard qui n'y boit pas encore. Il rouvre les yeux. Sa pupille est dilatée.

— C'est vrai que vous sentez bon ! Cela me change des relents de la maladie.

— Buvez, Saint-Père.

— La violette..., poursuit le pape. Ce n'est pas habituel. C'est un parfum un peu démodé, ne trouvez-vous pas ? Ce n'est pas un reproche, je m'en garderais bien. Au contraire, cela me rappelle...

Mais le souvenir accroché un instant à son esprit vient de lui échapper. Le pape soupire. Inutile de chercher, de fouiller sa mémoire. Ce parfum de violette venu de son enfance n'appartient plus qu'à un fantôme du passé. Et à sœur Antonietta.

— Buvez, Saint-Père.

La voix est impatiente.

La religieuse jette des coups d'œil furtifs à la porte, craignant que sœur Carla n'entre à tout instant.

Le pape avance ses lèvres craquelées, blanchâtres. La sœur incline le verre.

*
**

Guillio se dirige vers ses appartements. Machinalement, tout en marchant, il consulte les documents qu'il a fait signer au pape. Soudain, il s'arrête, réfléchit, fait le compte de ses dossiers. S'y reprend. Et réalise qu'il en a oublié un dans la chambre du Saint-Père.

« Le document que je dois transmettre demain matin aux Affaires générales ! »

Il rebrousse chemin, contrarié de devoir déranger à nouveau le vieillard. « Il dort peut-être déjà », pense-t-il.

*
**

— Voilà... Buvez. Buvez tout !

— Mais pourquoi tremblez-vous autant, ma fille ? Êtes-vous malade ?

— Non, Saint-Père. Non, je vous assure. C'est plutôt que je suis désolée de vous voir dans cet état.

— Je vous fais donc peur ?

Antonietta ne répond pas. Elle se redresse. Le pape a bu tout le contenu du verre. Il fait d'abord une grimace à cause de l'amertume du breuvage, puis il est pris de violents hoquets et de spasmes qui lui déforment le visage. Ses doigts maigres, ses serres blanches s'accrochent aux draps tandis qu'il tente de recouvrer la respiration qui lui fait défaut.

La porte s'ouvre et la silhouette massive du cardinal de Guillio s'encadre sur le seuil.

Sœur Antonietta a eu le temps de dissimuler le flacon dans sa blouse, elle réprime une soudaine envie de vomir et, alors que Guillio fait quelques pas dans la chambre, elle lance :

— Ah, Monseigneur. Je crois bien que notre pauvre Saint-Père se sent mal ; il a soudain perdu connaissance tandis que je lui donnais son traitement.

Guillio se rue vers le lit. Il découvre avec horreur l'état du malade, la tête renversée en arrière, une bave épaisse coulant de sa bouche béante.

— Scigneur Mon Dieu ! Vous auriez dû sonner ! Quelle perte de temps !

Le pape Jean respire à peine. Il se noie.

— Appelez son médecin immédiatement. Regardez, il suffoque...

Guillio s'est jeté sur le lit et, dans un geste filial, a enlacé le mourant, l'attirant à lui, contre sa poitrine, comme pour le soustraire aux ténèbres.

— Non ! Je vous en prie... Accrochez-vous encore, Saint-Père !

Mais le pape n'entend plus. Ne voit plus. Il râle. Là réside le dernier signe de vie qui subsiste encore en lui : ce petit sifflement rauque, plaintif.

À pas nerveux, pointillés, sœur Antonietta quitte la chambre en emportant avec elle un peu de son parfum de violette.

*
**

La chambre est maintenant plongée dans l'ombre. Seule la veilleuse de la table de nuit diffuse autour d'elle un cercle de lumière sinistre. On entend juste le ronronnement et la soufflerie du moteur du respirateur ambulant. Le pontife respire encore un peu derrière le masque à oxygène translucide. Mais sa poitrine décharnée s'anime à peine. Il repose, tel un gisant, dans les ors éteints de sa chambre, sous une œuvre de Fra Angelico, un épisode de la Vie de saint Nicolas dont seuls quelques visages parviennent à se détacher de la pénombre.

Le médecin personnel de Sa Sainteté hoche la tête ; Guillio comprend.

— Il respire, se plaît-il à répéter depuis quelques minutes, s'accrochant à ce constat.

— Seuls ses poumons et son cœur le maintiennent en vie, explique le médecin. Mais voyez vous-même, il est plongé dans un profond coma. Les scanners confirmeront mon pronostic, je le crains : il ne recouvrera jamais plus la raison.

— Il n'y aura pas de scanner !, réagit Guillio avec fermeté. Le pape ne sortira plus de cette chambre. Vous nous avez promis votre dévotion, docteur, ne l'oubliez pas. Tant que notre souverain pontife possédera un souffle de vie, il gouvernera !

— Je me suis effectivement engagé, Monseigneur. Mais combien de temps un cadavre pourra-t-il tenir l'Église ?

Guillio s'est rapproché du médecin pour le lui dire :

— Le temps de parer aux attaques de nos nombreux ennemis. Juste le temps d'empêcher le cardinal Montespa d'organiser les élections à son profit. Nous allons mentir, docteur... Et, pour plus de sécurité, je vais réduire l'équipe médicale chargée des soins de notre Saint-Père. Il nous faudra exercer de nombreux stratagèmes pour prouver au monde entier que Jean XXIV dirige encore les affaires de l'Église, poursuivant son apostolat malgré sa grande fatigue.

Le bruit de soufflet de la machine respiratoire envahit la chambre. Les deux hommes contemplent le vieillard cadavérique, sa peau blanchâtre.

Ils sentent aussi l'odeur si particulière des corps qui se putréfient d'eux-mêmes avant que ne s'en charge la terre.

— À quoi peut-il rêver ?, demande Guillio. Où son esprit s'en est-il allé ?

— Je l'ignore, Monseigneur. Son électroencéphalogramme est plat... Médicalement parlant, je me contenterai de penser qu'il n'éprouve plus rien, qu'il a perdu contact avec la vie, et que cet état est irréversible !

— Êtes-vous réellement croyant, docteur ?

— Je le suis. Certainement à ma façon, car je suis

un homme de science, mais je peux vous assurer que je crois en un dieu révélé. Celui que vous servez me convient parfaitement.

— Oui, celui que je sers et pour qui je transgresse Ses propres lois. Mentir, trahir, cacher...

— Dieu n'a jamais dicté de lois, Monseigneur. Ce sont les hommes qui les ont faites.

Le bruit de la machine respiratoire. Les notes aigrelettes d'un moniteur sur l'écran duquel s'inscrivent des diagrammes. Des messages montrant ce qui reste de vie dans la misérable dépouille de Jean XXIV.

Et puis, à peine perceptible, flottant dans l'atmosphère saturée d'odeurs pharmaceutiques, un soupçon de violette.

66.
Le secret de Dieu

Troisième semaine.

Lundi, quinze heures trente.

Les obsèques de l'abbé Jacques ont été célébrées dans le petit cimetière de Villery en présence de sa famille et de la totalité des habitants du village qui, après les condoléances, sont tous venus trouver Martin Hertz pour tenter de le réconforter par quelques phrases amicales, des tapes sur l'épaule, gestes gauches mais sincères, compatissants et chaleureux.

Hertz, avant de s'en retourner à Sèvres, souhaite passer par sa propriété et demande à Émylie et Mosèle de l'accompagner.

Lorsqu'ils arrivent sur les lieux, ils découvrent une équipe de la police scientifique fouillant dans les gravats que les lances d'incendie ont transformés en une boue noirâtre, coagulée depuis lors.

Devant ce spectacle, Hertz vacille, se met à trembler comme s'il était pris d'une fièvre subite. Émylie et Mosèle lui donnent chacun le bras. Il avance en titubant, sur le point de pleurer.

— Je n'ai pas encore osé dire à Léa ce qui s'est passé, avoue-t-il. Je l'ai appelée ce matin. Je pensais l'emmener en convalescence ici et...

— Vous ne lui avez pas même appris la mort de Jacques ?, s'étonne Mosèle.

— Je n'ai pas eu le courage. Elle m'en a tellement voulu de poursuivre cette affaire. Francis, Ernesto, Jacques... Tous les trois tués par les Gardiens du Sang. Plus rien... Tous mes livres brûlés ! Bon Dieu, je ne peux pas croire que c'est le Vatican qui tient les commandes. Le pape est mourant. Pour qui les Gardiens agissent-ils maintenant ? Qui ?...

Le lieutenant de l'équipe scientifique vient vers eux. Un petit homme sans âge, aimable et compréhensif :

— Nous aurons sans doute terminé les relevés et les prélèvements dans la soirée, Monsieur Hertz ; vous pourrez alors déménager ce qui a été épargné.

— Oui, répond Hertz. Un ami du village m'a proposé de s'en charger. Mais il ne reste plus rien qui présente un quelconque intérêt à mes yeux. Ce à quoi je tenais se trouvait dans le corps de bâtiment qui a entièrement brûlé.

— Je comprends, compatit le lieutenant. Nous aurons sans doute besoin de vous au cours de notre enquête. Soyez assuré que nous ferons le nécessaire pour découvrir le criminel qui a mis le feu à votre maison.

— Je n'en doute pas, fait machinalement le vieil avocat.

Il ne parvient pas à détacher son regard des ruines. Les murs souillés de suie, les poutres jonchant le sol, les tuiles répandues...

— Venez, Martin, lui conseille Mosèle. Il est temps de rentrer. Vous monterez avec moi, Émylie conduira votre voiture.

— Didier a raison, souligne Émylie. Vous n'êtes pas en état de prendre le volant.

Hertz acquiesce d'un signe de tête et se laisse emmener vers les deux voitures laissées à l'entrée de la propriété. Parvenu à leur hauteur, l'avocat semble recouvrer un peu de volonté et de vie.

— Votre coffre, Didier. Ouvrez-le, je vous prie.

— Je devine pour quelle raison, Martin.

— Je veux le voir, le toucher. Je vous en prie !

Mosèle se résout à ouvrir le coffre de sa voiture. Hertz se penche. Il est là. L'objet sacré. Ce qui reste du Testament du Fou se trouve dans un vulgaire sac en plastique, à côté de l'anneau noirci par le feu.

Hertz se saisit de la pochette en plastique, l'ouvre, en sort délicatement le manuscrit dont il ne reste que la couverture épargnée par les flammes, ainsi que quelques pages racornies.

Émylie s'est approchée.

— Inutile de vous tourmenter ainsi, Martin. Vous n'êtes pas responsable.

— J'étais le Dépositaire de cet Évangile... Je devais le préserver !

Tandis qu'Émylie remet d'autorité le manuscrit dans son sac, Mosèle fait monter son ami dans la voiture :

— Allez, on rentre !

Une fois installé, Hertz demande à Mosèle qui met le contact :

— Ne pensez-vous pas que j'aurais dû dire à cet enquêteur que j'avais déjà été victime d'une agression au cours de laquelle ma femme a été blessée ?

— Il l'apprendra vite, Martin. La police possède des ordinateurs suffisamment intelligents pour établir ce genre de recoupement. Des ordinateurs qui relieront quelques points : vous connaissiez Francis et il est mort, vous connaissiez Ernesto et il est mort, vous me connaissez et mon bureau a été visité ! La police tissera bientôt un maillage serré autour de vous. Mais il se peut aussi qu'elle passe à côté de certaines évidences.

— Il nous faut l'espérer, lâche Hertz. Comment répondre aux questions que les enquêteurs ne manqueraient pas de nous poser ?

— Avouer que nous cherchons le Tombeau du Christ et qu'une société secrète rattachée au Vatican nous élimine les uns après les autres ? Non, nous ne pourrions rien dire de ce genre sans passer pour de dangereux mythomanes. Je devine alors que ma carrière à la Fondation Meyer s'achèverait du jour au lendemain. Nous sommes seuls. Vraiment seuls ! À moins que la mythique Loge Première que vous évoquez puisse nous venir en aide ?

Hertz se renfrogne, la tête dans les épaules, le front strié de rides profondes.

— Vous ne répondez pas, Martin ?

— Je n'ai pas autorité pour prendre une décision. Je peux cependant vous affirmer que j'ai fait une requête vous concernant, et que j'attends la réponse.

— Une Loge bien secrète ! Si secrète que j'en viens à douter de son existence. Ne serait-elle pas plutôt un simple club dans lequel une poignée d'initiés débattent du sexe des anges ?

— Vous n'êtes guère charitable avec cette confrérie fondée par Jésus, Didier. Et à laquelle j'ai l'honneur d'appartenir !

— Je suis désolé. Sa filiation avec le Christ reste hypothétique à mes yeux. J'avoue avoir été troublé par les récits que vous nous avez faits. Il n'empêche que je m'étonne que cette Loge ne soit pas parvenue à transmettre son principal secret, et qu'il lui faille aujourd'hui résoudre cette potentielle énigme en décortiquant un Évangile occulte...

— Je vous l'ai dit, reprend Hertz. La Loge Première a souffert d'une scission sous le règne de Philippe le Bel. Cette division a entraîné la perte d'une grande partie de sa Tradition. Nous pensons que seuls les Grands Maîtres de la Loge se confiaient oralement le Secret. Celui-ci a probablement été emporté dans la tombe par Jacques de Molay. Cependant, nous sommes certains que les Templiers avaient indiqué l'emplacement du Tombeau dans le Testament du Fou.

— Dans une énigme, un rébus, quelque chose de ce genre ?, raille Mosèle.

— Pourquoi pas ?

— Cependant, Francis aurait découvert le lieu, à en croire ses lettres et la cassette qu'il m'a envoyées, remarque le jeune homme.

— Je pense qu'il existe plusieurs chemins pour atteindre au but. Nos aînés, les Templiers, étaient prudents ; ils ont manifestement laissé quelques pistes derrière eux à l'usage de leurs héritiers. Les actuels frères Premiers ont peut-être sous les yeux cette vérité qu'ils ne voient pas.

— Justement, renchérit Mosèle, c'est bien cela qui me tracasse ; étant vous-même un Premier, Martin, et possédant le Testament du Fou, comment se fait-il que vous ne soyez pas parvenu à résoudre ce mystère ?

— Mes pas m'ont toujours conduit à la petite chapelle en forêt d'Orient. C'est là, toujours là que je me suis arrêté, que le chemin s'est brisé. Le sépulcre est tout proche, forcément dans la partie marécageuse, l'endroit que Hugues de Payns a investi des années durant pour y réaliser de nombreux travaux. Oui, je me dis que Jésus repose bien dans ce périmètre...

— Au cœur d'un triangle, souligne Mosèle.

— Un triangle ayant pour sommets les Loges du Bailly, aux Chèvres et de la Lionne.

*
**

Hertz a proposé à Émylie et Mosèle de passer le restant de la journée en sa compagnie à Sèvres. Le vieil avocat a avoué craindre la solitude et désirer partager son chagrin.

Dans le bureau, la pièce qu'il affectionne, celle qui lui ressemble le plus, il s'est servi whisky sur whisky. La nuit tombée, Émylie et Mosèle sont restés de peur de le voir s'effondrer.

Mosèle tente de le raisonner :

— Je ne suis pas certain que vous soyez apte à supporter un nouveau verre, Martin.

Mais Hertz est homme de défi et répond d'une voix pâteuse, l'œil fiévreux :

— À votre place, je ne parierai pas, Didier... Ce... ce soir, je crois que je suis bien capable de descendre un litre de ce single malt !

Le vieil avocat se retient à la table, gesticule en moulinant l'espace d'arabesques hasardeuses et répète avec insistance qu'il est capable de boire deux bouteilles comme celle, généreusement entamée, qui n'attend plus que d'être vidée.

Il ne se passe que très peu de temps avant qu'il ne se resserve un grand verre.

— Il y a là-dedans de... de quoi chasser l'image de mon vieux Jacques en train de brûler sous nos yeux !

— Mais son souvenir vous reviendra dès que vous serez dégrisé, lui remontre Émylie. Dans quel état serez-vous alors ?

La réponse ne vient pas tout de suite. Hertz préfère boire et prouver qu'il n'a besoin d'aucun support pour garder l'équilibre. Aussi lâche-t-il la table pour faire un pas. Seulement un. Ce qui constitue déjà une victoire. Laquelle le transporte d'une fierté hilare et grotesque.

Mosèle se prépare à intervenir, à bondir de son fauteuil pour lui prêter secours en cas de chute. Le gros chat titube sur place, les joues cramoisies, la sueur au front, les sourcils arqués.

Hertz pointe un doigt en direction d'Émylie et s'adresse à elle :

— Vous... Vous pensez à Francis, n'est-ce pas ? C'est ce... ce foutu manuscrit qui l'a tué... Qui nous tuera les uns après les... les autres ! Lui et sa maudite Vérité... Grillée, la Vérité ! Envolée en fumée, la Vérité !

La crainte de Mosèle se justifie aussitôt. Hertz tangue d'avant en arrière, le sol se dérobant sous lui. Il cherche à se rattraper au vide. « Hé, merde ! », s'exclame-t-il en renversant le contenu de son verre sur le Testament du Fou retiré du sac en plastique et posé sur la table au côté de l'anneau.

Émylie et Mosèle ont bondi de leur fauteuil. Le premier se précipite sur les restes calcinés du manuscrit trempé d'alcool, la seconde retient tant bien que mal cent vingt kilogrammes de chair et d'os, leur prêtant une épaule pour leur éviter de s'étaler sur le sol.

— Désolé, s'excuse-t-il. Passagère perte de contrôle !

— C'est stupide, se désole Mosèle. Peut-être pouvions-nous encore sauver quelques textes...

Le jeune homme regarde avec dégoût la loque de vélin qui dégoutte d'un liquide brun. « De la bouillie ! »

Aidé d'Émylie, Hertz se traîne jusqu'à un fauteuil où il s'effondre misérablement, débraillé et transpirant. Il réalise seulement qu'il vient de parachever l'œuvre des Gardiens du Sang, lui, le Dépositaire de la Loge Première !

Ce constat l'a un peu dégrisé. Il regarde Mosèle ouvrir le piteux oripeau, en tourner méticuleusement les pages afin de les décoller à gestes lents de chirurgien.

Soudain, le jeune homme s'arrête. Médusé. Il se penche un peu plus près, le nez à toucher la relique : « Mais, nom de Dieu ! »

Il n'a pas crié. Il ne s'est pas exclamé. Il a juste juré pour lui-même, d'une voix inhabituelle, une expression étrange illuminant son visage. Un mélange d'émerveillement et de stupeur.

— Quoi ?, demande Émylie, impatiente.

— Eh bien, Didier, reprend Hertz, vous venez de voir le diable vous faire la grimace dans ce morceau de charbon ?

Mosèle se retourne vers ses amis en souriant.

— Pas le diable, Martin, dit-il. Mieux que cela : un beau petit miracle, plutôt ! La page contenant le dessin d'Agnan de Padoue ! L'image de Dieu Créateur... Un motif est apparu dans la trame du papier.

— Que veux-tu dire ?, s'étonne Émylie en se levant, suivie d'un Hertz aux jambes encore fragiles.

Tous deux se rapprochent de la table et se penchent à leur tour sur les restes du Testament du Fou. Sur la page calcinée, rongée, trempée, où Agnan de Padoue dessina autrefois le Dieu Créateur mesurant la Terre à l'aide de son compas.

L'enluminure a presque totalement disparu, ses rouges, ses bleus et ses ors dévorés par les flammes. Mais, en sous-impression, un motif bleuté est en train de poindre, de s'imposer comme par prodige dans la trame noircie du parchemin.

— On dirait un négatif photographique, avance Émylie.

— Regardez, Martin. Voici la seconde raison pour laquelle les Templiers tuèrent Nicolas et Agnan de Padoue. Ils leur avaient imposé de dissimuler ce plan sous l'image réalisée par Agnan.

— Un plan !, lance Hertz en reprenant pied dans la réalité. Un tracé occulte ! Voilà ce que nous avions sous les yeux et que nous ne pouvions voir ! Voilà pourquoi Philippe... Philippe Auguste offrit au pape l'autre exemplaire... Celui-là ne contient pas ce message laissé par les Templiers.

— Comment ont-ils procédé ?, interroge Émylie. Quel phénomène chimique ont-ils utilisé ?

— Une encre composée de sels métalliques, propose Mosèle. Sulfate de cuivre ou chlorure de cobalt... Sous l'effet conjugué de la chaleur et de l'alcool, les sels métalliques se sont colorés dans les fibres du papier. Il faut à tout prix que j'étudie ce document au labo.

— Est-ce la clef qui nous manquait ?, hasarde Émylie.

— Ne nous emballons pas, dit Mosèle. Cette épure me paraît bien hermétique et risque de nous demander un gros travail technique pour la rendre parfaitement lisible. L'abbé Jacques ne s'est pas sacrifié en vain, Martin. En sortant le Testament de la cave en feu, il a sauvé ce message que les Templiers nous ont envoyé à travers le temps.

— Un petit réconfort, Didier, avance Hertz. Et quelle ironie du sort... Ce... ce sont les Gardiens du Sang eux-mêmes qui ont contribué à la révélation de ce prodige !

— Il s'agit maintenant de faire parler ce schéma et de le confronter aux précédentes énigmes : les indications notées en marge du manuscrit et la lettre de Hugues de Payns. Je pense que j'aurai besoin des lumières de Norbert Souffir. Il n'a pas son pareil pour décrypter ce genre de devinette. De plus, il n'est pas dupe ; il a compris ce que je cherchais.

— Votre vieux traducteur..., approuve Hertz. Bo... bonne idée !

Malgré Émylie qui tente de le retenir, Hertz se ressert une nouvelle rasade de whisky et s'écrie :

— Instant solennel qui... qui exige une dose de Cardhu... Trinquez avec moi, mes amis... À la mé... mémoire de Jacques !

— Très mauvaise initiative, lui lance la jeune femme.

Confiant en sa résistance, Hertz ingurgite d'un trait un plein verre, cou tendu, yeux au plafond. Il demeure ainsi durant quelques secondes, le regard perdu. Puis s'effondre à la renverse.

Il gît sur le sol, adressant une grimace de douleur à Émylie et Didier, et annonce :

— Désolé... La baleine s'est lamentablement échouée... Pari perdu, Didier... Je ne tiens plus l'alcool ! L'âge, sans doute...

Didier a reposé le manuscrit sur la table et s'emploie à relever le vieil avocat. Émylie lui donne un coup de main, la tâche s'avérant des plus difficiles.

— Je vais vous aider à monter dans votre chambre, dit Mosèle. Je ne vois qu'une bonne nuit de sommeil pour effacer une gueule de bois pareille !

— Ou un quintal de somnifères !

*
**

Dans leur repaire, les trois Gardiens du Sang ont écouté sur leur récepteur la scène qui vient de se dérouler dans le bureau de Hertz.

L'homme compose un numéro sur son téléphone portable. Deux sonneries. Son interlocuteur décroche.

L'homme fait un rapide récit de l'événement.

— Non, Monseigneur, conclut-il. Ils n'ont pas décrit le dessin. Ils ont juste évoqué un plan. Tout de suite ? Oui, j'arrive.

L'homme referme son portable, attrape son trench-coat suspendu à un clou et se dirige vers la porte écaillée.

— C'est bizarre, dit-il en se retournant. J'aurais cru que Monseigneur entrerait dans une colère noire, alors qu'il a semblé plutôt amusé par ce que je lui ai appris.

— Il vous a donné rendez-vous ?, interroge Carlo.

— Oui, je file. Cet événement impose sans doute une réaction immédiate de la Loggia. Restez à l'écoute...

Puis il sort, descend l'escalier de bois vermoulu, veillant à ne pas poser le pied sur les quelques marches branlantes, et se rend vers sa voiture. « Un plan, pense-t-il. Les Templiers avaient dissimulé un dessin sous l'enluminure ! Il aura fallu cet étonnant concours de circonstances – le feu et l'alcool – pour le révéler. Comme le négatif d'une photo, a dit la veuve Marlane... »

67.

La huitième lettre

— Vous pourriez y mettre du vôtre, Martin !

— J'essaie... Je... je ne savais pas que j'avais autant vieilli.

— L'âge n'a rien à voir avec l'état d'ivrognerie dans lequel vous êtes ! Tenez la rampe et ne la lâchez plus, je vous pousse aux fesses ! Je n'ai pas envie que vous m'emportiez avec vous dans votre chute.

L'ascension de l'escalier menant à l'étage se révèle une tâche périlleuse ; Hertz souffle comme un bœuf et s'arrête à chaque marche, pris de vertige, le cœur au bord des lèvres.

Du vestibule, Émylie observe la lente et laborieuse escalade, ne pouvant s'empêcher de sourire devant le comique de la situation. Mosèle est en train de perdre patience ; il a beau jeter toutes ses forces dans l'entreprise, Hertz ne se hâte pas pour autant. Dès qu'il a posé le pied sur une nouvelle marche, il se lance dans un discours, évoquant pêle-mêle la mémoire de Francis Marlane, celle d'Ernesto Pontiglione et celle de l'abbé Jacques, ponctuant ses propos de sanglots ou de rires nerveux.

Enfin, au terme d'efforts répétés, d'encouragements et de marques de réprobation, Mosèle parvient à faire atteindre le palier à son ami.

— Quand les... les frères de la Loge Première apprendront qu'en se consumant, le Testament du Fou nous a certainement dévoilé son plus grand mystère...

— C'est le principe même de l'alchimie, observe Mosèle. Mourir pour renaître dans la pleine lumière.

— *« Et la lumière luit dans les ténèbres »*, cite le vieil avocat... C'est... c'est ce qu'a dit Jean l'Évangéliste.

— Une formule appliquée par les Templiers pour camoufler leurs précieuses indications.

Le danger de chute étant écarté, Émylie, rassurée, revient dans le bureau. Elle n'a pas fait trois pas qu'elle découvre une silhouette qui l'épie derrière la fenêtre. Une ombre penchée sur le carreau et qui la regarde derrière de grosses lunettes. Un homme portant un chapeau, qui s'écarte soudainement et se dissout dans la nuit.

— Oh, Didier !, crie-t-elle. Didier...

— Qu'est-ce qu'il y a encore ?, demande Mosèle depuis le palier du haut.

— Ce type, l'homme au chapeau !

Mosèle impose à Hertz de s'asseoir sur la marche supérieure et de l'y attendre.

— Ne bougez pas, Martin. Accrochez-vous aux barreaux et ne tentez rien !

— En... entendu. Aucune initiative...

Mosèle dévale l'escalier, traverse le vestibule, surgit dans le bureau. Émylie, blême, lui désigne la fenêtre par laquelle elle a entrevu la silhouette.

— Il était là ! Le nez collé au carreau. Il a fichu le camp lorsqu'il s'est rendu compte que je l'avais aperçu.

— Toujours lui !, souffle Mosèle. Il portait des lunettes, une moustache ?

— Je crois, oui. Cela s'est passé si vite ! Il m'a fichu une de ces frousses...

— Je comprends, je suppose que j'aurais éprouvé la même trouille, admet Mosèle en ouvrant la fenêtre pour en enjamber le rebord.

— Je me demande depuis combien de temps il était là à nous observer.

Le jeune homme saute dans l'allée de gravier, traverse le minuscule jardin, descend la volée de marches qui mène à la grille et se retrouve à arpenter en vain la rue Jacquard. « Tu parles ; le messager d'outre-tombe a eu le temps de déguerpir. Qu'est-ce que j'imaginais ? Un spectre, ça va, ça vient... Rien de plus naturel par une nuit pareille. »

Éclairage blafard des lampadaires. Brume de pluie qui tronque les perspectives. Mosèle jette un dernier coup d'œil et se décide à revenir sur ses pas. En passant devant sa Golf, il remarque une lettre coincée dans l'un des essuie-glaces. Il sait déjà de quoi il s'agit. Il s'en empare. « D*I*D*I*ER MOSÈLE » est écrit de la main de Francis Marlane. Les « I » sont légèrement inclinés. « La huitième lettre ! Cela aussi, j'aurais dû le prévoir ! »

Il revient vers le pavillon, retrouve Émylie à qui il montre l'enveloppe.

— Le type a disparu, comme à son habitude, mais il m'a laissé du courrier coincé sous l'essuie-glace.

— Un mot de Francis... Quelle idée morbide il a eue de rédiger ces lettres avant de mourir ! Et comme il devait t'aimer pour l'avoir fait !

Mosèle déchire l'enveloppe et en sort la feuille de papier bistre ; Émylie s'est rapprochée. Ils lisent d'une même voix :

Très Cher Didier,

Puisque vous lisez cette lettre, c'est que vous persistez dans votre quête. Je ne peux vous aider qu'en vous suppliant :

NE CHERCHEZ PLUS À DÉVOILER LE MENSONGE !

Oubliez ce que je vous ai dit sur le Christ. La vérité est la Mort.

Votre frère Francis.

La voix tonitruante de Hertz retentit dans tout le pavillon. Un beuglement impatient :

— Didier ! Vous allez me laisser dormir dans l'escalier ?

— C'est vrai, j'oubliais mon job de papy-sitter...

Mosèle fourre la lettre dans la poche arrière de son jean et grimpe jusqu'à l'étage où Hertz l'attend, assis sur la dernière marche, s'agrippant des deux mains à un barreau de la rambarde.

— Il est rare qu'un sherpa abandonne son client en pleine ascension. Que s'est-il passé ? Pourquoi Émylie a-t-elle crié ?

— Elle a surpris le postier de Francis qui m'a apporté une nouvelle mise en garde.

— Cet... cet inconnu ne vous lâche plus d'une semelle. Il savait donc vous trouver chez moi.

— C'est ce qui m'étonne ; il n'ignore rien de nous. Rien !

La chambre. Mosèle soutient Hertz pour y entrer, le conduire jusqu'au lit sur lequel il le laisse s'affaler. Le sommier ploie sous sa masse. Le jeune homme allume une des deux lampes de chevet. Il éprouve un sentiment étrange. Le parfum, d'abord. Celui, doux et sucré, de l'eau de Cologne et du linge frais repassé. Du linge en piles dans l'énorme armoire de bois roux, rangé par Léa comme devait le faire sa mère. Les meubles, les tapis, l'édredon, le traversin, les aquarelles aux murs. Un univers figé. Un petit monde désuet dans l'intimité duquel Mosèle fait irruption avec l'impression de le violer.

— Seigneur, comme je suis fatigué !, se plaint Hertz, les bras en croix sur le lit, s'enfouissant dans l'édredon qui l'absorbe.

— Justement, vous devez dormir, lui conseille Mosèle en délaçant ses chaussures. Pensez à Léa. Il faut que vous soyez fort pour elle.

— Léa... Les Gardiens du Sang ont failli la tuer, elle aussi. J'ai l'impression que c'est moi qui attire la mort.

— Là, vous dites des conneries, Martin.

Les chaussures retirées sont jetées sur la carpette, puis Mosèle aide son ami à se glisser entre les draps sans même chercher à entreprendre un improbable déshabillage.

— Je vous borde, vieux frère, et je rejoins Émylie.

— Merci, Didier...

— J'emporte ce qui reste du Testament du Fou pour l'examiner avec Souffir.

— Si vous voulez, balbutie Hertz au bord de l'endormissement. Vous savez, cet inconnu... c'est le fantôme de Francis.

— Dormez, Martin.

*
**

Attendre... attendre que les battements de son cœur se calment, que se dissipe sa tension, que ses mains cessent de trembler. Il repartira après. Il mettra le contact et retournera sur Paris.

Il s'est couché sur le siège avant de sa voiture, le

temps que Mosèle parcoure la rue à sa recherche. Comme l'autre fois, il y a un siècle. L'autre fois, avenue de la Porte-Brancion, quand il a failli être surpris.

Attendre...

« Il ne reste plus qu'une lettre. La neuvième ! »

68.

Conciliabule

Cette fois encore, l'homme est le premier à rentrer dans l'église. Il se fait un honneur de devancer Monseigneur pour l'accueillir. Comme la fois précédente, tout se passera très vite. Quelques phrases. Puis Monseigneur donnera un ordre.

Il ne s'est pas écoulé une minute que la petite porte occidentale grince, qu'une grande forme pénètre en silence dans l'église, ses pas semblant glisser sur le dallage. Dans un long manteau noir, Monseigneur s'approche de l'homme et prononce les mots rituels :

— *Dominus vobiscum.*

— *Et cum spiritu tuo.*

Les yeux profonds et sombres se fixent sur l'homme qui peine à soutenir ce regard et préfère entamer sur-le-champ la conversation. Parler. Parler pour se donner contenance, se soustraire à cet examen intimidant. Il dit :

— Nous pensions en avoir fini avec l'exemplaire du Testament du Fou hérité des Templiers par la Loge Première. Comment aurions-nous pu prévoir ce rebondissement ?

— Ne vous faites pas de reproches. Cette découverte providentielle risque de servir nos intérêts.

— Je ne vois pas de quelle manière.

— Vous rêviez de faire sortir la Loge Première de l'ombre, répond Monseigneur en souriant, eh bien, vous allez atteindre votre but ! Toutes les cartes de la partie seront prochainement retournées.

— Les Premiers ont probablement une longueur d'avance sur nous. De plus, cette confrérie est si secrète que nous ne sommes jamais parvenus à l'infiltrer ! Nous savons juste que Hertz est l'un de ses membres.

— C'est suffisant.

— Nous nous doutons aussi qu'il entretient des relations avec certains cardinaux. Pensez-vous que le pape pourrait apprendre que... ?

— Nos agents italiens ont écarté le Saint-Père de cette affaire qui le dépassait.

— Cependant, Guillio ne doit pas être considéré comme un pion négligeable, insiste l'homme.

— Ce n'est plus qu'une pièce hors de son échiquier. Je contrôle désormais toutes les Loggias des Gardiens du Sang.

— Nous aurons bientôt achevé notre combat ; le Secret demeurera scellé dans ce millénaire comme il le fut dans les deux précédents.

— Les mouches sont néanmoins nombreuses à tourner autour du cadavre !

Monseigneur fait quelques pas, laissant croire à son interlocuteur que cette conversation l'ennuie. Il se dirige vers un cierge allumé dont la petite flamme tremblote dans un courant d'air. D'un geste rapide, il passe une main au-dessus de la flamme et s'exclame :

— Je sais... Oui, je sais ! Nous devons donc écrire les tout derniers chapitres de cette histoire. Vous ai-je déjà parlé des quatre éléments ?

— Non, je ne pense pas, avoue l'homme en s'approchant.

— Pour être initié, un franc-maçon doit subir les épreuves de la terre, de l'air, de l'eau et du feu.

— Je comprends. Vous m'aviez ordonné d'utiliser le feu pour détruire le Testament.

— Êtes-vous prêt à recevoir un nouvel ordre ?

— De vos lèvres, et de vos lèvres seulement, Monseigneur.

*
**

Ils ont tiré la porte derrière eux, préoccupés chacun de savoir Martin Hertz seul, abruti par un semi-coma éthylique. En montant dans sa voiture, Mosèle, pour se rassurer ou s'absoudre, dit :

— Je lui passerai un coup de fil demain de bonne heure, quitte à le réveiller.

— Tu me ramènes chez moi ?, demande Émylie.

— Tu as tes bagages dans mon coffre, non ? Entre nous ne trichons pas : tu peux passer la nuit à mon appartement. Et même la fin de la semaine, si tu veux. Entre amis !

— Entre vieux amis !

Émylie s'installe, gardant soigneusement sur ses genoux le Testament du Fou glissé dans une large enveloppe de papier kraft. Mosèle le désigne du menton en mettant le contact :

— Rudement malins, les Templiers... Et prévoyants ! L'édition du Testament du Fou que possède le Vatican ne contient donc ni ce plan ni toutes les annotations que les frères Premiers – si c'est ainsi qu'il faut les nommer – mirent en marge au cours des siècles.

— Ce qui nous donne une certaine avance sur les Gardiens du Sang, n'est-ce pas ?

— Enfin une ouverture rassurante ! On devrait

pouvoir les prendre de vitesse et sauver notre peau en faisant la plus fantastique des découvertes historiques. Je te parie que le plan apparu par magie sous l'enluminure donne l'emplacement du Tombeau. À condition d'en comprendre les arcanes.

*
**

La fausse moustache et les lunettes aux verres épais sont posés sur le bureau à côté du petit coffret qui ne contient plus qu'une lettre. Il est minuit dix et il ne parvient pas à dormir. Il a pris deux cachets de Bromazépam et un comprimé de Stilnox – en vain. Il s'est rabattu sur le cognac. L'alcool lui brûle l'estomac car il n'a rien mangé de la journée.

Il a ouvert l'un des carnets rouges. Il examine une page de notes en désordre figurant un diagramme complexe fait de traits unissant des noms. Une sorte d'arbre dont la branche principale porte le nom de JÉSUS avec, juste en dessous, le nom de JEAN, doublé. Puis, un peu plus bas, le mot PREM*I*ERS auquel est accordé l'ensemble LOGE PREM*I*ÈRE, immédiatement suivi de HUGUES DE PAYNS, puis une grande ligne droite qui conduit à HERTZ que Francis Marlane a entouré de rouge. Trois croquis sans doute ajoutés ultérieurement se superposent à l'ensemble et forment un triangle : une tête de chèvre, une de lion et un fléau de justice. En bas de page, enfin, la copie de la lettre de Hugues de Payns envoyée à son cousin Bernard ; certains mots en sont soulignés :

> *Par votre sainteté et amitié sincère, Bernard, vous devez savoir qu'en terre d'ombre repose dès lors notre <u>frère Premier</u>. Par mes soins en grande sécurité a été mis, pour les siècles, étendu entre <u>Orient</u> et <u>Occident</u>.*

Pour l'éternité Il sera la Lumière dans l'Ombre. Les deux Jean sur lui veilleront du Midi au Minuit.

Il se prend la tête entre les mains. Il sent les larmes venir. Il va sans doute pleurer. Encore. Encore pleurer... Il ne parvient plus à se retenir et cela lui arrive même quand il se trouve à l'extérieur. Pleurer. Il aimerait tant être plus fort !

« Comment faire ? Je suis seul... Si Émylie se doutait que je la dupe ainsi ? Ils doivent abandonner ! Avant la dernière lettre... Ils le doivent ! »

Se lever. Aller se passer le visage sous l'eau.

Mais, une fois debout, il s'effondre en sanglots, tente de se cramponner à son bureau qui ne le soutient pas, et bascule avec lui dans les ténèbres.

Dormir...

Il est allongé sur le sol. Il vomit une bile mêlée d'alcool sans même s'en rendre compte.

*
**

Mosèle dépose leurs bagages dans l'entrée.

— J'aurais imaginé un retour de week-end plus romantique, dit la jeune femme. Moins morbide !

— J'ai le sentiment que nous sommes en sursis. Avec une menace planant en permanence au-dessus de nous ! Lorsque j'ai aidé Martin à se coucher, celui-ci m'a dit qu'il attirait la mort. Il m'a donné le sentiment d'y croire pour de bon.

— Il y a de quoi, non ?

— Oui. Inutile de refaire le calcul. On meurt en effet beaucoup autour de lui.

Émylie défait ses chaussures et se rend dans le salon, place le Testament du Fou sur une petite table basse et se laisse tomber sur le canapé.

— Tu sais, Didier, commence-t-elle, j'ai vraiment l'impression que ton vieux *« franc-mac »* de Hertz est au centre de toute cette affaire ; tu n'as pas tort quand tu dis que c'est *autour* de lui que les gens tombent ! Ses amis, surtout... Tous ceux qu'il entraîne dans son rêve.

— Intéressant, sourit Didier. Et tu as une petite idée de la nature de son rêve ?

— Le même que le tien. Le même que celui de Francis. Et peut-être le mien aussi, maintenant. Chacun ayant ses raisons propres. Chacun fourrant dans ce rêve ses fantasmes personnels.

— Continue, miss Freud !

— Ce rêve est le syndrome du miroir.

— C'est nouveau pour moi.

— Normal, c'est de mon invention. Cela consiste à se regarder dans le miroir et de s'y voir à l'endroit. Tu comprends ? Voir ton reflet non inversé. Être ton propre jumeau. Découvrir ce que tu ne vois jamais de « toi ».

— Chercher le Tombeau du Christ serait donc un symptôme de ce syndrome-là ?

— Chercher la Vérité, Didier. Et accepter de mourir pour cela. De tout perdre. Tel Hertz qui a tout perdu.

69.

Le Premier

La Fondation Meyer, mardi, sept heures quinze.

Les yeux vissés aux œilletons d'un traceur isotopique, Mosèle, seul dans le laboratoire du « dépouillage », examine l'image apparue sous l'enluminure du Testament du Fou.

Lorsque, derrière lui, quelqu'un pousse la porte, sans même se retourner il fait un geste de la main.

— Bonjour, Norbert, merci d'être venu... J'ai fait du café !

— Vous êtes un drôle de type, Didier ! Hier, vous étiez injoignable alors que nous avions besoin de vous ici, et vous me réveillez à cinq heures du matin pour me demander de vous retrouver toutes affaires cessantes !

Souffir referme la porte derrière lui et se rend directement à la cafetière électrique tout en poursuivant :

— Où étiez-vous passé ? Pas moyen de déclencher votre balise Argos ? Le directeur a piqué une sacrée colère. Vous aviez oublié que nous avions une réunion avec les huiles du Directoire et le secrétaire d'État ?

— J'espère que vous avez tenu votre langue, s'inquiète Mosèle.

— Naturellement. On leur a fait avaler quelques bobards enrobés dans un discours scientifique qui les a endormis. Vous auriez vu Hélène faire son numéro de charme ! Je crois bien que son jeu de jambes a été pour beaucoup dans le renouvellement de l'intégralité de nos subventions.

— J'imagine... Venez jeter un coup d'œil là-dessus.

Souffir remonte ses lunettes sur son front et se penche à son tour sur le traceur.

Mosèle se ressert une tasse de café tout en observant les réactions du vieux chercheur. Ce dernier demeure plus d'une minute à examiner le document. Quand il se redresse, sa physionomie trahit sa curiosité. D'un coup de pouce, il replace ses lunettes sur son nez et demande :

— De quoi s'agit-il ? D'où provient ce dessin ?

— J'ai achevé de le révéler chimiquement. Il était dissimulé sous la peinture d'une enluminure du XIIe siècle.

Mosèle retire avec une extrême délicatesse le Testament du Fou brûlé aux trois quarts et le porte jusqu'à la table de scannage.

— Pourquoi moi, Didier ? Pourquoi m'avoir fait venir ? Vous auriez pu demander à Rughters, à Hélène...

— Vous le savez fort bien, Norbert. Qui mieux que vous serait en mesure de me donner un coup de main pour déchiffrer un tel mystère ? D'autant plus que vous avez deviné de quoi il s'agissait, n'est-ce pas ?

Mosèle s'installe devant l'écran de contrôle du scanner et entreprend le paramétrage des réglages.

Souffir s'est placé en face de l'appareil ; il regarde Mosèle peaufiner ses derniers ajustements et dit :

— La quête de Francis, la mort du professeur Pontiglione... Ce foutu secret qui tue tous ceux qui l'approchent !

— Vous avez quasiment traduit la totalité de 4Q456-458, et vous avez été le premier à comprendre que Jésus n'est pas mort sur la croix.

— Nous en avons parlé, et ensuite ? Ce *maskil* apparaissant dans les manuscrits de la mer Morte est certainement le Christ qui aurait d'ailleurs bien pu mourir de vieillesse à Qumrān !

— Jésus a voyagé, Norbert. Venez jeter un coup d'œil sur cet écran.

Souffir rejoint Mosèle à son pupitre. Le jeune homme tapote sur le moniteur en disant :

— Son Tombeau est quelque part dans ce labyrinthe, pas très loin de nous.

Le tracé qu'Agnan et Nicolas de Padoue ont dissimulé à la demande des Templiers dans la trame du parchemin représente un triangle rectangle, base en haut. Chacune de ses pointes possède un petit écusson, le premier contenant la tête stylisée d'un lion, le deuxième incluant la tête d'une chèvre, le dernier une balance symbolisant la Justice et évoquant le lieu-dit la Loge du Bailly. Sur la ligne transversale réunissant la figure de lion à l'écusson de la balance, les copistes ont dessiné un labyrinthe complexe, circulaire, accompagné à gauche et à droite de deux cercles vides.

— Oui, son tombeau est là, reprend Mosèle.

— Je vous connais bien, Didier, vous n'avez jamais énoncé de théories sans les avoir étayées auparavant ; cela signifie que celle-ci doit être prise au sérieux, n'est-ce pas ?

— M'aiderez-vous à décrypter ce tracé ?

Mosèle a terminé l'opération de scannage, il retire le Testament du Fou de l'appareil et retourne le replacer dans sa serviette tout en l'ayant préalablement recouvert d'une feuille de plastique.

— M'aiderez-vous, Norbert ?

— Naturellement. Retrouvons-nous ce soir chez moi ; j'ai un excellent whisky que je me refuse à boire seul.

— Je croyais être parvenu à dissimuler ce petit péché. Au fait, je serai sûrement accompagné d'un ami que j'aimerais vous présenter.

Léger sourire de Souffir.

— Il a un rapport avec cette histoire ? Ne s'agit-il pas de Martin Hertz, dont vous m'avez parfois parlé ?

— Vous êtes un vieux renard, Norbert.

— La maison de campagne d'un certain Hertz a brûlé dans l'Yonne, vendredi. Un incendie criminel... Et ce matin vous me sortez du lit pour me montrer un parchemin calciné avec un dessin mystérieux apparu dans le carbone ! Ce Hertz n'était-il pas à l'enterrement de Francis ? Ne connaissait-il pas le professeur Pontiglione ? J'ignore qui est réellement cet homme, mais je jurerais qu'il n'est ni historien ni archéologue.

— Excusez-moi, dit Mosèle, je n'avais pas compté avec vos remarquables facultés intellectuelles.

— Laissez tomber ce genre de flatterie, je n'en ai aucunement besoin pour m'intéresser à ce bout de parchemin. Donnez-m'en une épreuve ; je la fourre dans mon cartable et ne toucherai mot à personne de notre petit secret.

— Merci, Norbert.

— Je fais cela pour vous, Didier. Car je vous apprécie, et vous le savez bien, mais je fais cela aussi en mémoire de Francis.

— C'est pour cette raison que je vous ai remercié.

*
**

Huit heures trente.

Hertz vient de garer sa voiture devant le perron de l'imposante maison bourgeoise. Il rentre le cou dans le col relevé de son manteau, à cause de la pluie fine qui s'est mise à tomber. Il gravit six marches et se présente à la large porte qui s'ouvre sans qu'il ait eu besoin de sonner. Un homme d'une cinquantaine d'années apparaît sur le seuil.

— Bonjour, Maître.

— Bonjour André, répond Hertz en souriant et en pensant que le majordome n'a jamais pu se défaire de sa manie : lui donner du « maître » à chaque fois qu'il le voit.

André s'efface pour le laisser passer.

Hertz quitte son manteau et le tend à André qui désigne l'escalier monumental en disant :

— Il vous attend à l'étage, dans le salon bleu.

Hertz traverse lentement le hall, prenant le temps d'apprécier sa décoration et ses tableaux, un petit Diaz de La Peña en particulier : la pochade rapide d'un chemin s'enfonçant dans un sombre sous-bois. Il ignore pourquoi ce sentier de craie disparaissant progressivement parmi d'épaisses frondaisons l'inspire autant, réveillant en lui des souvenirs d'enfance parfumés de tourbe...

Il se dit toujours, en l'admirant, qu'il aimerait que sa mort ressemble à ce tableau. Une ultime promenade vers une mystérieuse forêt.

Passant devant un fauteuil roulant positionné dans l'attente de son propriétaire, il s'engage dans l'escalier équipé d'un siège pour infirme fixé à une crémaillère le long du mur.

Parvenu au palier, Hertz marque une nouvelle halte devant une marine d'Eugène Isabey au ciel embrasé d'un coucher de soleil d'été. Puis il emprunte un couloir dont les murs déclinent d'innombrables gravures au trait du XIXe siècle.

Toute la demeure semble immobilisée dans un passé

qui n'en finit pas de s'éterniser, accroché aux tapis anciens, aux lourdes tentures, aux boiseries. Tout y est immuable, suranné.

Hertz pénètre dans le salon bleu uniquement éclairé par la lumière du jour qui traverse la seule des trois fenêtres à n'être pas obturée par des doubles rideaux bleus.

Devant cette fenêtre se tient de dos un homme, dans son fauteuil roulant. Il fait un geste de la main droite à l'intention de son visiteur, l'invitant à le rejoindre. Le bras gauche ne bouge plus depuis quatre ans. Séquelle d'une congestion cérébrale.

— Orient-Origine, prononce Hertz.

— Entrez, Martin, lui répond une voix faible. Venez vous asseoir à côté de moi.

Tout en parlant, l'infirme a légèrement fait pivoter son fauteuil dans la direction de son avocat en le commandant à partir d'un boîtier électrique placé sur l'accoudoir droit.

Hertz s'approche et s'assoit sur la chaise libre qui l'attendait manifestement et qui craque légèrement en le recevant.

L'homme est un vieillard décharné, flottant dans un impeccable costume noir. Il a les joues creuses, les orbites sombres, les lèvres fines et sèches, le cou grêle et les cheveux blancs, abondants malgré son âge. Il garde en permanence la tête penchée sur son épaule droite, le visage douloureux, à demi paralysé.

Il dit :

— Notre frère le cardinal m'a un peu forcé la main pour vous recevoir en dehors d'une Tenue. Je ne suis pas certain que cela soit bien prudent.

— Les événements l'exigent, frère Premier, répond Hertz.

— Ne m'avez-vous pas déjà tout dit au téléphone,

ce matin ? Le Destin s'est joué des Gardiens du Sang en nous dévoilant le secret du Testament du Fou. Au fait, vous êtes venu me montrer ce qu'il en reste ?

— Je l'ai laissé à Didier Mosèle...

— Je vois. Vous avez bien fait. Toujours votre manière d'agir... subtile, féline !

— Justement. Je suis fatigué, mon frère. Fatigué de dissimuler, de mentir... Fatigué de mes veilles ruses.

— Nous sommes tous les deux fatigués, Martin. Il nous faut néanmoins tenir encore un peu.

L'avocat aimerait s'allumer un cigare, en sentir l'odeur de miel et de cuir. Mais le Premier ne supporte pas le tabac.

— Nous aurions dû lui dire, pour Francis Marlane, reprend Hertz. Oui, nous aurions dû le dire à Didier Mosèle.

— Surtout pas ! Francis ne lui a rien avoué pour le préserver ; nous ferons de même, conformément à notre serment.

— Nous nous servons de lui comme nous avons utilisé Francis, proteste Hertz en élevant la voix.

— Je ne vois pas les choses ainsi, Martin. L'un et l'autre ont fait un choix. En conscience. Francis a eu le tort de jouer cavalier seul alors qu'il approchait du but. Et nous l'avons perdu ! Cette fois, c'est différent, vous maîtrisez Mosèle. Le hasard a voulu qu'il vienne à vous.

Hertz hausse les épaules.

— Le hasard ? Je lui ai donné un sérieux coup de pouce ! Et avec l'autorisation de la Loge Première. Avec sa bénédiction, devrais-je même dire. Il n'y avait que Mosèle pour reprendre l'enquête de Francis. Tous les Premiers en étaient persuadés.

Le silence s'installe alors entre les deux hommes

qui regardent tomber la pluie sur le parc de la propriété. Le Premier se passe la main droite sur le front et rabat en arrière une mèche de sa chevelure de neige. C'est lui qui rompt le silence :

— Vous souhaitez que l'on ouvre le Plan pour Mosèle ?

— En effet...

— Le recevoir en Tenue obscure ?

— Ne répétons pas l'erreur que nous avons commise avec Francis Marlane, insiste Hertz.

— Je comprends... Vous pensez que le Plan pourrait être complété par celui que vous avez découvert sous la gravure des frères de Padoue ? C'est cela que vous avez en tête, n'est-ce pas ?

— C'est exact. Notre quête touche à sa fin. Une quête qui a coûté bien des vies. Ne sommes-nous pas responsables de certaines morts ?

— Nous avons cru pouvoir tout diriger dans le secret, mon ami. Nous pensions être les plus habiles dans ce complexe jeu d'ombres. Plus subtils que les Gardiens du Sang... Justement, d'après ce que vous m'avez relaté, j'en suis arrivé à ce constat : il existe une présence entre nous et les Gardiens... Quelqu'un qui a été lié à Marlane ! Quelqu'un qui sait beaucoup de choses... L'inconnu au chapeau ?

— Je ne l'ai jamais vu personnellement. Didier Mosèle a failli le surprendre par deux fois. Ce type se volatilise, tel un fantôme. Aucune idée à son sujet... Disons : pas d'idée rationnelle. C'est à croire que c'est le double de Francis Marlane qui poursuit son œuvre. Je crains qu'il ne me reproche beaucoup de choses.

— Vous êtes très romanesque, Martin. Un étrange manipulateur qui verse facilement dans la culpabilité.

— Non, je suis un vieil homme qui rêve de découvrir la Parole Perdue avant de mourir. Tout comme vous, mon frère...

— Je vais prendre en considération votre demande ; vous avez raison, il est temps de recevoir ce jeune professeur en audience... Je vous informerai.

Hertz quitte sa chaise, se penche sur le vieillard infirme et l'embrasse par trois fois.

— Merci, prononce-t-il.

Le Premier esquisse un demi-sourire.

— Nous veillerons sur Didier Mosèle, Martin. Je crois bien que vous l'aimez comme le fils que vous n'avez jamais eu.

— C'est vrai, avoue Martin, je l'aime. Mais vous vous trompez : j'ai eu un fils... Il est mort quelques minutes après sa naissance.

70.

V.I.T.R.I.O.L.

Dix-neuf heures.

Une arrière-cour du 14e arrondissement de Paris. Des pavés brillants de pluie. Deux maisons basses se faisant face, volets fermés. Au fond, une imprimerie aux rideaux de fer baissés. Un local abritant les poubelles. Quelques pots de géraniums jaunis, recroquevillés.

Norbert Souffir habite l'un des deux bâtiments. À l'intérieur, sur les murs, partout, la vie du vieil homme se raconte en photographies. La plupart sont des clichés en noir et blanc. Ils témoignent d'un passé déjà lointain, figeant leurs témoins pour toujours dans des poses apprêtées. Une famille. Le père, la mère, les deux sœurs et lui, le petit Norbert. En France, avant la guerre, devant une mercerie, à l'intérieur de la mercerie, à la campagne, à la plage, à la fête foraine. Le père et sa première voiture. Puis quelques photos de l'épouse de Norbert. En couleurs, celles-ci. Une femme au sourire joyeux, aux grands yeux emplis de chaleur. Et, au milieu du mur, dans un cadre un peu plus grand que les autres, l'image de déportés squelettiques à la libération de leur camp par les Américains. Des spectres hagards qui sourient comme des morts à l'objectif.

Souffir est dans son bureau, penché sur la photocopie du tracé apparu sous l'enluminure de Dieu créant l'Univers. Il a étalé des monceaux de livres sur son plan de travail et à même le sol. Il griffonne des croquis, les rature, les reprend.

Le labyrinthe circulaire. Le vieil homme le compare à celui de Saint-Vital de Ravenne, quoique ce dernier possède une entrée alors que celui des Templiers paraît totalement clos, tournant sur lui-même en un double chemin. Ne faudrait-il pas plutôt le rapprocher du labyrinthe de la cathédrale de Chartres ?

À la réflexion, le vieux traducteur se dit que ce lacis fermé recèle une singularité : les deux cercles énigmatiques qui l'accompagnent à gauche et à droite doivent forcément le compléter.

Le vieil homme se lève pour se dégourdir les jambes et se redresser le dos. Toutes ces journées passées plié en deux face à un écran d'ordinateur ou sur des dossiers lui ont infligé une douloureuse scoliose.

Il tisonne le feu de la petite cheminée, redonne vie aux braises à grands coups de soufflet, se frotte les mains au-dessus des flammes. Jamais il n'a souhaité installer de chauffage électrique dans son bureau, trop heureux de goûter au plaisir qu'offrent de bonnes bûches craquantes, leurs exhalaisons de résine et d'écorce.

*
**

Mosèle est passé chercher Hertz à Sèvres. Ils roulent maintenant sur le boulevard périphérique.

— Vous ne m'avez encore rien dit au sujet de Léa, Martin ?

— Oui, oui... Je l'ai vue cet après-midi et je lui ai

tout raconté. Elle a fait une crise de nerfs et un interne a dû lui administrer un calmant.

— Désolé.

— Elle m'en veut beaucoup et estime que c'est par ma faute que l'abbé Jacques est mort. La malheureuse ; j'ai bien cru que son cœur allait lâcher. Elle a mille fois raison de me reprocher le décès de Jacques... Elle l'appréciait beaucoup et je crois bien qu'il était son seul confident. Elle l'appelait chaque fois qu'elle replongeait dans la dépression. Il savait l'écouter durant des heures et la réconfortait comme je n'ai jamais su le faire.

Mosèle jette un coup d'œil à son ami. Il remarque son allure de vieux chien battu et affligé : bajoues pendantes, yeux flous. Est-il sincère ?

— Et votre gueule de bois ?, demande le jeune homme.

— Je m'en suis remis, mais j'en ai conservé un mal de tête effrayant.

— Vous en mourrez un jour, Martin.

— Je redoute le jugement d'Émylie ; je me suis donné en spectacle et ce n'était pas reluisant.

— Elle a admis que vous aviez des circonstances atténuantes. Je vous conseille de ne pas trop boire ce soir chez Norbert : un peu d'eau vous ferait grand bien. Je ne souhaite pas que tous mes amis vous prennent pour un vieil alcoolo excentrique.

— Vous faites des progrès, Didier.

— Ah ? Quel genre de progrès ?

— Il y a deux semaines, vous ne vous seriez jamais permis de me balancer de telles remontrances à la figure.

— Il y a deux semaines, j'ignorais que nous deviendrions aussi intimes. Je ne vous ai pas froissé, j'espère ?

— Je le méritais.

*
**

Souffir consulte sa montre. Didier Mosèle et son ami ne tarderont plus. Il tente de remettre un peu d'ordre dans ses documents.

Un léger bruit attire son attention. Un cliquètement. La serrure de la porte d'entrée...

— Didier !, crie-t-il. Je viens vous ouvrir !

En se retournant, il fait tomber un gros livre, se penche pour le ramasser, entend des pas dans le couloir, se redresse.

— C'est vous, Didier ?

Et, pour lui-même : « J'aurais juré avoir fermé la porte à clef. »

Une inquiétude soudaine, irraisonnée, le frappe au ventre. S'il s'agissait de Didier, il répondrait...

Il s'empare de la photocopie du tracé des Templiers qu'il froisse vivement et jette dans les flammes de la cheminée. Puis se retourne.

Il ne comprend pas d'emblée. Son esprit perd une ou deux secondes pour intégrer la scène. Un premier homme est entré brutalement dans le bureau, aussitôt suivi d'un deuxième. Tous deux portent des masques à gaz, ce qui les rend grotesques et menaçants.

Souffir recule, terrorisé. Il se plaque le dos au mur. Quelques cadres chutent sur le tapis. L'un se brise. Pourquoi se sent-il obligé de regarder les photographies qui jonchent le sol ?

Les spectres hallucinés d'un camp de concentration.

L'un des deux inconnus maintient Souffir contre le mur d'une prise à la gorge. Le vieil homme peine à respirer, à déglutir sa salive. Il voit son propre visage déformé par la panique dans la visière du masque à gaz de son agresseur. Le reflet de sa peur.

Le deuxième homme a brandi une petite bombe aérosol et en pointe le bec sur Souffir.

Le vieux traducteur ne peut pas crier, sa gorge étranglée l'en empêche. Il a compris qu'il va mourir. Il pense à Mosèle, à Marlane...

Il reçoit un jet de gaz du vaporisateur. Il a le temps de voir que sa mort est de couleur jaune. Un nuage jaune. Puis il s'effondre, son dos glissant le long du mur, arrachant d'autres photos. Il demeure accroupi, la tête en avant, une bave épaisse sortant de sa bouche tordue.

Un troisième masque apparaît. L'homme regarde le corps sans vie de Souffir et sort un gros stylo-feutre rouge d'une poche de son trench-coat.

*
**

Après avoir trouvé difficilement une place de stationnement, Mosèle et Hertz se dirigent vers le n° 17 de la rue Daguerre. La pluie est tombée sans répit toute la journée, amenant une nuit précoce.

— C'est ici, dit Mosèle en poussant l'un des deux battants d'un lourd portail.

Ils traversent la cour pavée.

— À gauche, précise le jeune homme. Je ne suis venu qu'une fois chez Norbert, mais je me souviens que c'est un décor qui vous plaira.

Hertz ne répond pas. Il repense à sa crypte, à son musée. À ses collections. Aux flammes qui ont emporté sa vie en l'espace de quelques minutes.

— Merde !, fait Mosèle.

— Quoi ?

— La porte de Souffir est restée ouverte... Nom de Dieu, elle a été forcée !

— N'entrons pas, Didier.

— Au contraire, suivez-moi, Martin !

Mosèle s'est jeté dans le vestibule. Pas un bruit. Il emprunte le couloir en appelant : « Norbert ! » L'avocat demeure légèrement en retrait. Avance cependant.

Le bureau. Souffir est assis à même le sol, la tête tombée sur la poitrine, de l'écume mouillant le col de sa chemise, une main portée à son cœur.

— Les fumiers l'ont tué ! Lui aussi !

— Vous sentez ? Cette odeur...

— Ce sont eux, n'est-ce pas ?, demande Mosèle d'une voix blanche. Les tueurs du Vatican !

— Ne le touchez pas !, commande Hertz. Ne laissez aucune empreinte !

Mosèle obéit à l'injonction. Il s'arrête net alors qu'il se préparait à redresser le buste du vieux chercheur pour lui donner la dignité que la mort lui a arrachée.

— On dirait qu'il a succombé à une crise cardiaque. A-t-il été battu ?

— Ils n'ont pas eu besoin de le faire, Didier. C'était inutile. Venez... Il est imprudent de rester là. Les Gardiens du Sang ont en effet signé leur crime pour vous faire comprendre qu'ils s'en prendront à tous vos amis si vous n'abandonnez pas la partie.

— Qu'ont-ils signé ? Et comment ?

Hertz incite Mosèle à se retourner. Celui-ci se laisse faire, anéanti, ne comprenant pas ce que son ami attend de lui. Puis il découvre l'inscription à droite de la porte, tracée distinctement, en lettres suffisamment grandes pour être vues au sortir du bureau :

— Pourquoi ces salopards ont-ils inscrit l'abréviation de notre devise maçonnique ? Pour se foutre de nous ?

— Je vous expliquerai, dit Hertz d'une voix douce tout en le prenant par les épaules pour l'obliger à quitter la pièce.

Dans le couloir, Mosèle réalise d'un coup :

— L'odeur ! Je l'ai remarquée aussi en entrant. Je n'y ai pas porté beaucoup d'intérêt, sur l'instant. Elle était par contre très prononcée, dans le bureau.

— Il s'agit du poison volatile que Jérôme le Juif utilisa pour assassiner Tomás de Torquemada. Les Gardiens du Sang ont tué votre ami en usant du même gaz. Une manière de se venger !

— Comment font-ils pour connaître autant de choses sur nous ?

— Je l'ignore, dit Hertz. N'empêche qu'ils sont manifestement renseignés sur tous nos faits et gestes. C'est à croire qu'ils ont appris l'existence de ce tracé en même temps que nous !

Dehors. La pluie. Les pavés. Hertz a reconquis son ascendant sur Mosèle qui marche comme un automate. Le vieil avocat le prend sous son aile, le réconforte par son contact. Inutile de parler. Les deux hommes pensent pareil. Plus que jamais ils savent que le temps leur est compté.

71.
Le message de Dieu

Émylie s'étonne de voir revenir Mosèle si tôt :

— Déjà de retour ? Ah, vous êtes là aussi, Martin.

Les deux hommes pénètrent dans l'appartement, défont leurs imperméables, se rendent au salon.

— Je reviens sur ce que je vous ai conseillé tout à l'heure, dit Mosèle. Nous allons prendre une bonne cuite au whisky.

— Quoi ?, demande la jeune femme. Qu'y a-t-il ? Vous en faites, des têtes, tous les deux ! Que s'est-il passé ?

— C'est Norbert Souffir..., commence Mosèle. Il est mort ! Les Gardiens du Sang sont passés chez lui et l'ont gazé !

— Gazé... ?

Hertz intervient :

— Ils lui ont fait subir le sort que Jérôme le Juif avait infligé à Tomás de Torquemada. Une manière de nous faire comprendre qu'ils nous ont espionnés toutes les fois que nous étions ensemble, alors que j'évoquais les péripéties qu'a subies le Testament du Fou au cours des siècles.

Mosèle sort une bouteille de Cardhu – douze ans d'âge – et deux verres qu'il remplit aussitôt.

— Vous avez prévenu la police ?, interroge-t-elle.

— Non, répond Mosèle. Martin et moi sommes tombés d'accord sur le fait qu'il était inutile de donner du grain à moudre aux enquêteurs. On va les laisser patauger un peu en attendant qu'ils nous posent des questions. Trop de drames sont intervenus autour de nous. Ils vont recouper tous les événements, c'est évident !

— Le meurtre de Souffir se veut une double menace, dit Hertz. En premier lieu, il signifie que les Gardiens du Sang élimineront tous les proches de Didier liés de près ou de loin à l'affaire. En second lieu, c'est une véritable déclaration de guerre contre la Loge Première, par sa nature même.

Mosèle semble absent, le regard perdu fixant un point imaginaire. Émylie le remarque :

— Didier ! Tu es avec nous ?

Pour toute réponse, il se lève et traverse le salon pour se rendre dans son bureau. On l'entend proférer des « nom de Dieu ! » répétés.

— Allons voir, Martin, suggère Émylie.

Le vieil avocat garde son verre de whisky à la main et suit la jeune femme. Dans le bureau, Mosèle pianote nerveusement sur le clavier de son ordinateur, les restes du Testament du Fou près de lui.

Parvenus à sa hauteur, Émylie et Hertz découvrent ce qu'il a affiché à l'écran. Deux images : l'une représente l'enluminure originelle de Dieu créant l'Univers et mesurant la Terre à l'aide de son compas, la seconde propose le tracé des Templiers apparu en négatif dans le carbone du parchemin.

— Saloperie de dessin qui a coûté la vie à Norbert !, gronde Mosèle.

— Je constate que vous en avez révélé tous les traits, dit Hertz.

— Regardez, reprend Mosèle, il nous indique la

Lionne, les Chèvres, et là, cette balance symbolisant le Bailly... Les trois lieux-dits qui forment le triangle de la forêt d'Orient.

Hertz désigne l'écran.

— Où voulez-vous en venir, Didier ?

— Tout se tient, Martin ! Ce que les Templiers ont inscrit en marge du Testament, la lettre de Hugues de Payns et ce tracé... Nom de Dieu de nom de Dieu, bien sûr ! Tout se tient ! Tout se complète en se superposant !

Émylie passe derrière le jeune homme et pose les mains sur ses épaules. Elle fixe l'écran.

— C'est l'effet du whisky, ou tu viens d'avoir une révélation ?

Mosèle s'enflamme.

— Une illumination, Émylie... ! Plusieurs clefs pour une seule serrure ! Sans le tracé, jamais nous n'aurions pu comprendre !

— Il fallait donc détruire le Testament du Fou pour approcher la Vérité ?, observe Hertz.

— Naturellement !, s'écrie Mosèle en tapotant du doigt le tracé des Templiers sur son écran. L'alchimie intellectuelle liée à celle de la matière... Plusieurs éléments composent l'œuvre ! Prenons le plan de la page calcinée que j'ai numérisé ce matin, je suis certain qu'il se réfère à l'une des phrases mises en exergue du Testament du Fou : *« Dans l'ombre marcheras par l'arrière. »*

Mosèle allume une cigarette et poursuit :

— *« Le Cathare en sa Forêt, à reculons couperas le Triangle vers l'Ombre. »*

— Nous avons trouvé la statue du Cathare, dit Émylie, et Martin nous a exposé la raison de sa présence dans cette forêt. Et après ?

— Le Cathare est un repère, précise Mosèle. En

partant de lui « *à reculons, (tu) couperas le Triangle vers l'Ombre* ». C'est le dos de la statue qui indique le chemin à prendre, pas ce qu'elle regarde ! Ce qu'elle cache, plutôt...

Puis, faisant apparaître à l'écran un nouveau fichier, il ajoute :

— Rappelez-vous la lettre de Hugues de Payns que j'ai trouvée au palais du Tau sur les indications de Pontiglione.

— Je commence à vous suivre, Didier, fait Hertz, le rouge lui montant aux joues, les tempes dans l'étau d'un épais mal de tête.

Mosèle lit la lettre du fondateur de l'ordre des Templiers :

> « *Par votre sainteté et amitié sincère, vous devez savoir qu'en terre d'ombre repose dès lors notre frère Premier. Par mes soins en grande sécurité a été mis, pour les siècles, étendu entre Orient et Occident. Pour l'éternité Il sera la Lumière dans l'Ombre. Les deux Jean sur Lui veilleront du Midi au Minuit...* »

— En franc-maçonnerie, les deux Jean sont le Baptiste et l'Évangéliste, précise Hertz à l'intention d'Émylie. Ils figurent l'Ombre et la Lumière. La Lune et le Soleil !

Mosèle fait reparaître le tracé des Templiers sur l'écran en répétant : « *Les deux Jean sur Lui veilleront du Midi au Minuit* », et ajoute :

— Les informations transmises par les Templiers ont toutes été fragmentées pour raisons de sécurité. Mais elles sont là, éparses sous nos yeux. Toutes les pièces d'un jeu de construction à rassembler, à imbriquer les unes dans les autres selon un ordre imposé.

— Sans aucun doute, dit Hertz, mais où chercher ? Le périmètre délimité par ce triangle est très vaste.

— Il faut fouiller, fouiller encore !, scande Mosèle. Trouver ces deux Jean.

Émylie propose :

— Plutôt que du whisky, vous ne préféreriez pas un bon café bien fort ? Si vous souhaitez garder votre lucidité, ce serait certainement plus efficace, non ?

— Tu as raison, admet Mosèle. Un litre pour moi. Et solide !

— Autant pour moi, acquiesce Hertz.

Émylie se rend à la cuisine. Le vieil avocat prend une chaise et vient s'asseoir près de Mosèle qui ne cesse de frapper l'écran de l'index en tournant autour du labyrinthe circulaire.

— Ce qui est évident n'est pas toujours visible, dit-il. Pourtant, ceci est le plan d'une partie de la forêt d'Orient... Et ce triangle coupe le labyrinthe situé entre ces deux sphères.

— Il me semble avoir découvert ce que signifient ces deux cercles, Didier.

— Oui ?

— N'avons-nous pas les mêmes en Loge ? Derrière le Vénérable Maître, dans son dos ! Accrochés au mur.

— Bien sûr ! La Lune et le Soleil sont symbolisés par deux disques. La Lune et le Soleil. L'Orient et l'Occident...

— Les deux Jean !, ponctue Hertz en souriant. Il est probable que ces deux cercles sont des bornes censées nous informer sur la situation géographique du labyrinthe.

— Les frères de Padoue ont reçu l'ordre de dissimuler ce plan – car ce n'est rien d'autre qu'un plan –

sous l'enluminure. C'est dans la fibre même du document qu'ils ont dessiné le tracé...

— Ensuite ?, demande Hertz, de plus en plus curieux, suivant avec passion le cheminement de Mosèle.

Le jeune homme poursuit :

— La Terre est ronde sur l'enluminure. La Terre, Martin !

— La Terre a toujours été ronde, que je sache !, dit Émylie en apportant les tasses à café sur un plateau.

— Pas à cette époque, plaisante Mosèle. Affirmer une telle chose te conduisait illico au bûcher. Néanmoins, Dieu mesure sa Création. Il l'évalue comme le ferait tout architecte.

— Ce qui est logique, reprend Émylie. Il s'assure que son œuvre est irréprochable.

Mosèle fait glisser la souris sur son bureau, saisit à l'écran le tracé des Templiers qu'il superpose à l'image colorée de l'enluminure. Le plan vient se placer en transparence sur le dessin, lui offrant des lignes de force qui le recouvrent dans d'identiques proportions. La Terre est de même taille que le labyrinthe.

— Ronde comme le labyrinthe, dit Mosèle. Voyez, quand on les superpose, les deux images s'intègrent parfaitement. Du coup, que fait Dieu ? Que nous montre-t-Il avec son compas ?

Un silence. D'un même mouvement, Émylie et Hertz se sont penchés sur l'écran de l'ordinateur.

Hertz se racle la gorge. Sa salive est crayeuse. Il réalise. Il en pleurerait, s'il était seul. Le rêve de toute une vie se matérialise si soudainement. Avec une évidence trop brutale. La tête lui tourne et sa migraine redouble, à lui en donner la nausée. Sous l'œil interrogateur de Mosèle, il avale le contenu de sa tasse de café sans l'avoir sucré ni en avoir apprécié la chaleur.

Ses mains tremblent. Celle de Mosèle se pose sur son poignet. Le jeune homme dit :

— Oui, Martin. Oui, Dieu désigne avec son compas un point précis sur la Terre. SUR LE LABYRINTHE CIRCULAIRE ! Les deux images devaient être lues ensemble.

D'une voix enrouée, Hertz lance :

— Dieu nous indique l'endroit où chercher !

— *« Visite l'intérieur de la Terre et en rectifiant tu trouveras la pierre occulte »*, récite Mosèle. La pierre occulte est le Christ. Nous le trouverons en rectifiant... Mais que rectifier ?

— Tu penses vraiment... ?, hasarde Émylie.

— J'en suis convaincu. En revanche, je me demande... Je me demande comment Francis a découvert cela tout seul. Il ne possédait pas le tracé des Templiers, puisque celui-ci était caché par la peinture de Nicolas et Agnan de Padoue. Bon Dieu, qui lui a tenu la main ?

— Peut-être cet inconnu ? L'homme au chapeau et aux lunettes ?

— À moins qu'il ne se soit inspiré d'autres sources ?, suggère Mosèle. Ou qu'il se soit arrêté au Cathare ? Saurons-nous jamais où sa quête s'est achevée ?

72.

Le rubis

Mercredi, treize heures quinze.

Il feuillette les carnets rouges. Il ne se lasse pas de contempler les aquarelles, légères touches d'eau colorée, notes de lumière et masses d'ombres.

Le téléviseur est allumé. Il écoute les nouvelles sans vraiment y prêter attention. Il se détache de la réalité un peu plus chaque jour.

« L'autopsie pratiquée ce matin confirme que le professeur Souffir a inhalé une substance toxique gazeuse en grande quantité. Il est encore trop tôt pour définir la nature exacte de cette drogue. On sait seulement qu'elle était essentiellement composée d'extraits de plantes... »

Il referme les cahiers, les replace dans leur tiroir, se lève pour arpenter la pièce devenue sa cage. Il marche tête baissée, martelant le sol de ses pas nerveux, saccadés. Il traverse sa prison en tous sens.

« ... Pour les enquêteurs, il ne fait maintenant plus aucun doute que l'on a contraint la victime à absorber le poison qui a rapidement paralysé toutes ses fonc-

tions respiratoires. La Fondation Meyer où travaillait le professeur Souffir vient donc d'être cruellement touchée pour la seconde fois. On se souvient en effet du suicide du professeur Marlane, dont le corps a été retrouvé dans une chambre d'hôtel à Paris, il y a trois semaines... »

Il revient à son bureau. Ouvre un tiroir. En sort un revolver.

« ... Mais, cette fois, il s'agit incontestablement d'un meurtre, et l'on s'interroge au sujet du mot "VITRIOL", tracé en rouge sur le lieu du crime. Précisons néanmoins que ce mot résume une formule alchimique du XVe siècle que l'on retrouve encore de nos jours dans la tradition maçonnique... »

Il soupèse l'arme. L'examine. L'admire. En apprécie le contact glacé. Un froid mat et noir.

« ... À la Fondation, le professeur Mosèle, qui dirige le service auquel appartenaient Francis Marlane et Norbert Souffir, se refuse à tout commentaire... »

Il s'est remis à tourner dans la pièce. Mais il a gardé son revolver qu'il laisse pendre contre sa cuisse, le bras droit ballant. Il passe devant des photographies accrochées aux murs. Il les connaît par cœur, pourrait les redessiner toutes de mémoire.

Il s'arrête devant un miroir. Il se fait face, se défiant du regard, détestant cet autre qui ne lui ressemble plus. Les tics de ses lèvres l'ont repris ; il se voit sourire dans une grimace mécanique.

Il porte lentement le revolver à sa tempe, appuie le

canon contre l'os. Si peu de peau le protège d'une mort possible. Car il se sent épuisé. Il n'aurait qu'à presser la détente. Juste assez de courage pour s'extraire de ce cauchemar.

Son index esquisse le geste. Quelques millimètres le séparent des ténèbres, du silence et du repos. Quelques millimètres d'acier à presser.

Mais il abaisse l'arme, se détache du miroir. Abandonnant ce lâche sosie au front couvert de sueur. Il dépose le revolver sur le bureau, près du coffret contenant la neuvième et dernière lettre.

Il se demande pour quelle raison les frères de la Loge Première n'interviennent pas.

Il s'assoit de nouveau, les épaules affaissées, puis se met à pleurer.

*
**

Martin Hertz se tient prostré, avachi dans un fauteuil. Il vient de refermer son téléphone portable. Son ami Jean-Claude Dorest l'a appelé depuis l'hôpital pour lui apprendre que Léa avait fait une nouvelle crise de nerfs, ce matin, aux alentours de six heures. Il a fallu lui administrer une forte dose de Valium. « Inutile que tu te déplaces maintenant, Martin ; elle est sonnée et restera quatre ou cinq heures dans les vapes. Tu pourras passer en fin d'après-midi. Tu sais, elle a vraiment eu du mal à encaisser la mort de Jacques et l'incendie de votre maison de campagne.

— Tu penses qu'elle s'en remettra ?, a demandé Hertz.

— De quoi ? De sa blessure ou de son traumatisme mental ? Je crois qu'elle se sortira plus facilement de sa blessure. Tu devras te montrer très patient, attentionné. Tu comprends ?

— Oui, oui. Attentionné, j'ai compris.

— Je vais demander à un collègue psychiatre de passer la voir ce soir.

— Je te remercie, Jean-Claude. »

Hertz regarde son téléphone d'un œil embrumé de larmes qui peinent à se former, mais qui lui font plus mal que des sanglots. Il a achevé Léa. Il n'a plus que cette pensée à l'esprit. Il l'a tuée.

Son téléphone sonne de nouveau. En portant l'appareil à son oreille, il pense que Jean-Claude a dû oublier de lui dire quelque chose. Il est surpris d'entendre la voix de Mosèle.

— Ah, Didier...

— Martin, j'ai trouvé ! J'ai bossé toute la nuit et je crois avoir décrypté le message de Hugues de Payns. Je sais où se situe la « terre d'ombre » qu'il évoque dans le courrier envoyé à saint Bernard ! Le fondateur de l'ordre des Templiers était un fieffé malin... Les deux « Jean » dont il parle sont en fait deux pierres, deux monolithes qui figurent sur la carte d'état-major sous les noms de Jeune et Vieille... La Jeune se situe à l'orient, dans la lumière, et incarne l'Évangéliste ! La Vieille symbolise saint Jean-Baptiste et représente l'Ancienne Parole. *« Étendu entre Orient et Occident. Les deux Jean sur lui veilleront du Midi au Minuit. »* Oui, entre l'ancienne et la nouvelle Tradition repose le Christ... Comme en témoignent la Lune et le Soleil qui l'encadrent sur la plupart des enluminures médiévales. Le tracé des Templiers précise exactement l'emplacement de son Tombeau : sous la pointe du compas de Dieu. À la perpendiculaire d'une ligne passant par les deux pierres...

— Une hypothèse, l'interrompt Hertz. Ce n'est qu'une savante mais simple spéculation !

— Non, Martin. J'ai appelé le directeur de la Maison de la forêt d'Orient, monsieur Pinchon... Un érudit comme vous les aimez. Je lui ai posé quelques questions. Eh bien, savez-vous ce qu'il m'a appris ?

— Je vous écoute.

— Une partie des marécages se situant géographiquement sous la pointe du compas de Dieu, exactement sous la pointe, était appelée autrefois Umbra. C'est notre « terre d'ombre », Martin ! Située à équidistance des deux « Jean ». Sans le savoir, les maçons qui célèbrent encore aujourd'hui les fêtes de la Saint-Jean aux solstices d'hiver et d'été ne font que prolonger une coutume née dans cette forêt. Émylie et moi nous partons demain pour Troyes nous assurer que ma piste est la bonne. Vous excuserez mon absence auprès de nos frères à la Tenue.

— Nom de Dieu, ne bougez surtout pas !, s'exclame Hertz. Vous savez bien que vous ne pouvez plus faire un pas sans que les Gardiens du Sang soient au courant !

Le vieil avocat est sorti de sa léthargie. Léa a quitté brutalement le centre de ses pensées. Il s'entend dire : « Didier, je vous en conjure : ne retournez pas dans la forêt d'Orient... ! Cette aventure vous dépasse ; vous ne pouvez plus agir seul, dorénavant. Accordez-moi encore un peu de temps pour vous aider. Je peux insister pour que la Loge Première vous place sous sa protection. »

Mosèle réplique :

— Vous ne pensez pas que vos mystérieux frères Premiers auraient pu intervenir plus tôt ? Après tout, ne sont-ils pas les héritiers directs des Templiers ? Et même de Jésus, si je dois vous en croire... Émylie et moi avons pris notre décision. L'endroit indiqué par Dieu – ou le Grand Architecte de l'Univers – sur l'image de Nicolas et Agnan de Padoue se trouve sous l'eau du Lac de la forêt d'Orient ! Nous allons plonger et le sonder.

— C'est pure folie ! Une folie dont je me sens responsable. Je sais ce que vous avez en tête, Didier : votre seule chance de vous dépêtrer de ce piège est de découvrir le Tombeau. Vous seriez alors intouchable... C'est ce que vous croyez, n'est-ce pas ?

— En effet, Martin. Je suis désolé de ne pas vous emmener avec nous, mais je gage que vous n'êtes pas un fervent adepte de la plongée sous-marine. Vous préférez naturellement la chasse. Je vous tiendrai au courant.

— Didier...

Mais Mosèle a raccroché. Hertz compose aussitôt un numéro, de mémoire. Un numéro dont il effacera immédiatement la trace, une fois la conversation terminée.

Deux sonneries. Son interlocuteur décroche.

— Allô, dit Hertz. Orient-Origine... Nous atteignons au but... Enfin, Didier Mosèle est en train d'y accéder ! Il se rend de nouveau dans la forêt d'Orient... Oui, oui, dans le triangle de la Lionne, des Chèvres et du Bailly !

— Le moins de mots possibles, Martin. Faites vite.

— Cette fois, nous pouvons trouver la PAROLE PERDUE... Elle dormirait au fond de l'eau...

— Dans l'eau ? La théorie est plaisante et s'accorde avec ce que nous connaissons des ruses de Hugues de Payns. Nous devons être plus rapides que les Gardiens du Sang... Je me charge de contacter tous les frères Premiers... Je vous rappelle rapidement.

L'entretien n'a pas duré trente secondes. Hertz efface le numéro de son portable.

Ses pensées, dans le silence revenu, le hantent à nouveau. Léa... Jacques... Francis Marlane.

*
**

De son bras valide, le Premier a reposé le téléphone. Il fait pivoter son fauteuil roulant. Il peine à redresser le menton, à lever les yeux sur la grande et mince silhouette de Son Éminence qui lui dit :

— J'ai cru comprendre...

— Oui, Monseigneur, le Tombeau est à portée de main. Martin Hertz avait vu juste : seul Didier Mosèle était capable de poursuivre l'enquête de Francis Marlane.

— La chance l'a quelque peu aidé, ne trouvez-vous pas ?

— J'en conviens. Resterez-vous en France jusqu'au dénouement de cette affaire ?

Son Éminence esquisse un geste vague.

— Je l'espère. Mais la mort du Saint-Père pourrait me contraindre à regagner le Vatican d'un instant à l'autre.

Le vieillard refrène une quinte de toux et se met à hoqueter. Son Éminence lui tend immédiatement un verre d'eau. Le Premier en boit une petite gorgée et poursuit d'une voix étranglée :

— Je devrais me réjouir à la pensée que le vieil ennemi de notre confrérie quitte la scène en vaincu ; je n'en retire cependant aucun plaisir.

— Sans doute parce qu'il fut un excellent pape, avance Son Éminence avec toute la suavité de son accent italien.

— Un redoutable adversaire !, corrige le Premier. Aussi acharné que tous les précédents. Il est heureux que nous exhumions les restes du Christ et ses écrits avant l'élection du prochain pontife. Vous nous aurez bien aidés dans cette entreprise, Monseigneur.

— J'appartiens avant tout à la Loge Première et je n'ai fait que mon devoir, mon frère. Au fait, Martin m'a demandé d'intercéder à nouveau auprès de vous pour recevoir Didier Mosèle en Tenue obscure.

— Nous en avons parlé. Je lui ai répondu par l'affirmative.

— Bien. Je pense que c'est une bonne décision. Ce garçon mérite de mieux nous connaître.

Son Éminence prend congé du Premier.

Il traverse l'allée de gravillons pour regagner sa voiture noire aux vitres fumées. Sur le siège du conducteur, son secrétaire l'attendait en écoutant de la musique. Il coupe le son.

— Non, vous pouvez laisser la radio, dit Son Éminence en se retournant vers la grande bâtisse.

À l'étage, un rideau a été tiré. On devine derrière la vitre la silhouette chétive et instable du Premier.

— Allons, retournons à la nonciature.

— J'ai entendu un flash d'informations, Monseigneur. Le pape est au plus mal ; ne devriez-vous pas rentrer à Rome ?

— Pas déjà. Je suis informé quart d'heure par quart d'heure. J'ai appris qu'il régnait une étrange animation autour des appartements de Sa Sainteté. Il semble qu'il se remette difficilement du malaise survenu dans la nuit de vendredi à samedi. Seul son médecin particulier est autorisé à lui prodiguer des soins, ce qui me conduit à réagir rapidement... Je n'ai pas encore tout à fait achevé ma mission.

Son Éminence réalise qu'il est plus nerveux qu'il ne le croyait. La manie dont il peine à se défaire l'a repris sans qu'il s'en rende compte. De sa main gauche il joue avec la chevalière qu'il porte à l'annulaire droit et en caresse le rubis.

73.
La défaite

Le Vatican, vingt-deux heures trente.

Monseigneur de Guillio consulte des dossiers, ses mains lourdes brassant les feuillets. Il est seulement éclairé par une lampe de bureau qui modèle les traits charpentés de son visage. Tout le reste de la pièce demeure baigné dans une ombre confortable qui isole le cardinal du monde extérieur et l'aide à se concentrer.

La porte s'ouvre soudain sur son secrétaire particulier, manifestement en proie à une excitation inhabituelle. Le jeune vicaire s'agite dans sa robe noire, suivi à deux pas par une sœur au visage livide.

— Monseigneur de Guillio, il se passe quelque chose dans les appartements du pape ! Vous devriez venir.

Guillio se lève, abandonne ses dossiers et fait quelques pas en direction de son secrétaire et de la sœur qui se tord les mains sur sa poitrine. Elle balbutie d'une voix haletante :

— Ils... ils ont pénétré dans la chambre de notre Saint-Père que je veillais selon vos ordres et... et ils m'ont congédiée en disant que c'était maintenant leur affaire...

— Qui a fait cela ?, demande sèchement de Guillio.

— J'ai seulement reconnu Monseigneur Monetti, répond la religieuse en baissant la tête.

— L'un des plus dévoués à la cause de nos ennemis !, s'exclame le cardinal en s'emportant à son tour et en se ruant hors de son bureau, manquant de renverser la sœur, oisillon bleu et blanc.

Le secrétaire sur ses talons, le prélat s'est élancé dans le lacis de couloirs qui mènent à l'appartement papal et débouche bientôt dans un vestibule investi par une demi-douzaine de cardinaux. « La garde rapprochée de Montespa presque au grand complet, avec Sa Majesté Monetti en tête ! »

En quelques enjambées, Guillio est venu se planter devant son homologue obèse suintant de sueur et de graisse.

— Que signifie toute cette agitation ?, s'inquiète Guillio. Le pape aurait-il eu un nouveau malaise ?

— Allons, Guillio... vous voici bien innocent, alors que vous nous avez fait mystère de l'état épouvantable dans lequel avait sombré le pontife !

Guillio remarque alors la présence d'un inconnu, un homme en blouse blanche portant une large mallette, qu'un cardinal fait d'ailleurs entrer furtivement dans l'appartement du pape.

— Voyez, dit Monetti de sa voix d'eunuque, nous sommes quelques-uns à avoir considéré que de nouveaux praticiens pourraient aider notre vieux pape dans sa douloureuse épreuve.

— Ça n'est plus de médecins que le Saint-Père a besoin, réplique Guillio, mais de prières !

Insidieusement, profitant de sa masse énorme, Monetti repousse progressivement le cardinal de Guillio hors de l'antichambre. Les cardinaux assistant à la scène arborent tous des visages blafards sous la lumière crue du plafonnier. Figés en un tableau insolite, pareils à des spectateurs indifférents et hautains, ils donnent l'impression d'avoir toujours été là. Et de vouloir y demeurer à jamais.

— Prier, reprend Monetti en souriant, en vérité voilà une pieuse intention ; aussi vous conseillerai-je de le faire pour son âme, tandis que nous nous chargerons de son corps. Vous pouvez aller, Guillio.

— Ne puis-je le voir quelques secondes ?

— Impossible ! On lui dispense actuellement des soins.

— En quelque sorte, vous me congédiez ?, s'emporte Guillio.

— Je ne dirai pas cela ainsi, mon ami. Nous vous déchargeons de la tâche dont vous vous êtes acquitté en fidèle serviteur de notre cher malade. Le temps est venu de vous reposer.

Guillio bat en retraite.

— Votre mansuétude me touche, *Monseigneur*.

Tandis qu'il s'en retourne, escorté par son secrétaire et la sœur, Guillio croise deux nouveaux personnages en costume sombre, portant chacun une grosse valise métallique.

Ne décolérant pas, il s'enferme seul dans son bureau, ouvre une armoire basse et en sort un verre et une bouteille de cognac. « Manœuvre de renard ! La clique de Montespa achève de me rogner les quelques pouvoirs qui me restaient encore. » Après avoir avalé un plein verre d'alcool, il se rend à la fenêtre et en écarte les rideaux. L'éclairage de la place Saint-Pierre dessine un demi-arc de cercle en pointillé dans la nuit noire.

« Montespa ! Toujours invisible, laissant ses sbires exécuter la basse besogne. Il surgira au moment propice pour se faire élire pape. Car c'est bien ainsi que cela se passera. S'il libère enfin l'Église de son fardeau, la Curie viendra lui picorer dans la main. Oui, s'il clôt définitivement cette enquête... Une enquête datant de deux mille ans ! »

*
**

Ils entourent le lit du pape : un cardinal au faciès de dogue, l'homme en blouse blanche, les deux autres en costume foncé.

Monetti les rejoint sans omettre de refermer la porte à clef derrière lui.

Le respirateur artificiel a été débranché. Ses moniteurs sont éteints, son moteur ne livre plus aucun son. Pourtant, la chambre bruisse : les valises métalliques que l'on déverrouille, le gros Monetti qui se déplace en respirant fort, une housse en plastique que l'on déplie, des outils que l'on prépare, des seringues que l'on remplit...

Le cardinal à tête de chien, les bajoues tremblantes, les paupières flasques, s'adresse à Monetti :

— Guillio croyait se jouer de nous en maintenant le Saint-Père en vie, se réservant la possibilité de l'utiliser comme une carte maîtresse.

— Mais il est toujours en vie !, dit Monetti en souriant. La carte a seulement changé de mains. Tant que Montespa le souhaitera, Jean XXIV vivra ! Même mort, il vivra !

Le Saint-Père gît, la tête renversée en arrière, le cou tendu à craquer, la peau de son visage diaphane, les yeux enfoncés, clos. Il est ainsi depuis près de vingt minutes. Mort, étouffé par le poison qui lui a été administré. Mort après une agonie comateuse.

— Messeigneurs, commence l'homme en blouse blanche, nous allons procéder au traitement. L'opération ralentira le processus de décomposition, mais ne remplacera pas un embaumement.

— Ce que nous voulons, piaille Monetti, c'est retarder l'annonce officielle de son décès de quelques heures. Un ou deux jours, tout au plus !

S'étant rapproché de Monetti, le second cardinal demande tout bas :

— Sommes-nous certains que les Gardiens du Sang sauront conclure cette affaire dans les temps ?

— Il n'y a plus aucun doute. Ils finissent de défricher la voie qui conduira Montespa sur le trône de saint Pierre ! Guillio a été bien présomptueux de croire qu'il pouvait encore maîtriser les événements. En nous emparant de la dépouille du pape, nous le privons de sa dernière arme.

Un bruit de succion. Une aspiration obscène. Monetti détourne la tête. Les trois officiants ont entamé leur ouvrage sur la dépouille du pontife. Le second cardinal a placé un mouchoir sur son nez et l'y maintient en roulant des yeux effarés.

— Vous allez devoir vous habituer à cette odeur, très cher, raille Monetti. Peu de temps, en réalité. Tout n'est plus qu'un banal problème d'horlogerie.

— J'insiste, Monetti : notre plan repose désormais sur la réussite des Gardiens du Sang. Un plan tracé au cordeau, si ténu que le moindre faux pas nous conduirait vers le plus effarant des scandales. Le Vatican ne s'en relèverait pas.

— Les Gardiens n'obéissent plus qu'à un seul homme... Et cet homme sera bientôt pape !

— Il nous reste néanmoins une dernière manche à livrer, reprend le dogue. Celle qui nous opposera aux frères de la Loge Première.

— J'en conviens. N'oublions pas non plus le cas Mosèle, qu'il nous faudra régler simultanément.

*
**

Par l'interphone, le cardinal de Guillio a appelé son secrétaire. Le jeune vicaire est aussitôt apparu dans un bruissement de robe, son crâne prématurément chauve brillant de sueur.

— Asseyez-vous, Constant. Tout compte fait, je n'aime pas boire seul. Voulez-vous du cognac ?

— Vous savez bien que je refuserai, Monseigneur.

— Oui, j'essayais une nouvelle fois de vous tenter. Je vous sers donc un jus de fruits.

Guillio remplit le verre de son secrétaire.

— En vérité, dit-il, j'avais envie de parler. Et vous êtes le seul interlocuteur qui m'écoutera et ne me trahira pas. La junte de Montespa a réussi à m'isoler et à me démunir de tous mes pouvoirs. Cette soudaine effervescence prouve que les choses ont évolué en France. Je dois admettre que Montespa s'est montré habile stratège. Il s'est d'abord emparé de toutes les Loggias, puis il a muselé l'ensemble de la Curie. Et maintenant il règle même la mort du pape !

— Un intrigant et un redoutable politicien qui manœuvre depuis longtemps pour coiffer la tiare, Monseigneur !

— Je croyais m'en être soigneusement méfié, et j'ai perdu. Il obtiendra facilement la majorité des deux tiers des cent vingt électeurs du conclave. Le tour est joué, Constant. Voyez-vous, ce qui me tourmente, c'est...

— Oui, Monseigneur ?

Guillio fait voleter ses mains dans l'espace. Il dessine, comme à son habitude, une forme sphérique avec laquelle il semble se distraire un instant avant de la laisser s'envoler définitivement. Alors ses mains retombent, inertes.

Il reprend :

— C'est que lui et moi agissions pour défendre la même cause : sauver l'Église !

Il se ressert un verre de cognac qu'il avale d'un trait, comme le précédent. Enfin, paraissant soudain fatigué, il soupire :

— La vie va me paraître tellement vide, désormais... J'ai perdu un si bon ami !

— Vous parlez du Saint-Père, Monseigneur ? Croyez-vous qu'il soit mort ?

Guillio regarde le jeune vicaire avec une expression de grande tristesse.

— Il est mort. À n'en pas douter, Constant. Et, avec lui, notre amitié s'en est allée. La mort est toujours une défaite, mon garçon.

74.

La terre d'ombre

Jeudi, douze heures quarante.

— C'est la troisième fois que tu vérifies ce matériel, Didier. Tu ne nous ferais pas une petite poussée de maniaquerie aiguë ?

— Ça peut paraître idiot, je sais...

État des combinaisons – Néoprène 7 mm –, masques et produit antibuée, bi-bouteilles 2 × 10 litres 200 bars, détendeurs et détendeurs de secours, palmes, torches de plongée, deux appareils photo avec flash, couteaux...

— Je veux que la check-list soit OK. Depuis quand as-tu plongé ?

Émylie réfléchit, compte mentalement.

— Cinq... Non, six ans. C'était avec Francis et toi, quand nous avons passé ces vacances en Grèce... Il y avait aussi ton amie du moment, une grande brune bodybuildée avec des lèvres de mérou !

— Je ne m'en souviens pas.

— Menteur ! Elle ne t'embrassait pas, elle t'aspirait !

Mosèle referme les sacs et se redresse. Il sourit à Émylie, faussement candide.

— Non, vraiment, dit-il, elle m'est sortie de la tête. Viens, on va casser la croûte ; je te fais des lasagnes au gratin, on se boit la bouteille de sangiovese di romagna qui me reste, et on file sur Troyes ! Mais on plongera de nuit pour éviter de se faire surprendre par un touriste ou n'importe quel quidam de passage. Je n'aimerais pas tomber sur un cueilleur de champignons !

*
**

Il a tourné durant plus d'une heure dans le quartier, les mains moites crispées sur le volant. À emprunter le boulevard des Maréchaux encombré, à revenir vers le périphérique par la rue Antoine-Mercier, à tourner autour du square Brancion, à vouloir rebrousser chemin, puis à se reprendre et à chercher une place où se garer.

Se garer juste en face de l'immeuble où habite Didier Mosèle. Voir celui-ci et Émylie en sortir, le matin à neuf heures. Attendre. Les voir revenir à onze heures sept exactement.

Mosèle porte deux gros sacs de sport manifestement très lourds. Émylie, elle, n'en emmène qu'un.

Attendre encore.

Ouvrir la boîte à gants dix fois, vingt fois. Toucher le revolver qu'elle contient, se rassurer. Dix fois, vingt fois penser la même chose. Tuer et mourir. Tuer...

Accomplir sa vengeance.

Émylie vit maintenant chez Mosèle. Elle pense sans doute qu'il parviendra à la protéger, alors que lui, lui seul est en mesure de la défendre.

*
**

Didier Mosèle a réservé une chambre dans l'unique hôtel de Vandeuvre, situé à seulement sept kilomètres de la « terre d'ombre ».

— Nous y établirons notre camp de base, précise-t-il à Émylie qui examine la carte Michelin.

— Je croyais que nous rentrerions sitôt après notre plongée.

— Nous respecterons notre programme ; j'ai pensé que nous aurions besoin d'un endroit pour prendre un bain et nous changer avant de rentrer à Paris. Et puis nous serons peut-être crevés ; nous pourrons faire la sieste.

— J'ignorais que tu possédais un tel sens de l'organisation.

— Moi aussi !

— Quand cette histoire sera terminée, tu m'emmèneras en vacances ? De vraies vacances ?

— Promis ! Loin des psautiers, des testaments et autres manuscrits de la mer Morte... Sur la Lune !

Il est près de dix-sept heures lorsqu'ils traversent Vandeuvre pour gagner le modeste hôtel pompeusement baptisé *Aux Armes Royales*, un bâtiment sans cachet, massif et gris, s'élevant à la sortie du village, qui les surprend néanmoins quand ils pénètrent dans une vaste salle cosy aux bonnes odeurs de cire et de cuisine, aux vaisseliers ventrus et généreux, aux armoires et buffets d'un style indéfini mais tous rutilants.

Ils sont accueillis par une femme bien en chair, la figure rose semée de taches de rousseur, qui les reçoit comme s'ils étaient des pensionnaires coutumiers.

Leur chambre se trouve au premier étage. On y monte par un escalier au bois noir brillant comme du marbre.

Mosèle est à peine entré dans la pièce qu'il se précipite à la fenêtre pour en écarter les rideaux et regarder à l'extérieur.

— Un problème ?, demande la jeune femme. La vue ne te convient pas ? Qu'est-ce que tu guettes ?

— Ça te paraît stupide si je réponds que je n'en sais rien ? Une des conséquences de ma paranoïa ! Depuis quelques kilomètres, j'avais la même voiture dans le rétro. Elle nous a suivis dans Vandeuvre. En y réfléchissant, j'ai l'impression qu'elle était déjà là à la sortie de Paris.

Émylie se rend à son tour à la fenêtre, jette un coup d'œil. Le soir tombe dans une bruine laiteuse. Sur le pré transformé en parc de stationnement, il n'y a que la Golf. Plus loin, la route étroite se perd entre les silhouettes de maisons récentes, impersonnelles.

— Tu penses à qui ?, s'inquiète-t-elle. À Hertz ? Il est le seul à savoir que nous sommes dans ces parages. Si je te répète que je me méfie encore de lui, je crains que tu ne me ressortes ton couplet sur la maçonnerie, la fraternité et le reste...

Mosèle se détourne de la fenêtre, tire le rideau. Ouvrant son sac, il lance :

— Au travail ! Dernière révision des cartes d'état-major et des chemins de grandes randonnées !

Émylie n'est pas dupe, Mosèle ne parvient pas à donner suffisamment le change en jouant la décontraction et en arborant un sourire enjoué. Il semble effectivement contrarié, soucieux.

— Tu penses réellement que Francis a vécu cette aventure avant nous ? Tout seul ? Sans l'aide de personne ?

Mosèle paraît en douter.

— Je me pose sans cesse la question. Il a dû localiser le Tombeau, mais ne s'est certainement pas aventuré dans une expédition sous-marine. Je le vois mal en homme-grenouille !

— Moi non plus, admet Émylie en souriant. Tu te rappelles, en Grèce, justement ?

— Cela, je m'en souviens ; il aimait plutôt lire sur le pont du bateau que plonger avec nous.

— Et en compagnie de ta blonde ! Tu vois, la mémoire te revient... Avec un petit effort, tu seras bientôt capable de retrouver son nom.

***

Vingt heures.

Non loin de la statue du Cathare, Mosèle a garé sa voiture sous un gros arbre, en bordure d'une sente forestière à peine carrossable. Il sort du coffre les sacs à dos et le havresac contenant le matériel de plongée.

Du havresac il retire une lampe-torche et une carte qu'il déplie aussitôt pour la consulter et se remémorer le parcours une énième fois.

— Nous allons prendre ce chemin ; nous devrions tomber sur nos deux « Jean », dit-il en désignant du menton une direction.

— J'admire ta confiance. Elle a un arrière-goût d'adolescence attardée.

Ils s'engagent dans la forêt. Mosèle ouvre la marche, sa torche pointée en avant, brisant son rayon sur des troncs volumineux, des entrelacs de branchages, des ronciers.

— Localisons d'abord sur cette carte les deux pierres appelées la Vieille et la Jeune, dit-il.

— En souhaitant que ta théorie soit exacte !

— Si ce n'était pas le cas, cela signifierait que mon hypothèse ne reposerait que sur un faisceau de coïncidences. De telles correspondances, si nombreuses, seraient du domaine de l'improbable. Le hasard ne s'amuserait pas à dérouler autant de similitudes.

Le chemin se fait sentier étroit, sinuant en bordure des marécages, de maigres et nombreuses lambourdes effilochées sur sa droite, d'épais taillis enchevêtrés sur sa gauche.

La progression devient plus hasardeuse, les pas s'alourdissent sur un sol amolli.

— La première pierre n'est plus très loin, annonce Mosèle. Ça va ?

— On ne peut pas parler de terre ferme... Mais ça va !

La forêt s'évase alors, offrant aux marécages la possibilité de se répandre en gagnant sur les terres.

Le cône de lumière jailli de la torche de Mosèle accroche bientôt les arêtes d'une pierre grise dressée dans la boue.

— La voici !, s'exclame Mosèle. La Vieille !

— Je m'attendais à quelque chose de plus spectaculaire.

Un petit monolithe grossièrement taillé, patiné, érodé par le vent, la pluie, la glace, recouvert en partie d'une mousse grise.

Mosèle examine la carte d'état-major sur laquelle il a reporté le tracé des Templiers au feutre rouge.

— La Jeune est forcément droit devant nous, en lisière de ce marécage qui devrait bientôt donner sur l'un des nombreux étangs bordant le lac de la forêt d'Orient.

— La topographie a sans doute changé depuis les travaux de Hugues de Payns, remarque Émylie.

— Certainement, convient Mosèle. Poursuivons cependant selon une ligne droite joignant les deux Jean. À mi-parcours, nous prendrons la perpendiculaire qui devrait nous indiquer la *terre d'ombre*...

Ils se remettent en route, marchant dans une boue

de plus en plus grasse, devant fournir d'incessants efforts pour ne pas perdre l'équilibre.

De temps à autre, un oiseau de nuit émet un appel. Plus à droite, de petits animaux clabaudent en bordure de l'eau, froissant les feuilles rêches des ajoncs.

— Je déteste me balader en forêt la nuit, lance Émylie. Je déteste les marais, les paluds, les tourbières ! Je déteste tout ce qui est humide et pue la vase !

*
**

Ne pas les perdre de vue.

Il avance à tâtons, pataugeant dans la terre limoneuse, se griffant les mains et les joues aux fines branches épineuses qui le fouettent à chaque pas.

Mais, s'il progresse au jugé, il n'en fixe pas moins le trait de lumière que dessine la torche de Mosèle dans cette nuit humide et poisseuse. Lui n'a pas pris de lampe électrique. Plus tôt, il est descendu de sa voiture quand il a vu Mosèle se garer sous un énorme chêne. Il suivait la Golf depuis l'hôtel *Aux Armes Royales*, tous feux éteints, roulant presque au pas. Il a juste sorti son revolver de la boîte à gants et s'est élancé sur les traces des deux jeunes gens.

Ne pas les perdre de vue.

Un faux pas, cependant. Il s'affale de tout son long dans la glaise trempée.

Se relever. Tâtonner pour retrouver son chapeau.

Ne pas les perdre de vue...

« Nom de Dieu, je ne vois plus la lumière de leur torche ! »

Ne pas paniquer... se rappeler leur dernière localisation. Là, dans cette trouée entre les deux masses d'arbres. Leurs silhouettes se découpaient sur une étroite bande de ciel.

*
**

La seconde pierre, quasiment identique à la première, émerge des roseaux, lesquels forment une mince barrière entre la forêt et le marais. Un arbre pelé à la ramure torturée lance ses branches au-dessus du monolithe et semble le protéger.

— La Jeune !, s'exclame Mosèle. Les Templiers assimilaient les deux Jean à Janus, ce dieu latin qui possédait deux visages : celui d'un vieillard et celui d'un jeune homme. Janus figurait le passé et l'avenir. Et, au centre...

Émylie et Mosèle se retournent d'un même mouvement. Au travers du rideau de roseaux s'étend l'étang d'Umbra, épais, laqué de nuit, bordé d'une minuscule plage moussue. À une vingtaine de mètres de la berge, dans le faisceau de la lampe-torche, s'élève un monticule informe que recouvrent de hautes herbes.

— La terre d'ombre ne serait que ce malheureux îlot ?, s'étonne Émylie.

— Il y a de grandes chances pour que ce soit en effet tout ce qui reste des terres noyées par Hugues de Payns et les siens. Cette île correspond exactement à l'emplacement du labyrinthe circulaire dans le tracé des Templiers. Nous ne pouvons plus en douter, Émylie, nous sommes tout proches du Tombeau de Jésus. Tout proches !

Elle repense à Francis. Elle l'imagine seul, au bord de cet étang, contemplant cette modeste saillie de terre noire, convaincu qu'elle cache le secret pour lequel les hommes se battent depuis deux millénaires.

Elle regarde Mosèle qui a ouvert les sacs et entrepris de déballer le matériel de plongée. Il tremble un peu, ses gestes sont nerveux.

*
**

Il s'est accroupi. Il a aperçu deux nouveaux faisceaux de lumière. Un court instant, il a cru avoir retrouvé la trace de Mosèle et Émylie, mais il s'est immédiatement figé en découvrant son erreur. Il a compté trois silhouettes.

Il s'est baissé, le cœur battant soudain très fort, un goût de sang lui remontant dans la gorge.

L'angoisse. Une peur incontrôlable, brûlante. Toute sa chair électrisée de terreur.

Il a entendu les trois inconnus chuchoter, parlant en italien. Il les a observés quelques secondes lorsqu'ils sont passés près de lui.

Puis il a attendu qu'ils se soient éloignés pour se redresser, se remettre en marche, les jambes cotonneuses, le cœur douloureux.

Sa main droite serre la crosse glacée du revolver dans la poche de son imperméable.

75.
Le carnage

Mosèle vérifie l'ajustement des sangles supportant les bouteilles d'oxygène d'Émylie.

— Tu me broies les épaules !, se plaint-elle. Je ne risque pas de perdre mes bonbonnes !

— Si je pouvais te les greffer sur les poumons... Pas d'imprudence, surtout !

— Ne t'inquiète pas ; j'ai plongé dans des endroits nettement plus profonds et dangereux que cette mare aux canards !

Mais, après un temps, elle se reprend :

— N'empêche qu'à la réflexion, je dois avouer que ce n'est pas très engageant. Je crois bien n'avoir jamais plongé de nuit. Et dans un tel marigot, surtout...

— La cachette idéale ! Je présume que les Templiers ont aménagé une chambre étanche pour y conserver les restes de Jésus. Il ne peut en être autrement.

Mosèle a fixé l'appareil photographique à sa ceinture. Les deux torches de plongée sont allumées.

— Tu ne ressens pas une petite appréhension, Didier ?

— Une grosse, oui ! Énorme... La trouille de ma vie !

Ils font face à l'étang, n'osant encore s'y engager,

écoutant les bruits de la nuit. Le vent dans les roseaux. Un hululement. Le clapot de l'eau mourant sur la grève. Quelques froissements de feuilles dans leur dos.

Un premier pas. Mosèle s'est avancé et tend la main à Émylie. Unis, ils s'enfoncent lentement dans l'étang, s'y immergent totalement, pincés par le froid de l'eau malgré l'épaisseur de leur combinaison.

Le bouillonnement des bulles autour d'eux. Les ténèbres qui s'écartent à leur passage, ouvertes par les torches. De longues algues serpentines qui ralentissent leur progression. Des rochers saillants à éviter.

Émylie a lâché la main de Mosèle. Celui-ci lui ouvre le chemin, nageant deux à trois mètres en avant, ses palmes battant à rythme régulier.

*
**

L'homme abaisse ses lunettes à infrarouge :

— Ça y est ; ils ont plongé ! On voit d'ici le halo de leurs torches sous l'eau.

— Rien de plus commode pour les repérer, souligne Lorenzo. Ils deviennent ainsi des cibles idéales.

— Décidément, Monseigneur a dû signer un pacte avec le diable pour nous dire exactement comment remonter la pelote jusqu'à la veuve Marlane et à Mosèle !, reconnaît Carlo. Les conversations de Hertz que nous avons enregistrées ne suffisaient pas à les pister de manière aussi précise.

— Il a de bien meilleures antennes que les nôtres !, reprend l'homme. Ou des cornes !

— Je donnerais cher pour apprendre qui le renseigne de la sorte, soupire Lorenzo.

— Monseigneur aurait pu donner des leçons à Machiavel. Je me doutais bien qu'il ne se contenterait pas du micro qu'il a placé dans le bureau de Hertz ! Il peaufinait son plan depuis longtemps.

L'homme sourit. « Depuis très longtemps, pense-t-il. Depuis des années. Des dizaines d'années, peut-être. Un travail méthodique, imparable ! Une solide amitié à bâtir avec celui qui serait sa victime : avec Hertz... »

*
**

Le soubassement de la terre d'ombre forme un large mur de pierre circulaire. Mosèle et Émylie s'en approchent, se débattant contre des écheveaux d'herbes collantes.

Les torches balaient l'appareillage de gros moellons dans les interstices desquels poussent des algues courtes et pustuleuses. Les deux phares lèchent le mur et, soudain, s'arrêtent sur un motif gravé en creux. Un dessin apparaît, érodé, mais compréhensible. Un grand cercle contenant un triangle.

Émylie et Mosèle s'entre-regardent, se parlent avec les yeux. La surprise en premier lieu. Puis, sitôt après, l'émerveillement. Cet enchantement qui naît habituellement dans les rêves et que refuse la réalité.

De sa main libre, Mosèle épouse le cercle géant pour en suivre le contour granuleux, caressant cette pierre abrasée que les Templiers ont marquée de leur sceau dix siècles plus tôt.

Maintenant, il sait.

Il se retourne vers Émylie, retenue en arrière par l'émotion. La peur, aussi. Il lui fait signe d'approcher. Ses yeux rient. Emplis de larmes, ils rient, pareils à ceux d'un illuminé. Ils rient de cette légende qui vient d'accomplir sa mue en vérité.

Tout à son euphorie, Mosèle prend quelques clichés de la paroi. Les grosses pierres, le cercle et son triangle...

La joie d'Émylie est brutalement retombée. Une image s'est imposée à son esprit : « Francis. »

Le grand gars au cou trop maigre, à la tête trop lourde, aux yeux de myope, toujours habillé à la hâte, mal boutonné, le col fichu de travers, le pull pris à moitié dans la ceinture d'un pantalon poché aux genoux, ce grand type dont elle pensait se séparer la hante en cet instant tel un fantôme. Francis lui manque plus que jamais.

Mosèle l'appelle d'un nouveau signe. Elle lui répond d'un bref geste de la main et désigne de l'index une masse blanchâtre à demi dissimulée dans un lit d'algues qu'elle vient de découvrir sous elle, à deux ou trois mètres de profondeur. S'en approchant d'un coup de reins, elle révèle dans la lumière de sa torche une pierre plate et carrée dépassant d'une dizaine de centimètres du sol boueux, comportant en son centre une encoche circulaire.

Émylie pense d'emblée à l'anneau. Après quelques secondes d'examen, elle est persuadée que cette gorge et l'anneau sont de même circonférence.

« Une serrure ! »

Elle en fait plusieurs clichés et s'apprête à rejoindre Mosèle lorsqu'un bruit lui déchire les tympans. Une déflagration, accompagnée d'un éclair éblouissant. Une explosion qui génère une bulle énorme, la repoussant violemment en arrière dans les algues qui se referment sur elle.

*
**

Lorenzo vient de réarmer son lance-grenades et s'apprête à viser l'une des sources de lumière flottant entre deux eaux. Carlo l'arrête en lui posant une main sur le bras : « Attends ! »

Carlo braque sa lampe électrique sur les roseaux.

— Qu'y a-t-il ?, demande l'homme.

— Le vent est tombé depuis quelques minutes, fait Carlo.

— Eh bien ?, s'impatiente l'homme.

— Eh bien, poursuit Carlo, il n'est pas normal que les roseaux s'agitent.

L'homme hausse les épaules.

— Rien qu'un ragondin ou une bestiole de ce genre. Il n'y a personne. Personne d'autre que nous.

— J'ai horreur de tout ce qui se faufile dans la nuit, insiste Carlo. De la vermine prête à vous bouffer les mollets !

— Qu'on en finisse !, décrète l'homme. Les petites bizarreries de Monseigneur sont cocasses : vouloir faire périr ses ennemis par les quatre éléments dénote une charmante attention. Ces damnés maçons sont initiés par l'air, le feu, l'eau et la terre... Nous avons déjà utilisé l'air et le feu ; cette nuit, l'eau de ce cloaque sera leur tombe. *Dominus vobiscum.*

— *Et cum spiritu tuo*, conclut Lorenzo en expédiant une deuxième grenade.

Aussitôt l'étang s'enfle et un geyser en jaillit.

— Leurs torches se déplacent, remarque l'homme. Ils cherchent à fuir !

— Ils n'en auront pas le temps, assure Lorenzo en visant pour la troisième fois.

*
**

La déflagration a déchiqueté la combinaison de Mosèle en le projetant contre le mur du tombeau. Inconscient, il coule vers le fond de l'étang. Il a lâché sa torche qui s'est perdue dans un amas de longues herbes. Son appareil photographique est retenu par sa dragonne à son poignet.

Il tombe.

Émylie, qui s'extrait de son fouillis d'algues, le voit descendre, bras en croix, pantelant, s'enfonçant dans l'ombre. Elle a besoin de lumière pour le rejoindre et lui porter secours. Il va bientôt disparaître dans la nuit glacée de l'étang.

Mais les tueurs se fient aux torches pour projeter leurs grenades. Si Émylie se déplace, elle est perdue. Si elle éteint sa lampe, Mosèle est condamné, car elle sera incapable de le trouver dans ces ténèbres.

*
**

Tuer !

Se décider enfin. Se décider à sortir des roseaux. Vaincre sa peur. Les tuer tous les trois.

Il était à genoux dans la boue ; il se redresse et écarte les joncs d'une main, son revolver fermement serré dans l'autre, pointé droit devant lui.

Lorsqu'il apparaît à découvert, l'un des intrus l'aperçoit et crie en italien. L'homme au lance-grenades retient son tir, se retourne à son tour, surpris. Il emporte son étonnement dans la mort : une balle lui traverse la gorge et un flot de sang gicle de sa blessure, décrivant un arc de cercle noirâtre qui accompagne sa chute.

Tirer à nouveau. Rapidement.

Voir le deuxième homme tressauter sur place, porter une main à son front en un geste hébété, comprendre qu'une partie de sa tête a éclaté et s'affaisser lourdement dans la boue.

Tout va si vite. Actions syncopées, comme hors de la réalité. « Les effets conjugués des calmants, de l'alcool et du jeûne », pense-t-il.

Le troisième homme, celui au trench-coat, a sorti vivement une arme de sa poche, qu'il a pointée dans sa direction.

Il le sait, il n'aurait pas dû penser. Temps perdu. Ce temps dont profite l'homme au trench-coat pour le viser, presser la détente.

Douleur dans l'aine. Une pointe de glace qui lui traverse chairs et os du côté droit. Qui le déséquilibre.

Mais il ne tombe pas. Il reste lucide, dans sa folie. Une lucidité qui lui est propre, qui détache chaque nouveau geste du précédent, annihile les sons, décompose les événements en milliers de clichés autonomes.

Pas de bruit. Le silence de sa haine. Jouir de voir qu'il vient d'atteindre son adversaire, lequel se casse en deux, hoquète et fracasse le plat de l'étang de son dos. L'homme dans sa chute a perdu son arme.

Lui, avance en boitant, ne ressentant qu'une infime douleur, alors que sa blessure à l'aine mouille de chaud son pantalon comme s'il avait pissé dedans.

Il avance, déterminé, la gueule du revolver pointée en avant. Jusqu'à l'homme à demi allongé dans l'eau, son vêtement ensanglanté, qui tend le cou pour chercher à deviner ses traits. Que voit-il ? Un chapeau, un éclat sur un verre de lunettes, une lueur sur une pommette, une moustache grossière.

— Qui êtes-vous ?, demande l'homme dans un français parfait. Dites-moi au moins qui vous êtes, avant de m'achever.

Il le toise, goûte cet instant, s'en délecte avec un contentement malsain qui lui instille une impression de toute-puissance. Lui, l'inconnu qui s'est immiscé dans l'équation des Gardiens du Sang et des frères de la Loge Première...

— Mon nom doit vous rappeler quelqu'un que le pape a fait tuer, répond-il. Un certain Marlane !

L'homme au trench-coat éclate d'un rire idiot. Il repense sans doute à ses dossiers, aux fiches de renseignements produites par ses agents, et se dit alors qu'il aurait dû deviner... Son corps tressaille sous les balles qui le criblent. Il meurt dans un ricanement étouffé, la bouche vomissant bile et sang.

« Je suis seulement quelqu'un qui se venge ! »

76.
La dernière lettre

Les explosions ont cessé. Peu importe la raison. Émylie met à profit ce répit pour rejoindre Mosèle qu'elle a réussi à localiser au fond de l'étang, gisant sur le dos.

Coinçant sa torche dans le harnais de sa combinaison, elle passe ses bras sous les aisselles de son ami pour le remonter à la surface.

C'est un poids mort qu'elle hisse avec difficulté, palmant de toutes ses forces dans l'eau boueuse. Craignant que les tueurs ne l'attendent sur la berge, elle poursuit cependant son ascension, faisant montre d'une volonté qu'elle n'a jamais cru posséder. Survivre, ne serait-ce que quelques minutes. Survivre en arrachant une poignée de temps à la mort.

Il ne lui reste plus que deux à trois mètres à gagner pour s'extraire de cette fange glacée. Quelques derniers battements de palmes... Elle heurte de la tête un objet à la lisière de la surface. Un visage. Un visage la regarde en grimaçant, les lèvres tendues par un rictus grotesque. Elle doit repousser le cadavre de l'inconnu pour sortir de l'eau, tirer Mosèle sur la grève limoneuse, reprendre sa respiration.

Elle arrache son masque et son détendeur. Et découvre alors que deux autres hommes sont allongés sur le sol. L'un a la moitié de la tête arrachée, l'autre s'est vidé de son sang par une blessure à la gorge.

Puis elle devine une présence et reconnaît cette silhouette. Celle de l'homme au chapeau, aux moustaches et aux lunettes d'écaille. L'homme qu'elle a surpris l'autre nuit à la fenêtre du bureau de Martin Hertz.

Il ne bouge pas en la voyant. Il se tient de biais, déhanché. Émylie remarque l'importante tache de sang sur son pantalon. Un revolver pend au bout de son bras droit.

— Ah, c'est vous !, trouve-t-elle seulement à dire, comprenant qu'il a commis ce massacre pour les sauver, Mosèle et elle.

Il ne répond rien, ne bouge toujours pas. Il semble attendre, indifférent.

Émylie se penche sur Mosèle.

— Aidez-moi. Il est inconscient...

Elle souhaiterait remonter le blessé sur l'herbe, l'y étendre pour l'examiner, car il a encore les jambes dans l'eau.

— Pourquoi ? Pourquoi ne parlez-vous pas ? Vous craignez que je reconnaisse votre voix, c'est bien cela ?

Aucune réponse. Aucun signe de vie de la part du spectre. Émylie se résout à puiser en elle de nouvelles ressources pour haler le corps inerte de Mosèle. Elle s'est débarrassée de ses palmes, ses pieds nus s'enfoncent dans la vase, glissent, anéantissant chacun de ses efforts.

— Je suis fatiguée de vos secrets, de tous vos mystères !, s'exclame-t-elle. Je vous demande juste de m'aider à le porter...

Il se décide. La voix d'Émylie au bord des sanglots l'a sorti de ce rêve éveillé qu'il faisait, aveugle et sourd. Il se décide à aider la jeune femme. Tête baissée, se gardant bien de montrer son visage, il s'approche en claudiquant, pareil à un automate endommagé. Il enserre les poignets de Mosèle et le tire sur l'herbe.

Lorsque sa besogne est achevée, l'inconnu fait deux pas en arrière, remonte le col de son imperméable pour dissimuler le bas de son visage et se fige à nouveau.

Émylie débarrasse Mosèle de son masque, ouvre sa combinaison déchirée, découvre des marques de brûlures et plaque son oreille contre sa poitrine, épiant les battements du cœur.

— Il respire. Il faut le transporter jusqu'à la voiture. Je vous en conjure, donnez-moi un coup de main ! Qui que vous soyez, aidez-moi encore !

Mais l'inconnu se retourne vivement vers les roseaux. Émylie lève les yeux. Des lumières. Plusieurs faisceaux convergent dans leur direction, fouillant la nuit.

— D'autres Gardiens du Sang ?

Émylie est épuisée, découragée. Elle serait parvenue à remonter Mosèle du fond de cet étang pour se faire abattre là, à quelques mètres du Tombeau de Jésus ? Elle prend la tête de son ami entre ses mains, la soulève pour la poser sur sa cuisse et lui caresser les cheveux.

Les roseaux se froissent, les torches se rapprochent. L'inconnu semble réfléchir, s'agite nerveusement, fait un pas en avant, réfléchit encore, fait un deuxième pas. Un troisième, enfin, pour être suffisamment proche d'Émylie et lui tendre une enveloppe hâtivement sortie de sa poche.

Émylie le regarde. Elle n'ose comprendre. Elle scrute les pupilles brouillées par le verre des grosses lunettes. Elle prend la lettre. « La neuvième ! »

Les yeux de l'inconnu sont emplis d'une immense

tristesse et d'une effroyable détermination. Ce sont ceux d'un homme brisé par un chagrin qui l'a rendu fou.

Il tourne les talons et se sauve en claudiquant dans la direction opposée à celle des étrangers qui couchent les roseaux pour avancer.

Il a disparu quand Émylie entend non sans surprise qu'on les appelle, elle et Mosèle. Et que, parmi ces voix impatientes, elle en reconnaît une : un gros miaulement inquiet.

Alors, émergeant des joncs, précédées par les cercles éblouissants des torches électriques, sept silhouettes apparaissent. Elles avancent en formant une ligne, d'un pas régulier et lent. Martin Hertz se détache du groupe et s'approche d'Émylie qui tient toujours la tête de Mosèle évanoui sur sa cuisse.

L'avocat est le seul à ne pas porter de tulle noir sur le visage ; tous les autres, en effet, dissimulent leurs traits sous un voile.

— Ne craignez rien, dit Hertz, n'ayez pas peur, nous sommes tous des amis.

Baissant sa torche afin de ne pas l'éblouir, le vieil avocat ajoute :

— Toujours fidèle ! Pareil à un vieil ange gardien un peu collant ! Mais... Didier est blessé ?

— Assommé, répond Émylie. Groggy ! Les tueurs nous ont lancé des grenades alors que nous étions sous l'eau, et nous serions morts sans l'intervention de *l'inconnu au chapeau...*

— Le messager de Francis a fait sa petite virée postale et en a profité pour s'offrir ce carnage ? Un travailleur solitaire qui s'est enfui à notre arrivée ?

— Oui, il vous a pris pour des Gardiens du Sang. Tout comme moi, d'ailleurs.

— Relevez-vous, Émylie. Mes amis vont prendre soin de Didier.

— Ce sont des frères de la Loge Première ? C'est pour cette raison qu'ils portent ce voile noir sur le visage ?

— Un peu théâtral, j'en conviens. Je vous demande de les excuser : ils préfèrent conserver l'anonymat. Croyez-moi : ils prennent déjà un très gros risque à faire ce qu'ils font cette nuit.

Hertz saisit Émylie par un bras et l'aide à se redresser tandis que deux frères Premiers auscultent Mosèle.

Du menton, Hertz désigne la lettre qu'Émylie tient dans sa main droite.

— Si je compte bien, dit-il, d'après Francis cette lettre serait la dernière. Elle ne devait vous êtes remise que dans une situation d'extrême gravité. Vous... vous ne voulez pas l'ouvrir ?

— Pas maintenant. Elle est adressée à Didier et je souhaite que ce soit lui qui la lise en premier. Quoi qu'elle contienne de terrible...

— Ma curiosité doit être moins disciplinée que la vôtre, Émylie. Moi, j'aurais déjà déchiré cette enveloppe !

Puis, montrant l'étang, il demande :

— Qu'avez-vous vu là-dessous ?

— C'est vrai que vous êtes un vieux chat, Martin. Têtu, buté, rusé... Je me demande même si la santé de Didier vous préoccupe. Tout ce que vous voulez savoir, c'est ce que nous avons trouvé !

— Les chats sont souvent constants en amitié. Ne vous ai-je pas prouvé la mienne à plusieurs reprises ? Quant à Didier, je suis certain qu'il se remettra vite de cette mésaventure. Il ne m'a fallu qu'un rapide coup d'œil pour constater qu'il ne souffrait d'aucune blessure grave, ni même de contusion. Nous en aurons rapidement la confirmation.

— J'ignorais que vous possédiez aussi des aptitudes médicales, raille la jeune femme.

Les frères Premiers ont maintenant décrit un demi-cercle. Ils surveillent les alentours en balayant la nuit de leurs lampes-torches.

— Qu'avez-vous trouvé ?, répète Hertz, patelin, quémandant une réponse.

— Il est fort probable que nous ayons découvert le Tombeau de Jésus. Dans la pierre d'un grand mur incurvé, adossé à la paroi d'une grotte, nous avons vu un motif gravé : un triangle dans un cercle... À l'endroit exact indiqué par Hugues de Payns et par le tracé découvert dans le Testament du Fou.

Les Premiers les ont entendus, ils ne réagissent pas pour autant et continuent de sonder les roseaux et les bois.

— Comment se fait-il que le Vatican ait su que nous fouillerions précisément cette partie de la forêt d'Orient ?, interroge Émylie. Qui renseigne les Gardiens du Sang depuis le début ?

— Je ne sais pas, Émylie, répond Hertz. Je vous jure que je l'ignore.

Hertz s'adresse à ses frères :

— Regagnons les voitures. Que l'un d'entre nous reste à surveiller les lieux ; nous reviendrons bientôt déplacer les corps et effacer toutes traces de notre passage. Prenez les sacs avec toutes les affaires d'Émylie et de Didier, il ne doit rien s'être passé ici cette nuit.

Émylie a noté la transformation soudaine de Martin Hertz. Sa rondeur, sa jovialité, son ton habituellement affable se sont effacés pour laisser transparaître une personnalité moins débonnaire, rigide : celle d'un homme habitué à commander et à se faire respecter.

Se tournant vers Émylie :

— Vous vous changerez plus tard. Ne tardons plus.

Les deux frères qui examinaient Mosèle le prennent par les jambes et les bras tandis qu'un troisième se charge de lui soutenir la tête.

— Jamais de traces !, dit Émylie. Des masques, des événements effacés, des morts anonymes !

— Oui, Émylie. L'enjeu est si grand que nous combattons dans l'ombre depuis les origines de cette affaire. C'est l'édifice de deux mille ans d'Histoire dont nous sapons les bases !

Le cortège s'est mis en route. Les lampes-torches allongent leurs faisceaux entre les roseaux.

— Didier a bien fait de me téléphoner, hier, pour m'informer de votre décision, commence Hertz. J'ai immédiatement alerté mes frères et nous avons *réveillé* la Loge Première. J'espère cependant que nous ne sommes pas tous tombés dans un piège !

— Vous pensez que nous aurions pu servir d'appâts, Didier et moi ?

— Notre Loge a toujours cru maîtriser ou prévoir les intentions du Vatican que l'un de nous est parvenu à infiltrer... Néanmoins, les Gardiens du Sang nous collent aux fesses comme des bouses !

La procession pénètre dans la forêt lorsque Mosèle reprend conscience. Il ne parvient pas à identifier d'emblée les voix qui conversent à quelques pas de lui, ni ne réalise qu'il est porté. Ses tympans sont encore douloureux et sa raison tarde à reformer la réalité. Impression de froid, de peur.

— Émylie ?

— Je suis là, Didier.

On le dépose délicatement sur l'herbe. Il s'assied, reconnaît Martin Hertz qui se penche sur lui pour prononcer d'un ton qui se veut rassurant :

— Pas d'inquiétude : vous êtes resté dans les pommes quelques minutes, mais vous ne semblez pas avoir de blessure grave.

— Que fichez-vous ici ? C'est quoi, ce cirque ?

Il vient d'apercevoir les silhouettes masquées.

— Calme-toi, lui conseille la jeune femme. On va tout t'expliquer.

— Vous qui désiriez tant connaître la Loge Première, fait Hertz, vous pourriez vous montrer plus respectueux envers ses frères ! Savez-vous qu'il est très rare que ceux-ci prennent le risque de s'aventurer en groupe hors de leur Temple ?

— La Loge Première ?, souffle Mosèle. Désolé !

Le jeune homme se redresse, secouru par les deux frères qui le portaient et qui l'aident à recouvrer son équilibre.

Hertz reprend :

— Nous ne sommes plus très loin de nos voitures où nous attendent d'autres frères. Nous allons devoir vous bander les yeux à tous deux. Faites-nous confiance.

— Comment pourrions-nous faire autrement, Martin ?, s'étonne Mosèle. N'est-ce pas vous qui maîtrisez le jeu et qui nous avez sorti de ce mauvais pas ?

— Émylie vous racontera... Mais, cette fois, ce n'est pas moi qui ai abattu les Gardiens du Sang qui vous bombardaient.

— C'est l'inconnu, poursuit Émylie. L'homme qui nous communique les lettres de Francis...

Un bandeau noir sur les yeux, Émylie et Mosèle se laissent conduire par les frères Premiers.

Le groupe débouche dans une clairière où sont stationnés sept véhicules, dont un 4 × 4 Mitsubishi. À l'arrière de celui-ci, le frère Premier et Son Éminence voient réapparaître avec satisfaction leurs frères, encadrant Émylie Marlane et Didier Mosèle.

Trois autres frères non masqués qui attendaient à proximité des voitures se précipitent au-devant des arrivants. L'un d'eux est médecin ; il prend aussitôt Mosèle en charge.

— Je vous laisse un instant entre les mains d'un excellent praticien, Didier, annonce Hertz. Il ne vous parlera pas, car vous ne devez pas entendre sa voix.

Mosèle sourit.

— J'ai appris les vertus du secret à votre contact, Martin.

Il est conduit à l'arrière d'une voiture. Émylie est amenée dans un autre véhicule tandis que Hertz gagne le 4 × 4. La vitre en est baissée. Son Éminence se penche vers l'avocat qui demeure à l'extérieur.

— Alors, Martin ?

Celui-ci résume brièvement ce qu'il a appris.

— Mon Dieu, ils auraient trouvé ce que nous cherchons depuis des siècles !, s'exclame le cardinal.

— C'est à peu près certain, Monseigneur, confirme Hertz.

Le Premier se penche à son tour, tendant son visage émacié vers lui, et dit :

— Cette fois, nous n'avons pas rompu le fil qui nous reliait à Mosèle, comme nous avions cassé celui qui nous unissait à Francis Marlane. Cela, grâce à vous, Martin.

— Que proposez-vous dans l'immédiat ?, demande Son Éminence à Hertz.

— Déplacer les corps des trois Gardiens du Sang pour ne pas attirer l'enquête de police sur le site, et convier Didier Mosèle à une Tenue obscure dès qu'il sera en état d'y participer.

— Vous nous avez parlé de cette neuvième lettre..., avance Son Éminence.

— Je crains qu'elle ne révèle ce que nous aurions aimé garder à tout jamais scellé dans le silence.

— Vous pensez que Francis Marlane y a décrit les rapports qu'il entretenait avec nous ?, s'inquiète le Premier.

— Un dernier aveu, naturellement !, précise Hertz. Une demande d'absolution adressée à son ami Didier pour ses mensonges.

— Nous avons tous des fautes à nous faire pardonner par ceux que nous aimons et qu'il nous arrive de trahir, souligne le cardinal. Nos victoires sont à ce prix.

⁂

La douleur lui mord le côté droit et ankylose sa jambe qu'il doit traîner comme une charge encombrante. Il est cependant parvenu à suivre de loin la procession des lampes-torches.

Il s'est adossé à un arbre, non loin des véhicules. Il voit que l'on conduit Mosèle, les yeux bandés, à l'arrière d'une voiture, et Émylie dans une autre. Il reconnaît Martin Hertz qui s'adresse à deux silhouettes restées à bord du 4 × 4.

D'où il se trouve, il ne peut entendre ce qui se dit, mais il se refuse à avancer plus avant de peur d'être repéré. Il devine en quel endroit les Premiers vont se rendre.

Regagner sa voiture... Ignorer la souffrance... Puiser son énergie dans la satisfaction d'avoir tué ces trois Gardiens du Sang. Et achever sa mission.

77.

Les aveux de Francis Marlane

Après avoir roulé près de trois heures, Émylie et Mosèle sont invités à descendre de voiture et, toujours guidés à cause du bandeau qu'ils portent sur les yeux, sont conduits à l'intérieur de la grosse maison bourgeoise du Premier.

Deux frères aident l'invalide à s'extraire du 4 × 4 et le portent jusqu'au fauteuil roulant qu'André, le majordome, vient d'amener sur le perron.

Tous les frères quittent les véhicules. Ils ont ôté les voiles de tulle noir qui masquaient leurs traits. Si trois d'entre eux n'ont manifestement pas quarante ans, tous les autres ont largement dépassé la soixantaine. Son Éminence camoufle ses soixante-dix années derrière sa taille élancée, ses longs cheveux blancs rejetés en arrière, son regard vif, clair et vert. Un regard d'eau.

Le cardinal voit le ciel bleuir au-dessus des arbres du parc et consulte sa montre. Le jour va bientôt se lever. Il se sent un peu las ; l'humidité des marécages de la forêt d'Orient a rouillé ses articulations.

— Nous allons boire un bon café brûlant, lui dit un frère en parvenant à sa hauteur.

— Et fumer un cigare, pour ce qui me concerne !

Il se retient de dire qu'il aimerait partager ce moment avec Martin Hertz. Échanger avec lui ses impressions sur un Cohiba ou un Hoyo de Monterrey. Un double corona qu'ils soupèseraient d'abord entre leurs doigts avant d'en sectionner le bout, qu'ils allumeraient religieusement, aspirant à petites bouffées leurs premiers arômes, qu'ils laisseraient enfin fondre entre leurs lèvres, s'abîmant l'un et l'autre dans d'indolentes rêveries. Mais Son Éminence sait qu'ils n'en auront pas le temps. Il va leur falloir préparer la Tenue obscure qui accueillera Didier Mosèle. Ensuite ils se sépareront. Pour toujours, cette fois. Il quittera son vieil ami. Il abandonnera son frère déjà condamné.

*
**

Vendredi, cinq heures quarante.

Émylie et Mosèle ont été conviés à prendre une douche, à s'habiller et se restaurer. Sans jamais voir un autre frère que Hertz qui les a chaperonnés avec ces airs paternels dont il aime user en ce genre d'occasion.

Ils sont maintenant dans une vaste chambre au papier peint jauni, aux doubles rideaux fanés, aux meubles lourds et sombres.

L'odeur du café dissipe celles des boiseries moisies, des vieux plâtres, de la poussière accumulée.

Mosèle a été rassuré sur son état. Il souffre cependant d'un fort mal de tête ; quelques ecchymoses aux coudes lui rappellent que le souffle de la grenade l'a violemment projeté contre le mur du Tombeau.

— Maintenant, pouvons-nous apprendre où nous sommes ?, demande Émylie.

— Près de Paris, répond Hertz. Dans un abri où vous n'avez plus rien à craindre.

— Le repaire des frères Premiers ?, ironise Mosèle.

— On peut le voir de cette manière, dit Hertz. Considérez-vous cependant comme des invités, puisque personne ne vous empêchera de partir si vous le désirez. Néanmoins, vous avez besoin d'un peu de repos, Didier.

Le vieil avocat remplit à nouveau les trois tasses d'un épais café noir et fumant, en ajoutant :

— Portons un toast à ce mystérieux personnage qui veille sur vous, pareil à un fantôme attentionné ! Sans lui, vous ne seriez plus de ce monde, à cette heure.

— Tu m'as bien dit que tu l'avais vu, Émylie ?, interroge Mosèle.

— En une seconde, la torche que j'avais glissée dans ma ceinture a éclairé le haut de son visage et je... j'ai accroché son regard.

— Eh bien ?, s'impatiente le jeune homme.

— Ce n'est qu'une impression... absurde ! J'étais paniquée... Enfin, j'ai vu ses yeux... On aurait cru ceux de Francis !

Une créature glacée plante ses griffes dans le crâne de Mosèle. Le retour d'un cauchemar.

— Ça s'explique, parvient-il à articuler. Francis ne cesse de nous hanter et s'impose à nous par les messages qu'il nous adresse par-delà la mort.

— Justement, fait Émylie. Ouvre enfin cette enveloppe.

Hertz renchérit :

— Ouvrez cette foutue lettre, Didier ! C'est à croire que vous redoutez d'apprendre ce qu'elle contient...

— En effet, admet Mosèle en extrayant la lettre de son enveloppe.

Il s'est assis sur le bord du lit, Émylie a choisi un fauteuil près de la fenêtre aux rideaux fermés, Hertz demeure debout, accoudé à une commode.

Enfin Mosèle se met à lire. La chose glacée est restée accrochée à son cerveau. Elle le lacère.

Mais il lit d'une voix mal assurée le dernier message de son frère Francis Marlane :

Mon Très Cher Didier,

Je redoutais votre entêtement et c'est pourquoi je vous ai mis en garde à tant de reprises. Mais vous lisez cette dernière lettre et cela prouve que vous êtes en grand danger, que vous avez même peut-être atteint ce que vous pensez être la Vérité !

Me pardonnerez-vous de vous avoir caché le plus important ? Vous avez toujours imaginé que je travaillais seul sur la base des travaux du professeur Pontiglione et des manuscrits 4Q456-458 de la mer Morte que nous reconstituions à la Fondation Meyer.

Il existe cependant une Loge mythique et occulte que l'on dit héritière de Jésus. Celui-ci l'aurait fondée avec Jean. Cette confrérie, ayant appris mes recherches, m'a approché par l'intermédiaire de l'un de ses membres : notre ami Martin Hertz !

— Vous saviez !, s'écrie Émylie.

— Francis vous rapportait tout, n'est-ce pas ?, demande Mosèle. Vous en aviez fait votre agent ? Vous l'avez manipulé comme vous m'avez manœuvré !

— Poursuivez, Didier, conseille Hertz. Ce n'est pas tout à fait cela.

— Belle fraternité hypocrite !, lance Émylie.

Mosèle reprend la lecture :

Un soir, après l'une de nos Tenues à la Grande Loge, Martin Hertz m'a abordé. Il m'a convié à achever la soirée chez lui. Nous avons passé toute la nuit à parler de mes études, des troublantes similitudes existant entre les manuscrits de la mer Morte et l'Évangile de Jean. Ce genre de discussion s'est répété pendant plusieurs mois jusqu'à ce que Martin me parle de la Loge Première et de l'intérêt que j'aurais à y être initié, pouvant ainsi accéder à certains de ses secrets. En unissant nos efforts, Martin espérait que nous serions en mesure de reconstituer l'énigme du Testament du Fou... Car la Loge Première était dépositaire de ce manuscrit légendaire !

Mosèle laisse éclater sa colère.

— Vous vous êtes bien foutu de moi, avec vos silences et vos mensonges ! Vous avez jeté Francis dans cette affaire pour m'y précipiter ensuite après l'avoir perdu !

— Vous êtes injuste, Didier, se défend Hertz. Au contraire ! Francis a choisi de son libre-arbitre et accepté de conjuguer ses intérêts avec ceux des frères Premiers. Une véritable fièvre et une quête mystique l'animaient. Il devait être guidé et protégé pour ne pas tomber sous les coups des Gardiens du Sang que ses recherches avaient alertés.

— C'est pourtant ce qui est arrivé !, lui reproche Émylie.

Hertz fait mine de ne pas avoir entendu. Il s'adresse à Mosèle :

— Poursuivez la lecture, Didier.

Il m'était interdit de vous révéler les liens que j'entretenais avec la Loge Première dans laquelle j'aurais été bientôt initié si, par orgueil, je n'avais pas joué la dernière partie de mon aventure en solitaire. À l'heure où je vous écris, je me sais traqué. Je ne renonce pourtant pas, car le désir de savoir est plus fort que tout !

— Oui, Francis a cessé de me tenir au courant de l'avancée de ses investigations, dit Hertz. Je l'avais perdu jusqu'à ce que vous veniez me trouver chez moi, cette fameuse nuit. Vous étiez affolé...

— Et vous m'avez donné le même os à ronger que celui que vous lui aviez jeté plus tôt : LE TESTAMENT DU FOU !

— Il fallait bien achever le travail interrompu !, jette Émylie avec mépris. Maçonnique jusqu'au bout, Martin... Quand un frère tombe, on le remplace aussitôt par un suivant. Comme à la guerre !

— Nous cherchions tous la même chose, reprend Hertz. À notre manière ! J'ai menti, Francis a menti ! Et après ? L'avons-nous fait par amitié ou par intérêt ?

— Les deux à la fois, certainement !, souffle Mosèle, la voix cassée.

Le temps me manque, Didier. J'ai enregistré une cassette, écrit ces lettres, et je me prépare à disparaître. Je vous conjure de tout faire pour rester en vie. Émylie aura besoin de votre amitié. Savoir que vous serez près d'elle me permet de partir en paix. Adieu, vieux frère !

Émylie ne parvient pas à retenir ses larmes. Elles lui coulent sur les joues et viennent saler ses lèvres.

— Il donne l'impression de me confier à toi et de s'effacer, remarque-t-elle.

— Je crois bien que Martin a raison, admet Mosèle. Francis était dévoré par sa passion, par son rêve !

— La Vérité l'effrayait, précise Hertz. Il l'a pourtant traquée de toutes ses forces.

— Comportement suicidaire !, sanglote Émylie. Mon pauvre Francis... Aurais-je jamais pu l'imaginer en don Quichotte ?

— Un tout petit pion que les Gardiens du Sang ont éliminé sans pouvoir gommer tout à fait son ombre, dit Mosèle en se levant du lit pour se rapprocher d'Émylie et poser ses mains sur ses épaules.

La jeune femme est secouée de petits hoquets.

Hertz s'approche à son tour. D'un geste empreint de tendresse, de ces gestes qu'il a si peu distribués au cours de son existence, il prend le menton de la jeune femme dans sa grosse patte pour lui relever le visage. Pour qu'elle le regarde droit dans les yeux. Car lui aussi pleure la mort de Francis Marlane.

— Francis nous donne le sentiment d'avoir vaincu la mort grâce à ses messages, Émylie.

Elle lui sourit. Triste, mais un sourire tout de même. Reconnaissant. Pour le remercier des larmes qu'il verse sur Francis, ce vieil adolescent qu'elle a perdu.

*
**

Il descend de sa voiture, sa jambe droite raide et sans vie. Il se traîne difficilement jusqu'à la grille qui clôture une partie de la demeure du Premier. Chaque pas le fait grimacer de douleur.

Il voit les voitures garées devant le perron. Il remarque que la Golf de Didier Mosèle a été ramenée de la forêt d'Orient.

Rien ne bouge. Les Premiers sont tous à l'intérieur.

Il poursuit son chemin. La grille est bientôt remplacée par un mur de meulières qui ceinture le parc. Malgré sa blessure, il lui serait possible de grimper sur le faîte du mur, puis de se laisser glisser de l'autre côté.

Il évalue mentalement l'effort qu'il lui reste à accomplir.

***

Le Premier pénètre dans la chambre, manœuvrant son fauteuil roulant avec adresse. Ne portant pas de masque, il explique à Émylie et Mosèle qu'il ne craint pas de se montrer à visage découvert.

— C'est la moindre des choses, pour un hôte !

— Dois-je vous appeler Vénérable Maître ?, demande Mosèle. Est-ce vous qui présidez la Loge Première ?

— J'ai actuellement cette responsabilité et serais honoré de vous recevoir en Tenue, ainsi que nous l'avons fait pour notre regretté frère Francis. Mais, avant de prendre cette décision, je souhaiterais savoir si vous vous engagez à collaborer avec nous. Vous et Émylie, naturellement ! Nous avons grand besoin les uns des autres.

Émylie et Mosèle s'interrogent du regard.

— Oui, Didier... Seuls, nous serions perdus, dit la jeune femme.

Mosèle tend son appareil photographique à l'infirme qui le prend de sa main valide pour le déposer entre ses genoux, sur le plaid qui recouvre ses cuisses.

— Tenez, lui dit Mosèle. Cet appareil contient des clichés du Tombeau où vos prédécesseurs ont déposé les restes du Christ. Nous avons découvert le mécanisme d'ouverture. Une serrure circulaire devait accueillir l'anneau que vous conservez depuis l'inhumation de Jésus.

— Ainsi, dès l'origine, les Premiers possédaient tous les éléments qui leur auraient permis d'atteindre le Saint-Sépulcre...

— Mais tous ces éléments étaient épars, corrige Mosèle.

Le Premier conclut :

— Pareils aux éclats d'une parole brisée... À une vérité éclatée !

78.

La porte verte

Ce vendredi, il s'est remis à pleuvoir, vers six heures, et le vent s'est levé, arrachant aux arbres du parc leurs feuilles les plus rousses.

Émylie et Mosèle ont été laissés seuls pendant près d'une heure. Lorsque Hertz revient, il annonce au jeune homme :

— Tous nos amis sont prêts et vous attendent pour vous recevoir en Tenue obscure, Didier.

— À cette heure ?

— Les frères doivent prendre une décision ce matin même.

— Je présume que je ne suis pas conviée à votre petit *symposium* ?, demande Émylie. On n'y reçoit que des maçons, n'est-ce pas ?

— C'est juste, Émylie, s'excuse Hertz. Nous sommes désolés. Je sais que vous nous comprenez ; votre mari était des nôtres et...

— ... et il me répétait la même chose, dit Émylie d'une voix railleuse. Le secret du rituel, le respect de la Tradition ! Tous ces trucs de boy-scouts à cause desquels il est mort !

Mosèle et Hertz sortent de la chambre. Le Premier les attend dans le couloir. Les trois hommes se dirigent vers l'escalier et croisent André, porteur d'un plateau chargé d'une solide collation.

— André, dit le Premier, lorsque vous aurez servi Émylie et que vous vous serez assuré qu'elle ne manque plus de rien, ayez l'obligeance de développer la pellicule que nous vous avons confiée tout à l'heure.

— Je m'y mets aussitôt.

Puis Mosèle et Hertz soulèvent l'infirme de son fauteuil pour lui faire prendre place sur la chaise à crémaillère du large escalier.

— Le Temple se situe au sous-sol, explique le Premier. Vous verrez, c'est une cave aménagée... disons : d'une manière très symbolique !

La chaise se met à glisser le long du mur avec un petit bruit mécanique.

— Vous serez sans doute un peu surpris, ajoute Hertz. Le lieu n'a qu'un lointain rapport avec les ateliers maçonniques tels que vous les connaissez.

— Nos frères sont déjà installés, précise le Premier.

— Je vais entrer sans tablier ni gants ?, s'étonne Mosèle.

— Non, pas de tablier, pas de gants, sourit Hertz. Ni non plus de grande cape blanche marquée de croix rouges !

— Juste de l'ombre, souligne le Premier. Et un peu de lumière...

Parvenus dans le vestibule, Mosèle et Hertz doivent à nouveau soulever l'infirme pour l'installer dans un fauteuil roulant plus modeste et non motorisé que le vieil avocat va pousser jusqu'à une porte verte.

Hertz remarque la pâleur de Mosèle.

— Je ne me rappelle pas vous avoir déjà vu aussi intimidé, Didier.

— Je n'avais jamais admis que tout cela pouvait

avoir une quelconque réalité, avoue Mosèle. Jusqu'à présent, ce que vous représentez appartenait pour moi au domaine de la fable...

Hertz tend le bras vers le pommeau de la porte.

— Vous allez pénétrer dans la Loge Première, dit-il cérémonieusement. Celle-là même qui a été fondée par Jésus !

— La Loge de la Parole Perdue !, complète le Premier.

Hertz ouvre la porte verte qui donne sur un plan incliné permettant au Premier de descendre vers le Temple.

*
**

Il s'est maladroitement réceptionné en se laissant tomber du haut du mur. La douleur lui a mordu le flanc droit et il n'a pu retenir un cri.

Il suffoque, pleure et geint.

Ce n'est qu'après de longues minutes qu'il se décide à traverser le parc pour se diriger vers la grande bâtisse.

Sa jambe droite est de plomb. Il la hale comme un fardeau, ratissant les feuilles mortes qui recouvrent une mousse imbibée de pluie.

Il lui faut trouver un endroit où se reposer un peu. S'asseoir au sec. S'asseoir et s'assoupir un moment de manière à oublier temporairement la souffrance de son corps.

79.

La Loge Première

Hertz a demandé à Mosèle d'attendre sur le seuil du Temple et a poussé le fauteuil roulant du Premier derrière un autel éclairé de trois bougies.

Le jeune homme se familiarise avec ce décor fait d'apparences discrètes, de silhouettes immobiles. Une ombre enveloppante, épaisse, contourne de rares sources de lumière. De chaque côté du Temple, au nord et au sud, s'élèvent des stalles en bois dans lesquelles sont assis les frères Premiers. Onze sièges, dont un vide : celui que Martin Hertz n'utilisera pas.

L'ombre interdit à Mosèle de voir les visages des participants à la cérémonie. Il n'aperçoit que leurs mains posées pour la plupart sur les accoudoirs. À l'une d'elles un rubis brille comme une minuscule étoile.

Sur le sol, un damier de carreaux noirs et blancs recueille quelque clarté.

Règne un étrange mélange de mystère, de sobriété et de sérénité. Un silence solennel qu'anime parfois le souffle d'une respiration.

Sans bruit, Hertz revient auprès du jeune homme. Il lui prend le bras et le guide jusqu'au milieu de la salle. C'est alors que la voix du Premier rompt la quiétude qui enveloppait Mosèle, chassant toute crasse nocturne de son esprit.

— *Puisqu'il est l'heure et que nous avons l'âge, ouvrons les travaux de notre Loge.*

Le Premier a levé sa main valide en direction de l'autel. Un frère – le Maître des Cérémonies – se lève et approche. Mosèle remarque seulement maintenant qu'un livre repose sur l'autel.

— Qu'apparaisse le Livre !, lance le Premier.

Le frère Maître des Cérémonies ouvre aussitôt le livre et Mosèle découvre avec étonnement que ses pages sont blanches. La voix du Premier résonne, forte, détachant nettement chaque syllabe :

— Le Livre est vide, car sa Parole a été perdue. L'Ombre a chassé la Lumière. L'Imposteur a pris la place de son frère.

Hertz souffle à l'oreille de Mosèle :

— Je reste à côté de vous, Didier.

— Tout est fait de manière à ce que je ne discerne pas le visage de nos frères, chuchote Mosèle.

— Il en va toujours ainsi. Vous ne devez pas les connaître avant qu'ils ne vous aient initié. Je vous l'ai dit, c'est différent pour le Premier et moi.

Le regard de Mosèle ne cesse d'être attiré par l'éclat du rubis brillant dans la troisième stalle du mur sud. Le détenteur de cette bague l'impressionne par son immobilité totale tandis que ses frères changent parfois de position, remuent une main, pianotent sur leurs accoudoirs... Lui ne bouge absolument pas. Sa main sortie de l'ombre, pâle et figée, est comme un animal à l'arrêt. Une blanche araignée dont seul l'œil unique reste aux aguets.

Le Maître des Cérémonies vient de déplacer le livre blanc pour placer sur l'autel un bac plat.

« De la cendre ! », murmure Hertz à l'oreille de Mosèle.

Le Premier dit :

— Nous traçons le Plan tel que nous l'ont transmis nos aînés. Notre mémoire en a conservé le dessin. Nous savons son épure incomplète depuis que notre frère Jacques de Molay a été trahi.

Le Maître des Cérémonies plonge l'index droit dans la cendre et se met à tracer quelques lignes.

— Il dessine dans la cendre !, marmotte Mosèle.

— Après Francis, vous êtes le deuxième « invité » de cette Loge à avoir le droit d'assister à ce geste. Vous saisissez, maintenant ? Tous les éléments du Secret étaient épars. Vous les avez rassemblés !

Le Maître des Cérémonies complète l'image représentant un triangle surmonté de deux sphères couronnant la lettre « J ».

Le Premier reprend :

— C'est une partie de la Lumière qui est déposée dans cette cendre. Un écho de la Parole Perdue. *« Écrivez donc les choses que vous avez vues, et celles qui sont, et celles qui doivent arriver ensuite. »*

Mosèle comprend que le Plan transmis par la Tradition était jusqu'à présent amputé du tracé des Templiers. L'incendie de la maison de campagne de Martin Hertz, qui a détruit presque entièrement le Testament du Fou, puis le verre de whisky renversé sur l'enluminure des moines copistes de Padoue ont révélé le chaînon qui manquait aux frères Premiers. « Francis, grâce à son intelligence hors du commun, à son flair de chien de chasse, est parvenu à décrypter l'énigme sans recourir au tracé... »

Le Premier poursuit :

— Nous, Loge Première, héritière du Plan, dépositaire du Testament du Fou et de l'anneau, nous sommes engagés à retrouver la Vérité de nos maîtres passés pour la révéler au monde. Notre combat contre le mensonge n'aura jamais de fin.

Le frère Maître des Cérémonies, dont Mosèle n'a jamais pu discerner les traits, retourne s'asseoir à sa place.

— Le rituel a été dit et accompli, dit le Premier. Entrons dans le débat, mes frères. Et que l'Ombre seule soit témoin de ce qui sera prononcé dans cette enceinte.

Hertz prend la parole pour dire :

— Nous répétons ce rituel et dessinons le Plan depuis des siècles, conscients que l'un et l'autre bordaient le chemin de notre quête vers le Tombeau. Mais c'est grâce au sacrifice de Francis, grâce à son travail et à celui de Didier Mosèle, que nous savons enfin, cette nuit, où le corps du Christ a été caché après avoir été déplacé par Hugues de Payns...

*
**

Au rez-de-chaussée de la propriété, dans une buanderie transformée en laboratoire, André développe la pellicule argentique que Mosèle a impressionnée dans l'étang d'Umbra. Il travaille sous la lumière rouge d'une ampoule vissée au plafond pour la circonstance.

La pellicule est traitée dans une cuve contenant du révélateur, lavée à grande eau au bout de deux minutes, placée ensuite dans la cuve de fixateur.

André a obturé l'unique fenêtre du labo improvisé. Aucune lumière ne filtre de l'extérieur.

Il ne peut donc voir un inconnu traverser l'étendue de gravillons d'un pas traînant, juste devant la fenêtre.

Il n'est distrait que par l'averse qui frappe aux volets.

*
**

Émylie a mangé les deux oranges qu'André lui a apportées avec des fruits secs et des petits pains aux raisins auxquels elle n'a pas touché. Elle se sent fatiguée. Elle a envie de dormir vraiment, sans cauchemars.

Elle s'allonge sur le lit lorsqu'une sonnerie retentit dans la pièce. Celle de son téléphone portable, laissé dans le havresac. Elle bondit.

Deuxième sonnerie. Elle fouille parmi ses affaires enfournées en vrac.

Troisième sonnerie. Elle porte l'appareil à son oreille, attend, ne perçoit qu'une respiration syncopée.

— Allô ?

La respiration, encore. Plus forte. Puis une voix d'homme et ces mots : « Je suis dans le parc. »

L'interlocuteur raccroche.

Émylie repose son portable sur la commode. Elle tremble des pieds à la tête. Elle tremble à en perdre l'équilibre. Elle fait deux pas, s'assoit sur le bord du lit, cherche à se calmer, puis se relève, enfile un pull et traverse la chambre.

Elle a reconnu la voix de l'inconnu : le messager de Francis.

Sortant de la chambre, empruntant le couloir sombre, elle repense aux yeux de l'homme au chapeau, au bord de l'étang. À son regard éploré.

80.
L'inconnu

Émylie est sortie de la maison. La pluie hachée par les rafales la gifle au visage et trempe aussitôt son pull.

Elle cherche l'inconnu du regard. Et l'aperçoit, se détachant du tronc d'un arbre auquel il s'appuyait. Il ne porte plus son chapeau, son imperméable n'est plus qu'une loque de boue et de sang. Il avance en titubant, traînant sa jambe droite, pantin pitoyable.

Émylie court jusqu'à lui. On croirait qu'il n'attendait que cet instant, que tout ce qui lui restait d'énergie était tendu vers ce moment où il s'écroule dans les bras de la jeune femme. Comme si cela avait été écrit.

— Êtes-vous seule ?, demande-t-il en larmes.

— Oui, ne craignez rien... Vous êtes couvert de sang !

— À l'étang, j'ai été touché... à l'aine, je crois. Mais... mais je les ai tués ! Ils ont payé... Les autres paieront aussi... Tous les autres...

Il bredouille, mêle les syllabes, marque de longs temps d'hésitation.

— J'ai commencé de venger mon fils ! Et j'ai voulu vous protéger... Je... je l'avais mis en garde, mais...

— Oui. Vous saviez tout, n'est-ce pas ? Francis se

confiait à vous. À vous plus qu'à moi ou à Didier. Vous êtes épuisé, beau-papa... Appuyez-vous sur moi.

Marlane père se ressaisit, se redresse, arrache sa fausse moustache et ses grosses lunettes d'un geste brusque. Il jette ces accessoires au sol et prend Émylie par les épaules pour ne pas tomber, tant il est exténué.

— Francis... Il me tenait au courant de ses recherches... Il ne voulait plus s'arrêter... Il... il se serait damné pour découvrir la Vérité... Il ne supportait pas que l'Église mente depuis deux mille ans... Nous parlions souvent... J'étais devenu son confident... Il avait une confiance aveugle en moi...

— Calmez-vous. Vous êtes brûlant de fièvre ! Vous ne pouvez pas rester dans cet état. Je vais vous conduire à l'intérieur de la maison.

— Non ! Non... Conduisez-moi dans cet abri de jardin, là-bas.

*
**

Le Premier dit :

— Hugues de Payns et ses Templiers, aidés par saint Bernard, ont protégé le Tombeau. Ils ont accompli de lourds travaux dans la forêt d'Orient, laissant accroire qu'ils conquéraient ainsi des terres cultivables qu'ils irriguaient grâce à des lacs artificiels...

Dans une stalle, une voix demande :

— En réalité, ils dissimulaient au cœur de leur ouvrage un aménagement censé recevoir les restes du Christ ?

Une autre :

— Nous n'avions jamais imaginé qu'ils avaient immergé le Tombeau.

Soudain, à la surprise de Mosèle, la main au rubis s'anime. Juste un léger mouvement qui lui fait quitter l'accoudoir, l'espace de quelques secondes. L'homme parle alors avec un accent italien :

— Et l'anneau... Cet anneau qui a scellé la dalle de la tombe de Jésus est passé de main en main, au cours des temps, au sein même de notre Loge. D'après notre frère Didier, Hugues de Payns et ses ingénieurs s'en sont servis pour en faire la clef devant ouvrir le Tombeau !

— En effet, souligne Hertz. Voilà toute l'ironie de notre cheminement ! Nous aurions pu atteindre notre but depuis longtemps. Mais nous étions aveugles ! Nous possédions pourtant toutes les pièces du Plan.

Mosèle poursuit :

— Elles ont été fragmentées, disséminées çà et là, éparpillées lors des combats historiques que vous a livrés le Vatican. Néanmoins, sans vraiment le savoir, vous les conserviez toutes... dans la Tradition de votre Loge.

*
**

Émylie installe Marlane du mieux qu'elle peut, le faisant asseoir sur un sac de jute, à même le sol, l'adossant contre une cloison en bois.

La cabane est emplie d'un bric-à-brac d'outils de jardinage, d'arrosoirs, de pots en terre vides, de boîtes de graines... des caisses, une petite serre, un tuyau d'arrosage enroulé comme un serpent lové sur lui-même.

— Comment avez-vous fait pour rester debout ? Pour marcher ?

— Vous aider... Veiller sur vous et Didier... Francis redoutait que ses ennemis s'en prennent aussi à Didier...

Émylie a écarté les pans de l'imperméable de Mar

lane ; son pantalon rougi de sang est troué dans le creux de l'aine. L'étoffe s'est collée à la périphérie des chairs déchirées.

— Vraiment... Je dois aller chercher du secours, René.

— Non ! Surtout pas !

— Pourquoi ? Vous tenez donc tant à mourir ?

— Je suis le dernier témoin anonyme du drame... Le dernier lien entre mon fils et la Vérité... Méfiez-vous d'*eux* aussi...

— Qui ? De qui parlez-vous ?

Il porte la main à son front. Il doit d'abord prononcer les phrases mentalement avant de les laisser sortir de sa bouche. Trouver les mots, les ordonner. De qui parle-t-on ? *Eux ?* Il se souvient de ce que lui disait Francis.

— De qui parlez-vous ?, répète Émylie.

— Des frères Premiers ! Francis pensait que... enfin... Des rapports étroits entre *eux* et l'Église... Du moins certains d'entre eux... Je... je ne sais plus... Je suis si fatigué !

*
**

— Nous devons prendre une décision ce matin, dit le Premier. Nous assurer que la découverte faite par Didier n'est pas un leurre laissé par les Templiers.

— De combien de temps disposons-nous ?, interroge Hertz. Les Gardiens du Sang nous talonnent !

L'homme à la chevalière au rubis ajoute :

— Nous craignons désormais l'empressement du Vatican à régler cette affaire. Hâtons-nous, en effet. Trop de gens sont morts de part et d'autre dans ce conflit.

— Je suis résolu à retourner plonger dans l'étang

d'Umbra le plus tôt possible, à la recherche de la preuve irréfutable qui me permettra enfin de clamer la Vérité, intervient Mosèle.

— De venger la mémoire de Francis et de tous ceux que les Gardiens du Sang ont abattus, murmure Hertz à la seule adresse du jeune homme.

*
**

Marlane lève des yeux vagues, vitreux. Il semble voir au-delà des murs de bois de la cabane. La sueur ruisselle sur son visage aux traits marqués, aux joues creusées.

— Francis m'a dit... Je devais suivre Didier, le surveiller... J'ai fait au mieux... Avant de partir pour Jérusalem, il m'a laissé ses carnets, ses disquettes, son « passe » de la Fondation Meyer... Il se doutait...

— J'ai compris tout cela, beau-papa. Et vous avez repris son enquête de votre côté !

— Je ne souhaitais que remonter la piste des tueurs... Tout en respectant ses intentions... Délivrer les messages qu'il avait écrits alors qu'il se savait menacé...

— En agissant de manière à cacher votre identité aux Gardiens du Sang. Si vous saviez comme nous nous sommes interrogés, Didier et moi, sur cet *inconnu* qui ne nous lâchait pas d'une semelle !

— Désolé, ma petite Émylie... Ce n'était plus vraiment moi... Je n'existe plus depuis la mort de Francis !

Il s'affaisse sur lui-même et la jeune femme, agenouillée près de lui, le prend contre elle comme un enfant malade.

— Je suis devenu Francis !, articule-t-il.

*
**

— Pouvons-nous considérer que vous avez pris une décision définitive, Didier ?, demande le Premier.

Mosèle répond aussitôt :

— Oui. Je tiens à le faire !

— Dans ce cas, je vous accompagnerai, précise Hertz. Personne d'autre que moi ! Vous plongez, vous vous assurez que l'anneau ouvre bien le Tombeau, et vous remontez !

— Cela risque de ne pas suffire, dit Mosèle.

— En effet, souligne le Premier. Nous devons êtes certains que le Tombeau n'est pas une coquille vide.

— J'y pénétrerai et en rapporterai suffisamment de photographies pour faire la plus extraordinaire des communications au monde entier !, s'exclame Mosèle.

*
**

— Restez là et attendez-moi.

— Ne retournez pas dans cette maison ! Appelez Mosèle et... FUYEZ !

Marlane s'est tendu, hurlant presque. Il s'accroche aux épaules d'Émylie, l'oblige à demeurer agenouillée.

— Nous n'avons plus rien à redouter, tente-t-elle de le rassurer. Je vous assure. Ce sont des amis.

— Francis ne leur faisait plus confiance... Il m'en avait parlé... Plus confiance... Tous manipulés... Nous sommes tous manipulés, Émylie !

— Vous délirez, René.

— Aucune importance... Fuyez ! Pour l'amour de Francis, fuyez !

— Vous n'ignorez pas que nous devions divorcer ; nous étions séparés !

— Il vous aimait encore... Il vous aimait tant !

Elle aurait préféré qu'il ne lui dise pas ça. Pas maintenant, pas ainsi. Elle s'est crispée, a fermé les yeux quelques secondes. Francis lui est apparu : son sourire, sa calvitie précoce, son regard toujours en éveil, vif et curieux.

Marlane poursuit sa litanie :

— Fatigué... Partons... Avec Mosèle...

— Je ne peux pas le joindre maintenant. Il est actuellement en réunion avec les frères Premiers.

Elle s'est emportée et le regrette aussitôt. Elle se relève.

— Où allez-vous ?, s'inquiète-t-il.

— Je vais essayer de trouver de quoi désinfecter votre plaie et la panser. Il n'est pas question que vous restiez dans cet état.

Elle sort de la cabane. La pluie la saisit de plein fouet.

81.

Montespa

André accroche son dernier agrandissement à un fil tendu entre deux murs de l'appentis. Il examine les vingt clichés. Le mur sous-marin avec son motif. Un cercle enserrant un triangle. Les algues entre les pierres...

Il retire ses gants de caoutchouc et allume la lumière pour nettoyer et ranger son matériel. Il s'apprête à ouvrir le robinet d'eau quand il entend marcher à l'étage, juste au-dessus de lui. Le vieux parquet craque derrière la mince couche de plâtre du plafond. « Dans la salle de bains », pense-t-il.

André ouvre la porte et sort. Dans le vestibule, il remarque des traces de pas humides conduisant vers l'escalier. D'autres empreintes sur le tapis recouvrant les premières marches.

Partageant certains secrets du Premier, maçon lui-même, André s'inquiète aussitôt pour la jeune femme restée dans sa chambre. « Quelqu'un vient de pénétrer dans la maison ! Émylie Marlane est seule à l'étage... »

Il traverse en hâte le vestibule, se rend dans la cuisine, ouvre un vaisselier, lance sa main au-dessus d'une pile d'assiettes et s'empare du revolver qui a toujours été caché à cet emplacement.

Maintenant, tenant cette arme qui le rassure, il peut gravir l'escalier. Monter rapidement, sans bruit, déboucher dans le couloir, atteindre la porte entrouverte de la salle de bains.

Il demeure un instant le dos plaqué au mur, écoutant les bruits de flacons qu'on entrechoque.

Pousser la porte silencieusement.

Il s'étonne. Émylie Marlane est en train de piller l'armoire à pharmacie : alcool à 90°, gaze, pansements...

— Que cherchez-vous dans cette armoire, Madame Marlane ?, demande-t-il en se rapprochant.

Émylie se retourne, les bras chargés.

— Vous m'avez fait une peur !

Il abaisse son arme, fait encore un pas.

— Bon Dieu, vous vous êtes blessée ? Qu'avez-vous fait ?

— Ce n'est pas mon sang, dit Émylie. Je vais vous expliquer.

— Je l'espère bien. Si ce n'est pas votre sang, à qui appartient-il ? Qui vous apprêtiez-vous à soigner ?

— Laissez-moi... Faites-moi confiance !

— Je regrette, Madame Marlane ; vous allez devoir me fournir quelques informations qui m'inciteront à avoir confiance en vous. Parlez-moi de ce sang sur vos vêtements.

Émylie tente de battre en retraite, esquisse un pas de côté, mais André lui ferme le passage.

— Je ne peux rien vous dire. Je dois voir Didier ! C'est urgent. Il en va de la vie d'un homme.

— Je pourrais certainement vous aider si vous m'expliquiez de quoi il retourne. Ne trouvez-vous pas que la situation réclame certains éclaircissements ? À en juger par les pas que vous avez laissés dans le vestibule, j'en déduis que vous êtes sortie dans le parc pour en revenir tachée d'un sang qui n'est pas le vôtre.

Émylie s'avoue vaincue.

— Il s'agit de mon beau-père, commence-t-elle. Il a reçu une balle dans l'aine, au côté droit...

***

Quelques minutes plus tôt, le Premier, aidé par le frère Maître des Cérémonies, a suspendu les travaux de la Loge Première.

Le Maître des Cérémonies a remué la cendre du bac d'un revers de main cependant que tous les frères ont prononcé en chœur cette phrase : *« Nous effaçons le Plan et le gardons dans notre mémoire et notre cœur où il témoignera de notre fidèle et incessante recherche de la Vérité. »*

Puis les trois bougies ont été mouchées. Dans une obscurité presque totale, les frères Premiers se sont levés pour se diriger vers l'orient du Temple. L'un d'eux a dévoilé une porte derrière une tenture noire.

— Une seconde issue !, s'est exclamé Mosèle. Pour que nos frères se retirent discrètement... comme des conjurés !

— Il est préférable que vous ne les connaissiez pas, Didier, a répondu Hertz. Pas déjà.

Le Premier s'est approché dans sa chaise roulante et a dit :

— Quant à nous, remontons. Nous devons mettre au point les derniers détails de votre nouvelle expédition en forêt d'Orient.

— Le plus tôt possible !, a déclaré Mosèle. J'ai hâte d'en avoir terminé.

— Curiosité compréhensible !, a souligné Hertz. Après tout, les tueurs du Vatican ayant été éliminés, nous sommes désormais les seuls à connaître l'emplacement du Tombeau. Et nous en possédons la clef.

*\
**

Mosèle, Hertz et le Premier passent la porte verte au moment où Émylie et André redescendent l'escalier.

Didier remarque aussitôt le pull maculé de sang de la jeune femme. Il se précipite.

— Émylie, que t'arrive-t-il ?

— Il faut intervenir immédiatement, il risque de mourir.

— Mais de qui parles-tu ?

— L'*inconnu*, commence-t-elle. Il s'est réfugié dans la cabane du jardin. Il ne voulait pas que je vous prévienne... Il a été blessé en nous portant secours, hier soir.

Elle parle vite, la voix chargée d'angoisse.

Mosèle découvre alors qu'André a passé un revolver dans sa ceinture et porte une boîte à pharmacie.

— Qui est-ce ?, s'impatiente Mosèle.

Émylie répond en se rendant à la grande porte du vestibule :

— C'est René Marlane, le père de Francis ! Aidons-le, je t'en prie. C'est pour toi et moi qu'il a agi de la sorte, en mémoire de son fils... Je crois même qu'il en a perdu la raison.

Les yeux de chat de Martin Hertz se sont mis à briller.

— Qu'attendez-vous, Didier ?, commande-t-il. Suivez Émylie !

Le Premier se tourne difficilement vers le vieil avocat planté derrière son fauteuil en factotum serviable :

— Je peux rester seul. André, sortez ouvrir la grille

à nos frères. Martin et Didier vont se charger de ce *visiteur*.

Tous sont sortis. Un instant, le Premier se croit réellement seul. Puis il perçoit une présence derrière lui. Sans doute un frère resté sur le seuil de la porte verte, dans l'ombre. Silencieux.

La présence s'approche lentement. Ses pas discrets ne font que peu de bruit sur le carrelage. Ils glissent jusqu'au fauteuil roulant.

Deux mains viennent se poser sur les épaules de l'infirme dans un geste fraternel.

Le Premier incline légèrement la tête, voit le rubis de la chevalière.

— Vous n'êtes pas parti, dit-il. Vous avez entendu ?

La réponse est donnée par la voix à l'accent italien, presque indolente :

— Un nouveau masque est tombé. C'était donc cela : un père qui venge son fils.

— Pareil à un fantôme.

— Madame Marlane a certainement raison, ajoute Son Éminence, la douleur a dû le rendre fou. Je peux regagner Rome l'esprit plus clair ; j'avoue que cet inconnu m'a longtemps intrigué.

— Car c'était une pièce de l'échiquier que vous ne maîtrisiez pas, Monseigneur. Désormais, tout est accompli ! Le Tombeau est à notre portée...

Son Éminence retire ses mains des épaules du Premier.

— La vieille Église est morte, en effet, reconnaît-il. Elle ne se relèvera pas de cette dernière attaque.

— Demain, le Vatican aura perdu le combat... Comment l'Église aurait-elle pu se douter que l'un de ses plus fidèles serviteurs travaillait à l'œuvre des frères de la Loge Première ?

Son Éminence se porte à la hauteur du Premier de

manière à ce que celui-ci puisse le voir. Il semble méditer quelques secondes, puis dit :

— Que serais-je d'autre qu'un traître aux yeux de mes condisciples ? Un espion vendu à l'ennemi ? Traître, mystificateur... Tel Thomas l'imposteur qui aima son frère Jésus tout en le haïssant.

— Vous avez choisi le camp de la Vérité. Vous avez été l'un des principaux artisans de notre victoire, Montespa.

Le grand homme mince, tout de noir vêtu, à la silhouette élégante, imposant par son regard d'eau verte et ses longs cheveux blancs jetés en arrière, porterait avec une évidente autorité et beaucoup de grâce la robe blanche du prochain pontife.

Le cardinal Montespa a conscience, à cet instant précis, qu'il coiffera la tiare pour succéder à Jean XXIV, le pape empoisonné sur son ordre. Sacrifié comme le furent Francis Marlane, Norbert Souffir et tant d'autres.

Avant de s'en retourner, Son Éminence adresse un ultime mensonge à l'infirme qui l'admire et le respecte depuis plus de quinze ans :

— Je suis satisfait que Didier Mosèle et Martin Hertz soient parvenus à échapper aux Gardiens du Sang.

Puis, comme le rapportent les seuls Évangiles crédibles et autorisés, ainsi que Judas le fit à Jésus, il se penche pour déposer un baiser sur le front du Premier.

Il sait qu'il ne le reverra jamais plus.

82.

La dispute

Pendant que le Premier s'entretenait avec le cardinal Montespa, Émylie, Mosèle et Hertz se rendaient au petit cabanon tandis qu'André ouvrait la large grille du parc aux frères remontés dans leurs voitures.

La pluie avait redoublé, lourde et oblique, frappant brutalement au visage et au torse. Émylie fut la première à entrer dans la cahute pour constater que son beau-père en avait disparu. Elle enragea contre André qui l'avait retardée. Malgré la présence de Hertz, elle ne put s'empêcher de dire :

— Il était effrayé à l'idée que je fasse appel à l'aide des frères de la Loge Première. Francis lui avait conseillé de ne pas se fier à eux.

Mosèle se pencha.

— Regardez ce qu'il a laissé sur le sol. Un des carnets de Francis ! Nous les avons cherchés en vain alors que c'est à son père qu'il les avait confiés.

Il ramassa le calepin rouge abandonné près de la toile de jute sur laquelle s'était assis Marlane père. Le carnet était ouvert. Sur une double page venait d'être écrit au crayon feutre noir, traversant l'aquarelle d'un retable, ce simple mot : « FUYEZ ! »

— Mon beau-père cherche encore à nous protéger, dit Émylie.

— Vous êtes en sécurité, la rassura Hertz. Ne doutez plus de la fidélité des frères Premiers et ne vous laissez pas gagner par la paranoïa de cet homme.

— Nous sommes en effet condamnés à nous en remettre entièrement à vous, Martin, remarqua Mosèle.

— Je sais, admit Hertz, vous êtes en droit de nous adresser certains griefs. Nous vous avons utilisés pour atteindre notre but.

— Comme vous avez utilisé Francis !

Les véhicules des frères quittaient la propriété en cortège. André saluait chaque conducteur d'un petit signe de tête. Lorsque la dernière voiture fut passée et qu'André eut refermé la grille, celui-ci se dirigea vers la cabane du jardin où il fut informé que Marlane s'était enfui.

— Il n'est sans doute pas bien loin, à nous épier, dit Émylie. Il est réellement diminué, sa blessure m'a paru sérieuse.

André chercha aux alentours du cabanon, appelant Marlane d'une voix forte, sans résultat.

Émylie tenta de le joindre sur son téléphone portable. En vain. La jeune femme laissa un message sur son répondeur.

À regret ils se résolurent à rentrer au sec.

*
**

Mosèle pourrait jurer que la porte verte a claqué au moment précis où, avec ses amis, il pénètre dans le hall. La porte donnant sur le Temple... Pourtant, pense-t-il, tous les frères semblent être partis, André ayant refermé la grille.

Le Premier n'a pas changé de place. Il se tient toujours dans son fauteuil à l'endroit où il a été laissé quelques minutes plus tôt. Le buste tordu, malgré un corset, le visage à demi paralysé, une moitié grave, l'autre arborant un rictus figé.

Hertz lui apprend la disparition de Marlane et la découverte de l'un des carnets rouges de Francis.

Le Premier invite Émylie, Mosèle et Hertz à se rendre dans son bureau afin d'examiner les clichés qu'André a développés.

Le vieil avocat et Mosèle le portent et l'installent dans la chaise à crémaillère. Il commence à gravir l'étage, les jambes flottant dans le vide, pareil à un pantin en apesanteur.

Mosèle perçoit alors un bruit de moteur venant du parc, puis le crissement du gravier sous des pneus. Il est désormais persuadé qu'un frère de la Loge Première s'est attardé.

Sans qu'il puisse se l'expliquer, ce constat le contrarie.

***

— La ligne est sécurisée, n'est-ce pas ?, demande le cardinal Montespa.

— Bien sûr, lui est-il répondu dans le haut-parleur de sa voiture.

— Les nouveaux agents sont-ils arrivés ?

— Ils ont atterri cette nuit à Paris et ont déjà exécuté une partie de vos instructions. Deux Gardiens du Sang sont postés près de l'immeuble de Mosèle. Deux autres devant celui d'Émylie Marlane. Un troisième planque devant le pavillon de Hertz. La Fondation Meyer est sous contrôle. Les derniers attendent que vous définissiez leur mission.

— Je le ferai ce soir. De votre côté, êtes-vous prêt, Monetti ?

— Vous parlez de Monseigneur de Guillio ? Le problème sera réglé dès cette nuit. Les modalités ont été arrêtées.

— Et le pape ?

— Nous avons changé les membres de l'équipe médicale ainsi que les sœurs qui se chargeaient de sa toilette et de ses soins. N'entrent plus dans sa chambre que de très rares personnes qui nous sont totalement dévouées. Nous nous employons néanmoins à étouffer les rumeurs qui circulent dans la presse.

— Tenons encore un jour ou deux. Moins, peut-être... Je l'espère. Quant à l'*inconnu* qui a abattu nos trois agents dans la forêt d'Orient...

— Oui ?, piaille le gros Monetti à l'autre bout de la ligne.

— Il s'agit d'un électron libre qui a failli renverser notre édifice par sa folie et sa haine. C'est le père de Francis Marlane.

— Ah ! Ne pensez-vous pas que l'intervention de cet élément nous soit dommageable ?

Montespa ne répond pas d'emblée. Il réfléchit, laissant son esprit aller et venir au gré du mouvement des essuie-glaces. Des trombes d'eau s'abattent maintenant, ralentissant la circulation sur l'autoroute. Les automobilistes ont tous allumé leurs feux de croisement.

— Monseigneur, vous êtes toujours là ?, s'inquiète Monetti.

— Je suis là. J'étais en train de me demander si Marlane père devenait une priorité... Je n'apprécie pas les impondérables de ce genre. Cet homme risque en effet de perturber le final de notre opération. Il agit en loup solitaire, insaisissable. Imprévisible ! Un comportement aussi irrationnel peut nous nuire à tout instant. Nous disposons de bien peu de prise sur un dément ! Il nous faudra néanmoins circonscrire le moindre début d'incendie qu'il pourrait provoquer.

— Ou le prévenir ?, raille Monetti.

— Si nous parvenons à le trouver. Lorsque j'ai quitté le Premier, je venais d'entendre rapporter qu'il avait disparu de la cabane de jardin où il s'était réfugié. Marlane père en sait beaucoup trop long sur nous. Plaçons son domicile sous surveillance.

***

Dans le bureau du Premier, les clichés d'Émylie et de Mosèle ont été étalés sur la table. Hertz et son frère les manipulent comme s'il s'agissait de reliques sacrées.

Mosèle feuillette le carnet rouge abandonné à leur intention par le père de Francis. Près de la fenêtre, ne cessant de regarder le parc dans l'espoir d'y discerner la silhouette de son beau-père, Émylie appelle ce dernier une nouvelle fois sur son portable. En vain.

— Vous avez déniché quelque chose dans ce carnet, de nouvelles révélations ?, demande Hertz sans quitter des yeux les clichés.

— Pas vraiment. Quelques notes sans grande importance et de superbes aquarelles qu'il a dû peindre dans les environs de la forêt d'Orient. Essentiellement des églises, des statues de saints, des retables.

— C'était bien lui !, fait Émylie. Un promeneur à l'ancienne pour qui la photographie était trop moderne ! Mon pauvre Francis a chaussé de bien grandes bottes d'aventurier.

Le Premier abandonne l'examen des clichés et dit :

— Comment imaginer qu'il tenterait de résoudre seul cette enquête ? Après l'avoir reçu en Tenue obscure, nous étions persuadés qu'il garderait un lien avec Martin.

— Il aura douté de vos intentions !, lance Émylie avec suffisamment d'acrimonie dans la voix pour que ni Hertz ni le Premier ne se méprennent sur ses sentiments à leur égard.

— Quel gâchis !, se lamente Hertz. Quel épouvantable gâchis...

— Eh bien, réparons nos fautes !, dit Mosèle. Finissons ce que Francis a entrepris. Faisons parler ces clichés.

Le jeune homme s'approche de la table et désigne de l'index l'un des clichés particulièrement précis de l'encoche circulaire découverte par Émylie au fond de l'étang d'Umbra.

— Nous sommes maintenant persuadés que cette gorge est une serrure, avance-t-il. J'en aurai le cœur net lorsque j'y mettrai la clef, c'est-à-dire l'anneau.

À ces mots, Émylie a bondi. Elle abandonne la fenêtre pour venir se planter devant Mosèle qui recule d'un pas, surpris par sa réaction.

— Qu'est-ce que tu as dit ?, lui demande-t-elle. J'ai bien compris ? Tu as l'intention de replonger dans l'étang d'Umbra ? C'est ça, votre idée ? C'est ce que vous avez décidé au cours de votre foutue réunion de « cagoulards » ?

Le Premier tente de l'apaiser :

— Nous avons en effet voté ce...

Émylie ne le laisse pas achever sa phrase et élève le ton :

— Voté ! Je me fiche de vos votes, de vos délibérations, de toutes vos résolutions ! Vous allez immédiatement repasser le bébé à la communauté scientifique, oui !

C'est au tour de Hertz de s'interposer :

— Non, Émylie, non. Nous allons d'abord voir ce que contient le Tombeau, et ensuite nous ferons une communication.

— Je partage l'avis de Martin, dit Mosèle.

Émylie est au bord des larmes. Elle parvient cependant à se contenir. Sa colère est un rempart contre le désarroi. Un fragile bouclier qui risque de se désintégrer d'une seconde à l'autre. Elle a perdu Francis qu'elle pensait ne plus aimer. Elle redoute de perdre Didier qu'elle pourrait aimer.

— Tu es comme Francis, jette-t-elle à son ami. Vous êtes tous comme lui ! Aussi orgueilleux...

— Les restes de Jésus appartiennent légitimement à la Loge Première, explique Hertz en adoucissant sa voix autant qu'il peut. Il nous revient le droit de présenter la Vérité au monde, Émylie.

— Quelle prétention, Martin !, lui reproche-t-elle. C'est seulement votre guéguerre contre le Vatican qui vous anime ! Nous ne savons pas quel piège peut receler ce sépulcre immergé. Vous n'avez pas pensé un seul instant que les Templiers ont pu le truffer de chausse-trapes ? C'est de la folie ! Il faut plutôt charger une équipe spécialisée de plonger... Une dizaine de types superentraînés !

— C'est ça !, la tance Mosèle. Et comment je lève ce commando ? Quel dossier monter ? À qui je le soumets ? Qui me délivre les fonds ? Je me pointe au ministère de la Culture et je balance : « Bonjour, monsieur le Ministre, voilà, je suis chercheur à la Fondation Meyer et franc-maçon... Je vous annonce que le Christ n'est pas mort sur la croix et qu'il repose au cœur de la forêt d'Orient... Des preuves ? Pardi... Entre les lignes des Évangiles, dans les manuscrits de la mer Morte, dans le Testament du Fou qui a été brûlé, dans le dessin de Nicolas et Agnan de Padoue... » Je lui parle ensuite de la mort de Francis, de Pontiglione, de Souffir, d'un méga-complot qui dure depuis deux mille ans, et tu t'imagines qu'il ne m'envoie pas à l'asile ?

Émylie retient encore ses larmes. Elles vont sous peu déborder. Elles lui brouillent déjà la vue. Aussi se rue-t-elle vers la porte du bureau pour s'enfuir en jetant :

— C'est à croire que tu cherches à mourir, Didier ! Pour te faire pardonner quelle faute ?

Elle claque la porte derrière elle, abandonnant Mosèle pétrifié, les bras ballants, tout bête.

Hertz lui conseille :

— Allez la rejoindre, mon ami. Elle est fatiguée, à bout de nerfs. Tout comme vous. Faites la paix avec elle.

Il reste planté au milieu du bureau, donnant l'impression de ne pas avoir entendu le vieil avocat, puis il se décide. Il sort à son tour, reprend le sombre couloir aux nombreuses gravures, se dirige vers la chambre où Émylie vient de s'enfermer. Cette maison lui paraît sinistre. Tout y est endormi, empoussiéré.

Il pénètre dans la chambre. Émylie, en pleurs, est en train de remettre de l'ordre dans le havresac. Il feint l'étonnement :

— Qu'est-ce que tu fais ?

— Tu vois, mes affaires ! Je rentre à Paris ; j'en ai marre ! Tes *frangins* ont ramené ta voiture, non ?

— Oui... mais je croyais que...

— Si tu n'as pas envie de me reconduire, appelle-moi au moins un taxi.

— Ça peut attendre, non ? On pourrait dormir ici cette nuit, et on rentrerait ensemble demain matin.

— Parce que tu crois que je vais rester une minute de plus dans cette baraque ? Je veux retrouver mon beau-père pour le faire soigner. Pour qu'il me parle de Francis.

Elle a empoigné le havresac et s'apprête à quitter la pièce. Mosèle la retient par le bras.

— Attends-moi, lui dit-il, je viens avec toi. C'est vraiment trop con de se disputer, non ?

— Je suis lasse, Didier, lasse de toute cette histoire, avec tous ces morts ! Je n'en peux plus.

— Moi aussi, Émylie. C'est pour cette raison que je désire y mettre un terme. Nous nous reposerons ensuite.

— Laissons cela aux autres...

Elle laisse tomber le havresac à ses pieds, regarde Mosèle à travers ses larmes et plonge, plonge vers les bras qu'il lui tend, s'y jette pour étouffer d'énormes sanglots trop longtemps contenus.

Se laisser fondre ainsi la soulage. C'est seulement maintenant qu'elle pleure réellement Francis. Que toute sa chair, tout son esprit ont pris conscience de sa perte définitive.

Mosèle la console avec une brassée de mots qu'il trouve stupides dès qu'ils ont franchi ses lèvres.

Un quart d'heure plus tard, il annonce au Premier et à Hertz qu'il a décidé de ramener Émylie à Paris. Le vieil avocat lui montre alors sur une carte routière la situation géographique de la propriété et l'itinéraire à suivre pour atteindre l'autoroute.

— Pas de bandeau sur les yeux, cette fois ? Plus de mystère ?, demande Mosèle.

Hertz lui sourit en répondant :

— Cette mise en scène est superflue, nous vous l'avions imposée essentiellement pour vous empêcher de voir le visage des frères de notre Loge. Vous avez tout retenu ? Vous allez jusqu'à Montrail ; là, vous prenez l'autoroute. Paris n'est qu'à une trentaine de kilomètres.

— Je trouverai, merci.

Hertz accompagne les deux jeunes gens jusqu'à la Golf. Il porte un petit paquet en tissu qu'il glisse dans le havresac sitôt que Mosèle l'a jeté dans son coffre.

— Je mets l'anneau dans votre sac. Vous m'appelez dès que vous aurez décidé de retourner en forêt d'Orient. Vous me le jurez, n'est-ce pas ? Je tiens à être à vos côtés.

— Oui, Martin. Mais, me confier l'anneau...

— Tout repose sur vous désormais, Didier.

— Un épilogue qui abattra deux mille ans d'imposture et de mensonge... La plus grande découverte de toute l'histoire de l'Humanité !

Maussade, Émylie s'est engouffrée dans la voiture, Mosèle s'est installé au volant. Il va pour refermer la portière quand Hertz la retient encore un instant et poursuit :

— En effet, quelque chose qui ressemble à un effroyable séisme ! C'est le prix que paiera l'Église pour tous nos morts : Templiers, Cathares, nos frères...

— Si le Tombeau n'est pas vide, précise Mosèle. Seulement s'il n'est pas vide !

Le vieil homme hoche la tête et laisse son ami fermer la portière, mettre le contact et démarrer.

André est à la grille. Il lance un bref salut à Mosèle au passage de sa voiture.

La grille est aussitôt refermée. Hertz demeure un moment dans l'allée, la pluie lui crépitant sur le crâne.

— Vous devriez rentrer, Maître, lui conseille le majordome, parvenu à sa hauteur.

Hertz remonte à l'étage rejoindre le Premier qui a conduit son fauteuil roulant jusqu'à la fenêtre.

— Je vous ai vu faire, dit-il lorsque Hertz rentre dans la pièce.

— Oui, l'anneau a quitté la Loge. Pour le bien de celle-ci.

— Je devrais être satisfait, mon ami ; pourquoi suis-je d'un coup si inquiet ?

— Sans doute parce que c'est la première fois dans sa longue histoire que notre Loge n'a plus d'ennemis.

— En êtes-vous bien certain ?

— Disons que nous leur avons rogné les griffes et que nous avons pris sur eux une sérieuse longueur d'avance. Nous avons résolu tous les secrets de cette antique énigme.

Hertz s'est à son tour approché de la fenêtre. Il mêle son regard à celui du Premier. Ils pensent à l'unisson, cheminant dans le passé à travers les traits de pluie qui s'abattent sur le parc.

Pourquoi parler ? Que dire ? L'un et l'autre se connaissent depuis si longtemps, jumelés par l'initiation pratiquée dans cette Loge marginale, intemporelle. Ils sont plus que frères. Ils s'aiment de cet amour que soude leur quête commune.

Ils s'aiment comme ils aiment leurs dix autres frères. Montespa, auquel ils distribuent à l'envi du *Monseigneur* ; Losterlack, qu'ils appellent *le Potard* ; Granvel, *le Maître des Cérémonies*, si sérieux, trop silencieux ; Sellas, *le Secrétaire*, toujours aimable, souvent obséquieux ; Hertig, *le Trésorier*, affectueux et drôle, serviable et généreux comme un saint ; Coward, *l'Anglais*, discret et fragile, tout en os, tout en angles ; Delacroix, *l'Historien*, vieux morceau de bois à l'écorce tannée, fouilleur, fouineur, farceur et bavard ; Bosser, *l'Étymologiste*, discret, mesuré et faussement modeste ; Goldstein, *l'Ébéniste*, rigoureux et précis comme une mécanique ; Armand, enfin, qu'ils surnomment *Kipling* sans plus savoir pour quel motif, peut-être en raison de sa magnifique paire de moustaches à l'ancienne...

Hertz rompt le silence :

— Il me semble raisonnable de nous reposer un peu. Je voudrais que Léa ne me trouve pas trop moche, tout à l'heure.

— J'en ai oublié de vous demander comment elle allait, se reproche le Premier, sincèrement désolé.

— Son état est stationnaire. Les calmants y sont pour beaucoup. J'aimerais tant faire encore un bout de chemin avec elle.

— Je vous trouve bien mélancolique ; ce n'est pas dans vos habitudes.

— Nous sommes parvenus à notre but. J'ai passé la plus grande partie de ma vie à chercher le Tombeau de Jésus... Tout ce temps m'a dévoré chair et âme !

— Étonnant paradoxe, n'est-ce pas : vous vous sentez démuni au moment de concrétiser votre rêve !

— Allons, dit Hertz, nous sacrifions à la philosophie de bazar ! Nous sommes fatigués, l'un et l'autre.

— C'est que nous sommes vieux, Martin. Vieux, avec des rêves trop lourds !

83.

Retour à Paris

Vendredi, vingt-deux heures cinquante-cinq.

— Dans cinq minutes tu dors, Émylie. Et tu ne discutes pas : tu prends mon lit après avoir avalé deux comprimés de cette saloperie que j'ai mise sur la table de nuit.

— Ça devient une habitude. Une manie, plutôt ! Tu ne vas pas passer le reste de ta vie sur le canapé ?

— Il n'en est nullement question. Je te vire dès que je deviens célèbre, après avoir communiqué au monde entier la découverte du tombeau d'un brave type mort il y a un bail, enterré avec son testament.

Émylie offre un malheureux petit sourire de circonstance à Mosèle.

— J'ai l'impression qu'il s'est écoulé un siècle depuis que nous avons quitté cet appartement. Je me demande où se cache mon beau-père, et pourquoi il ne répond pas sur son portable.

— Nous verrons plus tard. J'exige que tu te reposes. Viens !

Il la pousse vers la chambre.

— Tu ne penses pas qu'il faudrait alerter la police ?, s'inquiète-t-elle. Lancer un avis de recherche ?

— Ce serait la pire chose à faire, et tu le sais bien.

René Marlane ne souhaite pas plus que nous que les flics remuent ce merdier. C'est trop tôt !

Elle s'assied sur le lit, se prend la tête entre les mains, soupire.

— Tu as peut-être raison. Mais la police n'en enquête pas moins sur le meurtre de Norbert Souffir.

— Avant qu'elle n'intègre cette pièce dans le puzzle, j'espère que tout sera réglé.

Il lui tend un verre d'eau et deux comprimés.

— Avale-moi ces cochonneries, et dors.

Elle s'exécute docilement. Redressant le buste, elle interroge Mosèle de son regard noisette.

— Qu'y a-t-il ?, demande le jeune homme.

— Tu ne te méfies donc pas ? Et si tu n'étais que l'instrument de vengeance de la Loge Première ?

— Je t'en prie, ne recommence pas avec ça !

Émylie le prend par le cou. Il se penche pour avoir le visage tout près du sien.

— Excuse-moi, murmure-t-elle. Embrasse-moi et couche-toi aussi.

Il l'embrasse. Doux petit coup de bec sur les lèvres. Elle a fermé les yeux.

Mosèle regagne son bureau. Il allume une cigarette dont la première bouffée lui brûle la gorge, étale les clichés pris la veille dans l'étang, la photocopie du tracé des Templiers, les cartes d'état-major...

Il a allumé son ordinateur et passe de son écran aux documents. Il balaie du regard tous les éléments en présence, les interroge encore, sans cesse, obstinément. « C'est ce foutu labyrinthe qui me pose problème... Évident qu'il défend le Tombeau ! Pas d'entrée ni de sortie indiquées sur ce plan... Quel genre de mauvaise surprise me réserve ce truc ? »

*
**

Montespa a gravi l'escalier aux marches instables de l'immeuble désaffecté qui sert de base aux Gardiens du Sang.

L'endroit empeste l'humidité, le plâtre pourri, le bois vermoulu, une épaisse odeur qui fait suffoquer.

Son Éminence pénètre dans la pièce où l'attendent six hommes. De jeunes types sportifs aux cheveux ras ou coupés en brosse, nuques épaisses, mâchoires serrées, larges épaules.

Les six Gardiens du Sang appartiennent à la section *Forza* de l'organisation. Des mercenaires, de modernes croisés. Suréquipés, tels des G.I. en mission. De toutes nationalités. Parlant tous plusieurs langues, dont le français. Une troupe que le cardinal Montespa regrette de n'avoir pas jetée plus tôt dans l'opération. Mais celle-ci avait été engagée par Guillio quand il en tenait encore les rênes.

— *Dominus vobiscum*, prononce le cardinal.

— *Et cum spiritu tuo*, répondent les six voix en un chœur grave.

Montespa jette un rapide coup d'œil alentour. Il remarque le récepteur qui a servi à piéger Martin Hertz et se rappelle le moment où il a lui-même placé le micro dans le bureau de son ami.

Son ami...

— Vous connaissez la plus grande partie du dossier pour avoir été briefés par Monseigneur Monetti avant votre départ de Rome ; je compte sur vous pour achever cette malheureuse affaire qui a coûté la vie à quatre des nôtres.

— Nous savons que nous devons agir rapidement, dit l'un qui se détache du groupe et répond au matricule Forza-1.

— Très vite !, souligne Montespa. L'annonce de

la mort du pape sera prochainement communiquée ; nous ne pourrons maintenir longtemps le secret. Oui, très vite ! Toutes vos missions sont consignées dans ce dossier.

Il sort une épaisse chemise de sa serviette en cuir qu'il dépose sur la table. Les Gardiens du Sang s'approchent en formant un cercle. Forza-1 ouvre la chemise et en extrait onze fiches.

— Voici les cibles, lâche le cardinal.

Onze fiches. Onze noms. Des photographies de face et de profil de chaque cible humaine. Des plans, des rapports comportementaux, des numéros de plaques minéralogiques, de téléphones, de digicodes d'immeubles...

Hertz, Losterlack, Granvel, Sellas...

Tous les onze défilent sous les yeux de Son Éminence. De face, de profil. Des morts, déjà.

— Et le cas Mosèle ?, demande le lieutenant.

— Il est lié à celui des Marlane père et belle-fille. Voici une note à leur propos.

Montespa sort de sa serviette une seconde chemise, plus mince que la précédente, qu'il tend à Forza-1.

— Comme vous le savez, commence-t-il, l'anneau a été remis à Mosèle. Lequel a regagné son domicile avec la veuve Marlane, ce matin ; ce soir, ils n'avaient pas bougé. Dès que l'un ou l'autre sort, il fera immédiatement l'objet d'une filature. Certains d'entre vous devront intervenir en soutien. Nous ignorons à l'heure actuelle quand Mosèle et Hertz retourneront en forêt d'Orient.

— Nous restons à l'écoute, précise Forza-1. Hertz a passé un coup de fil à Mosèle vers treize heures avant de se rendre à l'hôpital voir sa femme. Nous avons enregistré la conversation bien qu'elle ne présente pas grand intérêt.

— Je l'écouterai cependant, précise Montespa. L'entretien peut avoir été codé ; nous ne devons surtout pas sous-estimer nos ennemis.

— À propos de Madame Hertz ?, interroge un Gardien, Forza-4. Ne fait-elle pas partie des cibles ? Il n'y a aucune fiche à son sujet.

Léa... Montespa revoit mentalement la frêle silhouette de ce petit bout de femme dont seuls les yeux n'ont jamais vieilli. La fidèle et docile compagne de ce gros ours de Martin.

Léa...

— Elle ne fait pas partie des cibles, énonce Son Éminence.

Il ne s'attarde pas à leur en donner la raison. Que leur dire ? Que cette femme ne pourra jamais leur nuire et qu'il serait vain de la sacrifier ? Ce ne serait qu'un crime gratuit et inutile qui alourdirait le solde de tous ceux qu'il a déjà été tenu de commander.

Les cibles sont réparties entre les Gardiens du Sang tandis que Montespa se fait repasser l'enregistrement de la dernière conversation entre Hertz et Mosèle.

Après deux écoutes, n'ayant rien remarqué d'anormal, rassuré, il enjoint aux Gardiens du Sang de former la Loggia.

Les hommes se rapprochent un peu plus de la table où sont étalées les fiches relatives aux onze frères de la Loge Première. Montespa étend le bras au-dessus des documents, les doigts parfaitement joints. Les Gardiens du Sang lui répondent par un geste identique dirigé vers le bras tendu du cardinal.

— C'est pour la Gloire de la sainte Église et sa Gloire seule que nous agissons, prononce Montespa.

Il croise alors les mains sur sa poitrine, les Gardiens baissent leur bras et inclinent la tête en signe de révérence.

— C'est pour la Maison de Dieu et son Royaume, poursuit le cardinal. *Cum fortis armatus custodit atrium suum, in pace sunt ea quae possidet*[1].

Puis, de la main droite, il trace une croix dans l'espace au-dessus de la tête des Gardiens et ajoute :

— *Salvum fac populum tuum, Domine, et benedic hereditati tuae*[2].

— Par la Croix !, clament six voix frappées d'une intense conviction.

1. *Lorsqu'un homme fort et bien armé garde sa maison, tout ce qu'il possède est en sûreté* (Évangile selon saint Luc, ch. 11).

2. *Sauvez votre peuple, Seigneur, et bénissez votre héritage.*

84.

Dernier acte au Vatican

Le cardinal Rozzero est de petite taille. Tout en lui, du reste, est petit : les mains naines, les bras trop courts, les jambes cintrées. Il est laid comme peuvent l'être les rats. Mais c'est un homme fidèle en amitié, respectueux en religion, accommodant en politique. Ces trois vertus ont fait de lui un personnage de qualité dans l'organisation des Gardiens du Sang. C'est pourquoi il a été chargé de veiller un pape mort que d'aucuns s'évertuent à faire seulement passer pour mourant.

Assis, la tête rentrée dans les épaules, ses yeux ronds sont d'hypnotiques billes fixées sur le cadavre de Jean XXIV. Ils ne clignent que rarement, comme attirés par le gisant.

Quand la porte de la chambre s'ouvre, Rozzero sort à regret de sa torpeur morbide, tourne légèrement sa tête au museau pointu.

— Ah, c'est vous, Monetti, dit-il.

— Vous devriez dormir un peu, Rozzero. Vous vous acquittez de votre tâche avec trop de sérieux. Que craignez-vous ? La chambre est solidement gardée par des hommes de confiance. Est-il bien utile de vous morfondre en présence de cette dépouille ?

Le gros cardinal s'est approché du lit. Il tient un dossier noir contre sa panse.

— Les thanatopracteurs ont fait là du bel ouvrage, souffle-t-il. Et cette odeur de formol est devenue presque supportable !

— Cette comédie n'a pas été montée pour durer. Si le secret de la mort du pape venait à sortir de ces murs...

Monetti émet un jappement bref.

— Justement, je peux vous rassurer ; je viens de recevoir des nouvelles de France. La Loge Première s'est réunie tôt ce matin en Tenue obscure pour y recevoir Didier Mosèle ; je vous résumerai l'état de la situation.

— Ces francs-maçons ont dû célébrer comme il se doit la mort de nos trois agents dans la forêt d'Orient !

— Nous avons appris qui a tué ces Gardiens du Sang, explique Monetti. C'est le père de Francis Marlane. Regardez...

Il tend le dossier noir à Rozzero. Celui-ci l'ouvre sur ses genoux pour en extraire une photographie.

Monetti vient pointer un énorme index sur le cliché et dit :

— C'est lui, là. Avec Émylie, sa belle-fille. Cette photographie a été prise lors de l'enterrement de Marlane par nos premiers agents en France. Qui aurait pu se douter... ? Nous aurons bientôt fait place nette, Rozzero. Juste encore un peu de sang à verser, et nous coifferons Montespa de la tiare en toute tranquillité !

— Vous expédiez aisément la besogne, Monetti !

— Les dés sont jetés, de nouveaux Gardiens du Sang se sont envolés pour la France dès que nous avons appris la mort de leurs trois prédécesseurs.

Rozzero remet la photographie dans la chemise qu'il referme, et demande :

— Sommes-nous certains que les frères Premiers ne soupçonnent absolument pas qu'ils sont infiltrés ?

N'avez-vous pas envisagé qu'ils pouvaient nous tendre un dernier traquenard ?

Monetti se fait rassurant :

— Non, ce sont eux qui sont tombés dans les filets que nous leur avons tendus. Nous les avons manipulés et dupés sur toute la ligne ; ils sont pris dans nos mailles. Je vous le répète, il nous suffit d'effacer les tout derniers témoins de cette comédie.

— Que de morts à venir, encore !, se lamente sincèrement Rozzero en hochant la tête et en soupirant.

— Nous ne pouvons agir autrement, c'est le prix à payer pour préserver la sainte Église, l'empêcher de s'effondrer en engloutissant toute la Chrétienté avec elle. Le Tombeau du Christ disparaîtra bientôt, mon ami. Très bientôt.

Il déplaît beaucoup à Rozzero que Monetti l'appelle son ami. Il est certain de n'avoir jamais éprouvé que du mépris pour ce potentat roublard, ce machiavel au petit pied, valet de Montespa. Il n'empêche qu'il doit composer avec lui ; c'est là d'ailleurs que s'exerce l'une de ses vertus : ne pas s'arrêter au dégoût que suscitent certains alliés, mais s'accommoder plutôt de leurs défauts.

— Au fait, interroge Rozzero, vous ne m'avez pas encore dit... ?

— À quel sujet ?

— Vous savez bien, nous en étions convenus lors de notre dernière Loggia...

— Vous faites allusion au danger qui nous menace de l'intérieur ?, avance Monetti, matois. Vous avez du mal à prononcer son nom ?

Rozzero restitue le dossier noir à Monetti, croise les mains, coudes sur les genoux, et pose son menton sur ses phalanges noueuses.

— En effet, admet-il. Peut-être parce qu'il fut des

nôtres et que nous l'avons écarté de nos intérêts en lui arrachant les rênes des mains... Oui, je parle du cardinal de Guillio !

*
**

Une silhouette sort d'un épais bosquet.

C'est un homme vêtu d'un justaucorps noir, le visage dissimulé sous une cagoule et portant des lunettes à infrarouge.

Il traverse un jardinet en quelques pas souples, parvient au pied du haut mur d'un immeuble dont il évalue aussitôt les prises. Il est venu reconnaître les lieux par deux fois au cours des trois derniers jours. Il a mentalement programmé l'ascension et en connaît déjà les moindres saillies : la gouttière, les joints des pierres, les petits balcons. Il possède la façade en entier dans sa mémoire.

Il s'envole, poitrine collée au mur, un bras s'élançant vers le chéneau, les mains gantées attrapant la prise ; il grimpe en araignée, vivement, le regard dirigé vers le haut.

Il gravit ainsi quatre étages sans manifester le moindre soupçon de fatigue ou d'hésitation. Et parvient à se hisser sur l'un des balcons qu'il enjambe. Face aux volets clos, il fouille dans l'une des deux sacoches en cuir accrochées à sa ceinture pour en extraire une petite trousse à outils.

Sans bruit, patiemment, il s'attaque au système de fermeture des volets.

Un quart d'heure plus tard, il pénètre dans l'appartement du cardinal de Guillio. Ses lunettes à infrarouge lui offrent une vision parfaite dans l'ombre. Il se dirige comme un chat, empruntant un couloir qui dessert trois pièces, la dernière étant la chambre du cardinal.

Il y entre à pas feutrés, ses semelles de caoutchouc sur l'épaisse moquette ne le trahissant pas. Quelques pas et il se retrouve devant le lit. Le cardinal dort, couché sur le côté droit. Forme massive moulée dans les draps, respirant lentement, d'un souffle à peine audible.

Le visiteur plonge la main dans sa seconde sacoche pour en sortir une seringue hypodermique. Fait-il un léger bruit ? Un quelconque frottement, un son infime produit par l'ouverture de sa trousse ? Ou n'est-ce que l'approche du danger qui alerte le dormeur ? La prémonition que la mort vient de s'introduire dans sa chambre ?

Les paupières du cardinal s'ouvrent. Il se redresse à peine, voit la pointe de la seringue que tient un spectre noir. Voit les lunettes à infrarouge qui le fixent d'un regard aveugle.

Son esprit s'éveille alors, quitte le rêve pour se retrouver face à cette réalité effrayante, s'interroge : « Pourquoi ? »

L'homme plonge l'aiguille dans le cou de sa victime qui ouvre des yeux emplis de terreur. Des yeux élargis par la perspective d'une mort abominable qui lui gèle déjà le sang, le tétanise, l'étouffe.

Le tueur pousse à fond le piston de la seringue. Guillio se convulse. Ses mains, habituées à sinuer dans l'espace pour souligner ses propos, se jettent désespérément dans le vide, cherchant un objet ou un être auquel se raccrocher.

Sa conscience survit encore, un laps de temps infinitésimal, alors que son cœur a cessé de battre. Et, dans cet atome de vie, Guillio implore le pardon de son Créateur pour tous les méfaits qu'il a dû commettre au cours de son apostolat.

Cette fraction de temps dérobée à la mort est le plus effroyable des cauchemars : une question sans réponse.

*
**

Incongrue dans l'atmosphère confinée, pleine d'odeurs pharmaceutiques, de cette chambre où un pape dans l'attente d'être mis en bière donne l'impression de dormir, retentit la grêle sonnerie d'un téléphone portable.

Monetti porte aussitôt l'appareil à son oreille.

— Oui... Oui, dit-il seulement. Oui...

Après avoir refermé son portable, il se tourne vers Rozzero pour lui préciser :

— C'est fait, mon ami. Le Vatican nous est entièrement acquis ; le cardinal de Guillio vient de décéder d'une crise cardiaque dans son sommeil.

Rozzero se signe et incline la tête pour cacher son visage dans la coupe formée par ses deux mains. La voix étouffée, il murmure :

— Dieu ait son âme ! Dorénavant, c'est en France que se livrera l'ultime combat.

Monetti tourne les talons. Avant de quitter la chambre, il ajoute :

— L'Église est sauvée. Il est temps que je me rende auprès de Montespa pour être présent lors de la conclusion du dernier acte. Je décolle cette nuit même pour gagner la nonciature de Paris.

85.
Éliminations

Samedi, sept heures quarante-cinq.

Mosèle n'est pas parvenu à fermer l'œil. Il a seulement somnolé à plusieurs reprises à son bureau, la tête dans les bras. Le temps de brèves plages de torpeur plus anxiogènes que reposantes, à cause de bribes de cauchemars sans cesse présents à la lisière de sa conscience.

Il s'est préparé un café en prenant grand soin de ne produire aucun bruit afin de ne pas réveiller Émylie. Puis il a pris sa décision.

Il a plié la combinaison de plongée neuve qu'il a achetée la veille dès son retour à Paris, l'a mise dans le havresac avec les bouteilles, la torche électrique, le masque, le détendeur, les palmes et l'anneau.

Ensuite il a rédigé une lettre destinée à Émylie, qu'il a posée bien en évidence sur la commode du vestibule.

Et il a refermé derrière lui la porte de son appartement, conscient qu'Émylie et Hertz lui reprocheront amèrement d'avoir pris cette initiative. Mais il ne veut plus attendre. Ne peut plus attendre.

Il emprunte l'escalier pour se dérouiller les jambes, traverse la cour, fait quelques dizaines de mètres sur l'avenue de la Porte-Brancion pour regagner sa voiture.

Deux hommes, à bord d'une Laguna grise, se préparent à le prendre en filature. L'un d'eux envoie immédiatement un message au cardinal Montespa.

*
**

Huit heures douze.

La sonnerie du téléphone sort Martin Hertz de son sommeil et insiste jusqu'à ce qu'il ait réalisé qu'il s'agit de son portable. Il se souvient avoir laissé l'appareil dans l'une des poches de son pantalon. Il extrait son énorme carcasse du lit.

— Allô ?, demande-t-il bientôt.

La voix du Premier au bout du fil. Chargée d'une tension inhabituelle.

— Orient-Origine... L'Anglais s'est tué, Martin ! Ce matin à sept heures... Je l'ai appris à l'instant.

Hertz a soudainement froid. Il se demande s'il a bien compris ce que vient de lui apprendre le Premier. Il le fait répéter.

— Réveillez-vous, bon Dieu, je vous dis que Coward est mort ! Il a eu un accident sur le périphérique en se rendant à son étude.

— Comment est-ce arrivé ?, demande Hertz. Un malaise ? Il avait déjà fait deux infarctus, je crois.

— Justement !, lance le Premier. Il ne fumait ni ne buvait plus depuis son triple pontage. Alors, pourquoi était-il ivre au volant ?

— Ivre, lui ?, s'étonne le vieil avocat. À cette heure ?

— Oui, vous avez bien entendu, il était ivre ! Du moins est-ce le premier constat dont nous disposons.

Il y aura certainement une autopsie qui déterminera s'il n'a pas ingéré une autre substance.

— Vous pensez à un empoisonnement ? C'est absurde...

— Je suis sous le choc. Coward n'a pas pu se soûler. Je vous rappelle dès que j'aurai appris du nouveau. Je me fais peut-être des idées, après tout. Je l'espère...

Hertz demeure planté sur place durant de longues secondes après que le Premier a raccroché. Le froid qui l'a saisi plus tôt s'est répandu dans toutes ses veines, le moindre de ses vaisseaux. Pareil à un venin.

*
**

Forza-6 a effectué un rétablissement en souplesse sur la rambarde de la fenêtre. Il a pratiqué une ouverture dans la vitre à l'aide d'un diamant, a passé la main par l'orifice circulaire. Il a ouvert la fenêtre, s'est glissé dans la pièce, le plan de l'étage en mémoire. Toutes les informations nécessaires étaient mentionnées sur la fiche n° 2 des cibles.

Quand il entre dans le salon bleu, l'infirme est en train d'achever une conversation téléphonique. *« Je vous rappelle dès que j'aurai appris du nouveau. Je me fais peut-être des idées, après tout. Je l'espère... »* La cible est de dos. Forza-6 l'atteint en quatre pas agiles et précis.

Une main gantée se plaque brutalement sur les lèvres du Premier pour l'empêcher d'appeler.

Puis tout se déroule à une vitesse telle que le Premier ne peut réaliser pleinement qu'il va mourir. Que tous les frères de la Loge Première vont mourir. Il le devine. Le devine seulement. Une pensée lui vient à l'esprit alors que son fauteuil roulant est violemment propulsé dans l'escalier. Une image : celle d'un corps momifié dans un tombeau immergé... « Jésus ! »

Dans sa chute, le fauteuil rebondit, éjectant le corps à demi paralysé dont les membres sans vie remuent en tous sens.

Le Premier se brise la nuque sur l'arête de la dernière marche, boule une dernière fois pour s'immobiliser enfin sur le carrelage du hall.

Plus haut, Forza-6 a déjà quitté le palier.

André, alerté par le bruit, a surgi. Le spectacle s'impose à lui par flashs. Une roue du fauteuil renversé qui tourne encore à vide en émettant un sifflement, une chaussure tournée la semelle en l'air sur une marche, le Premier gisant fracassé, la tête tournée vers le plafond, ses yeux agrandis par l'étonnement...

— Bon Dieu de merde, Marc !, hurle André en se précipitant sur le corps.

Le pouls ne bat plus. Le visage de la victime est figé en un masque dissymétrique.

— Mais qu'est-ce qui vous a pris ?

André s'effondre sur la poitrine du Premier, son ami.

*
**

Forza-6 a traversé le parc à larges foulées élastiques, il a atteint le mur d'enceinte exactement à l'endroit où il l'a franchi à peine un quart d'heure plus tôt. Il a sauté l'obstacle pour retomber sur un trottoir le long duquel attend une Peugeot 407, moteur tournant.

— Démarre ! Arrache-toi !

Forza-7 passe sa vitesse, la voiture bondit.

— Le vieux téléphonait quand je suis intervenu, dit Forza-6. Il savait déjà, pour la première cible. Je l'ai entendu prononcer le nom de son interlocuteur : Martin.

— Martin Hertz, l'avocat ! Le gros gibier.

— Il n'est plus avocat depuis longtemps.

— Je sais, mais c'est ainsi que l'appelle Son Éminence.

*
**

Dix heures trente-cinq.

Mosèle a enfilé sa nouvelle combinaison de plongée. Il tarde à mettre son masque. Assis sur la rive boueuse de l'étang, il contemple le monticule de terre et de roseaux qui en émerge. La terre d'Umbra.

Des mains il joue machinalement avec l'anneau, ses pensées errant en désordre, se recouvrant l'une l'autre. Francis, Norbert Souffir, Ernesto Pontiglione... Et l'abbé Jacques... Et la Loge Première... Les mensonges des uns et des autres. Ou leurs secrets. Ou leurs silences.

Une bruine grise enveloppe la forêt qui cerne l'étang, effrangeant des fumerolles blanches à la surface de l'eau.

Il goûte cet instant si paisible, appréciant sa solitude et le silence, respirant avec plaisir cet air embué dans lequel se mêlent des parfums de mousse, des odeurs de vase et des senteurs d'écorce macérée.

Il plongera, c'est certain. Mais il ignore quand. L'état d'engourdissement dans lequel il se complaît lui permet un recueillement inhabituel. Une méditation qui s'impose malgré lui à son esprit.

Une sérénité proche de l'assoupissement.

Il plongera, mais plus tard. Il a le temps. Tout son temps.

***

Dix heures quarante-six.

Léa peine à garder les yeux ouverts. Elle lutte contre une irrésistible envie de dormir. Elle sait que son état est la conséquence de son traitement, ces nombreux neuroleptiques et autres psychotropes qu'on lui administre depuis qu'elle a appris la mort de l'abbé Jacques et l'incendie de sa maison de campagne.

Ces drames lui ont arraché le cœur. Elle n'est plus qu'une vieille cosse vide.

Martin, assis près de son lit, la regarde se battre contre l'engourdissement, ses paupières s'alourdissant de plus en plus à chaque clignement. Il se demande si elle ne le déteste pas, maintenant.

Elle se force à parler, d'une voix épaisse.

— Tu as une sale mine.

Elle pense donc encore à lui, s'inquiétant même de sa santé.

— Tout va bien, je te jure... Pas vraiment dormi, c'est tout.

— Tes yeux mentent, Martin. Et je les connais bien, tes yeux d'hypocrite !

— Je ne suis pas venu te voir pour que nous parlions de moi, mais de toi. On va te laisser sortir bientôt, non ? Je pense que je ferai une excellente nounou à la maison.

Elle hausse les épaules.

— Toi en nurse ? Je me demande si je ne préfère pas rester à l'hôpital...

La sonnerie du téléphone de Hertz recouvre sa voix.

— Surtout si c'est pour être sans cesse dérangée par ton portable !, souligne-t-elle sèchement.

Hertz, son téléphone à l'oreille, pâlit, ouvre grand

la bouche, cherchant sa respiration. Le coup qu'il vient de recevoir le tasse sur sa chaise comme un boxeur en fin de round.

— Oui, André... Marc est mort... Son fauteuil roulant... Oui. Dans l'escalier...

Léa le fixe ; il se décompose, replie son portable ; ses doigts tremblent.

— Que se passe-t-il ? Qui vient de décéder ? Tu as l'air anéanti.

— Un vieil ami... Tu ne le connaissais pas. Je ne crois pas t'en avoir jamais parlé. Excuse-moi, il faut que je te quitte. Je repasserai bientôt, c'est promis, ma chérie. Mais je dois y aller.

Il se lève, les jambes en coton, la gorge nouée.

— C'est cette affaire qui n'en finit plus, n'est-ce pas ?, s'enquiert-elle.

Il est déjà sur le seuil de la chambre. Il se retourne vers Léa qui lui semble encore plus frêle et fragile qu'à l'ordinaire.

— Plus tard, promet-il. Je te dirai tout plus tard.

Il se jette dans le couloir, se dirige vers les ascenseurs. Marc Masquet, le Premier... Mort peu de temps après l'Anglais. Ce n'est pas une coïncidence, pense-t-il. Les Gardiens du Sang ont enclenché un programme d'élimination. Les frères de la Loge Première sont tous en danger. Mosèle aussi. Mais comment ? « Comment les Gardiens du Sang connaissent-ils l'identité de tous mes frères ? »

Arrivé dans l'ascenseur, il compose le numéro du portable de Didier Mosèle. Il doit le prévenir au plus vite.

*
**

Dix heures quarante-huit.

La pluie fine picote la surface de l'étang. Sur la berge, dans le havresac, la sonnerie du téléphone portable de Mosèle égrène une mélodie métallique. Quatre fois.

« Vous êtes bien au numéro de Didier Mosèle, indisponible actuellement. Laissez votre message et je vous rappellerai le plus rapidement possible. »

Se frayant un chemin à la lumière de sa torche, Mosèle nage parmi de longues algues brunes, l'anneau dans sa main gauche. À sa ceinture, il porte un couteau dans un fourreau ainsi qu'un sac en plastique vide dans lequel il espère ardemment déposer bientôt l'Évangile de Jésus...

86.
La découverte de Mosèle

Dix heures cinquante.

Une sonnerie. Celle du téléphone fixe. Émylie émerge de la chambre, l'esprit ankylosé par les somnifères qu'elle a pris la veille. Elle appelle Didier. N'obtenant aucune réponse, elle se dirige vers le vestibule, saisit le combiné sur la commode, marmonne un « allô » pâteux.

Elle reconnaît la voix de Hertz, le fait répéter, prend quelques secondes pour assimiler ce qu'il lui dit :

— Je cherche à joindre Didier de toute urgence. Est-il avec vous ou s'est-il rendu à la Fondation ? Son portable ne répond pas.

— Je crois qu'il doit dormir dans son bureau... Attendez ! Il y a une lettre, là. Oui, oui, c'est bien son écriture.

— Il vous a laissé un mot ?, s'étonne Hertz avec angoisse. Pourquoi ?

— Je la lis : *« Ma petite Émylie, je n'y tiens plus ; je retourne plonger dans l'étang d'Umbra. Savoir que la Vérité est si proche et rester à ne rien faire m'est insupportable. Préviens Martin ; qu'il me pardonne de n'avoir pas tenu ma promesse. Je serai prudent. Mais je veux voir. VOIR ! Bises. Didier. »*

Un cri à l'autre bout de la ligne :

— Le fou !

— Que se passe-t-il, Martin ? Didier est-il en danger ? Je croyais que nous étions débarrassés des Gardiens du Sang...

— Il y en a d'autres, Émylie. Et tellement plus nombreux, cette fois ! Ils nous collent au train. J'ignore depuis combien de temps ils nous mènent en bateau... Je crois qu'ils attendaient que nous résolvions l'énigme pour nous tomber dessus. C'était cela, leur plan. Bien sûr ! Et maintenant ils font le ménage en ramassant la mise. Nous leur avons apporté le Secret sur un plateau. Merde ! Ils ont mis un fil au cou de Didier... Et je les ai aidés à faire le nœud en l'envoyant au casse-pipe ! Comme pour Francis Marlane... Je les ai condamnés tous les deux !

— Expliquez-vous, je ne comprends rien à ce que vous me dites, implore Émylie, la panique au cœur.

— Ils ont tué le Premier... Et un autre frère ! Nous allons tous nous faire descendre. Je passe vous prendre, on file chercher Didier dans la forêt d'Orient. Pas de nouvelles de votre beau-père ?

— Aucune.

Émylie raccroche. Celle de ses mains qui a tenu le combiné est moite. Elle tremble. Une peur sourde, pernicieuse, morbide, la frappe à l'estomac. « Didier ! », appelle-t-elle inutilement en se ruant dans le bureau. Vide.

Elle pense à l'eau noire et boueuse de l'étang. Et frissonne comme si elle venait d'y plonger nue.

*
**

Dix heures cinquante-sept.

En quelques brasses, Mosèle a atteint le fond du marais. Il examine l'encoche circulaire creusée dans la dalle blanche. Même circonférence que l'anneau. Une serrure...

Mosèle en imagine aisément le fonctionnement. La gorge doit recevoir l'anneau dans laquelle il est censé s'encastrer précisément pour glisser jusqu'à une sorte de clapet ou quelque autre instrument déclencheur d'une machinerie.

Le poids de l'anneau, son diamètre, la vitesse à laquelle il va tomber, tout a certainement été calculé par Hugues de Payns pour que l'objet – et uniquement cet objet – mette en marche un ingénieux mécanisme d'ouverture dans le mur.

Sans réellement en connaître la raison, les frères Premiers devaient se transmettre ce témoin de génération en génération. Seul l'anneau ouvrirait le Tombeau du Christ. Un rituel qui, s'il n'avait pas été respecté, aurait interdit à tout jamais l'espoir de pénétrer dans le sépulcre.

De Payns, héritier de la Tradition, avait conçu un dispositif complexe autour de ces quelques centaines de grammes de cuivre et d'étain.

Après un temps de réflexion, Mosèle place l'anneau dans la gorge de pierre.

Quelques secondes d'attente. L'inquiétude : et si, avec le temps, la mécanique des Templiers s'était enrayée... Quelques longues secondes avant qu'à la base du mur un pan de moellons se mette à trembler, à s'ouvrir lentement, laborieusement, dégageant une entrée suffisamment large pour permettre à un homme de l'emprunter.

Mosèle s'y engouffre et s'étonne. Son chemin est bloqué par un second mur distant du premier d'un bon mètre. Il se met à le longer avec une certaine appréhension, son projecteur ne lui offrant dans ce lacis qu'une faible surface éclairée.

Ce mur tourne sur lui-même, épousant la courbe du premier, n'aménageant au plongeur qu'un étroit chemin dans lequel ses épaules ripent sur les épontes.

De visqueuses géloses lui collent au visage, aux poignets, aux chevilles en d'écœurantes étreintes.

C'est alors qu'après un long moment d'incompréhension, découvrant que pour suivre le chemin imposé par cette mystérieuse architecture, il descend progressivement, il réalise qu'il vient de pénétrer dans le labyrinthe dessiné par les deux frères copistes de Padoue. Un dédale vertical. Un puits composé d'un double hélix de pierre sectionné par de multiples paliers qui sont autant de sas ralentissant la progression de l'explorateur. Des cavités, pratiquées çà et là, sans ordre particulier, offrent des passages. Au hasard, Mosèle en choisit un qui le mène deux mètres plus bas à un palier en cul-de-sac. Il lui faut remonter, chercher une autre voie. Mais, auparavant, à l'aide de son poignard, en prévision du retour, il grave une flèche au-dessus de ce premier soupirail sans issue.

Il avise une deuxième embrasure et s'y glisse.

Un labyrinthe vertical ! « En rectifiant, tu trouveras le frère occulte ! » Jésus lui-même avait conçu le plan de Son Tombeau...

*
**

Onze heures douze.

Forza-8 et 9 ont remplacé Forza-4 et 5 et se sont postés en faction dans une camionnette de blanchisserie devant l'immeuble du 33, avenue de la Porte-Brancion. Ils voient la Citroën de Martin Hertz se garer en double file, ses feux de détresse allumés.

Le vieil avocat descend du véhicule, vêtu d'un épais blouson, d'un pantalon de velours, coiffé d'un feutre ridicule en forme de cloche, chaussé d'une paire de bottes.

Il traverse la cour en hâte malgré sa corpulence.

— Forza-8 à Central... Confirmation de l'appel de Forza-11 en planque rue Jacquard ! Martin Hertz vient de débarquer au domicile de Mosèle. Qu'en est-il de ce dernier ? Des nouvelles ?

Dans son oreillette, la réponse ne tarde pas. Elle émane de Forza-1 qui centralise toutes les informations et relaie les ordres du cardinal Montespa :

— Cela fait un peu plus d'une heure qu'il a plongé. Forza-4 et 5 ne quittent pas l'étang des yeux. D'après eux, à en juger par ses bouteilles, il bénéficierait d'une grande autonomie.

— Et en ce qui concerne les autres cibles ?

— La cible Granvel est *tombée* d'un quai de métro au passage d'une rame il y a moins d'un quart d'heure. Le type a été déchiqueté. L'opération sera définitivement terminée ce soir.

*
**

Onze heures dix-huit.

Après cinq tentatives infructueuses, Mosèle parvient enfin dans un sas au plafond bas et voûté. De l'un des murs jaillit un gros et large volant d'acier rouillé, rongé, roux et noir.

Juste au-dessus de cette commande, un poisson surmonté d'une croix a été tracé dans la pierre. Il ne fait aucun doute que ce volant actionne un nouveau mécanisme qui donnera accès au Tombeau. Il coince sa torche dans sa ceinture, donne deux coups de palmes et s'empare du volant. Il est obligé de se tenir accroupi, les pieds au sol, le bout des palmes arc-bouté contre la paroi pour prendre un solide appui afin de débloquer la roue que des siècles de corrosion ont figée dans la pierre.

Il a consulté sa montre pour évaluer la quantité de nitrox qui lui reste, le choix de ce mélange d'oxygène et d'azote enrichi en oxygène lui offrant un temps de plongée plus long que s'il utilisait de l'air comprimé.

*
**

Onze heures vingt-quatre.

— Forza-8 à Central... Les cibles Martin Hertz et Émylie Marlane sortent de l'immeuble. Elles montent dans la voiture de Hertz. Je répète : elles ont été distinctement identifiées. Je demande confirmation de les prendre en filature.

— Autorisation de Central. Aucune intervention physique avant accord. Son Éminence se rend sur les lieux.

— Le cardinal sera-t-il seul ?

— Non. Accompagné de Monseigneur Monetti. Forza-9 les conduit. Bonne chasse, Forza-8.

Forza-8 se tourne vers son compagnon.

— Je te parie que l'avocat et la femme vont nous conduire dans la forêt d'Orient.

— Facile, vu la dégaine du vieux ! Il s'est attifé pour la pêche aux grenouilles !

*
**

Onze heures trente-six.

La rouille se désagrège en particules qui volètent dans l'eau tout autour de Mosèle. Depuis quelques minutes, le volant bouge et branle sur son axe.

Et tourne enfin.

Son mouvement est aussitôt suivi d'un grondement

et d'un bruit de chaînes, d'essieux métalliques, de roues dentées. Le sol est secoué, il perd de son assise et commence à s'incliner. Une trappe. Une trappe qui bascule soudain, entraînant Mosèle dans un violent torrent.

Le jeune homme chute dans une nouvelle salle. Il se retrouve étendu dans quelques centimètres d'eau. Son épaule gauche a heurté brutalement le sol. Il se relève péniblement sous la violente douche qui tombe de la première chambre. Il perçoit le grondement qu'accompagnent des grincements de ferraille en action... La trappe se referme, empêchant ainsi à cette nouvelle pièce d'être inondée.

Mosèle a de l'eau jusqu'à mi-mollets. Il braque le faisceau de sa torche devant lui et se rassure en découvrant un autre volant. « La commande de sortie ! » Il relève son masque sur son front et ôte le détendeur de sa bouche pour respirer à pleins poumons.

Les ténèbres. De chaque côté du cône de lumière, c'est la nuit. Il pivote sur lui-même, lentement, redoutant et espérant ce qu'il va voir. Ce qu'il doit voir. Là, un pilier trapu qui fait corps avec le mur. Ici, le doubleau d'une voûte à tiercerons. Là, au centre de cette crypte, un sarcophage de pierre. Un simple parallélépipède scellé d'une dalle, une épaisse feuille de marbre qu'irise la torche de Mosèle.

S'avancer de quelques pas malgré les muscles tétanisés, le cœur englué par la peur. Avancer jusqu'à ce modeste tombeau pour lire à sa surface la gravure parfaite d'un triangle.

Tomber à genoux comme un pèlerin parvenu harassé au terme du voyage. Pleurer sur soi, sur le monde et sa violence, sa haine et sa grandeur, sur les guerres inutiles et les courtes paix, sur l'intégrisme et ses hordes de fous, sur Dieu qui n'existe que dans l'amour que les hommes se portent, sur Dieu qui n'a pu se créer qu'enfanté par Dieu... Pleurer de joie et de peine. La joie de découvrir le plus improbable des mystères, la peine de devoir réduire en cendre la foi de millions d'êtres en le révélant.

Mosèle pose sa main droite sur le marbre du Tombeau de Jésus en guise de salut fraternel.

Sous cette pierre dort un vieil ami parti dans un voyage immobile au travers des siècles, gardant pour tout bagage son Évangile posé sur sa poitrine.

Mosèle entreprend de pousser la dalle fermant le Tombeau.

87.
Le baiser du Christ

Onze heures quarante-trois.

Derrière la barrière de roseaux, Forza-4 et 5 gardent les yeux collés à leurs jumelles. Dans son oreillette, Forza-4 entend Central le prévenir que Martin Hertz et Émylie Marlane ont été pris en filature depuis Paris et qu'ils roulent à tombeau ouvert sur l'autoroute. Direction : Troyes.

Forza-4 demande une estimation de leur heure d'arrivée dans son micro-bracelet.

— S'ils ne se tuent pas eux-mêmes, ils seront là dans moins de deux heures. Forza-8 et 9 ont du mal à leur coller au train !

— Et Son Éminence ?

— Le cardinal est en chemin. Il nous donnera l'ordre d'intervenir dans peu de temps. Il reste sur ma fréquence. Mosèle ?

— Toujours pas remonté. Cela devient inquiétant.

*
**

Onze heures quarante-huit.

— Martin, vous voulez vraiment qu'on ait un accident ?

— Si je pouvais aller plus vite... Tentez d'appeler

Didier encore une fois. N'arrêtez pas de le faire. Recommencez ! Sans cesse...

— Aucune réponse. Je tombe à chaque fois sur sa boîte vocale ; j'ai dû lui laisser une dizaine de messages. Vous pensez qu'il a plongé ?

Hertz donne un violent coup de volant pour doubler par la droite une voiture qui ne lui laissait pas le passage, malgré ses appels de phares réitérés. La Citroën chasse de l'arrière sur la chaussée trempée.

— Martin !, crie Émylie.

Hertz rétablit sa trajectoire en contrebraquant et redonne de la vitesse à son véhicule pour se remettre sur la voie de gauche. Il répond alors à la jeune femme :

— Oui, je suis persuadé que cet imbécile est dans l'eau de ce bon Dieu d'étang ! Car j'imagine qu'avec trente ans de moins et sa forme physique, je serais à sa place, actuellement.

— Sa forme ! Il fume au moins un paquet de blondes par jour, et je crois bien qu'avant-hier il n'avait pas pratiqué la plongée sous-marine depuis des années !

— Ce n'est qu'un marais, la rassure Hertz. Rien qu'un petit marécage de merde ! Un type comme lui, même avec les poumons encrassés, n'a rien à redouter d'un minable étang de cette sorte.

— Votre voix sonne rudement faux, Martin.

*
**

Douze heures quarante-deux.

Mosèle a livré un âpre combat contre la dalle de marbre. Centimètre après centimètre, de minuscule victoire en infime conquête, il a poussé la pierre de toutes ses forces, muscles des bras tendus à l'excès, à se rompre. Tendons douloureux, reins en feu, cuisses durcies par les crampes, il a triomphé.

Il a repris en main la torche qu'il avait remise dans sa ceinture. Il a éclairé l'intérieur du sarcophage et il a vu.

Les restes de Jésus. Le cadavre du Christ que les siècles ont momifié pour le transformer en une chose grise, fragile assemblage de peau séchée, d'os et de tissus parcheminés.

La lumière de la torche plonge dans les orbites et leur donne un semblant de regard. Une vie surnaturelle. La peau lissée sur les dents dessine un sourire crispé qui mange tout le bas du visage au nez disparu.

« La dépouille d'un vieillard. Un corps de poussière ! »

Sur la poitrine repose un paquet de cuir brun tavelé, recouvert d'une poudre de moisissure. Mosèle se retient de toucher ce témoignage de vérité, cette preuve d'une imposture religieuse.

Puis il se décide à s'en emparer, devant tirer fortement à lui cet objet dont les atomes se sont mariés à ceux du cadavre. Une déchirure. Comme si l'on arrachait un peu de sa chair au mort. Comme s'il refusait qu'on lui ravisse son secret.

À gestes méticuleux, Mosèle ouvre le paquet dont le cuir s'esquille et se brise.

Il dirige le pinceau de lumière sur un feuillet couvert d'une écriture fine, serrée, régulière, et pense à Norbert Souffir qui aurait nourri Largehead de cette calligraphie pour lui soutirer jusqu'à son ultime mystère...

Norbert, Francis, Pontiglione...

Mosèle dépose délicatement le manuscrit dans le sac hermétique dont il s'est muni.

Il remet son masque et son détendeur en place pour

tourner le volant qui doit le libérer de cette chambre mortuaire. À sa vive surprise, cette seconde roue se manipule aisément, au contraire de la précédente. La cause en est certainement l'atmosphère sèche de cette partie de l'édifice.

Le plongeur s'attend à voir la trappe du plafond s'ouvrir et se prépare à recevoir des trombes d'eau sur lui. Il attendra que la crypte soit entièrement inondée pour se remettre à nager et refaire le chemin en sens inverse dans le labyrinthe vertical et hélicoïdal. Il se dirigera grâce aux marques qu'il a incisées précédemment dans la pierre.

Mais rien ne se passe.

Pourtant, un long bruit de chaînes en action articule une lointaine machinerie.

L'angoisse s'empare bientôt de Mosèle qui s'est raidi dans l'attente, tout son corps appelant la délivrance. La dalle doit s'abaisser ! Les flots doivent envahir cette chambre... Peu importe que la dépouille de Jésus soit noyée. Son corps ne représente rien, seul compte son Évangile !

Et c'est ce testament que Mosèle entend remonter à la surface.

Non, rien ne se passe. Rien ne se passe encore, hormis des chuintements, des frottements, des entrechoquements, dans les profondeurs du Tombeau, dans ses murs qui tremblent. De la poussière s'effrite par les jointures des pierres.

L'angoisse s'est muée en frayeur. Mosèle imagine le pire. Car c'est le Tombeau entier qui vibre à présent.

Puis, dans un grognement rugueux, un moellon se détache du mur, projeté hors de sa cavité par une trombe d'eau. Un deuxième. Qui manque d'atteindre le jeune homme en pleine tête. Grondement des pierres, sifflement des jets d'eau.

Sept, huit grosses pierres sont chassées de leurs alvéoles pour libérer une eau boueuse qui remplit rapidement la crypte funéraire en bouillonnant. Le piège conçu par Hugues de Payns et ses frères se referme sur Mosèle qui réalise avec horreur qu'il lui manquait un élément dans sa quête : la clef pour sortir du Tombeau.

***

Treize heures onze.

Émylie consulte sa montre de manière compulsive. Les minutes défilent, hors du temps normal. En marge de la réalité. Car cette voiture lancée comme un obus sur une autoroute mouillée, ce vieil homme corpulent qui ne s'exprime plus que pour jurer grossièrement, ces messages vains dont elle abreuve la boîte vocale de Didier Mosèle forment le matériau d'un cauchemar éveillé. Une équation démente dans laquelle une multitude d'inconnues s'enchevêtrent.

Didier a plongé, c'est désormais une certitude. Émylie réalise un rapide calcul : à partir du départ de son domicile, le temps qu'il a mis pour gagner la terre d'Umbra, la quantité maximum d'air de ses bouteilles... Une arithmétique désespérée.

***

Dans la crypte, l'eau a atteint la dalle supérieure. Mosèle nage en longeant les murs pour les sonder, chercher à découvrir un passage. Il sait que sa réserve de nitrox ne suffira bientôt plus à alimenter ses poumons. Ce sépulcre est en train de devenir le sien.

Soudain, il se produit un phénomène effrayant. Et magnifique !

La dépouille de Jésus quitte son cercueil de pierre. Devenue trop légère dans cet espace aquatique, elle s'envole et décrit une étonnante chorégraphie mortuaire, s'animant de gestes lents, désordonnés.

Mosèle admire cette fascinante résurrection dans le faisceau de sa torche. Le spectre livide s'arrache de son linceul transparent comme s'il réalisait une mue tant attendue, espérée depuis vingt siècles.

Et Jésus, avec sa grimace de sourire, Jésus, poussé par le courant, tend à Mosèle ses bras maigres.

Dos collé au mur, le plongeur a beau se débattre, il ne parvient pas à repousser l'étreinte du Christ.

Mosèle se souvient alors du cauchemar dans lequel Francis l'attirait dans la terre détrempée de la forêt d'Orient pour lui offrir une obscène accolade...

88.
L'ami

Treize heures cinquante-trois.

— Central à tous les Forza en opération dans la forêt. Martin Hertz et Émylie Marlane viennent de garer leur véhicule et s'approchent de l'étang. Forza-8 et 9 ne lâchent pas les deux cibles, mais Forza-4 et 5 se joignent à eux pour l'élimination finale. Ordre a été donné par Son Éminence. Qu'en est-il de Mosèle ?

Forza-4 répond :

— Il n'est pas sorti de l'eau. Il est maintenant évident qu'il a rencontré un problème insoupçonné. Probable qu'il soit mort.

— Nous devrons nous en assurer, précise Forza-1 depuis le Central. Les Templiers ont peut-être aménagé une chambre étanche dans le sépulcre.

*
**

Treize heures cinquante-huit.

Émylie court à travers les roseaux, ses pas s'enfoncent lourdement dans la boue. Hertz suit à quelques mètres, essoufflé, la poitrine en feu, son cœur tantôt manquant des battements, tantôt s'emballant.

Émylie appelle Didier. Appelle contre le vent qui s'est levé et rabat la pluie avec violence.

Elle parvient au bord de l'étang, trouve le havresac avec le téléphone portable posé sur les vêtements en boule de Mosèle, se retourne vers la terre d'Umbra entourée d'une eau noire qui crépite sous l'averse.

Hertz l'a rejointe, cassé en deux par l'effort, posant ses mains sur ses cuisses et donnant l'impression qu'il va vomir. Mais, quelques secondes plus tard, il se redresse et examine à son tour les lieux.

D'un geste machinal, il consulte sa montre.

— Il devrait être ressorti, dit Émylie. Il ne pouvait rester si longtemps dans l'eau...

Hertz ne trouve rien à répondre. Le désarroi de la jeune femme le déchire.

— Qu'a-t-il trouvé là-dessous ?, demande-t-elle.

Le vieil avocat se retourne vers la ligne de roseaux. Il vient d'entendre des froissements. Des voix.

— Donnez-moi la main, Émylie.

Elle fait volte-face à son tour.

— Les Gardiens du Sang ?, interroge-t-elle en voyant venir à eux quatre hommes vêtus de noir, cagoulés et armés.

— Donnez-moi la main, répète Hertz.

Elle lui tend ses doigts glacés et tremblants. La moiteur de la paume de Hertz la réconforte un peu en lui transmettant un reste de vie.

Sa voix peine à sortir de sa gorge ; les mots sont articulés mécaniquement. Elle dit :

— Vous avez été trahi, Martin.

— Oui, Émylie. Je commence à comprendre. Seulement maintenant ! Mais il m'était impossible de savoir...

— Qui vous a trompé, vous et toute la Loge Première ?

Il attire Émylie contre lui, la serrant paternellement, et répond avec une incommensurable tristesse :

— Ce ne peut être que l'un de mes frères. Celui qui avait accès à la fois au Vatican et à la Loge Première... Ce ne peut être que lui. Mon ami... Un Judas !

Il enlace la jeune femme tel un père. Il la protégera quelques secondes de son corps. Il lui servira d'éphémère bouclier, puis elle sera fauchée alors qu'il sera déjà mort.

Elle regarde le visage du vieil homme, si proche du sien. Elle n'avait jamais noté comme il pouvait s'empreindre d'une telle douceur. Elle se demande à quoi ou à qui il peut penser en cette fraction de temps murée par la mort.

À Léa...

Et à elle, Émylie, qui pense à Francis et à Didier.

Ni Hertz ni Émylie ne pensent à Jésus.

Une salve de coups de feu effraie une nichée de canards qui s'envolent en caquetant de peur.

*
**

Quatorze heures dix-sept.

Une voiture noire aux flancs maculés de boue et aux pneus crottés s'arrête en bordure d'un chemin creusé d'ornières. Le conducteur laisse tourner le moteur.

Un homme en train de passer un blouson sort de la forêt de roseaux. Il se dirige vers la voiture. Parvenu à sa hauteur, il attend que la vitre arrière se soit baissée.

— *Dominus vobiscum*. C'est fini, Monseigneur, dit l'homme. Deux de nos hommes vont plonger. Il a dû arriver un accident à Mosèle, qui n'est pas réapparu.

— *Et cum spiritu tuo*. Dites-moi, Forza-4... Pour Martin Hertz et Madame Marlane...

La main baguée de Montespa se pose sur le rebord de la portière.

— L'avocat a fait un rempart de son corps. Ce n'est que lorsqu'il est tombé que nous avons...

— Oui ?

— Je voulais dire : nous avons éliminé la seconde cible alors que la première était à terre.

— Cela ne m'étonne pas de Martin. Lui et son côté chevaleresque !

Le cardinal s'est plus particulièrement adressé à son voisin qui, assis à son côté, occupe les trois quarts de la banquette : Monseigneur Monetti, reconnaissable à son odeur de sueur.

Reprenant à l'intention de Forza-4, Montespa dit :

— Allez, et faites en sorte que les cadavres soient dignes. Allongez-les dans une position convenable : je veux les voir.

— Monseigneur !, s'exclame Forza-4. Est-ce bien indiqué ? L'avocat a reçu une balle en pleine tête...

D'un ton sec, sans appel, Son Éminence reprend :

— Exécutez mon ordre, Forza-4. Je veux les voir ! Allez-y, je vous rejoins dans deux minutes.

Le Gardien du Sang s'en retourne vers l'épaisse masse de roseaux qu'agite le vent gorgé de pluie.

Montespa remonte la vitre de sa portière.

— Nous trouverons Mosèle, Monseigneur, affirme Monetti de sa voix aigrelette. Nous prendrons le temps, mais nous le retrouverons. Lui et...

— Et le Christ, oui ! *« Visite l'intérieur de la Terre et tu trouveras le* frère *occulte... »*

Monetti surprend des larmes dans les yeux de son voisin.

— Pourquoi pleurez-vous, Monseigneur Montespa ? Parce que nous vous appellerons bientôt Saint-Père ?

— Non, Monetti. Je pleure mon ami Martin Hertz, que j'ai trahi. Je pleure mon frère... Lui, Marlane, Pontiglione, Souffir, Mosèle, Guillio... Je les pleure tous, et mon règne de pape ne suffira pas à me consoler de les avoir sacrifiés. Je les aime et les hais parce qu'ils m'ont obligé à faire ce que j'ai accompli ! Protéger la sainte Église, préserver une civilisation, éviter un effroyable chaos... Et je pleure enfin ce Christ que nous avons dépouillé de sa Vérité.

Le cardinal Montespa ouvre la portière, ajuste son chapeau, relève le col de son manteau et se dirige vers les roseaux qui émettent une note monocorde dans le chahut du vent.

Il avance sans se soucier du sort de ses chaussures happées à chaque pas par la boue. Que ne fait-il pas ce chemin à genoux, en pénitent repentant !

Vingt-cinq minutes plus tôt, il a appris qu'un homme avait été retrouvé dans son véhicule sur une aire de stationnement de l'autoroute Troyes-Paris. Il était mort à son volant, exsangue, des suites d'une blessure par balle dans l'aine, au côté droit.

La singularité de ce fait divers tenait au patronyme de la victime. Il s'agissait de René Marlane, père du professeur Francis Marlane, qui s'était suicidé trois semaines plus tôt.

Le cardinal Montespa tend son visage à la pluie et en recueille la fraîcheur comme la marque d'un baptême.

Il sera pape. Et l'Église poursuivra son voyage missionnaire avec les Saintes Écritures pour guide.

La Vérité n'est que ce que l'on enseigne.

*
**

Ils flottent en apesanteur, soudés l'un à l'autre, tournoyant en un large et lent cercle dans la crypte enténébrée. Parfois ils accrochent la lumière de la lampe-torche tombée au sol. Ils apparaissent alors pareils à des frères jumeaux que le temps aurait séparés, puis enfin réunis.

Ils semblent se sourire.

89.

L'épilogue de Jean

« Ainsi le Christ qui n'est pas mort sur la croix, vieillissant, se rend auprès de moi. Il m'annonce que ses écrits seront déformés, que la Vérité sera trahie. Moi, Jean, celui que l'on dit le plus éclairé des disciples, le "véritable rameau de l'Architecte", livrerai à la postérité un testament que l'on rapportera de fourbe manière. Et nous nous efforcerons de ne pas le trahir dans sa mort comme son jumeau le trahit de son vivant. »

— Un jumeau ?, demanda le jeune homme à Jean.

Le vieillard qui portait toujours le lourd anneau de bronze contre sa poitrine lui sourit.

— Oui. Né du même ventre, à la même heure. Il fut appelé Thomas.

Le jeune homme qui était un initié récent de la Loge Première ignorait beaucoup des secrets de ses aînés. Mais il était impatient de les connaître, curieux de mieux comprendre qui était réellement l'homme admirable que l'on venait de porter en terre.

Le vieillard lui dit :

— Les deux frères s'aimèrent tout au long de leur jeunesse, puis Thomas souffrit de la trop forte personnalité de Jésus, de son intelligence et de sa grande pureté, de son exigence. Jésus était un pèlerin infatigable qui se rendait régulièrement en Égypte auprès des Maîtres de la Grande Place, détenteurs de la science des architectes.

— À Deir el-Medineh ?, fit l'adolescent.

— En effet. Pour y apprendre les lois du Plan. Car c'est ainsi que l'on nommait l'antique enseignement qui impose à l'homme de restituer dans ses œuvres l'immuable équilibre de la Nature.

— Et Thomas ?, reprit le jeune homme.

— Lui, il devint jaloux et envieux de la lumière que son frère avait rapportée des temples de la connaissance. Il avait même tenté de prendre sa place dans le cœur de ses fidèles lors de ses absences. Il le singeait médiocrement, comme un double terne. N'y tenant plus, ayant accumulé trop de haine, il voulut assassiner Jésus. Il se rendit chez lui. Jésus, qui était en train d'écrire dans une pièce de sa maison, ne se méfia pas et le reçut amicalement. Thomas lui porta trois coups de poignard. À la gorge, au sein gauche et au front. Il le laissa pour mort, baignant dans son sang, et s'enfuit. C'était la nuit... Il traversa la ville tel un fou, hagard. Il erra durant des heures. Cependant, la femme et le fils de Jésus, qui avaient été alertés par les cris du blessé, s'étaient rendus dans son bureau et l'avaient trouvé gisant sur le sol. Ils l'avaient porté jusque dans sa chambre où ils le lavèrent et le recouvrirent d'un suaire, un simple drap blanc. La femme et l'enfant étaient persuadés que Jésus avait succombé à ses blessures. Puis ils allèrent chercher Nicodème et Joseph d'Arimathie afin qu'ils les aident à préparer le corps. Ils pensaient que les Romains avaient dépêché un tueur pour éliminer le prophète, se débarrassant ainsi de lui sans devoir instruire un procès. Jésus était menacé depuis des mois.

— Je sais bien qu'il vivait encore !, s'exclama le jeune homme.

Jean reprit :

— Il vivait, en effet. C'était un homme robuste. Il se dressa sur sa couche et sortit de la maison en titubant. Il savait trouver Thomas à l'endroit où, souvent, il se rendait pour parler avec lui alors qu'ils étaient encore des frères. Le mont des Oliviers... Le mont qui domine la ville. Mais, avant de le rejoindre, Jésus précipita le destin. Voici comment cela se passa en réalité...

« ... Thomas tomba à genoux au pied d'un olivier. Il regarda la manche de son manteau couverte du sang de Jésus et se mit à pleurer. Il se releva soudain, attiré par un bruit de pas, plus bas.

Il y avait une forme qui gravissait le mont, chancelante, à demi nue. Alors Thomas se mit à fuir en implorant ce fantôme de retourner aux ténèbres. Il venait de reconnaître la silhouette de son frère dans un suaire.

Le fuyard courut comme un damné et butta contre une pierre. Il tomba et n'eut plus le courage de se relever. L'ombre du jeune homme au suaire approchait.

L'ombre lui dit :

— Tu as voulu prendre ma vie, Thomas. Je t'offre ma mort.

Thomas balbutia :

— Je t'ai tué ! J'ai plongé par trois fois mon poignard dans ton corps. Je te hais tant !

Jésus poursuivit :

— Mon pauvre frère, tes coups n'étaient pas assez assurés. Mais puisque tu as voulu jouer mon rôle, achève-le ici, cette nuit.

Thomas hurla :

— Je dirai aux Romains que c'est toi, le Messie ! C'est toi qu'ils arrêteront.

Jésus sourit :

— Tu te trompes, Thomas. Tu as cru que Judas trahirait pour toi et qu'il me désignerait comme étant le Fils de l'Homme. Mais Judas a œuvré selon ma volonté. Il t'a leurré. Écoute... La cohorte monte t'arrêter. Judas est à sa tête pour venir te reconnaître. Tu es le Messie, désormais. C'est bien ce que tu voulais, n'est-ce pas ?

Thomas s'effondra. Il entendait le cliquetis des armes, le pas des soldats de la cohorte, les voix...

— Jésus, je t'en prie... ne m'abandonne pas !

— Tu étais mon frère, Thomas. Je t'aimais et tu me jalousais. Tu seras jugé à ma place et tout sera fait pour que tu sois exécuté. Je dois vivre... Car je suis le porteur de la Parole.

Jésus abandonna Thomas. En s'enfonçant dans la nuit, le Christ ajouta :

— Ainsi mon histoire sera écrite, mon jumeau. Ce n'est pas dans la lumière qu'un initié doit travailler. C'est dans l'ombre et le silence. Dans l'humilité et le secret ! Dans le tombeau... »

L'adolescent avait écouté le récit de Jean. Devait-il le croire ? Certes, Jean avait été le plus fidèle ami de Jésus et partageait son savoir. Pourtant, les aventures concernant les deux hommes étaient nombreuses et différaient parfois selon celui qui les rapportait.

Fallait-il admettre cette Vérité ? Ou n'était-ce encore qu'une fable devant l'aider à réfléchir sur le sens de sa démarche initiatique ?

Le jeune homme connaissait les poèmes de Jean que les adeptes se récitaient parfois au cours des agapes, quand le vieillard s'en était allé dormir à cause de son grand âge :

« Moi Jean frère par les Douze
À Patmos exilé pour l'amour de Jésus
Le Secret j'ai conservé

« Le frère Premier
Fils de la Lumière et de l'Architecte
À moi se présenta

« Il était vivant et non mort
Tel que le peuple l'avait pensé
Trois baisers il me donna

« Blancs sa tête et ses cheveux
Comme de la laine blanche
Comme de la neige

« Il dit être le premier et le dernier
Il était vivant après la mort
Il était le Porteur des clefs de la mort

« Véritable rameau de l'Architecte
À toi l'Aigle destitué
La vérité sera faussement prononcée »

Ainsi le Christ qui n'est pas mort sur la croix, vieillissant, se rend auprès de son ami Jean l'Évangéliste. Il lui annonce que ses écrits seront déformés, que la Vérité sera trahie. Lui, Jean, le plus éclairé des disciples, le « véritable rameau de l'Architecte », livrera à la postérité un testament que l'on rapportera de fourbe manière.

« Le Fils de l'homme dit sa douleur
Ce qu'il avait bâti était détruit
Ce qu'il avait aimé était perdu

« Moi Jean son frère par les Douze
Avec lui je pleurais nos frères morts
Et je pleurais sur la Veuve aux enfants séparés

« Il me dit d'espérer encore
Notre Loge nous élèverons
À l'ombre de l'Architecte

« Il me dit de le suivre
Car il était le frère de vie
Celui qu'on croyait mort

« Les pierres seront ensemencées
Le blé d'or poussera
Pour les Siècles des Siècles »

Le jeune homme demeura dans le silence de longues minutes, marchant au côté de son maître. Jean le regardait du coin de l'œil et devinait le cheminement de ses pensées. Il le devança en disant :

— Jésus trouva refuge à Qumrān avec sa famille, là où le Baptiste l'avait initié parmi les Esséniens, autrefois. Il poursuivit la rédaction de son Évangile. Enfin, il vint me trouver et me demanda de le suivre. Il me dit qu'il était mort pour tous. Il laissait sa femme pareille à une veuve et son fils adulte à son côté. Il lui restait une mission à accomplir avant de quitter cette Terre, et il avait besoin du frère que j'étais pour la mener à bien. Il me dit : « Les hommes ne vivent pas assez longtemps pour conserver certains secrets, mais les sociétés, les ordres initiatiques, les confréries préservent leurs traditions et leurs vérités. »

Le cortège qui venait d'enterrer Jésus dans la forêt arrivait maintenant dans un village de petites bâtisses aux toits de chaume. Le lieu de leur communauté.

Jean proposa au jeune homme de l'accompagner

dans sa maison. Le vieillard déposa l'anneau de bronze sur une table. L'anneau qui avait refermé le Tombeau du Christ.

Jean s'assit et poursuivit :

— Nous avons quitté notre terre et avons voyagé encore, tous deux, en missionnaires, en apôtres. Nous cherchions ceux qui seraient dignes de partager la Parole Sacrée. Nous voulions former une Loge parfaite, équilibrée, harmonieuse. Une Loge dans laquelle les frères et sœurs accepteraient l'enseignement ancestral qu'ils distribueraient ensuite autour d'eux, semeurs d'avenir. La Loge Première ! Moi, j'étais le Gardien de la Parole. L'Orateur... Et mon ami, mon vieux frère Jésus, était la Parole.

Regardant avec tendresse l'adolescent, Jean dit :

— Et la Loge Première s'est installée ici, au bord de cette forêt, près de ce lac. Jésus et moi étions bien trop âgés pour poursuivre notre route. Avec nos frères, nous avons bâti un temple. Quelques planches, une porte, trois fenêtres... Nous y avons placé tous les symboles utiles à nos travaux. Ceux venus du fond des temps, comme la voûte étoilée des tombeaux égyptiens, comme les colonnes du Temple de Salomon, comme les grenades, les laies d'amour... Nous y avons dessiné la mémoire de l'Humanité. Et Jésus nous a montré l'Évangile qu'il avait mis une vie à écrire. Il n'a pas ouvert le parchemin. Il nous a juste présenté les rouleaux de ses feuillets. Il les a placés sur un petit autel pour que nous prêtions tous le serment de fraternité à l'homme et de respect à notre ordre. C'est ce que tu as fait lorsque tu as été initié, mon garçon. Tu n'as sans doute pas compris exactement le sens profond de tes gestes et tu t'es demandé pourquoi l'on te faisait traverser le temple comme une forêt dangereuse. Pourquoi l'on t'avait fait descendre dans la terre pour y jouer ta mort, comme le fit Lazare que Jésus releva du tombeau. Jésus lui-même t'a donné la lumière et t'a embrassé par trois fois, chassant à nouveau de sa mémoire les trois coups de poignard de son frère.

Le jeune homme interrompit le vieillard.

— Je me doute que j'aurai besoin d'une vie entière pour assimiler l'enseignement que Jésus et toi m'avez donné. Cependant, je ne suis pas dupe ; j'ai bien vu, tout à l'heure, quand nous avons déposé le Fils de l'Homme dans sa tombe, que tu plaçais un paquet sur sa poitrine. C'était son Évangile ! J'ai reconnu la forme des rouleaux. Et cela, je ne le comprends pas. Dans quel but avoir enterré la Parole du Christ avec lui ?

En guise de réponse, Jean récita le dernier poème qu'il n'avait pas encore dévoilé à ses frères :

« Il dit que son heure venait
Lui le Premier des Douze
Il dit qu'il allait mourir

« Quand la Loge serait montée
Quand elle abriterait son corps
Dans l'Ombre de l'Architecte il s'endormirait

« Moi Jean je scellerai le Secret
Je tracerai les lettres sur la tombe
Je marquerai la pierre du Premier Frère

« Il me dit n'être pas celui de la croix
Et je compris qu'il ne l'était pas
Il était le Premier et le Dernier

« Il me dit que je serai l'Aigle
Dans l'Ombre je demeurerai
Car le frère a trahi le frère

« Moi Jean je fermerai ses yeux
Je placerai le Livre entre ses mains
Et la Parole sera perdue »

Le jeune homme bondit :

— C'est absurde ! La Parole est perdue ! Nous serons dans les ténèbres à tout jamais !

— Tu te trompes, reprit Jean. La Parole est en toi. En toi, en tes frères, en l'Homme ! Là, dans la terre, dans une tombe maintenant anonyme, ne sont que des os, de la chair et du papier que le temps va composter et transformer en humus. Ce n'est pas au cœur d'une forêt que nous avons placé Jésus, mais au creux de notre esprit. Et nous disposons tous d'un anneau pour ouvrir à notre guise cette tombe secrète qui détient la Connaissance. Une clef ! Nous sommes tous frères de Jésus par notre initiation, donc frère de l'Homme. Il s'agit maintenant, en jumeaux, de ne pas imiter Thomas et de ne point trahir notre frère à nouveau. Que ce frère se nomme Jésus, Zacharie, Paul ou Pierre... À nous de racheter la faute de Dydime ! Devenons ce que Jésus voulait que nous soyons, c'est-à-dire des architectes. Séparons-nous et allons par les chemins. Nous bâtirons d'autres loges. Elles seront toutes à l'image de celle-ci, qu'un sage appela la Première.

Le jeune homme devait se pénétrer des propos de Jean. Il allait le quitter quand le vieillard le retint en lui disant :

— N'oublies-tu rien ?

L'adolescent se retourna, étonné. Jean prit l'anneau sur la table et le tendit au jeune initié.

— L'anneau de bronze, mon garçon. Tu es le plus jeune d'entre nous. Il te revient. Il sera moins lourd dans tes mains.

Puis Jean resta seul. Il pensait à son ami qui reposait

dans la marne glaiseuse de la forêt, son Évangile entre ses bras raides et froids.

Jean ne pouvait pas imaginer que certains architectes élèveraient une Église sur un mensonge. Il ne pouvait voir si loin... Il n'aurait jamais pu deviner l'odeur effrayante des corps brûlant sur les bûchers, le hurlement des torturés dans les caves de l'Inquisition, le fracas des guerres autour d'un tombeau vide à Jérusalem, les dogmes, la politique, l'orgueil, le pouvoir...

Le temps passa. Jean ne pensait qu'à son ami, à son maître fidèle. Il ne se souvenait déjà plus s'il s'appelait réellement Jésus. À moins que ce ne fût Osiris, ou Hiram, ou Jean-Baptiste... ? Son esprit brouillé par l'usure de l'âge mélangeait les noms des frères de l'Humanité.

Il se rappelait juste avec réconfort qu'il avait eu un frère qu'il avait aimé et avec lequel il avait participé à l'édification d'une Loge. Un Temple au Plan en perpétuelle évolution.

Et lorsque Jean mourut, il vit venir, de l'ombre, des silhouettes amies qu'il croyait disparues depuis longtemps. Il reconnut l'une d'elles. C'était un homme qui portait un anneau de bronze.

L'homme dit :

— *Puisqu'il est l'heure et que nous avons l'âge, ouvrons nos travaux.*

Jean eut le sentiment que les silhouettes formaient une chaîne autour de lui pour dessiner un cercle et l'accueillir dans une chaleur et une lumière d'amour qui lui permettraient de quitter la vie avec joie.

En mourant, en traversant l'indicible frontière qui sépare deux des mondes de l'Unité, Jean comprit que les travaux initiés par le Premier Frère ne s'achèveraient jamais.

Jean abandonna les dimensions humaines pour accéder à la Suprême Initiation.

Aucune trahison, aucune guerre, aucun mensonge ne pourrait désormais éteindre l'écho de la Parole. Celle que Jean, l'Orateur de la Loge Première, avait tracée en un long poème lumineux.

BIBLIOGRAPHIE SUCCINCTE

Les Saints Évangiles, traduction annotée par l'abbé L. Cl. Fillion.

L'Histoire de l'Église, par F. G. M. (1899).

AMBELAIN (Robert), *Jésus et le mortel secret des Templiers*, Robert Laffont, 1970 (Les énigmes de l'univers).

AUGÉ (Claude), sous la dir. de, *Le Larousse universel*, Larousse, 1924.

AVRIL (François), *L'Enluminure à l'époque gothique, 1200-1420*, Bibliothèque de l'Image, 1998 (Éditions bibliographiques).

BENAZZI (Natale) et D'AMICO (Matteo), *Le Livre noir de l'Inquisition*, Bayard, 2000 (Questions en débat).

BORDONOVE (Georges), *La Vie quotidienne des Templiers au XIIIe siècle*, Hachette, 1990 (La vie quotidienne).

BOUCHER (Jules), *La Symbolique maçonnique*, Dervy, 1990 (Bibliothèque de la Franc-Maçonnerie).

BRILLANT (M. Maurice) et NEDONCELLE (M. l'abbé Maurice), *Apologétique : nos raisons de croire, nos réponses aux objections*, Bloud & Gay, 1937.

COLINON (Maurice), *L'Église en face de la franc-maçonnerie*, Fayard, 1954 (Bibliothèque Ecclesia).
CZMARA (Jean-Claude), *Sur les traces des Templiers : circuit des possessions templières dans l'Aube*, Association Hugues de Payns, 1993.
DELORT (Robert), *Le Moyen Âge*, Seuil, 1983.
FEDOU (René) *et al.*, *Lexique historique du Moyen Âge*, Armand Colin, 1999 (Cursus).
FLEIG (Alain) et LAFILLE (Bruno), *Les Templiers et leur mystère*, 2 tomes, Genève, éditions Famot, 1981.
GOLB (Norman), *Qui a écrit les Manuscrits de la mer Morte ?*, Omnibus, 1999 (Feux croisés).
HÉRON DE VILLEFOSSE (René), *Les Grandes Heures de la Champagne*, Librairie académique Perrin, 1871.
LA CROIX (Arnaud de), *Les Templiers au cœur des Croisades*, éditions du Rocher, 2002 (Documents).
LEROY (Béatrice), *L'Espagne des Torquemada : catholiques, juifs et convertis au XV*[e] *siècle*, Maisonneuve et Larose, 1995.
NAUDON (Paul), *Histoire générale de la franc-maçonnerie*, Charles Moreau, 2004.
OLDENBOURG (Zoé), *Le Bûcher de Montségur*, Gallimard, 1959.
PRACHE (L.), *La Pétition contre la franc-maçonnerie à la 11*[e] *commission des pétitions de la Chambre des députés*, Hardy & Bernard, 1905.
THIERRY (Jean-Jacques), *La Vie quotidienne au Vatican au temps de Léon XIII à la fin du XIX*[e] *siècle*, Hachette, 1963.

Table

Du même auteur :

LE MANOIR D'ORLEUR, Magnard.
À CE CHER ROMUALD, Magnard.
LES TROIS CRIMES D'ANUBIS, Magnard.
LES DIX PETITS BLACKS, Magnard.
LA PETITE BROCANTE INTIME (collectif), Le Pré aux Clercs.
LA PETITE GÉOGRAPHIE INTIME (collectif), Le Pré aux Clercs.
NEIGE, LE SOURIRE DU FOU, Magnard.
LE TRIANGLE SECRET 1, LES LARMES DU PAPE, Mazarine.
LE TRIANGLE SECRET 2, LES CINQ TEMPLIERS DE JÉSUS, Mazarine.
DISPARITIONS, Fayard.
VINCI ET L'ANGE BRISÉ, Fayard.
MICHELANGELO ET LE BANQUET DES DAMNÉS, Fayard.

PAPIER À BASE DE FIBRES CERTIFIÉES

Le Livre de Poche s'engage pour l'environnement en réduisant l'empreinte carbone de ses livres. Celle de cet exemplaire est de :
900 g éq. CO_2
Rendez-vous sur www.livredepoche-durable.fr

Composition réalisée par PCA

Achevé d'imprimer en France par
CPI BUSSIÈRE (18200 Saint-Amand-Montrond)
en octobre 2022
N° d'impression : 2067736
Dépôt légal 1re publication : août 2008
Édition 06 - octobre 2022
LIBRAIRIE GÉNÉRALE FRANÇAISE
21, rue du Montparnasse – 75298 Paris Cedex 06

31/2221/5